MOORDBOE...

JONATHAN KELLERMAN

MOORDBOEK

Uitgeverij Luitingh ~ Sijthoff

Voor meer informatie: kijk op **www.boekenwereld.com**

© 2002 Jonathan Kellerman
Published by arrangement with Lennart Sane Agency AB. All rights re-
served
© 2003 Nederlandse vertaling
Uitgeverij Luitingh ~ Sijthoff B.V., Amsterdam
Alle rechten voorbehouden
Oorspronkelijke titel: *The Murder Book*
Vertaling: Cherie van Gelder
Omslagontwerp: Pete Teboskins
Omslagfotografie: Image Store

ISBN 90 245 4689 3
NUR 332

Voor Faye

I

De dag dat ik het moordboek kreeg, zat Parijs me nog steeds in het hoofd. Rode wijn, kale bomen, een grauwe rivier, de stad der liefde. Alles wat daar was gebeurd. En nu dit weer.

Robin en ik waren op een sombere maandag in januari naar de luchthaven Charles de Gaulle gevlogen. Het reisje was mijn manier geweest om haar te verrassen. Ik had het op één krankjorume avond geregeld: het boeken van de tickets bij Air France, het bespreken van een kamer in een hotelletje aan de rand van het achtste arrondissement en het pakken van een koffer voor ons tweeën. Vervolgens was ik in de auto gesprongen en had met een noodgang de honderdtachtig kilometer over de snelweg naar San Diego afgelegd. En daar stond ik vlak voor middernacht met een bos bloedrode rozen en een glimlach van *voilá* voor de deur van Robins hotelkamer in het Del Coronado.
Toen ze de deur opendeed, had ze een wit T-shirt aan en een rode sarong die nauw om haar heupen sloot. Loshangende, kastanjebruine krullen, vermoeide chocoladebruine ogen en geen make-up. We omhelsden elkaar voordat ze me wegduwde en naar de koffer keek. Toen ik haar de tickets liet zien, moest ze zich omdraaien om haar tranen te verbergen. Buiten haar raam rolde de inktzwarte oceaan af en aan, maar dit was niet zomaar een strandvakantie. Ze was uit L.A. weggegaan omdat ik tegen haar had gelogen en mezelf in gevaar had gebracht. Terwijl ik naar haar gesnik stond te luisteren, vroeg ik me af of ik alles nog wel zou kunnen goedmaken.
Ik vroeg haar wat er aan de hand was. Alsof ik me van geen kwaad bewust was.
'Ik ben gewoon… verrast,' zei ze.
We lieten broodjes komen, ze trok de gordijnen dicht en we vrijden met elkaar.
'Parijs,' zei ze, terwijl ze een badjas van het hotel aanschoot. 'Ik snap niet waarom je dat allemaal doet.' Ze ging zitten om haar haar te borstelen en stond weer op. Kwam naar het bed toe, keek op me neer en raakte me aan. Ze liet de badjas van haar schouders glijden, ging schrijlings op me zitten, sloot haar ogen en drukte een van haar borsten tegen mijn mond. Toen ze voor de tweede keer klaarkwam, rolde ze van me af en bleef stil liggen.

Ik speelde met haar haar, en nadat ze in slaap was gevallen krulden haar mondhoeken omhoog in een Mona Lisa-glimlach. Over een paar dagen zouden we even slaafs als de doorsneetoerist in de rij staan om een blik te mogen werpen op het origineel.

Ze had de benen genomen naar San Diego omdat daar een van haar vriendinnen van de middelbare school woonde, een inmiddels drie-maal gescheiden kaakchirurg, die Debra Dyer heette en momenteel een verhouding had met een bankier uit Mexico City ('Zulke witte tanden, Alex!'). Francisco had voorgesteld om gezellig een dagje te gaan winkelen in Tijuana en er vervolgens nog een paar dagen aan vast te knopen in een huis dat hij had gehuurd aan het strand van Cabo San Lucas. Robin sloeg dat aanbod af omdat ze zich het vijf-de rad aan de wagen had gevoeld en ze had mij gebeld om te vra-gen of ik naar haar toe wilde komen.
Ze kwam een beetje zenuwachtig over. Een en al verontschuldiging omdat ze me in de steek had gelaten. Ik dacht er heel anders over. Vond haar eerder degene die gekwetst was.
Ik had mezelf in de nesten gewerkt omdat mijn planning niet deug-de. Er was bloed gevloeid en iemand had de dood gevonden. Maar dat was gemakkelijk goed te praten: onschuldige levens werden be-dreigd, het was allemaal goed afgelopen en ik was er zonder kleer-scheuren van afgekomen. Maar toen Robin in haar truck wegspoot moest ik de waarheid wel onder ogen zien: mijn tegenspoed was niet het gevolg van eerbare bedoelingen, maar had alles te maken met een kwalijk karaktertrekje.
Lang geleden had ik gekozen voor klinische psychologie, een bij uit-stek zittend beroep, en ik had mezelf wijsgemaakt dat ik mijn leven lang niets anders meer wilde doen dan het helen van emotionele won-den. Maar het was al jaren geleden dat ik iemand langdurig onder be-handeling had gehad. Niet omdat ik mijn buik vol had van menselij-ke ellende, zoals ik mezelf op een gegeven moment op de mouw had gespeld. Ik kon best tegen ellende. Bij mijn andere manier van leven kreeg ik de ellende door mijn strot geduwd, met bakken tegelijk.
De waarheid was niet bepaald fraai: er was een tijd geweest dat de menselijkheid en de uitdaging van het genezen van mensen door met ze te praten me bijzonder had aangetrokken, maar het feit dat ik urenlang aan mijn bureau gekluisterd moest zitten om de problemen van andere mensen in brokken van drie kwartier opgediend te krij-gen, was me gaan vervélen.
In zekere zin was het al een beetje raar dat ik had besloten psycho-therapeut te worden. Ik was een wildebras geweest – moeite met sla-

pen, rusteloos, hyperactief met een hoge pijngrens en geneigd tot het nemen van risico's die vaak tot verwondingen leidden. Ik werd iets rustiger toen ik het bestaan van boeken ontdekte, maar het klassenlokaal was een gevangenis voor me en om daaruit te kunnen ontsnappen maakte ik de school in sneltreinvaart af. Nadat ik op mijn zestiende was geslaagd voor het eindexamen van de middelbare school kocht ik van het geld dat ik met een vakantiebaantje verdiend had een oude auto en nam afscheid van het platteland van Missouri zonder me te bekommeren om de tranen van mijn moeder en de nijdige voorspelling van mijn vader dat het slecht met me zou aflopen. Zogenaamd om te gaan studeren, maar in werkelijkheid op zoek naar alles wat Californië te bieden had, in positieve en negatieve zin. Als een slang die zijn oude huid afstroopte. Hunkerend naar iets níéuws.

Het ongewone had me altijd aangetrokken. Ik snakte naar problemen waarvan ik wakker zou liggen, afgewisseld door periodes van eenzaamheid, vraagstukken waar ik mijn hoofd over moest breken, een regelmatige dosis slecht gezelschap en de heerlijke weerzin die werd opgeroepen door de confrontatie met glibberige griezels die zich schuil hielden onder geestelijke stenen. Een hart dat me in de keel klopte, gaf me een gevoel van geluk. Bij elke adrenalinestoot die me door het lijf schoot, nam mijn levenslust toe.

Als het leven te lang gezapig bleef, kreeg ik een hol gevoel van binnen. Onder andere omstandigheden had ik daar misschien mee afgerekend door te gaan parachutespringen of over kale rotsen te klauteren. Om van engere dingen maar te zwijgen.

Maar jaren geleden had ik een rechercheur van de afdeling moordzaken leren kennen en dat had alles veranderd.

Robin had zich daar heel lang bij neergelegd. Maar nu had ze er genoeg van en daar zou ik binnen niet al te lange tijd een oplossing voor moeten vinden.

Ze hield van me. Dat wist ik zeker.

Waarschijnlijk heeft ze me daarom een handje geholpen.

2

In Parijs hoef je niks bijzonders te doen.

Je loopt gewoon je hotel uit om een beetje doelloos door een winters motregentje rond te gaan dwalen, tot je in de buurt van de Jardin des Tuileries in een café belandt, waar je veel te dure baguettes en een kopje gruizige Franse espresso bestelt om vervolgens naar het Louvre te gaan waar zelfs buiten het seizoen zulke lange rijen staan dat de moed je in de schoenen zakt. Dus in plaats daarvan steek je de Seine over via de Pont Royal zonder je iets aan te trekken van de verkeersherrie en je staat even naar het modderige water eronder te kijken voordat je aanklopt bij het Musée d'Orsay, waar je je een paar uur lang de blaren op je voeten loopt om het werk van genieën in je op te nemen. Daarna loop je de morsige steegjes van de Linker Oever in om onder te duiken in de geheel in het zwart gestoken meute en je schiet inwendig in de lach als je in gedachten een dreinerig accordeondeuntje hoort dat al die knetterende brommers en piepende Renaults overstemt.

Vroeg in de middag, in de buurt van een winkel in St. Germain, was het zover.

Robin en ik stonden in een donkere, smalle winkel in herenkleding, met een etalage vol opdringerige stropdassen en onderuitgezakte etalagepoppen met de ogen van zakkenrollers. Het had de hele dag bij vlagen geregend. De paraplu die we de portier van het hotel ontfutseld hadden, was niet groot genoeg om samen onder te schuilen zodat we allebei behoorlijk nat waren geworden. Maar daar scheen Robin zich niets van aan te trekken. Haar krullen waren bezaaid met regendruppeltjes en haar wangen waren rood. Ze had niet veel gezegd nadat we in L.A. op het vliegtuig waren gestapt en had het grootste deel van de vlucht liggen slapen, zonder te eten. Die ochtend waren we laat wakker geworden en hadden nauwelijks een woord met elkaar gewisseld. Tijdens de wandeling naar de overkant van de rivier had ze een afwezige indruk gemaakt... ze had een beetje voor zich uit gestaard en mijn hand vastgehouden, die ze vervolgens had losgelaten om hem meteen daarna weer vast te pakken en er stevig in te knijpen, alsof ze een misstap had begaan die snel weer goedgemaakt moest worden. Ik dacht dat het aan de jetlag lag.

Onze wandeling door St. Germain voerde ons langs een privéschool waaruit knappe, kwebbelende pubers het trottoir op stroomden en vervolgens langs een boekwinkel waar ik even rond had willen neuzen toen Robin me meetrok naar de kledingzaak met de opmerking: 'Dat zijn mooie zijden dassen, Alex. Je kunt wel een paar nieuwe gebruiken.'

De winkel verkocht mannenkleding, maar rook naar een nagelsalon. De verkoopster was een mager ding met lukraak afgehakt haar in de kleur van aubergineschillen en de zenuwachtige houding van een nieuweling. Robin keek op haar gemak rond tot ze uiteindelijk een knalblauw overhemd en een opvallende roodgouden das met een ingewikkeld patroon had uitgezocht. Ze keek me aan, ik knikte en ze vroeg of het meisje ze in wilde pakken. Aubergine Haar trippelde naar een achterkamer en kwam terug met een dikke, in een vest gehulde vrouw van een jaar of zestig die me keurend opnam, het overhemd pakte en even later terugkwam met een heet strijkijzer in de ene en het overhemd in de andere hand: vers gestreken, op een hanger en verpakt in een plastic zak.

'Over service gesproken,' zei ik toen we weer op straat stonden.

'Honger?'

'Nee, nog niet.'

'Maar je hebt geen hap van je ontbijt genomen.'

Ze schokschouderde.

De dikke vrouw was met ons meegelopen en in de deuropening van de winkel blijven staan. Ze keek weifelend naar de lucht en wierp een blik op haar horloge. Een ogenblik later klonk een donderslag. Met een tevreden glimlach naar ons liep ze weer naar binnen.

De regen werd harder en killer. Ik probeerde Robin onder de paraplu te trekken, maar ze stribbelde tegen en bleef onder de open hemel staan om haar gezicht op te tillen zodat ze de volle laag kreeg. Een man die wegrende om ergens te gaan schuilen, draaide zich om en keek haar met grote ogen aan.

Ik pakte haar opnieuw vast. Ze bleef zich verzetten en likte het water van haar lippen. Met een flauwe glimlach alsof ze een binnenpretje had. Heel even dacht ik dat ze me er deelgenoot van zou maken. In plaats daarvan wees ze naar een brasserie twee huizen verder in de straat en holde voor me uit.

'Bonnie Raitt,' herhaalde ik.

We zaten aan een klein tafeltje dat weggedrukt stond in een hoek van de klamme brasserie. De vloer van het restaurant bestond uit smerige, vierkante witte tegels en aan de wanden hingen beslagen spiegels op vaak geverfde bruine planken. Een klinisch gedeprimeerde kelner scheen het een zware straf te vinden om ons salades en wijn te brengen. De regen gutste over de etalageruit en veranderde de stad in een gelatinepudding.

'Bonnie,' zei ze. 'Jackson Browne, Bruce Hornsby, Shawn Colvin en misschien nog een paar anderen.'

'Een tournee van drie maanden.'

'Minstens drie maanden,' zei ze zonder me aan te kijken. 'Als we naar het buitenland gaan, kan het nog langer duren.'

'Tegen de honger in de wereld,' zei ik. 'Een goed doel.'

'Tegen hongersnood en voor kinderzorg,' zei ze.

'Nobeler kan het niet.'

Ze keek me aan. Haar ogen waren droog en stonden uitdagend.

'Dus nu ben je equipment manager,' zei ik. 'Hou je op met het bouwen van gitaren?'

'Dat zal er ook wel bij komen. Ik moet een oogje op alle apparatuur houden en voor de reparaties zorgen.'

Ik moet, niet *ik zou moeten. De keuze was gemaakt en er was niets meer tegen in te brengen.*

'Wanneer heb je dat aanbod precies gekregen?' vroeg ik.

'Twee weken geleden.'

'Juist.'

'Ik weet best dat ik je dat had moeten vertellen. Maar het was niet… het werd me plotseling in de schoot geworpen. Weet je nog dat ik naar de Gold-Tone Studio's moest omdat ze die klassieke akoestische gitaren nodig hadden voor die retro-Elvisvideo? De tourmanager zat toevallig aan het tafeltje naast me omdat ze daar aan het mixen waren en we raakten in gesprek.'

'Wat een gezellige vent.'

'Een gezellige vrouw,' zei ze. 'Ze had haar hond bij zich… een Engelse buldog, een vrouwtje. Spike begon met haar te spelen en zo raakten we aan de praat.'

'Dierlijke aantrekkingskracht,' zei ik. 'Is de tournee ook diervriendelijk of moet Spike bij mij blijven?'

'Ik wil hem graag meenemen.'

'Dat zal hij vast hartstikke leuk vinden. Wanneer vertrek je?'

'Volgende week.'

'Volgende week.' Mijn ogen brandden. 'Dan heb je heel wat te pakken.'

Ze tilde haar vork op en prikte in de slappe slablaadjes. 'Ik kan nog afzeggen…'

'Nee,' zei ik.

'Alex, ik zou er geen moment over gepiekerd hebben, niet vanwege het geld…'

'Betaalt het goed?'

Ze noemde een bedrag.

'Dat is een bom geld,' zei ik.

'Luister nou eens goed naar me, Alex… dat maakt heus niets uit. Als jij me daardoor niet meer ziet zitten, kan ik nog altijd terug.'

'Ik zie je wel zitten en je wilt helemaal niet terug. Het kan best zijn dat je dat aanbod aangepakt hebt omdat ik je ongelukkig maakte, maar nu je toegezegd hebt, zie je er ook de voordelen van.'

Ik was dolgraag met haar in discussie gegaan, maar ze reageerde niet. Het restaurant liep vol met kletsnatte Parijzenaars die kwamen schuilen voor de stortbui.

'Twee weken geleden,' zei ik, 'was ik continu op pad met Milo vanwege de moord op Lauren Teague. Maar dat hield ik voor jou verborgen. Ik was stom genoeg om te denken dat dit reisje alles weer goed zou maken.'

Ze bleef een beetje in haar salade prikken. Het eethuisje leek steeds warmer en kleiner te worden. Mensen met chagrijnige gezichten zaten dicht op elkaar gepakt rond de tafeltjes en anderen bleven in elkaar gedoken in de ingang staan. De kelner maakte aanstalten om naar ons toe te komen. Robins boze blik hield hem tegen.

Ze zei: 'Ik voelde me zo alleen. Dat was al een tijdje zo. Jij was nooit thuis en je haalde je van alles op de hals. Ik ben gewoon niet over die tour begonnen omdat ik wist dat ik je... niet lastig moest vallen.'

Ze wreef met de zijkant van haar kleine vuist over de rand van de tafel. 'Het zal wel komen omdat ik altijd het gevoel heb gehad dat wat jij doet belangrijk is en dat wat ik doe... gewoon werk is.' Ik wilde iets zeggen, maar ze schudde haar hoofd. 'Maar wat je de laatste keer hebt gedaan, Alex... om met die vrouw op stap te gaan en haar te verléíden... Dat je verdomme een áfspraakje maakte om... je bedoelingen waren goed, maar het was toch een kwestie van verleiden. Door van jezelf een soort...'

'Hoer te maken?' vroeg ik. Ik moest ineens aan Lauren Teague denken. Een meisje dat ik lang geleden had gekend, toen ik nog braaf achter een bureau zat. Zij had haar lichaam te koop aangeboden en was uiteindelijk met een kogel in haar hoofd in een steegje beland...

'Ik wilde eigenlijk "lokaas" zeggen. Ondanks alles wat er tussen ons bestond, ondanks die zogenaamd ongeremde relatie van ons, deed je toch precies waar je zelf zin in had... waar het in feite op neerkomt, Alex, is dat je een heel ander leven hebt opgebouwd waar ik part noch deel aan heb. Waar ik ook geen deel van wéns uit te maken.'

Ze pakte haar wijnglas op, nam een slokje en trok een gezicht.

'Geen goed jaar?'

'Een prima jaar. Het spijt me, schat, maar ik denk dat het gewoon aan de timing lag. Dat ik dat aanbod precies kreeg op een moment dat ik zo in de put zat.' Ze pakte mijn hand en kneep er stevig in. 'Je houdt van me, maar toch liet je me stikken, Alex. Daardoor besefte ik ineens dat ik me al heel lang alleen voelde. En dat gold voor ons allebei. Het verschil is dat jij dat helemaal niet erg vindt... jij geniet

van eenzaamheid en gevaar. Maar toen Trish en ik in gesprek raakten en zij me vertelde dat ze mensen over mijn werk had horen praten... dat ze mijn reputatie kende... toen het plotseling tot me doordrong dat ik inderdaad een reputatie had en dat iemand me niet alleen een boel geld aanbood, maar ook de kans om iets zelfstandigs te doen, toen heb ik ja gezegd. Het was eruit voordat ik wist wat ik zei. Maar in de auto onderweg naar huis kreeg ik het op m'n zenuwen en zei bij mezelf: *Wat heb je in vredesnaam gedaan, meid?* Ik hield mezelf voor dat ik op mijn besluit moest terugkomen en ik vroeg me af hoe ik dat moest doen zonder als een idioot over te komen. En toen kwam ik thuis in een leeg huis en plotseling wílde ik helemaal niet meer op mijn besluit terugkomen. Ik ben naar mijn studio gegaan waar ik een potje heb zitten janken. Ik had nog steeds van gedachten kunnen veranderen. Dat zou waarschijnlijk ook wel gebeurd zijn, maar toen regelde jij dat afspraakje met die snol en... kreeg ik toch het gevoel dat ik het juiste besluit had genomen. En dat heb ik nog steeds.'
Ze keek door het natte raam naar buiten. 'Wat een prachtige stad. Ik wil hier nooit meer terugkomen.'

Het weer bleef somber en nat en we kwamen onze kamer niet meer uit. Het samenzijn werkte ons op de zenuwen: onderdrukte tranen, benauwende stiltes, het veel te beleefde gepraat over koetjes en kalfjes terwijl de regen de slaapkamerramen ranselde. Toen Robin voorstelde om eerder terug te gaan naar L.A. zei ik dat ik zou proberen om haar ticket te veranderen, maar dat ik nog een tijdje wilde blijven. Dat kwetste haar, maar het was tegelijkertijd een opluchting en toen de taxi de volgende dag voor de deur stond om haar naar het vliegveld te brengen, bracht ik haar koffers naar de auto, hielp haar instappen en rekende alvast af met de chauffeur.
'Hoe lang blijf je nog?' vroeg ze.
'Dat weet ik niet.' Mijn tanden deden pijn.
'Kom je terug voordat ik wegga?'
'Ja, hoor.'
'Alsjeblieft, Alex.'
'Komt in orde.'
Gevolgd door de kus, de glimlach en de bevende handen die verborgen bleven.
Terwijl de taxi wegreed, tuurde ik ingespannen naar haar achterhoofd: op zoek naar een rilling, een gebogen nek, of enig ander teken van onzekerheid, spijt of verdriet.
Het was onmogelijk te zien.
Alles ging veel te snel.

Op een zondag gingen we uit elkaar... nadat een jonge knul met een vriendelijke glimlach en een paardenstaart voor kwam rijden in een grote bus, in het gezelschap van twee roadies met zwarte *Stop de honger*-T-shirts over hun bolle pens. Ik had hem het liefst op zijn bek geslagen. Paardenstaart trakteerde Spike op een kluif en mij op een highfive. Spike at uit zijn hand. Hoe wist die klootzak dat hij daar zo dol op was?

'Hoi, ik ben Sheridan,' zei hij. 'De tourcoördinator.' Hij was gekleed in een wit overhemd, een spijkerbroek en bruine laarzen, zijn lijf was slank en hij had een fris en glad gezicht waar het optimisme vanaf straalde.

'Ik dacht dat Trish dat was.'

'Trish is de tourmanager. Mijn baas.' Hij keek even naar het huis. 'Het moet fijn zijn om hier te wonen.'

'Uh-huh.'

'Dus jij bent psycholoog.'

'Uh-huh.'

'Ik heb een paar jaar psychologie gestudeerd. En daarna psycho-akoestiek aan de Davis-universiteit. Vroeger was ik geluidstechnicus.'

Wat leuk voor je. 'Hmm.'

'Robin gaat meewerken aan een belangrijk project.'

'Goh,' zei ik.

Robin kwam met Spike aan de lijn de trap af. Ze droeg een roze T-shirt op een verschoten spijkerbroek, gympen en grote ringen in haar oren en ze begon meteen opdrachten uit te delen aan de roadies die haar koffers en haar gereedschapskisten in de bus zetten. Spike maakte een verdoofde indruk. Zoals dat bij de meeste honden het geval is, mankeert er niets aan zijn emotionele barometer en de laatste paar dagen was hij ongewoon meegaand geweest. Ik liep naar hen toe en bukte me om een aai over zijn knobbelige Franse buldoghoofd te geven. Daarna gaf ik Robin een kus, zei braaf: 'Veel plezier', draaide me om en slofte terug naar het huis.

Ze bleef naast Sheridan staan. En stak haar hand op.

Ik stond in de deuropening, deed net alsof ik niets zag, maar besloot ten slotte toch terug te zwaaien.

Sheridan ging achter het stuur van de bus zitten en de rest stapte achterin.

Ze tuften weg.

Eindelijk.
Nu werd het pas echt moeilijk.

Aanvankelijk was ik vastbesloten mijn verlies waardig te dragen. Dat duurde ongeveer een uur en de volgende drie dagen heb ik de telefoon uitgeschakeld, geweigerd contact op te nemen met mijn boodschappendienst, de gordijnen dicht laten zitten, me niet geschoren en de post niet opgehaald. Ik las de krant wel, want het nieuws is doorgaans toch één grote misère. Maar van de ellende van andere mensen werd ik ook niet vrolijker en de woorden gingen aan me voorbij alsof het onbegrijpelijke hiërogliefen waren. Ik at wel iets, maar het smaakte me niet. Meestal grijp ik niet naar de fles als ik problemen heb, maar nu werd Chivas mijn beste vriend. Ik begon letterlijk uit te drogen, mijn haar werd een bos stro, ik kreeg met moeite mijn ogen open en ik werd zo stijf als een plank. Het huis, dat toch al veel te groot was, nam monstrueuze proporties aan. De lucht raakte bedompt.

Op woensdag liep ik naar de vijver om de koi te voeren, want waarom zouden zij mee moeten lijden? Daarna kreeg ik het op mijn heupen en begon te poetsen, te stoffen, te vegen en op te ruimen. Op donderdag luisterde ik eindelijk het antwoordapparaat af. Robin had iedere dag gebeld en nummers in Santa Barbara en Oakland achtergelaten. Dinsdag begon ze een beetje bezorgd te klinken en woensdag leek ze behoorlijk overstuur en geërgerd: ze struikelde over haar woorden. De bus was op weg naar Portland. Alles was in orde, met Spike ging het prima, ze moest hard werken en de mensen waren geweldig. *Ikhouvanjeikhoopdatallesgoedgaat.*

Op donderdag belde ze twee keer en vroeg zich hardop af of ik ook de benen had genomen. Ze liet het nummer van een mobiele telefoon achter.

Ik toetste het in. En kreeg te horen: *dit toestel is niet bereikbaar.*

Even na enen hulde ik me in shorts, een trainingsshirt en sportschoenen en begon tegen het verkeer in Beverly Glen op te sjokken. Toen ik los genoeg was, begon ik in sloom tempo te joggen en uiteindelijk rende ik zo snel en zo ver dat ik me harder uitsloofde dan ik in jaren had gedaan.

Toen ik weer thuiskwam, had ik overal pijn en ik snakte naar adem. De brievenbus onder aan het ruiterpad dat naar het hek aan de voorkant leidde, zat vol papier en de postbode had een paar pakjes op de grond gelegd. Ik pakte alles op, smeet het hele zootje op de eettafel en overwoog om weer naar de fles te grijpen. In plaats daarvan sloeg ik anderhalve liter water naar binnen, richtte mijn aandacht weer op de post en begon die zonder veel animo door te kijken.

Rekeningen, reclame, verzoeken van makelaars om meteen contact op te nemen, een paar bedelbrieven van liefdadige doelen en een hoop uitnodigingen om mijn geld in dubieuze zaken te steken. De pakjes waren een psychologieboek dat ik een tijdje geleden had besteld, een gratis tandpastamonster dat me geheid gezond tandvlees en een adembenemende glimlach zou bezorgen en iets rechthoekigs van twintig bij dertig centimeter, verpakt in grof blauw papier voorzien van een getypt etiketje met DR. A. DELAWARE plus mijn adres. Geen afzender. Geen postzegels, alleen een frankeermachine en een poststempel van het centrum. Het blauwe papier, van zulk zwaar materiaal dat het bijna op stof leek, was keurig dichtgevouwen en vastgeplakt met doorzichtig plakband. Toen ik het open had gesneden kwam er nog een laag pakpapier te voorschijn: roze vloeipapier dat ik er voorzichtig af peuterde.

Er bleek een ringband in te zitten. Een blauwe omslag van bewerkt leer, stevig marokijn dat op bepaalde plaatsen zo beduimeld was dat het grauw en glimmend was geworden.

Op de voorkant waren precies in het midden gouden plakletters aangebracht.

HET MOORDBOEK

Toen ik het boek opensloeg, zag ik een leeg zwart schutblad. De volgende bladzij was ook zwart en gestoken in een stijf, plastic hoesje. Maar niet leeg. Met behulp van doorzichtige hoekjes was er een foto op geplakt: in bruine tinten, verbleekt, met randen in de kleur van slappe koffie met melk.

Een normaal formaat foto van het lichaam van een man dat op een metalen tafel lag. Op de achtergrond kasten met glazen deuren.

Beide voeten waren bij de enkels afgehakt en vlak onder de rafelige stompjes van de scheenbenen neergezet, alsof ze de ontbrekende stukjes van een puzzel waren. De linkerarm van het lijk ontbrak. De rechter was een vermorzeld hoopje. Hetzelfde gold voor het bovenlichaam boven de tepels. Het hoofd was in een doek gewikkeld.

Onder aan de bladzijde stond een getypt onderschrift met de tekst: **Oost L.A., vlak bij Alameda Blvd. Onder trein geduwd door vaste vriendin.**

Op de pagina ertegenover zat een opname die ongeveer even oud was: twee lijken – van mannen – die met opengevallen mond in een hoek van vijfenveertig graden ten opzichte van elkaar languit op een planken vloer lagen. De grote donkere vlekken onder de lijken waren in de loop der tijd donkerbruin geworden. Beide slachtoffers droegen wijde broeken met brede omslagen, geblokte overhemden en werkschoenen met veters. In de zolen van de man links zaten enorme gaten. Naast de elleboog van de ander lag een kapotgeschoten glas waarin vlak bij de rand nog een plasje heldere vloeistof stond.

Hollywood, Vermont Ave. Beiden neergeschoten door 'vriend' tijdens ruzie over geld.

Ik sloeg de bladzijde om en kwam bij een foto die er wat minder antiek uitzag, een zwart-witafdruk op glanspapier, een close-up van een stel in een auto. De houding van de vrouw verborg haar gezicht: het lag tegen de borst van een man en ging schuil onder een dikke bos platinablonde krullen. Een gestippelde jurk, korte mouwen, zachte armen. Het hoofd van haar metgezel lag achterover op de rugleuning van de stoel naar het lampje in het dak te staren. Een zwarte stroom bloed die uit zijn mond sijpelde, vertakte zich op het punt waar het bloed op zijn revers viel en drupte over zijn stropdas. Een smalle das, donker met een patroon van dobbelstenen. De das en de breedte van de revers duidden op de jaren vijftig.

Silverlake, bij het reservoir, overspeligen, hij schoot haar dood en stak daarna zelf het pistool in zijn mond.

Bladzijde vier: bleek bloot vlees boven op de dekens van een opklapbed. Het dunne matras was bijna even groot als het vloeroppervlak van een duister, sjofel kamertje. Verfomfaaid ondergoed aan het voeteneind. Een jong gezicht, verstijfd in de dood, lijkvlekken op de scheenbenen, een kroezig zwart kruis tentoongesteld door wijd gespreide benen, een panty die tot halverwege de kuiten omlaag was getrokken. Ik had geen uitleg nodig om een seksueel suggestieve houding te herkennen, dus van het onderschrift keek ik niet op.

Wilshire, Kenmore St., moord na verkrachting. Zeventienjarig Mexicaans meisje, gewurgd door vriendje.

Bladzijde vijf: **Central, Pico in de buurt van Grand, 89-jarige vrouw die de straat overstak, tasjesdiefstal eindigend in moord d.m.v. hoofdletsel.**

Bladzijde zes: **Southwest, Slauson Ave. Zwarte gokker doodgeslagen na partijtje dobbelen.**

De eerste kleurenfoto verscheen op bladzijde tien: rood bloed op zandkleurig linoleum, de grauwgroene bleekheid die gepaard gaat met het verscheiden van de ziel. Een dikke man van middelbare leeftijd zat onderuitgezakt tussen pakjes sigaretten en snoepgoed, in een hemelsblauw overhemd vol purperen vlekken. Vlak bij zijn linkerhand stond een afgezaagde honkbalknuppel met een leren bandje door het handvat.

Wilshire, Washington Blvd. vlak bij La Brea, eigenaar van een drankzaak doodgeschoten tijdens overval. Probeerde tegenstand te bieden.

Ik bladerde sneller door.

Venice, Ozone Avenue, kunstenares aangevallen door hond van de buren. Drie jaar lang ruzie.

... Bankoverval, kruising Jefferson en Figueroa. Kassier verzette zich, zes kogels in het lijf.

... Straatoverval met geweld, kruising Broadway en Fifth. Een kogel door het hoofd. Verdachte ging er niet vandoor, betrapt toen hij de zakken v.h. slachtoffer doorzocht.

... Echo Park, vrouw door echtgenoot neergestoken in keuken. Bedorven soep.

En zo ging het bladzijden lang door, steeds hetzelfde soort wrede afbeeldingen met zakelijke onderschriften.

Waarom was dit naar mij gestuurd?

Meteen daarop schoot me een oud mopje te binnen: *Waarom niet?* Zonder echt naar de afbeeldingen te kijken bladerde ik de rest van het album door, op zoek naar een of andere persoonlijke boodschap. Het enige dat ik vond was het dode vlees van volkomen vreemden. Drieënveertig lijken in totaal.

Aan het eind zat een zwarte bladzij met weer een mededeling in het midden, in dezelfde gouden plakletters:

EINDE

4

Ik had mijn beste vriend al een tijdje niet meer gesproken en dat kwam me goed uit.

Nadat ik bij de officier van justitie een verklaring had afgelegd in verband met de moord op Lauren Teague had ik mijn buik vol van justitie en ik was van plan me er niet meer mee te bemoeien tot het proces plaats zou vinden. En met een rijke beklaagde plus een peloton betaalde huichelaars zou dat eerder een kwestie van jaren worden dan van maanden. Milo moest de details nog afwikkelen, dus ik had een goed excuus om uit de buurt te blijven. De vent zat tot aan zijn nek in het werk, ik kon hem beter met rust laten.

In feite had ik helemaal geen zin gehad om met hem of met iemand anders te praten. Ik had jarenlang gepredikt dat een mens uiting moest geven aan zijn gevoelens, maar voor mijzelf was afzondering al sinds mijn jeugd het beste medicijn. Dat was al heel vroeg begonnen, door al die nachten dat ik met bonzend hart en de handen over mijn oren in een hoekje in de kelder had gezeten, hardop 'Yankee Doodle' neuriënd om de herrie die mijn woedende vader boven mijn hoofd maakte niet te horen.

Als de zaak uit de hand liep, kroop ik als een schelpdier weg in de grauwe cocon van eenzame opsluiting.

Nu lagen er drieënveertig opnamen van dode mensen op mijn eettafel. De dood was de grondstof waarmee Milo werkte.

Ik belde de rechercheafdeling van West L.A.

'Met Sturgis.'

'Met Delaware.'

'Alex. Wat is er aan de hand?'

'Ik heb iets gekregen waar jij volgens mij maar beter even naar kunt kijken. Een fotoalbum vol opnamen van lijken op de plaats van het misdrijf.'

'Foto's of fotokopieën?'

'Foto's.'

'Hoeveel?'

'Drieënveertig.'

'Dus je hebt ze geteld,' zei hij. 'Drieënveertig van dezelfde zaak?'

'Drieënveertig verschillende zaken. Ze lijken in chronologische volgorde te zitten.'

'En die heb je "gekregen"? Hoe dan?'

'Met dank aan de posterijen. Als brief gefrankeerd en in het centrum gepost.'

'En je hebt geen flauw idee aan wie je dat te danken hebt.'

'Ik zal wel een geheime bewonderaar hebben.'

'Foto's die op de plaats van een misdrijf zijn gemaakt,' zei hij.

'Of iemand heeft een voorkeur voor enge vakanties en daarvan een plakboek bijgehouden.' Ik hoorde het signaal dat er een wisselgesprek wachtte. Meestal negeer ik dat hinderlijke geluid, maar misschien was het Robin die vanuit Portland belde. 'Blijf even hangen.' *Klik.*

'Hállo, meneer,' zei een opgewekte vrouwenstem. 'Bent u degene op wiens naam de telefoon staat?'

'Nee, ik ben de stoeipoes hier,' zei ik en schakelde terug naar Milo. De kiestoon. Er zou wel een spoedtelefoontje tussendoor zijn gekomen. Ik toetste zijn doorkiesnummer in, werd verbonden met de telefoniste van West L.A. en nam niet de moeite om een boodschap achter te laten.

Twintig minuten later ging de deurbel. Ik had mijn sportkleren nog niet uitgetrokken, geen koffie gezet en ook niet gecontroleerd of er genoeg in de ijskast zat, want daar loopt Milo altijd rechtstreeks naar toe. Het zien van foto's van slachtoffers van een gewelddadige dood beneemt de meeste mensen de eetlust, maar hij doet dat werk al zo lang dat een hapje tussendoor een heel ander aspect krijgt.

Ik deed de deur open en zei: 'Dat heb je snel gedaan.'

'Het was toch tijd om te gaan lunchen.' Hij liep langs me heen naar de plek waar de blauwe map open en bloot op tafel lag, maar hij maakte geen aanstalten om het boek op te pakken. In plaats daarvan bleef hij staan, met de duimen in de lussen van zijn broek gehaakt en een dikke pens die nog nahijgde van de snelheid waarmee hij de trap naar het terras was opgelopen.

Groene ogen gleden van het boek naar mij. 'Ben je ziek of zo?'

Ik schudde mijn hoofd.

'Wat heeft dat dan te betekenen? Verandering van stijl?' Een worstachtige vinger wees naar de stoppels op mijn gezicht.

'Ik heb het scheren maar even laten zitten,' zei ik.

Hij snoof en keek de kamer rond. 'Er staat niemand aan mijn broekspijpen te knagen. Is El Blaffo achter bij Robin?'

'Nee.'

'Ze is er toch wel?' vroeg hij. 'Haar truck staat voor het huis.'

'Je bent vast bij de politie,' zei ik. 'Helaas kloppen de aanwijzingen niet. Ze is niet thuis.' Ik wees naar het boek. 'Kijk dat maar even door, dan ga ik ondertussen in de voorraadkast snuffelen. Als ik iets vind dat nog niet uitgedroogd is, maak ik wel een sandwich voor je...'

'Nee, dank je wel.'

'Wil je iets drinken?'

'Nee.' Hij bleef stokstijf staan.

'Wat is er mis?' vroeg ik.

'Hoe zal ik dat nu eens subtiel onder woorden brengen,' zei hij. 'Goed dan. Je ziet er belazerd uit, de hele tent stinkt als een tehuis voor ouden van dagen, Robins truck staat voor de deur, maar zij is er niet en als ik over haar begin, sla je je ogen neer alsof je iets op je kerfstok hebt. Wat is er verdomme aan de hand, Alex?'

'Zie ik er belazerd uit?'

'Dat is nog zwak uitgedrukt.'

'Nou ja,' zei ik. 'Dan kan ik maar beter die fotosessie met *In Style* afzeggen. En over foto's gesproken...' Ik hield hem het boek voor. 'Je ontwijkt de vraag,' zei hij terwijl hij van zijn hoogte van bijna een meter achtentachtig met samengeknepen ogen op me neerkeek. 'Hoe wordt dat bij de studie psychologie ook alweer genoemd?'
'Het ontwijken van de vraag.'
Hij schudde zijn hoofd, bleef me vriendelijk aankijken en sloeg zijn armen over elkaar. Als je de gespannen trekken rond zijn ogen en mond negeerde, zag hij eruit alsof hij zich op zijn gemak voelde. Het bleke, pokdalige gezicht was iets smaller dan gewoonlijk en de bierbuik was het tegendeel van plat, maar absoluut minder bol.
Was hij aan het lijnen? Voor de zoveelste keer?
Voor de verandering droeg hij kleren die qua kleur redelijk bij elkaar pasten: een goedkope maar schone donkerblauwe blazer, een katoenen, kakikleurige broek, een wit overhemd met een nauwelijks gerafeld boord, een donkerblauwe das en gloednieuwe, beige laarzen met roze spekzolen die piepten toen hij zijn gewicht op zijn andere voet verplaatste en me strak aan bleef kijken. En hij was ook net naar de kapper geweest. Het gewone model: van opzij en van achteren kortgeknipt tot een wollig tapijtje, het haar bovenop lang en ruig, met rondom zijn kruin eigenwijze rechtopstaande pieken. Een zwarte lok viel als een komma over zijn pokdalige voorhoofd. Het haar vanaf zijn slapen tot onderaan de veel te lange bakkebaarden was in de loop der jaren sneeuwwit geworden. Het stak op een onwezenlijke manier af tegen het zwarte haar erboven: Mr. Skunk noemde hij zichzelf tegenwoordig.
'Tot in de puntjes gekleed en vers van de kapper,' zei ik. 'Ben je met een schone lei begonnen? Moet ik je geen eten opdringen? Maakt niet uit, pak dat verdomde boek nou maar aan.'
'Robin...'
'Nu niet.' Ik stak hem het blauwe album toe.
Hij bleef met de armen over elkaar staan. 'Leg het maar weer op tafel.' Nadat hij een paar rubber handschoenen uit de verpakking had gehaald wurmde hij zijn handen erin, bleef even naar het blauwe leren kaft kijken, sloeg het boek open, las het opschrift en bladerde door naar de eerste foto.
'Oud,' mompelde hij. 'Als je afgaat op de kleur en de kleren. Iemand heeft kennelijk zijn griezelverzameling van zolder gehaald.'
'Zijn het politiefoto's?'
'Waarschijnlijk wel.'
'Een privéverzameling, bij elkaar gejat uit officieel bewijsmateriaal?'
'Zaken verdwijnen in het archief en als iemand lange vingers heeft,

zal het geen hond opvallen dat er per dossier één foto is gesnaaid.'
'Een smeris?'
'Een smeris of lugubere burgeremployé. Er zijn een hoop mensen die
toegang hebben tot het archief, Alex. Een deel daarvan vindt hun
werk leuk omdat ze graag bloed zien.'
'"Het Moordboek,"' zei ik. 'Dat klinkt als een officieel dossier.'
'Het heeft ook dezelfde kleur. Degene die je dit heeft gestuurd kent
de officiële gang van zaken op zijn duimpje.'
'Als dit de officiële gang van zaken is... waarom is het dan naar mij
gestuurd?'
Hij gaf geen antwoord.
'Het is niet compleet antiek,' zei ik. 'Ga maar verder.'
Hij bestudeerde nog een paar foto's, bladerde terug naar de eerste
opname en ging vervolgens weer verder op de plek waar hij was gebleven. Terwijl hij de opnamen bekeek, begon hij de bladzijden steeds
sneller om te slaan en wierp ten slotte alleen nog maar een vluchti-
ge blik op de gruwelijke beelden, precies zoals ik had gedaan. Toen
stopte hij en staarde met grote ogen naar een foto ergens achter in
het boek. De handschoenen spanden zich strak over knobbelige
knokkels toen hij het album vastpakte.
'Wanneer heb je dit precies gekregen.'
'Het zat vandaag bij de post.'
Hij pakte het pakpapier op, keek naar het adres en controleerde het
poststempel. Daarna richtte hij zijn aandacht weer op het album.
'Wat is er aan de hand?'
Hij legde het boek op tafel, opengeslagen bij de bladzijde waar hij
gestopt was, en bleef er met zijn handen aan weerszijden van het album plat op tafel strak naar kijken. Tandenknarsend. En vervolgens
met een lach, die een verlammende uitwerking zou hebben gehad op
elke prooi.
Foto nummer veertig.
Een lichaam in een greppel met onderin een plasje modderwater.
Roestkleurig bloed op beige zand. Helemaal rechts op de foto ste-
kelig onkruid. Witte inktpijlen wezen naar het onderwerp, maar dat
onderwerp was duidelijk genoeg.
Een jonge vrouw, misschien nog maar een tiener. Heel mager... met
een ingevallen buik, een ribbenkast als een wasbord, broze schouders, dunne armen en benen. Het onderlichaam en de hals bedekt
met een rasterwerk van snij- en steekwonden. Er zaten ook vreemde zwarte stippen tussen. De beide borsten ontbraken en hadden
plaatsgemaakt voor purperkleurige schijven in de vorm van ruiten
in een kaartspel. Haar hoekige gezicht was en profil neergelegd zo-

dat het naar rechts keek. Boven haar voorhoofd, waar het haar had moeten zitten, hing een bloedrode wolk.

Rond haar polsen en enkels zaten de paarse striemen van boeien. Ook beide benen waren bezaaid met zwarte stippen – leestekens omringd door lichtroze aureooltjes, alsof ze ontstoken waren.

Brandplekken van een sigaret.

Lange witte benen opgetrokken in een parodie van seksuele overgave.

Ik had deze foto over het hoofd gezien.

Central, Beaudry Ave., lichaam achtergelaten boven de oprit naar snelweg 101. Seksuele moord, gescalpeerd, gewurgd, messteken en brandwonden. NO.

'NO,' zei ik. 'Niet opgelost?'

'Je hebt niets anders gekregen dan het boek en de verpakking?' vroeg Milo. 'Er zat geen briefje bij?'

'Nee. Dit was alles.'

Hij controleerde het blauwe verpakkingsmateriaal nog een keer, net als het roze vloeipapier, en richtte zijn aandacht daarna weer op het mishandelde meisje. Hij zat een hele tijd naar haar te kijken tot hij ten slotte met een van zijn handen over zijn gezicht wreef alsof hij het zonder water waste. Dat was een nerveuze tic die hij al jaren had. Soms kan ik eruit opmaken hoe hij zich voelt, andere keren valt het me nauwelijks op.

Hij herhaalde het gebaar en kneep in de brug van zijn neus. Weer dat wrijven. Zijn mond vertrok en ontspande niet toen hij weer een tijdje op de foto zat neer te kijken.

'Sjongejonge,' zei hij.

En een paar seconden later: 'Ja, dat lijkt mij ook. Niet opgelost.'

'Maar bij geen van de andere foto's stond "NO",' zei ik.

Geen antwoord.

'Zou dat betekenen dat dit het geval is dat we nader moeten bekijken?' vroeg ik.

Geen antwoord.

'Wie was ze?'

Zijn lippen vertrokken en toen hij naar me opkeek, kon ik zijn tanden zien. Niet dat hij glimlachte, verre van dat. De uitdrukking op zijn gezicht leek op die van een beer die een gratis maaltje in het oog krijgt.

Hij pakte de blauwe map op. Die trilde. Zijn handen beefden. Dat had ik nog nooit gezien. Met weer zo'n verschrikkelijk lachje legde hij het boek terug op de tafel. Hij schoof het zorgvuldig recht. Daarna stond hij op en liep naar de woonkamer. Met zijn gezicht naar de open haard pakte hij een pook op en tikte daarmee zacht op het graniet.

Ik keek nog eens goed naar het verminkte meisje.

Hij schudde heftig met zijn hoofd. 'Waarom zou je dat in je hoofd willen prenten?'

'En jij dan?' vroeg ik.

'Mijn hoofd zit al vol troep.'

Het mijne ook. 'Wie was ze, Milo?'

Hij legde de pook weer neer. En begon te ijsberen.

'Wie ze was?' herhaalde hij. 'Iemand die tot niets is gedegradeerd.'

5

De eerste zeven moorden waren niet zo erg als hij had verwacht.

Eigenlijk helemaal niet erg, als je naging wat hij in Vietnam had gezien.

De korpsleiding had hem bij de afdeling Central geplaatst, niet ver – in geografisch noch in cultureel opzicht – van Rampart, waar hij een jaar in uniform had rondgelopen, gevolgd door acht maanden bij de afdeling fraude in Newton.

Ze waren oorspronkelijk van plan geweest om hem bij de zedenpolitie te plaatsen, maar dat had hij ze uit het hoofd gepraat. Anders had hij écht zijn hart kunnen ophalen. Ha ha ha. Insidersgrapje.

Hij was zevenentwintig, compleet met beginnend buikje, een volslagen beginneling met betrekking tot moordzaken en hij wist niet zeker of hij er wel tegen zou kunnen. Dat gold trouwens voor elke vorm van politiewerk. Maar wat zou hij op dit punt – na de oorlog – anders kunnen doen?

Een nieuwbakken rechercheur die erin was geslaagd om zijn grote geheim te bewaren, ook al wist hij best dat er werd gekletst.

Niemand sprak hem er rechtstreeks op aan, maar er mankeerde niets aan zijn oren.

Hij is anders dan anderen... het is net alsof hij denkt dat hij beter is dan de rest.

Hij drinkt wel, maar hij kletst niet.

Hij lult niet met de jongens mee.

Hij kwam wel opdagen bij het vrijgezellenfeestje van Hank Swangle, maar waar was hij verdomme toen ze met dat grietje op de proppen kwamen dat zich door iedereen liet pakken?

Hij kan zich gratis laten pijpen en gaat ervandoor.
Hij zit gewoon niet achter de wijven aan, dat is het.
Raar, hoor.

Dankzij zijn toetsresultaten, het percentage zaken dat hij oploste en zijn hardnekkigheid belandde hij ten slotte bij de afdeling moordzaken van Central, waar ze hem koppelden aan een broodmagere, achtenveertigjarige rechercheur met een hogere rang, een zekere Pierce Schwinn, die eruitzag alsof hij zestig was en die zichzelf een hele filosoof vond. Schwinn en hij draaiden meestal avond- en nachtdiensten, omdat Schwinn pas in het donker opleefde. De vent kreeg koppijn van te veel licht en hij liep eeuwig te klagen over chronische slapeloosheid. Dat was geen wonder, want hij vrat pillen voor een constant verstopte neus alsof het zuurtjes waren en sloeg per dienst minstens tien koppen koffie achterover.

Schwinn vond het heerlijk om rond te rijden en zat zo min mogelijk achter zijn bureau. Dat was een plezierige verandering ten opzichte van het saaie routinewerk bij de afdeling fraude, waar Milo een stijve kont had gekregen van het zitten. Maar het nadeel was dat Schwinn geen hoofd had voor administratief werk en dus ook geen moment aarzelde om zijn jongere partner daarmee op te zadelen.

Milo hing urenlang de verdomde secretaresse uit, maar het leek hem het verstandigst om zijn mond te houden en te luisteren. Schwinn was door de wol geverfd, daar zou hij vast wel iets van kunnen opsteken. In de auto kletste Schwinn hem afwisselend de oren van zijn kop of hij zei helemaal niets. Als hij zijn mond opendeed, gebeurde dat altijd op een opgefokt en prekerig toontje – alsof hij hem constant iets in wilde peperen. De vent deed hem denken aan een van zijn professoren aan de universiteit van Indiana. Herbert Milrad, rijke familie, Byron-expert. Een uitspraak waar je kramp van in je kaken kreeg, een lijf als een uitgezakte peer en een volslagen onberekenbaar humeur. Halverwege het eerste semester had Milrad al in de gaten wat voor vlees hij met Milo in de kuip had en hij probeerde daar zijn voordeel mee te doen. Milo, die nog volkomen in de knoop zat met zijn eigen seksualiteit, had het aanbod beleefd afgeslagen. Bovendien stootte Milrad hem in lichamelijk opzicht af.

Het was geen fraai schouwspel geweest, die Beleefde Weigering, en Milo wist dat Milrad hem dat betaald zou zetten. Vanaf dat moment zou hij aan de universiteit geen poot meer aan de grond krijgen en een titel kon hij ook vergeten. Hij maakte nog wel die verdomde kandidaatsscriptie af door schaamteloos in de teksten van Walt Whitman te grasduinen en hij haalde het examen met de hakken over de sloot. Omdat het gelul dat aan de universiteit doorging voor literaire analyse hem toch al mijlenver de keel uithing, stopte hij met zijn studie en verspeelde zo het recht op uitstel van zijn dienstplicht. Hij solliciteerde naar een baan die aangeboden werd door het studentenarbeidsbureau en werd terreinknecht in het Muscatatuck Natuurpark, in afwachting van een oproep van de strijdkrachten. De brief viel vijf weken later in de bus.

Aan het einde van dat jaar was hij een hospik die door de rijstvelden waadde om het hoofd van jonge knullen te ondersteunen en toe te kijken hoe de nauwelijks gevormde ziel het lichaam ontvlood terwijl hij de warme inwendige organen in zijn handen hield... met name darmen vormden een groot probleem want die glibberden als warme worstjes uit zijn vingers. Bloed werd bruin en vormde sliertjes als het in het modderige water terechtkwam.

Het lukte hem in leven te blijven en bij zijn thuiskomst kwam hij tot de ontdekking dat zowel het burgerleven als zijn ouders en zijn broers hem tegen de borst stuitten. Hij begon rond te trekken en bleef een tijdje in San Francisco hangen waar hij min of meer met de neus op zijn eigen seksualiteit werd gedrukt. Maar hij vond SF benauwend en overdreven hip, kocht een oude Fiat en reed langs de kust naar L.A. Daar bleef hij plakken, omdat de smog en de rottigheid geruststellend overkwamen. Een tijdlang pakte hij het ene na het andere tijdelijke baantje aan om uiteindelijk tot de conclusie te komen dat werken bij de politie best leuk zou kunnen zijn, dus waarom zou hij dat verdomme niet proberen?

En daar zat hij dan, drie jaar later. De oproep kwam om zeven uur 's avonds, toen hij net met Schwinn in een dienstauto zonder opschrift op de parkeerplaats van een Taco Tio in Temple Street met groente gevulde burrito's zat te eten. Schwinn had een van zijn stille buien en er lag een onrustige blik in zijn ogen terwijl hij zich kennelijk met tegenzin zat vol te proppen.

Toen de radio begon te pruttelen, praatte Milo met de meldkamer, noteerde de bijzonderheden en zei: 'Ik denk dat we beter kunnen gaan.'

'Laten we maar eerst eten,' zei Schwinn. 'Er staat toch niemand op uit de dood.'

Moord nummer acht.

De eerste zeven waren eigenlijk geen probleem geweest, in ieder geval niets om van te walgen. Zoals bij vrijwel elke zaak in Central waren de slachtoffers allemaal zwart of Mexicaans geweest en hetzelfde gold voor de daders. Als hij met Pierce op kwam dagen, behoorden de enige blanke gezichten op de plaats van het delict toe aan agenten in uniform of lui van de technische recherche.

Zwart/bruine zaken betekenden tragedies die nooit de kranten haalden en aanklachten die meestal op de plank belandden, of op een schikking met de officier van justitie uitliepen. Alleen als de slechterik een bijzonder stomme pro-Deoadvocaat kreeg toegewezen kon het uitdraaien op een lang verblijf in het huis van bewaring gevolgd door een proces waarbij de maximumstraf werd uitgedeeld.

De eerste twee oproepen betroffen ordinaire schietpartijen in kroegen, waarbij de zatte daders zo dronken waren geweest dat ze nog steeds aanwezig waren toen de agenten in uniform binnenkwamen... letterlijk met het rokende pistool nog in de hand en zonder weerstand te bieden.

Milo keek toe hoe Schwinn met dat soort sufferds omsprong en kreeg al gauw door wat zijn vaste aanpak was. Eerst mompelde hij binnensmonds tegen de dader, die er geen woord van verstond, dat alles wat hij zei tegen hem gebruikt kon worden en dat hij het recht had om te zwijgen. Vervolgens zette hij de kluns zo onder druk dat die daar ter plekke een bekentenis aflegde, waarbij hij er wel voor zorgde dat Milo met zijn pen en zijn opschrijfboekje in de aanslag stond om alles op te schrijven.

'Goed zo, jongen,' zei hij dan na afloop tegen de verdachte, alsof de klootzak een examen had afgelegd. En over zijn schouder tegen Milo: 'Kun je een beetje typen?'

Vervolgens gingen ze naar het bureau, waar Milo op een schrijfmachine begon te rammen en Schwinn zich uit de voeten maakte.

Bij zaken Drie, Vier en Vijf ging het om huiselijk geweld. Gevaarlijk voor de agenten die erbij waren geroepen, maar als de recherche op kwam dagen was alles al in kannen en kruiken. Drie licht ontvlambare echtgenoten, twee neergeschoten vrouwen en één doodgestoken. Een kort babbeltje met de familie en de buren om erachter te komen waar de klojo's zich 'verborgen' hielden – meestal op loopafstand – even bellen en om assistentie vragen, ze inrekenen, Schwinn die weer binnensmonds aan zijn monoloog begon...

Moord nummer Zes was een overval van twee personen op een van de discountjuweliers op Broadway: goedkope zilveren kettingen en onzuivere diamantschilfers in vulgaire tienkaraats sieraden. Het was een overval met voorbedachten rade geweest, maar de 187 was een kwestie van pure pech omdat het pistool van een van de klungels per ongeluk afging en de kogel zich rechtstreeks in het voorhoofd van de achttienjarige zoon van de winkelier had geboord. Een grote knappe knul die Kyle Rodriguez heette, de grote ster van het footballteam van El Monte High, die toevallig net even bij pa was aangewipt met het grote nieuws dat hij dankzij zijn sportieve prestaties een beurs van de staatsuniversiteit van Arizona had gekregen.

Ook die zaak scheen Schwinn nauwelijks te boeien, maar hij wist wel van wanten. Bij wijze van spreken dan. Hij zei tegen Milo dat hij maar eens op zoek moest gaan naar voormalige werknemers, tien tegen een dat het daarop neer zou komen. Nadat hij Milo bij het bureau had afgezet, ging hij zelf naar de dokter en meldde zich vervolgens voor de rest van de week ziek. Milo liep zich drie dagen lang de benen uit het lijf om een lijst samen te stellen en concentreerde zich op een manusje-van-alles dat een maand eerder was ontslagen omdat hij verdacht werd van diefstal. Hij duikelde de vent op in een sjofel hotel op Central, waar hij nog steeds een kamer deelde met de zwager met wie hij de overval had gepleegd. De twee boosdoeners verdwenen achter de tralies en toen Pierce Schwinn fris en blozend weer op kwam dagen, zei hij: 'Ja, dat zat er dik in... heb je het rapport al klaar?'

Dat geval bleef Milo wel een poosje door het hoofd spelen. De gedachte aan het stevig gebouwde, gebruinde lichaam van Kyle Rodriguez dat dwars over de vitrine lag, hield hem ettelijke nachten wakker. Niet vanwege filosofische of theologische redenen, maar het zat hem gewoon niet lekker. Hij had meer dan genoeg jonge, gezonde knullen een heel wat pijnlijker dood zien sterven dan Kyle en hij had het al lang geleden opgegeven zich af te vragen wat de zin daarvan was.

Hij bracht zijn slapeloze nachten door met ritjes in de oude Fiat. Heen en weer over Sunset, van Western naar La Cienega en vice versa. Om ten slotte toch in zuidelijke richting naar Santa Monica Boulevard te rijden.

Alsof dat niet van meet af aan zijn bedoeling was geweest.

Hij hield zichzelf voor de gek door als een kat om de hete brij te draaien.

Want hij zou er toch niet af kunnen blijven.

Drie nachten achter elkaar reed hij rond door Boystown. Gedoucht en geschoren, compleet met aftershave, in een schoon wit T-shirt, een met militaire precisie gestreken spijkerbroek en witte gympen. Wensend dat hij knapper en slanker was, maar toch met het idee dat hij er best mee door kon als hij zijn ogen samenkneep, zijn buik introk en zijn zenuwen in bedwang hield door over zijn gezicht te wrijven. De eerste avond wrong de patrouillewagen van een sheriff zich bij Fairfax tussen het verkeer en bleef twee auto's achter zijn Fiat rijden, waardoor er allerlei alarmbelletjes begonnen te rinkelen. Hij hield zich keurig aan de verkeersregels, reed terug naar zijn slonzige appartementje op Alexandria, dronk bier tot het hem de neusgaten uitkwam, keek naar een paar slechte tv-programma's en liet zijn fantasie de vrije loop. De tweede avond ontbraken de sheriffs, maar hij kon gewoon de energie niet opbrengen om contact te zoeken en het kwam er uiteindelijk op neer dat hij helemaal naar het strand reed en weer terug, waarbij hij bijna achter het stuur in slaap viel.

De derde nacht veroverde hij een kruk in een kroeg in de buurt van Larabee en het zweet brak hem uit toen hij besefte dat hij nog meer gespannen was dan hij dacht, want hij had verdomme gewoon kramp in zijn nek en zijn tanden klopten alsof ze ieder moment konden afbrokkelen.

Ten slotte pikte hij toch een knul op, even voor vier uur 's ochtends, nog voordat het zonlicht genadeloos zijn slechte huid zou tonen. Een jonge zwarte knul, ongeveer van zijn eigen leeftijd. Goed gekleed, goedgebekt, ouderejaars student aan UCLA. En ongeveer in hetzelfde stadium als Milo qua oprechtheid ten opzichte van zijn seksualiteit.

Ze waren allebei zenuwachtig en onhandig in het sjofele studentenflatje van de knul op Selma aan de zuidkant van Hollywood. De knul studeerde weliswaar aan UCLA, maar hij woonde tussen de junks en de hippies ten oosten van Vine omdat de Westside te duur voor hem was. Ze zaten nog even beleefd over koetjes en kalfjes te praten en daarna... Het was binnen een paar seconden voorbij. En ze wisten allebei dat er geen tweede keer zou volgen. De knul had tegen Milo gezegd dat hij Steve Jackson heette, maar toen hij naar de plee ging zag Milo een agenda liggen waar met dikke letters WES op stond. Aan de binnenkant van de omslag zat een adressticker. Wesley E. Smith, gevolgd door het adres op Selma.

Over intimiteit gesproken.

Een zielig geval, dat van Kyle Rodriguez, maar daar was hij inmiddels overheen tegen de tijd dat Zaak Zeven aan de beurt was.

Een straatgevecht, alweer op die goeie ouwe Central Avenue. Een messengevecht, plassen bloed op het trottoir, maar slechts één dode, een Mexicaanse vent van een jaar of dertig in werkkleren. Aan het amateuristisch geknipte haar en de goedkope schoenen te zien een pas gearriveerde illegaal. Meer dan twintig getuigen in een naburige *cantina* spraken geen Engels en deden net alsof ze blind waren. Maar aan dit geval kwam zelfs geen speurwerk te pas. De oplossing kwam via de jongens in uniform in een patrouillewagen die de dader een paar straten verder zwaar bloedend uit zijn eigen wonden over het trottoir zagen zwalken. De uniformen sloegen hem jankend van pijn in de boeien, plantten hem op de stoeprand, belden Schwinn en Milo op en lieten toen pas een ambulance komen die de stakker naar de gevangenzaal van het County Ziekenhuis vervoerde.

Toen de rechercheurs daar aankwamen, werd de sukkel net op een brancard gelegd en hij had inmiddels zoveel bloed verloren dat het kantje boord was. Uiteindelijk bleef hij wel in leven, maar hij was het grootste gedeelte van zijn dikke darm kwijt. Vanuit zijn bed legde hij een verklaring af en de schuldbekentenis volgde vanuit een rolstoel. Daarna werd hij weer teruggestuurd naar de gevangenzaal in het ziekenhuis tot iemand had besloten wat er met hem moest gebeuren.

En nu was Nummer Acht aan de beurt. Schwinn bleef kalm doorknabbelen aan zijn burrito.

Ten slotte veegde hij zijn mond af. 'Beaudry, aan het begin van de snelweg, hè? Rij jij?' Hij was al buiten en op weg naar de passagiersstoel voordat Milo antwoord kon geven.

Milo zei: 'Maakt me niet uit', om zijn eigen stem ook weer eens te horen.

Ook als hij niet achter het stuur zat, werkte Schwinn altijd hetzelfde nerveuze ritueel af voor ze wegreden. Hij schoof zijn stoel met veel misbaar naar achteren en bracht hem vervolgens weer in dezelfde stand terug. Hij controleerde de knoop van zijn das in de achteruitkijkspiegel en wreef over een van zijn liploze mondhoeken om er zeker van te zijn dat er geen knalrode flintertjes opgedroogde saus waren achtergebleven.

Achtenveertig jaar, maar zijn haar was spierwit en dun. Op zijn kruin was hij al bijna kaal. Een meter vijfenzeventig en Milo dacht dat hij hooguit drieënzestig kilo zou wegen, schoon aan de haak en voornamelijk kraakbeen. Hij had lange, magere kaken, een zuinig streepje dat voor een mond door moest gaan, diepe voren in de huid waar de botten bijna door staken en dikke wallen onder intelligente, argwanende ogen. Het geheel maakte een stoffige indruk. Schwinn was in Tulsa geboren en had zich binnen een paar minuten nadat ze kennis met elkaar maakten tegenover Milo al als een 'Ultra-Okie' getypeerd. Daarna had hij even gezwegen en de jonge rechercheur recht aangekeken. Wachtend tot Milo iets over zijn eigen afkomst zou zeggen.

Wat dacht je van Zwart-Ierse Flikker uit Indiana?

'Net als in dat boek van Steinbeck,' zei Milo.

'Ja,' zei Schwinn teleurgesteld. '*Druiven der gramschap*. Heb je dat weleens gelezen?'

'Ja.'

31

'Ik niet.' Op een uitdagende toon. 'Waarom zou ik, verdomme? Alles wat daarin staat, heb ik al van mijn vader gehoord.' Schwinns mond vertoonde een magere afspiegeling van een glimlach. 'Ik haat boeken. En ik heb ook de pest aan tv en aan stompzinnige radioprogramma's.'

Milo hield zijn mond.

Schwinn fronste. 'En aan sport... wat heeft dat nou voor zin?'

'Ja, het wordt snel overdreven.'

'Je hebt er wel de bouw voor. Heb je tijdens je opleiding aan sport gedaan?'

'Football, op de middelbare school,' zei Milo.

'Was je niet goed genoeg voor een collegeteam?'

'Bij lange na niet.'

'Lees je veel?'

'Nogal,' zei Milo. Waarom klonk dat als een biecht?

'Ik ook.' Schwinn drukte zijn handen tegen elkaar en richtte die beschuldigende ogen op Milo. Milo moest wel reageren.

'Je hebt een hekel aan boeken, maar je leest wel.'

'Tijdschriften,' zei Schwinn triomfantelijk. 'Tijdschriften die iets zinnigs te melden hebben... Neem nou bijvoorbeeld *Reader's Digest*, dat gooit de hele rotzooi op een hoop en maakt er hapklare brokken van, zodat je je tenminste niet hoeft te gaan scheren als je alles uit hebt. En het andere blad dat ik wel leuk vind, is *Smithsonian*.'

Daar keek hij echt van op.

'*Smithsonian*,' herhaalde Milo.

'Nooit van gehoord?' vroeg Schwinn alsof hij een geheim verklapte. 'Dat museum in Washington geeft een blad uit. Toen mijn vrouw besloot om daar een abonnement op te nemen had ik haar het liefst een schop onder de kont gegeven... daar zaten we echt op te wachten, nog meer papier dat door het huis slingert. Maar het is lang niet gek. Er wordt over allerlei dingen in geschreven. Als ik het dichtsla, heb ik echt het gevoel dat ik weer iets heb geleerd, snap je?'

'Ja, hoor.'

'Maar ik heb gehoord,' zei Schwinn, 'dat jij écht een opleiding hebt gehad.' De toon waarop hij het zei, maakte dat het bijna als een aanklacht klonk. 'Je hebt je kandidaats gehaald, klopt dat?'

Milo knikte.

'Waar?'

'Aan de universiteit van Indiana. Maar als je doorgeleerd hebt, hoef je nog niet ontwikkeld te zijn.'

'Nee, maar af en toe is dat wel het geval... Wat heb je aan die universiteit van Indiana gestudeerd?'

32

'Engels.'

Schwinn lachte. 'God heeft het goed met me voor. Hij heeft me een partner gestuurd die kan spellen. Nou ja, geef mij maar tijdschriften, dan mogen ze voor mijn part alle boeken verbranden. Ik hou van wetenschappelijke lectuur. Als ik in het mortuarium ben, werp ik weleens een blik in die medische boeken: gerechtelijke geneeskunde, psychologie van afwijkende gedragspatronen en zelfs antropologie, want daar vertellen ze in wat je allemaal met botten kunt doen.' Hij stak zijn eigen knokige vinger waarschuwend op. 'Ik zal je eens wat vertellen, jochie: op een goeie dag zal de wetenschap bij ons werk verdomd belangrijk worden. Op een dag zal een vent een wetenschapper moeten zijn om dat baantje van ons op te knappen en dan zal hij dus naar de plaats van het delict moeten komen om de dooie helemaal schoon te schrapen en met zijn microscoopje op zoek te gaan naar de biochemische kenmerken van elke verdomde klojo met wie dat slachtoffer de laatste tien jaar contact heeft gehad.'

'Dus dan zou bewijsmateriaal op die manier overgedragen kunnen worden?' zei Milo. 'Denk je echt dat ze dat goed genoeg onder de knie zullen krijgen?'

'Zeker weten,' zei Schwinn ongeduldig. 'Momenteel is de overdracht van dat soort bewijsmateriaal nog pure kolder, maar wacht maar af.'

Ze hadden de eerste dag van hun samenwerking alleen maar in de buurt van Central rondgereden. Volkomen doelloos, volgens Milo. Hij had voortdurend zitten wachten tot Schwinn hem bekende misdadigers zou aanwijzen of bepaalde broeinesten, maar de vent scheen zich geen bal aan te trekken van zijn omgeving en wilde alleen maar praten. Later zou Milo erachter komen dat hij meer dan genoeg van Schwinn kon opsteken. Gezonde recherchelogica en verstandige adviezen ('Je moet altijd je eigen fototoestel, handschoenen en grafietpoeder bij je hebben. Zorg dat je je zaakjes goed voor elkaar hebt, zodat je niet op andere mensen hoeft te vertrouwen.'). Maar op dat moment, op die eerste dag, leek die hele rondrit – plus alle andere dingen – volslagen zinloos.

'Overdracht,' zei Schwinn. 'Het enige dat we nu kunnen overdragen is de bloedgroep, A, B of O. En dat is een lachertje. Geweldig hoor, er lopen miljoenen zakken rond met bloedgroep O en de rest heeft voor het merendeel A, dus wat schieten we dáár nou mee op? Dat en haren. Af en toe verzamelen ze ook weleens haren, die ze dan in plastic zakjes stoppen, maar ik mag barsten als ze daar iets mee kunnen beginnen, want je krijgt toch altijd te maken met een of andere snotneus van een advocaat die bewijst dat haar geen bal heeft te betekenen. Nee, ik heb het over echte wetenschap, iets met atomen, op dezelfde manier als ze achter de ouderdom van fossielen kunnen komen. Via koolstofanalyse. Op een dag zullen wij antropologen zijn. Het is verdomd jammer dat je geen antropologie hebt gestudeerd... kun je wel goed typen?'

Een paar kilometer verder, toen Milo op zijn eigen houtje de omgeving zat op te nemen en zich bepaalde gezichten en plaatsen in het hoofd prentte, merkte Schwinn op: 'Met Engels schiet je geen reet op, jochie, want die klanten van ons wauwelen toch niet mucho Engels. De Mexicanen niet en de nikkers ook niet... tenzij je dat geraaskal waar ze ons op trakteren Engels wilt noemen.'

Milo hield zijn mond.

'Engels kan barsten,' zei Schwinn. 'Wat mij betreft, mag je Engels in je reet stoppen. In de toekomst draait alles alleen om wetenschap.'

Ze hadden niet veel bijzonderheden te horen gekregen over de oproep van Beaudry. Het lijk van een blanke vrouw, ontdekt door iemand die met behulp van een prikstok het zwerfvuil weghaalde uit het struikgewas boven op de berm van de oprit naar de snelweg.

Het had de avond ervoor geregend en de grond waarop het lijk was achtergelaten bestond uit klei die nauwelijks water opnam, zodat er overal modderige plasjes waren blijven staan.

Maar ondanks die lekkere, zachte modderondergrond waren er geen banden- of voetsporen te bekennen. De vuilnisman was een oude, zwarte vent die Elmer Jacquette heette, lang, uitgemergeld, met een kromme rug en trillende handen van de parkinson, die nog eens benadrukten hoe overstuur hij was toen hij zijn verhaal keer op keer vertelde aan iedereen die maar wilde luisteren.

'En het lag daar maar zo, ineens, Here Jezus...'

Maar er was niemand meer die luisterde. Agenten in uniform, mensen van de technische recherche en de man van de gerechtelijke medische dienst waren druk bezig met hun eigen werk. Er hingen nog veel meer mensen rond die met elkaar stonden te praten. Auto's met zwaailichten zorgden ervoor dat Beaudry helemaal tot Temple was afgezet, en een verveeld uitziende verkeersagent zorgde ervoor dat automobilisten op weg naar de snelweg omgeleid werden.

Maar er was niet veel verkeer, het was negen uur 's avonds. Het spitsuur was al lang en breed voorbij. Rigor mortis was alweer verdwenen en het ontbindingsproces was de eerste stadia al voorbij. De lijkschouwer schatte dat de dood een halve dag tot een dag geleden was ingetreden, maar er kon met geen mogelijkheid worden vastgesteld hoe lang het lichaam daar had gelegen of bij welke temperatuur het was bewaard. De meest logische veronderstelling was dat de moordenaar de avond ervoor na het invallen van de duisternis aan was komen rijden, zich van het lichaam had ontdaan en vervolgens rechtstreeks de 101 was opgereden om zich vrolijk uit de voeten te maken.

Er was geen automobilist te vinden die iets had gezien, want waarom zou je een beetje naar de berm van de oprit gaan zitten kijken als je haast had? Je leert een stad pas kennen als je erdoorheen loopt. Daarom zijn er ook zo weinig mensen die L.A. kennen, dacht Milo. Hij woonde hier inmiddels twee jaar, maar hij voelde zich nog steeds een vreemdeling.

Elmer Jacquette liep altijd, want hij had geen auto. Hij bestreek het hele gebied tussen zijn slaapplaats in Oost-Hollywood en de westgrens van het centrum, op zoek naar blikjes, flessen en weggegooide troep die hij bij de tweedehandswinkels probeerde te ruilen voor gratis consumptiebonnen voor de gaarkeukens. Hij had zelfs een keer een horloge gevonden dat nog liep... van goud, dacht hij, hoewel het verguld bleek te zijn. Maar bij een lommerd op South Vermont had hij er toch nog tien pop voor gekregen.

Híj had het lijk meteen gezien... dat kon toch niet anders, van zo dichtbij en zo bleek in het maanlicht, met die zure lucht en de manier waarop dat arme kind er met opgetrokken en gespreide benen bij lag. Zijn maag had zich omgedraaid en het had niet lang geduurd voordat hij zijn complete maal van bonen en worstjes weer uitgekotst had.

Jacquette was zo verstandig geweest om een meter of vijf bij het lijk weg te lopen voordat hij had overgegeven. Toen de agenten in uniform arriveerden, had hij ze het hoopje braaksel verontschuldigend laten zien. Hij wilde niemand voor het hoofd stoten. Hij was achtenzestig en het was al vijftien jaar geleden dat hij voor het laatst in de bajes had gezeten, dus hij was niet van plan om het de politie lastig te maken, geen denken aan.

Ja, meneer, nee, meneer.

Ze hadden hem opdracht gegeven om te wachten tot de recherche arriveerde. Nu waren de mannen in burger er eindelijk en Jacquette stond bij een van de patrouillewagens toen iemand hem aanwees. Terwijl ze naar hem toe liepen, stapten ze in het licht van de felle schijnwerpers die de smerissen overal hadden neergezet.

Twee man in burger. Een magere vent met wit haar, die op een redneck leek, in een ouderwets pak van glimmend grijze kunststof en een donkerharige, zwaargebouwde knul met een papperig gezicht, gekleed in een groen colbert, een bruine broek en zo'n lelijke roodbruine das dat Elmer zich afvroeg of smerissen hun kleren nu ook al in tweedehandswinkels kochten.

Ze liepen eerst naar het lichaam toe. De oudste wierp er één blik op en toen hij zijn neus optrok, verscheen er een geërgerde uitdrukking op zijn gezicht. Alsof iemand hem had gestoord terwijl hij met iets belangrijks bezig was.

De dikke knul was een ander geval. Hij had nog maar nauwelijks een blik op het lijk geworpen toen hij zijn hoofd alweer met een ruk omdraaide. Hij had een slechte huid en hij was ineens doodsbleek. Meteen daarna begon hij met één hand voortdurend over zijn gezicht te wrijven.

En dat grote, zware lichaam van hem was ineens zo gespannen, dat het leek alsof hij op het punt stond om zijn lunch op de grond te deponeren.

Elmer vroeg zich af hoe lang die knul dit werk al deed en of hij ook echt zou gaan kotsen. En als zijn maag zich omdraaide, zou hij dan zo verstandig zijn om weg te lopen bij het lichaam, net als Elmer had gedaan?

Want die knul zag er bepaald niet uit als een veteraan.

6

Dit was erger dan Vietnam.

Hoe wreed het er ook aan toe kon gaan, oorlog was iets onpersoonlijks, met menselijke schaakstukken die op een bord heen en weer werden geschoven. Je vuurde op schaduwen, beschoot hutten, waarvan je net deed alsof ze leeg waren, en koesterde dag in dag uit de hoop dat jij niet de pion zou zijn die geofferd werd. Als je mensen tot De Vijand degradeerde, kon je hem zijn benen van zijn lijf schieten, zijn buik openrijten en zijn kinderen met napalm bestoken zonder dat je zelfs maar zijn naam kende. En hoe erg de oorlog ook was, er bestond altijd de kans dat je in de toekomst weer goeie maatjes met elkaar zou worden... kijk maar naar Duitsland en de rest van Europa. Voor zijn vader, een oudgediende van Omaha Beach, was vriendschap sluiten met de moffen iets onverteerbaars. Pa trok nog steeds zijn lippen op als hij weer een van die 'hippieflikkers in zo'n Hitler-kever' langs zag rijden. Maar Milo wist genoeg van geschiedenis af om te weten dat vrede even onvermijdelijk was als oorlog en dat het best mogelijk was dat Amerikanen in de toekomst op vakantie zouden gaan naar Hanoi, ook al leek dat nog zo onwaarschijnlijk.

Oorlogswonden kregen de kans te helen, omdat ze onpersoonlijk waren. Niet dat hij die herinnering aan darmen die door zijn vingers glipten van zich af kon zetten, maar misschien, op een bepaald moment in de toekomst...

Maar dít. Dit was juist héél persoonlijk. Het degraderen van de mens tot vlees, lichaamssappen en afval. Door een anti-wezen te scheppen.

Hij haalde diep adem, knoopte zijn colbert dicht en speelde het klaar om nog een blik op het lijk te werpen. Hoe oud zou ze zijn, zeventien, achttien? De handen, zo ongeveer haar enige lichaamsdelen die niet onder het bloed zaten, waren glad, bleek en ongeschonden. Lange, spits toelopende vingers en roze gelakte nagels. Voor zover hij kon zien – en dat viel niet mee omdat ze zo verminkt was – had ze een fijnbesneden gezicht en was ze misschien zelfs wel knap geweest. Geen bloed aan de handen. Geen afweerletsel.

Het meisje was een momentopname, een hoop afval. Afgedankt, een klein glimmend horloge dat was vertrapt tot het glas aan scherven lag.

En zelfs na haar dood had de moordenaar niet met zijn handen van haar af kunnen blijven. Hij had haar benen opgetrokken en gespreid neergezet, met de voeten iets naar buiten.

Hij had haar open en bloot achtergelaten, weerzinwekkend roerloos. *Overkill* had de assistent-lijkschouwer het genoemd, alsof je medicijnen moest hebben gestudeerd om dat te constateren.

Schwinn had tegen Milo gezegd dat hij het aantal wonden moest tellen, maar zo gemakkelijk was dat niet. De steek- en snijwonden vormden geen probleem, maar moest hij de schaafwonden die de boeien rond haar polsen en enkels hadden veroorzaakt ook meetellen? En hoe zat dat met die diepe, vurig rode inkeping rond haar hals? Schwinn was weggelopen om zijn fototoestel te halen – hij fotografeerde alles wat los en vast zat – en Milo had geen zin om het aan hem te vragen. Hij was nog zo groen dat hij het haatte om een onzekere indruk te maken.

Hij besloot de schaafwonden apart te vermelden en bleef strepen. Hij controleerde het aantal messteken dat hij had opgeschreven. Volgens de lijkschouwer waren die zowel voor als na de dood toegebracht. Een, twee, drie, vier... hij kwam opnieuw op zesenvijftig uit en begon de brandplekken te tellen.

Uit de ontstoken huid rond de zwart geblakerde kringetjes kon worden opgemaakt dat die voor haar dood waren aangebracht.

Op deze plek was maar weinig bloed gevloeid. Ze was ergens anders vermoord en hier achtergelaten.

Maar boven op het hoofd zat een grote hoeveelheid geronnen bloed, als een soort zwart kapje dat nog steeds vliegen aantrok.

Op die manier was er de laatste hand aan gelegd: door haar te scalperen. Zou dat als één enorme wond gelden, of moest hij onder al dat bloed op zoek gaan naar het aantal keren dat de moordenaar er met het mes op los had gehakt?

Er hing een wolk nachtinsecten boven het lijk en Milo woof ze aan de kant voordat hij 'verwijdering van de hoofdhuid' als apart punt opvoerde. Toen hij een schets had gemaakt van het lichaam en er het kapje aan toevoegde, bleek zijn tekening zo belabberd dat de hoofdwond meer weg had van een suikerboontje. Het kwam over als een smakeloze grap. Hij fronste, sloeg zijn aantekenboekje dicht en stapte achteruit. Toen hij het lichaam vanuit een ander perspectief bestudeerde, moest hij weer een golf van misselijkheid onderdrukken. De oude zwarte vent die haar had gevonden was over zijn nek gegaan. Vanaf de eerste blik die Milo op het meisje had geworpen, had hij de grootste moeite gehad om dat voorbeeld niet te volgen. Hij had zijn best gedaan om zijn maag en zijn darmen in bedwang te houden en wanhopig gezocht naar een beeld dat hem zou afleiden.

Je bent geen broekie, je hebt ergere dingen gezien.

In gedachten zette hij ze op een rij: *borsten waarin gaten gaapten zo groot als een meloen, harten die uit elkaar spatten... en die knul, die Indiaanse knul uit New Mexico – Bradley Twee Wolven – die op een landmijn was gestapt en alles onder de gordel kwijt was, maar die nog steeds lag te praten terwijl Milo net deed alsof hij iets voor hem kon doen. Zoals hij naar Milo had opgekeken met die zachte bruine ogen – ogen vol* leven, *lieve god nog aan toe – en kalm lag te praten, gewoon een verdomd gesprek voerde terwijl er niets meer over was en alles naar buiten lekte. Dat was toch nog veel erger geweest? Om een gesprek te onderhouden met de bovenste helft van Bradley Twee Wolven en gezellig te babbelen over Bradleys knappe vriendinnetje in Galisteo en over Bradleys dromen: zodra hij weer terug was in de V.S. zou hij met Tina trouwen, aan het werk gaan bij Tina's vader die metselaar was en een stel kinderen krijgen. Kinderen. Met niets onder de...* Milo glimlachte neer op Bradley en Bradley glimlachte terug en stierf.

Dat was veel erger geweest. En destijds was Milo er ook in geslaagd om zijn kalmte te bewaren en het gesprek gaande te houden. Daarna had hij alles op moeten ruimen en de helft-van-Bradley in een lijkzak moeten stoppen die veel te groot was. En het overlijdensbericht van Bradley uitgeschreven om het door de boordchirurg te laten tekenen. De weken daarna had Milo een hoop marihuana gerookt, een paar snuifjes heroïne genomen en een paar dagen verlof doorgebracht in Bangkok, waar hij voor het eerst opium had geprobeerd. Hij had het zelfs gewaagd om het aan te leggen met een mager Bangkoks hoertje. Dat was geen groot succes geweest, maar waar het op neerkwam: *Hij was op de been gebleven.*

Dus dit kun je ook wel aan, klungel.

Rustig doorademen, geef Schwinn geen kans om je de les te lezen...

Schwinn was inmiddels terug en stond driftig te klikken met zijn Instamatic. De officiële politiefotograaf had het zwarte plastic boxje gezien en liet zijn hand grijnzend over zijn Nikon glijden. De spottende blik ontging Schwinn volkomen, hij was volkomen verdiept in zijn eigen bezigheden en kroop op handen en voeten om het lichaam heen. Hij was er heel dichtbij, veel dichterbij dan Milo was geweest en nam niet eens de moeite om de insecten weg te slaan die om zijn witte haar zwermden.

'En wat denk je ervan, jochie?'

'Waarvan?' vroeg Milo.

Klik klik klik. 'De boosdoener... wat is je eerste indruk van hem?'

'Een maniak.'

'Denk je?' vroeg Schwinn bijna afwezig. 'Een krijsende, waanzinnige, kwijlende gek?' Hij liep weg bij Milo en knielde vlak naast de ontvelde schedel neer. Zo dichtbij dat hij het verminkte vlees had kunnen kussen. Hij glimlachte. 'Moet je dit zien... alleen maar botten en een paar adertjes, vanachteren doorgesneden... een paar kerfjes, wat rafelige flarden... dat mes was vlijmscherp.' *Klik klik.* 'Een maniak... een of andere maanzieke Apachekrijger? *Jij*, stoute squaw, *ik* scalperen?'

Milo kreeg het weer te kwaad met een opspelende maag.

Schwinn stond op en liet de camera aan het dunne zwarte koordje bengelen terwijl hij aan zijn das frunnikte. Zijn Okie-haviksgezicht stond tevreden. IJzig koel. Hoe vaak had híj dit gezien? Hoe vaak zou dit soort dingen bij Moordzaken voorkomen? Hierbij vergeleken waren de eerste zeven – zelfs Kyle Rodriguez – nog draaglijk geweest...

Schwinn wees naar de opgetrokken benen van het meisje. 'Zie je hoe hij haar heeft neergelegd? Hij wil ons iets vertellen, jochie. En daar gebruikt hij haar voor, hij legt haar de woorden in de mond. Wat wil hij haar laten zeggen, jochie?'

Milo schudde zijn hoofd.

Schwinn zuchtte. 'Hij wil haar laten zeggen: "Pak me." Tegen de hele wereld... "Kom maar op, verrekte wereld, en neuk me plat, iedereen kan met me doen wat hij wil, want ik heb niets meer te vertellen." Hij gebruikt haar als een... als een marionet. Je weet toch wel hoe kinderen met poppen spelen en die alles laten zeggen wat ze zelf niet uit durven te brengen? Deze knaap doet precies hetzelfde, alleen houdt hij van grote poppen.'

'Is hij bang?' vroeg Milo weifelend.

'Verrek nog aan toe, wat dacht jij dan?' zei Schwinn. 'We hebben het over een lafbek, die niet met vrouwen kan praten en die niet op een normale manier aan een wip kan komen. Wat niet wil zeggen dat het een doetje is. Hij kan ook een macho zijn. Hij heeft in ieder geval lef genoeg om daar de tijd voor te nemen.' Hij keek nog eens achterom naar de benen. 'Hij legt haar open en bloot neer, met het risico dat hij gezien wordt. Ik bedoel, denk nou eens na: Je hebt je uitgeleefd op dat lijk en nu moet je ervan af zien te komen. Je rijdt ermee rond in je auto, je wilt het ergens dumpen, waar zou jij dan naar toe gaan?'

'Naar een of andere afgelegen plek.'

'Ja, want jij bent geen brutale moordenaar, jij zou je er gewoon van willen ontdoen. Maar dat geldt niet voor onze knaap. Aan de ene kant is hij slim door het vlak bij de snelweg te doen, want zodra hij klaar is, kan hij meteen doorrijden en op de 101 valt niemand op. Hij wacht tot het donker is, zorgt ervoor dat niemand hem in de gaten heeft, stopt, legt haar neer en zoef zoef, wegwezen. Het is goed bedacht en het zou best uitgevoerd kunnen worden, zeker op dit uur als de spits voorbij is. Maar het blijft riskant om te stoppen en dat marionettenspelletje op te voeren. Dus dit was niet alleen maar een kwestie van dumpen. Dit is vlagvertoon... om nog eens lekker na te genieten. Hij is niet dom en niet gek.'

'Hij speelt een spelletje,' zei Milo, want dat klonk hem wel prettig in de oren. Hij dacht aan schaken, maar eigenlijk kon hij dit met geen enkel spel in verband brengen.

'"*Kijk mij eens*,"' zei Schwinn. 'Dat wil hij eigenlijk zeggen. "Kijk eens wat ik kan." Het is niet genoeg dat hij haar overweldigd heeft en haar helemaal heeft platgeneukt... ik durf te wedden dat we tot de ontdekking zullen komen dat er zowel in haar kut als in haar kont een hele sloot sperma zit. Wat hij nu wil, is haar met de rest van de wereld delen. Ik kan met haar doen wat ik wil, dus kom maar op, jongens.'

'En iedereen mag haar pakken,' zei Milo hees, terwijl de herinnering aan het vrijgezellenfeestje van Hank Swangle van bureau Newton hem door het hoofd schoot. Het grietje uit Newton, een zwaargebouwde blonde bankbediende, zedig en deugdzaam overdag, maar met een heel ander leven als het op smerissen aankwam. Zacht en donzig, dronken en glazig toen Milo door zijn collega's de kamer werd binnengeduwd. Het grietje had haar hand uitgestoken naar Milo en met een met lipstick besmeurde mond gemompeld: 'De volgende.' Alsof hij een nummertje in een bakkerswinkel had getrokken. Hij had een of andere verontschuldiging gemompeld en zich uit de voeten gemaakt... verrek, waarom moest hij daar nu ineens aan denken? En nu begon hij ook weer misselijk te worden... zijn handen bonsden en hij balde ze.

Schwinn stond hem strak aan te kijken.

Hij dwong zichzelf om zijn vingers te ontspannen en zijn stem vlak te houden. 'Dus hij heeft zijn verstand beter bij elkaar dan een maniak. Maar we hebben het toch wel over iemand aan wie in geestelijk opzicht een steekje loszit? Een normaal mens zou zoiets nooit doen.' Hij hoorde zelf hoe stom die woorden klonken toen ze over zijn lippen rolden.

Schwinn glimlachte opnieuw. 'Normaal. Wat dat in vredesnaam ook mag inhouden.' Hij draaide Milo de rug toe en liep zonder iets te zeggen weg, zwaaiend met zijn fototoestel. Hij bleef in zijn eentje naast de wagen van de lijkschouwer staan en liet Milo achter met zijn slechte tekeningen en zijn doorgestreepte opmerkingen.

Wat dat in vredesnaam ook mag inhouden.

Dat begrijpende lachje van Schwinn. Waren er soms praatjes over Milo's seksualiteit vanuit Rampart en Newton overgewaaid naar Central? Gedroeg die vent zich daarom zo vijandig?

Milo's handen balden zich weer tot vuisten. Hij begon net het idee te krijgen dat hij z'n plaats had gevonden, omdat hij die eerste zeven 187's redelijk had doorstaan, en dat hij de truc begon door te krijgen. Hij dacht zelfs dat als hij bij Moordzaken zou blijven, moord op den duur best te verteren zou zijn.

Nu vervloekte hij de hele wereld terwijl hij weer naar het meisje toe ging. Hij waagde zich zelfs dichterbij dan Schwinn. Hij nam alles in zich op, de stank, de wonden... het hele weerzinwekkende schouwspel, terwijl hij zichzelf ondertussen inprentte: *Hou je bek, klungel, waar haal je het lef vandaan om te klagen, kijk eens naar haar.*

Maar de woede werd steeds groter, hij werd er helemaal door overmand, en plotseling voelde hij zich hard, wreed, wraakgierig en analytisch.

En overstelpt door een sterke begeerte.

Hij probeerde te begrijpen waarom. Er moest een verklaring voor zijn.

Hij rook de rottende lucht van het meisje. En ineens wenste hij dat hij zich toegang kon verschaffen tot haar hel.

Het was al bijna elf uur toen hij samen met Schwinn terugliep naar hun eigen auto.

'Rij jij maar weer,' zei Schwinn. Geen spoor van vijandigheid, geen poging tot dubbelzinnigheden en Milo begon te denken dat zijn reactie op die opmerking over normaal zijn behoorlijk paranoïde was geweest. Schwinn had er alleen maar het eerste uitgeflapt wat hem in de bek kwam, zo was die vent nu eenmaal.

Hij startte de auto. 'Waarheen?'

'Maakt niet uit. Weet je wat, rij maar een eindje de snelweg op, dan kun je een paar afritten verder omdraaien en terugrijden naar het centrum. Ik moet nadenken.'

Milo deed wat hem was gezegd en reed rustig de snelweg op. Precies zoals de moordenaar had gedaan. Schwinn rekte zich uit, gaapte, haalde zijn neus op, pakte een flesje met hoestdrank en nam een lange, rode teug. Daarna bukte hij zich, zette de radio uit, sloot zijn ogen en liet zijn mondhoeken op en neer wippen. Dit werd weer een van die lange periodes van stilte.

De stilte hield aan tot Milo weer terug was in de stad en over Temple reed, langs het Music Center en de braakliggende percelen eromheen. Meer dan genoeg lege plekken, die lagen te wachten tot de rijkelui hadden besloten welke cultuurtempels daar nog meer zouden worden neergezet. Al dat gelul over stadsvernieuwing... ze deden net alsof er iemand was die zich druk maakte over deze schamele imitatie van een stadscentrum... alsof dit geen verzameling betonnen overheidsgebouwen was, waar bureaucraten hun dagdienst draaiden en nauwelijks konden wachten tot ze zich weer als de bliksem uit de voeten konden maken, waardoor alles 's avonds kil en zwart werd.

'Wat moet er nu gebeuren?' vroeg Schwinn. 'Met betrekking tot het meisje. Wat denk jij?'

'Uitvissen wie ze was?'

'Dat lijkt me niet al te moeilijk, met die keurige nageltjes en dat mooie, verzorgde gebit. Als dit een straatdel was, is ze pas kortgeleden in de goot beland. Iemand zal haar wel missen.'

'Moeten we dan eerst bij Vermiste Personen aankloppen?' vroeg Milo.

'Jij mag bij Vermiste Personen aankloppen. Begin maar met ze morgenochtend op te bellen, want VP is 's avonds onderbezet en je moet wel heel veel geluk hebben als je die kerels op dit uur van hun luie kont wilt krijgen.'

'Maar als ze als vermist is opgegeven, zou het ons een voorsprong geven als we vanavond nog die informatie kregen...'

'Een voorsprong waarop? Dit is geen wedstrijd, jochie. Als onze boosdoener de benen heeft genomen, is hij toch allang de stad uit. En als dat niet het geval is, dan maken die paar uur ook geen barst uit.'

'Maar haar ouders zullen zich vast zorgen maken...'

'Best, amigo,' zei Schwinn. 'Hang jij maar de maatschappelijk werker uit. Ik ga naar huis.'

Geen spoor van boosheid, alleen maar die verwaande ik-weet-het-beter-houding.

'Wil je dat ik terugrijd naar het bureau?' vroeg Milo.

'Ja, hoor. Nee, laat maar zitten. Stop hier... nu meteen, jochie. Daarginds, ja, ja, ja, stop maar bij die bushalte.'

De halte was een paar meter verder, aan de noordkant van Temple. Milo reed op de linkerbaan en moest een scherpe bocht maken om er niet langs te rijden. Hij zette de auto langs het trottoir en keek rond of hij zag waarom Schwinn van gedachten was veranderd.

Een donkere, lege straat, geen mens te bekennen... nee, wacht even, er was wél iemand. Een gestalte dook uit de schaduwen op en liep naar het westen. Met snelle passen.

'Een tipgever?' vroeg Milo toen de gestalte vorm begon te krijgen. Vrouwelijke vormen.

Schwinn schoof zijn das op. 'Blijf zitten en laat de motor lopen.' Hij stapte snel uit de auto en stond net op tijd op het trottoir om de vrouw te onderscheppen. Haar komst werd aangekondigd door spitse hoge hakken die op de tegels klikten.

Een lange vrouw... zwart, zag Milo toen ze in het licht van de straatlantaarn opdook. Lang en met een forse boezem. Een jaar of veertig. In een blauwleren minirok en een lichtblauw haltertopje. Een grote bos hennakleurige krullen boven op haar hoofd, een kapsel dat eruitzag alsof het minstens een kilo of vier woog.

Schwinn stond met zijn gezicht naar haar toe en zag er nog magerder uit dan gewoonlijk. De voeten iets uit elkaar. Glimlachend.

De vrouw glimlachte terug. Ze bood Schwinn één voor één haar beide wangen aan. Zo'n Italiaanse begroeting die je ook altijd in films zag.

Ze stonden even met elkaar te praten, zo zacht dat Milo er niets van verstond en stapten toen samen achter in de politieauto zonder opschrift.

'Dit is Tonya,' zei Schwinn. 'Ze is goed bevriend met het hele bureau. Tonya, dit is mijn gloednieuwe partner, Milo. Hij is doctorandus.'

'Ooo,' zei Tonya. 'Ben je zo'n knapperd, schat?'

'Aangenaam kennis te maken, mevrouw.'

Tonya lachte.

'Rij maar door,' zei Schwinn.

'Doctorandus,' zei Tonya terwijl ze wegreden.

Bij Fifth Street zei Schwinn: 'Hier linksaf. Rij dat steegje achter die gebouwen in.'

'Kan hij ook doktertje spelen?' vroeg Tonya.

'Nu je daar toch over begint,' zei Schwinn. 'Mijn allerliefste schat.'

'Ooo, wat vind ik het toch leuk als je dat soort dingen zegt, meneer S.'

Milo minderde snelheid.

'Niet doen,' zei Schwinn. 'Rij maar op gewone snelheid door... hier weer naar rechts... en dan verder naar het oosten. Naar Alameda, waar die fabrieken staan.'

'De industriële revolutie,' zei Tonya en Milo hoorde nog iets anders: het geritsel van kleren en het geluid van een rits die werd opengetrokken. Hij wierp een snelle blik in de achteruitkijkspiegel en zag Schwinns hoofd dat op de rugleuning rustte. De ogen gesloten. Een vredige glimlach. Vier kilo op en neer deinende henna.

Even later: 'O, ja, Miss T. Weet je dat ik je heb gemist?'

'Echt waar, schattebout? Ach, dat zeg je alleen maar.'

'O, nee hoor, dat is echt zo.'

'Ja, schattebout?'

'Reken maar. Heb je mij ook gemist?'

'Dat weet je best, meneer S.'

'Iedere dag, Miss T?'

'Iedere dag, meneer S... kom op, lieverd, doe ook eens wat, je mag me best een beetje helpen.'

'Met genoegen,' zei Schwinn. 'Daar is de politie voor.'

Milo bleef hardnekkig strak voor zich uit kijken.

In de auto was alleen een zware ademhaling te horen.

'Ja, ja,' zei Schwinn op dat moment. Zijn stem klonk zwak. Nou klinkt die klootzak niet verwaand meer, dacht Milo.

'O ja, dat is fijn, lieveling... schat. O ja, je bent... een... expert. Een... wetenschapper, ja, ja.'

7

Schwinn zei tegen Milo dat hij Tonya op Eight, in de buurt van Witmer moest afzetten, vlak bij het Ranch Depot Steak House.
'Ga maar fijn biefstuk eten, schat.' Hij drukte haar een paar bank-
biljetten in de hand. 'Neem maar zo'n lekkere T-bone steak met zo'n-
grote in de schil gekookte aardappel.'
'Maar meneer S,' klonk het protest. 'In deze kleren kan ik daar niet
naar binnen, dan willen ze me niet bedienen.'
'Hiermee wel.' Hij stopte opnieuw een paar papiertjes in haar hand.
'Laat dit maar aan Calvin zien die bij de deur zit en zeg dat ik je heb
gestuurd... en als er dan nog problemen zijn, moet je dat maar aan
me doorgeven.'
'Zeker weten?'
'Heel zeker.'
Het achterportier ging open en Tonya stapte uit. Er hing een geile
lucht in de auto. Nu kwam er een golf nachtlucht binnen, koel en
bitter als fossiele brandstof.
'Dank je wel, meneer S.' Ze stak haar hand uit. Schwinn hield hem
even vast.
'Nog één ding, schat. Weet jij of er soms een paar ruwe klanten rond-
lopen in het gebied rond Temple en Beaudry?'
'Hoe ruw?'
'Boeien, messen, brandende sigaretten.'
'Ooo,' zei de hoer met een gekwelde stem. 'Nee, meneer S, er loopt
genoeg tuig rond, maar dat soort dingen heb ik niet gehoord.'
Wangzoentjes. Tonya ging klikkend op weg naar het restaurant en
Schwinn stapte weer voorin. 'Terug naar het bureau, jochie.'
Hij sloot zijn ogen. Zelfvoldaan. Bij Olive Street zei hij: 'Dat is een
heel intelligent zwartje, jochie. Als ze dezelfde kansen had gehad als
een blanke vrouw zou ze wel iets hebben bereikt. Wat kun je daar-
uit opmaken?'
'Hoe bedoel je?'
'De manier waarop wij met nikkers omgaan. Begrijp jij waar dat op
slaat?'
'Nee,' zei Milo. En dacht: waar hééft die gek het over?
En toen: waarom had Schwinn hém die hoer niet aangeboden?
Omdat er een speciale band was tussen Schwinn en Tonya? Of omdat hij het wíst?
'Wat het betekent,' vertelde Schwinn hem, 'is dat wij nikkers behandelen op een manier dat het niks uitmaakt of iemand intelligent is of
niet.'

Milo zette hem af op de parkeerplaats van bureau Central en keek toe hoe hij in zijn Ford Fairlane stapte en op weg ging naar Simi Valley, naar de vrouw die van boeken hield.

Eindelijk alleen.

Voor het eerst sinds de oproep kwam om naar Beaudry te gaan kon hij weer normaal ademhalen.

Hij liep het bureau in, klom de trap op en haastte zich naar het gehavende metalen bureau dat ze in een hoekje op de afdeling Moordzaken voor hem hadden neergezet. De volgende drie uur werden besteed aan telefoontjes naar de afdeling Vermiste Personen bij alle andere bureaus en toen dat geen resultaat opleverde, breidde hij zijn zoektocht uit naar de diverse onderafdelingen van het bureau van de sheriff en de politiekorpsen in omringende steden. Elk bureau had een eigen archief, er was geen enkele vorm van samenwerking, elk dossier moest met de hand worden gelicht en de summiere bezetting van de vp-afdelingen had geen zin om zich in te spannen, ook niet voor een 187. Zelfs toen hij bleef aandringen en de nadruk legde op de noodzaak van opsporing en de ernst van het misdrijf ondervond hij nog tegenwerking. Ten slotte vond hij iets dat wel resulteerde in medewerking en gevloek aan de andere kant van de lijn: de kans dat de kranten erop in zouden springen. Smerissen waren bang voor een slechte pers. Om drie uur 's ochtends had hij de namen losgepeuterd van zeven blanke meisjes in de juiste leeftijdsgroep.

En wat moest hij nu doen? De telefoon oppakken en bezorgde ouders wakker bellen?

Neem me niet kwalijk, mevrouw Jones, maar is uw dochter Amy alweer thuis? Want bij ons staat ze nog steeds als vermist opgegeven en we vroegen ons af of zij misschien die zak vol vlees en ingewanden is die in een la bij de lijkschouwer ligt af te koelen...

De enige manier om dat te doen was via een telefoontje vooraf en vervolgens een gesprek onder vier ogen. Morgen, op een beschaafd tijdstip. Tenzij Schwinn er andere ideeën op na hield. Om hem weer op de vingers te tikken.

Hij bracht alle gegevens uit zijn opschrijfboekje over op rapportagevellen, vulde alle noodzakelijke formulieren in, tekende de omtrek van het lijk van het meisje opnieuw, vatte de gesprekken met de vp-afdelingen kort samen en legde zijn werk op een keurig stapeltje. Daarna liep hij naar de archiefkasten aan de andere kant van het vertrek, trok een van de bovenste lades open en pakte daar een van de blauwe mappen uit die los op elkaar lagen. Gebruikte mappen. Als een zaak werd gesloten, werden alle papieren eruit gehaald en aan elkaar geniet in een bruine folder naar de afdeling bewijsmateriaal van Parker Center gestuurd.

Deze blauwe map had betere tijden gekend: de hoeken begonnen al te rafelen en op de voorkant zat een bruine vlek die in de verte aan een verwelkte roos deed denken... het restant van de vette lunchhap van een of andere rechercheur. Milo plakte er een voorgegomd etiket op.

Maar hij schreef er niets op. Hij had niets om erop te zetten.

Hij bleef zitten en dacht aan het verminkte meisje. Hij vroeg zich af hoe ze heette en kon het niet over zijn hart verkrijgen om er in plaats daarvan *Jane Doe* op te zetten.

Morgen zou hij om te beginnen die zeven meisjes natrekken. Als hij geluk had, zou hem dat misschien een naam opleveren.

Een opschrift voor een gloednieuw moordboek.

Hij deed geen oog dicht omdat hij geplaagd werd door akelige dromen en om kwart voor zeven 's ochtends zat hij alweer achter zijn bureau. Hij was de enige aanwezige rechercheur, maar dat kon hem niets schelen, hij vond het zelfs niet erg om het koffieapparaat aan te zetten.

Om tien voor halfacht begon hij de families te bellen. VP nummer één was Sarah Jane Causlett, bl. vr., 18, 1 m. 65, 55 kg, het laatst gezien in Hollywood waar ze bij de Oki-burger op de hoek van Hollywood en Selma haar avondmaal had gekocht.

Rinkel, rinkel, rinkel. 'Mevrouw Causlett? Goedemorgen, ik hoop dat ik niet te vroeg bel...'

Om negen uur 's ochtends was hij klaar. Drie van de zeven meisjes waren inmiddels weer thuis en twee anderen waren helemaal niet vermist, maar gewoon pionnen in scheidingsdrama's die hun toevlucht hadden gezocht bij de ouder die geen zeggenschap had. Daardoor bleven er twee stel verontruste ouders over, meneer en mevrouw Estes in Mar Vista en meneer en mevrouw Jacobs in Mid-City. Grote bezorgdheid, maar Milo gaf geen bijzonderheden en verzamelde moed voor de gesprekken onder vier ogen.

Om halftien waren er inmiddels ook een paar andere rechercheurs aanwezig, maar Schwinn was er nog steeds niet, dus legde Milo een krabbeltje op Schwinns bureau en vertrok.

Om één uur 's middags was hij weer terug bij af. Een recente foto van Misty Estes toonde aan dat ze een behoorlijk dikkerdje was met kort krullend haar. De afdeling VP van West L.A. had zich vergist bij het vastleggen van haar gegevens: achtenveertig kilo in plaats van 84. Oei, sorry. Milo liet een huilende moeder en een hypergespannen vader achter op de drempel van hun goedkope bungalow.

De maten van Jessica Jacobs klopten wel ongeveer, maar ze was zeker niet het meisje van Beaudry: haar ogen waren heel lichtblauw en die van het slachtoffer waren donkerbruin geweest. Weer een administratieve miskleun: niemand had de moeite genomen om in het dossier van de afdeling vp van Wilshire de kleur ogen te vermelden. Bezweet en moe liep hij het huis van de familie Jacobs uit, vond een telefooncel voor de drankhandel op de hoek van Third en Wilton, kreeg Schwinn aan de lijn en bracht verslag uit van alle vergeefse moeite.

'Goeiemorgen, jochie,' zei Schwinn. 'Kom maar gauw hiernaar toe, we hebben misschien iets.'

'Wat?'

'Kom nou maar.'

Toen hij het kantoor van de afdeling Moordzaken binnenliep, was de helft van de bureaus bezet. Schwinn zat te wiebelen op twee poten van zijn stoel, gekleed in een mooi donkerblauw pak, een stralend wit overhemd met een wit motiefje, een goudkleurige das en een gouden dasspeld in de vorm van een vuistje. Hij leunde gevaarlijk ver achterover terwijl hij een *burrito* ter grootte van een pasgeboren baby weg zat te kanen.

'Welkom thuis, nijvere bij.'

'Ja.'

'Je ziet er belazerd uit.'

'Bedankt.'

'La maar zitten.' Schwinn schonk hem een van zijn scheve lachjes. 'Dus je bent het een en ander te weten gekomen over de uitmuntende manier waarop wij dingen vastleggen. Smerissen zijn echt hopeloos, jochie. Ze hebben de pest aan schrijven en ze maken er altijd een potje van. En dan bedoel ik dat ze nog net geen analfabeet zijn.'

Milo vroeg zich af in hoeverre Schwinn zelf een opleiding had gehad. Het onderwerp was nooit ter sprake gekomen. In al die tijd dat ze inmiddels samenwerkten, had Schwinn nauwelijks iets over zichzelf verteld.

'Administratieve blunders zijn hier verdomme schering en inslag, jochie. En de archieven van vp zijn het ergst van allemaal, want vp weet dat ze toch maar een schertsafdeling zijn. Als zo'n kind namelijk weer opduikt, neemt niemand de moeite om hen op de hoogte te brengen.'

'Stop ze maar in het archief en vergeet ze,' zei Milo, in de hoop dat Schwinn erover op zou houden als hij hem gelijk gaf.

'Stop ze maar in het archief en laat ze verrekken. Daarom stond ik niet te trappelen om contact op te nemen met VP.'

'Jij weet alles beter,' zei Milo.

Schwinns ogen werden hard. 'Maar wat was er nou zo interessant?' vroeg Milo.

'Het zou interessant kúnnen zijn,' verbeterde Schwinn hem. 'Een van mijn tipgevers heeft wat geruchten opgevangen. Over een feestje in de Westside, twee dagen voor de moord. Zaterdagavond, hoog in Stone Canyon... Bel Air.'

'Rijke kinderen.'

'Steenrijke kinderen, die waarschijnlijk het huis van mammie en pappie hebben gebruikt. Mijn tipgever zegt dat er jongelui uit alle windstreken op kwamen dagen om stoned te worden en kabaal te maken. De tipgever kent ook een vent met een dochter die met haar vriendin op stap ging, een tijdje op dat feestje is geweest en nooit meer thuis is gekomen.'

Het zou interessant kunnen zijn.

Schwinn grinnikte en nam een hap van zijn *burrito*. Milo had de vent beschouwd als een luilak die tegen zijn pensioen aanzat en die te beroerd was om vroeg op te staan en nu bleek dat die klootzak zelfs in zijn eentje had overgewerkt en met resultaten op de proppen kwam. Ze waren kennelijk alleen in naam partners.

'En de vader heeft geen aangifte gedaan bij VP?' vroeg hij.

Schwinn haalde zijn schouders op. 'De vader is min of meer... een randdebiel.'

'Asociaal?'

'Een randdebiel,' herhaalde Schwinn. Geërgerd, alsof Milo een stomme student was die hem maar niet wilde snappen. 'Bovendien heeft dat meisje die streek al vaker uitgehaald... dat ze naar een feestje ging en een paar dagen lang niet thuiskwam.'

'Als ze dat al vaker heeft gedaan, waarom zou het nu dan anders zijn?'

'Dat hoeft ook niet. Maar de persoonsgegevens van dat kind kloppen: ongeveer een meter zevenenzestig, mager, met donker haar, donkere ogen en een lekker stevig lijfje.'

Er was een waarderend toontje in Schwinns stem geslopen. Milo zag hem in gedachten al met zijn tipgever... een of andere straatschuimer die het er lekker dik op legde. Hoeren, pooiers, schooiers, Schwinn kende waarschijnlijk een heel legertje asociale figuren bij wie hij om inlichtingen kon aankloppen. En Milo was doctorandus...

'Het schijnt nogal een lekker ding te zijn,' ging Schwinn verder. 'Geen maagd, maar een wilde tante. En ze heeft op z'n minst al één keer

eerder moeilijkheden gehad. Toen ze stond te liften langs Sunset is ze opgepikt door een of andere zak die haar heeft verkracht en haar daarna vastgebonden in een of ander steegje in het centrum heeft achtergelaten. Ze werd gevonden door een dronkenlap en ze had de mazzel dat het een gewone zwerver was en niet een of andere perverseling op zoek naar natte kruisjes. Het meisje heeft nooit officieel aangifte gedaan, ze heeft het alleen aan een vriendinnetje verteld en het verhaal is als een lopend vuurtje rondgegaan.'
'Zestien jaar, verkracht en vastgebonden, en ze doet geen aangifte?'
'Ik zei toch al dat ze geen maagd meer was.' Er klopte een adertje in Schwinns magere kaak en zijn samengeknepen Okie-ogen keken strak naar het plafond. Milo wist dat hij iets voor hem verborgen hield.
'Is die tipgever betrouwbaar?'
'Meestal wel.'
'Wie is het?'
Schwinn schudde kribbig met zijn hoofd. 'Laten we ons maar op het belangrijkste concentreren. We hebben een meisje van wie de gegevens kloppen met die van het slachtoffer.'
'Zestien,' zei Milo met een bezwaard gevoel.
Schwinn haalde zijn schouders op. 'Ik heb weleens gelezen – artikelen over psychologie – dat verknipte trekjes bij een mens al snel aan den dag komen.' Hij leunde achterover en nam opnieuw een grote hap van de *burrito*. Hij haalde de rug van zijn hand over zijn mond om de groene salsasaus weg te poetsen en likte daarna de hand af. 'Denk je dat het dat zou kunnen zijn, jochie? Dat ze het niet heeft aangegeven omdat ze het leuk vond?'
Milo verborg zijn boosheid door op zijn beurt te schokschouderen. 'En wat gaan we nu doen? Met de vader praten?'
Schwinn zette zijn stoel recht, veegde zijn kin af – dit keer met een servetje – stond abrupt op en liep het kantoor uit, zonder zich om Milo te bekommeren.
Partners.
Buiten, toen ze vlak bij hun blinde politieauto waren, draaide Schwinn zich naar hem om en glimlachte: 'En vertel eens, hoe heb je vannacht geslapen?'

Schwinn gaf hem het adres op Edgemont en Milo startte de auto.
'Hollywood, jochie. Een echt Hollywoodmeisje.'
Tijdens de twintig minuten durende rit vertelde hij Milo nog een paar bijzonderheden. Het meisje heette Janie Ingalls. Ze zat in de tweede klas van Hollywood High en woonde samen met haar vader

in een flat tweehoog in een buurt die allang op z'n retour was, even ten noorden van Santa Monica Boulevard. Bowie Ingalls was een dronkaard en het was lang niet zeker dat ze hem thuis zouden treffen. De hele maatschappij ging met een rotgang naar de verdommenis, zelfs blanken woonden nu al in een zwijnenstal.

Het gebouw was een lomp, roze geval met veel te kleine ramen en brokkelig pleisterwerk. Twaalf wooneenheden, gokte Milo: vier flats per verdieping, waarschijnlijk van elkaar gescheiden door een smalle gang.

Hij parkeerde de auto, maar Schwinn maakte geen aanstalten om uit te stappen, dus hij bleef ook zitten en liet de motor stationair lopen.

'Zet hem maar uit,' zei Schwinn.

Milo draaide het sleuteltje om en luisterde naar de straatgeluiden. Het verkeer in de verte op Santa Monica, een paar vogels die zaten te zingen en iemand die buiten hun gezichtsveld met een motormaaier liep te stoeien. De straat was slecht onderhouden en de goten lagen vol afval. 'Dus haar vader is een zuipschuit,' zei Milo, 'maar noemde je hem alleen daarom een randdebiel?'

'Hij is zo'n vent die geen vastigheid heeft,' zei Schwinn. 'Hij heet Bowie Ingalls en doet van alles en nog wat. Het gerucht gaat dat hij zelfs wedformulieren rondbracht voor een nikker-bookmaker in het centrum... leuk baantje voor een blanke, hè? Een paar jaar geleden was hij nog als loopjongen in dienst bij de Paramount Studio's en toen zei hij tegen iedereen dat hij in de filmbusiness zat. Hij gokt op paarden, heeft een strafblad vanwege een paar lullige overtredingen, voornamelijk openbare dronkenschap en het niet betalen van bekeuringen. Twee jaar geleden is hij opgepakt wegens heling, maar hij werd niet vervolgd. In alle opzichten klein grut.'

Bijzonderheden. Schwinn had de tijd gevonden om het strafblad van Bowie Ingalls na te trekken.

'En zo'n vent moet een kind opvoeden,' zei Milo.

'Ja, de wereld deugt voor geen meter, hè? Janies moeder was een stripper en een poederklant, die ervandoor ging met een of andere hippiemuzikant toen het kind nog maar een baby was. Ze is in Frisco aan een overdosis overleden.'

'Het lijkt alsof je behoorlijk wat te weten bent gekomen.'

'Vind je?' Schwinns stem klonk ineens vlijmscherp en in zijn ogen verscheen weer die harde blik. Had die opmerking van Milo hem sarcastisch in de oren geklonken? Milo wist niet eens zeker of hij het ook inderdaad zo bedoeld had.

'Ik moet nog een boel leren,' zei hij. 'Als je nagaat hoeveel tijd ik verspild heb aan die klojo's van VP. En ondertussen heb jij dit allemaal boven water...'

'Je hoeft me geen stroop om de bek te smeren, knaap,' zei Schwinn en plotseling was dat haviksgezicht zo dicht bij dat van Milo dat hij kon ruiken wat Schwinn net gegeten en gedronken had. 'Ik heb geen bál gedaan en ik wéét ook geen bal. En jij weet er helemáál de ballen van.'

'Goh, het spijt me als ik...'

'Ik geef geen zak om excuses, vriend. Denk je soms dat dit een spelletje is? Zoals je doctorandus bent geworden door netjes je huiswerk te maken, de kont van je professor te likken en met al dat geslijm je titel te halen? Denk je soms dat het zó gaat?'

Hij praatte zo snel dat hij kennelijk uit zijn doen was. Wat had hem in hemelsnaam zo van de kook gebracht?

Milo hield zijn mond. Schwinn lachte bitter, schoof achteruit en liet zich zo zwaar tegen de rugleuning vallen dat Milo's logge lijf ervan schudde. 'Ik zal je eens wat vertellen, jochie. Al die kloteklusjes die we opgeknapt hebben sinds je met mij mee mocht rijden... nikkers en latino's die mekaar om zeep helpen en staan te wachten tot we ze in hun kladden grijpen, hoewel het iedereen een rooie rotzorg zal zijn als we dat niet doen... denk je dat het daarom draait in het wereldje van 187's?'

De vlammen sloegen Milo uit, maar hij hield zijn kaken op elkaar. 'Dit...' zei Schwinn, terwijl hij een lichtblauwe envelop uit zijn binnenzak trok en er een stapeltje kleurenfoto's uit pakte. De naam en het logo van een 24-uurs fotolab. De opnamen die hij op Beaudry met zijn Instamatic had gemaakt.

Hij legde ze in een waaier op zijn broodmagere bovenbenen, met de beeltenis naar boven, alsof het de kaarten van een waarzegger waren. Close-ups van het bloederige, gescalpeerde hoofd van het meisje. Intieme portretopnamen van haar levenloze gezicht, haar gespreide benen...

'Híér worden we voor betaald,' zei hij. 'Die andere onzin had ook door een kantoorpief afgehandeld kunnen worden.'

De eerste zeven moorden hadden Milo het gevoel gegeven dat hij een kantoorpief met een penning was. Maar dat durfde hij niet hardop te beamen. Want daarmee scheen hij die klootzak alleen maar tegen de sche...

'Je dacht dat je er wel lol aan zou beleven toen je solliciteerde om een van de Grote Boze Helden van Moordzaken te worden, hè?' zei Schwinn. Hij was zelfs nog sneller gaan praten, maar hij slaagde er toch in om elk woord af te maken. 'Of misschien heb je geluisterd naar die lulhannesen die beweren dat Moordzaken echt iets voor intellectuelen is en aangezien jij met die doctorandustitel op zak loopt, dacht je: Hé, da's dan echt iets voor mij! Vertel me dan maar, ziet dít er volgens jou intellectueel uit?' Hij tikte op een van de foto's. 'Denk je dat je dit kunt oplossen door je hersens te gebruiken?' Hoofdschuddend en met een gezicht alsof hij bedorven vlees had gegeten stak Schwinn een nagel onder een hoekje van een van de foto's en knipte ertegen.

Plink, plink.

'Hoor eens,' zei Milo, 'ik wilde alleen maar...'

'Heb je enig benul hoe vaak zoiets als dit ook echt opgelost wordt? Die idioten van de politieacademie hebben je waarschijnlijk verteld dat bij Moordzaken zeventig tot tachtig procent van de gevallen opgelost wordt, hè? Nou, dat is pure lulkoek. Dan hebben ze het over dat stompzinnige gedoe... zo stom dat het eigenlijk honderd procent zou moeten zijn, dus ammehoela met je tachtig procent. Bárst.' Hij draaide zich om en spuugde uit het raam om vervolgens Milo weer aan te kijken. 'Híérmee...' *tik tik*... 'mag je van geluk spreken als je er vier van de tien oplost. En dat houdt in dat jij meestal de verliezer bent, zodat die knaap het nog een keer kan doen en dat hij net zo goed "Krijg de kelere" tegen jóú zegt als tegen háár.'

Schwinn trok zijn nagel los en begon op het kiekje te tikken, waarbij de botte wijsvinger telkens opnieuw op het kruis van het meisje terechtkwam.

Milo besefte dat hij zijn adem inhield en dat hij dat al had gedaan vanaf het moment dat Schwinn aan zijn tirade was begonnen. Zijn gezicht gloeide nog steeds en hij wreef er met zijn ene hand over.

Schwinn lachte. 'Ik maak je nijdig. Of misschien maak ik je wel bang. Je doet dat – met die hand – altijd als je pissig of bang bent.'

'Maar waar gaat het nou eigenlijk om, Pierce?'

'Waar het om gaat is dat jij zei dat ik zoveel te weten ben gekomen, terwijl ik geen donder weet.'

'Ik bedoelde alleen maar...'

'Hou op met dat "alleen maar",' zei Schwinn. 'Daar schieten we niks mee op, we schieten niks op met gelul. Ik zit er niet op te wachten dat ik van hogerhand opgezadeld word met een of andere... onbetrouwbare docto...'

'Ach, barst toch,' zei Milo terwijl hij tegelijkertijd zijn adem en zijn boosheid de vrije loop liet. 'Ik heb...'

'Vanaf het moment dat je begon, heb je me alleen maar in de gaten gehouden en op mijn vingers gekeken...'

'Ik hoopte dat ik iets van je zou kunnen leren.'

'En waarom?' zei Schwinn. 'Zodat je in een goed blaadje komt te staan bij de hoge omes en straks ook op je kont achter een bureau kunt gaan zitten. Ik weet precies waar jij op uit bent, jochie...'

Milo kwam tot de ontdekking dat hij letterlijk zijn gewicht in de schaal gooide. Hij schoof iets naar Schwinn toe, zodat hij boven het magere mannetje uittorende, en priemde hem zijn dikke wijsvinger onder de neus. 'Je weet er geen dón...'

Schwinn gaf geen krimp. 'Ik weet dat klootzakken met een doctorandustitel op zak dít echt niet blijven doen.' *Tik tik.* 'En ik weet ook dat ik bij de oplossing van een moordzaak mijn tijd niet wil verdoen door samen te werken met een intellectuele slijmbal die alleen maar zo snel mogelijk hogerop wil komen. Als je ambitie hebt, moet je maar een baantje zoeken waarbij je iemand de kont kunt likken, net als Daryl Gates heeft gedaan door als chauffeur te fungeren voor commissaris Parker. De mafketel zal zelf op een dag ook wel commissaris worden.' *Tiktiktik.* 'Maar dít zal je geen stap vooruit helpen, muchacho. Dit is een móórdzaak en die moet opgelost worden. Begrepen? Dit knaagt aan je binnenste en je schijt het in knikkers uit.'

'Je hebt het mis,' zei Milo. 'Wat mij betreft.'

'O ja?' Met een geslepen glimlachje.

Aha, dacht Milo. *Nu komt het. Waar alles om draait.*

Maar Schwinn zat alleen maar te lachen en op de foto te tikken.

Er viel een lange stilte. En toen zakte de vent ineens met een verslagen blik op zijn gezicht in elkaar, alsof iemand zijn ventiel had opengedraaid. 'Je hebt geen idéé wat je te wachten staat.' Hij stopte de foto's terug in de envelop.

Als je zo'n hekel hebt aan dit baantje, hou er dan mee op, klootzak, dacht Milo. *Ga twee jaar eerder met pensioen en verspil de rest van je leven aan het kweken van tomaten in een of ander goedkoop trailerpark tussen andere mislukkelingen.*

Ettelijke minuten gleden bol van spanning voorbij.

Milo zei: 'Als dit zo'n belangrijke moordzaak is, waarom blijven we hier dan zitten?'

'Wat is het alternatief, Sherlock?' zei Schwinn terwijl hij met zijn duim naar het roze gebouw wees. 'Dat we naar binnen gaan om met die klootzak te praten en tot de ontdekking te komen of het inderdaad zijn dochter is die aan mootjes is gehakt of niet. In het ene geval hebben we misschien een centimeter afgelegd van de weg die voor ons ligt, in het andere geval zijn we nog niet eens begonnen. Maar in beide gevallen hebben we geen enkele reden om onszelf op de borst te slaan.'

8

Even plotseling als zijn stemming kon omslaan, sprong Schwinn de auto uit.

De vent was zo labiel als de pest, dacht Milo, terwijl hij in het kielzog van de witharige man het roze gebouw binnenliep.

De voordeur zat niet op slot. Rechts van hen twaalf brievenbussen. De indeling was precies zoals Milo zich had voorgesteld.

Val toch dood, expert.

Op bus elf zat een plakkertje met *Ingalls* in vlekkerige, rode balpenletters. Ze liepen de trap op en Schwinn was buiten adem toen ze op de tweede verdieping aankwamen. Hij schoof de knoop van zijn das omhoog, klopte aan en een paar seconden later ging de deur open.

De man die opendeed, had doffe ogen en was mager en dik tegelijk. Een en al uitstekende botten, dunne ledematen en verlepte huid, maar met een maag als een voetbal. Hij droeg een smerig geel hemd en een blauwe zwembroek model bermuda. Geen heupen en geen kont, dus de korte broek slobberde onder zijn bolle buik. Verder had hij nergens op zijn lijf een onsje vlees te veel. Maar de aanblik was zo potsierlijk dat Milo dacht: *Zwanger.*

'Bowie Ingalls?' vroeg Schwinn.

Twee seconden uitstel, gevolgd door een kort, beverig knikje. De kerel zweette gewoon bier en de zurige stank dreef de gang op.

Schwinn had geen beschrijving van Ingalls gegeven, hij had hem met geen woord op de ontmoeting voorbereid en Milo schatte Ingalls op midden veertig. Hij had dik, golvend, grof zwart haar dat tot over zijn schouders viel – veel te lang en te weelderig voor een vent van zijn leeftijd – en een grijze stoppelbaard van een dag of vijf die zijn weke gezicht absoluut niet verborg. Zijn ogen waren niet alleen roze omrand, maar het wit was geel geworden en de blik was wazig. Donkerbruine irissen, net als het dode meisje.

Ingalls bestudeerde hun penningen. Het reactievermogen van de vent was naar de knoppen, de radertjes liepen vast als bij een kapotte klok. Hij deinsde even achteruit, begon toen te grinniken en zei: 'Wasterandant?' Het kwam er piepend uit, in een walm van hop en mout die zich vermengde met de geuren waarvan de muren van het gebouw al doortrokken waren: schimmel en benzine plus de onverwachte traktatie van heerlijke kookluchtjes.

'Mogen we binnenkomen?' vroeg Schwinn.

Ingalls had de deur maar half geopend. Achter hem bevonden zich

gore meubels, stapels verkreukelde kleren, bakjes van een chinese afhaalmaaltijd en lege bierblikjes.

Massa's lege blikjes, sommige gedeukt, de rest ongeschonden. Zelfs
als hij flink had doorgedronken, was uit de hoeveelheid blikjes op
te maken dat hij al meer dan één dag zat te hijsen.

Een drinkgelag van een paar dagen achter elkaar. Tenzij de vent gezelschap had gehad. Maar zelfs dan was het een weloverwogen zuip-
partij geweest.

De dochter van die kerel werd al vier dagen vermist, maar hij had
geen aangifte gedaan en was gewoon thuis gaan zitten hijsen. Onwillekeurig schoot de ergste mogelijkheid Milo door het hoofd: dat
pappie het had gedaan. Hij keek of Ingalls grauwe gezicht krabben
vertoonde of sporen van angst of schuldgevoelens. Dat zou ook de
verklaring voor die trage reacties kunnen zijn...

Maar het enige dat hij zag, was verwarring. Ingalls bleef als aan de
grond genageld staan. Oorzaak drank.

'Meneer,' zei Schwinn. Hij slaagde erin om het woord als een belediging te laten klinken, zoals alleen smerissen dat kunnen. 'Mogen
we binnen komen?'

'Eh... ja, hoor... wrom?'

'Het gaat over je dochter.'

Ingalls kreeg een vermoeide blik in zijn ogen. Niet vanwege bezorgdheid. Het was berusting. In de trant van: *daar gaan we weer.*
Hij maakte zich kennelijk op voor een preek over het opvoeden van
kinderen.

'Hoezo, heeft ze weer gespijbeld? Halen ze daar nu al smerissen bij?'
Schwinn glimlachte en deed een stap naar voren om naar binnen te
gaan, zodat Ingalls bijna struikelend opzij moest. Toen ze alle drie
binnen waren, deed Schwinn de deur dicht. Net als Milo begon hij
meteen instinctief zijn omgeving op te nemen.

Gebroken witte muren vol bruine barsten die net als de hoeken al
zwart begonnen te worden. Het hele voorste gedeelte van het huis was
hooguit vijf bij vijf meter en bevatte een woon- annex eetkamer met
open keuken. Het aanrecht stond boordevol met nog meer bakjes van
de chinees, vuile papieren borden en lege soepblikjes. Twee armzali-
ge raampjes in de muur ertegenover waren bedekt met gele plastic
luxaflex. Op een schunnige, grijsbruine bank en een rode plastic stoel
lagen hopen vuile kleren en verfomfaaide kranten. Naast de stoel lag
een stapel elpees die gevaarlijk wiebelde. Bovenop *Freak Out* van The
Mothers of Invention, een elpee van vijftien jaar geleden. Vlak daarbij ging een goedkope grammofoon half schuil onder een kotsgroene
badjas. Een openstaande deur bood uitzicht op een blinde muur.

Nu ze de voorkamer helemaal konden zien, bleek het aantal bier-blikjes nog groter.

'Waar zit Janie op school, meneer?' vroeg Schwinn.

'Op Hollywood High. Wat heeft ze nu weer uitgespookt?' Bowie In-galls krabde zich in een van zijn oksels en richtte zich in zijn volle lengte op, in een poging een spoor van vaderlijke verontwaardiging te vertonen.

'Wanneer hebt u haar voor het laatst gezien, meneer?'

'Ehm... ze was... ze is bij een vriendinnetje blijven slapen.'

'Wanneer, meneer?' vroeg Schwinn terwijl hij nog steeds de kamer rondkeek. Hij was koel en bijzonder zakelijk. Als je hem nu de re-chercheur zag uithangen, zou geen mens zich kunnen voorstellen dat hij vijf minuten geleden die krankzinnige tirade had afgestoken.

Milo hield zich afzijdig en probeerde nog steeds zijn woede te on-derdrukken. Zijn verstand wilde aan het werk, maar zijn lichaam kon de boosheid die Schwinns uitval had opgeroepen niet van zich afzet-ten. Zijn hart bonsde nog steeds en zijn gezicht gloeide. Ondanks het belang van het werk dat hier opgeknapt moest worden, bleef hij zich met genoegen voorstellen hoe Schwinn op zijn bek zou kunnen gaan door in de kuil te vallen die hij voor een ander had gegraven, de zelf-voldane klootzak: op heterdaad betrapt met Tonya of een van zijn andere 'tipgevers'. In gedachten schoot Milo in de lach. Maar toen kwam er ineens een vraag bij hem op: als Schwinn hem niet ver-trouwde, waarom had hij dan het risico genomen door onder zijn neus met Tonya te rotzooien? Misschien was de vent gewoon sta-pelgek... hij zette de hele toestand uit zijn hoofd en richtte zijn aan-dacht weer op het gezicht van Bowie Ingalls. Nog steeds geen spoor van angst, alleen een stompzinnigheid om gek van te worden.

'Eh... vrijdagavond,' zei Ingalls op een toon alsof hij er een gooi naar deed. 'Jullie mogen wel gaan zitten, hoor.'

Er was maar één zitplaats in die verdomde zwijnenstal. Tussen de rotzooi op de bank was net genoeg ruimte voor één persoon. De plek waar Ingalls had zitten pitten. Lekker.

'Nee, dank je wel,' zei Schwinn. Hij had inmiddels zijn opschrijf-boekje te voorschijn gehaald. Milo wachtte nog even voordat hij het zijne pakte, omdat het anders zou lijken alsof ze een komische sketch opvoerden. 'Dus Janie is vrijdagnacht bij een vriendin blijven sla-pen.'

'Ja. Vrijdag.'

'Vier dagen geleden.' Schwinn had zijn gouden Parker balpen gepakt en stond ijverig te krabbelen.

'Ja. Ze doet niet anders.'

'Bij vrienden blijven slapen?'

'Ze is zestien,' zei Ingalls op een klagerig toontje.

'Hoe heet die vriendin? Die van vrijdagavond.'

Ingalls tong boorde zich in zijn linkerwang. 'Linda... nee, Melinda.'

'Achternaam?'

Een wezenloze blik.

'Weet u de achternaam van Melinda niet?'

'Ik mag die kleine slet niet,' zei Ingalls. 'Ze heeft een slechte invloed. Ik heb liever niet dat ze hier komt.'

'Heeft Melinda een slechte invloed op Janie?'

'Ja. Je weet wel.'

'Ze zorgt ervoor dat Janie zich allerlei moeilijkheden op de hals haalt,' zei Schwinn.

'Je weet wel,' zei Ingalls. 'Jongelui. Ze spoken van alles uit.'

Milo vroeg zich af waaraan een zak als Ingalls zich geërgerd zou hebben.

'Van alles,' zei Schwinn.

'Ja.'

'Wat dan?'

'Je weet wel,' hield Ingalls vol. 'Spijbelen, overal rondhangen.'

'Verdovende middelen?'

Ingalls verbleekte. 'Daar weet ik niks van.'

'Hmm,' zei Schwinn al krabbelend. 'Dus Melinda heeft een slechte invloed op Janie, maar toch hebt u Janie bij Melinda laten slapen.'

'Láten?' zei Ingalls kuchend. 'Heb jij kinderen?'

'Daar ben ik niet mee gezegend.'

'Vandaar dat je zoiets vraagt. Tegenwoordig láát je kinderen niets meer doen. Ze doen verdomme toch precies waar ze zelf zin in hebben. Ik krijg haar niet eens zover dat ze me vertelt waar ze naar toe gaat. Of dat ze naar school gaat. Ik heb het geprobeerd door haar zelf naar school te brengen, maar dan ging ze gewoon naar binnen, wachtte tot ik weg was en nam de benen. Daarom dacht ik dat dit over school ging. Wat is er dan eigenlijk aan de hand? Zit ze in moeilijkheden?'

'Heeft Janie weleens eerder moeilijkheden gehad?'

'Nee,' zei Ingalls. 'Niet echt. Alleen spijbelen en overal rondhangen, dat zei ik al. Af en toe een paar dagen wegblijven. Maar ze komt altijd terug. Je kunt ze niet onder de duim houden, man, geloof me maar. Sinds de hippies het hier in de stad voor het zeggen hebben, kun je dat wel vergeten. Haar moeder was ook een hippie, vroeger, in de hippietijd. Een verslaafde hippieslet, die ons in de steek heeft gelaten en mij met Janie liet zitten.'

'Gebruikt Janie drugs?'

'Hier in huis niet,' zei Ingalls. 'Ze weet wel beter.' Hij knipperde een paar keer met zijn ogen en trok een gezicht in een poging om wat helderder te worden. Het hielp niet. 'Waar gaat het om? Wat heeft ze gedaan?'

Schwinn deed net of hij de vraag niet had gehoord en bleef door schrijven. Daarna: 'Hollywood High... in welke klas zit ze?'

'De tweede.'

'Dus ze is tweedejaars.'

Het duurde weer even voordat Ingalls knikte. Hoeveel van die blikjes had hij die ochtend achterovergeslagen?

'Tweedejaars.' Schwinn schreef het op. 'Wanneer is ze jarig?'

'Eh... in maart,' zei Ingalls. 'Eh... tien maart.'

'Dus de tiende maart van dit jaar is ze zestien geworden.'

'Ja.'

Zestieneneenhalf en in de tweede klas, dacht Milo. Dus ze liep een jaar achter. Zwakbegaafd? Een of ander leerprobleem? Iets dat mede aanleiding was geweest om haar tot slachtoffer te bombarderen? Als zij het tenminste was...

Hij keek even naar Schwinn, maar Schwinn stond nog steeds te schrijven en dus stelde Milo op eigen houtje een vraag: 'Janie heeft het moeilijk op school, hè?'

Schwinn trok heel even zijn wenkbrauwen op, maar hij bleef aantekeningen maken.

'Ze heeft er een bloedhekel aan,' zei Ingalls. 'Ze kan nauwelijks lezen. Daarom vond ze het zo erg...' Er verscheen een angstige blik in de bloeddoorlopen ogen. 'Wat is er aan de hand? Wat heeft ze gedaan?'

'Waarschijnlijk niets,' zei Schwinn, terwijl hij de blauwe envelop te voorschijn haalde. 'Waarschijnlijk hebben ze iets met haar gedaan.' Hij maakte weer een waaier van de foto's, stak zijn arm uit en duwde ze Ingalls onder de neus.

'Hè?' zei Ingalls die stokstijf bleef staan. En daarna: 'Nee.'

Kalm, zonder nadruk. Oké, dacht Milo, dus zij is het niet. Een vals spoor, fijn voor hem, vervelend voor ons, want nu waren ze nog geen steek opgeschoten. Schwinn had zoals gewoonlijk weer gelijk gehad. De verwaande klier, hij zou zich vast op de borst slaan en gedurende de rest van hun dienst onuitstaanbaar...

Maar Schwinn borg de foto's niet op en Bowie Ingalls bleef er met grote ogen naar staren.

'Nee,' zei Ingalls opnieuw. Hij deed een uitval naar de foto's, maar het bleef bij een zielig gebaar, het was geen serieuze poging om ze te pakken. Schwinn hield stand en Ingalls draaide de afgrijselijke beelden de rug toe terwijl hij zich naar het hoofd greep. Hij stampte zo hard op de grond dat de vloer trilde.

Plotseling drukte hij zijn handen tegen zijn bierbuik en sloeg dubbel alsof hij last had van kramp. Hij stampte opnieuw op de grond en brulde: 'Néé!'

Hij bleef schreeuwen.

Schwinn liet hem even uitrazen en bracht hem toen met zachte hand naar de zitplaats op de bank. 'Geef hem maar iets waar hij van opkikkert,' zei hij tegen Milo.

Milo ontdekte een onaangebroken blikje bier, trok het open en hield het Ingalls voor, maar Ingalls schudde zijn hoofd. 'Nee, nee, nee. Donder op daarmee.'

De vent zoop zich het leplazerus, maar hij weigerde een hartversterking toen hij een enorme oplawaai had gehad. Milo vond dat je dat wel als een vorm van waardigheid kon beschouwen.

Hij had het gevoel dat hij daar samen met Schwinn een eeuwigheid stond te wachten. Schwinn zag er bedaard uit... hij was dit wel gewend. Zou hij het leuk vinden?

Ten slotte keek Ingalls op. 'Waar?' zei hij. 'Wie?'

Schwinn bracht hem met een kalme stem op de hoogte van de belangrijkste feiten. Terwijl hij aan het woord was, bleef Ingalls constant kreunen.

'Janie, Janie...'

'Weet jij iets wat ons verder kan helpen?' vroeg Schwinn.

'Niets. Wat zou ik jullie moeten vertellen...?' Ingalls huiverde. Hij sloeg zijn magere armen over elkaar. 'Dat... wie zou nou... o, god... *Janie*...'

'Je kunt ons vast wel iets vertellen,' drong Schwinn aan. 'Het maakt niet uit wat. Je moet ons helpen.'

'Hoe... ik weet niks... Ze heeft nooit... al sinds haar veertiende was ze eigenlijk altijd weg, ze beschouwde dit huis min of meer als een hotel, maar ze was nooit thuis, ze zei altijd dat ik de kelere kon krijgen en dat ik me met mijn eigen zaken moest bemoeien. De helft van de tijd was ze er gewoon niet, weet je wat ik bedoel?'

'Dan sliep ze bij vriendinnetjes,' zei Schwinn. 'Bij Melinda en bij anderen.'

'Dat bedoel ik... o, god, ik kan het niet geloven...' De tranen sprongen Ingalls in de ogen en Schwinn stond meteen klaar met een sneeuwwitte zakdoek. Voorzien van het met gouddraad geborduurde monogram PS in een van de hoeken. Als je die vent hoorde, was het wanhoop en pessimisme troef, maar hij was wel bereid om zijn schone, gestreken zakdoek aan te bieden aan een zuipschuit als hij daar professioneel baat bij had.

'Help me,' fluisterde hij tegen Ingalls. 'Doe het voor Janie.'

'Dat zou ik... ik weet het niet... zij... ik... we praatten niet meer met elkaar. Al niet meer sinds... vroeger was ze mijn kleine meid, maar dat wilde ze ineens niet meer en ze zei constant tegen me dat ik kon doodvallen. Ik beweer niet dat ik zo'n fantastische vader was, maar goed, zonder mij zou Janie... toen ze dertien was geworden deugde er ineens niets meer. Ze ging weg wanneer ze zin had en op school trokken ze zich daar niets van aan. Janie ging er nooit meer naar toe en ze hebben me nooit gebeld, nog niet één keer.'

'Heb je hun gebeld?'

Ingalls schudde zijn hoofd. 'Wat schoot ik daar nou mee op? Praten met mensen die zich toch nergens iets van aantrekken. Als ik had gebeld, hadden ze me waarschijnlijk de smerissen op m'n dak gestuurd en me op laten pakken omdat ik haar verwaarloosd had of zo. En ik had het druk, man. Met mijn baan... ik werkte vroeger voor de Paramount Studio's.'

'O ja?' zei Schwinn.

'Ja. Op de afdeling publiciteit. Het geven van voorlichting.'

'Had Janie belangstelling voor de filmwereld?'

'Welnee,' zei Ingalls. 'Als ik iets leuk vond, moest zij er niets van hebben.'

'Wat vond zij dan leuk?'

'Niets. Van hot naar her rennen.'

'Die vriendin, Melinda. Als Janie je nooit vertelde waar ze naar toe ging, hoe weet je dan dat ze vrijdagavond bij Melinda was?'

'Omdat ik haar vrijdag overdag met Melinda heb gezien.'

'Hoe laat?'

'Rond een uur of zes. Ik lag te slapen en Janie kwam naar binnen stuiven om wat kleren op te halen. Daar werd ik wakker van, maar ik had nauwelijks tijd om rechtop te gaan zitten voor ze alweer de deur uit was. Toen ik daardoor naar buiten keek...' Hij maakte een gebaar naar de met luxaflex bedekte ramen, 'zag ik haar weglopen met Melinda.'

'Welke kant op?'

'Die kant.' Hij wees naar het noorden. Richting Sunset, of Hollywood Boulevard, als de meisjes door waren gelopen.

'Was er nog iemand anders bij?'

'Nee, ze waren met z'n tweeën.'

'Lopend, dus niet in een auto.'

'Janie had geen rijbewijs. Ik heb maar één auto en die krijg ik maar met moeite aan de praat. Ik piekerde er niet over om... het kon haar trouwens niets schelen. Ze liftte overal naar toe. Daar heb ik haar voor gewaarschuwd... vroeger, toen dat nog kon, liftte ik ook altijd, maar tegenwoordig... met al die... denk je dat het zo is gebeurd? Dat ze is gaan liften en toen door een of andere... o, god...'

Zou hij echt niet weten dat Janie in het centrum al een keer was aangerand? Als dat inderdaad zo was, dan sprak de vent in één opzicht de waarheid: dat hij Janie al een hele tijd geleden was kwijtgeraakt.

'Een of andere wat?' vroeg Schwinn.

'Een of andere... je weet wel,' kreunde Ingalls. 'Dat ze is opgepikt... door een vreemde vogel.'

De lijkfoto's zaten weer in de envelop, maar die had Schwinn nog steeds in zijn hand. Nu zwaaide hij de envelop onder Ingalls neus heen en weer. 'Nou meneer, het lijkt mij dat alleen een vreemde vogel dit soort dingen zou doen. Tenzij jij andere ideeën hebt?'

'Ik? Nee,' zei Ingalls. 'Ze was net als haar moeder. Ze vertelde me nooit iets... Geef me dat biertje maar.'

Toen het blikje leeg was, zwaaide Schwinn opnieuw met de envelop. 'Ik wil het nog even over vrijdag hebben. Janie kwam thuis om kleren op te halen. Wat had ze aan?'

Ingalls dacht na. 'Een spijkerbroek en een T-shirt... een rood T-shirt... en die idiote zwarte schoenen met van die hoge hakken... sleehakken. Ze had haar uitgaanskleren bij zich.'

'Haar uitgaanskleren.'

'Toen ik wakker werd en haar de deur uit zag lopen, kon ik nog net iets zien van wat ze in haar tas had.'

'Wat was dat voor tas?'

'Een plastic tas. Wit... waarschijnlijk van Zody's, want daar gaat ze altijd naar toe. Ze nam haar uitgaanskleren altijd mee in plastic tassen.'

'Wat zag je in die tas zitten?'

'Een rood topje ongeveer zo groot als een pleister. Ik zei altijd tegen haar dat het hoerenkleren waren en dat ze die troep weg moest gooien omdat ik het anders zou doen.'

'Maar dat heb je nooit gedaan.'

'Nee,' zei Ingalls. 'Dat zou toch geen zin hebben gehad.'

'Een rood topje,' zei Schwinn. 'En wat nog meer?'

'Meer heb ik niet gezien. Waarschijnlijk een rokje, zo'n brede ceintuur want iets anders koopt ze niet. En de schoenen die ze al aan had.'

'Zwart met hoge hakken.'

'Glimmend zwart,' zei Ingalls. 'Lakleer. Met die belachelijke hakken. Ik heb haar vaak genoeg gewaarschuwd dat ze daar nog een keer haar nek op zou breken.'

'Uitgaanskleren,' zei Schwinn terwijl hij het opschreef.

Uitgaanskleren in rood en zwart, dacht Milo. Hij moest plotseling denken aan een praatje dat op de middelbare school de ronde had gedaan als de jongens onder elkaar breedvoerig zaten te kletsen en grinnikend hadden opgemerkt dat een meisje dat vrijdags rood en zwart droeg tot alles bereid zou zijn. En hoe hij zelf mee had zitten lachen alsof hem dat ook maar iets kon schelen...

'Behalve spijkerbroeken en T-shirts is dat het enige dat ze koopt. Uitgaanskleren.'

'Nu we het daar toch over hebben,' zei Schwinn, 'moeten we maar eens even in haar kast gaan kijken.'

De rest van het appartement bestond uit twee slaapkamers die nauwelijks groter waren dan een cel en van elkaar gescheiden werden door een raamloze badkamer met een stinkende wc.

Schwinn en Milo wierpen in het voorbijgaan ook een blik in het slaapvertrek van Bowie Ingalls. Een extra breed tweepersoons bed dat de meeste vloerruimte in beslag nam. Ongewassen lakens die er half naast lagen en uitwaaierden over de goedkope vloerbedekking. Een klein tv-toestel dat gevaarlijk wankel op de rand van een uit spaanplaat vervaardigd bureau stond. Nog meer lege bierblikjes.

Janies kamer was zelfs nog kleiner, daar was nauwelijks ruimte voor een eenpersoons bed en een nachtkastje van hetzelfde spaanplaat. Foto's die uit tienerbladen waren geknipt zaten schots en scheef op de muren geplakt. Een eenzaam, goor uitziend, pluchen koalabeertje zat onderuitgezakt op het kastje, naast een pakje sigaretten en een halfleeg doosje hoesttabletten. De kamer was zo klein dat het bed voorkwam dat de kastdeur helemaal open kon en Schwinn moest zich in een bocht wringen om er een blik in te werpen.

Zijn gezicht vertrok van pijn en hij liep de kamer weer uit. 'Doe jij dat maar,' zei hij tegen Milo.

Vanwege Milo's omvang was dat een bijna onmogelijke opgave, maar hij deed wat hem gezegd was.

Zody's was een tweederangs kledingzaak. Maar ondanks de lage prijzen die daar golden, was Janie Ingalls er toch niet in geslaagd een behoorlijke garderobe samen te stellen. Op de stoffige vloer stonden een paar sportschoenen, maat zevenendertig, naast rode sandalen met dikke zolen en witte plastic laarzen met doorzichtige plastic zolen. Twee spijkerbroeken, maat small, hingen slordig in de kast, een verschoten blauwe met gaten die misschien het gevolg van slijtage waren, maar net zo goed met opzet aangebracht hadden kunnen zijn, en een blauwe patchwork spijkerbroek, allebei gemaakt in Taiwan. Vier geribbelde, strakke T-shirts met schuin ingezette mouwen, een gebloemde katoenen blouse met mottengaten in het borstzakje en drie glimmende, kunststof hemdjes die nauwelijks groter waren dan de zakdoek die Schwinn Ingalls had aangeboden: pauwblauw, zwart en wit met een parelmoerglans. Een rood sweatshirt met *Hollywood* in dikke, opgelegde gouden letters en een kort, zwart plastic jasje dat leer moest voorstellen en dat zo gebarsten was dat het op het gezicht van een oud vrouwtje leek.

Op de bovenste plank lagen bikini-onderbroekjes, beha's, panty's en nog meer stof. Alles stonk naar tabak. Er waren niet veel zakken om te doorzoeken. Maar het enige dat Milo vond, was stof, gruis en een kauwgomverpakking. Wat een nietszeggend bestaan... het had wel iets weg van zijn eigen appartement, want hij had sinds hij in L.A. was aangekomen ook nauwelijks de moeite genomen om het in te richten, omdat hij eigenlijk niet zeker wist of hij hier wel wilde blijven.

Hij doorzocht de rest van de kamer. Het enige dat in de buurt kwam van persoonlijke bezittingen waren de tijdschriftfoto's. Geen dagboek, geen agenda, geen foto's van vrienden. Als Janie deze gore tent ooit als thuis had beschouwd, was ze al een tijdje geleden van gedachten veranderd. Hij vroeg zich af of ze een nog een andere woonplaats had gehad... waar ze altijd binnen kon vallen, een toevluchtsoord, een plek waar ze haar spulletjes bewaarde.

Hij keek onder het bed en vond alleen stof. Toen hij zichzelf weer overeind hees, had hij kramp in zijn nek en pijn in zijn schouders.

Schwinn en Ingalls zaten weer in de voorkamer en Milo liep de badkamer in om daar even rond te kijken. Hij kneep zijn neus dicht tegen de stank en controleerde de inhoud van het medicijnkastje. Allemaal patentmedicijnen: pijnstillers, laxeermiddelen, pilletjes tegen diarree en maagtabletten... een hele voorraad maagtabletten. Waar zou Bowie Ingalls maagpijn van krijgen? Schuldgevoelens of gewoon te veel alcohol?

Milo kwam tot de ontdekking dat hij zelf ook wel een borrel zou lusten.

Toen hij zich weer bij Schwinn en Ingalls voegde, zat Ingalls onderuitgezakt op de bank en zei volkomen in de war: 'Wat weet ik daar nou van?'

Schwinn liep bij hem weg zonder nog interesse in de vent te tonen. Ingalls kon hem niet verder helpen. 'Er zullen nog wel wat officiële dingen moeten worden afgehandeld, zoals de identificatie en het invullen van een stel formulieren. Het identificeren kan wel wachten tot na de autopsie. Dan willen we je misschien nog een paar vragen stellen.'

Ingalls keek op. 'Waarover?'

Schwinn gaf Ingalls zijn visitekaartje. 'Bel me maar als je nog iets te binnen schiet.'

'Ik heb je alles al verteld.'

'Was er nog een andere plek waar Janie altijd terecht kon?' vroeg Milo.

'Wat voor plek?'

'Een plek waar ze ook kon blijven slapen. Een jongerensoos of zo.'

'Ik weet niet waar jongeren tegenwoordig uithangen. Ik wist niet eens waar mijn eigen kind naar toe ging, dus hoe zou ik dat moeten weten?'

'Oké, bedankt. Gecondoleerd met uw verlies, meneer Ingalls.'

Schwinn wenkte dat Milo mee moest gaan, maar toen ze bij de deur waren keek hij nog een keer om naar Ingalls. 'Nog één ding: hoe ziet Melinda eruit?'

Een elementaire vraag, dacht Milo, maar hij was er niet opgekomen. Schwinn wel, maar hij had ook de touwtjes in handen en bepaalde wat er moest gebeuren. De kerel was knettergek, maar hij kon nog niet in zijn schaduw staan.

'Klein, met grote tieten en forsgebouwd. Nogal dik. Blond haar, heel steil en heel lang.'

'Voluptueus,' zei Schwinn, genietend van het woord.

'Je zegt het.'

'En ze is van Janies leeftijd?'

'Misschien iets ouder,' zei Ingalls.

'Is ze ook tweedejaars?'

'Ik heb geen flauw idee wat ze is.'

'Een slecht voorbeeld,' zei Schwinn.

'Ja.'

'Heb je een foto van Janie? Die we ook aan andere mensen kunnen laten zien?'

'Die zou ik wel moeten hebben, hè?' zei Bowie. Hij klonk alsof hij een mondeling examen moest afleggen. Nadat hij zich overeind had gehesen stommelde hij naar de slaapkamer en kwam even later terug met een kiekje van acht bij twaalf centimeter.

Een donkerharig kind van een jaar of tien dat in een mouwloos jurkje naar een anderhalve meter grote Mickey Mouse stond te staren. Mickey had die idiote grijns op zijn gezicht, maar het kind was er niet van onder de indruk, ze leek zelfs een beetje bang. Het was onmogelijk om dit meisje in verband te brengen met de gewelddaad op Beaudry.

'Disneyland,' zei Ingalls.

'Bent u daar met Janie heen geweest?' vroeg Milo terwijl hij zich dat probeerde voor te stellen.

'Nee, het was een schoolreisje. Ze kregen groepskorting.'

Schwinn gaf de foto terug aan Ingalls. 'Ik bedoelde eigenlijk iets recenters.'

'Die moet ik wel ergens hebben,' zei Ingalls. 'Maar ik mag barsten als ik weet waar... als ik iets vind, bel ik wel.'

'Het viel me op dat er geen dagboek in Janies kamer lag,' zei Milo.

'Dat zal wel.'

'Hebt u nooit een dagboek gezien? Of een agenda, of een fotoalbum?'

Ingalls schudde zijn hoofd. 'Ik snuffelde nooit in Janies spullen, maar dat soort dingen had ze vast niet. Janie hield niet van schrijven. Dat was haar te moeilijk. Haar moeder was precies zo, die heeft eigenlijk nooit leren lezen. Ik heb zelf nog geprobeerd om Janie dat bij te brengen. Die school deed er geen barst aan.'

Pappie Zuipschuit die gezellig samen met Janie huiswerk maakte. Hij kon het zich nauwelijks voorstellen.

Schwinn fronste. Hij had genoeg van Milo's vragen en gaf een ruk aan de deurknop. 'Goede middag, meneer Ingalls.'

Terwijl de deur achter hen dichtviel, riep Ingalls uit: 'Ze was mijn kind.'

'Wat een stomme klootzak,' zei Schwinn onderweg naar Hollywood High. 'Stomme ouders, stomme kinderen. Erfelijk belast. Dat bedoelde je toch met die vragen over school?'

'Ik had het idee dat ze misschien sneller aan iemand ten slachtoffer was gevallen als ze leerproblemen zou hebben gehad,' zei Milo.

'Dat kan iedereen overkomen,' gromde Schwinn.

De school was een onaantrekkelijk brok grijsbruin pleisterwerk dat aan de noordkant van Sunset, even ten westen van Highland, een heel blok in beslag nam. Even onpersoonlijk als een vliegveld en Milo voelde zich meteen nietig worden op het moment dat hij voet op het schoolplein zette. Hij had het gevoel dat hij samen met Schwinn langs een paar duizend scholieren moest lopen, stuk voor stuk verveeld, afwezig en chagrijnig. Vrolijke gezichten en gelach vormden een uitzondering en iedere keer als de rechercheurs oogcontact maakten, ontmoetten ze een vijandige blik.

Toen ze aan een van de leraren vroegen waar ze moesten zijn, kregen ze eenzelfde ontvangst en dat was ook het geval in het kantoor van de directeur. Terwijl Schwinn met een secretaresse stond te praten bestudeerde Milo de meisjes die door de klamme gang liepen. Strakke of minieme kleding en de make-up van een hoer schenen in de mode te zijn bij die onafgebroken stoet van ontluikende lichamen die allemaal iets schenen te beloven wat ze wellicht nog niet waar konden maken en hij vroeg zich af hoeveel potentiële Janies erbij waren.

De directeur was naar een vergadering ergens in de stad en de secretaresse verwees hen door naar de onderdirecteur, die hen weer doorstuurde naar het bureau leerlingenzaken. De maatschappelijk werkster die ze daar te spreken kregen was een jonge vrouw die Ellen Sato heette, klein en van Aziatische afkomst. Ze had lang haar met een middenscheiding en een coupe soleil. Toen ze het nieuws van de moord op Janie hoorde, betrok haar gezicht, en Schwinn maakte misbruik van de gelegenheid door een groot aantal vragen op haar af te vuren.

Maar daar schoten ze niets mee op. Ze had nog nooit van Janie gehoord en bekende ten slotte dat ze nog geen maand in dienst was. Schwinn bleef aandringen en uiteindelijk liep ze even weg en kwam al snel terug met het slechte nieuws: geen spoor van dossiers op naam van J. *Ingalls* met betrekking tot begeleiding of strafmaatregelen.

Het meisje was een notoire spijbelaarster, maar dat was nergens vastgelegd. Bowie Ingalls had in één opzicht gelijk gehad: niemand had zich er ook maar iets van aangetrokken.

Het arme kind had nooit enig houvast gehad, peinsde Milo en dacht terug aan de ene keer dat hij zelf had gespijbeld: lang geleden, toen ze nog in Gary woonden, waar zijn vader in de metaal werkte en zoveel geld verdiende dat hij zich een echte kostwinner voelde. Milo was negen jaar en werd al sinds de zomer geplaagd door afschuwelijke dromen: vol mannen. Op een druilerige maandag was hij uit de schoolbus gestapt en in plaats van naar school te gaan was hij gewoon doelloos verder gelopen. Hij belandde ten slotte in een park waar hij als een vermoeid oud mannetje op een bankje had gezeten. De hele dag. Een vriendin van zijn moeder had hem gezien en het verklikt. Mam was stomverbaasd geweest, maar pa, die nooit met zijn handen in het haar zat, wist precies hoe hij dat aan moest pakken. De riem werd erbij gehaald. De vier kilo wegende, geoliede gordel van een staalwerker. Het had heel lang geduurd voor Milo weer op z'n gemak kon gaan zitten.

Het was een van de vele redenen om die ouwe te haten. Maar goed, hij had het nooit weer geprobeerd en was ten slotte met prachtige cijfers geslaagd. Ondanks de dromen. En alles wat daarna kwam. Hij was ervan overtuigd dat zijn vader hem zou hebben vermoord als hij had geweten wat er écht aan de hand was.

Vandaar dat één ding voor hem al op zijn negende vaststond: *Je moet bij deze mensen weg.*

Nu dacht hij peinzend: *Misschien heb ik wel geluk gehad.*

'Oké,' zei Schwinn tegen Ellen Sato, 'dus jullie weten nauwelijks iets van haar af...'

De jonge vrouw zag eruit alsof ze ieder moment in tranen kon uitbarsten. 'Het spijt me, meneer, maar zoals ik al zei, ik ben hier pas... wat is er met haar gebeurd?'

'Iemand heeft haar vermoord,' zei Schwinn. 'We zoeken een van haar vriendinnen die waarschijnlijk ook hier op school zit. Een zekere Melinda, van een jaar of zestien, zeventien. Met lang blond haar en een voluptueus voorkomen.' Hij kromde zijn vingers en hield zijn handen voor zijn eigen, schrale borst.

Er trok een roze gloed over Sato's ivoorkleurige huid. 'Melinda is een veel voorkomende naam...'

'Wat zou u ervan zeggen om eens in het leerlingenregister te kijken?'

'Het register...' Sato's gracieuze handen begonnen zenuwachtig te fladderen. 'Ik kan u wel een paar jaarboeken bezorgen.'

'Hebben jullie geen leerlingenregister?'

'Ik... ik weet wel dat we klassenlijsten hebben, maar die zijn opgeborgen in het kantoor van onderdirecteur Sullivan en daar moet je eerst een formulier voor invullen. Maar goed, ja, ik zal wel even gaan kijken. In ieder geval weet ik wel waar de jaarboeken staan. Hier.' Ze wees naar een kast.

'Mooi zo,' zei Schwinn zonder een spoor van beleefdheid.

'Die arme Janie,' zei Sato. 'Wie zou nou zoiets doen?'

'Iemand die door en door slecht is, mevrouw. Schiet u soms iemand te binnen?'

'O, lieve help, nee... ik wilde niet... ik ga die lijst wel even halen.'

De twee rechercheurs zaten op een bank in de wachtkamer van het bureau leerlingenzaken door de jaarboeken te bladeren zonder zich iets aan te trekken van de boze blikken die de af en aan lopende leerlingen hun toewierpen. Ze noteerden de namen van elke blanke Melinda die ze tegenkwamen, zelfs eerstejaars, want ze wisten niet hoe goed Bowie Ingalls was in het schatten van leeftijden. En ze hielden het ook niet bij blondines, want haarverf behoorde tot de vaste ingrediënten van elk tienermeisje.

'En hoe zit het met lichtgetinte Mexicaanse meisjes?' vroeg Milo.
'Nee,' zei Schwinn. 'Als ze een latina was geweest zou Ingalls dat wel gezegd hebben.'
'Hoezo?'
'Omdat hij haar niet mag, zou hij de kans om haar nog meer onderuit te schoffelen niet voorbij hebben laten gaan.'
Milo ging weer verder met het bestuderen van jonge, blanke gezichten.
Het eindresultaat: achttien kandidaten.
Schwinn bekeek de lijst met een boos gezicht. 'Namen, maar geen nummers. We hebben nog steeds dat verdomde leerlingenregister nodig om haar op te sporen.'
Hij zei het zacht maar op onmiskenbare toon en de receptioniste die een paar meter verderop zat, keek hem fronsend aan.
'Houdoe,' zei Schwinn hardop en trakteerde haar op een woeste grijns. Ze vertrok haar gezicht en richtte haar aandacht weer op haar schrijfmachine.
Milo zocht de foto uit het eerste schooljaar van Janie Ingalls op. Er stond geen lijstje bij van haar hobby's en andere bezigheden. Een dikke bos uitbundig tegengekamd haar boven een knap ovaal gezichtje dat door de dikke laag make-up en de enge oogschaduw een bijna griezelige indruk maakte. De foto die voor hem lag, leek niet op het tienjarige kind dat naast Mickey had gestaan, maar ook niet op het lijk dat naast de oprit van de snelweg was gevonden. Zoveel verschillende persoonlijkheden voor een kind van zestien jaar. Hij vroeg de receptioniste om er een fotokopie van te maken en ze stemde schoorvoetend toe, maar wierp er eerst een blik op.
'Kent u haar, mevrouw?' vroeg Milo zo vriendelijk mogelijk.
'Nee. Alstublieft. Het is niet zo'n goede kopie geworden. Ons apparaat moet nagekeken worden.'
Ellen Sato kwam weer terug, opnieuw opgemaakt, met angstige ogen en een geforceerde glimlach. 'Is het gelukt?'
Schwinn sprong haastig op, ging vlak voor haar staan en probeerde haar door middel van lichaamstaal te intimideren, terwijl hij haar opnieuw vijandig toe grijnsde. 'Ja, geweldig gewoon, mevrouw.' Hij zwaaide met de lijst van achttien namen. 'Zou u ons nu aan deze knappe jongedames willen voorstellen?'

Het optrommelen van de Melinda's nam nog eens veertig minuten in beslag. Twaalf van de achttien meisjes waren die dag aanwezig en ze kwamen allemaal met een intens verveelde blik binnenwandelen. Slechts een paar ervan kenden Janie Ingalls vaag van gezicht, ze ontkenden stuk voor stuk dat ze bevriend met haar waren of iemand kenden die dat wel was en niemand scheen iets te verbergen.

Ze waren ook nauwelijks nieuwsgierig naar de reden waarom ze binnen waren geroepen om met de smerissen te praten. Alsof de aanwezigheid van een stel politiemensen op Hollywood High de normaalste zaak van de wereld was. Of het liet ze gewoon koud.

Eén ding was duidelijk: Janie had niet bepaald haar stempel op de school gedrukt. Het meisje dat het meest behulpzaam was, bleek in Milo's rij te staan. De nauwelijks blonde en bepaald niet voluptueuze Melinda Kantor. 'O ja, die. Ze rookt altijd wiet, hè?'

'O ja?' zei hij.

Het meisje haalde haar schouders op. Ze had een langwerpig, knap gezicht dat wel iets weg had van een paard. Vijf centimeter lange nagels, glanzend groenblauw gelakt, geen beha.

'Trekt ze veel op met andere wietrokers?' vroeg Milo.

'Nee hoor, ze rookt niet mee, ze doet het eigenlijk altijd in haar eentje.'

'O.'

'Ja.'

'Wat houdt dat in?'

Het meisje keek hem aan met een blik waaruit duidelijk bleek dat hij een hopeloos geval was. 'Is ze weggelopen of zo?'

'Zoiets, ja.'

'Nou,' zei Melinda Kantor, 'misschien moet je haar dan op de Boulevard gaan zoeken.'

'Op Hollywood Boulevard?'

Het spottende lachje zei duidelijk: *Weer zo'n stomme vraag* en Milo wist dat hij niet veel meer uit haar los zou krijgen. 'Dus alle mensen die in hun eentje wiet roken komen op de Boulevard terecht.'

Nu stond Melinda Kantor hem aan te kijken of hij niet goed wijs was. 'Het was gewoon een idéé. Wat heeft ze gedaan?'

'Waarschijnlijk niets.'

'Ja, dat zal wel,' zei het meisje. 'Raar hoor.'

'Wat is raar?'

'Meestal stuurt de narcoticabrigade hier knappe jonge kerels naar toe.'

Ellen Sato kwam op de proppen met de adressen en de telefoonnummers van de zes ontbrekende Melinda's en Milo en Schwinn brachten de rest van de dag door met het afleggen van huisbezoek. De eerste vier meisjes woonden in kleine, maar keurige vrijstaande huizen langs de grens van Hollywood en het Los Feliz-district, en ze waren ziek. De Melinda's Adams, Greenberg en Jordan lagen met griep in bed, Melinda Hohlmeister was getroffen door een astmaaanval. Alle vier moeders waren aanwezig, alle vier schrokken zich een hoedje van het bezoek, maar alle vier lieten de rechercheurs binnen. De vorige generatie had nog steeds respect voor het gezag... of ze waren er bang voor.

Melinda Adams was een kleine, platinablonde eerstejaars van veertien die eruitzag alsof ze elf was en zich ook zo kinderlijk gedroeg. Melinda Jordan was een magere, vijftienjarige brunette met een verschrikkelijke neusverkoudheid en een grote hoeveelheid jeugdpuistjes. Greenberg had lang blond haar en een redelijk ontwikkelde boezem. Ze sprak net als haar moeder met een zwaar, bijna onverstaanbaar accent... pas gearriveerde immigranten uit Israël. Haar bed was bedolven onder de studieboeken. Toen de rechercheurs binnenkwamen, zat ze bepaalde alinea's te onderstrepen met een gele marker en ze had geen flauw idee wie Janie Ingalls was. Melinda Hohlmeister was een verlegen, mollig en onopvallend kind met korte, korenblonde krulletjes en een matig intellect. Ze had hoorbaar moeite met ademhalen.

Janies naam zei hun geen van allen iets.

Bij het grote moderne witte huis van Melinda Van Epp hoog in de heuvels werd niet opengedaan. Een vrouw die in de tuin ernaast bloemen stond te plukken vertelde hun uit eigen beweging dat het gezin in Europa zat en al twee weken weg was. De vader was een hoge piet bij Standard Oil en de Van Epps namen hun vijf schoolgaande kinderen altijd mee als ze op reis moesten, compleet met privéleraren. Het waren schatten van mensen.

Ze kregen ook geen gehoor bij de haveloze bungalow op North Gower waar Melinda Waters woonde. Schwinn bonsde hard op de deur omdat er een plakbandje met 'kapot' over de bel zat.

'Goed, laat maar een briefje achter,' zei hij tegen Milo. 'Waarschijnlijk schieten we hier ook geen ruk mee op.'

Op hetzelfde moment dat Milo het voorgedrukte briefje met 'verzoeke contact op te nemen' en zijn eigen visitekaartje in de brievenbus stopte, ging de deur open.

De vrouw die op de drempel stond, had de geestelijke zuster van Bowie Ingalls kunnen zijn. Een jaar of veertig, mager maar uitgezakt en gekleed in een verschoten bruine kamerjas. Ze had een gelige huid en geblondeerd haar, dat slonzig opgestoken was. Verwarde blauwe ogen, geen make-up, gebarsten lippen. En die opgejaagde blik.

'Mevrouw Waters?' vroeg Milo.

'Ik ben Eileen.' Met een rokersstem. 'Wat wilt u?'

Schwinn hield haar zijn penning voor. 'We willen graag even met Melinda praten.'

Eileen Waters deinsde achteruit alsof hij haar een klap had verkocht. 'Waarover?'

'Over haar vriendin, Janie Ingalls.'

'O, die,' zei Waters. 'Wat heeft ze gedaan?'

'Iemand heeft haar vermoord,' zei Schwinn. 'Op een vrij smerige manier. Waar is Melinda?'

De gebarsten lippen van Eileen Waters weken uit elkaar, waardoor er een onregelmatig gebit zichtbaar werd, bedekt met een laagje gele prut. Haar argwaan had haar gebrek aan waardigheid verdoezeld, maar nu die ook verdween, moest ze zich aan de deurpost vasthouden. 'O, mijn god.'

'Waar is Melinda?' wilde Schwinn weten.

Waters schudde haar hoofd en liet het hangen. 'Ogottegot.'

Schwinn pakte haar bij haar arm. Zijn stem klonk nog steeds vast. 'Waar is Melinda?'

Ze bleef met haar hoofd schudden en toen Eileen Waters opnieuw haar mond opendeed, leek haar stem die van een andere vrouw: timide en preuts. Krachteloos.

Ze begon te huilen. Toen ze eindelijk ophield, zei ze: 'Melinda is niet thuisgekomen. Ik heb haar al sinds vrijdag niet meer gezien.'

9

Het huis van de familie Waters was net een graadje beter dan de keet van de Ingalls, met oude, onaantrekkelijke meubels die eruit zagen als de afgedankte inboedel uit een of andere keurige boerderij ergens in het midden-westen. Bruin geworden antimakassars op de leuningen van de overdadig gestoffeerde fauteuils waren het bewijs dat iemand er vroeger zuinig op was geweest. Overal stonden asbakken vol grijze as en peuken en er hing een muffe lucht. Geen lege bierblikjes, maar Milo zag wel een voor een kwart gevulde fles whisky op het aanrecht staan, naast een volle jampot met iets paars. Alle gordijnen waren dicht, waardoor het net leek alsof het binnen constant nacht was. Je kon behoorlijk last hebben van de zon als je lichaam afhankelijk was van ethanol.

Als Schwinn niet op het eerste gezicht een hekel aan Eileen Waters had gekregen, was zijn humeur er bepaald niet beter op geworden.

Maar misschien had hij een geldige reden om haar zo hard aan te pakken. Hij dwong haar om op een bank te gaan zitten en begon haar met vragen te bestoken.

Ze deed geen poging om zich te verdedigen, ze bleef alleen ketting-roken en biechtte alles gewillig op.

Melinda was onhandelbaar en dat was al een hele tijd zo. Ze ver-zette zich tegen elke vorm van discipline. Ja, ze gebruikte drugs, in ieder geval marihuana. Eileen had stickies in haar zakken gevonden, maar ze wist niet of ze ook nog zwaarder spul gebruikte, dat zou best kunnen.

'En hoe zat dat met Janie Ingalls?' vroeg Schwinn.

'Houdt u me nou voor de gek? Zij is waarschijnlijk degene die Me-linda met drugs heeft laten kennismaken.'

'Waarom denkt u dat?'

'Die meid was constant stoned.'

'Hoe oud is Melinda?'

'Zeventien.'

'In welke klas zit ze?'

'In de derde. Ik weet wel dat Janie pas in de tweede zat, maar om-dat Melinda toevallig iets ouder is, wil dat nog niet zeggen dat zij ermee is begonnen. Janie was heel gehaaid. Ik weet zeker dat Janie degene is die Melinda aan de wiet heeft gebracht... Lieve heer, waar zou ze toch uithangen?'

Milo moest weer denken aan Janies kamer die hij had doorzocht: geen spoor van drugs, zelfs geen vloeitjes of een pijp.

'Melinda en Janie waren onafscheidelijk,' zei Waters. 'Ze gaven geen van beiden ook maar een barst om school, ze deden niets anders dan spijbelen.'

'Wat hebt u daartegen ondernomen?'

De vrouw moest lachen. 'Ja, hoor...' Daarna kwam de angst terug. 'Melinda komt wel weer opdagen, dat gebeurt altijd.'

'In welk opzicht was Janie zo gehaaid?' vroeg Schwinn.

'U weet wel,' zei Waters. 'Dat merkte je meteen. Dat ze ervaring had.'

'In seksueel opzicht?'

'Ik denk het wel. Melinda was in principe een braaf kind.'

'Logeerde Janie hier vaak?'

'Nee. Meestal kwam ze Melinda ophalen en dan gingen ze ervan-door.'

'Was dat afgelopen vrijdag ook het geval?'

'Weet ik niet.'

'Hoe bedoelt u?'

'Ik was boodschappen doen. Toen ik thuiskwam, was Melinda weg. Ik wist dat ze hier was geweest, want ze had haar ondergoed op de grond laten liggen en in de keuken had ze wat te eten gepakt.'

'Alleen voor zichzelf?'

Waters dacht na. 'Ze had maar één ijslolly gepakt en een blikje Pepsi... ja, ik denk het wel.'

'Dus vrijdagochtend hebt u Melinda voor het laatst gezien en u weet niet zeker of Janie langs is gekomen om haar op te halen.'

Waters knikte. 'Ze beweerde dat ze naar school ging, maar daar geloof ik niets van. Ze had een tas vol kleren bij zich en toen ik vroeg wat ze daarmee moest, zei ze dat ze die avond naar een of ander feestje ging en dat ze misschien niet thuis zou komen. Daar kregen we ruzie over, maar wat moest ik doen? Ik wilde weten waar dat feestje was, maar het enige dat ze los wilde laten was dat het iets chics was, in de Westside.'

'Waar in de Westside?'

'Ik zei toch al dat ze me dat niet wilde vertellen.' Het gezicht van de vrouw vertrok. 'Een chic feest. Bij rijke jongelui. Dat heeft ze ik weet niet hoe vaak gezegd. Ze zei ook dat ik me geen zorgen hoefde te maken.'

Ze keek van Schwinn naar Milo in de hoop gerustgesteld te worden, maar ze zag alleen twee onbewogen gezichten.

'Een chic feest in de Westside,' zei Schwinn. 'Dat zou dus in Beverly Hills kunnen zijn... of misschien zelfs in Bel Air.'

'Dat denk ik wel... ik heb haar gevraagd hoe ze daar wilde komen en ze zei dat haar dat wel zou lukken.'

'U wilt liever niet dat ze lift.'

'Zou u dat wel willen? Als ze daar met de duim omhoog op Sunset gaan staan kan de eerste de beste griezel...' Ze hield op en verstarde. 'Waar is... waar hebben jullie Janie gevonden?'

'In de buurt van het centrum.'

Waters ontspande. 'Zie je nou wel, dat is helemaal de andere kant op. Melinda was niet bij haar. Melinda was in de Westside.'

Schwinns samengeknepen ogen keken gedurende een tel naar Milo. Bowie Ingalls had gezien dat Melinda Janie vrijdag had opgehaald en had de beide meisjes in noordelijke richting zien lopen, op weg naar Liftlaan Nummer Eén. Maar het had geen zin om daar nu op in te gaan.

'Melinda komt wel terug,' zei Waters. 'Dat doet ze wel vaker. Wegblijven. Maar ze komt altijd weer thuis.'

'Hoe vaak?' vroeg Schwinn. 'Een keer per week?'

'Nee, helemaal niet... af en toe.'

'En hoe lang blijft ze dan weg?'

'Een nacht,' zei Waters die weer in elkaar zakte en probeerde haar kalmte te herwinnen door voor de tweeëntwintigste keer aan haar sigaret te trekken. Haar hand beefde. Ze moest het feit onder ogen zien dat dit de eerste keer was dat Melinda zolang wegbleef.

Meteen daarna kikkerde ze weer op. 'Ze is ook een keer twee dagen weggebleven. Toen is ze bij haar vader op bezoek geweest. Die zit bij de marine en hij woonde vroeger in Oxnard.'

'Waar woont hij nu?'

'In Turkije. Op een marinebasis. Hij is twee maanden geleden vertrokken.'

'Hoe is Melinda naar Oxnard gegaan?'

Eileen Waters beet op haar lip. 'Liftend. Ik ga hem dit niet vertellen. Zelfs als ik hem in Turkije zou kunnen bereiken, zou hij me toch weer van alles verwijten... net als die teef van hem.'

'Zijn tweede vrouw?' vroeg Schwinn.

'Zijn hoer,' zei Waters venijnig. 'Melinda haat haar. Melinda komt wel weer thuis.'

Doorvragen had geen zin. De vrouw wist verder niets van het 'chique Westside-feest' en bleef erop hameren dat uit het feit dat het lijk in de buurt van het centrum was gevonden duidelijk kon worden opgemaakt dat Melinda niet in het gezelschap van Janie was geweest. Ze slaagden er nog wel in haar een foto van Melinda te ontfutselen. In tegenstelling tot Bowie Ingalls had ze een fotoalbum bijgehouden en hoewel er niet veel aandacht was besteed aan Melinda's tienertijd konden de rechercheurs toch kiezen uit een bladzijde vol foto's. Bowie Ingalls had Melinda Waters geen recht gedaan. Er was niets molligs aan het figuur van het meisje, ze was prachtig gebouwd met hoge, ronde borsten en een slanke taille. Het steile blonde haar hing tot op haar achterste. Zoenlipjes in een hartverscheurende glimlach. 'Ze lijkt op Marilyn, vindt u ook niet?' zei haar moeder. 'Misschien wordt ze op een dag wel een beroemde filmster.'

Onderweg naar het bureau zei Milo: 'Hoe lang zal het duren voordat haar lijk ergens opduikt?'

'Hoe moet ik dat verdomme weten?' zei Schwinn terwijl hij de foto van Melinda bestudeerde. 'Als ik hier op afga, was Janie waarschijnlijk het voorgerecht en is dit de hoofdmaaltijd. Moet je die tieten zien. Daar kan hij wel een tijdje mee spelen. Ja, ik kan me goed voorstellen dat hij deze nog een poosje vasthoudt.'

Hij stopte de foto in zijn zak.

Milo zag in gedachten een martelkamer. Met het naakte blonde meisje, geboeid aan handen en voeten... 'Wat moeten we doen om haar te vinden?'

'Niets,' zei Schwinn. 'Als ze al dood is, zullen we moeten wachten tot ze ergens opduikt. Als hij haar nog steeds in handen heeft, zal hij ons dat niet aan de neus hangen.'

'Hoe zit het dan met dat feestje in de Westside?'

'Wat is daarmee?'

'We zouden contact kunnen opnemen met West L.A., met de sheriffs en met de politie van Beverly Hills. Af en toe lopen dat soort feestjes uit de hand en dan wordt de politie er door de buren op afgestuurd.'

'En wat dan nog?' zei Schwinn. 'Moeten we dan bij een of andere rijke klootzak aankloppen met de vraag: "Neemt u me niet kwalijk, maar bent u misschien bezig dit meisje aan mootjes te hakken?"' Hij snoof, hoestte, haalde zijn fles hoestdrank te voorschijn en nam een teug. 'Shit, wat was het stoffig in die tent van Waters. Een typisch Amerikaanse mammie, weer zo'n zwak aftreksel van een volwassen persoon. We weten niet eens of er wel een feestje wás.'

'Waarom zou er geen feestje zijn geweest?'

'Omdat kinderen hun ouders van alles op de mouw spelden.' Schwinn draaide zich met een ruk om en keek Milo aan. 'Waarom stel je al die verdomde vragen? Ben je soms van plan om rechten te gaan studeren?'

Milo hield zijn mond, en de rest van de rit werd in de gebruikelijke jubelstemming afgelegd. Toen ze bijna bij het bureau waren, zei Schwinn: 'Wat mij betreft, mag je best proberen uit te vissen of er afgelopen zaterdag ergens klachten zijn binnengekomen, maar ik denk dat ons Blondje mammie zoals gewoonlijk wat op de mouw heeft gespeld. Een chic Westside-feestje was iets waarmee ze haar moeder de mond kon snoeren. Tien tegen een waren Blondje en Janie van plan om naar de Strip te liften en dope te scoren, misschien wel door een stel kerels in ruil daarvoor te pijpen of zo. Maar ze stapten in de verkeerde auto en kwamen ergens in het centrum terecht. Janie was te stom om iets van haar eerdere ervaring op te steken... of anders vond ze het misschien leuk om vastgebonden te worden, zoals ik al eerder zei. Ze was een wietroker. Dat waren ze allebei.'

'Maar jouw tipgever had het ook over een feestje in de Westside.'

'Je weet toch hoe snel geruchten zich verbreiden, je moet wel het kaf van het koren scheiden. Het enige dat telt, is dat Janie wél in de buurt van het centrum is gevonden. En als die zak Melinda ook te pakken heeft genomen, zit het er dik in dat we haar daar ook ergens zullen vinden zodra hij klaar met haar is. Voor zover wij weten, heeft hij haar gewoon in de kofferbak laten liggen terwijl hij bezig was Janie op Beaudry te dumpen. Als hij daarna de snelweg op is gereden, kan hij inmiddels al wel ergens in Nevada zitten.'

Hij schudde zijn hoofd. 'Stomme kinderen. Dat stel dacht dat ze de hele wereld aan konden, maar de wereld heeft ze een flinke loer gedraaid.'

Toen ze weer op het bureau waren, pakte Schwinn zijn spullen bij elkaar en liep zonder een woord tegen Milo te zeggen de deur uit. Hij nam niet eens de moeite zich af te melden. Maar dat viel niemand op. De andere rechercheurs schonken trouwens zelden aandacht aan Schwinn.

Milo besefte dat hij een paria was. *Hebben ze mij wel bij toeval aan hem gekoppeld?*

Hij zette het idee van zich af en zat tot diep in de avond telefoonspelletjes te spelen. Hij nam contact op met elke politiepost ten westen van Hollywood om te informeren naar 415-oproepen met betrekking tot feestjes. Voor het gemak nam hij zelfs de particuliere bewakingsdiensten mee: de Bel Air Patrol en andere privéfirma's die Beverlywood, Cheviot Hills en Pacific Palisades bestreken. De privéjongens bleken het lastigst te zijn: ze waren geen van allen bereid om hun mond open te doen voordat ze met hun meerderen hadden gepraat en Milo moest zijn naam en personeelsnummer achterlaten voor het geval ze hem terug zouden bellen, al zou dat waarschijnlijk nooit gebeuren. Hij wist niet van ophouden en hengelde niet alleen bij Santa Monica naar informatie, maar zelfs langs de zuidgrens van Ventura County, omdat Melinda Waters een keer via de Pacific Coast Highway naar Oxnard was gelift om op bezoek te gaan bij haar vader. En jongelui trokken in drommen naar het strand om daar te feesten... hij had vaak genoeg tijdens slapeloze nachten op en neer gereden over de kustweg en niet alleen de kampvuren gezien die weerspiegelden in de branding, maar ook de vage omtrekken van paartjes. En hij had zich afgevraagd hoe het zou zijn om iemand te hebben. Vier uur werk leverden slechts twee magere tips op: als heel L.A. niet in slaap was gevallen, klaagde kennelijk niemand tegenwoordig meer over geluidsoverlast.

Tweemaal een dikke nul op het rekest: de vijftigste verjaardag van een oogarts op Roxbury Drive had vrijdag rond middernacht geresulteerd in een klacht van een kribbige buurman.

'Jongelui? Nou, ik dacht het niet,' lachte de receptionist van bureau Beverly Hills. 'Dit waren allemaal smokings, het beste van het beste. Met het orkest van Lester Lanin dat swingmuziek speelde en toch begon er nog iemand te zeiken. Er zijn altijd mensen die roet in het eten gooien, hè?'

De tweede klacht kwam uit Santa Monica: daar was even na twee uur 's ochtends een eind gemaakt aan een bar mitzvah in Fifth Street ten noorden van Montana, omdat baldadige dertienjarigen voetzoekers begonnen af te steken.

Milo legde de telefoon neer en rekte zich. Zijn oren brandden en zijn nek zat helemaal vast. En toen hij om één uur 's nachts het bureau uitliep, bleef Schwinns stem als een vervelende dreun in zijn oren doorklinken.

Dat heb ik toch gezegd, klootzak. Dat heb ik toch gezegd, klootzak. Hij reed naar een kroeg, een gewone in Eighth Street, vlak bij het Ambassador Hotel. Hij was er al een paar keer langsgereden, een sjofel uitziende tent op de benedenverdieping van een flatgebouw die betere tijden had gekend. De paar stamgasten die er op dit uur nog zaten te drinken hadden ook hun beste tijd gehad en toen hij binnenkwam, zakte de gemiddelde leeftijd meteen met enkele tientallen jaren. Een bandje van Mel Torme waar nooit een eind aan kwam en de uitgeslagen tapkast was opgesierd met griezelig uitziende garnalen die op tandenstokers geprikt zaten en schaaltjes met gemengde noten. Milo sloeg een paar kopstoten achterover, bleef strak voor zich uitkijken en toen hij de tent uitliep, reed hij in noordelijke richting naar Santa Monica Boulevard om een tijdje door Boystown rond te toeren zonder zelfs maar een moment in verleiding te worden gebracht. De schandknapen vertoonden vandaag een sterke gelijkenis met roofdieren en hij besefte dat hij geen behoefte had aan gezelschap, omdat hij het eigenlijk al met zichzelf te kwaad had. Toen hij bij zijn appartement aankwam, werd hij alweer een tijdje gekweld door de gedachte aan de kwellingen die Melinda Waters zou moeten ondergaan en hij pakte een fles Jim Bean uit een van de keukenkastjes. Hij was doodmoe, maar gespannen. Het kostte hem al moeite om zijn kleren uit te trekken, en bij de aanblik van zijn meelijwekkende witte lijf sloot hij zijn ogen.

Toen hij in bed lag, wenste hij dat het donkerder in zijn kamer was. En hij verlangde naar een knop waarmee hij die beelden die door zijn hoofd maalden uit kon zetten. Maar uiteindelijk bleek de alcohol hem toch tot rust te brengen en in slaap te sussen.

De volgende ochtend reed hij naar een boekwinkel om de *Times* en de *Herald-Examiner* van die dag op te pikken. Er was geen journalist die hem of Schwinn had gebeld over de Ingalls-moordzaak, maar zo'n afschuwelijke misdaad zou vast wel de kranten hebben gehaald.

78

Maar dat was niet het geval, er was geen letter over geschreven.

Daar snapte hij niets van. Verslaggevers luisterden altijd naar de politieradio en ze hielden ook het lijkenhuis in de gaten.

Hij reed snel naar het bureau en keek of er in zijn postvak of in dat van Schwinn misschien vragen van journalisten lagen. Maar er lag alleen een aan hem gericht briefje in met de mededeling dat iemand had gebeld. Agent Del Monte van de Bel Air Patrol, die geen boodschap had achtergelaten. Hij belde het nummer en moest eerst met een paar verveelde, vlakke stemmen praten voordat hij eindelijk Del Monte aan de lijn kreeg.

'O ja, jij was degene die had gebeld over die feestjes.' De vent had een bruuske, kortaangebonden stem en Milo wist dat hij met een ex-militair zat te praten. Korea, niet Vietnam.

'Dat klopt. Bedankt dat je hebt teruggebeld. Wat heb je voor me?'

'Twee oproepen op vrijdag, beide keren over jongelui die het te bont maakten. De eerste betrof een verjaardagsfeestje op Stradella. Van een meisje dat zestien was geworden en haar vriendinnetjes had uitgenodigd om te blijven slapen en er was een stel straatschooiers dat daar was binnengedrongen. Geen jongens uit de buurt. Allemaal zwarte knullen en Mexicanen. De ouders van het meisje belden ons en wij hebben ze de deur uitgezet.'

'Waar kwamen die indringers vandaan?'

'Ze beweerden uit Beverly Hills.' Del Monte lachte. 'Ja vast.'

'Hebben ze jullie moeilijkheden bezorgd?'

'Niet meteen. Ze deden net alsof ze Bel Air uitreden en wij zijn hen achternagegaan tot Sunset. Daar zijn we blijven wachten om de zaak in de gaten te houden. De idioten staken over in de buurt van de universiteit en probeerden een paar minuten later weer terug te komen om naar het andere feest toe te gaan.' Del Monte grinnikte opnieuw. 'Vergeet het maar, jongens. Onze mensen waren daar al aanwezig omdat de buren hadden geklaagd. We hebben ze de buurt weer uitgezet, voordat ze de kans kregen om uit hun auto's te stappen.'

'Waar was dat tweede feest?'

'Dat was een echte knalfuif waar gigantisch veel herrie werd gemaakt. In Upper Stone Canyon Drive, een stuk boven het hotel.'

De omgeving waar Schwinns tipgever het over had gehad. 'In wiens huis?'

'Het huis staat leeg,' zei Del Monte. 'De familie heeft een groter huis gekocht, maar ze zijn er nog niet toe gekomen om dit van de hand te doen en toen de ouders op vakantie gingen, hebben ze de kinderen thuisgelaten. En ra ra, de jongelui besloten het lege huis te gebruiken om lol te trappen en hebben zo'n beetje de hele verdomde stad uitgenodigd. Er zwierven daar zeker zo'n twee- of driehonderd kids rond, auto's... Porsches en ander duur spul en ook een heel stel van buiten de stad. Tegen de tijd dat wij daar op kwamen draven, was het al een hele toestand. Het grondgebied is vrij groot, een paar hectare en er woont niemand echt vlakbij, maar dit keer kregen de naaste buren er genoeg van.'

'Dit keer?' zei Milo. 'Dus het is al vaker gebeurd?'

Het bleef even stil. 'We zijn daar al een paar keer naar toe geroepen. We hebben geprobeerd contact op te nemen met de ouders, maar dat is niet gelukt, die zijn constant de stad uit.'

'Verwende krengen.'

Del Monte lachte. 'Dat heb je mij niet horen zeggen. Maar goed, waar gaat het eigenlijk om?'

'Ik probeer na te trekken waar het slachtoffer van een 187 heeft uitgehangen.'

Stilte. 'Moord? Nee, geen denken aan. Dit ging gewoon om jongelui die aan het feesten waren en de muziek veel te hard hadden staan.'

'Je zult wel gelijk hebben,' zei Milo, 'maar ik heb geruchten gehoord dat mijn lijk mogelijk aanwezig is geweest bij een feestje in de Westside, dus moet ik wel navraag doen. Hoe heet die familie van wie dat huis is?'

Dit keer bleef het nog langer stil. 'Hoor eens,' zei Del Monte. 'Die lui... als je me een hak zet, mag ik waarschijnlijk weer auto's gaan parkeren. En geloof me, niemand heeft iets ergers gezien dan zuipen en gerotzooi... nou ja, een paar stickies, maar daar hoef je toch niet wakker van te liggen? En we hebben er in ieder geval een eind aan gemaakt.'

'Ik doe gewoon m'n plicht, agent,' zei Milo. 'Jouw naam blijft erbuiten. Maar als ik dit niet natrek, mag ík auto's gaan parkeren. Van wie is dat huis en wat is het adres?'

'Een gerucht?' zei Del Monte. 'Er moeten vrijdagavond honderden feestjes zijn geweest.'

'We controleren elk feestje dat ons ter ore komt. Dus dat van jullie zal echt niet opvallen.'

'Oké... de familie heet Cossack.' Del Monte gaf de naam een bepaald gewicht mee, alsof hij die zou moeten kennen.

'Cossack,' zei Milo die ervoor zorgde dat zijn stem neutraal bleef klinken.

'Denk maar aan kantoorpanden, winkelcentra... Garvey Cossack, een grote projectontwikkelaar uit het centrum, een van die lui die nog een footballteam naar L.A. wilden halen.'

'O, die,' zei Milo huichelachtig. Zijn belangstelling voor sport was

gaan tanen op het moment dat hij te groot werd voor een hobbel-
paard. 'Cossack in Stone Canyon. Welk adres?'
Del Monte zuchtte en noemde het nummer op.
'Hoeveel kinderen telt dat gezin?' vroeg Milo.
'Drie… twee jongens en een meisje. Ik heb de dochter daar niet ge-
zien, maar ze kan er best bij zijn geweest.'
'Ken je die jongelui persoonlijk?'
'Nee, alleen van gezicht.'
'Dus de jongens gaven de fuif,' zei Milo. 'Hoe heten ze?'
'De oudste is Garvey junior en de jongere broer heet Bob, maar die
noemen ze Bobo.'
'Hoe oud?'
'Junior zal een jaar of een-, tweeëntwintig zijn en Bob is waar-
schijnlijk een jaar jonger.'
Dat zijn geen kinderen meer, dacht Milo.
'Ze hebben ons geen problemen bezorgd,' zei Del Monte. 'Het zijn
gewoon knullen die graag plezier maken.'
'En het meisje?'
'Haar heb ik niet gezien.'
Milo had het idee dat de stem van Del Monte ineens iets anders
klonk. 'Hoe heet ze?'
'Caroline.'
'Leeftijd?'
'Jonger… een jaar of zeventien. Er was echt niets aan de hand, ie-
dereen is gewoon opgestapt. Op het briefje dat ik kreeg, stond dat
je van Central was. Waar is dat lijk van jullie gevonden?'
Milo vertelde hem waar.
'Zie je nou wel,' zei Del Monte. 'Bijna vijfentwintig kilometer van
Bel Air. Je verspilt je tijd.'
'Ja, dat zal wel. Dus driehonderd fuivende jongelui gingen er gedwee
vandoor toen jullie kwamen opdagen?'
'Wij hebben ervaring met dat soort dingen.'
'Hoe pakken jullie dat dan aan?' vroeg Milo.
'Zachtzinnig,' zei de privésmeris. 'Wij gaan niet met ze om alsof het
schoffies uit Watts of East L.A. zijn, want deze jongelui zijn eraan
gewend om op een bepaalde manier behandeld te worden.'
'Op welke manier dan?'
'Alsof ze belangrijk zijn. En als dat niet werkt, kun je dreigen dat je
hun ouders belt.'
'En als dat ook niet werkt?'
'Meestal helpt dat wel. Maar nu moet ik ervandoor. Leuk om even
met je gepraat te hebben.'

'Bedankt dat je er de tijd voor hebt genomen, agent. Luister, als ik bij jullie langs zou komen om een foto te laten zien, bestaat er dan een kans dat iemand een gezicht zou herkennen?'

'Welk gezicht?'

'Dat van het slachtoffer.'

'Vergeet het maar. Ik zei al dat het daar stampvol zat. En na een poosje beginnen ze allemaal op elkaar te lijken.'

'Rijke jongelui?'

'Alle jongelui.'

Het was al bijna tien uur en Schwinn was nog steeds niet komen opdagen. Omdat hij het idee had dat hij agent Del Monte en zijn collega's beter zo snel mogelijk Janies foto onder de neus kon duwen, schoot Milo zijn colbert aan en liep het bureau uit.

Del Monte was zo aardig geweest om terug te bellen en wat was hij ermee opgeschoten?

Geen enkele goede daad blijft onbestraft.

Hij deed er bijna veertig minuten over om in Bel Air te komen. Het kantoor van de bewakingsdienst was een witte bungalow met een rood pannendak die verstopt lag achter de westelijke ingang. Vol architectonische vondsten, zowel binnen als buiten... Milo zou er maar al te graag zelf in hebben willen wonen. Hij had gehoord dat Howard Hughes in de tijd dat hij nog in Bel Air woonde het initiatief had genomen voor de hekken en de privébewakingsdienst, omdat de miljardair geen enkel vertrouwen had in het LAPD.

De rijken zorgden wel voor zichzelf. Net zoals bij dat feestje in Stone Canyon: geërgerde buren, maar alles was in eigen hand gehouden en er was geen klacht wegens burengerucht ingediend bij het bureau West L.A.

Del Monte zat aan de balie en toen Milo binnenkwam, verscheen er een nijdige blik op zijn ronde, donkere gezicht. Milo bood zijn verontschuldigingen aan en haalde een van de foto's te voorschijn die op de plaats van het misdrijf waren genomen. Hij had hem van het stapeltje gepakt dat Schwinn in zijn bureaula had laten liggen. De minst walgelijke van de hele verzameling, een profielopname van Janies gezicht waarop de rode striem rond haar hals nog net zichtbaar was. Del Monte reageerde door kort met zijn hoofd te schudden. Twee andere bewakers zaten koffie te drinken en die bekeken de foto met wat meer aandacht voor ze hun hoofd schudden. Milo had hen ook graag de foto van Melinda Waters willen laten zien, maar die had Schwinn in zijn zak gestoken.

Hij liep het kantoor van de bewakingsdienst uit en reed naar het huis in Stone Canyon waar het feest was geweest. Het was een enorm pand van rode baksteen, vier verdiepingen hoog, in koloniale stijl met zes pilaren. Zwarte dubbele deuren, zwarte luiken, ramen die in kleine ruitjes waren onderverdeeld en diverse gevels. Milo schatte dat het twintig tot vijfentwintig kamers bevatte.

Maar de familie Cossack was naar een wat ruimer optrekje verhuisd. Aan het verdroogde gazon en de schilferende verf op een paar van de luiken was te zien dat het onderhoud van het huis sinds het leegstond te wensen overliet. Platgereden heggen en stukjes papier die als confetti op het stenen wandelpad lagen, waren de enige tekens dat de feestvreugde uit de hand was gelopen. Milo zette zijn auto stil, stapte uit en pakte een van de papiertjes op in de hoop dat er iets op zou staan, maar het was zacht, absorberend en onbedrukt: een goede kwaliteit keukenrol. Het hek naar de achtertuin was massief en op slot. Hij keek eroverheen en zag het grote blauwe ovaal van een zwembad, een glooiende tuin en een groot, met klinkers geplaveid terras waar Vlaamse gaaien zaten te pikken. Achter een van de heggen glinsterde iets... blikjes en flessen.

De dichtstbijzijnde buren woonden aan de zuidkant en de huizen lagen op een behoorlijke afstand van elkaar, gescheiden door de twee aan elkaar grenzende gazons. Het buurhuis was veel kleiner, een zorgvuldig onderhouden ranch met een bovenverdieping, omringd door een kleurrijke bloementuin. De voorkant was afgeschut met dwergjeneverbessen gesnoeid in Japanse stijl. Aan de noordkant was het grondgebied van de familie Cossack afgezet met een drie meter hoge stenen muur, die zeker nog driehonderd meter verder omhoogliep langs Stone Canyon. Waarschijnlijk een of ander landgoed dat tientallen hectaren besloeg en waarvan het enorme huis zo ver van de weg af stond dat het niet zichtbaar was.

Milo stak het verdroogde gazon over en liep via de lege oprit van het koloniale huis naar de voordeur van de ranch. Een teakhouten deur met een glanzende koperen klopper in de vorm van een zwaan. Rechts stond een miniatuur shintotempeltje van beton aan de oever van een murmelend beekje.

Nadat hij had aangebeld werd de deur opengedaan door een bijzonder lange vrouw van in de zestig. Ze was vrij gezet en majestueus, met bolle van rouge voorziene wangen en zilverkleurig haar dat zo stijf tot een knot in haar nek was gedraaid dat het bijna pijn deed om ernaar te kijken. Haar imposante lichaam was gehuld in een crèmekleurige kimono met handgeschilderde reigers en vlinders. In een van haar met levervlekken bezaaide handen hield ze een penseel met een ivoren handvat waarvan de punt in zwarte inkt was gedoopt. Ondanks haar platte, zwart satijnen slippers kon ze Milo bijna recht in de ogen kijken. Als ze hoge hakken had gedragen, was ze een reuzin geweest.

'Ja-a?' Waakzame ogen, een bedachtzame, vrij diepe stem. De penning kwam weer te voorschijn. 'Rechercheur Sturgis, mevrouw...'

'Schwartzman. Wat heeft een rechercheur in Bel Air te zoeken?'

'Nou, mevrouw, afgelopen vrijdag gaven uw buren een feestje...'

'Een feestje,' zei ze alsof die omschrijving belachelijk was. Ze wees met het penseel naar het lege koloniale huis. 'Het leek meer op een voederpartij van wilde zwijnen. Bij die lui met de toepasselijke naam Cossack.'

'Toepasselijk?'

'Kozakken. Barbaren,' zei mevrouw Schwartzman. 'Een regelrechte ramp.'

'U hebt al eerder problemen met hen gehad?'

'Ze hebben hier nog geen twee jaar gewoond en ze hebben het huis volslagen uitgewoond. Dat schijnt bij hen de normale gang van zaken te zijn. Ga ergens wonen, verniel de boel en ga weer weg.'

'Naar iets groters.'

'Maar natuurlijk. Groter is beter, nietwaar? Ordinaire mensen. Geen wonder trouwens, als je nagaat wat de vader doet.'

'Wat doet hij dan?'

'Hij sloopt mooie oude panden en zet er iets wanstaltigs voor in de plaats. Pakkisten die net doen alsof het kantoorgebouwen zijn en van die walgelijke winkelcentra met ingebouwde parkeergarages. En zíj... veel te blond en het angstzweet van de streber. En ze zijn geen van beiden ooit thuis. Niemand die een oogje op die blagen houdt.'

'Mevrouw Schwartz...'

'Het is dóctor Schwartzman om precies te zijn.'

'Neem me niet kwalijk, doctor...'

'Ik ben endocrinoloog... gepensioneerd. Mijn man is professor Arnold Schwartzman, orthopedisch chirurg. We wonen hier al achtentwintig jaar en zesentwintig jaar lang hebben we fantastische buren gehad, de familie Cantwell. Hij deed iets in de metaal en zij was een schat van een vrouw. Ze zijn binnen enkele maanden na elkaar overleden. Het huis werd door de erfgenamen te koop gezet en toen hebben zíj het gekocht.'

'Wie woont er aan de andere kant?' vroeg Milo terwijl hij naar de stenen muren wees.

'Officieel Gerhard Loetz.'

Milo keek haar verwonderd aan.

'De Duitse industrieel.' Alsof iedereen de man moest kennen. 'Baron Loetz heeft overal ter wereld huizen. Paleizen heb ik gehoord. Hij is hier zelden. En dat bevalt mij prima, zo blijft de buurt rustig. Het bezit van baron Loetz loopt door tot in de bergen en de herten komen naar beneden om hier te grazen. Er zit hier allerlei soort wild in de canyon. Dat vinden wij heerlijk. Het was een ideaal plekje tot zíj hier kwamen wonen. Waarom wilt u al die dingen weten?'

'Er is een meisje vermist,' zei Milo. 'En het gerucht gaat dat ze vrijdagavond op een feestje in de Westside is geweest.'

Dr. Schwartzman schudde haar hoofd. 'Nou ja, daar weet ik niets van. Ik heb die schooiers niet van dichtbij gezien, daar had ik geen zin in. Ik ben het huis niet uit geweest. Om eerlijk te zijn was ik gewoon bang. Ik was alleen, want professor Schwartzman was in Chicago voor een gastcollege. Meestal vind ik dat niet erg, we hebben een alarminstallatie en vroeger hadden we ook een akita.' De hand met het penseel verstrakte. De uitpuilende knokkels leken op die van een man. 'Maar vrijdagavond was angstaanjagend. Ze waren met zovéél en ze holden overal rond, krijsend als een stel wilden. Zoals gewoonlijk heb ik de bewakingsdienst gebeld en heb ze laten blijven tot de laatste van die barbaren was vertrokken. Maar ondanks dat was ik toch een beetje zenuwachtig. Want stel je voor dat ze terug waren gekomen?'

'Maar dat was niet het geval.'

'Nee.'

'Dus u bent nooit dicht genoeg in de buurt geweest om een van die jongelui te zien.'

'Dat klopt.'

Milo overwoog om haar desondanks toch de foto van de dode te laten zien. Maar hij besloot om het achterwege te laten. Misschien was het verhaal niet in de krant gekomen omdat iemand hogerop dat niet had gewild. En omdat dr. Schwartzman zich zo vijandig tegenover de familie Cossack gedroeg, zou dat misschien weer aanleiding kunnen zijn voor andere geruchten. Omdat hij er nu in zijn eentje voorstond, had hij geen zin om een gigantische blunder te begaan.

'De bewakingsdienst,' zei hij. 'Niet de politie...'

'Zo gaat dat in Bel Air, rechercheur. Wij betalen de bewakingsdienst, dus die komt meteen. In tegenstelling tot uw dienst... kennelijk zijn de wetshandhavers van mening dat de problemen van... gefortuneerde mensen onbelangrijk zijn. Dat heb ik aan den lijve ondervonden toen Sumi – mijn hond – vermoord werd.'

'Wanneer is dat gebeurd?'

'Afgelopen zomer. Iemand heeft hem vergiftigd. Ik heb hem daar gevonden.' Ze wees naar het gazon voor het huis. 'Ze hadden het hek opengemaakt en hem een stuk vlees gegeven dat vol rattengif zat. Toen heb ik uw dienst wel opgebeld en uiteindelijk kwam er ook iemand opdagen. Een rechercheur. Althans, dat beweerde hij.'

'Weet u nog hoe hij heette?'

Dr. Schwartzman schudde heftig met haar hoofd. 'Waarom zou ik? Hij heeft nauwelijks iets tegen me gezegd, hij nam me kennelijk niet serieus. Hij heeft niet eens de moeite genomen om erheen te lopen, maar verwees het hele geval door naar de dierenbescherming. En díé hebben me alleen maar aangeboden om het lichaam van Sumi weg te halen. Hartelijk bedankt, maar niet heus.'

'Wie hebben het hek opengemaakt?' vroeg Milo.

Schwartzmans penseel wees naar het huis waar het feest was gegeven.

'Denkt u dat iemand van de familie Cossack Sumi heeft vergiftigd?'

'Dat denk ik niet, dat weet ik zeker,' zei Schwartzman. 'Maar ik kan het niet bewijzen. De dochter. Ze is gek, dat staat vast. Ze loopt altijd in zichzelf te praten, helemaal in elkaar gedoken en met zo'n rare blik in de ogen. Ze heeft dagenlang dezelfde kleren aan. En ze neemt altijd zwarte jongens mee naar huis... die deugt echt niet. Sumi had een hartgrondige hekel aan haar. Honden hebben een neus voor waanzin. Iedere keer als dat krankzinnige meisje voorbijkwam, kreeg die arme Sumi een woedeaanval en wierp zichzelf tegen het hek. Dan had ik de grootste moeite om hem weer te kalmeren. En ik zal u nog iets vertellen, rechercheur, de enige keren dat hij zo reageerde, was als er vreemden binnendrongen. Akita's zijn heel waakzaam, ze beschermen het huis en de inwoners, daar heb je een akita voor. Maar ze zijn lief en intelligent... hij was dol op de Cantwells en hij is ook gewend geraakt aan de tuinlieden en aan de postbode. Maar nooit aan dat meisje. Hij wist wanneer iemand niet deugde. Hij kon haar gewoon niet uitstaan. Ik weet zeker dat zij hem heeft vergiftigd. De dag dat ik zijn zielige lichaam vond, heb ik haar ook gezien. Ze hield me vanuit een raam op de derde verdieping in de gaten. Met die ogen vol waanzin. Ze keken me strak aan. Ik heb haar recht aangekeken en mijn vuist opgestoken en geloof me maar, dat gordijn viel meteen weer op de plaats. Ze wist dat ik het wist. Maar niet lang daarna kwam ze naar buiten en liep langs... echt vlak langs me heen terwijl ze me aanstaarde. Ze is een angstaanjagend schepsel, dat meisje. Hopelijk was dat feest de laatste keer dat we hen hier in de buurt hebben gezien.'

'Was zij ook op het feest?' vroeg Milo.

Dr. Schwartzman sloeg haar armen over elkaar. 'Heb je wel naar me geluisterd, jongeman? Ik heb je toch verteld dat ik niet dicht genoeg in de buurt ben geweest om dat te kunnen zien.'

'Neem me niet kwalijk,' zei Milo. 'Hoe oud is ze?'

'Zeventien of achttien.'

'Jonger dan haar broers.'

'Die twee,' zei dr. Schwartzman. 'Wat een arrogant stel.'

'Hebt u afgezien van die feestjes wel eens problemen gehad met de broers?'

'Voortdurend. Vanwege hun houding.'

'Hun houding?'

'Alsof ze overal recht op hebben,' zei Schwartzman. 'Verwaande apen. Als ik alleen maar aan dat stel denk, word ik al kwaad en dat is slecht voor mijn gezondheid, dus ik ga maar weer verder met kalligraferen. Goedendag.'

Voordat Milo nog een woord kon uitbrengen, sloeg de deur dicht en stond hij naar het teakhout te staren. Verder aandringen had geen zin, in een lijf-aan-lijfgevecht zou hij het waarschijnlijk toch afleggen tegen *Frau Doktor* Schwartzman. Hij liep terug naar zijn auto, waar hij zich zat af te vragen of hij iets was opgeschoten met dat hele verhaal dat ze hem had verteld.

De broertjes Cossack hielden er een vervelende houding op na. Maar dat gold voor alle rijke jongelui in L.A.

Wat ze echter over de zuster had gezegd was allesbehalve typerend... als hij Schwartzman tenminste mocht geloven. En als de verdenking van Schwartzman met betrekking tot de hond klopte, was het eigenaardige gedrag van Zuster Cossack wel iets om je zorgen over te maken.

Als ze inderdaad zeventien was, zou Caroline Cossack een leeftijdgenoot zijn van Janie Ingalls en Melinda Waters. Een rijk meisje met wilde trekjes dat kon beschikken over het juiste speelgoed had misschien op twee straatkinderen een grote aantrekkingskracht uitgeoefend.

Een meisje dat zwarte jongens mee naar huis nam. Afgezien van het racisme duidde die opmerking op rebelse streken. Iemand die bereid was om te kijken hoever ze kon gaan.

Dope, een stel fuiflustige meiden dat zich vanuit Hollywood op onbekend terrein had gewaagd... maar goed, het waren niets anders dan geruchten en hij had geen flauw idee hoe hij daarop verder moest borduren.

Hij staarde naar het leegstaande fuifpand en nam de stilte van Bel Air, de verlepte élégance in zich op, een manier van leven die hij nooit de zijne zou kunnen noemen. Hij voelde zich hier helemaal niet thuis, op en top het onervaren groentje.

En nu moest hij verslag uitbrengen aan Schwinn.

Dit is een moordzaak. Dit knaagt aan je binnenste en je schijt het uit in knikkers...

De verwijtende stem van die klootzak zat in zijn hoofd en bleef daar zitten, afstotend maar autoritair.

Terwijl Milo zich in het zweet had gewerkt, was Schwinn op de proppen gekomen met de enige bruikbare aanwijzing in de zaak-Ingalls: de tip die hen rechtstreeks naar Janies vader had geleid.

Een tipgever van wie hij de naam niet wilde prijsgeven. En zonder schroom had hij Milo er recht voor zijn raap van beschuldigd dat hij een spion van de hoge omes was.

Omdat hij wist dat hij onder verdenking stond? Misschien was dat de reden waarom de andere rechercheurs die vent kennelijk links lieten liggen. Wat er ook aan de hand was, Milo was er plompverloren middenin gezet... maar daar moest hij zich helemaal niets van aantrekken en zich gewoon op zijn werk concentreren. Maar omdat hij daar ook geen meter mee opschoot, had hij het gevoel dat hij het niet aankon.

Arme Janie. En Melinda Waters... hoe groot was de kans dat zíj nog in leven was? En hoe zou zíj eruitzien als ze haar eindelijk vonden? Het was bijna twaalf uur 's middags en hij kon zich niet herinneren wanneer hij voor het laatst iets te eten had gehad. Maar hij kon geen aanleiding vinden om te stoppen voor een vette hap. Hij had nergens trek in.

10

Toen hij terugkwam bij het bureau vroeg hij zich af of Schwinn inmiddels gearriveerd zou zijn. Hij hoopte eigenlijk van niet. Voordat hij bij de trap was, zei de brigadier achter de balie: 'Er zit iemand op je te wachten.' Hij keek niet op.

'Wie?'

'Ga zelf maar kijken. Verhoorkamer vijf.'

Er klonk iets door in de stem van de man dat Milo een steek in zijn maag bezorgde. 'Verhoorkamer vijf?'

'Ja.' De man in uniform keek niet op, maar bleef druk bezig met zijn administratie.

Een verhoorkamer. Iemand die ondervraagd werd... zouden ze al zo gauw een verdachte voor de moord op Ingalls hebben opgepakt? Had Schwinn het weer klaargespeeld om na een solo te scoren?

'Ik zou ze niet laten wachten,' zei de brigadier terwijl hij iets opschreef en zijn blik bleef mijden.

Milo gluurde over de balie en zag een boekje met kruiswoordraadsels. 'Ze.'

Geen antwoord.

Milo liep haastig door de veel te fel verlichte gang met de verhoorkamers en klopte aan bij Vijf. Een stem, niet die van Schwinn, zei: 'Binnen.'

Hij deed de deur open en zag twee mannen van in de dertig voor hem staan. Ze waren allebei breedgeschouderd en knap, in goed gesneden, antracietgrijze pakken, gesteven witte overhemden en blauwe zijden dassen.

Een zakelijk uitziende tweeling... met dien verstande dat de ene vent blank was – met een haast Zweeds roze huid en korenblonde stekeltjes – en de ander zo zwart als de nacht.

Samen besloegen ze bijna de volle breedte van het bedompte kamertje, een uit twee man bestaande aanvalslinie. Zwart stond naast de deur. Hij had een glad, rond hoofd, bedekt met een glanzend wollig kapje pikzwart haar dat met behulp van een scheermes gemillimeterd was, en een gladgeschoren huid met een blauwachtig waas. De heldere harde blik van een sergeant-majoor. Zijn strakke mond leek op een spleet in een teerput.

De roze man stond verder naar achteren in het kamertje, maar hij was de eerste die zijn mond opendeed.

'Rechercheur Sturgis. Ga zitten.' Een ijle stem met een noordelijk accent, Wisconsin of Minnesota. Hij wees naar de enige zitplaats in de kamer, een metalen vouwstoel aan deze kant van de verhoortafel, met het gezicht naar de confrontatiespiegel. De spiegel waar geen enkele twijfel over bestond. Iedere verdachte wist dat hij erdoor bespied werd, de vraag was alleen door wie? En nu vroeg Milo zich hetzelfde af.

'Rechercheur,' zei de zwarte man. Hij bood hem de stoel van de verdáchte aan.

Op de tafel stond een grote, lelijke Satchell-Carlson spoelenrecorder, in dezelfde grijze kleur als de pakken van de tweeling. Alles in aangepaste kleuren, alsof dit een of ander psychologisch experiment was. En rara, wie zou het proefdier zijn...

'Wat is er aan de hand?' vroeg hij terwijl hij in de deuropening bleef staan.

'Kom maar binnen, dan zullen we je dat vertellen,' zei de Roze.
'Zouden jullie je niet eerst eens netjes voorstellen?' merkte Milo op.
'Wie zijn jullie bijvoorbeeld en waar gaat het eigenlijk om?' Hij stond zelf te kijken van zijn assertiviteit.

De driedelige pakken keken er niet van op. Ze zagen er allebei tevreden uit, alsof Milo zich precies zo gedroeg als ze hadden verwacht.

'Kom alsjeblieft binnen,' zei de Zwarte, die erin slaagde om dat 'alsjeblieft' een stalen klank mee te geven. Hij kwam iets dichterbij tot hij op een paar centimeter van Milo's neus stond en Milo ving een vleugje dure aftershave op, iets met een citrusluchtje. De vent was nog langer dan Milo – rond de een meter negentig – en de Roze leek minstens even lang. Lengte was iets dat Milo als een soort godsgeschenk beschouwde en hij maakte er doorgaans alleen gebruik van om confrontaties uit de weg te gaan. Maar samen met de wagneriaanse dr. Schwartzman hadden deze kerels er inmiddels wel voor gezorgd dat het niet de juiste dag leek om misbruik te maken van zijn fysieke overwicht.

'Rechercheur,' zei de Zwarte. Zijn gezicht stond vreemd onbewogen, het leek wel een Afrikaans oorlogsmasker. En dan die ogen. De vent had een houding waaruit bleek dat hij gewend was om leiding te geven. En dat was vreemd. Sinds de ongeregeldheden in Watts was de rassenongelijkheid bij de politie wel iets afgenomen, maar dat was voornamelijk in naam. De hoge omes keken neer op zwarten en Mexicanen die voornamelijk werden opgezadeld met uitzichtloze patrouillebaantjes in wijken met een hoog criminaliteitsgehalte in Newton, Southwest en Central, en ze maakten nauwelijks kans op promotie. Maar deze vent... dat pak zag eruit alsof het van pure scheerwol was en aan de doorgestikte revers te zien was het handgemaakt... wat had hij daarvoor moeten opofferen en wie was hij in 's hemelsnaam?

Hij stapte opzij en knikte goedkeurend toen Milo de kamer in liep. 'Wat betreft dat voorstellen, ik ben rechercheur Broussard en dit is rechercheur Poulsenn.'

'Interne Zaken,' zei Poulsenn.

Broussard glimlachte. 'En met betrekking tot waarom we je hier hebben laten komen, kun je maar beter gaan zitten.'

Milo nam plaats op de vouwstoel.

Poulsenn bleef in de verste hoek van de verhoorkamer staan, maar die was zo klein dat Milo nog steeds de poriën in zijn neus kon tellen. Als hij die al gehad zou hebben. Net als Broussard had hij een huid die bij uitstek geschikt leek voor een advertentie waarin een gezond leven werd aanbevolen. Broussard ging rechts van Milo staan, maar wel zo dat Milo zijn nek bijna moest verrekken om zijn lippen te zien bewegen.

'Hoe bevalt het bij de Central Division, rechercheur?'

'Prima.' Milo besloot om zich niet in te spannen om Broussard aan te kijken en zijn aandacht op Poulsenn gericht te houden, maar die verroerde zich niet en bleef zwijgen.

'En vindt u het werken aan moordzaken ook leuk?' vroeg Broussard.

'Ja, meneer.'

'Wat trekt u dan met name aan bij moordzaken?'

'Het oplossen van problemen,' zei Milo. 'Het rechtzetten van onrecht.'

'Het rechtzetten van onrecht,' herhaalde Broussard, alsof hij onder de indruk was van de originaliteit van dat antwoord. 'Dus moord kan rechtgezet worden.'

'Niet in letterlijke zin.' Dit begon een beetje te lijken op die stomme cursussen aan de universiteit, waarbij professor Milrad zijn frustraties had botgevierd op een stel ongelukkige studenten.

Poulsenn bestudeerde zijn vingernagels en Broussard zei: 'Wilt u daarmee zeggen dat u het leuk vindt om te proberen het recht te laten zegevieren?'

'Precies...'

'Rechtvaardigheid,' zei Poulsenn, 'ligt aan de basis van elke vorm van politiewerk.'

'Ja, dat klopt,' zei Broussard. 'Maar soms wordt die rechtvaardigheid bij alle gedoe wel een beetje uit het oog verloren.'

Hij slaagde erin om die laatste opmerking min of meer als een vraag te doen klinken, maar Milo hapte niet en Broussard vervolgde: 'Het is wel jammer als dat gebeurt, vindt u ook niet, rechercheur Sturgis?'

Poulsenn kwam iets dichterbij. Nu stonden beide mannen van IZ op Milo neer te kijken.

Hij zei: 'Ik begrijp niet goed waar dit...'

'U bent in Vietnam geweest,' zei Broussard.

'Ja...'

'U was bij de medische troepen en hebt vaak in het heetst van de strijd gezeten.'

'Ja.'

'En daarvoor hebt u uw kandidaats gehaald.'

'Ja.'

'Aan de universiteit van Indiana. Amerikaanse literatuur.'

'Dat klopt. Is er iets...'

'Uw partner, rechercheur Schwinn, heeft nooit gestudeerd,' zei Broussard. 'Hij heeft zelfs de middelbare school niet afgemaakt en is in dienst gekomen toen dat nog geen vereiste was. Wist u dat?'

'Nee...'

'Rechercheur Schwinn is ook nooit in militaire dienst geweest. Hij was te jong voor Korea en te oud voor Vietnam. Hebt u dat als een probleem ervaren?'

'Een probleem?'

'Met betrekking tot gezamenlijke interesses. De mogelijkheid tot communicatie met rechercheur Schwinn.'

'Nee, ik...' Milo hield zijn mond.

'U...?' zei Broussard.

'Niets.'

'U wilde iets zeggen, rechercheur.'

'Niet echt.'

'O, jawel,' zei Broussard, die plotseling opgewekt klonk. Milo keek onwillekeurig achterom en zag dat zijn paarsgetinte, bolle lippen bij de mondhoeken omhoogkrulden. Maar Broussards mond was wel stijf dicht, zijn tanden waren niet te zien. 'U wilde wel degelijk iets zeggen, rechercheur.'

'Ik...'

'Laten we het nog maar eens op een rijtje zetten, rechercheur, om uw geheugen op te frissen. Ik vroeg u of het feit dat rechercheur Schwinn geen hoger onderwijs had genoten en niet in militaire dienst was geweest voor u een probleem was met betrekking tot de onderlinge verstandhouding en u zei: "Nee, ik..." Het lijkt me vrij duidelijk dat u bij nader inzien besloot toch maar niet te zeggen wat u op de lippen lag.'

'Er zijn geen problemen tussen rechercheur Schwinn en mij. Dat is het enige dat ik wilde zeggen. We kunnen best met elkaar opschieten.'

'O ja?' zei Poulsenn.

'Ja.'

'Dus rechercheur Schwinn is het eens met uw opvatting,' zei Broussard.

'In welk opzicht?'

'Met betrekking tot rechtvaardigheid.'

'Ik... dat zult u hem zelf moeten vragen.'

'Hebt u nooit met rechercheur Schwinn over dat soort zwaarwichtige onderwerpen gesproken?'

'Nee, om eerlijk te zijn concentreren we ons uitsluitend op ons werk...'

'Wilt u ons vertellen dat rechercheur Schwinn u nooit heeft verteld hoe hij over het werk denkt? Of over het rechtzetten van onrecht? Het zorgen dat het recht zegeviert? Zijn houding ten opzichte van politiewerk?'

'Nou ja,' zei Milo, 'ik kan niet precies zeggen...'

Poulsenn deed een stap naar voren en drukte de opnameknop van de Satchell-Carlson in. Hij liep door en bleef op een afstand van luttele centimeters links van Milo staan. Nu werd hij geflankeerd door de beide mannen van iz, die hem letterlijk insloten.

Broussard: 'Hebt u weleens gemerkt dat rechercheur Schwinn zich niet volgens de regels gedroeg?'

'Nee...'

'Denk goed na voordat u antwoord geeft, rechercheur Sturgis. Dit is een officieel intern onderzoek.'

'Naar het gedrag van rechercheur Schwinn of naar dat van mij?'

'Is er dan een reden waarom er een onderzoek naar úw gedrag zou moeten worden ingesteld, rechercheur Sturgis?'

'Nee, maar ik wist ook niet dat er een reden bestond om een onderzoek in te stellen naar het gedrag van rechercheur Schwinn.'

'O nee?' zei Poulsenn. En tegen Broussard: 'Zijn stellingname is kennelijk dat hij zich van geen kwaad bewust is.'

Broussard klikte met zijn tong. Hij zette de recorder uit en trok iets uit de zak van zijn colbert. Een bundeltje papieren waarmee hij begon te zwaaien. Milo verrekte bijna zijn nek en zag het vel dat bovenop lag, een fotokopie van het bekende arrestatierapport plus foto.

Het ging om een vrouw, met uitgebluste ogen en een donkere huid. Een Mexicaanse of een lichtgetinte negerin. Een bordje met een nummer hing om haar nek.

Broussard pakte het bovenste vel van de stapel en duwde het Milo onder de neus.

Darla Washington, geb. 14-5-54, lengte 1.65 m, gew. 60 kg.

Automatisch gleden Milo's ogen naar het codenummer van de overtreding, dat onder aan het formulier stond: **653.2.**

Het zich ophouden op de openbare weg met het oogmerk prostitutie te bedrijven...

'Hebt u deze vrouw ooit ontmoet?' vroeg Broussard.

'Nee, nooit.'

'Niet in het gezelschap van rechercheur Schwinn of iemand anders?'

'Nee, nooit.'

'In het gezelschap van iemand anders zal het ook niet zijn gebeurd,' zei Poulsenn opgewekt.

Een minuut lang gebeurde er helemaal niets. De mannen van IZ hielden hun mond zodat die laatste opmerkingen goed zouden bezinken. En om Milo duidelijk te maken dat ze wisten dat hij van de aanwezigen de minst waarschijnlijke persoon was om gebruik te maken van de diensten van een vrouwelijke prostituee?

Of gedroeg hij zich nu paranoïde? Het ging om Schwinn en niet om hem. *Nietwaar?*

'Ik ben haar nooit tegengekomen,' zei hij.

Broussard legde het formulier van Darla Washington onder op de stapel en liet het volgende vel zien.

LaTawna Hodgkins.

WvS. 653.2.

'En deze vrouw dan?'

'Ik heb haar nog nooit gezien.'

Dit keer drong Broussard niet aan, maar pakte gewoon het volgende vel. Het spelletje ging nog een tijdje door met een hele verzameling verveelde/stonede/triest kijkende tippelaarsters, allemaal zwart. Donna Lee Bumpers, Royanne Chambers, Quitha Martha Masterson, DeShawna Devine Smith.

Broussard schudde het pak 653.2-formulieren alsof hij een ervaren croupier uit Las Vegas was. Poulsenn keek glimlachend toe. Milo bleef uiterlijk kalm, maar zijn maag draaide zich om. Hij wist precies waar dit toe zou leiden.

Ze was de achtste kaart die op tafel kwam.

Ander haar dan het uitbundige rode kapsel van de avond ervoor: een gebleekte, blonde paddestoelwolk waarmee ze er belachelijk uitzag. Maar het gezicht was hetzelfde.

De stoeipoes die Schwinn op de achterbank had gepakt.

Tonya Marie Stumpf. De Teutoonse achternaam deed vreemd aan, waar kwam díé nou in vredesnaam...

De arrestatiefoto bleef een hele tijd voor zijn ogen dansen en het drong plotseling tot hem door dat hij geen antwoord had gegeven op Broussards: 'En deze vrouw?'

'Rechercheur Sturgis?' zei Broussard.

Milo had het gevoel dat zijn keel werd dichtgeknepen, zijn gezicht begon te gloeien en hij kon nauwelijks ademhalen. Het leek wel zo'n automatische afweerreactie die hij als hospik vaak gezien had. Volmaakt gezonde kerels die elk vuurgevecht overleefden en vervolgens tegen de grond sloegen na het eten van pinda's.

Hij had zelfs het gevoel alsof hij gedwongen werd gif te slikken...

'Rechercheur Sturgis,' zei Broussard nogmaals, ditmaal zonder een spoor van vriendelijkheid in zijn stem.

'Ja, meneer?'

'Deze vrouw. Hebt u die weleens gezien?'

Ze hadden de blinde politieauto in de gaten gehouden om Schwinn en hém in de gaten te houden… maar hoe lang al? Hadden ze hen ook bespioneerd op de plek waar op Beaudry het lijk was aangetroffen? Hadden ze hen al die tijd dat hij met Schwinn een koppel vormde zitten begluren?

Dus die paranoia van Schwinn was volkomen gerechtvaardigd geweest. Maar toch had hij Tonya Stumpf opgepikt en haar gevraagd om hem op de achterbank een beurt te geven, de stompzinnige klootzak die alleen maar achter zijn lul aan…

'Rechercheur Sturgis,' zei Broussard dringend. 'U moet antwoord geven.'

Milo werd afgeleid door een geruis dat van de tafel kwam. De spoelen van de recorder, die langzaam ronddraaiden. Wanneer was dat apparaat weer aangezet?

Het klamme zweet brak Milo uit. Hij moest ineens weer denken aan die woedeaanval van Schwinn voor het huis van Bowie Ingalls, dat plotselinge felle wantrouwen, toen hij ervan overtuigd was dat Milo een stroman was, en nu…

Zie je nou wel.

'Rechercheur,' zei Broussard. 'Geef antwoord op mijn vraag. Nu.'

'Ja,' zei Milo.

'Ja, wat?'

'Ik heb haar gezien.'

'Ja, dat heb je inderdaad, jongen,' zei Broussard terwijl hij op zijn hurken ging zitten. Hij rook naar citroen en de triomf straalde van hem af.

Jongen. De klootzak was hooguit een paar jaar ouder dan Milo, maar het was duidelijk wie de touwtjes in handen had.

'Je hebt haar absolúút gezien.'

Ze hielden hem daar nog anderhalf uur vast, namen hem een verklaring af en draaiden die daarna nog keer op keer af. Ze legden uit dat ze zeker wilden weten dat alles correct op de band stond, maar Milo wist donders goed waarom ze het echt deden: ze wilden dat hij zelf zou horen hoe bang en ontwijkend zijn stem klonk, zodat hij van zichzelf zou gaan walgen en nog minder weerstand zou bieden bij wat ze verder met hem van plan waren.

Hij gaf hun alleen de oppervlakkige feiten omtrent het oppikken van Tonya – dingen die ze allang wisten – en gaf niet toe aan de druk om er dieper op in te gaan. Het werd warm in de kamer en er hing een ranzige geur van angst toen ze van onderwerp veranderden en in plaats van over Tonya over Schwinns gedrag in het algemeen begonnen te praten. Ze bestookten hem als een stel muggen en wilden alles weten over Schwinns politieke opvattingen, zijn houding tegenover mensen van een ander ras en zijn mening over het handhaven van de wet. Milo werd op subtiele en minder subtiele wijze bestookt, onder druk gezet, gevleid en bedreigd tot hij het gevoel had dat hij zo beurs was als een tartaartje.

Daarna probeerden ze weer seksuele details uit hem los te krijgen. Hij hield hardnekkig vol dat hij nooit getuige was geweest van enige vorm van geslachtsgemeenschap tussen Schwinn en Tonya of iemand anders. En dat was in principe de waarheid, want hij had zijn ogen op de weg gehouden omdat hij geen enkel verlangen had gekoesterd om stiekem in de achteruitkijkspiegel naar het pijpen te gluren.

Toen ze hem vroegen wat Schwinn en Tonya tegen elkaar hadden gezegd, speldde hij hen het onzinverhaal op de mouw dat hij niets had kunnen verstaan omdat ze hadden gefluisterd.

'Gefluisterd,' zei Broussard. 'En dat vond u niet vreemd? Dat rechercheur Schwinn met iemand die bekendstond als een prostituee op de achterbank van een officieel politievoertuig zat te fluisteren?'

'Ik ging ervan uit dat het op het werk sloeg. Ze was een tipgeefster en Schwinn probeerde haar inlichtingen te ontfutselen.'

Hij wachtte op de logische volgende vraag: 'Inlichtingen waarover?' Maar die bleef uit.

Er werd geen enkele vraag gesteld over de moord op Janie Ingalls of over de andere zaken waaraan hij samen met Schwinn had gewerkt.

'Dus u dacht dat ze een tipgeefster was,' zei Poulsenn.

'Dat heeft rechercheur Schwinn tegen me gezegd.'

'Waarom zouden ze dan zitten fluisteren?' vroeg Broussard. 'U werd toch verondersteld de partner van rechercheur Schwinn te zijn. Waarom zou hij dan dingen voor u geheim houden?'

Omdat hij wist dat dit zou gebeuren, klootzak. Milo haalde zijn schouders op. 'Misschien viel er niets te vertellen.'

'Niets te vertellen?'

'Niet elke verklikker heeft iets te bieden,' zei Milo.

Broussard woof dat weg. 'Hoe lang hebben Schwinn en Tonya Stumpf samen op de achterbank van de auto gezeten terwijl u reed?'

'Niet lang... een paar minuten.'

'Kunt u dat nader preciseren?'

In de wetenschap dat de auto waarschijnlijk in de gaten was gehouden hield Milo het dicht bij de waarheid. 'Tien, hooguit vijftien minuten.'

96

'Daarna werd Tonya Stumpf afgezet.'

'Dat klopt.'

'Waar?'

'Eighth Street in de buurt van Witmer.'

'Waar ging ze naar toe, nadat ze uit de auto was gestapt?'

Hij gaf hun de naam van het Ranch Depot Steak House, maar zei er niet bij dat Schwinn Tonya's maaltijd had betaald.

'Is er geld van eigenaar veranderd?' wilde Poulsenn weten.

Omdat hij niet wist hoeveel ze hadden gezien, riskeerde hij een leugen. 'Nee.'

Er viel een lange stilte.

'Dus,' zei Broussard ten slotte, 'u heeft de hele tijd achter het stuur gezeten.'

'Dat klopt.'

'En was u dan niet bezorgd dat u medeplichtig zou zijn aan prostitutie toen rechercheur Schwinn tegen u zei dat u moest stoppen om Tonya Stumpf op te pikken?'

'Ik heb geen enkel bewijs gezien van pros...'

Broussards hand zwiepte door de lucht. 'Is de mond van Tonya Stumpf in contact geweest met de penis van rechercheur Schwinn?'

'Niet dat ik...'

'Als u achter het stuur zat en niet hebt omgekeken, zoals u beweert, hoe kunt u daar dan zeker van zijn?'

'U vroeg me of ik iets heb gezien. Dat is niet het geval.'

'Ik vroeg u of er oraal geslachtsverkeer heeft plaatsgevonden.'

'Daar heb ik niets van gezien.'

'Dus het is best mogelijk dat de mond van Tonya Stumpf in contact is geweest met de penis van rechercheur Schwinn zonder dat u daar iets van kon zien?'

'Ik kan u alleen vertellen wat ik heb gezien.'

'Is de penis van rechercheur in contact geweest met de vagina van Tonya Stumpf of met de ánus van Tonya Stumpf?'

'Daar heb ik niets van gezien.' Legde die klootzak zoveel nadruk op *anus* omdat...?

'Heeft Tonya Stumpf enige vorm van intiem fysiek contact met rechercheur Schwinn gehad?'

'Daar heb ik niets van gezien,' herhaalde Milo, terwijl hij zich afvroeg of ze soms een of andere infraroodcamera hadden gehad waarmee ze alles op film hadden vastgelegd waardoor hij nu het haasje zou zijn...

'Mond tegen penis,' zei Poulsenn. 'Ja of nee?'

'Nee.'

97

'Penis tegen of in vagina.'

'Nee.'

'Penis tegen of in ánus.'

Weer met die nadruk. Dat kon geen toeval zijn. 'Nee,' zei Milo. 'En het lijkt me beter als ik er nu iemand van de politiebond bij haal.'

'O ja?' zei Broussard.

'Ja, want dit is kennelijk...'

'Dat kunt u natuurlijk doen, rechercheur Sturgis. Als u echt denkt dat u rechtsbijstand nodig heeft. Maar wat brengt u op dat idee?'

Milo gaf geen antwoord.

'Maakt u zich soms ergens zorgen over, rechercheur?' vroeg Broussard.

'Niet tot ik door jullie in mijn kraag werd gevat...'

'We hebben u niet in uw kraag gevat, we hebben u vriendelijk verzocht om binnen te komen.'

'O,' zei Milo. 'Dan heb ik me zeker vergist.'

Broussard tikte even tegen de bandrecorder, als een soort dreigement om die weer aan te zetten. Hij bukte zich en kwam zo dichtbij dat Milo de steken van het stiksel op zijn revers kon tellen. Geen poriën. Er was zelfs niet één porie te zien, de klootzak leek uit eboniet gehakt. 'Rechercheur Sturgis, u wilt toch niet suggereren dat er sprake is geweest van dwang?'

'Nee...'

'Vertel ons eens welke verstandhouding u met rechercheur Schwinn hebt.'

'We zijn partners, geen boezemvrienden,' zei Milo. 'Als we samen zijn, gaat het alleen om het werk. We hebben in drie maanden zeven moordzaken opgelost – dat is honderd procent van onze oproepen. Onlangs hebben we een achtste zaak opgepakt, een ernstig geval van moord dat heel veel...'

'Rechercheur,' zei Broussard. Zijn stem klonk luider. Hij wenste dat onderwerp niet aan te snijden. 'Hebt u ooit gezien dat rechercheur Schwinn tijdens diensttijd geld van iemand heeft aangepakt?'

Ze wilden niet over Janie Ingalls praten.

Ze gingen helemaal op in hun heksenjacht, een jacht waar geen eind aan zou – of kon – komen tot het beoogde doel was bereikt. Of was hier iets anders aan de hand: een bewúste desinteresse in Janie Ingalls?

'Nee,' zei Milo.

'Ook niet van Tonya Stumpf?'

'Nee.'

'Of van iemand anders?' blafte Broussard.

'Nee,' zei Milo. 'Helemaal nooit.'

Broussard bracht zijn gezicht omlaag en keek Milo strak in de ogen. Milo kon zijn adem voelen, warm, regelmatig, geurend naar pepermunt... maar nu ook ineens een beetje zurig, alsof de gal in hem opwelde. Dus die vent had wel degelijk normale lichaamsreacties.

'Helemaal nooit,' herhaalde hij.

Ze lieten hem even plotseling gaan als ze hem naar binnen hadden gesleept. Zonder een woord van afscheid draaiden beide mannen van IZ hem de rug toe. Hij liep meteen het politiebureau uit, zonder naar boven te gaan of te controleren of er boodschappen voor hem waren.

De volgende ochtend lag er een officiële brief in zijn brievenbus. In een gewone witte envelop, zonder poststempel, met de hand bezorgd. Hij werd per onmiddellijk overgeplaatst naar het bureau West L.A., onder het mom van een gebrek aan mankracht. Er was een getypte mededeling aan toegevoegd dat hij al een kast toegewezen had gekregen, het nummer stond erbij. De inhoud van zijn bureau en zijn persoonlijke bezittingen waren inmiddels bij Central weggehaald.

De zaken waar hij zich mee bezighield, waren overgedragen aan andere rechercheurs.

Hij belde Central om erachter te komen wie de moord op Janie Ingalls toegewezen had gekregen en kreeg ten slotte na veel omwegen te horen dat de zaak niet meer door dat bureau werd behandeld, maar naar Metro Moordzaken was overgeheveld... de altijd aan de weg timmerende jongens van Parker Center.

Weggepromoveerd.

Metro was dol op publiciteit en Milo ging ervan uit dat Janie eindelijk in het nieuws zou komen.

Maar dat was niet het geval.

Hij belde Metro op en liet een stuk of vijf boodschappen achter omdat hij de inlichtingen door wilde geven die hij niet meer aan het Ingalls-moordboek had kunnen toevoegen. Het feestje van de Cossack-broers, de verdwijning van Melinda Waters en de verdachtmakingen van dr. Schwartzman aan het adres van Caroline Cossack.

Niemand belde terug.

Bij West L.A. gedroeg zijn nieuwe inspecteur zich bot en vijandig en Milo kreeg voorlopig geen nieuwe partner toegewezen. De verklaring was opnieuw een aaneenschakeling van vakmatig gewauwel. Een grote stapel belegen 187's plus een paar nieuwe – gelukkig genoeg belachelijk eenvoudige gevallen – belandde op zijn bureau. Hij werkte alleen en handelde de zaken als een robot af, omdat hij nog moest wennen aan zijn nieuwe omgeving. West L.A. had het laagste misdaadpercentage in de hele stad en hij kwam tot de ontdekking dat hij het ritme van de bloedige straten miste.

Hij deed geen poging om vrienden te maken en meed privécontacten na werktijd. Niet dat iemand hem uitnodigde. De rechercheurs van de Westside gedroegen zich nog killer dan zijn collega's bij Central en hij vroeg zich af of dat iets te maken zou hebben met het feit dat hij de partner van Schwinn was geweest en dat ze hem er misschien van verdachten dat hij uit de school had geklapt. Of hadden ze hier ook al die roddels over hem gehoord?

Een smeris die een flikker was. Een smeris die niet alleen een flikker, maar ook een verklikker was? Na een paar weken probeerde een smeris die Wes Baker heette contact met hem te krijgen. Hij vertelde Milo dat hij had gehoord dat Milo doctorandus was en zei dat het hoog tijd werd dat iemand met hersens bij de politie kwam. Baker beschouwde zichzelf als een intellectueel, hij schaakte, woonde in een appartement vol boeken en gebruikte dure woorden waar simpel taalgebruik ook had volstaan. Milo vond hem een verwaande kwast, maar hij liet zich toch door Baker meeslepen naar afspraakjes met zijn vriendin en de stewardessen met wie zij bevriend was.

Maar op een avond reed Baker toevallig voorbij toen hij ergens in West Hollywood op een hoek stond te wachten tot het voetgangerslicht op groen zou springen. De enige mannen die daar rondliepen, waren op zoek naar andere mannen en de zwijgende blik die Baker hem toewierp, zei Milo meer dan genoeg.

Een poosje later brak iemand Milo's kastje open en liet een stapel sadomasochistische homoporno achter.

Een week daarna kreeg hij Delano Hardy – de enige zwarte rechercheur van het bureau – als partner toegewezen. De eerste paar weken dat ze samen in de auto zaten, werden gekenmerkt door een diep stilzwijgen, nog erger dan met Schwinn, en een bijna ondraaglijke spanning. Del was een godvruchtige aanhanger van de doopsgezinde gemeente die de hoge omes tegen de schenen had geschopt door kritiek te leveren op de raciale verstandhoudingen bij de politie, maar hij moest niets hebben van seksuele afwijkingen. Het nieuws van de stapel porno had als een lopend vuurtje de ronde gedaan, en Milo voelde de kille blikken in zijn rug prikken.

Daarna werd het iets gemakkelijker. Del bleek in psychologisch opzicht toch vrij soepel te zijn, hij was een punctuele, standvastige vent met goeie instincten, die helemaal geobsedeerd was door zijn werk. Het duo begon als een team te functioneren en loste de ene na de andere zaak op. Dankzij het feit dat ze succes hadden en met opzet bepaalde onderwerpen links lieten liggen ontstond er een band tussen hen. Binnen zes maanden liep alles op rolletjes en ze hadden geen enkele moeite om booswichten op te pakken. Maar ze werden geen van beiden uitgenodigd om mee te doen aan de kroegentochten of de barbecues die door hun collega's werden georganiseerd. Of aan de uitspattingen van groepsseks waar de andere smerissen zich aan waagden.

Als de werkdag erop zat, ging Del terug naar zijn caravan in Leimert Park en zijn keurige, preutse vrouw die nog steeds niets van Milo afwist en Milo ging in zijn eentje terug naar zijn vrijgezellenwoning. Met uitzondering van de zaak-Ingalls had hij vrijwel al zijn andere gevallen opgelost.

Met uitzondering van de zaak-Ingalls...

Hij kreeg Pierce Schwinn nooit meer te zien en kwam er door horen zeggen achter dat de vent met vervroegd pensioen was gegaan. Een paar maanden later belde hij naar personeelszaken op Parker Center en kwam er via wat leugentjes om bestwil achter dat Schwinn zijn ontslag had gekregen zonder dat er disciplinaire maatregelen aan te pas waren gekomen.

Dus misschien had dat hele gedoe toch niets met Schwinn te maken gehad, maar alles met Janie Ingalls. Vol goede moed belde hij opnieuw naar Metro om naar nieuws omtrent de zaak te vissen. Opnieuw werd hij niet teruggebeld. Hij probeerde het bij het Archief, voor het geval iemand de zaak had opgelost en kreeg te horen dat dat niet het geval was en dat Melinda Waters ook nooit was gevonden.

Op een warme ochtend in juli schrok hij wakker uit een droom over het lijk van Janie, reed naar Hollywood en tufte langs het krot van Bowie Ingalls op Edgemont. Het roze gebouw was met de grond gelijkgemaakt en op de plaats waar het had gestaan was een diep gat gegraven voor een ondergrondse parkeerplaats. Daarbovenop waren ze al bezig met het raamwerk, het skelet van een veel groter flatgebouw.

Hij ging naar Gower en reed anderhalve kilometer verder naar het noorden. Het sjofele huisje van Eileen Waters stond er nog steeds, maar Waters was verdwenen en de nieuwe bewoners waren twee slanke, verwijfde jongemannen – antiekhandelaren. Binnen de kortste keren begonnen ze allebei op een schandalige manier met Milo te flirten en daar schrok hij van. Hij had zich als de spreekwoordelijke machosmeris gedragen, maar toch wisten ze...

De mooie jongens hadden het huis gehuurd. Toen ze erin trokken, stond het leeg en ze hadden geen van beiden ook maar een flauw idee waar de voormalige huurster was gebleven.

'Maar één ding kan ik je wel vertellen,' zei een van de knullen. 'Ze rookte. De hele tent stonk ernaar.'

'Walgelijk,' beaamde zijn medebewoner. 'We hebben de hele zaak uitgemest en in een neo-biedermeierstijl ingericht. Je zult het niet meer herkennen.' En met een samenzweerderig lachje: 'Vertel het nou maar. Wat heeft ze gedaan?'

I I

Toen Milo het hele verhaal had verteld liep hij naar de keuken. Uiteindelijk toch rechtstreeks naar de koelkast.

Ik zag hoe hij het vriesvak opentrok waarin de fles Stolichnaya lag. Hij had de wodka aan Robin en mij cadeau gedaan, hoewel ik zelden iets anders nam dan whisky of bier en Robin alleen wijn dronk. Robin...

Ik keek toe hoe hij een glas halfvol schonk en er wat grapefruitsap bij deed voor de kleur. Hij sloeg het in één teug achterover, schonk opnieuw in en liep terug naar de eettafel.

'Dat is alles,' zei hij.

'Een zwarte rechercheur die Broussard heette,' zei ik. 'Net als...'

'Precies.'

'Aha.'

Met de tweede borrel achter zijn kraag liep hij terug naar de keuken en schonk voor de derde keer in. Alleen drank, geen sap. Ik stond op het punt om er een opmerking over te maken, omdat hij soms wil dat ik die rol op me neem, maar toen dacht ik aan de hoeveelheid Chivas die ik sinds Robins vertrek achterover had geslagen en hield mijn mond.

Dit keer liet hij zich neervallen toen hij terugkwam en draaide zijn glas in zijn beide dikke handen rond, zodat er een wodkadraaikolkje ontstond.

'John G. Broussard,' zei ik.

'In eigen persoon.'

'De manier waarop hij jou samen met die andere vent probeerde te intimideren. Dat doet kafkaësk aan.'

Hij lachte. 'Toen ik vandaag wakker werd, was ik een kakkerlak? Ja, daar heeft onze brave ouwe John G. vanaf het begin een handje van gehad. Het heeft de knaap geen windeieren gelegd, hè?'

John Gerald Broussard was inmiddels al meer dan twee jaar hoofdcommissaris van politie in L.A. Broussard, die door de scheidende burgemeester in eigen persoon was uitgekozen in een, volgens veel mensen, opgelegde poging om de kritiek op de raciale problemen binnen het LAPD te weerleggen, had een militair voorkomen en een ongelooflijk heerszuchtig karakter. De gemeenteraad wantrouwde hem en het merendeel van zijn eigen agenten – zelfs de zwarte smerissen – hadden de pest aan hem vanwege zijn verleden bij Interne Zaken. Broussards onverholen minachting voor iedereen die zijn beslissingen durfde aan te vechten, zijn ogenschijnlijke desinteresse voor de bijzonderheden van politiewerk aan de basis en zijn obsessie voor discipline binnen het politiekorps maakten het beeld compleet. Maar Broussard scheen prat te gaan op zijn gebrek aan populariteit. Bij zijn ambtsaanvaarding, waarbij hij zoals te doen gebruikelijk was uitgedost in groot gala met een borst vol zuurstokkleurige lintjes, kondigde de nieuwe commissaris aan wat zijn allergrootste prioriteit was: nul komma nul tolerantie voor elke overtreding die door politiemensen werd begaan. De volgende dag maakte Broussard een eind aan een geliefd systeem van ontmoetingsplaatsen voor burgers en politiemensen in buurten met een hoog misdaadgehalte onder het mom dat die geen enkele bijdrage leverden aan het terugdringen van het aantal misdrijven en dat overdreven verbroedering met burgers een onprofessionele houding van de politie in de hand werkte.

'De lelieblanke John Broussard,' zei ik, 'die misschien wel de hand heeft gehad in het in de doofpot stoppen van de zaak-Ingalls. Heb je enig idee waarom?'

Hij gaf geen antwoord, nam nog een paar slokken en keek weer naar het moordboek.

'Het lijkt mij dat het in feite voor jou bedoeld is,' zei ik.

Nog steeds geen antwoord. Ik liet het onderwerp even rusten. 'Is er ooit schot gekomen in dat geval Ingalls?'

Hij schudde zijn hoofd.

'En is Melinda Waters nooit meer op komen dagen?'

'Daar weet ik niets van,' zei hij. 'Toen ik naar West L.A. werd overgeplaatst, ben ik er niet verder achteraan gegaan. Voor zover ik weet, kan ze wel getrouwd zijn, een paar kinderen hebben gekregen en nu in een leuk huisje wonen met een breedbeeld-tv.'

Hij praatte te snel en te luid. Het klonk mij als een soort biecht in de oren.

Hij wurmde een vinger tussen zijn boord. Zijn voorhoofd glom en de rimpels van spanning om zijn mond en zijn ogen waren dieper geworden.

Hij dronk zijn derde borrel op, stond op en verplaatste zijn logge lijf weer richting keuken.

'Je hebt wel dorst,' zei ik.

Hij verstijfde, draaide zich met een ruk om en wierp me een boze blik toe. 'Moet je zien wie dat zegt. Die ogen van je. Wou je me vertellen dat jij droog hebt gestaan?'

'Vandaag wel,' zei ik.

'Gefeliciteerd. Waar is Robin?' wilde hij weten. 'Wat is er verdomme met jullie tweeën aan de hand?'

'Nou,' zei ik, 'ik krijg de laatste tijd interessante post.'

'Ja, ja. Waar is ze, Alex?'

Ik wist precies wat ik wilde gaan zeggen, maar de woorden bleven in mijn keel steken. Ik snakte naar adem. We bleven elkaar strak aankijken.

Hij was de eerste die in de lach schoot. 'Als ik jou mijn geheimpje vertel, krijg ik dan ook het jouwe te horen?'

Ik vertelde hem in grote trekken wat er was gebeurd.

'Dus ze heeft gewoon de kans gegrepen,' zei hij. 'Zodra ze alles van zich af heeft gezet, komt ze wel weer terug.'

'Dat zou kunnen,' zei ik.

'Dit is niet de eerste keer, Alex.'

Bedankt dat je me daaraan herinnert, vriend. 'Maar nu krijg ik onwillekeurig het gevoel dat er meer aan de hand is,' zei ik. 'Ze heeft dat aanbod twee weken lang voor me verborgen gehouden.'

'Je had het druk,' zei hij.

'Ik geloof niet dat het daaraan lag. De manier waarop ze me in Parijs zat aan te kijken. De manier waarop ze wegging. Misschien was het de druppel die de emmer deed overlopen.'

'Kop op,' zei hij. 'Zou je niet een beetje optimistischer zijn? Daar zit je tegen mij ook altijd over te zeuren.'

'Ik zeur niet. Ik geef raad.'

'Dan geef ik je nu de raad om je te gaan scheren, de prut uit je ogen te wassen, schone kleren aan te trekken, die telefoon een keer op te pakken en in godsnaam eindelijk eens te proberen om alles op een rijtje te zetten. Jullie zijn net...'

'Net wat?'

'Net een oud getrouwd stel, wilde ik eigenlijk zeggen.'

'Maar dat zijn we niet,' zei ik. 'Getrouwd. We zijn al jaren bij elkaar en toch hebben we geen van beiden ooit een poot uitgestoken om het wettig te maken. Wat maak je daaruit op?'

'Je had geen boterbriefje nodig. Geloof me, daar weet ik alles van.'

Rick en hij waren zelfs al langer bij elkaar dan Robin en ik.

'Zou jij het wel willen als het kon?' vroeg ik.

'Waarschijnlijk wel,' zei hij. 'Misschien. Waarom liggen jullie toch zo vaak met elkaar overhoop?'

'Dat kan ik je niet zo een-twee-drie uitleggen,' zei ik. 'En ik wil best met haar praten. Maar we lopen elkaar toevallig steeds mis.'

'Dan moet je het nog vaker proberen.'

'Ze is op tournee, Milo.'

'Verdomme, je moet gewoon beter je best doen.'

'Wat mankeert je in vredesnaam?' vroeg ik.

'Acute teleurstelling. Boven op al die chronische teleurstellingen die ik bij mijn werk te verduren krijg.' Hij legde zijn hand op mijn schouder. 'Ik heb behoefte aan een zekere mate van houvast in mijn leven, vriend. Zoals jullie beiden. Ik wil dat alles tussen Robin en jou koek en ei is, omdat ik dat een geruststellend idee vind, snap je? Is dat soms te veel gevraagd? Ja, ja, het is heel egoïstisch van me, maar de ballen daarmee.'

Wat moet je daar nu op zeggen?

Ik zat hem stil aan te kijken en hij veegde over zijn voorhoofd. Hij bleef transpireren en zag er diep ellendig uit. Gek genoeg voelde ik me schuldig.

'We komen er wel weer uit,' hoorde ik mezelf zeggen. 'Vertel me nou eens waarom jij er ineens als een geest uitzag op het moment dat je die foto van Janie Ingalls onder ogen kreeg?'

'Mijn bloedsuikergehalte is te laag,' zei hij. 'Ik heb geen tijd gehad om te ontbijten.'

'Aha,' zei ik. 'Vandaar die wodka.'

Hij haalde zijn schouders op. 'Ik dacht dat ik het inmiddels wel uit mijn hoofd had gezet, maar kennelijk heb ik toch het gevoel dat ik ermee door had moeten gaan.'

'Misschien betekent dat "NO" dat iemand anders vindt dat je er nu maar weer mee door moet gaan. Zitten er nog meer foto's in dat boek die je iets zeggen?'

'Nee.'

Ik keek naar de handschoenen die hij uitgetrokken had. 'Laat je het op vingerafdrukken onderzoeken?'

'Misschien wel,' zei hij. Toen trok hij een gezicht.

'Wat is er?'

'Er loopt iemand over mijn graf.'

Hij schonk zijn glas voor de vierde keer vol, dit keer voornamelijk sap met hooguit een scheutje wodka.

'Heb je enig idee wie dit opgestuurd heeft?' vroeg ik.

'Jij kennelijk wel.'

'Je ex-partner, Schwinn. Hij was een enthousiast fotograaf. En hij had toegang tot oude politiedossiers.'

'Waarom zou hij in vredesnaam nu ineens contact met me op willen nemen? Hij kon me niet uitstaan. En hij gaf ook geen donder om de zaak-Ingalls of om andere gevallen.'

'Misschien is hij in de loop der tijd wat milder geworden. Hij zat al twintig jaar bij Moordzaken voordat jij daar kwam. Dat betekent dat hij gedurende het grootste gedeelte van de periode die het boek beslaat in dienst is geweest. De foto's uit de tijd daarvoor heeft hij gewoon gejat. Hij trok zich toch weinig aan van regels, dus het inpikken van een paar politiefoto's zal hem weinig gewetensbezwaren hebben gekost. Het boek kan best deel uitmaken van een verzameling die hij in de loop der jaren heeft aangelegd. Hij heeft het voor de grap het moordboek genoemd en er een blauwe omslag om gedaan.'

'Maar waarom heeft hij het dan via jóú naar mij gestuurd? En waarom nu? Wat wil hij daar verdomme mee zeggen?'

'Is het mogelijk dat Schwinn zelf die foto van Janie heeft gemaakt?' Hij trok een stel nieuwe handschoenen aan en bladerde door naar de opname van de dode.

'Nee, dit is een professioneel ontwikkelde opname en beter van kwaliteit dan wat hij met die Instamatic klaar had kunnen spelen.'

'Misschien heeft hij die film wel opnieuw laten ontwikkelen en opvoeren. En als hij nog steeds zo'n enthousiaste amateurfotograaf is, kan hij ook thuis een donkere kamer hebben.'

'Schwinn,' zei hij. 'Je kunt het heen en weer krijgen met al die theorieën, Alex. Die vent vertrouwde me niet eens toen we nog samenwerkten. Waarom zou hij dan nu contact met me opnemen?'

'Maar stel je nu eens voor dat hij twintig jaar geleden iets te weten is gekomen dat hij nu pas aan je kwijt wil? De naam van de tipgever, bijvoorbeeld, die hem op het spoor van Bowie Ingalls en dat feestje heeft gezet. Misschien voelt hij zich nu schuldig dat hij dingen geheim heeft gehouden en wil hij graag schoon schip maken. Hij moet inmiddels bijna zeventig zijn, misschien is hij wel ziek of op sterven na dood. Of hij is bij zichzelf te rade gegaan... dat gebeurt wel vaker met oude mensen. Hij weet dat hij er zélf niets meer aan kan doen, maar hij heeft het idee dat jij dat wel kunt.'

Daar zat hij even over na te denken. Hij trok de handschoenen weer uit, ging staan en keek naar de ijskast zonder ernaar toe te lopen.

'We kunnen ons hier de hele dag het hoofd over blijven breken, maar iedereen had dat boek kunnen sturen.'

'O ja?' zei ik. 'De moord op Janie heeft nooit het nieuws gehaald, dus het moet wel iemand zijn die van de hoed en de rand weet. En het feit dat Schwinn ervan overtuigd was dat de wetenschap een belangrijk hulpmiddel bij het opsporen van misdrijven zou worden kan er ook iets mee te maken hebben. Want zover zijn we inmiddels wel, hè? DNA-proeven en meer van dat soort zaken. Als er sperma- en bloedmonsters bewaard zijn gebleven...'

'Ik weet niet eens óf er sperma in haar is aangetroffen, Alex. Schwinn ging ervan uit dat het een seksueel misdrijf was, maar we hebben geen van tweeën het autopsierapport onder ogen gehad. Nadat ze ons de zaak uit handen hebben genomen, heb ik geen officieel stukje papier meer gezien.' Een grote vuist kwam met een dreun op de tafel terecht en het moordboek stuiterde omhoog. 'Dit is gewoon gelul.'

Ik hield mijn mond dicht.

Hij begon door de eetkamer te ijsberen. 'De klootzak... ik begin gewoon zin te krijgen om naar hem toe te gaan. Als hij het tenminste is geweest... maar waarom heeft hij het dan naar jou gestuurd?'

'Om geen sporen na te laten,' zei ik. 'Schwinn wist dat wij al eerder hebben samengewerkt... daaruit kun je ook opmaken dat hij nog steeds geïnteresseerd is in politiezaken.'

'Of dat hij gewoon kranten leest, Alex. Onze namen werden weer samen genoemd bij de zaak-Teague.'

'En jij kwam daarbij het beste voor de dag, het was een mooi staaltje speurwerk. Het kan best zijn dat Schwinn je destijds niet mocht en dat hij je evenmin vertrouwde of respect voor je had, maar misschien heeft hij je carrière gevolgd en is hij van gedachten veranderd.'

'Doe me een lol.' Hij pakte zijn glas op. Er zat nog een druppeltje wodka in dat als een sliertje op de bodem lag, een ijzig lint van alcohol. 'Al die theorieën bezorgen me een barstende koppijn. Af en toe vraag ik me wel eens af waar die vriendschap van ons eigenlijk op is gebaseerd.'

'Dat kan ik je zo vertellen,' zei ik. 'Een eenduidig ziektebeeld.'

'Welk ziektebeeld?'

'Een wederzijds onvermogen om dingen met rust te laten. Schwinn, of wie dat moordboek ook gestuurd mag hebben, weet dat.'

'Ja, nou, hij kan de ballen krijgen. Ik hap niet toe.'

'Dat moet je zelf weten.'

'Verdomd als het niet waar is.'

'Aha,' zei ik.

'Ik heb er de pest aan als je zo begint,' zei hij.

'Hoe zo?'

'Met dat "Aha". Je lijkt verdomme wel een tandarts.'

'Aha.'

Hij trok zijn arm achteruit, liet een enorme vuist in de richting van mijn kaak schieten, gaf me een voorzichtig tikje en mompelde: 'Boem.'

Ik wees met mijn duim naar het blauwe album. 'Wat wil je dat ik ermee doe? Weggooien?'

'Doe nog maar even niks.' Hij stond weer op. 'Ik voel me een beetje... ik ga even pitten. Is de logeerkamer in orde?'

'Uiteraard. Slaap lekker.'

'Dank je wel, Norman Bates.' Hij liep stommelend naar de achterkant van het huis en bleef hooguit tien minuten weg, voordat hij weer opdook, zonder das en met zijn overhemd uit de broek. Hij zag eruit alsof hij een nacht vol nachtmerries in zeshonderd seconden had weten te stampen.

'Wat ik ga doen,' zei hij, 'het énige wat ik ga doen, is een zwakke poging wagen om Schwinn te vinden. Door bijvoorbeeld een telefoontje te plegen. Als ik hem kan vinden en het blijkt dat hij dat boek heeft gestuurd, dan zal ik eens even gezellig met hem gaan babbelen, geloof me maar. En als hij het niet is geweest, laten we het hele geval schieten.'

'Dat lijkt verdacht veel op een plan,' zei ik.

'Hè? Bevalt het je niet?'

'Ik vind het prima,' zei ik.

'Mooi. Want daar blijft het bij.'

'Geweldig.'

Nadat hij opnieuw handschoenen had aangetrokken, pakte hij het moordboek op, liep naar de voordeur en zei: 'Sayonara. Ik heb me kostelijk geamuseerd.' Terwijl hij naar buiten liep, zei hij: 'Zorg dat je thuis bent als Robin belt. Laat het er niet bij zitten, Alex.'

'Goed.'

'Het bevalt me niets als je zo gehoorzaam doet.'

'Krijg dan maar de ballen.'

Hij grinnikte. 'Aha.'

Ik bleef nog een hele tijd zitten, met een ellendig gevoel. Ik vroeg me af of Robin vanuit Eugene zou bellen. Met het idee dat als ze dat niet binnen een paar uur deed, ik de deur uit zou gaan – waarnaar toe maakte niet uit.

Ik viel aan de eettafel in slaap. Twee uur later werd ik wakker van de telefoon.

'Alex.'

'Hoi.'

'Eindelijk heb ik je te pakken,' zei ze. 'Ik heb het al zo vaak geprobeerd.'

'Ik was niet thuis. Sorry.'

'Ben je de stad uit geweest?'

'Ik had gewoon een paar dingen te doen. Hoe gaat het ermee?'

'Prima. Geweldig... met de tournee. We hebben fantastisch veel publiciteit gehad. Alleen maar uitverkochte zalen.'

'Hoe bevalt Oregon?'

'Groen. Mooi. Maar ik heb voornamelijk geluidsapparatuur gezien.'

'Hoe gaat het met Spike?'

'Ook goed. Hij... begint al te wennen... Ik mis je.'

'Ik jou ook.'

'Alex?'

'Mmm?'

'Wat is... gaat het wel goed met je?'

'Ja hoor... vertel eens, zijn de seks, de drugs en de rock-'n-roll net zo opwindend als er beweerd wordt?'

'Zo is het helemaal niet,' zei ze.

'Wat niet? De seks of de drugs?'

Het was even stil. 'Ik moet ontzettend hard werken,' zei ze. 'En dat geldt voor iedereen. Je moet zo ongelooflijk veel regelen om ervoor te zorgen dat alles op rolletjes loopt.'

'Wat opwindend.'

'Het is heel bevredigend.'

'Dat mag ik hopen,' zei ik.

Een langere stilte. 'Ik heb het gevoel,' zei ze, 'dat je ontzettend ver weg bent. En vat dat alsjeblieft niet letterlijk op.'

'Moet ik het dan figuurlijk opnemen?'

'Je bent boos.'

'Helemaal niet, ik hou van je.'

'Ik mis je echt, Alex!'

'Je kunt zo weer naar huis komen, wanneer je wilt,' zei ik.

'Zo eenvoudig ligt dat niet.'

'Waarom niet?' vroeg ik. 'Hoezo, is het dan plotseling een heavy metal-tournee geworden en hebben ze je aan handen en voeten geketend?'

'Doe alsjeblieft niet zo, Alex.'

'Hoe bedoel je?'

'Zo sarcastisch... zo verkapt. Ik weet dat je boos op me bent en dat zal ook wel de reden zijn waarom je me niet direct hebt teruggebeld, maar...'

'Jij neemt de benen en ik krijg de zwarte piet toegespeeld?' zei ik.
'Ja, de echte reden waarom we elkaar zijn misgelopen is omdat ik niet in staat was om met wie dan ook te praten. Geen kwestie van boosheid, maar ik had gewoon... zo'n leeg gevoel. Daarna heb ik wel geprobeerd om je te bellen, maar je zei zelf al dat je het zo druk hebt. Ik ben niet boos, ik... je doet maar precies wat je nodig vindt.'
'Wil je dat ik ermee stop?'
'Nee, dat zou je me nooit vergeven.'
'Ik wil ook doorgaan.'
'Doe dat dan.'
'O, Alex...'
'Ik zal mijn best doen om de Vrolijke Frans uit te hangen,' zei ik.
'Nee, dat wil ik niet.'
'Waarschijnlijk zou ik dat toch niet voor elkaar krijgen. Ik ben nooit zo'n goeie toneelspeler geweest... ik denk dat ik ook helemaal niet bij je nieuwe vrienden zou passen.'
'Alex, alsjeblieft... o, verdómme... Wacht even! Ik word geroepen, er schijnt iets helemaal mis te gaan... verdomme, ik wil niet op zo'n manier afscheid nemen...'
'Ga nou maar gauw aan het werk,' zei ik.
'Ik bel je later wel terug... ik hou van je, Alex.'
'*Ikookvanjou.*'
Klik.
Goed gedaan, Delaware. Hebben we je daarom voor psycholoog laten leren?
Ik deed mijn ogen dicht, worstelde om allerlei dingen uit mijn hoofd te zetten en haalde me toen allerlei kiekjes voor de geest.
Ten slotte vond ik het beeld waarnaar ik op zoek was en prentte me dat stevig in.
Het zwaar mishandelde lichaam van Janie Ingalls.
Een dood meisje bezorgde me tijdelijk respijt toen ik mezelf voorstelde hoe zij had geleden.

12

Er zit één voordeel aan een gebrekkig gevoelsleven: het brengt je in ieder geval op nieuwe ideeën. En een voornemen, een plan, is de eerste stap op weg naar eigendunk.
Toen ik het huis uit liep, werd ik door de zon gekust alsof ik haar

minnaar was en de bomen leken nog groener in haar weldadige schijnsel dat me eraan herinnerde waarom er nog altijd mensen naar Californië verhuisden. Ik haalde mijn post op – junk junk junk – en liep toen naar de achtertuin waar ik bij de vijver bleef staan. De koi vormden een kronkelend, hyperactief patroon dat zich met veel misbaar afzette tegen de stenen randen nadat het door mijn voetstappen was opgeroepen.

Tien ontzettend hongerige vissen. Ik maakte ze gelukkig. En daarna ging ik terug naar school.

Ik maakte gebruik van mijn overal in de stad geldige faculteitskaart om een parkeerplaats te veroveren op het noordelijke terrein van de universiteit, liep naar de researchbibliotheek, ging achter een computer zitten, meldde me aan op het internet en begon een stuk of tien zoekmachines door te spitten.

Janie of *Jane Ingalls* bracht me bij de website met de stamboom van de familie Ingalls-Dudenhoffer uit Hannibal, Missouri. Betovergrootmoeder Jane Martha Ingalls zou een week later haar 237ste verjaardag vieren.

Bowie Ingalls verbond me met een David Bowie-fanclub in Manchester, Engeland en met de site die een professor in de geschiedenis aan de universiteit van Oklahoma aan Jim Bowie had gewijd.

Ik scoorde een aantal treffers met *Melinda Waters*, maar geen daarvan leek ook maar enigszins relevant: een natuurkundige die zo heette werkte in het Lawrence Livermore Laboratory, de negentienjarige Melinda Sue Waters probeerde vanuit een stadje in Arkansas naaktfoto's van zichzelf aan de man te brengen en Melinda Waters, Juriste ('gespecialiseerd in faillissementen en uitzettingen!') bood haar diensten aan via een juridisch bulletin board met als standplaats Santa Fe, New Mexico.

Geen misdaadartikelen of overlijdensberichten met betrekking tot beide meisjes.

De poging met de naam van haar moeder – Elaine – leverde niets op.

Het volgende onderwerp: Tonya Marie Stumpf. Niets te vinden over de stoeipoes van Pierce Schwinn. Daar keek ik niet van op, ik had ook niet verwacht dat een prostituee op leeftijd er een website op na zou houden.

Ik vond evenmin iets over Pierce Schwinn. Maar zijn achternaam bracht diverse Schwinn-fietsonderdelen aan het licht en één nieuwsbericht waar mijn oog op viel omdat het over iets ging dat zich hier vlak in de buurt had afgespeeld: een verslag van een weekblad uit

Ventura over een concours hippique dat vorig jaar was gehouden. Een van de winnaars was een vrouw die Marge Schwinn heette en Arabische paarden fokte in het plaatsje Oak View. Ik zocht het op. Iets meer dan honderd kilometer ten noorden van L.A., in de buurt van Ojai. Precies het soort semi-landelijke toevluchtsoord dat een ex-smeris aan zou kunnen trekken. Ik schreef haar naam op.

Ik was wel een hele tijd bezig met het in kaart brengen van de activiteiten van de familie Cossack, omdat ik tientallen artikelen uit de *L.A. Times* en de *Daily News* voorgeschoteld kreeg die teruggingen tot in de jaren zestig.

De vader van de jongens, Garvey Cossack senior, was voortdurend in het nieuws geweest omdat hij panden liet slopen en daar winkelcentra voor in de plaats bouwde, bestemmingsplannen aanvocht en steun beloofde aan politici die geld inzamelden voor hun verkiezingscampagnes. Cossack Development had bijdragen geschonken aan de United Way, de overkoepelende organisatie van liefdadigheidsinstellingen, en aan het onderzoek naar al de juiste ziekten, maar ik vond geen enkele vermelding van donaties aan het Welzijnsfonds van de Politie, of van een verband met John G. Broussard of het LAPD. Op een vijfentwintig jaar oude pagina met societynieuws stond een foto waarop te zien was dat Cossack senior een kleine, kale en bolle man was, met een grote bril met een zwart montuur, een kleine chagrijnige mond en een voorkeur voor overdreven grote pochetten. Zijn vrouw, Ilse, was een halve kop groter dan hij en ze had slap haar dat te lang was voor een gezicht van middelbare leeftijd, ingevallen wangen, nerveuze handen en een oogopslag die op een overmatig gebruik van slaappillen wees. Afgezien van haar functie als gastvrouw bij het liefdadigheidsdebutantenbal van de Wilshire Country Club timmerde ze nauwelijks aan de weg. Ik liep door de lijst met namen van de jonge vrouwen die tijdens het bal waren gepresenteerd, maar daarop ontbrak Caroline Cossack, het meisje dat nooit schone kleren aantrok en mogelijk een hond had vergiftigd.

Garvey jr. en Bob Cossack begonnen hun opwachting in de kranten te maken toen ze midden twintig waren – hooguit een paar jaar na de moord op Janie Ingalls. Senior had de geest gegeven bij de zevende hole op de golfbaan van de Wilshire Country Club en daardoor was de leiding van Cossack Development in handen gekomen van zijn zoons. Ze waren vrijwel onmiddellijk nieuwe wegen ingeslagen met het bedrijf, door niet alleen door te gaan met de diverse projecten die al in aanbouw waren, maar ook een heel stel in eigen beheer geschoten buitenlandse films te financieren die geen van alle geld opbrachten.

Op foto's uit *Calendar* waren de gebroeders Cossack te zien tijdens filmpremières, zonnebadend in Cannes, op weg naar Park City voor het Sundance Festival en dinerend in restaurants die net op dat moment hip waren, altijd in het gezelschap van filmsterretjes en modefotografen, verslaafde erfgenamen en mensen die beroemd waren vanwege hun beroemdheid. Kortom, het gebruikelijke assortiment bloedzuigers uit Hollywood.

Garvey Cossack jr. scheen verliefd te zijn op de camera... zijn gezicht was altijd het dichtst bij de lens. Maar als hij het idee had dat hij fotogeniek was, vergiste hij zich ernstig. Het gezicht waar hij zo mee pronkte, was een platgeslagen varkenssmoel, bekroond met krullend lichtbruin haar dat al dunner begon te worden en steunend op een kwabbige nek die de bolle schedel als een soort dukdalf omhoog leek te houden. Zijn jongere broer Bob ('Bobo' omdat hij als kind dol was geweest op de worstelaar Bobo Brazil) had ook een grof gezicht, maar smaller dan dat van zijn broer, lang zwart haar dat vanaf het lage, vierkante voorhoofd glad achterovergekamd was en een Frank Zappa-snor die zijn kin kleiner maakte. Beide broers hadden een voorkeur voor de combinatie van zwart pak met zwart T-shirt, maar toch leek het net alsof ze zich verkleed hadden. Er was niets dat Garvey paste en Bobo zag eruit alsof hij zijn kloffie bij elkaar gesnaaid had. Dit waren figuren die in duistere achterkamertjes thuishoorden en niet in het felle licht van de schijnwerpers.

De flirt van de gebroeders Cossack met het witte doek duurde ongeveer drie jaar, daarna veranderden ze van tactiek en begonnen te roepen dat het Coliseum eigenlijk recht had op een eigen footballteam. Daarmee bliezen ze een onvervulde droom van hun vader nieuw leven in. Ze richtten een 'consortium' op van figuren uit de financiële wereld en de broers deden een voorstel aan de gemeenteraad dat door de leden bij wie het volksbelang wat hoger in het vaandel stond al snel werd onderkend als een poging om de belastingbetaler te laten opdraaien voor de kosten van hun op winstbejag gebaseerde plannen. De sportieve bedoelingen stierven een soortgelijke zachte dood als het gestoei met de filmwereld en gedurende een paar jaar slaagden de gebroeders Cossack er niet meer in om het nieuws te halen. Daarna dook Garvey Cossack weer op met plannen voor een door de landelijke overheid gefinancierd saneringsplan in de San Fernando Valley en Bobo vestigde de aandacht op zich door zijn pogingen een bij de bewoners bijzonder populaire bowlingbaan in Hollywood met de grond gelijk te maken om een gigantisch winkelcentrum op die plek te laten verrijzen.

Het overlijdensbericht van hun moeder droeg een datum van drie

jaar geleden. Ilse Cossack was overleden '... *na een lange strijd tegen de ziekte van Alzheimer... in besloten kring ter aarde besteld... In plaats van bloemen, donaties aan...*'
En nog steeds geen woord over zus Caroline.

Ik begon het web en de archieven van kranten en tijdschriften door te spitten op zoek naar verslagen van seksuele moorden die binnen een tijdsvlak van vijf jaar rond de moord op Janie Ingalls hadden plaatsgevonden, maar ik kon niets vinden dat daar een grote gelijkenis mee vertoonde. Dat was interessant, want seksuele sadisten geven er niet uit vrije wil de brui aan, dus misschien was de moordenaar van Janie dood. Of hij zat in de gevangenis. Als dat inderdaad het geval was, zou Milo dan ooit de antwoorden vinden waarnaar hij op zoek was?
Ik liep naar beneden, naar de leeszaal, en verzamelde alle nummers van het FBI *Law Enforcement Journal* die ik kon vinden, plus nog een hele stapel tijdschriften over gerechtelijk onderzoek en criminaliteit. Omdat de beestachtige manier waarop met Janie was omgesprongen toch heel opvallend was en het verwondingspatroon, met name het scalperen, zich wellicht vaker had voorgedaan.
Maar als dat zo was, kon ik daar geen enkel bewijs van vinden. In het blad van de FBI was de aandacht verschoven van opsporingsberichten en gedetailleerde studies van bepaalde misdrijven naar nietszeggende artikelen vol smerisgewauwel die zo uit de koker van een public relations-afdeling kwamen, en het enige misdaadverslag waarbij sprake was van het verwijderen van de hoofdhuid dook op in een bericht van een persbureau over misdaad in Brazilië: een arts van Duitse afkomst, zoon van een nazi-immigrant, had een aantal prostituees vermoord en hun scalpen bewaard als trofeeën. De man was achter in de twintig en ten tijde van de zaak-Ingalls nog een kleuter geweest. Aan het begin van het leven is iedereen een schattig baby'tje.
Misschien had Janies moordenaar zijn walgelijke hobby voortgezet zonder lijken achter te laten.
Maar dat sloeg nergens op. Hij had twintig jaar geleden letterlijk gepronkt met Janies lichaam en hij zou eerder meer dan minder brutaal zijn geworden.

Toen ik weer thuiskwam, stonden er nul boodschappen op mijn antwoordapparaat. Ik belde naar Milo's huis en kreeg een slaperige Rick Silverman aan de lijn. Hij is chirurg op de afdeling spoedeisende hulp van een ziekenhuis. Ik kan bellen wanneer ik wil, ik schijn hem altijd wakker te maken.

'Alex. Hoe gaat het ermee?' Zijn stem klonk ongedwongen. Milo had hem kennelijk niets over Robin verteld.

'Prima. En met jou?'

'Ik werk en ik word ervoor betaald, dus je hoort mij niet klagen.'

'Dan ben jij de enige arts voor wie dat geldt.'

Hij lachte. 'Om eerlijk te zijn doe ik niets anders dan zeiken, maar op een gegeven moment krijg je daar zelf ook genoeg van. Daarom prent ik mezelf maar in dat het een geluk is dat ik in vaste dienst ben en dus niet rechtstreeks te maken heb met allerlei zorgverzekeraars. Misschien komt er nog wel een dag dat Milo alle rekeningen moet betalen.'

'Dat zal dan in het jaar zijn dat hij afreist naar Parijs om de shows van alle grote modeontwerpers bij te wonen.'

Hij schoot opnieuw in de lach, maar ik dacht: *Parijs? Hoe kwam je daar nou op, professor Freud?*

'Dus je hebt het druk,' zei ik.

'Ik heb me net achttien uur lang lekker uit kunnen leven. Een kettingbotsing. Mammie en pappie zaten voorin te bekvechten met twee kinderen op de achterbank, drie en vijf, geen kinderzitjes, geen gordels om. Pappie en mammie hebben het overleefd. Misschien zal mammie zelfs weer kunnen lopen... maar zo is het genoeg, anders stuur je me straks nog een rekening. Onze grote jongen schittert door afwezigheid. Hij is even binnen komen vallen om te eten en er meteen weer vandoor gegaan.'

'Heeft hij gezegd waar hij naar toe ging?'

'Nee hoor. We hadden chinees gehaald en ik viel bijna in slaap met mijn gezicht in de babi pangang. Toen ik wakker schrok, had hij me in bed gestopt en een briefje achtergelaten met de mededeling dat hij nog wel een poosje bezig zou zijn. Hij leek me een beetje geïrriteerd. Is er iets wat ik zou moeten weten? Hebben jullie weer iets nieuws bij de hand?'

'Nee,' zei ik. 'Alles is stokoud.'

Ik probeerde tv te kijken, naar muziek te luisteren, te mediteren... en dát was helemaal dolle pret, want het enige waaraan ik kon denken was doffe ellende. Om tien uur 's avonds klom ik bijna in de gordijnen en vroeg me af wanneer Robin weer zou bellen.

Op dit uur zou het concert in Eugene in volle gang zijn en zij zou lekker ijverig bezig zijn achter de coulissen. Ze zou nódig zijn. Met al die op gitaren rammende klootzakken die zo nodig de hele wereld moesten...

Trrring.

Mijn 'hallo' klonk ademloos.

'Wat is er aan de hand, ben je aan het fitnessen?' vroeg Milo.

'Ik ben helemaal niets aan het doen. Wat is er aan de hand?'

'Ik kan Schwinn niet vinden, maar ik denk dat ik wel weet waar zijn vrouw uithangt.'

'Voornaam Marge? De Mecca Ranch in Oak View?' vroeg ik.

Zijn adem kwam sissend over de lijn. 'Kijk, kijk, iemand is een vlijtig bijtje geweest.'

'Eerder een luilak. Hoe heb je haar gevonden?'

'Via uitmuntend detectivewerk,' zei hij. 'Ik heb de hand weten te leggen op het pensioendossier van Schwinn... dat was heel stout van me, dus het moet wel onder ons blijven.'

'Werden zijn pensioenbetalingen naar de ranch gestuurd?'

'De eerste vijftien jaar na zijn vertrek gingen ze naar een adres in Simi Valley. Daarna veranderde het adres gedurende twee jaar in een postbus in Oxnard en dáárna werd het de ranch. Er staat geen rijbewijs op zijn naam, maar via dat adres kwam ik bij het Bureau Kentekenbewijzen wel uit op Marge Schwinn. Ik heb haar net gebeld. Antwoordapparaat, dus ik heb een boodschap ingesproken.'

'Geen rijbewijs op zijn naam,' zei ik. 'Denk je dat hij dood is?'

'Of hij rijdt niet meer.'

'Een ex-smeris die niet rijdt?'

'Ja,' zei hij, 'dat is waar.'

'Een leven in een van de voorsteden, gevolgd door een tussenperiode met een postbus en dan de ranch. Dat zou een scheiding kunnen betekenen, met een korte tussenliggende periode als vrijgezel voordat hij is hertrouwd.'

'Of hij kan weduwnaar zijn geworden. Zijn eerste vrouw heette Dorothy, en toen hij naar Oxnard verhuisde, werd zij niet langer genoemd als erfgename. Twee jaar later kwam Marge in haar plaats.' Hij zweeg even. 'Dorothy... ik geloof dat hij die naam weleens heeft genoemd. Ik weet zo langzamerhand niet meer wat ik me echt herinner en wat ik me graag zou willen herinneren. Maar goed, dat is tot zover alles.'

Ik vertelde hem wat ik in de bibliotheek had gedaan en wat ik over de familie Cossack te weten was gekomen.

'Rijkeluiskinderen die rijk blijven,' zei hij. 'Daar kijk ik echt van op. Ik ben ook op zoek geweest naar Melinda Waters. Zij staat nergens bij de overheid geregistreerd en datzelfde geldt voor haar moeder, Eileen. Dat heeft niet zoveel te betekenen als ze getrouwd is en/of mama hertrouwd is en ze allebei hun naam hebben veranderd. Ik wou dat ik de naam wist van de vader van Melinda die bij de marine zat, maar die heb ik nooit gehoord. De vent was net naar Turkije overgeplaatst, dus probeer dat maar eens na te trekken. Ik heb wel Bowie Ingalls kunnen vinden en die is absoluut dood. Al negentien jaar.'

'Een jaar na Janie,' zei ik. 'Wat is er met hem gebeurd?'

'Hij heeft in zijn eentje een auto-ongeluk in de heuvels gehad. Ingalls reed tegen een boom en klapte door de voorruit. Het alcoholpercentage in zijn bloed was ongeveer vier keer zo hoog als toegestaan en er lagen een stuk of tien lege bierblikjes in de auto.'

'Waar in de heuvels?'

'Bel Air. In de buurt van het reservoir. Hoezo?'

'Dat is niet zover van het huis waar dat feest is gegeven.'

'Nou ja, misschien was hij herinneringen aan het ophalen,' zei hij. 'Maar het enige dat we zeker weten, is dat hij dronken achter het stuur zat. Die hele Cossack-invalshoek was puur giswerk. Voor zover ik weet, kunnen Janie en Melinda wel naar een heel ander feestje zijn gegaan. Of Schwinn had gelijk met zijn bewering dat er helemaal geen verband bestond met de Westside en dat ze gewoon door een of andere psychopaat zijn opgepikt en vlak bij de plaats waar we het lijk hebben gevonden zijn afgeslacht. Ik ben moe, Alex. Ik ga naar huis.'

'Wat ben je verder van plan met Marge Schwinn?'

'Ik heb een boodschap achtergelaten.'

'En als ze daar niet op reageert?'

'Dan probeer ik het nog een keer.'

'Als Schwinn dood is, heeft Marge misschien dat moordboek opgestuurd,' zei ik. 'Ze kan het best tussen zijn spulletjes hebben aangetroffen, met een verwijzing naar jou en mij...'

'Alles is mogelijk, vriend.'

'Als je haar hebt bereikt, vind je het dan goed als ik meega?'

'Wie zegt dat ik bij haar op bezoek ga?'

Ik gaf geen antwoord. 'Wat is er aan de hand, heb je niets beter te doen?' merkte hij op.

'Geen bal.'

Hij schraapte zijn keel.

'Robin heeft gebeld,' zei ik. 'We hebben met elkaar gepraat.'

'Mooi zo,' zei hij. Het vraagteken was duidelijk te horen.

Ik sneed haastig een veiliger onderwerp aan. 'Heb je tussen twee haakjes nog tijd gehad om dat moordboek op vingerafdrukken te onderzoeken?'

'Voor zover ik kan zien, zit er maar één stel op.'

'Die van mij.'

'Tja,' zei hij. 'Ik ben geen expert, maar ik heb je vingerafdrukken weleens vaker gezien en die slingertjes komen me bekend voor.'
'Dus degene die het heeft verstuurd heeft het eerst schoongeveegd,' zei ik. 'Interessant. Hoe je het ook bekijkt.'
Hij wist precies wat ik bedoelde: een voorzichtige smeris, of een zorgvuldige, treiterige moordenaar.
'Zoek het maar uit,' zei hij. 'Welterusten.'
'Ik hoop dat jij ook lekker droomt.'
'O ja, vast. Klaas Vaak staat al te wachten.'

13

Ik had niet verwacht dat ik snel weer iets van hem zou horen, maar de volgende dag stond hij om elf uur voor mijn deur, in een donkerblauw jack over een geblokt overhemd en een wijde spijkerbroek. Onder het jack puilde zijn maag uit van het pistool, dat hij tussen de band van zijn broek had gestopt, voor de rest zag hij eruit als een vent die een dagje vrij had. Ik liep nog in mijn kamerjas. Robin had nog niet gebeld.
'Zin in frisse lucht?' vroeg hij. 'Paardenvijgen? Of een combinatie van beide?'
'De tweede mevrouw Schwinn heeft contact met je opgenomen.'
'Dat heeft de tweede mevrouw Schwinn helemaal niet gedaan, maar ik dacht, ach verrek, Ojai is toch mooi in deze tijd van het jaar.'
Ik voelde een peinzend 'Aha' opborrelen, maar het bleef in mijn keel steken. 'Ik ga me meteen aankleden.'
'Dat lijkt me heel verstandig.'

'Voor een lange rit is de Seville het fijnst,' zei hij en ik gaf hem zijn zin. Op hetzelfde moment dat ik de motor startte, liet hij zijn hoofd achterover zakken, sloot zijn ogen, legde er een zakdoek over en liet zijn mond openzakken. Een uur lang zat hij naast me te dommelen en deed alleen af en toe zijn ogen open om uit het raampje te kijken en de wereld in zich op te nemen met het wantrouwen en de verbazing die smerissen gemeen hebben met kinderen.
Ik had ook geen zin om te praten en draaide voor de gezelligheid wat muziek. Een paar oude opnamen van Oscar Aleman uit zijn periode in Buenos Aires, waarin Aleman lekker door de bocht giert op zijn glimmende, zilverkleurige met nikkel beslagen National-gitaar.

Om in Oak View te komen moesten we eerst een eindje in noordelijke richting over de 405 voordat we de 101 richting Ventura pakten en doorreden tot we bij de afslag naar Highway 33 waren. Vervolgens nog vijftien kilometer over een tweebaansweg, die dwars door een rozig grijs berglandschap sneed maar nauwelijks boven zeeniveau uitkwam en die ons bij Ojai bracht. Vochtige lucht kwam vanaf de oceaan binnendrijven en aan de horizon hingen witte wattenbolletjes aan de hemel die overgingen in een leikleurige laag waar de zon niet doorheen kon komen. Het gedempte licht maakte het groen nog groener, alsof de hele wereld door een atoomoorlog in smaragd was veranderd.

Het was al een paar jaar geleden dat ik in de buurt was geweest, op jacht naar een op wraak beluste psychopaat. Destijds had ik hier een man leren kennen die veel indruk op me had gemaakt, een zekere Wilbert Harrison. Ik had geen flauw idee of Harrison nog steeds in Ojai woonde. Als psychiater en filosoof had hij een bespiegelende levenshouding gehad en gezien het geweld waarmee hij door mijn toedoen was geconfronteerd, kon ik me heel goed voorstellen dat hij was verhuisd.

De eerste paar kilometers van Highway 33 werden ontsierd door sintelbergen, olieraffinaderijen en lange rijen metalen inductieklossen die als uit de krachten gegroeide *fusilli* boven op het uit kabels en pijlers bestaande ratjetoe van een elektriciteitscentrale stonden. Maar al snel daarna werd de omgeving bosrijk en kwamen we in de gezellig rommelige Ojai-sfeer: schattige houten huisjes omringd door keurige stenen muurtjes en overschaduwd door hoge eiken en naaldbomen en schattige winkeltjes waar eigengemaakte kaarsen en geurtjes verkocht werden. Massageklinieken, yoga-instituten en scholen waar ze je konden leren tekenen, schilderen, beeldhouwen en vrede met jezelf te hebben, als je maar voor ze open stond. Dat alles vermengd met de andere dingen die kenmerkend waren voor het leven in een kleine stad: roestige caravans achter met gaas bedekte hekken, hengelsportwinkeltjes, vrachtwagens op blokken, stoffige boerderijen met een of twee uitgemergelde paarden die eromheen liepen te snuffelen, slordige reclameborden waarop worst en versgemaakte chili werden aangeprezen, stalhouderijen en bescheiden kerkjes waar de conventionele God werd aanbeden. En overal haviken, die groot, lui en vol zelfvertrouwen roofzuchtig boven ons hoofd rondcirkelden.

Mecca Ranch lag aan de westkant van de 33 en werd aangekondigd door uit spijkers bestaande letters op een stuk grenenhout. Het bord stond omringd door cactussen in een stuk wild gras. Nadat we linksaf waren geslagen op een nauwelijks geplaveide weg met aan weerskanten armetierig bloeiende paradijsvogelplanten bereikten we na vijfhonderd meter lage, zacht glooiende heuvels met op de top een paar hectare kiezelkleurige weidegrond. Rechts van ons was een weiland waarvan de omheining bestond uit ijzeren palen met houten dwarslatten en dat meer dan genoeg ruimte bood aan de vijf bruine paarden die daar stonden te grazen. Glanzende, weldoorvoede viervoeters, die geen enkele aandacht aan ons schonken. Vlak achter de omheinde ruimte bevonden zich een paar losse paardenboxen en een stel kleinere, afgepaalde ruimtes. Aan het eind van de weg stonden de paradijsvogelplanten dichter bij elkaar en werden kennelijk ook beter verzorgd. Via de oranje-met-blauwe bloemen viel het oog meteen op een klein, zalmkleurig huis met een plat dak en blauwgroene houten sponningen. Ervoor stonden een tien jaar oude bruine Jeep Wagoneer en een Dodge pick-up van dezelfde kleur en hetzelfde jaartal. Een bewegende schaduw schoot over het weiland: een havik die zo laag vloog dat ik de scherpe kromming van zijn snavel kon onderscheiden.

Ik zette de motor uit, stapte uit en snoof het mengsel van dennenlucht en de eigenaardige geur van gedroogde paardenvijgen op, als van rottende ahornsiroop. Het was doodstil. Ik kon me goed voorstellen dat dit voor Pierce Schwinn een hemel was geweest. Maar als hij net zo was als Milo en al die andere mensen die verslaafd zijn aan herrie en geweld, hoe lang zou hij het hier dan hebben uitgehouden?

Milo sloeg het rechterportier met een harde klap dicht, alsof hij onze komst wilde aankondigen. Maar er kwam niemand naar buiten om ons te begroeten en achter de gordijnloze ramen aan de voorkant van het huis verscheen ook geen gezicht.

We liepen naar de voordeur. Nadat Milo op de bel had gedrukt, hoorden we een geklingel dat vijftien seconden aanhield... het was een of ander liedje dat ik niet zo gauw kon thuisbrengen, maar dat me meteen het gevoel gaf dat ik in een warenhuis in Missouri in de lift stond.

Nu klonk er geluid vanuit het weiland: een van de paarden begon te hinniken. Nog steeds geen mens te bekennen. De havik was weggevlogen.

Ik bestudeerde de dieren. Goed gespierde, mahoniekleurige beesten, twee hengsten en drie merries, met glanzende, geborstelde manen. Het weiland werd overspannen door een halve boog van smeedijzer met Moors aandoende letters: *Mecca*. In de wattige lucht was een driehoekje blauw verschenen. De heuvels rondom de ranch hadden groene toppen en zagen er vriendelijk uit, als een soort weelderige afrastering. Je kon je nauwelijks voorstellen dat het moordboek afkomstig was van deze rustige plek.

Milo belde opnieuw aan en een vrouwenstem riep: 'Momentje!' Even later ging de deur open.

De vrouw die op de drempel stond was heel klein maar met sterke schouders, ergens tussen de vijftig en de zestig. Ze had haar knalblauw-met-geel geblokte overhemd in haar strakke spijkerbroek gestopt, waardoor de nadruk werd gelegd op haar platte buik, slanke taille en jongensachtige heupen. Gebarsten maar schone werklaarzen piepten onder de spijkerbroek uit. Wit haar dat nog sporen vertoonde van de oorspronkelijke blonde kleur was samengebonden in een paardenstaartje... zo kort dat het op een kwastje leek. Haar gezicht had de sterke trekken die ervoor zorgden dat ze op latere leeftijd aantrekkelijk was geworden, maar als meisje was ze waarschijnlijk onopvallend geweest. Haar ogen waren een mengeling van groen en bruin, maar de laatste kleur overheerste. Ze had haar wenkbrauwen geëpileerd tot een stel dunne komma's, maar ze droeg geen make-up. Haar huid was een toonbeeld van alles wat de zon ermee kon doen: oneffen, gerimpeld, uitgedroogd en zo grof dat het bijna leek alsof ze een houten masker droeg. Onder haar ogen en om haar kin dansten angstaanjagende donkere kringen. Toen ze glimlachte, verschenen de parelwitte tanden van een gezonde maagd.

'Mevrouw Schwinn?' zei Milo terwijl hij zijn hand in zijn zak stak om zijn penning te pakken.

Maar voordat hij die te voorschijn had kunnen halen, zei de vrouw al: 'Ik ben Marge en ik weet wie u bent, rechercheur. Ik heb uw boodschappen ontvangen.' Geen verontschuldigingen omdat ze niet had teruggebeld. Toen de glimlach verdween, bleef er weinig emotie over en ik vroeg me af of dat mede een verklaring was voor het feit dat de paarden zo gelijkmoedig waren.

'U hebt zo'n typische smerisblik,' legde ze uit.

'Welke blik is dat, mevrouw?'

'Een mengeling van angst en woede. Iemand die altijd het ergste verwacht. Af en toe, als Pierce en ik samen een tochtje te paard maakten, hoorde hij een geluid, iets dat door de struiken ritselde, en dan kreeg hij die blik ook. Zo... u was dus zijn laatste partner. Hij heeft het weleens over u gehad.' Ze wierp een korte blik op mij. De verleden tijd waarin ze sprak, bleef nadrukkelijk in de lucht hangen. Ze beet op haar lip. 'Pierce is dood. Hij is vorig jaar gestorven.'

'Dat spijt me.'

'Mij ook. Ik mis hem ontzettend.'

'Wanneer is...'

'Hij is zeven maanden geleden van een paard gevallen. Een van mijn makste, Akhbar. Pierce was geen cowboy. Voordat hij mij leerde kennen had hij nooit op een paard gezeten. Daarom heb ik hem Akhbar als vast rijdier gegeven en ze raakten helemaal aan elkaar verknocht. Maar Akhbar moet ergens van zijn geschrokken. Ik vond hem in de buurt van Lake Casitas, daar lag hij op zijn zij, met twee gebroken benen. Pierce lag een paar meter verderop, met zijn hoofd opengespleten op een steen, en geen polsslag meer. Akhbar moest afgemaakt worden.'

'Wat erg voor u, mevrouw.'

'Ja. Ik heb het redelijk verwerkt. Je krijgt voornamelijk een klap door het feit dat hij er niet meer is. Het ene moment is iemand bij je en dan...' Marge Schwinn knipte met haar vingers en bestudeerde Milo van top tot teen. 'Je ziet er eigenlijk precies zo uit als ik verwachtte, als je nagaat hoeveel tijd er is verstreken. Je bent toch niet hierheen gekomen om me iets vervelends over Pierce te vertellen, hè?'

'Nee, mevrouw, waarom zou ik...'

'Je mag wel Marge zeggen. Pierce vond het heerlijk om rechercheur te zijn, maar hij koesterde bittere gevoelens ten opzichte van de politie. Hij zei dat ze hem al jarenlang te pakken hadden willen nemen, omdat hij een individualist was. Zijn pensioen wordt nu aan mij overgemaakt, dus ik wil geen gerotzooi en ik wil niet gedwongen worden om een advocaat in de arm te nemen. Daarom heb ik je ook niet teruggebeld. Ik wist niet zeker wat je van me wilde.'

Aan haar gezicht was te zien dat ze dat nog steeds niet wist.

'Het heeft absoluut niets te maken met het pensioen van Pierce,' zei Milo, 'en ik ben hier ook niet als vertegenwoordiger van de politie naar toe gekomen. Ik ben gewoon bezig met een bepaalde zaak.'

'Een zaak waaraan je samen met Pierce hebt gewerkt?'

'Een zaak die ik samen met Pierce had moeten oplossen, toen hij plotseling met pensioen ging.'

'Met pensioen ging,' zei Marge. 'Ja, zo zou je het ook kunnen zeggen... maar goed, dat is mooi. Pierce zou het leuk hebben gevonden als jij na al die jaren was opgedoken om hem om raad te vragen. Hij zei dat jij intelligent was. Kom binnen, de koffie is nog warm. Vertel me eens iets over de tijd die je met Pierce hebt samengewerkt. Ik wil alleen leuke dingen horen.'

Het was een bescheiden huis met lage plafonds, muren die afwisselend met kale grenen planken en zandkleurig jute waren bekleed en een paar krappe, schemerige kamers met versleten, strakke, met een soort tweed beklede jaren-vijftigmeubels waarvoor een twintigjarig filmsterretje maar al te graag veel te veel geld zou hebben neergeteld in de hipste uitdragerij op La Brea.

De woonkamer gaf toegang tot een keuken aan de achterkant en we gingen tegenover een lichte, niervormige salontafel zitten terwijl Marge Schwinn de naar cichorei geurende koffie in mokken schonk. Aan de met jute bespannen muur hingen prenten van het wilde westen naast ruiterfoto's. In de hoek stond een prijzenkast vol goud en zijde. In de hoek daartegenover stond een oude Magnavox-tv met bakelieten knoppen en een bol, groengetint scherm. Boven op het apparaat stond één ingelijste foto van een man en een vrouw, maar het portret was te ver weg om de bijzonderheden te kunnen zien. Het keukenraam omlijstte een vergezicht van een berglandschap, maar voor de rest werd alle aandacht opgeëist door het weiland. De paarden hadden nauwelijks een stap verzet.

Marge had de koffie ingeschonken en ging op een stoel met een rechte rugleuning zitten die haar perfecte houding nog eens benadrukte. Een jong lichaam met een oud gezicht. Haar beide handen waren op de rug bezaaid met sproeten, afgewisseld met stukjes blanke huid vol eeltplekken en gezwollen aderen.

'Pierce had een hoge dunk van je,' zei ze tegen Milo.

Milo slaagde erin om zijn verbazing vrijwel onmiddellijk te onderdrukken, maar ze had het toch gezien en glimlachte.

'Ja, ik weet het. Hij heeft me verteld dat hij je op allerlei manieren heeft gepest. Die laatste jaren bij de politie vormden een moeilijke periode in het leven van Pierce, rechercheur Sturgis.' Ze sloeg haar ogen even neer. De glimlach was verdwenen. 'Wist je dat Pierce aan verdovende middelen was verslaafd toen jullie samen in een auto zaten?'

Milo knipperde met zijn ogen en sloeg zijn benen over elkaar. 'Ik weet nog wel dat hij altijd hoestmiddelen nam... in de vorm van een drankje.'

'Dat klopt,' zei Marge. 'Maar dat was niet voor zijn keel, maar om high te worden. Dat drankje nam hij openlijk. Maar in het geniep stoeide hij met amfetamine... speed. Hij begon ermee om wakker te blijven als hij moest werken, zodat hij terug kon rijden naar Simi Valley zonder achter het stuur in slaap te vallen. Daar woonde hij met zijn eerste vrouw. Hij raakte zwaar verslaafd. Heb je Dorothy gekend?'

Milo schudde zijn hoofd.

'Volgens Pierce was ze een lieve vrouw. Ze is ook al dood. Een hartaanval, vlak nadat Pierce met pensioen was gegaan. Ze was een kettingrookster en veel te zwaar. Zo heeft Pierce voor het eerst speed in handen gekregen... Dorothy kreeg allerlei pillen op recept en hij begon ze in te pikken. Maar uiteindelijk had hij het niet meer in de hand, zo gaat dat immers altijd. Hij vertelde me dat hij echt een vervelende klier werd, heel argwanend en humeurig, en dat hij niet meer kon slapen. Hij zei dat hij dat botvierde op zijn partners, voornamelijk op jou. Daar had hij echt spijt van, want volgens hem was je een intelligente knul. Hij had het idee dat je het ver zou schoppen...' Haar stem stierf langzaam weg.

Milo gaf een ruk aan de rits van zijn windjack. 'Heeft Pierce u veel over zijn werk verteld, mevrouw?'

'Hij praatte niet over bepaalde zaken, als je dat bedoelt. Alleen maar over hoe door en door verrot de politie was. Ik denk zelf dat zijn werk hem in even grote mate vergiftigd heeft als de speed. Toen ik hem leerde kennen, was hij min of meer in de goot beland. Dat was vlak na Dorothy's dood en Pierce had hun huis in Simi opgegeven... ze hadden dat nooit gekocht, alleen gehuurd. Hij woonde in een goor motel in Oxnard en verdiende een armzalig loontje met het aanvegen van de vloeren in Randall's Western Wear. Daar heb ik hem voor het eerst ontmoet. Ik reed een concours hippique in Ventura, ging naar Randall's om naar een paar laarzen te kijken en kwam in botsing met Pierce die net de vuilnis buiten wilde zetten. Hij liep me volkomen omver, ik kwam op mijn achterste terecht, maar uiteindelijk moesten we er allebei om lachen. Zijn manier van lachen beviel me. En hij maakte me nieuwsgierig. Iemand van die leeftijd die dat soort werk opknapte. Meestal gebeurt dat door jonge Mexicanen. De volgende keer dat ik in de winkel kwam, hebben we opnieuw een praatje gemaakt. Hij had iets speciaals... iets sterks, hij verspilde geen woord. En ik ben een kletskous, zoals je merkt. Dat komt omdat ik vrijwel mijn leven lang alleen heb gewoond en met paarden heb gepraat. En in mezelf om te voorkomen dat ik knettergek zou worden. Dit land was eigendom van mijn grootvader en ik heb het weer van mijn ouders geërfd. Ik was de jongste en bleef thuis om voor mama en papa te zorgen, ik ben nooit ver weggetrokken. De paarden doen net alsof ze naar me luisteren. En dat vond ik ook zo fijn van Pierce, dat hij goed kon luisteren. Het duurde niet lang tot ik allerlei smoesjes begon te bedenken om naar Oxnard te rijden.' Ze glimlachte. 'Ik heb heel wat laarzen en spijkerbroeken gekocht. En hij heeft me nooit meer omvergelopen.'

Ze pakte haar koffie op. 'We kenden elkaar een jaar voordat we eindelijk besloten om te trouwen. Dat hebben we gedaan omdat we allebei zo ouderwets waren dat we er niet over piekerden om zomaar samen te gaan wonen. Maar wat er tussen ons bestond, was toch voornamelijk vriendschap. Hij was mijn beste vriend.'

Milo knikte. 'Wanneer is Pierce van de speed afgeraakt?'

'Hij was er al bijna af toen ik hem leerde kennen. Daarom was hij in die vlooientent gaan wonen. Om zichzelf te straffen. Hij had wat spaargeld en zijn pensioen, maar hij leefde alsof hij een arme schooier was. Want zo dacht hij over zichzelf. Toen we met elkaar uit begonnen te gaan, was hij helemaal van de dope af. Maar hij was ervan overtuigd dat het hem schade had berokkend. "Ik heb hersens als een gatenkaas," zei hij altijd. Als er ooit een scan van zijn hoofd werd gemaakt, zouden ze volgens hem gaten vinden die groot genoeg waren om een vinger door te steken. De meeste problemen had hij met zijn evenwichtsgevoel en met zijn geheugen... hij moest alles opschrijven anders vergat hij het. Ik zei tegen hem dat het volgens mij een kwestie van leeftijd was, maar hij was niet overtuigd. Toen hij tegen me zei dat hij wilde leren paardrijden, maakte ik me zorgen. Want per slot van rekening was hij geen jonge man meer, hij had geen greintje ervaring en met zijn gevoel voor evenwicht was het ook niet al te best gesteld. Maar Pierce slaagde er toch in om in het zadel te blijven zitten. Totdat... De paarden waren dol op hem, hij had een kalmerende invloed op ze. Misschien door alles wat hij had meegemaakt toen hij in zijn eentje probeerde van de drugs af te komen. Misschien was hij daardoor op een hoger plan gekomen dan wanneer hij niet had hoeven lijden. Waarschijnlijk zul je het nauwelijks kunnen geloven, rechercheur Sturgis, maar in de tijd dat wij samen waren, was Pierce zo'n vredig mens dat het gewoon zalig was.'

Ze stond op, pakte het lijstje dat op de tv stond en liet ons de foto zien. Het was een kiekje van haar met Schwinn, leunend tegen de omheining van het weiland voor het huis. Ik had me alleen een beeld van de voormalige rechercheur kunnen vormen aan de hand van Milo's beschrijving van een doorgewinterde Okie en verwachtte een vergrijsde ouwe smeris te zien. Met die specifieke blik. De man op de foto had lang wit haar dat tot over zijn schouders viel en een sneeuwwitte baard, bijna tot aan zijn navel. Hij droeg een pindakleurig hertenleren jack, een denim shirt, een spijkerbroek, een turkooizen armband en één turkooizen oorringetje.

Een ouderwetse vallenzetter of een bejaarde hippie, hand in hand met een door de zon verweerde vrouw die nauwelijks tot zijn schouders reikte. Ik zag dat Milo grote ogen opzette.

'Hij was mijn flowerpower-opa,' zei Marge. 'Heel anders dan toen jij hem kende, hè?'

'Wel een beetje,' zei Milo.

Ze legde de foto op haar schoot. 'In welk opzicht had je gehoopt dat hij je van advies zou kunnen dienen bij die zaak van je?'

'Ik vroeg me gewoon af of Pierce zich nog iets van dat geval kon herinneren.'

'Maar als die zaak zo oud is, hoe komt het dan dat je er nu weer aan werkt? Wie is er destijds vermoord?'

'Een meisje dat Janie Ingalls heette. Heeft Pierce die naam ooit laten vallen?'

'Nee,' zei ze. 'Ik zei al dat hij nooit over zijn werk praatte. Sorry.'

'Heeft Pierce papieren achtergelaten?'

'Wat voor soort papieren?'

'Dingen die met zijn werk te maken hadden... krantenknipsels, foto's, herinneringen aan zijn tijd bij de politie.'

'Nee,' zei ze. 'Toen hij uit Simi verhuisde, heeft hij alles weggegooid. Hij had zelfs geen auto meer. Als we uitgingen, moest ik hém ophalen.'

'In de tijd dat ik hem heb gekend,' zei Milo, 'was hij een enthousiast amateurfotograaf. Heeft hij dat ook nooit meer opgepakt?'

'Ja, dat wel, om eerlijk te zijn. Hij vond het fijn om in de heuvels te gaan wandelen en dan natuuropnamen te maken, dus daarom heeft hij een goedkoop cameraatje aangeschaft. Toen ik zag hoe leuk hij dat vond, heb ik hem voor zijn achtenzestigste verjaardag een Nikon gegeven. Hij maakte mooie foto's. Willen jullie die zien?'

Ze nam ons mee naar de enige slaapkamer die het huis rijk was, een keurig opgeruimd, met grenen betimmerd vertrek voorzien van een breed tweepersoonsbed met een batik sprei en twee niet bij elkaar passende nachtkastjes. De muren gingen volkomen schuil onder ingelijste foto's. Heuvels, dalen, bomen, droge greppels en greppels vol water, zonsopgangen, zonsondergangen, een vleugje wintersneeuw. Heldere kleuren, mooie composities. Maar niets dat hoger op de evolutionaire ladder stond dan planten, zelfs geen vogel in de lucht.

'Mooi,' zei Milo. 'Had Pierce zijn eigen donkere kamer?'

'Daar hebben we de helft van de badkamer aan opgeofferd. Vind je niet dat hij talent had?'

'Zeker, mevrouw. Toen ik Pierce kende, las hij graag wetenschappelijke artikelen.'

'Echt waar? Nou, daar heb ik nooit iets van gezien. Meestal ging hij zitten mediteren. Hij kon vanuit de woonkamer urenlang naar het uitzicht zitten staren. Afgezien van de keren dat hij ineens die politieblik in zijn ogen kreeg of last had van die akelige dromen leidde hij een rustig leven. Negenennegentig procent van de tijd voelde hij zich vredig.'

'Maar,' zei ik, 'heeft hij u ooit verteld wat hem gedurende die ene procent dwarszat?'

'Nee, meneer.'

'Hoe was zijn stemming gedurende de laatste maand of zo voor zijn ongeluk?'

'Prima,' zei ze. Haar gezicht betrok. 'O nee, dat moet u niet denken. Het was echt een ongeluk. Pierce was geen goede ruiter en hij was achtenzestig. Ik had hem niet in zijn eentje zo'n lange rit moeten laten maken, zelfs niet op Akhbar.'

'Zo'n lange rit?' vroeg Milo.

'Hij was al een halve dag weg. Meestal reed hij hooguit een uur of zo. Hij nam zijn Nikon mee en zei dat hij een paar foto's van de middagzon wilde schieten.'

'Dus hij ging foto's maken.'

'Maar daar is hij nooit aan toegekomen. Het rolletje dat in de camera zat, was leeg. Hij moet vrijwel meteen zijn gevallen en daar een poos hebben gelegen. Ik had eerder naar hem op zoek moeten gaan. Maar de dokter heeft me verzekerd dat hij met een dergelijke hoofdwond op slag dood moet zijn geweest. Hij heeft in ieder geval niet geleden.'

'Hij kwam met zijn hoofd op een steen terecht,' zei Milo.

Ze schudde haar hoofd. 'Ik wil er niet meer over praten.'

'Het spijt me.' Milo liep naar de foto's toe die aan de wand hingen. 'Die zijn echt goed, mevrouw. Heeft Pierce ook albums bijgehouden van zijn dia's of zijn proefopnames?'

Marge liep om het bed heen naar het linkernachtkastje. Op het blad lag een dameshorloge naast een leeg glas. Ze trok de la open, pakte er twee albums uit en legde ze op het bed.

Twee blauwe leren boeken van mooi marokijnleer, in een formaat en een stijl die ik meteen herkende.

Zonder etiket. Marge sloeg een van de boeken open en begon erin te bladeren. Foto's in stijve plastic hoesjes, die op de plaats gehouden werden door zwarte, voorgelijmde fotohoekjes.

Groen gras, grijze rotsen, bruin zand, blauwe luchten. Pagina's vol met de dromen van Pierce Schwinn over een levenloze wereld.

Milo en ik gaven blijk van onze bewondering. De inhoud van het tweede boek was meer van hetzelfde. Hij liet zijn vinger langs de rug glijden. 'Mooi leer.'

'Ik heb ze zelf voor hem gekocht.'

'Waar?' vroeg Milo. 'Ik zou zelf ook graag zo'n mooi album willen hebben.'

'Bij O'Neill & Chapin, een stukje verder de weg op, vlak bij het Celestial Café. Zij hebben voornamelijk kunstenaars als klant, daarom hebben ze zulke mooie dingen. Deze albums komen oorspronkelijk uit Engeland, maar ze worden niet meer gemaakt. Ik heb de laatste drie gekocht.'

'Waar is de derde dan?'

'Daar is Pierce nooit aan toe gekomen... weet je wat, dat krijg je gewoon van me. Ik doe er toch niets mee en als ik denk aan al die dingen waar Pierce niet meer aan toe is gekomen kan ik wel huilen. En Pierce zou dat ook leuk hebben gevonden... dat jij het krijgt. Hij had een hoge dunk van je.'

'Maar mevrouw...'

'Nee, daar sta ik op,' zei Marge. Ze liep naar de andere kant van de kamer waar ze in een grote kast verdween. Maar een paar seconden later dook ze al weer op, met lege handen. 'Ik had durven zweren dat ik het hier had zien liggen, maar dat is al wel een poosje geleden. Misschien is het ergens anders terecht... Pierce zal het wel meegenomen hebben naar de donkere kamer, laten we daar maar eens gaan kijken.'

De verbouwde badkamer was aan het eind van de gang, een hokje van anderhalf bij anderhalf zonder ramen en stinkend naar chemicaliën. Naast de gootsteen stond een smalle, houten archiefkast. Marge trok alle laden open waardoor dozen afdrukpapier en allerlei flessen te voorschijn kwamen, maar niet het blauwe album. En ook geen dia's of proefopnamen.

Ik zei: 'Het begint erop te lijken dat Pierce al zijn foto's al ingeplakt of ingelijst had.'

'Dat denk ik ook,' zei ze. 'Maar dat derde boek... ze waren zo duur, het zou zonde zijn om het te laten verpieteren... het moet hier toch ergens liggen. Weet je wat, als het boven water komt, stuur ik het wel op. Wat is je adres?'

Milo gaf haar een van zijn visitekaartjes.

'Moordzaken,' zei ze. 'Dat woord springt meteen in het oog. Ik heb eigenlijk nooit nagedacht over het leven van Pierce voordat hij mij ontmoette. Ik had geen zin om te piekeren over al die tijd die hij met dode mensen heeft doorgebracht... dat is niet beledigend bedoeld.'

'Het is geen werk dat iedereen aankan, mevrouw.'

'Pierce... vanbuiten maakte hij een sterke indruk, maar vanbinnen was hij gevoelig. Hij kon niet zonder schoonheid.'

'Dat schijnt hij wel gevonden te hebben,' zei Milo. 'En het ziet ernaar uit dat hij ten slotte ook het geluk heeft gevonden.'

De ogen van Marge werden vochtig. 'Wat lief van je om dat te zeggen. Enfin, ik vond het toch leuk om jullie te leren kennen. Jullie kunnen allebei zo goed luisteren.' Ze glimlachte. 'Waarschijnlijk is dat smerissen eigen.'

We liepen achter haar aan naar de voordeur, toen Milo zei: 'Heeft Pierce weleens bezoek gehad?'

'Nooit, rechercheur. We kwamen allebei zelden van de ranch af, we gingen alleen weg om boodschappen te doen en dat was hooguit één keer per maand. Dan sloegen we meteen in Oxnard of Ventura alles tegelijk in. Af en toe gingen we weleens naar de bioscoop in Santa Barbara of naar een toneelstuk in het Ojai Theater, maar we waren geen van beiden gezelschapsmensen. Om eerlijk te zijn hadden we een verdomde hekel aan bezoek. 's Avonds zaten we hier met ons tweetjes naar de lucht te kijken en daar hadden we meer dan genoeg aan.'

We liepen gedrieën naar de Seville. Marge keek naar de paarden en zei: 'Nog even, jongens, ik kom jullie zo poetsen.'

'Bedankt dat u ons te woord hebt willen staan, mevrouw Schwinn,' zei Milo.

'Mevrouw Schwinn,' zei Marge. 'Ik had nooit gedacht dat ik nog een keer mevrouw zou worden, maar ik vind het best leuk klinken. Ik denk dat ik wel voorgoed mevrouw Schwinn zal kunnen blijven, hè?'

Toen we in de auto waren gestapt, bukte ze zich nog even naar het raampje aan de kant van de passagier. 'U zou de Pierce die ik heb gekend vast gemogen hebben, rechercheur. Hij veroordeelde niemand.'

Ze raakte Milo's hand even aan voordat ze zich omdraaide en haastig naar het weiland liep.

14

Terug op Highway 33 zei ik: 'Dus nu weten we waar het boek vandaan is gekomen.'

'Die vent laat een gaatje in zijn oor prikken en meteen gedraagt hij zich als de vrede in eigen persoon,' zei Milo.

'We zijn in Californië.'

'"Hij veroordeelde niemand." Je weet toch wel wat ze daarmee bedoelde, hè? Schwinn had besloten het feit te accepteren dat ik homo ben. Goh. Nu voel ik me pas op waarde geschat.'

'Gedroeg hij zich dan als een homohater toen jullie nog samen in een auto zaten?'

'Niet openlijk, hij deed gewoon in alle opzichten vervelend. Maar welke man van zijn generatie houdt wel van flikkers? Ik heb me nooit bij hem op mijn gemak gevoeld. Bij niemand.'

'Fijne tijd,' zei ik.

'O ja, helemaal te gek. Ik had altijd het idee dat hij me niet vertrouwde. Uiteindelijk gaf hij dat ook ronduit toe, maar hij zei nooit waarom. Afgaande op wat we net hebben gehoord, kan dat ook door de speed zijn gekomen, maar dat denk ik niet.'

'Denk je dat de politie op de hoogte was van het feit dat hij verslaafd was?'

'Daar zijn ze niet over begonnen toen ze mij ondervroegen, ze bleven alleen hameren op zijn hoerenloperij.'

'Wat ik interessant vind, is dat ze hem met behoud van zijn volle pensioen eruit hebben gewerkt, in plaats van een aanklacht tegen hem in te dienen,' zei ik. 'Maar misschien zou het openlijk aan de kaak stellen van een aan hoeren en dope verslaafde smeris nog veel meer smerissen die zich daaraan bezondigden boven water hebben gebracht. Of het had iets te maken met de Ingalls-zaak.'

We waren alweer een paar kilometer verder toen hij opnieuw zijn mond opendeed. 'Een speedfreak. De klootzak was een zenuwpees die nooit een oog dichtdeed, zo mager als een lat en hij zoop liters koffie en hoestdrank met het enthousiasme van een bloeddorstige vampier. Tel daar nog die paranoia en die snel wisselende stemmingen bij op en je komt uit op overtreding 101 van de narcoticawet. Dat had ik door moeten hebben.'

'Jij concentreerde je op je werk, niet op zijn slechte gewoontes. Maar goed, hoe hij persoonlijk ook over je heeft gedacht, hij had respect voor je vakmanschap. Daarom heeft hij iemand gevraagd dat boek naar je op te sturen.'

'Iémand,' zei hij snauwend. 'Hij is zeven maanden geleden overleden en nu arriveert dat boek pas. Zou die goeie ouwe Marge misschien die iemand kunnen zijn?'

'Ik had het gevoel dat ze eerlijk tegenover ons was, maar wie weet? Ze heeft haar leven lang alleen gewoond, ze kan best een bepaald overlevingsinstinct ontwikkeld hebben.'

'Maar als zij het is geweest, waar hebben we dan mee te maken? Schwinns laatste verzoek aan vrouwtjelief? En dat verklaart nog steeds niet waarom jij als tussenpersoon fungeerde.'

'Om dezelfde reden,' zei ik. 'Schwinn die zijn spoor probeerde te verbergen. Hij heeft dan een gaatje in zijn oor laten prikken, maar hij had nog steeds het overlevingsinstinct van een smeris.'

'Paranoïde tot aan de dood.'

'Paranoia kan heel nuttig zijn,' zei ik. 'Schwinn was een nieuw leven begonnen en hij had eindelijk iets te verliezen.'

Daar zat hij even over na te denken. 'Oké, we maken ons niet langer druk over wie dat verdomde boek heeft opgestuurd en concentreren ons op de grote vraag: Waarom? Had Schwinn twintig jaar lang iets achtergehouden over Janie en kreeg hij nu ineens last van schuldgevoelens?'

'Gedurende het merendeel van die twintig jaar had hij andere dingen aan zijn hoofd. Bittere gevoelens ten opzichte van de politie, het feit dat hij weduwnaar was geworden, zijn ernstige verslaving. Hij kwam langzaam maar zeker in de goot terecht, zoals Marge ons heeft verteld. Hij werd oud, kickte af en raakte geïnteresseerd in andere dingen: hij hertrouwde en begon aan een nieuw leven. Hij leerde stil te zitten en naar de sterren te kijken. En toen had hij eindelijk tijd om bij zichzelf te rade te gaan. Ik heb vroeger een patiënte gehad, een plichtsgetrouwe dochter die voor haar moeder zorgde die aan een terminale ziekte leed. Een week voordat de moeder stierf, wenkte ze dat haar dochter bij haar moest komen en bekende dat ze de vader van die vrouw in zijn slaap met een slagersmes had doodgestoken. Mijn patiënte was destijds negen jaar geweest en al die jaren hadden zij en de rest van het gezin met het idee van een boeman geleefd... iemand die 's nachts mensen aan het mes reeg. Haar leven was een aaneenschakeling van doodsangst geweest en toen kreeg ze de waarheid te horen van een vierentachtigjarige moordenares.'

'Wat bedoel je? Dat Schwinn wist dat hij ging sterven? De vent is van een paard gesodemieterd.'

'Het enige dat ik wil zeggen, is dat een hoge leeftijd en zelfbespiegeling een interessante combinatie kunnen zijn. Misschien begon Schwinn te piekeren over dingen die hun beslag nog niet hadden gekregen. Hij besloot om contact met jou op te nemen over Janie, maar hij wilde niet meteen al zijn troeven uitspelen. Dus deed hij het via mij. Ook als ik jou niet het boek in handen speelde, dan had hij toch zijn morele plicht gedaan. Als ik het wel aan je gaf en jij zou erachter komen dat het van hem afkomstig was, dan keek hij wel weer verder. Maar als je hem op de een of andere manier zou bedreigen, kon hij het altijd ontkennen.'

'Dus hij stelt dat hele verdomde plakboek alleen maar samen om mij aan Janie te herinneren?'

'Hij is waarschijnlijk uit een soort verknipte hobby aan dat boek begonnen... om al die rottigheid uit zijn hoofd te zetten. Het is geen toeval dat op zijn latere foto's nooit mensen staan. Hij had de mensen op hun slechtst gezien.'

We reden in stilte verder.

'Hij komt op mij als een gecompliceerde man over,' zei ik.

'Hij was een freak, Alex. Hij jatte lijkfoto's van de afdeling bewijsmateriaal en maakte daar voor zijn eigen genoegen een catalogus van. Voor zover ik weet, heeft dat boek hem misschien wel een seksuele kick gegeven, maar toen werd hij oud. Hij kon hem niet meer overeind krijgen en besloot het met iemand anders te delen.' Hij fronste. 'Volgens mij wist Marge niets van dat moordboek af. Hij wilde vast niet dat ze hem een engerd zou gaan vinden. Dat betekent dat iemand anders het naar jou heeft gestuurd, Alex. Zij deed net alsof ze zo gezellig samen in hun eigen holletje zaten, maar ik denk dat ze zich behoorlijk vergist heeft.'

'Een andere vrouw,' zei ik.

'Waarom niet? Iemand bij wie hij op bezoek ging, als hij even genoeg had van zijn zevende hemel in de heuvels. We hebben het over een kerel die in diensttijd op de achterbank van de auto met hoeren zat te rotzooien. Ik heb niet zoveel vertrouwen in de ommekeer.'

'Als er sprake was van een andere vrouw,' zei ik, 'dan kan die best ver van Ojai hebben gewoond. Dit is een kleine stad, het valt niet mee om hier de discretie te bewaren. Dat zou ook meteen dat poststempel van L.A. verklaren.'

'De schoft.' Hij vloekte binnensmonds. 'Ik heb die vent nooit gemogen en nu laat hij me nog vanuit het graf aan zijn leiband lopen. Goed, we gaan ervan uit dat hij met betrekking tot Janie een soort morele heropstanding heeft ondergaan. Maar wat moeten we uit dat boek opmaken? Wat moet ik ermee beginnen? Krijg de kelere, ik heb geen zin om dat spelletje mee te spelen.'

We hielden onze mond tot ik weer op de snelweg was. Bij Camarillo nam ik de uiterst linkse baan en voerde de snelheid van de Seville op tot honderdtwintig. 'Welja, trap dat gaspedaal maar in...' mompelde hij. 'Die klootzak begint last te krijgen van zijn geweten en ik moet maar als een gedresseerde vlo opspringen.'

'Je moet helemaal niets,' zei ik.

'Verdomd als dat niet waar is. Ik ben een Amerikáán. Ik heb recht op leven, vrijheid en het nastreven van ongeluk.'

De middag zat er half op toen we L.A. weer binnenreden. We stopten bij een koffieshop in Tarzana om een hamburger te eten, reden terug naar Ventura Boulevard, sloegen bij de kiosk bij Van Nuys rechtsaf en reden via Valley Vista door naar Beverly Glen. Onderweg liet ik Milo via zijn mobiele telefoon mijn boodschappendienst bellen. Robin had niets van zich laten horen.

Toen we bij mijn huis aankwamen, had Milo nog steeds geen zin om te praten, maar ik zei: 'Ik kan Caroline Cossack niet uit mijn hoofd zetten.'

'Waarom niet?'

'Als een meisje een hond vergiftigt, is dat meer dan kattenkwaad. Haar broers staan om de haverklap in de krant, maar aan haar wordt nooit één regel gewijd. Haar moeder was gastvrouw van een debutantenbal, maar Caroline stond niet op de gastenlijst. Zelfs bij de begrafenis van haar moeder werd er met geen woord over haar gesproken. Als jij me dat verhaal van die vergiftiging niet had verteld, had ik niet eens geweten dat ze bestond. Het lijkt alsof de familie haar dood heeft verklaard. Misschien wel terecht.'

'De buurvrouw, die chagrijnige oude doctor Schwartzman, kan zich dat ook best verbeeld hebben. Ze had de pest aan het hele gezin Cossack.'

'Maar ze verdacht voornamelijk Caroline.'

Hij maakte geen aanstalten om uit de auto te stappen. 'Dat een meisje vergif gebruikt, klinkt me logisch in de oren,' zei ik. 'Aan vergif komt geen fysieke inspanning te pas, vandaar dat een onevenredig aantal gifmengers vrouwen zijn. Ik hoef jou niet te vertellen dat psychopathische moordenaars vaak met dieren beginnen, maar dat zijn meestal mannen die dol zijn op bloed. Als een meisje al op zo jonge leeftijd zoiets agressiefs uithaalt, moet je dat als een ernstige waarschuwing beschouwen. Ik vraag me af of Caroline wellicht al die jaren ergens opgesloten heeft gezeten. Misschien wel voor iets dat heel wat erger was dan het doden van een hond.'

'Of ze is overleden.'

'Dan moet je haar overlijdensakte kunnen vinden.'

Hij wreef in zijn ogen en keek omhoog naar mijn huis. 'Gif is iets stiekems. Wat met Janie is gebeurd, lag er dik bovenop... neem alleen de manier waarop dat lichaam daar op die open plek is gedumpt. Dat zou een meisje nooit doen.'

'Ik zeg ook niet dat Caroline Janie in haar eentje heeft vermoord, maar ze kan er wel een rol bij hebben gespeeld... misschien heeft ze wel als lokaas gefungeerd voor degene die haar uiteindelijk aan het mes heeft geregen. Er zijn meer dan genoeg moordenaars die op die manier gebruik hebben gemaakt van jonge vrouwen: Paul Bernardo, Charlie Manson, Gerald Gallegos en Christopher Wilding. Caroline zou het perfecte lokaas zijn geweest voor Janie en Melinda... een meisje van hun eigen leeftijd van wie ze ogenschijnlijk niets te duchten hadden. En rijk. Caroline kan best zonder een hand uit te steken hebben toegekeken hoe iemand anders het vuile werk opknapte of er op dezelfde manier aan meegewerkt hebben als de meisjes van Manson. Misschien was het een groepsgebeuren, precies zoals bij de Mansons, een feest dat volkomen uit de hand is gelopen. Vrouwen maken graag deel uit van een groep, zelfs vrouwelijke moordenaars. Onder dergelijke omstandigheden laten ze zich gemakkelijker gaan.'

'Lief maar ondeugend,' zei hij. 'En toen de familie erachter kwam, hebben ze de politie de duimschroeven aangedraaid om de zaak in de doofpot te stoppen en de Gekke Caroline ergens achter slot en grendel gezet... het monster op zolder.'

'Met een groot familiekapitaal kan een zolder in een heel aardig optrekje veranderd worden.'

Hij liep met me mee naar binnen, waar ik de post doorkeek en hij de telefoon pakte om contact op te nemen met het bevolkingsregister en het GAK. Geen overlijdensakte op naam van Caroline Cossack en ze had nooit een sofinummer gekregen. Er was geen rijbewijs aan haar uitgereikt.

Melinda Waters had al op haar vijftiende een werkvergunning gekregen, maar ze had nooit in Californië gewerkt, loonbelasting betaald of een auto bestuurd. Vrij logisch, als ze al op jonge leeftijd was gestorven. Maar ook van haar ontbrak een overlijdensakte.

'Ze is verdwenen,' zei ik. 'Melinda is waarschijnlijk in dezelfde nacht gestorven als Janie, en Caroline zit ergens verdomd goed opgeborgen, of ze is ook dood, en dat heeft de familie geheimgehouden.'

'Bedoel je opgeborgen in een inrichting?'

'Of gewoon ergens waar ze zorgvuldig in de gaten wordt gehouden. Zo'n rijk meisje zal ongetwijfeld een trustfonds hebben gehad, dus misschien leeft ze wel van haar geld in een of andere villa aan de Middellandse Zee waar ze het klokje rond bewaakt wordt.'

Hij begon te ijsberen. 'Vrouwtje Nergensthuis... maar op een bepaald moment, toen ze nog jong was, moet ze toch een identiteit hebben gehad. Het zou interessant kunnen zijn om uit te vissen wanneer ze die precies is kwijtgeraakt.'

'Schoolarchieven,' zei ik. 'Omdat ze in Bel Air woonde, zal ze wel op Palisades of op University High hebben gezeten als de Cossacks voor openbaar onderwijs hebben gekozen. Of op Beverly, als ze zich niets aantrokken van de regels met betrekking tot de dichtstbijzijnde scholen. En als we het over privéscholen hebben, dan komen Harvard-Westlake – wat destijds nog de Westlake Meisjesschool was – of Marlborough, Buckley, John Thomas Dye of Crossroads in aanmerking.'

Hij sloeg zijn aantekenblok open en begon te krabbelen.

'Of,' voegde ik eraan toe, 'een school voor moeilijk opvoedbare kinderen.'

'Denk je daarbij aan een bepaalde instelling?'

'Ik had destijds nog een praktijk en ik kan me herinneren dat er drie bijzonder dure internaten waren. Een in West L.A, en de andere zaten in Santa Monica en in de Valley... North Hollywood.'

'Namen?'

Ik noemde ze op en hij pakte de telefoon weer. Santa Monica Prep was opgeheven, maar Achievement House in Cheviot Hills en Valley Educational Academy in North Hollywood bestonden nog steeds. Hij kreeg beide scholen aan de lijn, maar hing fronsend op.

'Niemand wenst me iets te vertellen. Beroepsgeheim en meer van die onzin.'

'Scholen hebben geen beroepsgeheim,' zei ik.

'Heb jij beroepshalve weleens met een van die instellingen te maken gehad?'

'Ik heb een keer een bezoek gebracht aan Achievement House,' zei ik. 'De ouders van een jongen die ik in behandeling had, gebruikten die school als een soort zwaard van Damocles. "Als je je niet beter gaat gedragen, dan sturen we je naar Achievement House." Dat scheen hem angst aan te jagen, vandaar dat ik er een keer langs ben gegaan om te zien wat er zo eng aan was. Ik heb met een maatschappelijk werker gepraat die me een rondleiding van vijf minuten heeft gegeven. Het is een aangepast flatgebouw in de buurt van Motor en Palms. Het is me wel bijgebleven dat het zo klein was: hooguit vijfentwintig tot dertig inwonende kinderen, wat inhoudt dat het een fortuin moet hebben gekost. En voor zover ik kon zien was er geen slangenkuil te bekennen. Toen ik er later met mijn patiënt over praatte, bleek dat hij zich voornamelijk zorgen maakte over het stempel dat hij opgedrukt zou krijgen. Dat hij als een "geschifte-enge-mislukkeling" zou worden beschouwd.'

'Had Achievement House dan zo'n slechte reputatie?'

'Naar zijn idee had elk instituut een slechte reputatie.'

'Is hij ernaar toe gestuurd?'

'Nee, hij is weggelopen en het heeft jaren geduurd voor ze hem weer onder ogen kregen.'

'O,' zei hij.

Ik lachte. 'Bedoel je niet "aha"?'

Hij schoot ook in de lach. Hij ging een glas grapefruitsap halen, trok het vriesvak open en bleef even naar de fles wodka staren voordat hij van gedachten veranderde. 'Weggelopen. Jouw versie van een zaak die nog openstaat.'

'Dat overkwam me destijds om de haverklap,' zei ik. 'Het is de prijs die je moet betalen voor een interessante baan. Maar naar later bleek, is het met die knaap toch goed afgelopen.'

'Heeft hij contact met je gehouden?'

'Hij belde me op na de geboorte van zijn tweede kind. Zogenaamd om te vragen hoe hij jaloezie tussen kinderen onderling moest aanpakken. Uiteindelijk bood hij zijn verontschuldigingen aan voor het feit dat hij zo'n onhandelbare tiener was geweest. Ik heb tegen hem gezegd dat hij nergens spijt van hoefde te hebben. Want zijn moeder heeft me tenslotte het hele verhaal uit de doeken gedaan. Hij werd al sinds zijn vijfde door zijn oudere broer misbruikt.'

Er verscheen een harde trek op zijn gezicht. 'Familierelaties.' Hij bleef nog even ijsberen, dronk zijn sap op, ging het glas omspoelen en pakte opnieuw de telefoon. Hij belde eerst de openbare middelbare scholen op en vervolgens de privé-instituten. Met een overdosis charme en het smoesje dat hij voor de *Who's Who* moest uitzoeken of iemand bij hen op school had gezeten.

De naam Caroline Cossack stond nergens geregistreerd. 'Vrouwtje Nergensthuis.' Hij had gezegd dat hij zijn handen af zou trekken van de zaak-Ingalls, maar zijn gezicht was rood aangelopen en de spanning van de jacht was af te lezen aan zijn opgetrokken schouders.

'Wat ik je niet heb verteld,' zei hij, 'is dat ik gisteren naar Parker Central ben gegaan, op zoek naar het dossier van Janie. Maar dat is verdwenen. Niets te vinden bij bureau Metro of op de afdeling bewijsmateriaal, of in de archieven van de lijkschouwer, zelfs geen vermelding dat de zaak in de ijskast is gezet of dat het dossier ergens anders naar toe is gestuurd. Er is nergens ook maar een snippertje papier te vinden waaruit blijkt dat de zaak zelfs maar *geopend* is. Dat is wel gebeurd, dat weet ik zeker, omdat ik het zélf heb gedaan. Schwinn wentelde alle administratieve klusjes altijd op mij af. Ik heb de juiste formulieren ingevuld, de notities die ik ter plekke had gemaakt uitgewerkt en het moordboek opgezet.'

'Geen gegevens van de lijkschouwer, dus wetenschappelijk bewijs kunnen we wel vergeten,' zei ik. 'Wanneer heb je dat dossier voor het laatst gezien?'

'De ochtend voordat ik door Broussard en die Zweed werd ondervraagd. Nadat ze mij zo stevig hadden aangepakt, was ik zo overstuur dat ik niet terug ben gegaan naar mijn bureau, maar rechtstreeks naar buiten ben gelopen. De volgende dag lag het bericht van mijn overplaatsing in de bus, met de mededeling dat mijn bureau al was leeggehaald.'

Hij leunde achterover in zijn stoel, strekte zijn benen en maakte plot-

seling een ontspannen indruk. 'Zal ik je eens iets vertellen, vriend? Ik heb veel te hard gewerkt. Misschien is dát iets waarbij ik een voorbeeld kan nemen aan die ouwe meneer Vrede in eigen persoon. Om er even mee te kappen en de gezonde mestlucht op te snuiven.'
Een abrupte, brede glimlach zorgde ervoor dat zijn mond ineens iets onrustbarends kreeg. Hij bewoog zijn hoofd een paar keer heen en weer, alsof hij zijn gespannen nekspieren tot rust wilde brengen. Daarna streek hij de zwarte haarsprieten weg die voor zijn gezicht hingen en sprong overeind.
'Ik zie je wel weer. Bedankt voor het gezelschap.'
'Wat ben je van plan?' vroeg ik.
'Ik geef me over aan een leven vol zelfbespiegeling en vrije tijd. Ik heb nog meer dan genoeg vakantiedagen. Dit lijkt me het juiste moment om er een paar van op te nemen.'

15

Vrije tijd was het laatste waar ik behoefte aan had. Zodra de deur achter hem dichtviel, pakte ik de telefoon op.
Larry Daschoff en ik kennen elkaar al sinds onze studententijd. Nadat ons co-assistentschap erop zat, aanvaardde ik een benoeming als professor aan de medische faculteit aan de andere kant van de stad en ging werken op de afdeling oncologie van het Western Pediatric Medical Center, een kinderziekenhuis, en hij begon meteen met een privépraktijk. Ik bleef vrijgezel en hij trouwde met zijn vriendinnetje van de middelbare school, kreeg zes kinderen, verdiende een dik belegde boterham, moest zijn uiterlijk van stevige en geblokte verdediger opofferen aan de gestalte van een welgedane meneer van middelbare leeftijd, keek berustend toe hoe zijn vrouw haar rechtenstudie weer oppakte en ging golfen. Inmiddels was hij een jeugdige grootvader die van het rendement op zijn belegde geld leefde en overwinterde in Palm Desert.
Ik belde hem in de koopflat die hij daar bezit. We hadden elkaar al een tijdje niet meer gesproken en ik vroeg hoe het met zijn vrouw en de kinderen ging.
'Iedereen maakt het best.'
'Met name het Perfecte Kleinkind.'
'Nou, als je het dan per se wilt weten, ja, Samuel Jason Daschoff is duidelijk de verkondiger van de Tweede Herrijzenis... een nieuwe

joodse heiland. Het knulletje is net twee geworden en heeft zijn aanminnige vrolijkheid ingeruild voor de toepasselijke klierigheid van een tweejarige. Ik zal je eens iets vertellen, Alex, er is geen zoetere wraak dan te zien hoe je eigen kinderen geconfronteerd worden met de ellende die zij jou bezorgd hebben.'

'Ik geloof je onmiddellijk,' zei ik terwijl ik me afvroeg of ik dat zelf ooit zou ondervinden.

'Maar goed,' zei Larry, 'hoe gaat het met jou?'

'Ik heb het nog steeds druk. Ik bel je ook naar aanleiding van een bepaald geval.'

'Dat dacht ik al.'

'O ja?'

'Je werk komt voor jou altijd op de eerste plaats, Alex.'

'Wou je daarmee zeggen dat ik niet gewoon gezellig kan zijn?'

'Net zomin als ik gewoon slank kan zijn. Over wat voor soort geval hebben we het, therapie of dat akelige gedoe van je met de dienders?'

'Dat akelige gedoe.'

'Dus daar hou je je nog steeds mee bezig.'

'Nog steeds.'

'Ik denk dat ik wel begrijp waarom,' zei hij. 'Ik mag barsten als dat niet veel opwindender is dan de hele dag angstgevoelens voorgeschoteld te krijgen en jij kon toch al nooit stil zitten. Waar kan ik je mee helpen?'

Ik gaf een beschrijving van Caroline Cossack zonder namen te noemen. En ik vroeg hem op welke school een dergelijke probleemtiener twintig jaar geleden volgens hem terecht zou zijn gekomen.

'Dus ze heeft Fikkie op een portie cyaankali getrakteerd?' zei hij. 'Dat is niet netjes. Hoe komt het dat ze daardoor geen moeilijkheden met de politie heeft gekregen?'

'Waarschijnlijk vanwege de connecties van haar familie,' zei ik terwijl op hetzelfde moment tot me doordrong dat een verblijf in de gevangenis ook een uitmuntende reden kon zijn om iemand geen sofinummer toe te kennen, en Milo en ik hadden er geen van beiden aan gedacht om gevangenisregisters te controleren. We waren kennelijk een beetje uit ons normale doen.

'Een rijk, maar allesbehalve aardig kind,' zei Larry. 'Tja, destijds was er eigenlijk geen andere plek voor de doorsnee gevaarlijke delinquent dan de plaatselijke inrichting voor geestelijk gestoorden... Camarillo. Maar ik neem aan dat een rijke familie haar wel in een wat luxueuzere omgeving had kunnen plaatsen.'

'Ik zat zelf te denken aan Achievement House of Valley Educational, of soortgelijke instellingen in een andere staat.'

'Valley Educational is het zeker niet geweest, Alex. Daaraan ben ik als psycholoog verbonden geweest en ze moesten niets hebben van delinquenten, ze concentreerden zich op kinderen met leerproblemen. Zelfs in die tijd bedroeg het lesgeld al vijftienduizend dollar en ze hadden een wachtlijst van twee jaar, dus ze konden zich veroorloven om kieskeurig te zijn. Tenzij de familie zich niet heeft uitgelaten over de ernst van het ziektebeeld van het meisje, maar dan nog zouden dat soort gewelddadige neigingen niet lang onderdrukt kunnen worden. Wat Achievement House betreft, kan ik niet uit eigen ervaring spreken, maar ik ken iemand die dat wel kan. En dan gaat het ook nog om dezelfde periode, bedenk ik nu... negentien of twintig jaar geleden. Geen prettige toestand.'

'Voor de studenten?'

'Voor de persoon die ik ken. Weet je nog dat ik vroeger bij de faculteit optrad als begeleider van eerstejaars die overwogen om zich op een carrière in de psychologie te storten? Een van mijn beschermelingen was een eerstejaars, een vroegrijp meisje van nog maar net zeventien. Ze had een plaatsje als vrijwilligster bij Achievement House weten te bemachtigen.'

'Op welke manier is ze daar in moeilijkheden gekomen?'

'De directeur gedroeg zich... een beetje al te freudiaans tegenover haar.'

'Seksuele intimidatie?'

'Destijds heette dat nog gewoon handtastelijk. Ondanks haar leeftijd hield het meisje haar verstand erbij en omdat ze in feministisch opzicht haar tijd ver vooruit was, diende ze een protest in bij de raad van bestuur, die haar prompt de laan uitstuurde. Ze heeft met mij overlegd of ze een aanklacht zou indienen – het was een heel traumatische ervaring voor haar – en ik heb gezegd dat ze op mijn steun kon rekenen als ze het er niet bij wilde laten zitten, maar uiteindelijk heeft ze toch besloten om de zaak te laten rusten. Ze wist dat het zijn woord tegen het hare zou zijn en hij was de veelgeprezen hoge ambtenaar van volksgezondheid en zij was een aantrekkelijke tiener die veel te korte rokjes droeg. Ze zou toch alleen maar een hoop ellende hebben veroorzaakt.'

'Zijn er ooit vermoedens geweest dat de directeur leerlingen heeft misbruikt?'

'Voor zover ik weet niet.'

'Weet je nog hoe hij heette?'

'Alex, ik wil eigenlijk niet dat mijn voormalige beschermeling hierbij betrokken wordt.'

'Dat zal ook niet gebeuren. Dat beloof ik je.'

'Larner. Michael Larner.'

'Psycholoog of psychiater?'

'Hij was meer een zakelijk type... een ambtenaar.'

'Heb je nog steeds contact met je voormalige beschermeling?'

'Af en toe. Meestal vanwege patiënten die ze naar me doorstuurt. Ze heeft zich niet uit het veld laten slaan, ze is summa cum laude afgestudeerd, heeft haar doctoraal aan Penn gehaald en een tijdje aan Michigan gedoceerd voordat ze weer deze kant op kwam. Ze heeft een prima Westside-praktijk.'

'Kun je haar op de een of andere manier vragen of ze met mij wil praten?'

Stilte. 'Dus volgens jou is dat belangrijk.'

'Ik zou het eerlijk niet weten, Larry. Als jij door haar dat te vragen in een lastig parket komt, laat het dan maar zitten.'

'Ik wil er even over denken,' zei hij. 'Ik laat je het wel weten.'

'Dat zou geweldig zijn.'

'Geweldig?' herhaalde hij.

'Bijzonder nuttig.'

'Weet je,' zei hij, 'terwijl wij hier met elkaar zitten te praten, zit ik met mijn voeten omhoog en mijn riem een paar gaatjes losser uit te kijken over kilometers schoon wit zand. Ik heb me net te goed gedaan aan *chile rellenos con mucho cerveza* en ik heb net een enorme boer gelaten, zonder dat er iemand in de buurt is die me daar boos om aankijkt. Dat vind ík nou geweldig.'

Een uur later belde hij al terug. 'Ze heet Allison Gwynn en je mag haar bellen. Maar ze wil absoluut niet betrokken raken bij politiezaken.'

'Geen enkel probleem,' zei ik.

'Goed,' zei hij. 'Hoe gaat het verder?'

'Prima.'

'We moeten maar eens samen gaan eten. Met de dames. De volgende keer dat wij weer in de stad zijn.'

'Dat lijkt me een goed idee,' zei ik. 'Bel me dan maar, Larry. En nogmaals bedankt.'

'Is alles echt in orde?'

'Ja, hoor. Waarom vraag je dat?'

'Ik weet het niet... je klinkt een beetje... aarzelend. Maar misschien komt dat gewoon doordat ik je al een tijdje niet meer gesproken heb.'

Ik belde dr. Allison Gwynn op haar nummer in Santa Monica en kreeg een antwoordapparaat aan de lijn met *U-bent-thans-verbon-*

den-met-de-praktijk-van. Maar toen ik mijn naam opgaf, werd het bandje onderbroken door een plezierig zachte vrouwenstem.

'Met Allison. Wat grappig dat Larry zomaar ineens belde met de vraag of ik met u zou willen praten. Ik zat net een paar artikelen over pijnbestrijding te lezen en een paar daarvan waren van uw hand. Ik werk ook af en toe in de St. Agnes-kliniek.'

'Die artikelen zijn toch allang achterhaald.'

'Helemaal niet,' zei ze. 'Er verandert niet zoveel aan mensen en de pijn die ze lijden, dus de meeste van uw beweringen kloppen nog steeds. Maar goed, Larry zei dat u iets wilde weten over Achievement House. Het is al lang geleden – bijna twintig jaar – dat ik daar iets mee te maken heb gehad.'

'Maar dat is net de periode waarin ik geïnteresseerd ben.'

'Wat wilt u precies weten?'

Ik gaf haar ook die anonieme beschrijving van Caroline Cossack.

'Juist,' zei ze. 'Larry heeft me verzekerd dat u heel discreet zult zijn.'

'Absoluut.'

'Dat is echt essentieel, dokter Delaware. Luister, ik heb nu geen tijd om te praten, over twee minuten staat er een patiënt voor mijn neus en daarna heb ik groepstherapie in de kliniek. Vanavond moet ik lesgeven, maar daar tussendoor ga ik wel even eten, zo rond een uur of vijf. Als u dan even langs wilt komen, vind ik dat prima. Ik ga meestal naar Café Maurice op Broadway in de buurt van Sixth, want dat is vrij dicht bij St. Agnes.'

'Ik zal er zijn,' zei ik. 'En vast hartelijk bedankt.'

'Graag gedaan,' zei ze. 'Dat hoop ik tenminste.'

Ik slaagde erin om de middag door te komen door te gaan hardlopen, veel te snel en in een veel te hoog tempo. Toen ik buiten adem en half uitgedroogd de trap naar mijn voordeur op was gelopen controleerde ik mijn antwoordapparaat. Twee keer opgehangen en een ingeblikte advertentie voor goedkope hypotheken. Via *69 kwam ik achter de nummers van de mensen die hadden opgehangen: een gekwelde vrouw in East L.A. die alleen Spaans sprak en een totaal verkeerd nummer had gebeld en een boetiek op Montana Avenue die zich afvroeg of Robin Castagna geïnteresseerd zou zijn in nieuwe zijden modeartikelen uit India.

'Ik geloof dat ik beter een boodschap achter had kunnen laten,' zei het meisje met de nasale stem aan de andere kant van de lijn, 'maar de eigenaar heeft liever dat we de mensen persoonlijk benaderen. Denkt u dat Robin belangstelling zal hebben? Volgens onze boeken heeft ze vorig jaar een hele verzameling hippe spulletjes gekocht.'

'Als ik haar spreek, zal ik het haar vragen.'

'O, oké... maar u mag zelf ook even langskomen, hoor. Is een cadeautje geen leuk idee? Als ze het niet mooi vindt, mag ze het natuurlijk altijd ruilen. Vrouwen vinden het leuk om verrast te worden.'

'O ja?'

'Nou en of. Zeker weten.'

'Ik zal eraan denken.'

'Dat moet u echt doen. Vrouwen vinden het héérlijk als een man een verrassing voor ze heeft.'

'Zoals een reisje naar Parijs,' zei ik.

'Parijs?' Ze schoot in de lach. 'Daar mag u míj best mee verrassen... maar vertel niet aan Robin dat ik dat heb gezegd, oké?'

Om vier uur 's middags stapte ik vanuit de keuken het terras aan de achterkant op en wandelde door de tuin naar Robins studio, waar ik de deur van de koele ruimte met het koepeldak openmaakte en rondliep terwijl ik de geur opsnoof van zaagsel, lak en Chanel No. 19 en luisterde naar de echo van mijn eigen voetstappen. Ze had de vloer aangeveegd, haar gereedschap ingepakt en alles op de plaats gezet.

De middagzon stroomde door de ramen naar binnen. Het was een prachtig vertrek en keurig opgeruimd. Ik moest onwillekeurig aan een grafkelder denken.

Ik liep terug naar het huis en keek de ochtendkrant vluchtig in. De wereld was nauwelijks veranderd, waarom voelde ik me dan zo anders? Om halfvijf ging ik onder de douche en trok een blauwe blazer, een wit overhemd, een schone spijkerbroek en bruine suède instappers aan. Om tien over vijf liep ik Café Maurice in.

Het restaurant was klein en donker, met een tapkast met een koperen blad en een stuk of zes tafeltjes die gedekt waren met wit linnen. De muren hadden een walnoten lambrisering, het plafond was van gehamerd tin. Onopvallende, zachte muziek ging de concurrentie aan met het gedempte gesprek tussen drie in witte schorten gehulde kelners die oud genoeg waren om mijn vader te zijn. Ik moest onwillekeurig denken aan de bistro op de linkeroever van de Seine waar Robin me op de hoogte had gebracht van haar plannen.

Ik knoopte mijn colbert dicht en wachtte tot mijn ogen aan het schemerige licht waren gewend. De enige klant was een donkerharige vrouw aan een tafeltje midden in de zaak die in een glas rode wijn zat te turen. Ze droeg een perfect passend whiskykleurig tweed jasje over een crème zijden blouse, een lange, grijsbeige rok met een split opzij en beige kalfsleren laarzen met behoorlijk hoge hakken.

Op de stoel naast haar stond een grote leren tas. Ze keek op toen ik naar haar toe liep en glimlachte aarzelend.

'Dr. Gwynn? Ik ben Alex Delaware.'

'Allison.' Ze zette haar tas op de grond en stak me een slanke, witte hand toe, die ik drukte voordat ik ging zitten.

Ze was zo'n ranke schoonheid uit een schilderij van John Singer Sargent. Een ivoorkleurig gezicht, zachte maar vastberaden jukbeenderen die met rouge waren aangezet en een brede, sterke mond met koraalrode lippen. Enorme, zorgvuldig omlijnde diepblauwe ogen overschaduwd door brede, gewelfde wenkbrauwen keken me nadenkend aan. Vriendelijk en onderzoekend, zonder enig vertoon van opdringerigheid. Dat zouden haar patiënten vast prettig vinden. Haar haar hing als een zwart gordijn tot halverwege haar rug. Om een van haar polsen droeg ze een met diamantjes bezette schakelarmband, om de andere een gouden horloge. Barokke pareltjes in haar oren en een camee aan een gouden kettinkje om haar hals.

Haar hand gleed weer naar haar wijnglas. Een mooie Franse manicure, kleurloze nagels met een wit randje dat net lang genoeg was om niet frivool over te komen. Ik wist dat ze zes- of zevenendertig moest zijn, maar ondanks de chique kleren, de juwelen en de cosmetica leek ze tien jaar jonger.

'Bedankt dat je tijd voor me hebt vrijgemaakt,' zei ik.

'Ik wist niet zeker of je een punctueel type zou zijn,' zei ze, 'daarom heb ik alvast besteld. Ik moet over een uur voor de klas staan.' Dezelfde beschaafde stem als via de telefoon. Ze stak haar hand op en een van de bejaarde kelners maakte zich los uit het stafoverleg om me een menu te brengen en bleef bij het tafeltje staan.

'Wat kun je me aanbevelen?' vroeg ik.

'De entrecote is heel goed. Ik vind het lekker als vlees nog rauw en bloederig is, maar ze hebben ook een prima keus uit verstandiger dingen als je niet van rood vlees houdt.'

De kelner tikte met zijn voet op de grond. 'Wat wilt u drinken, meneer? We hebben een prima selectie bijzondere biersoorten.' Ik had een Frans accent verwacht, maar hij klonk door en door Californisch – een beachboy op leeftijd – en ik zat ineens te peinzen over een toekomst waarin grootmoeders Amber en Heather zouden heten, of Tawny en Misty.

'Grolsch,' zei ik. 'En geef me de entrecote maar, licht doorbakken.'

Hij liep weg terwijl Allison Gwynn over haar streek dat al gladder dan glad zat en met haar wijnglas speelde. Ze keek me niet aan.

'Wat voor soort werk doe je in St. Agnes?' vroeg ik.

'Ken je die kliniek?'

'Ik heb er weleens van gehoord.'

'Gewoon vrijwilligerswerk,' zei ze. 'Voornamelijk door ervoor te zorgen dat de staf het werk aan kan. Werk jij nog steeds bij oncologie?'

'Nee, al een tijdje niet meer.'

Ze knikte. 'Het kan heel zwaar zijn.' Ze nam een slokje wijn.

'Waar geef je les?' vroeg ik.

'Aan de universiteit, een cursus voor volwassenen. Dit kwartaal heb ik persoonlijkheidstheorie en intermenselijke relaties gedaan.'

'En daarnaast nog een praktijk. Dat lijkt me een behoorlijk zwaar werkschema,' zei ik.

'Ik ben een workaholic,' antwoordde ze, plotseling opgewekt. 'Ik ben hyperactief, maar ik weet dat op een sociaal verantwoorde manier in banen te leiden.'

Mijn bier werd gebracht. We namen allebei een slok en ik stond net op het punt om ter zake te komen, toen ze zei: 'Het meisje dat je hebt beschreven... is dat toevallig Caroline Cossack?'

Ik zette mijn glas neer. 'Kende je Caroline?'

'Dus het gaat echt om haar.'

'Hoe wist je dat?'

'Door de manier waarop je haar omschreef.'

'Viel ze op?'

'O ja.'

'Wat kun je me over haar vertellen?'

'Niet veel, vrees ik. Ze was opmerkelijk omdat ze in een bepaalde categorie viel. Er zat een roze plakkertje op haar kaart, de enige die ik daar heb gezien. En ik heb vrijwel alle kaarten onder ogen gehad, want ik speelde die zomer voor manusje-van-alles en ik moest vaak kaarten ophalen en wegbrengen. Ze gebruikten een kleurcode om de staf attent te maken op de medische problemen van bepaalde kinderen. Geel voor jeugdsuikerziekte, blauw voor astma, enzovoort. Het plakkertje van Caroline Cossack was roze en toen ik iemand vroeg wat dat betekende, zeiden ze dat het een waarschuwing was voor bepaalde gedragsproblemen. Het risico was groot dat ze zich zou misdragen. Dat, plus het feit dat jij zei dat het misschien om een zaak voor de politie ging, heeft me op het idee gebracht.'

'Dus het risico was groot dat Caroline gewelddadig zou worden.'

'Er was in ieder geval iemand die dat destijds dacht.'

'Was er iets waar ze met name bang voor waren?' vroeg ik.

'Dat weet ik niet. In de maand dat ik daar was, heeft ze niets misdaan.'

'Maar zij was de enige die een dergelijk plakkertje had.'

'Ja,' zei ze. 'Dat kwam ook omdat er weinig kinderen waren. Hoog-

144

uit dertig. Achievement House was in die tijd precies wat het nu nog is: een opslagplaats voor rijke kinderen die niet aan de verwachtingen van hun ouders voldoen. Eeuwig spijbelende, aan drugs verslaafde, onwillige droomkinderen.'

Laat dat 'droom' weg en je had Janie en Melinda, dacht ik.

'Maar,' ging ze verder, 'het waren in de grond toch jongelui die geen kwaad deden. Behalve het voor de hand liggende stiekeme drugs- en drankgebruik heb ik eigenlijk nooit iets gezien wat niet door de beugel kon.'

'Jongelui die geen kwaad deden, maar wel opgesloten zaten,' zei ik.

'Zo erg was het nou ook weer niet,' zei ze. 'Ze werden eerder met wortels dan met stokslagen in bedwang gehouden. Een dure vorm van kinderoppas. De deuren gingen 's avonds wel op slot, maar je had toch niet het gevoel dat het een gevangenis was.'

'Wat kun je me nog meer over Caroline vertellen?'

'Ze maakte helemaal geen angstaanjagende indruk. Voor zover ik me kan herinneren, was ze rustig en passief. Daarom keek ik zo op van die waarschuwing voor gewelddadig gedrag.'

Ze likte haar lippen af en schoof haar wijnglas opzij. 'Meer kan ik je eigenlijk niet vertellen. Ik was een student die daar vrijwilligerswerk deed, vers van de middelbare school, en ik stelde geen vragen.'

Ze hield haar hoofd schuin. De enorme blauwe ogen knipperden niet. 'Het ophalen van herinneringen aan die plek... is niet bepaald het leukste wat ik deze week heb gedaan. Larry heeft je verteld wat me daar met Larner is overkomen.'

Ik knikte.

'Als me nu zoiets zou gebeuren,' zei ze, 'had je er donder op kunnen zeggen dat ik heel wat doortastender had gereageerd. Waarschijnlijk had ik Gloria Allred opgepiept, de tent laten sluiten en ervoor gezorgd dat ik een behoorlijke schadevergoeding kreeg. Maar toch vind ik dat ik mezelf niets te verwijten heb. Enfin... werk je allang met de politie samen?'

'Al een paar jaar.'

'Valt het je zwaar?'

'In welk opzicht?' vroeg ik.

'Nou, om te beginnen al die autoritaire figuren.'

'Ik heb voornamelijk met één rechercheur te maken,' zei ik. 'En dat is een goeie vriend van me.'

'O,' zei ze. 'Dus je vindt het bevredigend.'

'Soms.'

'In welk opzicht?'

'De pogingen om een verklaring te vinden voor iets onverklaarbaars.'

Ze had haar handen over elkaar geslagen. Overal sieraden, maar geen ringen aan haar vingers. Waarom viel me dat op?

'Als je het niet erg vindt,' zei ik, 'zou ik je nog een paar dingen over Caroline willen vragen.'

Ze grinnikte. 'Ga je gang.'

'Had je vaak persoonlijk contact met haar?'

'Nooit direct, maar ik mocht sommige groepstherapieën bijwonen en bij een daarvan zat zij ook. Gewoon algemene praatsessies. De leider probeerde haar er actief bij te betrekken, maar Caroline zei nooit iets, ze zat altijd alleen maar naar de vloer te kijken en deed net alsof ze niets hoorde. Maar ik kon wel merken dat ze alles begreep. Als ze nerveus werd, kreeg ze zenuwtrekjes in haar gezicht.'

'Waar werd ze nerveus van?'

'Alle directe vragen.'

'Hoe was ze in fysiek opzicht?' vroeg ik.

'Vanwaar al die interesse, twintig jaar na dato?' vroeg ze. 'Wil je me niet vertellen wat ze heeft gedaan?'

'Misschien heeft ze helemaal niets gedaan,' zei ik. 'Het spijt me dat ik geen rechtstreeks antwoord kan geven, maar dit is allemaal nog erg prematuur.' En bovendien officieus. 'Het grootste deel van mijn werk bestaat uit op goed geluk graven.'

Ze hield haar wijnglas met twee handen vast. 'Geen onsmakelijke details? Hè, jammer.' Ze lachte en toonde een volmaakt gebit. 'Ik ben er trouwens niet eens zeker van of ik dat echt wel wil weten. Maar goed, Caroline in fysiek opzicht... en dan wel met de ogen van een zeventienjarige. Ze was klein, nogal schuw... een beetje mollig... en onverzorgd. Vette haren... vaag bruin en ongeveer zo lang.' Ze hield haar hand ter hoogte van haar eigen schouder. 'Het zag er altijd ongewassen uit. Ze had jeugdpuistjes... wat wil je nog meer weten? Ze maakte altijd een verslagen indruk, alsof er een zware last op haar schouders drukte. De leerlingen mochten dragen wat ze wilden, maar Caroline had altijd dezelfde vormeloze jurken aan... doordeweekse jurken van een oude vrouw. Ik vraag me af waar ze die vandaan haalde.'

'Onopvallende kleren,' zei ik. 'Ze klinkt zwaar depressief.'

'Dat was ze ook.'

'Trok ze met de andere leerlingen op?'

'Nee, ze was liever alleen. Sloom en in zichzelf gekeerd. Als ik haar nu zou zien, zou ik waarschijnlijk denken dat ze schizoïde was.'

'Maar zij beschouwden haar als potentieel agressief.'

'Inderdaad.'

'Hoe bracht ze haar tijd door?'

'Ze zat meestal in haar eentje in haar kamer, kwam schoorvoetend te voorschijn als er gegeten moest worden en liep na de maaltijd weer alleen terug. Als ik haar in de gang tegenkwam, glimlachte ik altijd en zei hallo. Maar vanwege dat roze plakkertje bewaarde ik wel afstand. Volgens mij heeft ze een paar keer teruggeknikt, maar meestal schuifelde ze met neergeslagen ogen voorbij.'

'Gebruikte ze medicijnen?'

'Ik heb haar kaart nooit bestudeerd. Maar nu ik erover nadenk, zou dat best kunnen.'

'Die groepsleider die probeerde haar uit haar schulp te lokken, weet je nog hoe die heette?'

'Jody Laverer,' zei ze. 'Ze was een klinisch maatschappelijk werkster... ze is heel aardig voor mij geweest toen ik dat probleem met Larner had. Jaren later liep ik haar tijdens een conventie weer tegen het lijf en toen zijn we bevriend geraakt. We hebben zelfs een paar keer patiënten naar elkaar doorgestuurd. Maar je zult niet meer met haar kunnen praten, ze is twee jaar geleden overleden. En ik heb het met haar nooit over Caroline gehad. Caroline was eerder niemand dan iemand. Als dat roze plakkertje er niet was geweest, zou ze me waarschijnlijk niet eens zijn opgevallen. In feite was de enige...'

'Meneer, mevrouw,' zei de kelner. Onze borden werden op tafel gezet en we begonnen ons vlees aan stukjes te snijden.

'Uitmuntend,' zei ik na de eerste hap.

'Ik ben blij dat je het lekker vindt.' Ze spietste een stukje patat aan haar vork.

'Je wilde net iets zeggen.'

'O ja?'

'Je had het erover dat Caroline niet bepaald memorabel was. Daarna zei je: "In feite was de enige..."'

'Eh... o ja, ik wilde zeggen dat de enige persoon met wie ik haar ooit heb zien praten een van de mannen van de onderhoudsdienst was. Willie nog wat... een zwarte knul... Willie Burns. Ik kan me die naam herinneren omdat Robert Burns ook zo heette en ik weet nog dat ik toen dacht dat hij helemaal niets Schots had.'

'Besteedde hij speciaal aandacht aan Caroline?'

'Zo kun je dat wel zeggen, denk ik. Een of twee keer kwam ik langs terwijl hij met Caroline in de gang stond te praten, maar dan stoven ze uit elkaar en ging Willie meteen weer aan het werk. En op een keer zag ik Willie met een emmer en dweil uit Carolines kamer komen. Toen hij mij zag, zei hij dat ze had overgegeven en dat hij alles had moeten opruimen. Hij gaf die verklaring zonder dat ik erom had gevraagd. Het deed een beetje heimelijk aan. Maar wat er ook precies aan de hand was, Burns hield het niet lang uit. Hij is er precies één week geweest, toen was hij weer vertrokken en was Caroline weer altijd alleen.'

'Een week,' zei ik.

'Het leek me wel erg kort.'

'Kun je je nog herinneren in welke maand dat was?'

'Dat moet in augustus zijn geweest. Ik ben daar alleen in augustus geweest.'

Janie Ingalls was begin juni vermoord.

'Hoe oud was Willie Burns?'

'Niet veel ouder dan Caroline... twintig, hooguit eenentwintig jaar. Ik vond het fijn dat er iemand was die aandacht aan haar besteedde. Weet je iets van hem af?'

Ik schudde mijn hoofd. 'Je hebt die kaart niet bestudeerd, maar heb je ooit gehoord waarom Caroline naar Achievement House was gestuurd?'

'Ik ging ervan uit dat het dezelfde reden was die voor al die kinderen gold: het feit dat de lat te hoog voor hen was gelegd. Ik ken dat wereldje, Alex. Ik ben opgegroeid in Beverly Hills, mijn vader was assistent-officier van justitie. Ik dacht dat ik een eenvoudiger leven zou gaan leiden en dat ik nooit terug zou gaan naar Californië.'

'Larry zei dat je op Penn bent afgestudeerd.'

'Ik ben naar Penn gegaan en ik vond het er heerlijk. Daarna heb ik een paar jaar in Ann Arbor gezeten, ging weer terug naar Penn en accepteerde een baan als lector. Als het aan mij had gelegen, was ik aan de oostkust gebleven. Maar ik trouwde met een knul uit Wharton en hij kreeg een fantastische baan aangeboden bij Union Oil hier in L.A. Plotseling woonden we in een koopflat aan de Wilshire Corridor en kon ik gaan blokken om vergunning te krijgen hier in Californië een praktijk te openen.'

'Kennelijk is alles toch op z'n pootjes terechtgekomen,' zei ik.

Ze prikte een stukje vlees aan haar vork en doopte het in de bearnaisesaus. Het vlees bleef even in de lucht hangen, daarna legde ze de vork weer op haar bord. 'Alles liep op rolletjes tot mijn vader drie jaar geleden om vier uur 's ochtends wakker werd met pijn in zijn borst en mijn moeder ons in paniek opbelde. Grant – mijn man – en ik gingen halsoverkop naar hen toe en we hebben pa met ons drieën naar het ziekenhuis gebracht. Terwijl ze met hem bezig waren, liep Grant weg. Ik werd zo in beslag genomen door mijn zorg voor mam en het wachten op de uitslag van het onderzoek van pa dat ik daar nauwelijks aandacht aan schonk. Toen we net te horen hadden gekregen dat er niets aan de hand was met pa – het was

brandend maagzuur – en dat hij weer mee naar huis mocht, kwam Grant weer opdagen en ik zag meteen aan zijn gezicht dat er iets mis was. Maar we zeiden niets tegen elkaar tot we mam en pa afgezet hadden. Toen vertelde hij me dat hij zich al een tijdje niet goed had gevoeld en dat hij veel last had van maagpijn. Hij had aangenomen dat hij zich te druk had gemaakt op zijn werk en dat de pijn vanzelf weer weg zou gaan. Hij stopte zichzelf vol met maagtabletten omdat hij mij niet ongerust wilde maken. Maar toen was de pijn ondraaglijk geworden. Dus toen we in het ziekenhuis waren, schoot hij een dokter aan die hij kende – een golfvriendje van Penn – en liet röntgenfoto's maken. En die zaten vol vlekken. Een zeldzame vorm van galbuiskanker die zich had uitgezaaid. Vijf weken later was ik een treurende weduwe en trok weer bij mijn vader en moeder in.'
'Wat erg voor je.'
Ze schoof haar bord van zich af. 'Het is heel onbeleefd van me om zomaar mijn hart uit te storten.' Weer zo'n aarzelend glimlachje.
'Dat ligt volgens mij aan het feit dat je zo goed kunt luisteren.'
Impulsief klopte ik haar even op haar hand. Ze gaf me een kneepje in mijn vingers, voordat ze de hare over het tafelblad liet trippelen, haar wijnglas oppakte en een slok nam. Haar ogen staarden in de verte.
Ik nam een stevige teug bier.
'Zal ik je eens iets grappigs vertellen?' zei ze. 'Mijn college van vanavond gaat over posttraumatische stress. Luister, Alex, ik vond het leuk om je te leren kennen en ik wens je veel succes met wat je ook probeert te doen, maar nu moet ik er echt als een haas vandoor.'
Ze wenkte de kelner en ondanks haar bezwaren rekende ik af. Ze pakte een gouden poederdoos en lipstick uit haar tas, maakte haar mond opnieuw op, raakte de lange, zwarte wimpers van een van haar ogen aan en bekeek haar gezicht in het spiegeltje. We stonden op. Ik had verwacht dat ze lang zou zijn, maar ondanks haar zeveneenhalve centimeter hoge hakken was ze hooguit een meter tweeënzestig. Weer zo'n aantrekkelijke dreumes. Net als Robin.
We liepen samen het restaurant uit. Haar auto was een tien jaar oude cabrio, een Jaguar xjs. Ze stapte lenig in en liet de motor razen. Ik keek haar na toen ze wegreed. Haar ogen waren vast op de weg gericht.

16

Twee nieuwe namen.
Michael Larner.
Willie Burns.
Misschien waren ze allebei irrelevant, maar ik reed toch naar Cheviot Hills, vond Achievement House in een doodlopende straat even ten oosten van Motor en ten zuiden van Palms en zette de motor van de Seville niet uit toen ik aan de overkant van de straat stopte. Het gebouw was een onopvallende vierkante doos van drie verdiepingen naast een onoverdekt parkeerterrein, lichtblauw in het maanlicht en omringd door een wit ijzeren hek. In de voorgevel zaten geen ramen. De ingang die afgesloten werd door glazen deuren zou wel naar een binnenplaats leiden. Op de parkeerplaats stonden een stuk of zes auto's onder een stel felle lampen, maar het gebouw was donker en uit de verte kon ik niet zien of er een naam op stond. Omdat ik me afvroeg of ik wel op de goede plek was, stapte ik uit, stak de straat over en tuurde tussen de spijlen van het hek door.
Witte cijfertjes bevestigden dat ik op het juiste adres was. In witte lettertjes die in het duister nauwelijks te onderscheiden waren, stond:

ACHIEVEMENT HOUSE
VERBODEN VOOR ONBEVOEGDEN.

Ik kneep m'n ogen halfdicht om te zien wat zich achter de glazen deuren bevond, maar op de binnenplaats – als het dat tenminste was – brandde geen licht en ik zag alleen maar de weerspiegeling in het glas. De straat was allesbehalve rustig, met de regelmaat van een klok kwam een stoot verkeer vanaf Motor langs en in de verte was het onafgebroken geraas van de snelweg te horen. Ik stapte weer in de auto, reed naar de universiteit, liep opnieuw naar de researchbibliotheek en bladerde ongeduldig door mijn oude kameraad, de tijdschriftenindex.
Niets te vinden over Willie Burns, maar daar keek ik niet van op. Hoeveel schoonmakers halen het nieuws? Maar de naam van Michael Larner kwam twaalf keer voorbij in de afgelopen twintig jaar. Twee vermeldingen dateerden uit de tijd dat Larner directeur van Achievement House was geweest: verslagen van evenementen om geld in te zamelen, geen foto's, geen citaten. De volgende drie jaar was er niets te vinden, maar toen dook Larner ineens op als de officiële woordvoerder van Maxwell Films die zich minachtend uitliet

over een filmactrice die door de maatschappij wegens contractbreuk was aangeklaagd. Ik kon geen woord vinden over de afloop van die zaak, maar een jaar later was Larner opnieuw van baan veranderd: hij was inmiddels een 'onafhankelijke producer' die dezelfde actrice had gecontracteerd voor een of ander sciencefiction-epos... maar de naam van de film zei me niets.

De filmindustrie. Gezien de seksuele agressiviteit van Larner was dat, naast politiek, de enige mogelijkheid.

Mijn oog viel op de volgende vier vermeldingen omdat Larner weer een nieuwe betrekking had: algemeen directeur van Cossack Development.

Dat waren korte berichtjes van de economische pagina's van de *Times*. De werkzaamheden van Larner schenen te bestaan uit het lobbyen bij leden van de gemeenteraad voor de projecten van Garvey en Bob.

Caroline Cossack was vlak na de moord op Janie Ingalls afgevoerd naar Achievement House. Niet het soort leerling dat Achievement House normaal gesproken aannam, maar een paar jaar later werkte de directeur voor de familie Cossack.

Ik zou Milo een prettige avond bezorgen.

Bij mijn thuiskomst controleerde ik mijn antwoordapparaat. Nog steeds geen bericht van Robin.

Dat was niets voor haar.

Toen dacht ik: *Alles is anders, de regels zijn aangepast.*

Het drong ineens tot me door dat ik nooit een tourschema had gekregen. Ik had er niet om gevraagd, maar Robin had het me ook niet gegeven. Niemands schuld, we waren allebei in gebreke gebleven, maar alles was ook zo snel gegaan. We moesten allebei nog wennen aan de spelregels van het uit elkaar zijn.

Ik liep mijn kantoor in, zette de computer aan en zocht de homepage van de Anti-Honger Tournee. Publiciteitsfoto's, opgewekt gehype, links om de cd te bestellen en fotoreportages van eerdere concerten. En ten slotte aanvangstijden, data en plaatsen. Eugene, Seattle, Vancouver, Denver, Albuquerque... wijzigingen voorbehouden.

Ik belde naar het theater in Vancouver. Ik kreeg een voicemail en kwam via een oerwoud van drukknoppen terecht bij: *Ons kantoor is thans gesloten... morgenochtend om tien uur weer bereikbaar.*

Aan m'n lot overgelaten.

Het was nooit mijn bedoeling geweest om Robin uit mijn leven te weren. Maar was dat wel zo? In al die tijd dat we bij elkaar waren, had ik mijn werk afgeschermd... en haar op afstand gehouden. Ik had mijn beroepsgeheim als excuus gebruikt, ook al was daar geen sprake van, en had mezelf wijsgemaakt dat het voor haar eigen best-wil was, want ze was per slot van rekening een begaafd en gevoelig kunstenares en ze moest beschermd worden tegen de schaduwzijde van het leven. Soms werd ze zonder pardon geconfronteerd met de dingen die ik had uitgespookt.

De avond waarop ik alles had verpest was zij in goed vertrouwen naar een opnamestudio gegaan. En ze was het huis nog niet uit, of ik nam de benen naar een afspraakje met een mooie, gekke en gevaarlijke jonge vrouw.

Ik had er een grandioze puinhoop van gemaakt, maar mijn bedoelingen waren toch goed geweest? Bla bla bla.

Een reisje voor twee naar Parijs: wat een zielige vertoning. Plotseling werd ik overvallen door een stroom van herinneringen. Allemaal dingen die ik met veel pijn en moeite had proberen te vergeten.

De vorige keer dat we uit elkaar waren gegaan.

Tien jaar geleden en het had niets te maken gehad met mijn kwalijke gedrag. Dat had puur aan Robin gelegen, want zij had haar eigen weg willen gaan en een eigen identiteit willen verwerven.

Lieve god, als je het op die manier formuleerde, klonk het echt als psychologie van de koude grond en dat verdiende ze niet.

Ik hield van haar, zij hield van mij. Waarom belde ze dan niet?

Gedraag je niet als een klein kind, beste vriend, ze heeft twee dagen geleden nog gebeld en toen heb je je niet bepaald als de charme in eigen persoon gedragen.

Was ik voor een of ander examen gezakt omdat ik haar te gemakkelijk had laten gaan?

Tien jaar geleden was ze weer teruggekomen, maar pas nadat...
Daar moet je helemaal niet aan denken.
Maar op dat moment had ik behoefte aan zelfkastijding. Dus zette ik de doos van Pandora wijd open en liet het kwaad de vrije loop.

De eerste keer was ze heel lang weggebleven en na verloop van tijd vond ik een andere vrouw. Maar dat was allang weer voorbij toen Robin terugkwam.

Toen we weer bij elkaar waren had Robin een wat broze indruk gemaakt, maar verder leek alles in orde. Maar op een dag hield ze het niet meer uit en biechtte alles op. Zij had ook iemand anders gevonden. Een man, gewoon een of andere vent, een stomme kerel en zij was ook stom geweest.

Echt stom, Alex.

Ik had haar in mijn armen genomen en haar getroost. Daarna had ze het verteld. Zwanger, een abortus. Ze had nooit iets tegen die kerel gezegd... Dennis, een naam die ik had proberen te vergeten, die verdomde Dennis had haar zwanger gemaakt en ze was bij hem weggegaan om de hele beproeving alleen te doorstaan.

Ik bleef haar vasthouden en zei precies de juiste dingen. Wat was ik toch een gevoelige vent geweest, het summum van begrip. Maar een zeurderig stemmetje in mijn hoofd bleef op de logische conclusie hameren.

Al die jaren dat we samen waren geweest, hadden zij en ik het onderwerp van trouwen en kinderen krijgen zorgvuldig vermeden. We waren *voorzichtig* geweest.

En ze was nog maar een paar maanden bij me weg of het zaad van een andere man had het onvermijdelijke resultaat gehad...

Had ik haar dat ooit echt vergeven?

Zou zij zich dat ook afvragen? Waar zou ze op dit moment aan denken?

Waar hing ze in vredesnaam uit?

Ik pakte de telefoon op, vroeg me af wie ik moest bellen en zwiepte toen het toestel van mijn bureau op de grond... val toch dood, Mr. Bell.

Mijn gezicht gloeide, mijn botten deden pijn en ik begon te ijsberen, net zoals Milo altijd doet. Maar ik bleef niet in één kamer, ik holde het hele huis door, zonder die pijn van me af te kunnen zetten. *Oost west, thuis is de pest.*

Ik liep naar de voordeur, smeet die open en gooide mezelf in de armen van de nacht.

Ik liep Beverly Glen op naar het noorden, de heuvels in. En ik was zo stom om dat aan de verkeerde kant van de weg te doen, zodat het verkeer me achteropkwam. Maar ik trok me niets aan van het motorgeronk dat keer op keer op me toe raasde en de momentopnamen van het licht van de koplampen.

Automobilisten reden toeterend voorbij. Iemand schreeuwde: 'Idióót!'

Dat gaf me een goed gevoel.

Pas na kilometers was ik weer in staat om me het beeld van Janie Ingalls' lijk voor de geest te halen en te ontspannen.

Toen ik terugkwam bij het huis stond de voordeur op een kier – die had ik niet eens achter me dichtgetrokken – en een paar bladeren waren naar binnen gewaaid. Ik ging op mijn knieën liggen en pakte alles op voordat ik weer naar mijn kantoor liep. De telefoon lag nog steeds op de grond. Het antwoordapparaat was ook gevallen en lag ernaast, met de stekker uit het stopcontact.

Maar het apparaat in de slaapkamer stond te knipperen.

Eén bericht.

Ik deed net alsof ik het niet zag, liep naar de keuken en pakte de wodka uit het vriesvak. Ik gebruikte de fles om mijn handen en gezicht af te koelen. Daarna legde ik hem weer terug.

Ik zat urenlang tv te kijken en nam het ingeblikte gelach in me op, de krakkemikkige dialogen, de commercials voor kruidendrankjes die seksuele impotentie bestreden en wonderbaarlijke chemische middeltjes die de ergste vlekken konden verwijderen.

Vlak na middernacht drukte ik de PLAY-knop van het antwoordapparaat in de slaapkamer in.

'Alex... je zult wel niet thuis zijn... we hadden eigenlijk naar Canada moeten vliegen, maar we hebben oponthoud gehad in Seattle omdat er een extra optreden was ingelast... en voor het concert moesten er een paar dingen aangepast worden bij bepaalde instrumenten, dus ik heb het heel druk gehad... je zult wel weer weg zijn... maar goed, ik zit in het Four Seasons in Seattle. Ik heb een heel mooie kamer gekregen... het regent. Ik hoop dat met jou alles in orde is, Alex. Maar dat zal vast wel. Tot ziens, schattebout.'

Tot ziens, schattebout.

Niet: *ik hou van je.*

Anders zei ze altijd: *Ik hou van je.*

17

Om een uur 's nachts belde ik het Four Seasons hotel in Seattle. De telefoniste zei: 'Op dit uur verbinden we geen gesprekken meer door, meneer.'

'Ze wil echt wel met me praten.'

'Bent u haar man?'

'Haar vriend.'

'Nou... ik denk eigenlijk dat u een boodschap achter zult moeten laten. Volgens mijn gegevens is ze niet op haar kamer, ze heeft haar voicemail ingeschakeld, dus vooruit dan maar.'

Ze verbond me door. Ik verbrak de verbinding, slofte naar bed, viel in iets dat slaap genoemd had kunnen worden als het me rust had gegeven en kwam om halfzeven 's ochtends tot de ontdekking dat ik met een droge mond rechtop in bed zat en alles dubbel zag.

Om zeven uur belde ik Milo op. Zijn stem klonk wollig, alsof het geluid door een baal hooi gefilterd werd.

'Yo, generaal Delaware,' zei hij, 'is het niet een beetje te vroeg om verslag uit te brengen?'

Ik vertelde hem wat ik te weten was gekomen over Caroline Cossack en Michael Larner.

'Jezus, ik heb nog niet eens mijn tanden gepoetst... oké, laat me dit even verwerken. Jij gaat ervan uit dat die Larner de Cossacks een gunst heeft bewezen door Caroline op te bergen en dat zij hem... wat is het... vijftien jaar later terugbetaald hebben? Dan hebben ze wel lang gewacht met hun dankbetuiging.'

'Het kan ook best zijn dat ze hem al eerder op andere manieren beloond hebben. Zowel Larner als de Cossacks hebben iets te maken gehad met de productie van onafhankelijke films.'

'Heb je in dat opzicht een verband tussen hen gevonden?'

'Nee, maar...'

'Maakt niet uit, ik wil best aannemen dat er een relatie bestaat tussen Larner en Carolines familie. Ze was een beetje geschift en Larner was directeur van een instituut voor geschifte jongeren. Maar dat zegt niets over de reden waarom ze daar eigenlijk naar toe is gestuurd.'

'De waarschuwing op haar kaart met betrekking tot haar gedrag zegt genoeg. Mijn tipgeefster zegt dat Caroline de enige was met zo'n plakkertje. Maar goed, je kunt ermee doen wat je wilt.'

'Prima, bedankt. Is alles goed met je?'

Iedereen bleef me die rotvraag stellen. Het kostte me moeite om vriendelijk te blijven. 'Ik voel me best.'

'Je klinkt net zoals ik me 's ochtends voel.'

'Je krijgt me zelden op dit vroege uur aan de lijn.'

'Dat zal het zijn. Gedragsproblemen, hè? Maar je tipgeefster weet niet in welk opzicht.'

'Ze ging ervan uit dat het om een vorm van asociaal of gewelddadig gedrag ging. Als je dat optelt bij die dode akita van dr. Schwartzman, dan begint zich toch een bepaald beeld te vormen. Een rijk jong meisje dat iets heel ergs heeft gedaan, zou een verklaring kunnen zijn voor het feit dat de zaak in de doofpot is gestopt.'

'De spreekwoordelijke, geestelijk gestoorde eenzaat,' zei hij. 'Wat zouden wij van Moordzaken zonder dat soort lui moeten beginnen?'

'Er is nog iets,' zei ik. 'Ik bedacht ineens dat de reden waarom Caroline nooit een sofinummer heeft gekregen ook het gevolg kan zijn

van het feit dat ze uiteindelijk toch iets heeft misdaan en achter...'
'... tralies is beland. Ja, dat schoot me meteen na ons gesprek al door het hoofd. Stom van me om daar niet eerder op te komen. Maar helaas, ze zit in geen enkele staatsgevangenis, ook niet in Hawaï of in Alaska. Natuurlijk is er een mogelijkheid dat ze in een of andere federale lik zit, of misschien had je gelijk en hebben ze haar overgebracht naar een leuk villaatje op Ibiza, badend in de zon en voorzien van gecapitonneerde muren. Ken jij iemand die bereid is een achtenswaardige rechercheur richting Middellandse Zee te sturen om bepaalde dingen uit te zoeken?'
'Vul maar een formulier in en stuur dat aan John G. Broussard.'
'Hè, gossiemijne, waarom ben ík daar niet op gekomen? Bedankt voor alle hulp, Alex.'
'Maar...'
'De zaak zit nog steeds muurvast, net als twintig jaar geleden. Ik heb geen dossiers, geen aantekeningen waarop ik kan terugvallen, ik kan niet eens de moeder van Melinda Waters vinden. En er schoot me nog iets te binnen: ik heb Elaine Waters mijn visitekaartje gegeven. Als Melinda nooit thuis is gekomen, zou ze me dan niet teruggebeld hebben?'
'Misschien heeft ze dat wel gedaan en hebben ze dat nooit aan jou doorgegeven. Toen zat jij immers al in West L.A.'
'Andere telefoontjes hebben me wel bereikt,' zei hij. 'Over allerlei lullige dingen. Central had ze naar mij doorverwezen.'
'Precies.'
Het bleef even stil. 'Nou vooruit. Maar hoe het ook zij, ik weet niet hoe ik verder moet.'
'Er is nog iets,' zei ik. Ik vertelde hem over Willie Burns, in de verwachting dat hij dat weg zou wuiven.
'Willie Burns,' zei hij. 'Zou die... nu een jaar of veertig zijn?'
'Hij was toen twintig of eenentwintig, dus ja, dat denk ik wel.'
'Ik heb een Willie Burns gekend. Hij had een babyface,' zei hij. 'Die moet destijds... drieëntwintig zijn geweest.' Zijn stem was veranderd. Hij was zachter en lager gaan praten en klonk geconcentreerd.
'Over wie heb je het?' vroeg ik.
'Misschien over niemand,' zei hij. 'Ik bel je straks wel terug.'
Toen hij twee uur later belde, klonk hij kortaf en gespannen, alsof er iemand vlak bij hem stond.
'Waar ben je?' vroeg ik.
'Ik zit achter mijn bureau.'
'Ik dacht dat je een paar dagen vakantie had genomen.'
'Ik moet nog wat administratieve klusjes opknappen.'

'Wie is Willie Burns?' vroeg ik.

'Daar hebben we het wel onder vier ogen over,' zei hij. 'Heb je daar tijd voor? Ja, natuurlijk, jij leidt een vrolijk vrijgezellenleventje. Zullen we voor het bureau afspreken, over een halfuurtje?'

Hij stond op de stoeprand en sprong al in de Seville voordat ik goed en wel stil stond.

'Waar gaan we heen?' vroeg ik.

'Dat maakt niet uit.'

Ik reed verder over Butler, sloeg op goed geluk af en maakte een rondrit door de woonwijk waar bureau West L.A. middenin ligt. Toen ik er bijna een kilometer op had zitten, zei hij: 'God bestaat wel degelijk en Hij heeft me aan het lijntje. Hij heeft me er net met een flinke ruk op geattendeerd dat het tijd is om te boeten voor een oude zonde.'

'Welke zonde?'

'De ergste die er is: falen.'

'Is Willie Burns ook een zaak die in de koelkast terecht is gekomen?'

'Willie Burns is de dader van een zaak die in de koelkast terecht is gekomen. Wilbert Lorenzo Burns, geboortedatum drieënveertigeneenhalf jaar geleden, verdacht van moord in een zaak die ik vlak na mijn overplaatsing kreeg toegewezen. En je raadt het nooit, maar het lijkt erop alsof er weer een dossier vermist wordt. Desondanks ben ik erin geslaagd om een van de oude reclasseringsambtenaren van Burns te vinden die nog wel een deel van zijn oude administratie had en daar stond het in: Achievement House. Willie had het klaargespeeld om daar een zomerbaantje te krijgen, maar hij was er nog geen maand toen hij de zak kreeg omdat hij zonder bericht was weggebleven.'

'Een verdachte van moord die in een inrichting voor moeilijk opvoedbare pubers werkt?'

'In die tijd was hij alleen nog maar een junk en een dealer.'

'Dat verandert niets aan de vraag.'

'Ik denk dat Willie zijn achtergrond voor hen verborgen heeft gehouden.'

'Wie heeft hij vermoord?'

'Een tussenpersoon bij het regelen van borgtocht, een zekere Boris Nemerov. Hij had zijn kantoor hier midden in West L.A. Een grote kerel die van wanten wist, maar met een zwak plekje voor bajesklanten omdat hij zelf een tijdje in een Siberische goelag had gezeten. Weet je hoe het systeem van borgtocht in elkaar zit?'

'De beklaagde hoest een percentage van de borgtocht op en zorgt voor een onderpand. Als hij niet bij het proces komt opdagen, betaalt de tussenpersoon zijn schuld aan justitie en neemt het onderpand in beslag.'

'Daar komt het min of meer op neer,' zei hij, 'met dien verstande dat de tussenpersoon de oorspronkelijke borgsom meestal niet van zijn eigen geld betaalt. Hij sluit een verzekering af die hem twee tot zes procent van de totale borgsom kost. Om die premie te bekostigen en zelf ook nog wat te verdienen laat hij zich door de dader betalen: meestal tien procent van de borgsom en dat bedrag kan niet teruggevorderd worden. Als de dader de benen neemt, schokt de verzekering het bedrag voor justitie en heeft daardoor het recht om het onderpand op te eisen. Daarbij gaat het meestal om onroerend goed... oma die haar beminde misdadige kleinzoon toestemming heeft gegeven om het schattige bungalowtje waar ze al tweehonderd jaar woont als onderpand te gebruiken. Maar het kost tijd en geld om dat bungalowtje van die arme ouwe oma in beslag te nemen, het levert een boel nare publiciteit op en wat moeten die verzekeringsmaatschappijen in vredesnaam beginnen met onroerend goed dat nauwelijks huur opbrengt? Vandaar dat ze liever achter de dader aan gaan. En daarvoor hebben ze premiejagers in dienst, die ook weer betaald moeten worden.'

'Van het een komt het ander,' zei ik. 'De winst sijpelt langzaam door naar beneden. Misdaad verhoogt het bruto-inkomen per hoofd van de bevolking.'

'Boris Nemerov deed het goed als tussenpersoon. Hij behandelde zijn klanten als menselijke wezens en het aantal dat de benen nam, was vrij gering. Maar af en toe nam hij risico's... dan zag hij af van een onderpand en vroeg zelf minder dan tien procent. Dat had hij ook bij Willie Burns gedaan, want Burns was een van zijn vaste klanten die hem nog nooit in de steek had gelaten. De laatste keer dat Willie bij Nemerov aanklopte, had hij geen onderpand.'

'Wat was de aanklacht?'

'Verdovende middelen. Zoals gewoonlijk. Dat was nadat hij door Achievement House was ontslagen en niet was komen opdagen voor een afspraak met zijn reclasseringsambtenaar. Voor zover ik kon nagaan, was Burns tot op dat moment nooit gewelddadig geweest. Hij pleegde zijn eerste strafbare feit toen hij negen was, maar zijn strafregister als minderjarige verdween achter slot en grendel. Zijn echte loopbaan als misdadiger begon op het moment dat hij oud genoeg was om als volwassen aangemerkt te worden: een week na zijn achttiende verjaardag. Kleine diefstalletjes, drugs en nog eens drugs. En nog veel meer drugs. Nadat ze het aan alle kanten met justitie op een akkoordje hadden gegooid kwam hij weer op vrije voeten, maar uiteindelijk moest hij toch terechtstaan en kreeg een voorwaardelijke straf. De laatste arrestatie ging om iets ernstigers. Burns werd betrapt op een poging tot het verkopen van heroïne aan een stel junks op de boulevard in Venice. De junk die hij aansprak, bleek een stille te zijn en de arrestatie vond plaats tijdens een van die periodes waarin de politie net doet alsof de oorlog tegen de drugs serieus wordt aangepakt. Plotseling hing Burns een straf van tien jaar boven het hoofd en de rechtbank bepaalde de borgsom op vijftigduizend dollar. Burns klopte zoals gewoonlijk bij Boris Nemerov aan en Nemerov was bereid om als tussenpersoon op te treden en ging akkoord met de belofte van Burns om een baantje te nemen zodat hij die vijfduizend ballen kon afbetalen. Maar dit keer nam Burns de benen. Nemerov belde stad en land af om erachter te komen waar de familie en vrienden van Burns uithingen, maar het resultaat was nul komma nul. Het adres dat Burns had opgegeven was een parkeerplaats in Watts. Nemerov begon een tikkeltje geïrriteerd te raken.'

'Begon?' merkte ik op. 'Wat een geduldig type.'

'Van al die kouwe winters op de steppen word je vanzelf geduldig. Uiteindelijk stuurde Nemerov de premiejagers achter Burns aan, maar die schoten ook geen meter op. Toen kreeg Nemerov onverwachts een telefoontje van Burns. De knul beweerde dat hij zichzelf wilde aangeven, maar dat hij bang was dat de jagers hem zonder pardon zouden neerschieten. Nemerov probeerde hem gerust te stellen, maar Burns was helemaal over de rooie. Paranoïde. Hij zei dat ze achter hem aan zaten. Nemerov beloofde dat hij Burns zelf op zou pikken. Op het oostelijk stuk van Robertson, in de buurt van het viaduct van Highway 10. Nemerov ging 's avonds laat op weg in de grote oude goudkleurige Lincoln waarin hij altijd reed en kwam niet meer thuis. Mevrouw Nemerov kreeg het op haar zenuwen en Vermiste Personen gaf de zaak voorrang omdat Boris bekend was op het bureau. Twee dagen later werd de Lincoln gevonden in een steegje achter een flatgebouw op Guthrie, vlak bij de plek waar ze hadden afgesproken. In die tijd werd die buurt nog geterroriseerd door allerlei gangs.'

'Maakte Nemerov zich geen zorgen dat hij in zijn eentje met Burns te maken kreeg?'

'Boris barstte van zelfvertrouwen. Zo'n grote, gezellige vent. Hij dacht waarschijnlijk dat hij alles al had meegemaakt en overleefd. De Lincoln was leeggeroofd, de motor was eruit gehaald en er lagen takken overheen... iemand had een halfslachtige poging gedaan om de auto te verbergen. Boris lag gebonden en gekneveld in de kofferbak, met drie gaten in zijn achterhoofd.'

'Geëxecuteerd,' zei ik.

'Geen enkele goede daad blijft onbestraft. De zaak werd aan Del Hardy en mij toegewezen en we hebben eraan gewerkt tot we volkomen vastzaten.'

'Je zou toch verwachten dat de kranten vol zouden staan van een dergelijke zaak. Maar de naam van Burns bracht niets boven water.'

'Daar heb ik wel een verklaring voor. De familie van Nemerov wilde dat er geen ruchtbaarheid aan de zaak zou worden gegeven en wij hebben aan dat verzoek voldaan. Ze wilden niet dat de inschattingsfout van Boris bekend zou worden... dat was slecht voor de zaak. En ze konden bij een heleboel mensen aankloppen voor een gunst... verslaggevers met kinderen voor wie ze de borgtocht hadden geregeld. En smerissen met kinderen. Del en ik kregen de opdracht om ons werk te doen, maar wel in alle stilte.'

'Heeft jullie dat beperkingen opgelegd?'

'Niet echt. We zouden Burns niet eerder vinden als we alles aan de pers doorgaven. De Nemerovs waren fijne mensen... ze hadden al zoveel moeten doormaken in Rusland en dan zoiets. We wilden hen niet dwarszitten, iedereen zat ontzettend in over wat er was gebeurd. De zaak ging desondanks toch nog bijna op de fles. De verzekeringsmaatschappijen waren niet bepaald gelukkig en wilden geen zaken meer met hen doen. De weduwe van Nemerov en zijn zoon besloten om de vijftigduizend ballen die betaald moesten worden omdat Burns de benen had genomen zelf op te hoesten en smeekten om een kans zichzelf te bewijzen. Ze slaagden erin de meeste van hun polissen te behouden. Uiteindelijk kregen ze het lek boven water. Ze doen nog steeds zaken... vanaf dezelfde plek, vlak om de hoek bij het bureau. Tegenwoordig staan ze erom bekend dat ze geen millimeter toegeven.'

'En van Willie Burns geen spoor,' zei ik.

'Ik heb jarenlang achter hem aan gezeten, Alex. Iedere keer als ik even tijd had, ging ik weer op zoek naar die klootzak. Ik was ervan overtuigd dat hij op een gegeven moment wel weer zou opduiken, want van een junk hoef je niet te verwachten dat hij nieuwe wegen inslaat. Ik had durven wedden dat hij uiteindelijk in de bak zou belanden of dood zou gaan.'

'Misschien is hij ook wel doodgegaan,' zei ik. 'De familie Nemerov kende genoeg professionele speurders. Zelfs brave mensen kunnen wraakgierig worden.'

'Mijn instinct zegt nee, maar als het inderdaad zo is gegaan, dan zitten we zo vast als een huis. Ik begin het gevoel te krijgen dat ik weer in de schoolbanken zit en zit te kijken naar al die proefwerken die ik verknald heb.'

'Misschien gaat het maar om één groot proefwerk,' zei ik. 'Misschien kende Willie Burns Caroline al voordat ze naar Achievement House werd gestuurd en was hij een van die zwarte knullen met wie Caroline volgens dr. Schwartzman altijd optrok. Misschien was het niets nieuws voor Burns om Nemerov te vermoorden, omdat hij zoiets al eerder had gedaan. Tijdens een feestje in Bel Air.'

'Burns stond bekend als niet gewelddadig, Alex.'

'Tot hij dat niet meer was,' antwoordde ik. 'Het zou best kunnen dat hij voor zijn gewelddadige misdaden nooit is opgepakt. Was hij alleen aan heroïne verslaafd?'

'Nee, hij gebruikte alles door elkaar. Heroïne, LSD, pillen, methadon. Vanaf zijn tiende.'

'Uppers en downers,' zei ik. 'Onvoorspelbaar gedrag. Breng een dergelijke persoon in contact met een onevenwichtige tiener als Caroline, stuur ze samen naar een drugsfeestje waar twee niet al te intelligente straatmeisjes komen opdagen en wie weet wat er dan gebeurt? Carolines familie vermoedde... of wist dat ze een of andere smerige streek had uitgehaald en stuurde haar naar Achievement House. Willie kwam weer op straat terecht, maar slaagde er toch in een manier te vinden om Caroline in Achievement House op te zoeken. Oerstom, natuurlijk, maar junks zijn impulsief. En niemand had iets in de gaten. Hij heeft daar een maand gewerkt, maar werd ontslagen omdat hij zonder bericht niet kwam opdagen.'

Hij trommelde met zijn vingers op zijn knieën. 'Burns en Caroline als moordend duo.'

'Met of zonder hulp van andere vrienden. Als Burns medeplichtig was aan moord verklaart dat ook waarom hij Nemerov in de steek liet. De stad had de jacht op drugsdealers geopend en hij wist dat hij vrijwel zeker zou moeten zitten. Dat zou hem tot een aandachtig toehoorder hebben gemaakt als de moord op Janie Ingalls ter sprake kwam.'

'Maar waarom belde hij Nemerov dan op met het voorstel zichzelf aan te geven?'

'Om te kunnen doen wat hij ook inderdaad heeft gedaan: Nemerov in een valstrik lokken, hem beroven, zijn auto in te pikken... die was immers leeggeroofd. Voor zover wij weten kan Burns de geluidsinstallatie en de telefoon best verpatst hebben. En die halfslachtige poging om de auto te verbergen is gewoon een foefje. Bovendien kun je de verdwijning van Caroline ook interpreteren als Willie die geen enkel risico wenste te nemen. Die ervan uitging dat de kans groot was dat ze haar mond niet zou houden.'

'Maar als Burns of iemand anders Caroline heeft laten verdwijnen, denk je dan niet dat de familie daarop zou hebben gereageerd? Zouden ze dan geen druk op de politie hebben uitgeoefend om haar te vinden?'

'Dat hoeft niet. Tijdens haar hele jeugd hadden ze zich voor Caroline geschaamd – het rare zusje – en als ze wisten dat ze medeplichtig was aan moord, hadden ze daar vast geen ruchtbaarheid aan willen geven. Dat kun je ook opmaken uit het feit dat ze haar in Achievement House lieten opbergen.'

'Met een roze plakkertje, voor het geval dat,' zei hij.

'Maar Burns heeft haar toch gevonden. Misschien heeft zij wel contact met hem opgenomen. Voor zover wij weten, kan ze er best bij zijn geweest toen hij Boris Nemerov in de val lokte. Wanneer is Nemerov precies geëxecuteerd?'

'In december, vlak voor Kerstmis. Ik kan me nog herinneren dat mevrouw Nemerov het daarover had. Dat zij Russisch orthodox waren en dat hun feestdagen in januari vielen, maar dat er nu niets te vieren zou zijn.'

'Caroline zat in augustus in Achievement House,' zei ik. 'Het kan best dat ze daar vier maanden later alweer weg was. Willie heeft haar misschien helpen ontsnappen. En de kans is groot dat ze toch al van plan waren om de stad de rug toe te keren en dat Burns daarom in Venice drugs aan de man probeerde te brengen.'

'Sjonge jonge, wat een mogelijkheden allemaal,' zei hij.

Hij liet me terugrijden naar het bureau en zei daar dat ik de afslag naar Purdue moest nemen waar hij me net voorbij Santa Monica Boulevard liet stoppen voor een oud gebouw van rode baksteen. *Kwik 'n' Ready Bail Bonds* was gevestigd in een winkelpand en de naam stond niet alleen in gouden letters op de etalageruit, maar ook in neon boven de deur. In tegenstelling tot Achievement House werd je hier met open armen verwelkomd.

Ik wees naar het bordje met VERBODEN TE PARKEREN, WEGSLEEPREGELING.

'Ik let wel op de parkeer-nazi's,' zei Milo. 'En als het misloopt, ben ik bereid om borg voor je te staan.'

Het kantoor aan de voorkant was een door tl-balken helder verlichte pijpenla met een hoge balie en muren betimmerd met iets mosterdgeels waarvan het biologische verband met bomen ver te zoeken was. Een deur zonder knop was in de schrootjes van de achtermuur uitgespaard. Een eenzame prent van Maxfield Parrish – een majestueus, purperen berglandschap – hing links van de deuropening. Achter de balie zat een man met een bol gezicht, ergens midden in de dertig, op een oude eiken draaistoel een enorme, kleffe, in vetvrij papier verpakte sandwich te eten. Links van hem stonden een koffiezetapparaat en een computer. Koolblaadjes, stukjes vlees en iets roods staken tussen het brood uit. De man droeg een wit overhemd met korte mouwen waar geen vlekje op zat, maar zijn kin was nat en toen de deur achter ons dichtviel, veegde hij zijn mond af met een papieren servetje en keek ons met argwanende, grijze ogen aan. Meteen daarna verscheen een brede grijns.

'Rechercheur Sturgis.' Hij hees zijn logge lichaam omhoog uit de stoel en een roze arm schoot over de balie. Een tatoeage in de vorm van een anker stak blauw af tegen de gladde huid. Zijn bruine haar was gemillimeterd en zijn gezicht zag eruit als een taartbodem die aan de randen afgeknabbeld was.

'Georgie,' zei Milo. 'Hoe staan de zaken?'

'De mensen zijn erg slecht, dus het gaat goed,' zei Georgie. Hij wierp een blik op mij. 'Hij ziet er niet uit alsof hij me werk gaat bezorgen.'

'Nee, vandaag breng ik je geen werk,' zei Milo. 'Dit is dokter Delaware. Hij werkt als adviseur voor de politie. Dokter, dit is George Nemerov.'

'Een dokter voor smerissen,' zei Georgie terwijl hij mijn arm op en neer zwengelde. 'Waar bent u in gespecialiseerd, seksueel overdraagbare ziekten of waanzin?'

'Goed geraden, Georgie. Hij is een zieltjesknijper.'

Nemerov grinnikte. 'Mensen zijn stapelgek, dus het zal u ook niet slecht vergaan, dokter. Als u meer van dit werk afwist, zou u míj ook laten opsluiten.' Zware oogleden werden samengeknepen en de grijze ogen veranderden in spleetjes. Maar de rest van het grote, papperige gezicht bleef onbewogen. 'Maar goed, wat is er dan aan de hand, rechercheur Milo?'

'Van alles en nog wat, Georgie. Bezig met je portie spinazie?'

'Ik haat dat spul,' zei Nemerov met een klopje op het getatoeëerde anker. En tegen mij: 'In mijn jeugd was ik dol op tekenfilms, met name op Popeye, de Zeeman. Toen ik nog zo'n blaag van de middelbare school was, was ik op een avond met een stel vrienden in de Pike in Long Beach en heb ik dit kreng laten aanbrengen. Mijn moeder heeft me bijna de nek omgedraaid.'

'Hoe gaat het met je moeder?' vroeg Milo.

'Naar omstandigheden redelijk goed,' zei Nemerov. 'Volgende maand wordt ze drieënzeventig.'

'Doe haar maar de groeten.'

'Dat zal ik doen, Milo. Ze heeft je altijd graag gemogen. Maar goed... wat brengt je hier?' Nemerov schonk hem een engelachtige glimlach. 'Ik heb wat oude dossiers door zitten kijken en daarbij kwam die zaak van je vader ook bovendrijven.'

'O ja?' zei Nemerov. 'Wat bedoel je daar precies mee?'

'De naam van Willie Burns dook op in verband met een andere 187.'

'Echt waar?' Nemerov verplaatste zijn gewicht op zijn andere been. Zijn glimlach was als sneeuw voor de zon verdwenen. 'Nou, daar kijk ik niet echt van op. Die vent was een asociale smeerlap. Wou je me vertellen dat iemand hem heeft gezien?'

'Nee,' zei Milo. 'Die andere zaak is even oud en komt ook uit de koelkast. In feite dateert hij nog van voor het geval van je vader.'

'En dat is nooit aan het licht gekomen toen jullie op zoek waren naar die moordlustige zak?'

'Nee, Georgie. Burns wordt niet officieel verdacht van die andere zaak. Zijn naam dook daarin toevallig op, dat is alles.'

'Ik begrijp het,' zei Georgie. 'Nee, eerlijk gezegd snap ik er geen barst van.' Hij draaide zijn pols en de spieren in zijn onderarm zwollen op. 'Is het om de hoek zo'n rustige bedoening dat er nu op spoken wordt gejaagd?'

'Het spijt me dat ik dat ouwe gedonder weer boven water moet halen, Georgie.'

'Dat geeft niet, Milo, we doen allemaal ons werk. Destijds was ik nog maar een knulletje, eerstejaarsstudent aan Cal State Northridge. Ik wilde advocaat worden. In plaats daarvan moet ik het hiermee doen.' Mollige handen werden gespreid.

'Ik wou alleen zeker weten dat jullie ook nooit iets over Burns hebben opgevangen,' zei Milo.

De ogen van Nemerov veranderden in askleurige spleetjes. 'Denk je soms dat ik jullie in dat geval niet op de hoogte zou brengen?'

'Ja, daar ben ik van overtuigd, maar...'

'We houden ons aan de wet, Milo. Dat moeten we wel, als we ons brood willen verdienen.'

'Dat weet ik best, Georgie. Het spijt me...'

Georgie pakte zijn sandwich weer op. 'Wie heeft Burns dan nog meer om zeep gebracht?'

Milo schudde zijn hoofd. 'Het is nog te vroeg om dat bekend te maken. Hebben jullie nog sporen gevonden van eventuele medeplichtigen toen jullie naar hem op zoek waren?'

'Nee, hoor,' zei Nemerov. 'Die vent deed verdomme alles in zijn eentje. Een verslaafde mafkikker, een schooier en een smeerlap. Tegenwoordig zouden die lui van de wetswinkel hem een zielige, beklagenswaardige burger noemen, zonder dak boven zijn hoofd, en ze zouden proberen jou en mij zover te krijgen dat we zijn huur zouden betalen.' Zijn mond vertrok. 'Een schooier. Mijn pa heeft hem altijd met respect behandeld en dan vergoedt die zak dat op die manier.'

'Een rotstreek,' zei Milo.

'Een gore rotstreek. Zo denk ik er nog steeds over.'

'Jouw pa was een fijne vent, Georgie.'

Nemerov richtte zijn grijze spleetjes op mij. 'Mensen waren voor mijn pa een open boek, dokter. Hij had ze beter door dan een psychiater.'

Ik knikte en dacht: Maar Boris Nemerov heeft zich ernstig vergist in Willie Burns. Ernstiger kon niet.

Georgie leunde met een vlezige arm op de balie en trakteerde mij op een warme vlaag knoflook, pekel en mosterd.

'Hij had ze altijd door, die pa van mij, maar hij was veel te goed en veel te zachtaardig. Mijn mam heeft nachtmerries gehad omdat ze niet heeft geprobeerd hem tegen te houden op de avond dat hij met die zak had afgesproken. Ik heb haar verteld dat ze toch niets had kunnen doen. Als pa eenmaal iets in zijn kop had, kreeg niemand hem daar vanaf. Daarom heeft hij het er bij de communisten ook levend af gebracht. Hij had een hart van goud en een kop van beton. Die zak van Burns was een mislukkeling en een leugenaar, maar hij was altijd op komen dagen als hij voor moest komen, dus waarom zou mijn vader hem niet vertrouwen?'

'Precies,' zei Milo.

'Ach barst,' zei Nemerov.

De deur in de achterwand ging open en ruim driehonderd kilo mensenvlees stapte naar binnen. Het kantoor was meteen vol. Twee mannen, allebei tegen de twee meter, in zwarte coltruien en zwarte werkbroeken met een overdosis zakken en zwarte revolvers in zwarte nylon holsters. De grootste – een kwestie van millimeters – was een Samoaan met lang haar dat hij in een sumoknot droeg en een dunne snor-met-sik. Zijn metgezel had rood stekeltjeshaar en een fijnbesneden gezicht met een babyhuidje.

'Hoi,' zei Georgie Nemerov.

De twee monsters bekeken ons peinzend.

'Hoi,' zei Sumo.

Stekeltjeshaar bromde iets.

'Jongens, dit is rechercheur Milo Sturgis, een oude vriend van om de hoek. Hij heeft het onderzoek geleid naar die gore rotzak die mijn pa heeft vermoord. En dit is een zieltjesknijper die door de politie wordt geraadpleegd, want we weten allemaal dat smerissen stapelgek zijn, hè?'

De twee mastodonten knikten sloom.

'Dit zijn twee van mijn belangrijkste speurders, Milo,' zei Georgie. 'Dit is Stevie, maar we noemen hem Yokuzuna, omdat hij in Japan heeft geworsteld. En die kleine daar is Rooie Yaakov, uit het Heilige Land. Hoe staan de zaken, jongens?'

'We hebben iets voor je meegebracht,' zei Stevie. 'Achter, in het busje.'

'De 459?'

Stevie de Samoaan grinnikte. 'De 459 en raad eens? We hebben een extraatje. Toen we dat kot van die 459 uitliepen... die idioot lag daar gewoon in bed, alsof hij niet verwachtte dat iemand naar hem op zoek zou gaan en binnen twee seconden hadden we hem de armbandjes omgedaan. We namen hem mee naar de auto en toen bewoog het gordijn voor een van de ramen van het huis ernaast en we zien een vent naar ons kijken. En Yaakov zei: wacht eens even, is dat niet die 460 naar wie we al sinds de Democratische conventie op zoek zijn?'

'Die stomme gozer Garcia,' zei Yaakov, 'die daar de ruiten heeft ingeslagen en er met al die geluidsapparatuur vandoor is gegaan.'

'Raul Garcia?' zei Georgie. Hij begon te grijnzen. 'Je houdt me voor de gek.'

'Ja, die was het,' zei Stevie. 'Dus we zijn naar binnen gegaan en hebben hem ook in zijn nekvel gepakt. Ze zitten nu allebei opgesloten in het busje. Het bleek dat ze altijd samen dobbelen... uit burenliefde en zo. Ze hebben ons zelfs gevraagd om de armbandjes wat losser te maken, zodat ze in het busje konden spelen.'

Georgie gaf beide reuzen een high five. 'Twee in één klap, prachtig. Goed, geef me even de gelegenheid om alle papieren klaar te maken, dan kunnen jullie die twee genieën naar de bajes brengen. Ik ben trots op jullie, jongens. Kom om vijf uur maar terug, dan liggen jullie cheques ook klaar.'

Stevie en Yaakov salueerden en vertrokken via dezelfde weg als ze waren binnengekomen.

'Goddank,' zei Georgie, 'dat misdadigers zulke imbecielen zijn.' Hij liep terug naar zijn stoel en pakte zijn sandwich op.

'Bedankt dat je ons even te woord hebt gestaan,' zei Milo.

De sandwich beschreef een boog in de richting van Nemerovs mond, maar bleef op een paar centimeter van het doel steken. 'Ga je echt weer op zoek naar Burns?'

'Vind je dat ik dat moet doen?' vroeg Milo. 'Ik had het idee dat jullie hem al lang geleden in zijn kraag zouden hebben gevat als hij ergens te vinden was.'

'Dat heb je goed gezien,' zei Georgie.

Milo's kaken spanden zich toen hij nog iets dichter naar de balie toe slenterde. 'Denk jij dat hij dood is, Georgie?'

Nemerovs ogen gleden naar links. 'Dat zou heel fijn zijn, maar waarom zou ik dat denken?'

'Omdat je hem nooit hebt gevonden.'

'Het zou kunnen, Milo. Want we beheersen ons werk tot in de puntjes. Maar misschien was dat nog niet het geval toen het net gebeurd was. Ik heb al gezegd dat ik een studentje was, ik wist toch van niks? En mam was in alle staten, want je weet toch nog wel hoe de verzekeringsmaatschappijen ons het vuur aan de schenen legden... het ene moment moesten we de begrafenis regelen en een dag later moesten we knokken om niet failliet te gaan. Dus misschien hebben we niet op de manier naar Burns gezocht waarop we dat eigenlijk hadden moeten doen. Maar later heb ik ook nog jongens op zijn spoor gezet en hij staat nog steeds bij ons op de lijst... kijk maar, ik zal het je laten zien.'

Hij stond op, gaf een harde duw tegen de klapdeur, verdween en kwam een paar momenten later weer terug met een stuk papier dat hij op de balie liet vallen.

Het opsporingsbevel voor Wilbert Lorenzo Burns. Arrestatiefoto's van voren en van opzij, met het gebruikelijke nummerbordje om zijn nek. Een vrij donker, mooi gevormd gezicht dat zacht en jongensachtig aandeed en zelfs vriendelijk zou zijn geweest als er niet zo'n opgefokte blik in de ogen had gestaan. Burns lange haar bestond uit wollige plukken die overeind stonden alsof eraan getrokken was. Uit zijn gegevens bleek dat hij een meter vijfentachtig was, tweeënzeventig kilo, met littekens van messteken op beide onderarmen en in zijn nek. Hij had geen tatoeages en werd gezocht wegens artikelen 11375, 836.6, 187 WvS. Het in bezit hebben van verdovende middelen met de bedoeling die te verkopen, ontsnapping na voorarrest of arrest, en moord.

'Af en toe denk ik nog weleens aan hem,' zei Georgie tussen de happen van zijn sandwich door. 'Waarschijnlijk is hij dood. Hij was een nepfiguur, hoe groot was de kans helemaal dat die zak een lang leven was beschoren? Maar als je het tegendeel ter ore komt, laat me dat dan wel even weten.'

18

Toen we het kantoor van de tussenpersoon uitliepen, stopte het elektrische karretje van een parkeerwachter net achter de Seville. 'Kom op,' zei Milo en we holden naar de auto. De parkeerwachter stapte uit met zijn kwaadaardige computerapparaatje in de hand, maar ik scheurde weg voordat hij de kans kreeg om de knopjes in te drukken.

'Dat was op het nippertje,' zei Milo.

'Ik dacht dat jij invloed had.'

'Invloed is iets vluchtigs.'

Ik sloeg de hoek om, richting het politiebureau.

'En wat vond je ervan?' vroeg hij.

'Waarvan?'

'Het gedrag van Georgie.'

'Ik ken Georgie niet.'

'Maar toch.'

'Hij leek een beetje nerveus te worden toen jij over Burns begon.'

'Ja, dat klopt. Normaal gesproken is hij heel gelijkmoedig, je hoort hem nooit vloeken. En nu smeet hij behoorlijk met krachttermen.'

'Misschien raakte hij overstuur bij de gedachte aan de moord op zijn vader.'

'Dat zou kunnen.'

'Je vraagt je af of hij met Burns heeft afgerekend. Maar waarschijnlijk kom je daar nooit achter.'

'Volgens mij hoor jij er eigenlijk voor te zorgen dat mensen zich beter voelen.'

'Loutering door begrip,' zei ik terwijl ik vlak bij de parkeerplaats voor het personeel van bureau Westside stopte en de motor van de Seville stationair liet lopen. Milo bleef zitten waar hij zat, met zijn lange benen hoog opgetrokken en zijn handen plat op de zitting van de stoel.

'Schwinn kan barsten,' zei hij ten slotte.

'Dat zou geen probleem zijn,' zei ik, 'als het echt om Schwinn draaide.'

Hij wierp me een boze blik toe. 'Nog meer loutering?'

'Waar heb je anders vrienden voor?'

Een paar minuten later: 'Waarom dat moordboek? Als hij echt wilde helpen, hoefde hij me alleen maar te bellen om me te vertellen hoe de vork in de steel zit.'

'Misschien heeft dat boek ons meer te bieden dan alleen de foto van

Janie.'

'Wat dan?'

'Dat weet ik niet, maar het kan de moeite lonen om het nog een keer goed te bekijken.'

Hij gaf geen antwoord. Maar hij maakte ook geen aanstalten om uit te stappen.

'En nu,' zei ik.

'En nu... ik zat erover te denken om een bezoek te brengen aan Achievement House. Misschien kan ik daar iets oppikken over de laatste ontwikkelingen in het bijzonder onderwijs.'

'Dus je gaat er toch mee verder.'

'Ik weet niet wat ik ga doen.'

Ik nam Pico in oostelijke richting naar Motor en reed snel langs Rancho Park naar Cheviot Hills. Bij daglicht zag Achievement House er niet indrukwekkender uit. Het lichte pleisterwerk dat me de avond ervoor al was opgevallen, bleek inderdaad lichtblauw te zijn. Er stonden wat meer auto's op de parkeerplaats en een stuk of tien pubers stonden in groepjes bij elkaar. Toen we langs het trottoir stopten, schonken ze daar nauwelijks aandacht aan. De jongeren vormden een bont gezelschap dat uiteenliep van vleermuizen met zwarte lippen tot knappe lachebekjes die zo in een tv-serie uit de jaren vijftig konden meespelen.

Milo drukte op de bel aan het hek en het slot sprong open zonder dat iemand informeerde wat we wensten. Meteen daarna klikte ook de deur open. De ontvangsthal rook naar een luchtverfrisser en naar maïskoekjes. Een receptiebalie aan de rechterkant en een kantoordeur met het opschrift ADMINISTRATIE werden gescheiden door een gang die uitkwam in een wachtkamer met gedempt licht waar niemand zat te wachten. Crème muren met posters van bloemen in aluminium lijsten, paarsblauwe vloerbedekking, keurige stapeltjes tijdschriften op teakhouten tafeltjes, gebroken witte fauteuils met dikke kussens. Glaspanelen in de dubbele deuren achter in de kamer boden uitzicht op een andere gang met af en toe een flits van onhandige puberale gebaren.

De receptioniste was een jonge Indiase vrouw in een perzikkleurige sari die verbaasd maar kalm op Milo's penning reageerde.

'Waar gaat het om?' vroeg ze vriendelijk.

'Een onderzoek,' zei Milo die zonder meer opgewekt klonk. Onderweg was hij gespannen en stil geweest, maar daar was nu niets meer van te merken. Hij had zijn haar gekamd en de knoop van zijn das omhooggeschoven en maakte de indruk van een man die zich ergens op verheugde.

'Een onderzoek?' vroeg ze.

'Ik wil graag een blik werpen op een paar studentendossiers, mevrouw.'

'Ik zal mevrouw Baldassar even roepen. Zij is onze directrice.'

Ze liep weg en toen ze terugkwam, zei ze: 'Komt u maar mee' en bracht ons naar de deur aan de andere kant van de hal. We stapten naar binnen en een secretaresse bracht ons via haar kantoor naar een keurig vertrek waar een asblonde vrouw van midden veertig achter een bureau zat en net een sigaret uitmaakte.

Milo liet haar zijn penning zien en de blonde vrouw zei: 'Marlene Baldassar.' Ze was mager, door de zon gebruind en met een massa sproeten. Ingevallen wangen, goudbruine ogen en een spitse kin. Haar donkerblauwe, gerende japon was met wit afgezet en hing als een hobbezak om haar knokige lichaam. Het asblonde haar was halverwege haar hals recht afgeknipt en hing in dunne sliertjes over haar voorhoofd. Ze droeg een gouden trouwring en een veel te groot, zwart plastic duikershorloge. Een bril met een schildpadmontuur hing aan een kettinkje om haar hals. De grote glazen asbak op haar bureau lag halfvol peuken met lipstickvlekken. Op de rand stond *Mirage Hotel, Las Vegas*. De rest van het bureau werd in beslag genomen door boeken, papieren en ingelijste foto's. Plus een glimmende zilveren mondharmonica.

Toen ze mij naar het instrument zag kijken, pakte ze het met twee vingers op, blies een paar riedeltjes en legde het glimlachend weer neer. 'Dat helpt me om te ontspannen. Ik probeer te stoppen met roken. Maar zoals u ziet, lukt dat niet al te best.'

'Het is moeilijk om van slechte gewoontes af te komen,' zei ik.

'Heel moeilijk. En ja, ik heb ook pleisters geprobeerd. Alle soorten. Mijn DNA is waarschijnlijk doortrokken van nicotine.' Ze liet haar vinger langs de rand van de mondharmonica glijden. 'Wat is dat voor politieonderzoek waar Shoba het over had? Zit een van onze leerlingen in moeilijkheden?'

'Die mogelijkheid schijnt u niet echt te verbazen,' zei Milo.

'Ik werk al bijna twintig jaar met kinderen. Ik kijk vrijwel nergens meer van op.'

'Twintig jaar hier, mevrouw?'

'Drie jaar hier, zeventien jaar voor de staat... de jeugdgevangenis, gemeentecentra voor geestelijke gezondheid, programma's ter preventie van aan jeugdbendes gerelateerd geweld.'

'Bevalt de verandering?' vroeg ik.

'Grotendeels wel,' zei ze. 'Maar het werken voor de staat kon ook best leuk zijn, hoor. Veel gezeur om niks, maar als je dan ineens een groeibriljantje tussen het puin vindt, is dat behoorlijk opwindend. Het werk hier is ontzettend voorspelbaar. Door de bank genomen zijn de kinderen een redelijk stel. Verwend maar toch wel aardig. We zijn gespecialiseerd in ernstige leerproblemen... chronisch spijbelen, ernstige dyslexie, kinderen die de leerstof gewoon niet aankunnen. We hebben eigenlijk maar één doel: ervoor te zorgen dat ze zover komen dat ze in staat zijn om de kleine lettertjes te lezen zodra ze de beschikking krijgen over hun trustfonds. Dus als uw onderzoek een van mijn huidige leerlingen betreft, zou ik wél verbaasd opkijken. We proberen kinderen met een te sterke antisociale inslag te weren, want die zijn veel te bewerkelijk.'

'Moeten de kinderen vierentwintig uur per dag binnenblijven?' wilde Milo weten.

'Goeie genade, nee,' zei ze. 'Dit is geen gevangenis. Ze gaan in het weekend naar huis en ze kunnen uitgaanspasjes verdienen. Maar wat wilde u nu eigenlijk weten en over wie?'

'In feite,' zei Milo, 'is dit meer een speurtocht in het verleden. Naar iemand die hier twintig jaar geleden op school zat.'

Marlene Baldassar leunde achterover en begon aan haar bril te frunniken. 'Het spijt me, maar ik mag niet over voormalige leerlingen praten. Een situatie die zich voordoet met een van de huidige leerlingen zou een ander geval zijn... met iemand die een acuut gevaar voor zichzelf en voor anderen zou kunnen betekenen. Dan ben ik volgens de wet verplicht u medewerking te verlenen.'

'Voor scholen geldt niet het principe van beroepsgeheim, mevrouw.'

'Maar voor psychotherapeuten wel, rechercheur, en veel van onze dossiers bevatten psychotherapeutische rapporten. Ik zou u graag willen helpen, maar...'

'En hoe zit het met de dossiers van personeelsleden?' vroeg Milo. 'We stellen ook een onderzoek in naar iemand die hier heeft gewerkt. Dat soort gegevens mag u niet achterhouden.'

Baldassar begon weer aan haar bril te prutsen. 'Daar zult u best gelijk in hebben, maar... twintig jaar geleden? Ik weet niet eens of ons archief zo ver teruggaat.'

'Daar kunnen we maar op één manier achter komen, mevrouw.'

'Hoe heet die persoon?'

'Wilbert Lorenzo Burns.'

Geen spoor van herkenning op het sproetige gezicht. Baldassar pakte de telefoon op, stelde een paar vragen, zei: 'Wacht maar even' en kwam een paar tellen later terug met een roze velletje papier.

'Burns, Wilbert L.,' zei ze terwijl ze het briefje aan Milo gaf. 'Dit is alles wat we hebben. De ontslagbrief van meneer Burns. Hij heeft het hier drie weken uitgehouden. Van drie augustus tot en met de vierentwintigste. Hij is ontslagen omdat hij zonder bericht was weggebleven. Kijkt u zelf maar.'

Milo las het korte briefje door en gaf het terug.

'Wat heeft meneer Burns gedaan?'

'Hij is voortvluchtig. Het gaat in de eerste plaats om een overtreding van de opiumwet. Ik vind het nogal bedenkelijk dat hij met een voorwaardelijke straf wegens drugsgebruik toch hier kon werken. Bovendien moest hij voorkomen wegens handel in heroïne.'

Baldassar fronste. 'Geweldig. Nou ja, dat zou tegenwoordig niet meer gebeuren.'

'U let goed op welk vlees u in de kuip hebt als u nieuw personeel aanneemt?'

'Ik laat me in ieder geval niet beduvelen door een dealer.'

'Die vorige directeur zal wel wat minder kieskeurig zijn geweest,' zei Milo. 'Kent u die... Michael Larner?'

'De enige die ik ken, is mijn directe voorgangster. Dr. Evelyn Luria. Een schat van een vrouw. Die is nu gepensioneerd en naar Italië verhuisd... ze moet al minstens tachtig zijn. Ik heb gehoord dat zij in dienst is genomen om de geneeskundige begeleiding op te vijzelen. En van mij wordt verwacht dat ik op het organisatorische vlak verbeteringen aanbreng.' Ze tikte met haar vinger op de harmonica. 'Maar u suggereert niet dat die Burns ook drugs verkocht aan de leerlingen hier.'

'Zijn er dan drugsproblemen met de leerlingen hier?'

'Rechercheur, doe me een lol,' zei Baldassar. 'Dit zijn tieners zonder noemenswaardige eigendunk die meer dan genoeg geld te besteden hebben. Je hebt geen universitaire graad nodig om tot de juiste conclusie te komen. Maar geloof me, ik sta echt niet toe dat hier misdadigers binnen de hekken komen, van welk kaliber ook. En met betrekking tot wat hier twintig jaar geleden is gebeurd...'

Ze pakte de harmonica op, maar legde het instrumentje meteen weer neer. 'Als dat alles is...'

'Om eerlijk te zijn,' zei Milo, 'heeft het onderzoek niet alleen betrekking op Willie Burns. Het gaat ook om een leerling met wie Burns bevriend was. Een meisje dat Caroline Cossack heette.'

Baldassar keek hem met grote ogen aan. Daarna snoof ze even... ik nam aan dat het een lach moest voorstellen, maar ze zag er allesbehalve vrolijk uit. 'Laten we maar even naar buiten gaan,' zei ze. 'Ik wil een sigaret opsteken, maar ik wil niemand vergiftigen.'

Ze liep samen met ons door de dubbele deuren met de glaspanelen en langs tien kamers waarvan er een paar openstonden. We kwamen langs slonzig opgemaakte bedden, stapels pluchen beesten, posters van pop- en filmsterren, gettoblasters, gitaren en houten bureautjes met stapels boeken. Een paar tieners lagen languit op hun bed met een koptelefoon op naar muziek te luisteren, één jongen was bezig met push-ups en een meisje zat een tijdschrift te lezen... met een gefronst voorhoofd en moeizaam bewegende lippen.

In het kielzog van Marlene Baldassar liepen we onder een trap aan de achterkant door, waar ze een deur met het bordje UITGANG openhield zodat wij in een steegje achter het gebouw konden stappen. Er stonden twee vuilcontainers tegen een muur van betonblokken. Vlak ernaast stond een rondborstig meisje met haar ellebogen tegen de muur en haar heupen tegen een lange jongen met gemillimeterd haar aangedrukt. Hij droeg een heupbroek waarvan de pijpen zo lang waren dat ze in slonzige vouwen op zijn gympen hingen. De veters waren niet dichtgestrikt. Hij zag eruit als een vogelverschrikker die op het punt stond in elkaar te storten. Hij bukte zich om haar te kussen, maar stopte toen het meisje iets zei, draaide zich om en fronste.

'Hallo, jongens,' zei Baldassar. Zonder een spier te vertrekken slenterde het stel weg en verdween om de hoek.

'Dingus interruptus,' zei Baldassar. 'Ik zou me haast schuldig gaan voelen.'

Ik kon het gezoem horen van de elektriciteitskabels die drie meter boven de muur waren gespannen. Boven ons hoofd scheerde een duif door de lucht. Baldassar stak op, inhaleerde gretig en rookte een centimeter van haar sigaret op.

'Bestaat de mogelijkheid dat dit gesprek onder ons blijft?' vroeg ze.

'Dat zou ik u graag willen beloven,' zei Milo. 'Maar als u op de hoogte bent van een bepaald misdrijf...'

'Nee, daar heeft het niets mee te maken. En ik heb dat meisje Cossack ook nooit ontmoet, hoewel ik weet dat ze hier op school heeft gezeten. Maar als het om haar familie gaat... laten we het er maar op houden dat die zich hier niet erg populair heeft gemaakt.'

'Hoe komt dat, mevrouw?'

Baldassar trok opnieuw aan haar sigaret en schudde haar hoofd. 'Ik neem aan dat u daar toch wel achter zou komen als u maar diep genoeg graaft.'

'Waar moet ik dan graven?'

'Wat nu, moet ik uw werk voor u opknappen?'

'Ik ben blij met alles wat u me kunt vertellen, mevrouw,' zei Milo.

Ze glimlachte. 'Staatsarchieven. Ik zal u vertellen wat ik weet, maar ik wil niet dat bekend wordt dat u het van mij hebt gehoord, oké?'

'Oké.'

'Ik vertrouw u, rechercheur.'

'Dank u wel, mevrouw.'

'En hou alsjeblieft op met dat mevrouw,' zei ze. 'Ik begin het gevoel te krijgen dat ik midden in een of andere oude aflevering van *Dragnet* zit.'

'Prima, mev…'

Baldassar snoerde hem de mond door met haar sigaret te zwaaien. 'Om een lang verhaal lekker kort te maken: een tijd geleden – zeventien of achttien jaar – kwam Achievement House als gevolg van slechte investeringen in financiële problemen te zitten. De raad van bestuur bestond uit stijve ouwe lullen die heel conservatief met hun eigen geld omsprongen, maar die kennelijk bereid waren geweest met het kapitaal van Achievement House heel wat grotere risico's te nemen. Kunt u zich nog die toestanden met al die flutaandelen herinneren? De raad had een financieel directeur in dienst genomen die de waardevaste fondsen van Achievement House inruilde voor een hele stamp van wat uiteindelijk waardeloos papier zou blijken te zijn. De rentevoet was destijds heel aantrekkelijk en het inkomen op papier was zo hoog dat de raad het idee begon te krijgen dat Achievement House zichzelf zou kunnen bedruipen. Toen stortte de markt in. En om het nog erger te maken had de financieel directeur een tweede hypotheek op het gebouw genomen en daarvoor nog meer bedenkelijke aandelen aangeschaft. Toen de bom barstte, zat Achievement House diep in de puree en dreigde uit het gebouw gezet te worden.'

'Zouden die rijke ouwe lullen het zover hebben laten komen?'

'Die rijke ouwe lullen zaten alleen maar in de raad van bestuur om zich nobel te voelen en hun naam tijdens het galaseizoen op de societypagina's van de kranten te zien opduiken. En als toppunt van ellende was er ook nog iets vervelends aan de hand met de directeur… die meneer Larner van u. Dat heb ik allemaal van Evelyn Luria te horen gekregen. Voordat ze naar Europa vertrok, heeft ze me op de hoogte gebracht, maar ze wilde niet in details treden. Ze suggereerde wel dat het iets met seks te maken had. Iets dat de raad van bestuur de slechtst denkbare publiciteit zou bezorgen.'

'Dus het gevaar bestond dat de school gesloten zou worden en de raad van bestuur wenste niet bij te springen.'

'God, ik hoop dat dit na al die jaren niet tot uitbarsting komt. Ik heb deze baan aangenomen omdat ik verwachtte dat ik het hier wat rustiger aan zou kunnen doen.'

'Ik zal ervoor zorgen dat u hier buiten blijft, mevrouw Baldassar. Vertel me nu maar waarom de familie Cossack niet populair is.'

174

'Omdat zij wel bijsprongen – als ware redders in de nood – en zich vervolgens van een heel andere kant lieten zien.'

'De vader van Caroline?'

'De vader van Caroline en haar broers. Dat drietal had een of andere zaak in onroerend goed en zij kwamen tussenbeide, wisten bij de bank een voordeliger hypotheek los te kloppen en lieten het eigendom van Achievement House op hun naam zetten. Gedurende een tijdje werden de aflossingen voldaan zonder dat er verder een woord aan vuil werd gemaakt. Maar een paar jaar later kondigden ze aan dat de school het pand moest verlaten omdat het land te waardevol was voor een onderneming die geen winst opleverde. Ze hadden ook de grond eromheen opgekocht en waren van plan het hele blok te saneren.'

Ze gooide haar sigaret op de grond en trapte de peuk met de punt van haar schoen uit.

'Maar Achievement House bestaat nog steeds,' zei Milo. 'Wat is er gebeurd?'

'Dreigementen, beschuldigingen, advocaten. De raad van bestuur wist uiteindelijk tot overeenstemming te komen met de Cossacks, maar dat betekende wel dat een aantal mensen diep in de buidel moest tasten om de Cossacks af te kopen. Wat ik te horen heb gekregen is dat de woede met name zo groot was omdat Caroline Cossack hier alleen maar bij wijze van gunst aan de familie was toegelaten. Ze kwam eigenlijk niet voor plaatsing in aanmerking.'

'Waarom niet?'

'Omdat ze een psychiatrisch geval was... ze had ernstige gedragsproblemen, geen leerproblemen.'

'Dus de school fungeerde alleen als oppas?' vroeg ik.

'Ja, voor haar werden de regels aangepast. En dan reageert haar familie zó.'

'Hebben jullie nog dossiers over Caroline?' vroeg Milo.

Baldassar aarzelde. 'Dat zal ik moeten nakijken... blijf hier maar even wachten, alsjeblieft.'

Ze liep het gebouw weer in. Ik zei: 'Ik vraag me af of Michael Larner iets van doen had met het besluit van de Cossacks om te proberen de school het pand uit te zetten. Nadat de raad van bestuur hem de laan uit had gestuurd, zal hij nog maar weinig genegenheid voor hen of voor het instituut hebben gekoesterd.'

Milo schopte tegen een van de containers. Er vloog weer een duif boven ons hoofd. Vervolgens kwamen er nog drie voorbij. 'Vliegende ratten,' mompelde hij. Nauwelijks hoorbaar, maar de vogels vingen de vibraties kennelijk toch op en ze gingen ervandoor.

Marlene Baldassar kwam terug met een nieuwe sigaret in de ene hand en een roze archiefkaartje in de andere.

'Geen dossier, het enige dat ik heb gevonden is dit, de vermelding van de periode dat ze hier is geweest.'

Milo pakte het kaartje aan. 'Toelatingsdatum 9 augustus, vertrekdatum 22 december. Maar er staat niet bij waar ze naar toe is gegaan.'

'Nee, dat klopt,' zei Baldassar.

'Bewaren jullie de oude dossiers niet?'

'Ja, dat doen we wel. Het zou er ook eigenlijk moeten zijn.' Ze keek strak naar Milo's gezicht. 'U lijkt niet bepaald geschokt.'

'Net als u kijk ik eigenlijk nergens meer van op, mevrouw Baldassar. En ik moet u vragen of u ook zo vriendelijk wilt zijn om uw mond te houden over dit bezoek. Dat is voor iedereen beter.'

'Dat is voor mij geen enkel probleem,' zei Baldassar. Ze inhaleerde diep en blies een rookkringetje uit. 'En ik dacht nog wel dat dit een lekkere luie dag zou worden. In plaats daarvan is er een soort beerput opengetrokken. Heren, uw bezoek heeft me echt doen denken aan de tijd waarin ik nog in staatsdienst was.'

'Hoezo?' vroeg ik.

'Al die problemen die niet opgelost kunnen worden met een simpel telefoontje en een creditcard.'

19

'Een interessant tijdsverloop,' zei ik terwijl we onder de inmiddels wel geïnteresseerde blikken van de jongelui op de parkeerplaats naar de auto liepen. 'Janie Ingalls wordt begin juni vermoord. Twee maanden later wordt Caroline toegelaten tot Achievement House waar Willie op komt dagen en drie weken blijft werken. Willie wordt ontslagen, vervolgens opgepakt wegens handel in drugs en gaat naar Boris Nemerov die zorgt dat hij op borgtocht wordt vrijgelaten. Wanneer was die overval op Boris Nemerov?'

'Op 23 december,' zei Milo.

'De dag na Carolines vertrek uit Achievement House... al dan niet vrijwillig. Misschien heeft Willie zijn vriendinnetje meegenomen en de zorg voor haar op zich genomen. Of er is met het geld van de familie Cossack een leuk, veilig onderkomen geregeld waar ze zich allebei konden verbergen. En er is nog iets: dat Georgie een beetje zenuwachtig werd toen jij over Burns begon, komt misschien niet door het feit dat zijn mannen de moordenaar van zijn vader om zeep hebben geholpen, maar juist doordat ze dat niet hebben gedaan. Dat ze betaald zijn om dat niet te doen.'

'Dus hij zou geld hebben aangepakt om de moordenaar van zijn vader vrijuit te laten gaan? Nee hoor, niet Georgie.'

'Hij zat samen met zijn moeder in financieel opzicht voor het blok. Misschien is er meer nodig geweest om de zaak gaande te houden dan het klokje rond werken en slim te onderhandelen.'

'Nee, dat wil er bij mij niet in,' zei hij. 'Georgie is altijd recht-door-zee geweest.'

'Jij kunt het weten.'

'O ja, ik ben een bron van kennis. Kom op, dan gaan we naar mijn huis om nog eens naar dat verdomde boek te kijken.'

Rick en Milo woonden in een kleine, goed onderhouden bungalow in West Hollywood, in een rustige, door olmen overschaduwde straat waar het licht bovendien werd weggenomen door de ontzagwekkende blauwe kolos van het Design Center. Ricks witte Porsche schitterde door afwezigheid en de rolgordijnen zaten dicht. Toen L.A. een paar jaar geleden geteisterd werd door een periode van droogte had Rick het gazon laten afgraven en het vervangen door grind en woestijnplanten met grijsgroene bladeren. Dit jaar was er geen gebrek aan water in L.A., maar de onderhoudsvriendelijke tuin was gebleven en nu zaten overal trossen gele bloempjes tussen het bleekgroene blad.

'De cactussen doen het goed,' zei ik.

'Geweldig,' zei Milo. 'Vooral als ik 's avonds in het donker thuiskom en er met mijn broekspijpen aan blijf hangen.'

'Bekijk de dingen vooral van de zonzijde.'

'Dat is de kern van mijn hele denkwijze,' zei hij. 'Het glas is half-leeg of kapot.'

Hij maakte de voordeur open, schakelde het alarm uit, pakte de post op die op de mat was gevallen en smeet die zonder stil te staan op een tafeltje. De keuken oefent ook in zijn eigen huis meestal een grote aantrekkingskracht op hem uit, maar dit keer liep hij door naar het aan de veranda grenzende hoekje van de bijkeuken dat dienst doet als zijn kantoor: een benauwde, duistere ruimte, ingeklemd tussen de vrieskast en de wasdroogcombinatie, waar het altijd naar waspoeder rook. De inrichting bestond uit een foeilelijk metalen bureau dat knalgeel was geschilderd, een vouwstoel en een beschilderde houten haaienkoplamp uit Bali. Het blauwe boek lag in een grote, afsluitbare plastic zak op de bovenste plank van het boekenkastje dat boven het bureau tegen de muur was geschroefd.

Hij trok handschoenen aan, pakte het boek uit de zak, bladerde door naar de foto van Janie Ingalls en bestudeerde de lijkfoto. 'Gaat je al een lichtje op?'

'Laten we eens kijken wat er achteraan komt.'

Na Janie volgden nog maar drie bladzijden. Een trits foto's, stuk voor stuk op de plaats van het delict genomen van slachtoffers die alle jongemannen waren. Eén zwarte knul en twee van Latijns-Amerikaanse afkomst, allemaal languit op een met bloed bevlekt wegdek. Uit de wit uitgelichte lijken en de donkere omgeving bleek dat ze 's nachts om het leven waren gekomen. Naast de rechterhand van het laatste slachtoffer lag een blinkend pistool.

Het bijschrift bij de eerste foto luidde: **Gang drive-by, Brooks St., Venice. Een dode, twee gewonden.**

De volgende: **Gang drive-by, op de hoek van Commonwealth en Fifth, Rampart.**

En ten slotte: **Gang drive-by, Central Ave.**

'Drie keer hetzelfde,' zei ik. 'Dat is vrij interessant.'

'Waarom?'

'Tot dat punt was het steeds iets anders.'

'Bendemoorden,' zei Milo. 'Dagelijkse kost. Misschien had Schwinn geen interessante foto's meer. Als deze van na de moord op Janie dateren, toen hij al weg was bij de politie, zal het hem behoorlijk wat moeite hebben gekost om de hand te leggen op foto's van de plaats van het delict. God mag weten hoe hij deze te pakken heeft gekregen.' Hij sloeg het boek dicht. 'Heb jij enig idee welk verband er bestaat tussen Janie en die drive-by's? Ik in ieder geval niet.'

'Vind je het goed als ik het nog even inkijk?'

'Je gaat je gang maar.' Hij pakte nog een stel handschoenen uit een van de bureaulades en ik trok ze aan. Terwijl ik de eerste foto opsloeg, liep hij om de wasdroogcombinatie heen de keuken in. Ik hoorde de deur van de koelkast opengaan.

'Wil je iets te drinken?'

'Nee, dank je.'

Zware voetstappen. Een kast werd opengetrokken. Glas tinkelde op tegels. 'Ik ga even de post doornemen.'

Ik nam de tijd om alle misdaadfoto's te bestuderen. Ondertussen dacht ik aan Schwinn, die verslaafd was geweest aan speed en die zijn gejatte foto's zorgvuldig had bewaard, ook al had hij afstand gedaan van al zijn wereldse bezittingen. Die uiteindelijk een vredig bestaan had gekend, maar in het geniep deze in blauw leer gebonden verzameling monstruositeiten had aangelegd. Terwijl ik de inmiddels vertrouwde bladzijden omsloeg en de beelden in elkaar begonnen over te lopen, dwong ik mezelf om bij de les te blijven en probeerde me te concentreren op elke brute moord.

De eerste keer viel me niets bijzonders op, maar toen ik de tweede keer zat te bladeren, zag ik iets dat me deed stokken.

De twee foto's voorafgaand aan de opname van Janies lijk.

De een na laatste foto ervoor was een van korte afstand geschoten kleurenopname van een magere, tengere zwarte man wiens huid al de verschoten grauwe post-mortemkleur had aangenomen. Zijn lange lichaam lag op bruin zand, met één arm beschermend naar zijn gezicht gebogen. Een gapende mond, halfopen, levenloze ogen, gespreide benen.

Geen bloed. Geen zichtbare verwondingen.

Overdosis drugs, mogelijk succesvol dader van 187.

De volgende foto zat tegenover die van Janie. Ik had hem steeds overgeslagen, omdat het een van de meest afstotende beelden in het hele boek was.

De camera was gericht op een hoop verminkt vlees dat niets menselijks meer had.

Gladgeschoren benen en een verpletterd, ingevallen onderlichaam wekten de suggestie van een vrouw. Het onderschrift voorkwam de noodzaak tot verder speurwerk.

Geestelijk gestoorde vrouw, voor truck met dubbele oplegger gesprongen of geduwd.

Ik bladerde terug naar de magere, zwarte man.

Daarna keerde ik terug naar het begin van het moordboek om het voor alle zekerheid nog een keer door te kijken.

Vervolgens ging ik op zoek naar Milo.

Hij zat in de woonkamer zijn gasrekening te bestuderen, een whiskyglas met iets amberkleurigs in zijn vuist. 'Klaar?'

'Kom eens even kijken,' zei ik.

Hij sloeg de rest van zijn borrel achterover en liep met het glas in zijn hand achter me aan.

Ik liet hem de foto's zien die vlak voor die van Janie zaten. 'Wat wil je daarmee zeggen?' vroeg hij.

'Twee dingen,' zei ik. 'Het eerste is inhoudelijk. Vlak voor Janie zitten een zwarte, drugsverslaafde man en een blanke, geesteszieke vrouw. Klinkt je dat bekend in de oren? Het tweede betreft de aanpak: deze twee onderscheiden zich in *stilistisch* opzicht van de andere foto's in het boek. Bij eenenveertig foto's, die van Janie inbegrepen, worden de plaats en het politiedistrict waar de moord plaatsvond vermeld. Die ontbreken alleen bij deze twee foto's. Als

Schwinn deze foto's uit politiedossiers heeft gejat, had hij die gegevens wel tot zijn beschikking. Toch heeft hij de plaatsen hier weggelaten. Ben je bereid om een psychologische verklaring te aanvaarden?'

'Schwinn op de symbolische toer?' vroeg hij. 'Moeten deze twee Willie Burns en Caroline Cossack voorstellen?'

'De informatie bij deze twee foto's ontbreekt, omdat ze de *vermiste* Willie Burns en de *vermiste* Caroline Cossack voorstellen. Schwinn vermeldt de lokatie niet omdat de verblijfplaats van zowel Burns als Cossack onbekend is. Dan gaat hij verder met de foto van Janie en schrijft daar NO bij, Niet Opgelost. En meteen ná Janie zet hij drie drive-by's bij elkaar. En dat is volgens mij ook geen toeval. Hij wist precies hoe dat op jou over zou komen: als dagelijkse kost. En dat zei je ook meteen. Hij beschrijft hier een hele gang van zaken: een zwarte man en een geestelijk gestoorde blanke vrouw die allebei vermist worden hebben iets te maken met de moord op Janie die nooit is opgelost. Integendeel: het onderzoek wordt gestaakt en vervolgens gaan we over tot de orde van de dag. Op deze manier geeft hij aan dat de zaak in de doofpot is gestopt.'

Hij trok aan zijn onderlip. 'Hij speelt een spelletje... maar wel heel geraffineerd.'

'Je hebt zelf gezegd dat Schwinn sluw was,' zei ik. 'Argwanend, op het paranoïde af. Het LAPD heeft hem uitgekotst, maar hij blijft denken als een verstoten smeris en om zich in te dekken blijft hij stug doorgaan met zijn spelletjes. Hij besluit om contact met jou op te nemen, maar hij doet dat op een manier die alleen jou iets zegt. In het geval dat het boek zoek raakt of met hem in verband gebracht wordt, kan hij altijd ontkennen dat het van hem afkomstig is. Hij heeft de moeite genomen ervoor te zorgen dat het níét met hem in verband kon worden gebracht... de ontbrekende vingerafdrukken. De enige die zich waarschijnlijk zou herinneren dat hij graag fotografeerde, was jij en dus zou de connectie jou niet ontgaan. Het is best mogelijk dat hij aanvankelijk van plan is geweest om zelf het boek aan je op te sturen, maar hij is van gedachten veranderd en heeft iemand anders als tussenpersoon gebruikt, bij wijze van extra voorzorgsmaatregel.'

Hij bestudeerde de dode zwarte man. Daarna bladerde hij terug naar het afgrijselijke ongeval met de vrachtwagen en weer door naar Janie. Vervolgens herhaalde hij de hele procedure.

'De plaatsvervangers van Willie en Caroline... hoe kom je erop.'

Ik wees naar het lijk van de zwarte man. 'Hoe oud is hij volgens jou?'

Hij keek met samengeknepen ogen naar het asgrauwe gezicht. 'Een jaar of veertig.'

'Als Willie Burns nog in leven zou zijn, zou hij nu drieënveertig zijn. Dat houdt in dat Schwinn de dode man beschouwde als een plaatsvervanger van Willie *in de tegenwoordige tijd.* De beide foto's zijn vergeeld en waarschijnlijk al tientallen jaren oud. Maar Schwinn gebruikt ze om naar het heden te verwijzen. En dat betekent dat hij het boek nog niet zo lang geleden heeft gemaakt en ook wilde dat jíj je op het heden zou concentreren.'

Hij liet het lege glas tussen zijn handen heen en weer rollen. 'De klootzak was een prima rechercheur. Als de politie hem de laan uit heeft gestuurd omdat iemand zich zorgen maakte over de dingen die hij van Janie wist, betekent dat ook dat ze zich niet druk maakten over mij.'

'Jij was nog maar een groentje...'

'Ik was de domme lul van wie verwacht werd dat hij precies zou doen wat hem werd gezegd. En wat denk je?' Hij lachte.

'Het zit er dik in dat de argwaan die Schwinn ten opzichte van jou koesterde bevestigd werd toen hij erachter kwam dat hij wel op straat was gezet en jij niet. Misschien had hij het idee dat jij de hand hebt gehad in zijn ontslag. Vandaar dat het jaren heeft geduurd voordat hij bereid was jou te vertellen wat hij over Janie te weten was gekomen.'

'En dan verandert hij ineens van gedachten.'

'Hij begon bewondering voor je te voelen. Dat heeft hij ook tegen Marge gezegd.'

'Meneer de Vrede in eigen persoon,' zei hij, 'die zijn vriendinnetje of een of andere gesjochten ouwe smeris als tussenpersoon gebruikt. Maar waarom is de persoon in kwestie dan pas zeven maanden na de dood van Schwinn in actie gekomen?'

Daar kon ik geen antwoord op geven. Milo probeerde te ijsberen, maar de benarde ruimte naast de wascombinatie dwong hem ertoe om al na twee passen om te keren.

Hij zei: 'En vervolgens lazert die kerel van een paard.'

'Een paard dat zo zachtaardig was dat Marge zich geen moment ongerust maakte toen Schwinn alleen op hem de heuvels in wilde. En toch is Akhbar ergens van geschrokken. "Van iets," volgens Marge. Maar het kan ook "van iemand" zijn.'

Hij keek langs me heen, liep weer naar de keuken, spoelde het whiskyglas om, kwam terug en wierp een boze blik op het boek. 'Er is niets waaruit op te maken valt dat Schwinns dood geen ongeluk is geweest.'

'Helemaal niets.'

Hij drukte zijn handen plat tegen de muur alsof hij zich inspande om die omver te drukken.

'Klootzakken,' zei hij.

'Wie?'

'Iedereen.'

We gingen in zijn woonkamer zitten, allebei in gedachten verzonken en geen van beiden in staat om iets te zeggen. Als hij zich net zo moe voelde als ik, was hij echt aan vakantie toe.

De telefoon ging. Hij griste de hoorn van de haak. 'Daar spreekt u mee... wat? Wie... ja, een week. Ja, dat heb ik gedaan... dat klopt. Pardon? Ja, dat heb ik toch al gezegd. Verder nog iets? Goed. Hé, luister eens, als u mij uw naam en nummer geeft, zal ik...'

De persoon aan de andere kant van de lijn verbrak de verbinding. Hij hield de telefoon op armlengte afstand vast en begon op zijn bovenlip te knabbelen.

'Wie was dat?' vroeg ik.

'Een of andere vent die beweerde dat hij van de afdeling personeelszaken in het centrum was en wilde weten of het waar was dat ik vakantiedagen had opgenomen en hoe lang ik van plan was om weg te blijven. Ik zei dat ik alle formulieren al had ingevuld.'

'Bewéérde dat hij van de afdeling personeelszaken was?'

'Ik heb nog nooit gehoord dat de politie dat soort telefoontjes pleegt en hij hing op toen ik vroeg hoe hij heette. En hij klonk ook helemaal niet als een kantoorpief van de politie.'

'Hoezo?'

'Hij klonk alsof hij het verdomd belangrijk vond.'

20

Hij stopte het moordboek weer in de plastic zak en zei: 'Dit gaat in de kluis.'

'Ik wist niet eens dat je een kluis had,' zei ik.

'Voor al mijn spullen van Cartier en Tiffany. Blijf jij maar even hier.'

Hij verdween en ik bleef staan, voor de zoveelste keer vernederd door een onbetwistbaar feit dat me al duizend patiënten geleden onder de neus was gewreven: iedereen heeft geheimen. Als puntje bij paaltje komt, staan we overal alleen voor.

Dat deed me aan Robin denken. Waar zat ze? Wat was ze aan het doen? En met wie?

Milo kwam terug zonder stropdas. 'Honger?'

'Niet echt.'

'Mooi, laten we dan maar gaan eten.'

Hij sloot het huis af en we stapten weer in de auto. 'Wat dat telefoontje van personeelszaken betreft,' zei ik. 'Misschien zijn ze wel strenger geworden sinds John Broussard de leiding heeft. Is korpsdiscipline niet een van zijn stokpaardjes?'

'Ja. Wat dacht je van Hot Dog Heaven?'

Ik reed naar San Vicente even ten noorden van Beverly en zette de auto langs het trottoir. Hot Dog Heaven was gebouwd rond een gigantische hotdog, het zoveelste bewijs van het rechtlijnige denken in L.A. Het junkfoodrestaurant werd pas een echte bezienswaardigheid nadat de ponybaan, die tientallen jaren lang op de hoek van La Cienega en Beverly had gelegen, plaats had moeten maken voor het met neon versierde betonnen bakbeest dat bekend werd onder de naam Beverly Center. Jammer dat Philip K. Dick zelfmoord had gepleegd. Als hij nog een paar jaar had gewacht, had hij kunnen zien hoe *Blade Runner* tot leven was gekomen. Of misschien wist hij al wat ons te wachten stond.

Vroeger, in de tijd dat je hier nog een ritje op een pony kon maken, was de met zand bestrooide baan in het weekend een favoriete plek geweest voor gescheiden vaders met hun kinderen. Hot Dog Heaven had goede zaken gedaan door het verstrekken van een vette hap aan eenzame mannen die rokend over de lage balustrade hingen en toekeken hoe hun kroost het ene na het andere rondje draaide. Waar zouden die ontheemde vaders nu naar toe gaan? Niet naar het winkelcentrum. De kinderen in het winkelcentrum konden hun ouders missen als kiespijn.

Milo bestelde twee jumbo cheesedogs met Spaanse pepertjes en extra uitjes en ik nam een knakworst. We completeerden de bestelling met twee kingsize cola's en gingen zitten om te eten terwijl het verkeer voorbijraasde. Het was te laat voor de lunch en te vroeg voor het avondeten en er waren maar twee andere tafeltjes bezet: een oude vrouw die de krant zat te lezen en een uit de kluiten gewassen jongeman met lang haar in een blauw ziekenhuisuniform, waarschijnlijk een co-assistent uit Cedars-Sinai.

Milo verslond het eerste broodje zonder de moeite te nemen adem te halen. Nadat hij elk flintertje kaas met zijn vingers van het vetvrije papier had geschraapt nam hij een fikse teug cola en begon aan het tweede broodje. Toen hij dat ook op had, sprong hij op om er nog een te gaan halen. Mijn worst smaakte prima, maar ik at met lange tanden.

Hij stond net zijn wisselgeld na te tellen toen een bronskleurige Jeep Cherokee voor mijn Seville stopte. Er stapte een man uit die langs mij heen naar de toonbank liep. Een zwart pak, een parelgrijs overhemd en een donkergrijze das. Een glimlachend gezicht. Daardoor viel hij me op. Een brede grijns vol blinkende tanden, alsof hij net fantastisch nieuws te horen had gekregen. Ik keek hem na terwijl hij haastig naar de toonbank liep, waar hij vlak achter Milo op en neer begon te wippen. Zijn zwarte suède instappers waren voorzien van vijf centimeter hoge hakken. Maar ook zonder die schoenen haalde hij gemakkelijk een meter tachtig. Hij ging nog iets dichter bij Milo staan en bleef wippen. Milo scheen niets in de gaten te hebben. Om de een of andere reden legde ik mijn worst neer en bleef hen allebei in het oog houden.

Lachebek was een jaar of dertig, met donker haar vol gel dat achterover was gekamd en krullend over zijn boord hing. Brede kaken, een grote neus en een goudkleurige, door de zon gebruinde huid. Het pak was goed gesneden. Als het niet Italiaans was, had het er naast gelegen en het zag er gloednieuw uit, net als de suède schoenen. Het grijze overhemd was van zijde met een satijnglans en de brede das van gebreid materiaal. Opgedoft voor een auditie als quizmaster?

Hij deed opnieuw een stapje naar Milo toe en zei iets. Milo draaide zich om en gaf antwoord.

Lachebek knikte.

Milo pakte zijn bestelling op en liep terug naar ons tafeltje.

'Vriendelijk type?' vroeg ik.

'Wie?'

'Die knaap achter je. Hij loopt al te grijnzen vanaf het moment dat hij uit die Jeep stapte.'

'Nou en?'

'Wat valt er dan te lachen?'

Milo liet zijn eigen mondhoeken omhoogkrullen. Maar zijn ogen gleden toch terug naar de toonbank waar de glimlachende man nu in gesprek was met het meisje dat erachter stond. 'Heeft hij nog meer dingen die je niet bevallen?'

'Hij stond zo dicht bij je dat hij je aftershave kon ruiken.'

'Als ik die op had,' zei hij, maar hij bleef kijken naar wat zich bij de toonbank afspeelde. Ten slotte leunde hij achterover en zette zijn tanden in de derde chilidog. 'Er gaat niets boven een broodje ge-

zond.' En met een blik op mijn half opgegeten worst: 'Last van ano-
rexia?'

'Niet om het een of ander, maar wat zei hij daarginds eigenlijk tegen je?'

'Sjongejonge...' Hij schudde zijn hoofd. 'Hij wilde weten wat lekker was, oké? Ik zei tegen hem dat ik van alles hield, als er maar
Spaanse pepertjes bij zaten. Een zwaarwichtige intrige.'

Ik moest lachen. 'Of een partijtje flirten.'

'Van mij?'

'Van hem.'

'O ja, vast, vreemden komen altijd meteen op me af om me te versieren. Die fatale charme van me en zo.'

Maar hij wierp toch een slinkse blik op de toonbank waar Lachebek nog steeds met het meisje stond te kletsen terwijl hij zijn broodje betaalde. Een kale hotdog, zonder Spaanse pepertjes. Hij ging aan
het tafeltje vlak naast het onze zitten, legde een servet op zijn schoot,
streek door zijn haar en zei met een stralende glimlach tegen Milo:
'Ik had het lef niet om die pepers erbij te nemen.'

'Daar zul je spijt van krijgen.'

Lachebek lachte. Gaf een ruk aan zijn revers. Nam een hap. Een
snoezig hapje dat geen noemenswaardige gevolgen had voor de vorm
van de hotdog.

'Fatale charme,' mompelde ik.

'Zo is het mooi geweest,' zei Milo en veegde zijn gezicht af.

Lachebek bleef knabbelen zonder veel op te schieten. Hij depte zijn
kin. Lachte zijn jacketkronen bloot. Deed diverse pogingen om Milo's blik te onderscheppen. Milo draaide hem zijn brede rug toe en
keek strak naar de grond.

'Dit is écht een hele mond vol,' zei Lachebek.

Ik had moeite om mijn lachen in te houden.

Milo stootte me aan. 'Laten we maar gaan.'

We stonden op. 'Prettige dag verder,' zei Lachebek.

Hij sprong op toen we de auto hadden bereikt en kwam naar ons toe
draven, met het broodje in de ene hand en wuivend met de andere.

'Verdomme, wat krijgen we nu?' zei Milo en zijn hand gleed onder
zijn jas.

Lachebek stak zijn hand ook onder zijn colbert en plotseling had
Milo zich tussen mij en de vreemdeling opgesteld. Als een soort im-
mense, vleesgeworden barricade. Hij leek van spanning te groeien.
Meteen daarna verslapten zijn spieren. Lachebek liep nog steeds te
zwaaien, maar het ding dat hij in zijn hand had, was klein en wit.
Een visitekaartje.

'Sorry dat ik zo opdringerig ben, maar ik… hier heb je mijn nummer. Je kunt me bellen wanneer je wilt.'
'Waarom zou ik?' vroeg Milo.
Lachebek trok zijn lippen op waardoor zijn grijns iets hongerigs en onrustbarends kreeg. 'Je weet maar nooit.'
Hij stak hem het kaartje toe.
Milo verroerde geen vin.
'Nou ja,' zei Lachebek en legde het kaartje op de motorkap van de Seville. Zijn nieuwe gezicht was ernstig, sluw en vastberaden. Hij liep op een looppasje bij ons weg, gooide de onaangeraakte hotdog in een afvalbak, stapte in de Jeep en scheurde weg terwijl Milo zich haastte om zijn nummerplaat op te schrijven. Hij pakte het kaartje van de motorkap, las wat erop stond en gaf het aan mij.
Gebroken wit geschept papier dat een beetje vettig aanvoelde, gegraveerde letters.

Paris M. Bartlett
Welzijnsadviezen

Eronder stond het nummer van een mobiele telefoon.
'"Je weet maar nooit,"' zei Milo. 'Welzijnsadviezen. Zie ik er ziek uit?'
'Afgezien van die vetvlekken op je overhemd zie je er bijzonder goed uit.'
'Welzijnsadviezen,' zei hij nog een keer. 'Dat klinkt als iets uit de aids-industrie.' Hij pakte zijn mobiele telefoon en toetste het nummer van Paris Bartlett in. Hij fronste opnieuw. 'Niet meer in bedrijf. Wat heeft dat voor de donder…'
'Wordt het dan geen tijd dat je de gegevens van dat kenteken opvraagt?' informeerde ik.
'Dat mag ik niet doen als ik vakantie heb. Het gebruik van politiefaciliteiten voor privédoeleinden is streng verboden.'
'John G. zal het ook vast niet goedkeuren.'
'Vast niet.' Hij belde het Bureau Kentekenregistratie, noemde het nummer, bleef even wachten en schreef toen iets op. 'De kentekens horen bij een twee jaar oude Jeep, dus dat klopt. De auto staat op naam van de Playa del Sol Corporation. Het adres is vlak in de buurt, in West Hollywood. Ik ken die plek. Het is de parkeerplaats bij de reformwinkel op Santa Monica. Daar zit een hulppostkantoor met postbussen. Dat weet ik, omdat ik daar vroeger zelf een postbus heb gehad.'
'Wanneer?'
'Al een hele tijd geleden.'

Een kluis. Een postbus. Ik kwam heel wat nieuwe dingen te weten over mijn vriend.

'Een telefoonnummer dat buiten bedrijf is en een gefingeerd adres,' zei ik. 'Misschien is Playa del Sol niets meer dan een kartonnen doos bij iemand thuis, maar het klinkt me in de oren als een echte firma in onroerend goed.'

'Net als dat van de familie Cossack.' Hij bestudeerde het kaartje. 'Dit, plus dat telefoontje over mijn vakantie. Vlak nadat we met Marlene Baldassar hebben gepraat. Misschien is ze toch niet te vertrouwen.'

Of misschien had hij zich niet goed genoeg ingedekt. 'Het kan ook gewoon een poging zijn geweest om je te versieren,' zei ik. Maar dat was niet waar en dat wist ik heel goed. Paris Bartlett had precies geweten wat hem te doen stond toen hij uit zijn auto sprong.

Hij stopte het kaartje in zijn zak. 'Alex, ik ben opgegroeid in een groot gezin, ik heb nooit veel aandacht gekregen en ik heb er ook nooit behoefte aan gehad. Ik wil een tijdje alleen zijn.'

Ik reed hem terug naar zijn huis waar hij haastig uit de Seville sprong, iets mompelde dat leek op 'bedankt', het portier dichtknalde en met grote stappen naar zijn voordeur liep.

Vijfendertig minuten later stond ik voor mijn eigen voordeur en prentte mezelf in dat ik best langs de telefoon kon lopen. Maar het knipperende rode cijfertje 1 op het antwoordapparaat werkte als een rode lap op een stier en ik drukte op de knop om de boodschap af te luisteren.

De stem van Robin: 'Kennelijk kan ik je weer niet te pakken krijgen, Alex. Het tourschema is opnieuw gewijzigd, nu komt er een extra dag in Vancouver bij en hetzelfde geldt misschien ook voor Denver. Het is een gekkenhuis hier, ik hol constant heen en weer.' Een aarzeling van twee seconden, en toen, een paar decibel zachter: 'Ik hou van je.' Plichtmatig toevoegsel? In tegenstelling tot Pierce Schwinn had ik geen verdovende middelen nodig om de paranoia door mijn aderen te laten gieren.

Ik belde opnieuw naar het Four Seasons in Seattle en vroeg om doorverbonden te worden met de kamer van mevrouw Castagna. Als ik dit keer weer de voicemail kreeg, zou ik een boodschap inspreken. Maar een man nam op. Jong, met zo'n lachende stem die me bekend voorkwam.

Sheridan. De vent met die paardenstaart en dat opgewekte smoel, die een kluif voor Spike had meegebracht.

'Robin? O, hallo. Ja, natuurlijk.'

Een paar seconden later. 'Met Robin.'

'Met Alex.'

'O... hoi. Eindelijk.'

'Eindelijk?'

'Eindelijk hebben we contact. Is alles oké?'

'Alles is puik,' zei ik. 'Ik stoor toch niet?'

'Wat... o, Sheridan? Nee, we hebben net een vergadering achter de rug. We zitten hier met een heel stel.'

'Druk druk.'

'Maar ik heb nu wel even tijd. Hoe gaat het eigenlijk met jóú? Heb je het ook druk?'

Dit begon verdacht veel op een babbeltje te lijken en daar werd ik neerslachtig van. 'Ik klungel maar wat aan. Hoe maakt Spike het?'

'Uit de kunst. Er zijn nog een paar mensen die hun hond bij zich hebben, dus we hebben een mooie ruimte als kennel ingericht. Spike begint de beste maatjes met de andere te worden. Er is ook een herderteefje bij van een kilo of vijfendertig en daar schijnt hij helemaal weg van te zijn.'

'Hoort er bij die kennelruimte ook een ladder die hij kan gebruiken om bij haar te komen?'

Ze lachte, maar ze klonk moe. 'Nou...'

'Heb je nog wel tijd voor gezellige dingen?' vroeg ik.

'Ik werk, Alex. We maken dagen van twaalf tot dertien uur.'

'Dat lijkt me erg zwaar. Ik mis je.'

'Ik mis jou ook. We wisten allebei dat we het niet gemakkelijk zouden krijgen.'

'Dan hadden we allebei gelijk.'

'Schat... wacht even, Alex... iemand steekt net een kop om de deur.'

Haar stem klonk plotseling gedempt en ver weg. Ze had haar hand over de telefoon gelegd. *Ik ga zo wel kijken wat ik eraan kan doen, geef me nog even de tijd, wil je? Wanneer is de soundcheck? Dan al? Oké, komt in orde.* En weer tegen mij: 'Zoals je merkt, krijg ik niet de kans om vaak alleen te zijn.'

'Ik wel.'

'Ik ben jaloers op je.'

'O ja?'

'Ja,' zei ze. 'We hebben toch allebei soms de behoefte om alleen te zijn?'

'Als je dat zou willen, krijg jij die kans ook zo weer.'

'Ik kan niet zomaar iedereen in de steek laten.'

'Nee,' zei ik. 'Om met Richard Nixon te spreken: dat zou niet juist zijn.'

'Ik bedoel… als er nou een gemakkelijke… ik zou het doen, als ik wist dat het jou heel erg gelukkig zou maken.'

'Dan is je reputatie wel meteen naar de maan.'

'Die zou in ieder geval een flinke deuk oplopen.'

'Je moet je verplichtingen nakomen,' zei ik. 'Zit er maar niet over in.' *Waarom klinkt Sheridan in vredesnaam zo blij?*

'Alex, als ik even tijd heb om adem te halen, moet ik meteen aan jou denken en dan vraag ik me af of ik wel de juiste beslissing heb genomen. Daarna denk ik aan alle dingen die ik tegen je wil zeggen, maar als we elkaar dan eindelijk spreken… dan lijkt het nooit zo te gaan als mijn bedoeling was.'

'Uit het oog uit het hart?'

'Niet uit mijn hart.'

'Dan zal het wel aan mij liggen,' zei ik. 'Ik denk dat ik er niet zo goed tegen kan om alleen te zijn. Daar heb ik nooit aan kunnen wennen.'

'Nooit?' zei ze. 'Heb je het over je ouders?'

Mijn ouders waren de laatste mensen aan wie ik dacht. Nu kwamen ineens allerlei vervelende herinneringen bovendrijven: de langzame aftakeling van de twee mensen die me op de wereld hadden gezet, de lange uren die ik naast het bed had gezeten, twee begrafenissen in evenzoveel jaar.

'Alex?'

'Nee,' zei ik. 'Ik bedoelde in het algemeen.'

'Je klinkt alsof je een beetje overstuur bent,' zei ze. 'Het was niet mijn bedoeling…'

'Je hebt niets misdaan.'

'Wat bedoelde je daar dan mee? Dat je nooit tegen alleen zijn hebt gekund?'

'Ach, ik kletste maar wat,' zei ik.

'Wilde je daarmee zeggen dat je je zelfs eenzaam voelde als wij samen waren? Dat ik je heb verwaarloosd? Want ik…'

'Nee,' zei ik. 'Je was er altijd voor me.' *Behalve de vorige keer dat je me in de steek hebt gelaten.*

Behalve de keer dat ze een andere man had gevonden en… 'Het was gewoon een losse opmerking, Rob. Het zal wel komen omdat ik je zo mis.'

'Alex, als je er echt zo over inzit, kom ik meteen naar huis.'

'Nee,' zei ik. 'Ik ben een grote jongen. Dat zou voor jou niet goed zijn. Voor ons allebei niet.'

En bovendien heb ik het een en ander te doen. Van die karweitjes waar jij zo'n hekel aan hebt.

'Dat is waar,' zei ze. 'Maar je hoeft alleen maar te kikken.'
'Het enige dat ik wil zeggen, is dat ik van je hou.'
'Dat noem ik geen kikken.'
'Zeurpiet.'
Ze lachte. Eindelijk. Ik zei nog een paar lieve dingen en zij volgde mijn voorbeeld. Toen we de verbinding verbraken, klonk ze weer goed en ik ging er maar vanuit dat ik de boel aardig belazerd had.

Milo had beweerd dat hij 'een tijdje alleen wilde zijn', maar ik nam aan dat hij een beetje zou gaan rondsnuffelen in de bureaucratie van het LAPD.

Als dat telefoontje van personeelszaken en/of de ontmoeting met de grijnzende Paris Bartlett iets van doen had met het feit dat hij de zaak-Ingalls weer opgerakeld had, zou dat ook betekenen dat iemand hem... ons schaduwde en dat we in de gaten werden gehouden.

Dat Marlene Baldassar alles had doorgeklept wilde er bij mij niet in en ik begon te piekeren over de sporen die we misschien achtergelaten hadden.

Mijn eigen bijdragen hadden bestaan uit het telefoontje naar Larry Daschoff, het etentje met Allison Gwynn en een paar uurtjes achter de computer in de researchbibliotheek. Het leek onwaarschijnlijk dat ik daarmee de knuppel in het hoenderhok had gegooid.

De gesprekken met Marge Schwinn, Baldassar en Georgie Nemerov hadden in samenwerking met Milo plaatsgevonden. De kans bestond natuurlijk dat een van beide vrouwen dat had doorgegeven, maar ze hadden zich geen van beiden vijandig gedragen en ik had geen idee waarom ze die moeite zouden hebben genomen.

Maar Nemerov was daarentegen een beetje nerveus geworden toen de moord op zijn vader en de vlucht van Willie Burns ter sprake waren gekomen. Het werk dat Nemerov deed, impliceerde dat hij goede contacten moest hebben bij de politie. Als John G. Broussard betrokken was geweest bij het in de doofpot stoppen van de zaak, dan zou de politie niet blij zijn met onze onderneming.

De derde mogelijkheid was dat het werk dat Milo in zijn eentje had verzet naar aanleiding van de moord op Janie Ingalls op de een of andere manier de aandacht had getrokken. Voor zover ik wist, had hij niets anders gedaan dan een paar telefoongesprekken voeren en oude dossiers boven water halen. Maar dat had hij wel gedaan op het bureau West L.A. en bovendien had hij rondgesnuffeld bij Parker Center.

Hij had het idee gehad dat hij heel discreet te werk was gegaan, maar misschien was het toch iemand opgevallen... dat zou een kantoor-pief kunnen zijn of een andere smeris, iedereen die hem rond had zien neuzen. John G. Broussard had in niet mis te verstane termen opdracht gegeven om de interne discipline bij de politie aan te scherpen. De nieuwe commissaris had ook de oorlog verklaard aan de gewoonte om binnen het korps de kiezen op elkaar te houden... over ironie gesproken. Misschien was het binnen het LAPD inmiddels mode geworden dat smerissen elkaar verlinkten.

Hoe langer ik erover nadacht, hoe logischer het klonk: Milo was een prof, maar hij had te veel dingen als vanzelfsprekend aangenomen. Met de regeltjes in de hand hadden ze hem de loef afgestoken.

Dat deed me beseffen hoe kwetsbaar hij nog steeds was. Twintig jaar bij de politie, met een van de hoogste percentages opgeloste gevallen bij Moordzaken, maar dat was niet genoeg en dat zou het nooit worden ook.

Al twee decennia lang had hij als homoseksuele man deel uitgemaakt van een paramilitaire organisatie, die er nooit in zou slagen om alle instinctieve vooroordelen uit te roeien en die het bestaan van homoseksuele smerissen ook altijd zou blijven ontkennen. Ik wist – en dat wist iedereen – dat er massa's homoseksuele agenten door de straten patrouilleerden, maar er was er niet één bij die daar openlijk voor uitkwam. Dat gold trouwens in zekere zin ook voor Milo, maar na die eerste moeizame jaren vol zelfkwelling probeerde hij het niet langer te verbergen.

De statistici van de politie konden niet wachten om al zijn positieve resultaten aan de creditzijde te vermelden, maar de hoge omes bleven promotie in de weg staan en deden van tijd tot tijd nog steeds pogingen hem te lozen. Maar in de loop der jaren had Milo zelf ook links en rechts wat geheimpjes verzameld en hij was er uiteindelijk in geslaagd zijn baan en zijn dienstjaren redelijk veilig te stellen. Hij had tot twee keer toe de kans van de hand gewezen om examen te doen voor de functie van inspecteur, want hij wist dat de eigenlijke bedoeling van de politie was hem daarna op te zadelen met een of ander bureaubaantje. Dan zouden ze net kunnen doen alsof hij niet bestond, in de hoop dat hij zich zo zou gaan vervelen dat hij uiteindelijk zelf ontslag zou nemen. In plaats daarvan bleef hij bij de recherche en had inmiddels de hoogste functie bereikt die daar voorhanden was: die van rechercheur-III.

Misschien had Pierce Schwinn die hele ontwikkeling gevolgd en was hij Milo gaan waarderen omdat hij voet bij stuk had gehouden. Om Milo uiteindelijk op dat perverse cadeautje te trakteren.

Normaal gesproken was er niets waar Milo zich zo gretig op stortte als op een mooie zaak die in de ijskast was gezet. Maar dit was een opgewarmde hap uit zijn eigen verleden en misschien was hij daarom nonchalant geworden, waardoor hij in opgejaagd wild was veranderd.

Ik dacht terug aan de vastberaden manier waarop Paris Bartlett op Milo was afgestevend, zonder op mij te letten.

Dat betekende dat ik genoeg armslag had.

Het moment was perfect, de logica onweerlegbaar: daar had je immers vrienden voor?

2 1

Milo voelde zich een stuk beter toen hij alleen achter zijn slonzige, piskleurige bureau zat terwijl de wasmachine de kleren door elkaar husselde die hij er net had ingestopt om voor wat achtergrondgeluid te zorgen.

Hij voelde zich beter omdat hij verlost was van *Alex*.

Want dat brein van Alex kon hem de stuipen op het lijf jagen, het was net alsof die hersens uit vliegenvangers bestonden: er vloog van alles in en het kwam er nooit meer uit. Zijn vriend kon soms tijdenlang zwijgend naast hem zitten, waardoor je het idee kreeg dat hij naar je luisterde – écht luisterde zoals ze hem dat tijdens zijn opleiding als psycholoog bij hadden gebracht – en dan kwam hij ineens op de proppen met een hele stroom associaties, hypothesen en ogenschijnlijk als los zand aan elkaar hangende trivialiteiten die maar al te vaak bleken te kloppen als een bus.

Kaartenhuizen die in negen van de tien gevallen tegen elke windstoot bestand waren. Als Milo zo'n onafgebroken reeks volleys op zich afgevuurd kreeg, voelde hij zich als een onzekere sparringpartner.

Niet dat Alex hem dingen opdrong. Hij bleef alleen maar veronderstellingen uiten. Met voorstellen komen. Ook weer typisch de aanpak van een psycholoog. Probeer dat maar eens te negeren.

Milo had nooit iemand ontmoet die intelligenter of aardiger was dan Alex, maar als je veel met hem te maken had, kon je doodmoe worden van die vent. Hoeveel slapeloze nachten had hij niet gehad omdat een van de suggesties van zijn vriend door zijn kop bleef malen? Maar ondanks dat bloedhondeninstinct bleef Alex toch een burger die zich op glad ijs waagde. En in één opzicht was hij nooit volwassen geworden: hij had nooit enig besef van gevaar ontwikkeld.

Aanvankelijk had Milo dat toegeschreven aan de zorgeloosheid van een al te gretige amateur. Maar het duurde niet lang tot de waarheid tot hem doordrong: Alex kreeg een kick van gevaar.

Robin wist dat ook en het beangstigde haar. In de loop der jaren had ze Milo in vertrouwen verteld waar ze zo bang voor was... meer om de puntjes op de i te zetten dan om te klagen. Soms zaten ze met z'n drietjes bij elkaar en als Milo en Alex dan over de verkeerde dingen zaten te praten, betrok haar gezicht. Milo had dat meestal meteen door en begon dan snel over iets anders. Maar vreemd genoeg had Alex, die toch zo opmerkzaam was, het niet altijd in de gaten. Alex moest weten hoe Robin erover dacht, maar hij deed geen enkele poging om te veranderen. En Robin slikte dat. Liefde is blind, doof en stom... of ze had gewoon een keus gemaakt en was intelligent genoeg om te weten dat het vrijwel onmogelijk was om iemand te veranderen.

Maar nu was ze op tournee gegaan. En ze had de hond meegenomen. Om de een of andere reden klopte dat niet... dat verdomde beest. Alex beweerde dat hij zich prima voelde, maar die eerste keer dat Milo binnen was komen vallen, had hij er knap beroerd uitgezien. En zelfs nu leek hij anders... afwezig.

Er was iets mis.

Of misschien ook niet.

Hij had de weerstand van Alex een beetje op de proef gesteld. Een psychologisch spelletje met de psycholoog en waarom ook niet, verdomme? Hoe kon je van echte vriendschap spreken als de therapie maar van één kant kwam? Maar het was voor geen meter gelukt. Alex had zijn gewone verhaaltje opgehangen... openheid, onderling contact bla bla bla, maar op zijn eigen nadrukkelijke, vriendelijke en ronduit walgelijk beschááfde manier bleef de vent zo eigenwijs als de pest en gaf geen millimeter toe.

En trouwens, nu hij erover nadacht, had Alex zich ooit laten afschrikken? Milo kon zich geen enkel voorbeeld herinneren.

Alex deed precies wat Alex wilde.

En Robin... Milo had haar zo goed en zo kwaad als het ging gerustgesteld. En hij had ook wel het idee dat hij er redelijk in geslaagd was om Alex voor allerlei kwaad te behoeden. Maar er waren grenzen.

Een mens moest voor zichzelf zorgen.

Hij stond op, schonk een glas wodka met rood grapefruitsap in, ervan uitgaande dat de vitamine C de oxidatie wel zou neutraliseren, maar hij vroeg zich onwillekeurig af hoeveel gelijkenis zijn lever vertoonde met die foto uit dat medische tijdschrift die Rick hem vorige maand onder de neus had geduwd.

Afbraak van hepatisch weefsel en vervanging door vetbolletjes als gevolg van vergevorderde cirrose.

Rick drong hem ook nooit iets op, maar Milo wist dat hij niet blij was met de nieuwe fles Stoli in het vriesvak.

Niet aan denken: concentreer je maar weer op Alex.

Per slot van rekening waren andermans problemen veel boeiender.

Hij liep zevenhonderd meter naar een filiaal van Budget Rent-A-Car op La Cienega en huurde een nieuwe blauwe Taurus. Daarna volgde hij Santa Monica in oostelijke richting en reed via Beverly Hills naar West Hollywood. Voorbij Doheny Drive was er bijna geen verkeer meer, maar bij de grens van West Hollywood was er op de boulevard in beide richtingen nog maar één rijstrook beschikbaar en de paar auto's die er te zien waren, kropen met een slakkengangetje voort.

In West Hollywood, De Stad Die Eeuwig Bleef Verbouwen, werd al jarenlang de ene na de andere straat opgebroken, waardoor de faillissementen niet van de lucht waren, maar voor zover Milo kon zien had dat weinig meer tot gevolg dan grote gapende zandvlaktes en greppels. Vorig jaar was er in West Hollywood met veel vertoon een gloednieuwe brandweerkazerne geopend. Weer zo'n architectonische gril: torentjes en putten, frutsels en fratsels, ramen met de vreemdste vormen. Leuk hoor, alleen bleken de deuren te smal om de brandweerauto's door te laten en waren de glijpalen ongeschikt: de brandweerlieden konden er niet langs naar beneden glijden. Dit jaar was West Hollywood met Havana overeengekomen dat ze als zustersteden door het leven zouden gaan, maar Milo betwijfelde of Fidel zijn goedkeuring zou hechten aan het nachtleven van Boystown.

Tot de weinige zaken die niet of nauwelijks schade ondervonden van al die wegwerkzaamheden behoorden de 24-uurs supermarkten en de homobars. Per slot van rekening moest een vent toch eten en hij wilde ook weleens gaan stappen. Milo en Rick zaten meestal thuis... hoe lang was het geleden dat hij hier rondgereden had?

Maar nu was hij er dan weer.

Hij schoot in de lach, maar met het gevoel alsof iemand anders zich vrolijk maakte.

Want wat viel er eigenlijk te lachen? Pierce Schwinn en/of zijn bondgenoot hadden hem zover weten te krijgen dat hij de zaak-Ingalls weer opgepakt had, maar hij was er niets mee opgeschoten. Integendeel, hij was erin geslaagd alles grandioos te verpesten.

Hij had de aandacht op zich gevestigd.

Playa del Sol. Die grijnzende eikel Paris Bartlett. Direct nadat hij Alex had afgeschud, had hij bij het handelsregister uitgezocht of er een bedrijf bestond dat Playa heette. Niets. Daarna was hij in elke database die hij maar kon bedenken op zoek gegaan naar Bartlett. Alsof dat een echte naam was.

Daarmee had hij een enorm risico genomen, want wat hij tegen Alex had gezegd was waar: als burger had hij niet het recht om gebruik te maken van de bronnen die de politie ter beschikking stonden en dus was hij in feite in overtreding. Hij had een rookgordijn opgetrokken door bij het opvragen van de gegevens gebruik te maken van de ID-nummers van andere smerissen. Een stuk of zes nummers van smerissen die hij niet mocht en die allemaal bij andere districten werkzaam waren. Het was zijn manier om misbruik te maken van de identiteit van iemand anders, van gegevens die hij al jarenlang op losse stukjes papier had gekrabbeld en thuis in zijn eigen kluis bewaarde, omdat je nooit kon weten of je nog eens met de rug tegen de muur kwam te staan. Maar als iemand bereid was er moeite genoeg voor te doen, zouden ze ontdekken dat hij degene was die had gebeld.

Het was slim bedacht, maar de speurtocht had niets opgeleverd: er bestond niemand die Paris Bartlett heette.

Maar dat idee had hij eigenlijk al vanaf het begin gehad, niet in het minst omdat die naam zo onecht aandeed. Bartlett, met al dat haar, die tanden en die overdreven gretigheid, leek in alle opzichten een acteur. In L.A. betekende dat niet per se dat hij met een diploma van de toneelschool en een stapel publiciteitsfoto's op zak liep. Het LAPD zag kerels die goed toneel konden spelen ook wel zitten, want die konden opgeleid worden tot stillen. Tegenwoordig betekende dat meestal dat ze bij de narcoticabrigade terechtkwamen. En af en toe hielpen ze een handje bij de zedenpolitie, als er van hogerhand uit het oogpunt van publiciteit weer eens opdracht was gegeven om gedurende een week of twee hoeren van de straat te plukken.

Jaren geleden hadden de stillen ook automatisch deel uitgemaakt van een ander spelletje van de zedenpolitie, dat met de regelmaat van de klok in de weekends plaatsvond: met militaire wellust opgezette operaties gepland voor de vrijdag- en de zaterdagavond. Eerst werd het doelwit gekozen, vervolgens werd de vijand omsingeld en daarna werd de aanval geopend.

Poten rammen.

Er was geen sprake meer van pure agressie, zoals in de tijd voor Christopher Street toen homobars regelmatig en op gezette tijden het toneel vormden van bloedige kloppartijen. Aan die praktijken was rond het begin van de jaren zeventig min of meer een einde gekomen, maar Milo had nog net het staartje meegemaakt van het enthousiasme waarmee smerissen flikkers in elkaar sloegen. Destijds had het LAPD net gedaan alsof drugs de reden voor de overvallen waren. Alsof in heteroclubs niet precies dezelfde dope voorhanden was. Tijdens zijn eerste maand in West L.A. had hij opdracht gekregen om op zaterdagavond deel te nemen aan een inval in een privéclub op Sepulveda, in de buurt van Venice. Een tent in een voormalige autospuiterij, die volkomen uit de loop lag en waar een stuk of honderd mannen die goed in hun slappe was zaten en dachten dat ze daar veilig waren regelmatig naar toe gingen om te praten, te dansen, marihuana te roken, pillen te slikken en enthousiast gebruik te maken van de toiletten. Het LAPD had een geheel andere opvatting van veiligheid. Uit de manier waarop de bevelvoerder – een supermachorechercheur-II die Reisan heette en van wie Milo haast zeker wist dat hij een zwaar verkapte flikker was – hun het plan voorlegde, zou je bijna het idee krijgen dat er een overval beraamd werd op een of ander nest van de Vietcong. Samengeknepen ogen, militaire termen, situatieschetsen op een schoolbord, doe me een lol, zeg.

Milo maakte de hele voorbereiding mee en probeerde krampachtig te voorkomen dat het klamme zweet hem uitbrak. Reisan, die maar door bleef zeuren dat ze eventueel verzet hard moesten aanpakken en dat ze niet bang moesten zijn om gebruik te maken van hun wapenstok. En vervolgens waarschuwde hij zijn troepen met een wellustige blik dat ze niemand moesten kussen, want je wist maar nooit waar die lippen net waren geweest. En hij had Milo strak aangekeken toen hij die ongein verkocht. Milo had net zo hard gelachen als de anderen, maar zich ondertussen afgevraagd: *Waarom-doet-hij-dat-in-vredesnaam?* Het had hem de grootste moeite gekost zichzelf ervan te overtuigen dat het puur toeval was geweest.

Op de dag van de overval had hij zich ziek gemeld, zogenaamd omdat hij griep had, en hij was drie dagen lang zijn bed niet uitgekomen. Hij mankeerde niets, maar hij deed zijn uiterste best om zo beroerd mogelijk te worden door niet te slapen en te eten, maar alleen gin, wodka, jenever, perzikbrandewijn en wat hij nog meer in de kast kon vinden achterover te slaan. Hij ging ervan uit dat hij er bij een eventuele controle uit zou zien als een opgewarmd lijk.

Vietnamveteraan en in het dagelijks leven een echte rechercheur, maar hij gedroeg zich nog steeds als een spijbelende puber.

Gedurende die drie dagen viel hij ruim drie kilo af en toen hij weer uit bed kwam, stond hij te trillen op zijn benen. Zijn nieren deden pijn en hij vroeg zich af of dat gele waas over zijn ogen echt was of alleen maar het gevolg van een gebrek aan licht. Zijn flat was een schemerig hol met niet meer dan een paar ramen die uitkeken op luchtkokers en hoeveel lampen hij ook aandeed, het bleef er altijd even duister als in een grafkelder.

Toen hij voor het eerst in drie dagen weer iets at – een nauwelijks opgewarmd blik chili – kwam alles wat hij niet meteen uitkotste er met dezelfde snelheid weer aan de andere kant uit. Hij stonk een uur in de wind, zijn haar voelde broos aan en zijn vingernagels begonnen zacht te worden. Hij bleef nog een week lang last houden van suizende oren, hij had constant pijn in zijn rug en hij dronk per dag liters water voor het geval hij er iets aan had overgehouden. De dag dat hij weer op het bureau kwam, lag er een door Reisan ondertekend bevel tot overplaatsing – van Zeden naar Autodiefstal – in zijn postvakje. Daar had hij geen enkel probleem mee. Twee dagen later had iemand een briefje door de spleet onder de deur van zijn kastje geduwd.

Hoe gaat het met je poepgat, flikker?

Hij stopte bij de reformwinkel, bleef in de Taurus zitten en keek rond of hij iets bijzonders op het parkeerterrein zag. Tijdens de rit van zijn huis naar het bureau en vervolgens van Budget naar de winkel had hij goed opgelet of hij misschien gevolgd werd. Hij had niets gezien, maar dit was geen film en de bittere waarheid was dat je daar nooit zeker van kon zijn in een stad die volkomen afhankelijk was van de verbrandingsmotor.

Hij bleef nog een tijdje zitten kijken naar de klanten die de winkel binnengingen en toen hij er eindelijk van overtuigd was dat niemand hem had gevolgd stak hij de straat over naar het rijtje winkels – in feite een stel opgelapte krotten – tegenover de reformzaak. Een slotenmaker, een stomerij, een schoenmaker en het West Hollywood Easy Mail Center, waar zich een aantal postbussen bevond.

Hij toonde zijn legitimatie aan de Pakistani achter de balie waar je de post moest inleveren – alsof je nog niet genoeg overtredingen hebt begaan, Sturgis – en vroeg inlichtingen over de postbus die op het kentekenbewijs van de Jeep stond. De bediende reageerde knorrig, maar hij bladerde door zijn adresmolen en schudde zijn hoofd.

'Geen Playa del Sol.' De wand met de bronzen kluisjes bevond zich achter hem. Op een bord stonden de prijzen van expresbestellingen, een koeriersdienst, rubber stempels en cadeauverpakkingen. Milo zag nergens lintjes of gezellig pakpapier. Hier draaide alles om geheimen.

'Wanneer hebben ze de huur opgezegd?' vroeg hij.

'Dat moet minstens een jaar geleden zijn.'

'Hoe weet je dat?'

'Omdat de huidige bewoner de postbus al dertien maanden huurt.'

Bewoner. Milo zag in gedachten een of ander kaboutertje dat zijn intrek had genomen in de postbus. Compleet met een potkacheltje, een koelkast, een opklapbed en een tv-toestel met een scherm ter grootte van een duimnagel dat constant afgesteld stond op het *Pot Of Gold Network*.

'Wie is de huidige bewoner?' vroeg hij.

'U weet best dat ik u dat niet mag vertellen, meneer.'

'Ach, hou op,' zei Milo en haalde een briefje van twintig dollar te voorschijn. Er kan nog wel een overtredinkje bij...

De Pakistani keek strak naar het briefje dat Milo op de bali legde en bedekte het ingevallen gezicht van Andrew Jackson met zijn hand. Daarna draaide hij Milo zijn rug toe en begon te rommelen aan een van de lege postbussen. Milo stak zijn hand uit, pakte de adresmolen en keek wat er op het kaartje stond.

MENEER EN MEVROUW IRWIN BLOCK

Een adres in Cynthia Street. Een paar straten verderop.

'Ken je die mensen?' vroeg Milo.

'Oude mensen,' zei de Pakistani, nog steeds met zijn rug naar hem toe. 'Zij komt iedere week langs, maar er is nooit iets voor ze.'

'Nooit?'

'Af en toe wat reclame.'

'Waarom hebben ze dan een postbus nodig?'

De bediende keek hem aan en lachte. 'Die heeft iedereen nodig... al was het maar om het aan je vrienden te vertellen.' Hij stak zijn hand uit naar de adresmolen, maar Milo hield hem vast en bladerde terug van *Bl* naar *Ba*. Geen Bartlett. Verder naar de *P*. Geen Playa del Sol.

'Hou daar alstublieft mee op,' zei de Pakistani. 'Stel je voor dat er iemand binnenkomt.'

Milo liet de adresmolen los en de bediende zette hem terug onder de balie.

'Hoe lang werk je hier al?'

'O,' zei de bediende alsof dat een moeilijke vraag was. 'Tien maanden.'

'Dus je hebt nooit te maken gehad met iemand van Playa del Sol.'

'Dat klopt.'

'Wie werkte hier voordat jij kwam?'

'Mijn neef.'

'Waar zit die?'

'In Kasjmir.'

Milo wierp hem een nijdige blik toe.

'Echt waar,' zei de man. 'Hij had het hier wel gezien.'

'In West Hollywood?'

'In Amerika. De zeden.'

Het interesseerde hem kennelijk geen bal waarom Milo inlichtingen had willen hebben over Playa del Sol. Gezien de aard van zijn werk nam Milo blindelings aan dat hij had geleerd zijn nieuwsgierigheid te beteugelen.

Milo bedankte hem en de bediende wreef met zijn duim over zijn wijsvinger. 'U kunt uw dankbaarheid ook op een andere manier tonen.'

'Oké,' zei Milo en maakte een diepe buiging. 'Heel hartelijk bedankt. Terwijl hij de deur uit liep, hoorde hij de man mopperen in een taal die hij niet verstond.

Hij reed naar het appartement van meneer en mevrouw Irwin Block in Cynthia, waar hij zich voordeed als iemand die een marktonderzoek deed en een gezellig babbeltje van een minuut of vijf had met de misschien al wel honderdjarige Selma Block, een in een blauwe kaftan gehuld kaboutervrouwtje met champagnekleurig haar, dat zo krom en klein was dat ze best in een van de postbussen had gepast. Achter haar zat meneer Block op een groen-met-goud beklede bank, een zwijgende, roerloze verschijning met een lege blik. Hij was minstens even oud en het enige aantoonbare bewijs dat zijn lichaam nog levensvatbaar was, bestond uit een incidenteel verrassend en vochtig schrapen van zijn keel.

In die vijf minuten kwam Milo meer over de familie Block te weten dan hij wilde. Ze waren allebei werkzaam geweest in de filmindustrie, Selma als hoofd van de kostuumafdeling bij een paar grote studio's en Irwin als accountant bij MGM. Drie kinderen die aan de oostkust woonden. De eerste was orthodontist, de middelste had een baan gekregen in 'de financiële wereld en is lid geworden van de republikeinse partij en onze dochter weeft en maakt met de hand genaaide...'

'Is dit uw enige adres, mevrouw?' vroeg Milo terwijl hij net deed alsof hij alles opschreef, maar in plaats daarvan alleen krulletjes tekende. De kans was nihil dat mevrouw B. hem daarop zou betrappen. Haar kruin haalde het opschrijfboekje bij lange na niet.

'O, nee, jongen. We hebben ook een postbus tegenover de reformzaak.'

'Waarom, mevrouw?'

'Omdat we graag gezond voedsel eten.'

'Maar waarom hebt u een postbus, mevrouw?'

Selma Block pakte Milo's mouw vast met een miniem klauwtje, waardoor hij het gevoel kreeg dat een kat zijn arm als krabpaal gebruikte.

'Vanwege de politiek, jongen. Politieke circulaires.'

'O,' zei Milo.

'Van welke partij ben jij, jongen?'

'Ik ben onafhankelijk.'

'Nou ja, weet je, jongen, wij zijn aanhangers van de Groene Partij... nogal subversief, weet je.' Het klauwtje greep hem steviger vast.

'Hebt u die postbus alleen voor circulaires van de Groene Partij?'

'Ja, hoor,' zei Selma Block. 'Daar ben jij te jong voor, maar wij weten nog goed hoe het vroeger ging.'

'Over welke tijd hebt u het?'

'De oude tijd. Toen die fascisten van UnAmerican in het Huis van Afgevaardigden zaten. Met die smeerlap McCarthy.'

Milo sloeg het aanbod voor een kopje thee met een koekje af, bevrijdde zich uit de greep van mevrouw Block en reed doelloos rond, piekerend over de manier waarop hij de zaak verder zou aanpakken.

Playa del Sol. Alex had gelijk. Het klonk inderdaad als een of andere firma in onroerend goed, dus misschien hadden de Cossacks er iets mee te maken... geholpen door het LAPD.

Doorgestoken kaart. Alweer.

Hij had al eerder het adres van de Cossacks opgezocht en was tot de ontdekking gekomen dat ze ergens in het centrum op Wilshire zaten, maar hij had het nummer niet meer in zijn hoofd – die tijden waren voorbij – dus belde hij inlichtingen. Het pand stond op het stuk tussen Fairfax en La Brea.

De lucht was donker en het verkeersaanbod was teruggelopen, dus hij was er binnen een kwartier.

De gebroeders Cossack hadden hun hoofdkantoor ondergebracht in een door terrasflats gedomineerd vier verdiepingen hoog complex van roze graniet dat net ten oosten van het County Art Museum een heel blok besloeg. Jaren geleden was de grond hier voor weggeefprijzen te koop geweest... uitlopers van de hopeloos verkeerd gedoopte Miracle Mile. Vroeger, in de jaren veertig, was de bouw van de Mile een historisch unicum geweest: een aaneenschakeling van kantoorpanden met weinig aantrekkelijke gevels, maar met toegang via achter de gebouwen gelegen parkeerterreinen: het zoveelste voorbeeld van de naoorlogse verslaving van L.A. aan De Automobiel. Twintig jaar later had de vlucht naar het westen dit gebied in het centrum gedegradeerd tot een zinkput vol slecht onderhouden gebouwen en marginale bedrijfjes en het enige mirakel was dat er überhaupt iets van de Mile was overgebleven.

En nu had er weer een nieuw fenomeen de kop opgestoken: stadsvernieuwing. County Art – eigenlijk een museum van niets, maar op de binnenplaats werden gratis concerten gegeven en L.A. was al snel tevreden – had nog meer musea voortgebracht, gewijd aan poppen, volkskunst en het meest succesvolle: aan De Automobiel. Grote glimmende kantoorpanden volgden. Als de Cossacks er snel bij waren geweest en eigenaar waren van het land onder dat roze granieten geval hadden ze niet slecht geboerd.

Hij zette de auto in een zijstraat, liep via een brede trap van glimmend graniet naar boven, langs een grote, ondiepe zwarte vijver met stilstaand water waarvan de bodem bezaaid was met muntjes en liep de ontvangsthal in. Rechts was een balie voor een portier, maar er was geen portier te zien. De helft van de verlichting was uit en de grote holle ruimte weerkaatste alle geluiden. Het complex was onderverdeeld in een oostelijke en westelijke vleugel. De meeste huurders waren financiële bedrijven of firma's die iets met de showbizz te maken hadden. Cossack Industries nam de hele vierde verdieping van de oostelijke vleugel in beslag.

Hij nam de lift naar boven en stapte uit in een ongemeubileerde ruimte met witte vloerbedekking en witte wanden. Hij werd verwelkomd door een grote, abstracte litho – geel, wit en vormeloos, wellicht een impressie van een zacht gekookt ei door een of ander loslopend genie – en daarachter, aan de linkerkant, dubbele witte deuren. Op slot. Vanaf de andere kant drong geen enkel geluid door.

Achter hem gleed de liftdeur dicht. Hij draaide zich om, drukte op de knop en wachtte tot de lift terug zou komen.

Toen hij weer op Wilshire stond, bestudeerde hij het gebouw opnieuw. Er brandde overal licht, zelfs op de vierde verdieping. Een paar weken geleden had de staat gewaarschuwd dat een tekort aan elektriciteit dreigde te ontstaan en had er bij iedereen op aangedrongen om zuinig met energie te zijn. Of de Cossacks hadden zich daar niets van aangetrokken, of iemand zat over te werken.

Hij liep de hoek om, stapte weer in de Taurus, reed de andere kant op en parkeerde de auto op een plek waar hij de ingang van de ondergrondse parkeergarage van het gebouw goed in de gaten kon houden. Hij moest meteen een bekend gevoel onderdrukken: dat hij zijn tijd zat te verspillen en dat het geen enkele zin had om de ingang te bewaken. Maar dit soort karweitjes vertoonden een treffende gelijkenis met de fruitautomaten in Las Vegas: af en toe boekte je er fantastische resultaten mee en dat was toch een perfecte reden om er verslaafd aan te raken?

Drieëntwintig minuten later gleed het metalen hek van de garage open en er kwam een gedeukte Subaru te voorschijn. Achter het stuur zat een jonge zwarte vrouw in een mobiele telefoon te praten. Zes minuten daarna: een vrij nieuwe BMW. Een jonge, blanke vent met spriethaar die ook al in een gsm zat te kwekken. Hij lette niet op en het scheelde een haar of hij was tegen een vrachtwagen opgeknald. De beide chauffeurs scholden elkaar uit en staken hun middelvinger op. De veiligheid op straat bleef vanavond gehandhaafd.

Milo zat nog een halfuur te wachten en stond net op het punt om te vertrekken toen het hek opnieuw openging en een grauwgrijze Lincoln Town Car langzaam naar buiten kwam. Een speciaal kenteken: CCCCCC. Getinte ramen die veel donkerder waren dan de wet toestond – zelfs de voorruit – maar voor de rest chic en conservatief.

De Lincoln stopte voor het rode licht op Wilshire en sloeg daarna rechtsaf. Er was voldoende verkeer om Milo de kans te geven op twee autolengtes afstand dekking te zoeken, maar het stroomde snel genoeg door om de auto op zijn gemak te volgen.

Perfect. Wat dat ook mocht betekenen.

Hij reed in het kielzog van de grijze Lincoln zevenhonderd meter in westelijke richting tot ze bij San Vicente Boulevard waren, vervolgens in noordelijke richting over Melrose en weer naar het westen over Robertson, waar de Town Car het parkeerterrein voor een restaurant op de zuidwestelijke hoek opreed.

Een gemoffelde stalen deur. Een bijpassende naamplaat boven de deur, met diepe, gegraveerde letters:

SANGRE DE LEON.

Een nieuwe tent. De laatste keer dat Milo de moeite had genomen hier rond te kijken had er een gecombineerd Indonesisch-Iers restaurant op de hoek gezeten. En daarvoor was het een soort Vietnamese bistro geweest, met een wereldberoemde chef-kok uit Beieren en gefinancierd door filmsterren. Milo had het donkerbruine vermoeden dat de eigenaars nooit in militaire dienst waren geweest. En dáárvoor kon hij zich nog zeker zes andere, beginnende hippe gelegenheden herinneren in even zoveel jaar, nieuwe eigenaars die de boel lieten opknappen, grootse openingen die de gebruikelijke, overdreven prietpraat in *L.A. Magazine* en *Buzz* hadden opgeleverd en de sluitingen die onveranderlijk binnen een paar maanden volgden. Een hoek die ongeluk bracht. Hetzelfde gold voor de plek ertegenover, waar het vormeloze, met bamboe beklede, twee verdiepingen hoge pand dat vroeger een Pacific Rim visrestaurant was geweest inmiddels dichtgetimmerd was. De oprit was afgezet met een zware ketting. *Sangre de Leon.* Leeuwenbloed. Smakelijk. Hij durfde er geen geld op te zetten dat deze tent het langer zou uithouden dan een aanval van indigestie.

Hij vond een donker plekje aan de overkant van Robertson, parkeerde de auto schuin tegenover het restaurant en deed zijn lichten uit. De rest van de omgeving bestond uit vensterloos grijs pleisterwerk en plukken hoog pluimgras dat een sprekende gelijkenis vertoonde met verdroogd onkruid. Een legertje in roze jasjes gehulde parkeerbedienden – allemaal knappe meiden – hing rond bij de ingang van het parkeerterrein. Het was maar een armetierige bedoening, want de zeven Mercedessen die er stonden, namen alle ruimte in beslag.
De chauffeur van de Town Car – een dikke, forsgebouwde vent met het voorkomen van een uitsmijter en bijna even groot als de premiejagers van Georgie Nemerov – sprong uit de auto en trok een van de achterportieren open. De eerste die uitstapte was een vent van in de veertig met een brede borst, een opgeblazen gezicht en dun krullend haar. Zijn gezicht zag eruit alsof het als wafelijzer was gebruikt. Milo herkende hem onmiddellijk als Garvey Cossack. De vent was nog een paar kilo aangekomen in vergelijking met zijn laatste krantenfoto, maar verder was hij nauwelijks veranderd. Na hem kwam een langere, sloom uitziende figuur met een kaalgeschoren ronde kop en een Frank Zappa-snor die slap omlaag hing tot aan zijn kin: jonger broertje Bobo, zonder zijn achterovergekamde haar. Een sul van middelbare leeftijd die zich aan de jongerencultuur probeerde vast te klampen? Een kale kop als een trots teken van rebellie? Hoe het ook zij, de vent stond kennelijk graag voor de spiegel. Garvey Cossack droeg een donker sportcolbert met schoudervullingen op een zwarte coltrui en een zwarte broek met daaronder witte sportschoenen... over elegant gesproken.
Bobo was gekleed in een te klein zwartleren bomberjack, een te strakke zwarte spijkerbroek, een zwart T-shirt en te hoge zwarte laarzen. Plus een zonnebril met zwarte glazen. Bel gauw een ziekenwagen, we hebben hier een spoedgeval: iemand die ieder moment kan afpeigeren door een overdosis cool.

Er stapte nog een derde man uit de Lincoln, maar de grote chauffeur liet hem zelf het portier dichtslaan.

Nummer Drie was gekleed op de manier waarop zakenlieden zich vroeger in L.A. uitdosten. Donker pak, wit overhemd, onopvallende das, gewone schoenen. Hij was kleiner dan de gebroeders Cossack, met smalle schouders en een onderdanige houding. Een uitgezakt gezicht vol rimpels, hoewel hij niet ouder leek dan de Cossacks. Een bril met minuscule halfronde glazen en lang blond haar dat over zijn kraag sliertte, waren in tegenspraak met het uiterlijk van de zakenpief. Op zijn kruin zat een plek die bijna kaal was.

Minibril vormde de achterhoede toen de Cossacks het restaurant binnenliepen, Garvey waggelend alsof hij platvoeten had en Bobo vol branie en knikkend met zijn hoofd op de maat van een melodietje dat alleen hij kon horen. De chauffeur stapte weer in de auto en reed achteruit, terwijl Brillemans langs de vol verwachting glimlachende roze dames liep. De Town Car draaide Robertson op, reed nog een stukje verder naar het zuiden, ging langs de kant van de weg staan en werd donker.

Brillemans bleef nog even op het parkeerterrein staan en keek om zich heen... naar niets in het bijzonder. Hij stond met zijn gezicht naar de Taurus, maar Milo zag geen enkel teken dat de vent iets had gezien wat hem niet beviel. Nee, deze vent zat gewoon boordevol zinloze zenuwachtige energie: handen die zich spanden en ontspanden, een nek die constant draaide, mondhoeken die omlaag getrokken werden en kleine brillenglazen die heen en weer dansten en het licht van de straatlantaarns weerkaatsten als een stel spiegelende eieren.

De vent deed hem denken aan een sjoemelende accountant op de dag waarop de begroting werd gepresenteerd. Ten slotte stak Brillemans zijn vinger tussen zijn boord, draaide met zijn schouders en ging op weg naar de geneugten van katachtige hemoglobine.

Gedurende de zevenendertig minuten waarin Milo in de auto bleef zitten doken geen andere hongerige klanten meer op. Toen een van de parkeerbedienden die vergeefs naar een fooi hadden gehengeld op haar horloge keek, het trottoir op liep en een sigaret opstak, stapte hij uit de Taurus en liep met grote stappen de straat over.

Het meisje was een beeldschoon, roodharig schepseltje met helderblauwe ogen, waarvan de kleur zo intens was dat ze zelfs in het donker straalden. Hooguit een jaar of twintig. Ze zag Milo aankomen, maar rookte rustig door. De sigaret was van zwart vloeipapier met een gouden filter. Shermans? Werden die nog steeds gemaakt? Ze keek op toen hij een meter van haar af bleef staan en glimlachte door de wolk van nicotine die in de warme avondlucht omhoog-kringelde.

Die glimlach was het gevolg van het feit dat Milo duidelijk kenbaar maakte dat hij bereid was tot een tweede omkooppoging. Twee op-gevouwen briefjes van twintig tussen zijn lange vingers geklemd, aan-gevuld met de dekmantel van freelance journalist. Veertig dollar was het dubbele van wat hij de Pakistani in het postkantoor had gege-ven, maar de parkeerbediende – op haar naamplaatje stond dat ze Val heette – was een stuk aantrekkelijker dan de bediende. En naar zou blijken ook een stuk gemakkelijker in de omgang.

Tien minuten later zat hij weer in de Taurus en reed langzaam langs de Town Car. Meneer de chauffeur lag met zijn mond open te pit-ten. Een vent van Latijns-Amerikaanse afkomst met een kaalge-schoren hoofd. Het roodharige grietje had de identiteit van Brille-mans onthuld.

'O, dat is Brad. Hij werkt voor meneer Cossack en zijn broer.'

'Meneer Cossack?'

'Meneer Garvey Cossack. En zijn broer.' Blauwe ogen wierpen een blik op het restaurant. 'Hij is mede-eigenaar van deze tent, samen met...' Er volgde een hele rits namen van beroemdheden. Milo deed alsof hij diep onder de indruk was.

'Die tent loopt vast als een trein.'

'Toen hij net open was wel.'

'Nu niet meer, dan?'

'Ach, je weet hoe dat gaat,' zei ze terwijl ze met haar ogen rolde.

'Hoe is het eten?'

Het parkeerschatje lachte, trok aan haar sigaret en schudde haar hoofd. 'Hoe moet ik dat weten? Het kost ongeveer honderd dollar per gerecht. Misschien als ik mijn eerste grote rol krijg.' Haar lach klonk spottend. 'Als Pasen en Pinksteren op één dag val-len,' voegde ze eraan toe. Zo jong en al zo cynisch.

'Hollywood,' zei Milo.

'Ja.' Val keek weer om. De anderen stonden hun tijd te verlumme-len en er waren er nog een paar die een sigaret hadden opgestoken. Waarschijnlijk om hun gewicht in toom te houden, dacht Milo. Ze hadden stuk voor stuk fotomodellen kunnen zijn.

Val dempte haar stem en fluisterde: 'Om eerlijk te zijn heb ik ge-hoord dat het eten voor geen meter deugt.'

'Die naam zal ook niet helpen. Leeuwenbloed.'

'Jasses. Wat walgelijk, hè?'

'Wat voor soort keuken is het?'

'Ethiopisch, geloof ik. Of iets Afrikaans. Of Latijns-Amerikaans, ik weet het niet... Cubaans misschien? Af en toe hebben ze een band en van hieruit klinkt die een beetje Cubaans.' Haar heupen deinden op en neer en ze knipte met haar vingers. 'Ze zeggen dat het op z'n retour is.'

'Cubaanse muziek?'

'Nee, mallerd. Dit restaurant.'

'Tijd om een nieuwe baan te zoeken?' vroeg Milo.

'Geen probleem, er zijn nog genoeg bar mitzvahs.' Terwijl ze haar sigaret uitmaakte, zei ze: 'Je werkt toch niet toevallig ook voor *Variety*, hè? Of voor *The Hollywood Reporter?*'

'Ik lever meestal aan persbureaus.'

'Is iemand geïnteresseerd in dit restaurant?'

Milo haalde zijn schouders op. 'Ik kijk op goed geluk rond. Als je op je kont blijft zitten, kom je nooit ergens achter.'

Ze wierp een blik op de Taurus en haar volgende glimlach liep over van medeleven. *Weer zo'n L.A. loser.* 'Nou, als je ooit iets voor *Variety* doet, vergeet mijn naam dan niet: Chataqua Dale.'

Milo herhaalde de naam. 'Leuk. Maar dat geldt ook voor Val.'

Er verscheen een spoor van twijfel in de blauwe ogen. 'Vind je dat echt? Want eigenlijk vroeg ik me af of Chataqua niet een beetje... je weet wel... te veel van het goeie is.'

'Nee, hoor,' zei Milo. 'Het klinkt geweldig.'

'Dank je wel.' Ze raakte even zijn arm aan, liet de sigarettenpeuk op de grond vallen, trapte erop en kreeg een dromerige blik in de ogen. Auditiekoorts. 'Nou, ik moet ervandoor.'

'Bedankt voor de moeite,' zei Milo. Hij stak zijn hand in zijn zak en stopte haar nog een briefje van twintig toe.

'Je bent echt ontzéttend aardig,' zei ze.

'Meestal niet.'

'O, vast wel... mag ik je nog wat vragen? Jij ontmoet massa's mensen, hè? Ken jij nog fatsoenlijke agenten? Want die van mij is een klungel.'

'Alleen maar politieagenten,' zei hij.

De verbazing gaf het knappe jonge gezichtje heel even iets meer diepte. Daarna kwam haar acteursinstinct bovendrijven. Hoewel ze er nog steeds niets van begreep, wist ze automatisch dat ze moest reageren, dus ze glimlachte en gaf hem weer een tikje op zijn arm. 'Mooi zo. Tot ziens dan maar.'

'Tot ziens,' zei Milo. 'Tussen twee haakjes, wat doet Brad precies?'

'Hij loopt hen achterna,' zei ze.

'Een echte meeloper.'

'Je slaat de spijker op de kop... ze kunnen geen van allen zonder.'

'Lui uit Hollywood?'

'Rijke lui met wanstaltige lijven.'

'Ken je Brads achternaam ook?'

'Larner. Brad Larner. Een echte eikel.'

'Hoezo?'

'Hij is gewoon een eikel,' zei Val. 'Hij is nooit vriendelijk, hij lacht nooit en hij geeft nooit een fooi. Stomme vent.'

Hij reed twee straten verder tot Santa Monica Boulevard, waar hij rechts afsloeg en een rondje reed om weer op Melrose te komen. Dit keer reed hij vanuit het oosten naar de hoek toe en zette de auto vlak voor het dichtgetimmerde Chinese huis. De rest van de boulevard werd in beslag genomen door kunstgalerieën die allemaal gesloten waren en de straat was stil en donker. Hij kwam uit de auto, stapte over de zware ketting die de oprit van het Chinese huis afsloot en liep over een parkeerterrein waar het onkruid tussen de spleten in het wegdek omhoogschoot en dat bezaaid was met uitgedroogde hondendrollen. Toen hij achter een van de palen van het hek voor het voormalige restaurant een plekje had gevonden met een mooi uitzicht bleef hij daar wachten en bekeek van dichtbij het grimmig uitziende Chinese huis: bladderende zwarte verf, splijtende bamboe.

Weer een droom die in duigen was gevallen, dat beviel hem wel.

Hij kon nergens zitten, dus hij bleef daar op zijn schuilplaats een hele tijd staan kijken hoe er niets bij de Sangre de Leon gebeurde. Hij begon last te krijgen van zijn rug en van zijn knieën en de pijn werd alleen maar erger als hij kniebuigingen maakte of rekoefeningen deed. Vorig jaar Kerstmis had Rick een lopende band gekocht die een plaatsje had gekregen in de logeerkamer en iedere ochtend om vijf uur trouw werd gebruikt. Vorige maand had hij voorgesteld dat Milo ook maar eens moest proberen er met enige regelmaat gebruik van te maken. Milo had niet geprotesteerd, maar ook geen gehoor gegeven aan het voorstel. Hij was geen ochtendmens en als Rick op weg ging naar de spoedeisende hulp deed hij meestal net alsof hij nog sliep.

Hij wierp een blik op zijn Timex. De Cossacks en Brad 'de eikel' Larner waren inmiddels al meer dan een uur binnen en er waren nog steeds geen andere klanten op komen dagen.

Larner was ongetwijfeld de zoon van de voormalige directeur van Achievement House. De zoon van de man die meisjes lastig viel. Het zoveelste verband tussen de twee families. Door bij Achievement House een plaatsje vrij te maken voor het Gekke Zusje Caroline had pappie niet alleen een baantje voor zichzelf kunnen ritselen, maar ook voor Junior.

Connecties en geld. Was er iets nieuws onder de zon? Verdraaid nog aan toe, zelfs presidenten werden op die manier gekozen. Als al die dingen op de een of andere manier verband hielden met Janie Ingalls, zag hij niet hoe. Maar hij wist – instinctief – dat het wel van belang was. Dat het feit dat Pierce Schwinn gedwongen was om met pensioen te gaan en zijn eigen overplaatsing naar L.A. niet alleen het gevolg waren van Schwinns stoeipartijtjes met een stel tippelaarsters. Twintig jaar oud gesjoemel waarvoor John G. Broussard het vuile werk had opgeknapt.

Twee decennia waarin Schwinn zijn mond had gehouden over wat hij wist en foto's in een album had geplakt tot hij ten slotte had besloten om zijn geheim prijs te geven.

Maar waarom nu?

Misschien omdat Broussard de top had bereikt en Schwinn volop wilde genieten van zijn wraak.

Waarvoor Milo de kastanjes uit het vuur mocht halen...

En vervolgens was hij van een mak paard gevallen...

Bij het zien van koplampen op het noordelijke stuk van Robertson schrok hij op uit zijn overpeinzingen. Twee stel koplampen, twee voertuigen die op de kruising met Melrose af reden. Het stoplicht sprong op oranje. De eerste auto passeerde net op tijd, de tweede reed door rood.

Beide stopten voor de Sangre de Leon.

Voertuig Nummer Een was een onopvallende zwarte tweedeurs Mercedes – nee maar! – waarvan hij het kenteken haastig opschreef. De chauffeur, opnieuw iemand in een zakelijk uitziend pak, stapte zo snel uit dat de roze dames geen tijd hadden om het portier te openen. Maar hij drukte de parkeerbediende die het dichtst bij hem stond toch een bankbiljet in de hand en bood Milo daardoor de kans om hem ongehinderd en grondig te bestuderen.

Een oudere man. Achter in de zestig of begin zeventig, een kalende schedel waarover schaarse grijze haren waren gekamd, in een ruimzittend beige pak met een wit overhemd en een donkere das. Gemiddelde lengte, gemiddeld gewicht, glad geschoren en een huid die in plooien van zijn kaken en zijn hals omlaag hing. Een uitdrukkingsloos gezicht. Milo vroeg zich af of dit Larner senior zou zijn. Of gewoon een vent die uit eten ging.

Als dat zo was, hoefde hij niet alleen te eten, want de passagiers van de tweede auto braken bijna hun nek om zich aan zijn zij te scharen.

Voertuig Nummer Twee was ook zwart, maar geen product van Duitse makelij. Een grote, dikke vierdeurs Crown Victoria, van ouderwetse afmetingen. De enige plaatsen waar Milo die krengen de laatste tijd had gezien waren overheidsinstanties geweest, al had deze auto geen officiële kentekenplaten.

Maar dat was evenmin het geval bij het merendeel van de blinde politieauto's en heel even dacht hij: *hoge omes van de politie?* De opwinding gierde door zijn lijf bij het idee dat al zijn veronderstellingen al zo snel bewaarheid leken te worden: het bewijs dat politiebonzen in contact stonden met de Cossacks en waarom had hij er verdomme niet aan gedacht om een *fototoestel* mee te nemen? Maar op het moment dat de eerste vent uit de Crown Victoria zich omdraaide en zijn gezicht toonde, werd het een heel ander verhaal.

Een lang, donker, reptielachtig smoel onder een hoge zwarte kuif.

Gemeenteraadslid Eduardo 'Ed the Germ' Bacilla, de officiële afgevaardigde van een district dat een heel stuk van het centrum omvatte. De man met uitermate slechte eigenschappen en een kwalijk arbeidsethos: Bacilla bezocht hooguit een op de vijf vergaderingen van de gemeenteraad en hij was een paar jaar geleden in zijn kraag gevat toen hij in Boyle Heights had geprobeerd om cocaïne te kopen van een stille van de narcoticabrigade. Haastige en zenuwachtige onderhandelingen met het openbaar ministerie hadden geleid tot de draconische straf van het publiekelijk aanbieden van verontschuldigingen en het vervullen van openbare dienstverlening: twee maanden bij de afdeling van de stadsreiniging die graffiti moest verwijderen en waar Bacilla samenwerkte met een aantal van dezelfde bendeleden die hij had gepaaid met door de gemeente betaalde reclasseringsprogramma's die voor geen meter deugden. Het feit dat hij geen veroordeling wegens een misdrijf aan zijn broek had gekregen, betekende dat het gemeenteraadslid gewoon kon blijven zitten en een poging van een links georiënteerde, voormalige homeboy om de zaak opnieuw aanhangig te maken liep op niets uit.

En nu stond die ouwe Germ hier te slijmen tegen Bruin Pak.

Hetzelfde gold voor Crown Victoria Passagier Twee en wat een verrassing: nog zo'n ouwe getrouwe uit de gemeenteraad.

Deze vent had zijn arm om de schouders van Bruin Pak geslagen en stond ergens om te lachen. Het president-directeursgezicht van het Pak bleef onbewogen.

Meneer de Grapjas was ouder, ongeveer van Bruin Paks leeftijd, met witte slapen en een borstelige witte snor waaronder zijn bovenlip schuilging. Lang, met smalle schouders, een bol lijf dat er ook in een goedgesneden kostuum niet aantrekkelijker op werd en de kille, gehaaide blik van een in het nauw gedreven wild zwijn.

Gemeenteraadslid James 'Diamond Jim' Horne. De man die werd verdacht van smeergeld- en omkooppraktijken en die ex-echtgenotes met zwijggeld de mond had gesnoerd in die goeie ouwe tijd toen huiselijk geweld nog gewoon vrouwenmishandeling werd genoemd. Milo wist uit de wandelgangen van het LAPD dat Horne zijn echtgenotes al sinds jaar en dag zwaar mishandelde, waarbij hij een voorkeur vertoonde voor het breken van botten zonder sporen na te laten. Net als Germ Bacilla was Diamond Jim er altijd in geslaagd de dans te ontspringen zonder gearresteerd of veroordeeld te worden. Hij had al meer dan dertig jaar een district vertegenwoordigd dat grensde aan dat van Bacilla, een gebied even ten noorden van het centrum dat volgebouwd was met krakkemikkige huizen en appartementen die de naam niet waardig waren. Het kiesdistrict van Horne dat ooit alleen maar blanke arbeiders had geteld, bestond inmiddels voor zeventig procent uit arme mensen van Latijns-Amerikaanse afkomst en het gemeenteraadslid had zijn stemmenmeerderheid eveneens zien teruglopen van negentig tot zeventig procent. Maar ondanks een reeks tegenstanders met achternamen die op 'ez' eindigden, was geen van hen erin geslaagd om Horne een nederlaag toe te brengen. De corrupte oude smeerlap zorgde er niet alleen voor dat de gaten in de wegen gerepareerd werden, maar kreeg nog veel meer voor elkaar.

Germ en Diamond Jim liepen arm in arm met Bruin Pak in de richting van de stalen deur van de Sangre de Leon.

Milo ging terug naar de Taurus en vroeg het kenteken van de Mercedes op met behulp van de ID van een rechercheur van de zedenafdeling van Pacific Division aan wie hij de pest had.

Hij had half en half verwacht dat hij weer geconfronteerd zou worden met een bedrijf dat als dekmantel fungeerde, maar hij kreeg te horen dat het kenteken overeenkwam met dat van een vier jaar oude Mercedes in het bezit van een echte persoon.

W.E. Obey

Een adres in de driehonderd op Muirfield Road in Hancock Park. Walter Obey. De man met een vermogen van een miljard dollar.

In naam zat Walt Obey in dezelfde bedrijfstak als de Cossacks – beton, vlechtwerk, hout en gipsplaten. Maar Obey was lichtjaren verwijderd van de Cossacks. Vijftig jaar geleden was Obey Construction begonnen met het in elkaar timmeren van huizen voor soldaten die uit de oorlog terugkeerden. Het bedrijf was verantwoordelijk voor tien procent van de wijken die langs de snelwegen waren gebouwd en de hele van smog vergeven diepte in beslag namen die de Chumash-indianen vroeger het Dal van de Rook hadden genoemd. Walt Obey en zijn vrouw Barbara zaten in het bestuur van elk mu-

seum, ziekenhuis en dienstverlenende organisatie die iets te betekenen had in de verzameling zenuwlijders en neuroten die bekendstond
als de L.A. Society.

Walt Obey was ook een toonbeeld van rechtschapenheid... Meneer
Onkreukbaar in een bedrijfstak die niet bepaald wemelde van heilige boontjes.

De man moest op zijn minst tachtig zijn, maar hij zag er een stuk
jonger uit. Goede genen? Gezond leven?

En nu dook hij hier op, voor een dinertje met Germ en Diamond Jim.
De Cossacks en Brad Larner zaten inmiddels al een uur binnen. Niet
zo gek, als je bedacht dat het hun eigen restaurant was. Maar toch
doemde de vraag op: aan een tafeltje voor drie of voor zes?

Hij vroeg bij inlichtingen het nummer van de Sangre de Leon op en
belde het restaurant. Pas nadat de telefoon vijf keer was overgegaan,
zei een verveelde mannenstem met een Midden-Europees accent: 'Ja?'

'U spreekt met het kantoor van de heer Walter Obey. Ik heb een
boodschap voor meneer Obey. Hij dineert vanavond met de gebroeders Cossack, volgens mijn informatie in een privévertrek...'

'Ja, dat klopt. Ik roep hem aan de telefoon.' De verveling had plaatsgemaakt voor gretige gedienstigheid.

Milo verbrak de verbinding.

Terwijl hij naar huis reed, probeerde hij de stukjes aan elkaar te passen. De Cossacks die zich samen met Walt Obey en twee gemeente-
raadsleden tegoed deden aan de nouvelle cuisine. En was Brad Larner aanwezig als loopjongen of als plaatsvervanger van zijn vader?
Alex had iets boven water gehaald over de pogingen van de Cossacks om weer een footballteam naar L.A. te halen en eventueel het
Coliseum te renoveren. Dat plan was op niets uitgelopen, zoals vrijwel alles wat de Cossacks ondernamen: films en het met de grond
gelijkmaken van bezienswaardigheden. Op het eerste gezicht zou je
zeggen dat de broers een stel mislukkelingen waren. Maar toch hadden ze genoeg invloed om Walt Obey vanuit Hancock Park naar
West Hollywood te laten komen.

De Cossacks in hun Town Car met chauffeur en speciale kentekenplaten waren onmiskenbaar nouveau riche. Maar Obey, de man die
echt veel geld had, had zelf zijn anonieme, vier jaar oude auto bestuurd. De miljardair was zo onopvallend dat hij kon doorgaan voor
de eerste de beste, redelijk goede accountant.

Wat zou een stel ordinaire figuren en een puritein samenbrengen?
Iets groots. Het Coliseum lag in het district van Germ Bacilla en dat
grensde weer aan het territorium van Diamond Jim Horne. Ging het

om een van die ingewikkelde samenwerkingsverbanden die er altijd weer in slaagden om alle bestemmingsplannen en wat dies meer zij te omzeilen? Rijkelui die de belastingbetaler lieten opdraaien voor de kosten van hun eigen genoegens? Iets dat misschien in gevaar zou kunnen komen door het oprakelen van een twintig jaar oude moord en het bekend worden van de rol die de Cossacks hadden gespeeld bij het wegmoffelen van het aandeel dat hun eigen gekke zuster en de verslaafde moordenaar Willie Burns daarin hadden gehad?

Waarom had Georgie Nemerov eigenlijk de bibberaties gekregen? Het enige verband dat er wellicht tussen Nemerov en de rest bestond, was de politie.

En de politie had inmiddels opgebeld om te controleren of hij echt vakantie had opgenomen en misschien zelfs die klootzak van Bartlett op hem afgestuurd om hem de zenuwen op het lijf te jagen. Welzijnsadviezen. Wat hield dat in? Zorg dat je gezond blijft?

Plotseling voelde hij een heftig verlangen opkomen om iemand doodziek te maken.

Toen hij zijn eigen oprit opdraaide, stond de witte Porsche voor de garage. Op het dashboard flikkerde het rode lampje van de alarminstallatie en ook het extra stuurslot was zichtbaar, de stang die niet alleen het stuur, maar ook het gaspedaal vergrendelde. Rick was dol op die auto en sprong er even zorgzaam mee om als met alle andere dingen.

Hij vond Rick aan de keukentafel waar hij, nog steeds in zijn operatiepak, de opgewarmde Chinese maaltijd van de avond ervoor zat te eten. Naast zijn elleboog stond een glas rode wijn. Toen hij Milo zag, glimlachte hij en woof met een slap handje, voordat ze elkaar even stevig omhelsden. 'Heb je overgewerkt?' vroeg Rick.

'Zoals gewoonlijk. Hoe heb jij het vandaag gehad?'

'Zoals gewoonlijk.'

'Nog heldendaden verricht?'

'Niet echt.' Rick maakte een gebaar naar de lege stoel aan de andere kant van de tafel. Afgelopen zomer waren de laatste donkere haartjes in zijn dikke krullenbol grijs geworden en zijn snor leek op een zilveren tandenborstel. Hoewel hij als arts eigenlijk beter moest weten, lag hij toch graag in de achtertuin te zonnen en zijn huid had nog steeds een zomers tintje. Hij zag er moe uit. Milo ging tegenover hem zitten en pikte een stukje eend à l'orange.

'Er staat nog meer in de koelkast,' zei Rick. 'De loempia's en de rest van het eten.'

'Nee, ik eet jouw portie wel op.'

Rick lachte. Vermoeid.

'Vervelende dingen meegemaakt?' vroeg Milo.

'Niets bijzonders. Een paar hartaanvallen, een paar keer vals alarm, een knul die zijn been had gebroken door van zijn scooter te vallen, een patiënt met darmkanker en een ernstige bloeding die ons een hele tijd bezig heeft gehouden, een vrouw met een stopnaald in haar oog, twee auto-ongelukken, een ongeluk met een pistool... die laatste hebben we niet in leven kunnen houden.'

'De gewone kleinigheden.'

'Precies.' Rick duwde zijn bord weg. 'Er was één ding. Dat ongeluk met het pistool was mijn laatste geval. Ik kon niets meer voor de arme kerel doen, hij had al geen levenstekens meer, geen piep te horen. Het lijkt erop dat hij zijn 9mm schoon zat te maken, in de loop keek, waarschijnlijk om zich ervan te verzekeren dat die schoon was, en boem. De smerissen die het lijk binnenbrachten, zeiden dat ze de geweerolie, poetslappen en zo'n ding waarmee je de loop schoonmaakt naast hem op tafel vonden staan. De kogel is hier naar binnen gegaan.' Rick legde zijn vinger midden op zijn snor, vlak onder zijn neus.

'Een ongeluk?' vroeg Milo. 'Geen zelfmoord of iets anders?'

'De smerissen die erbij waren, hadden het alleen maar over een ongeluk, misschien vanwege bepaalde technische informatie. Het is wel een zaak voor de lijkschouwer.'

'Agenten van het kantoor van de sheriff?' informeerde Milo.

'Nee, van jullie. Het was in de buurt van Venice en Highland gebeurd. Maar daar wou ik het niet met je over hebben. Het lichaam was net naar het lijkenhuis gestuurd en ik kwam terug om de formulieren in te vullen. De smerissen die hem binnen hadden gebracht zaten in het hokje naast me en ik hoorde ze praten. Ze hadden het over hun pensioen, over ziekteverlof en over de sociale lasten bij de politie. Toen maakte een van hen een opmerking over een rechercheur van district West L.A. die bij een aidstest seropositief was gebleken en met pensioen zou worden gestuurd. Toen zei die andere smeris: "Dat zat er natuurlijk dik in" en ze begonnen allebei te lachen. Niet vrolijk of zo, maar op een gemene manier.'

Rick pakte een eetstokje op en liet het tussen zijn vingers op en neer wippen. Daarna keek hij Milo recht aan en legde even zijn hand op die van Milo.

'Daar heb ik niets over gehoord,' zei Milo.

'Dat had ik ook niet verwacht, anders had je me dat wel verteld.'

Milo trok zijn hand terug, stond op en pakte een biertje.

Rick bleef aan de tafel met het eetstokje zitten spelen. Hij liet het handig en zorgvuldig schuin omhoog wippen. Met de gratie van een chirurg.

'Het is gewoon lulkoek,' zei Milo. 'Anders had ik dat ook wel gehoord.'

'Ik dacht alleen maar dat je het vast wel zou willen weten.'

'Higland en Venice. Wat zou district Wilshire in vredesnaam van West L.A. afweten? Wat zouden jongens in uniform van rechercheurs afweten?'

'Waarschijnlijk niets... Knul, is er iets wat ik zou moeten weten? Zit je op de een of andere manier in de nesten?'

'Hoezo? Wat heeft dit met mij te maken?' De verdedigende toon in zijn stem beviel Milo helemaal niet. Hij dacht: die verdomde wandelgangen van de politie. En toen: *Welzijnsadviezen. Je weet maar nooit...*

'Oké,' zei Rick terwijl hij aanstalten maakte om op te staan.

'Wacht even,' zei Milo. Hij liep om de tafel heen en bleef achter Rick staan met zijn handen op Ricks schouders. Daarna vertelde hij hem het hele verhaal.

22

Ik ging achter de computer zitten en voerde 'Paris Bartlett' in als zoekopdracht bij verschillende zoekmachines, maar ik vond niets. Daarna probeerde ik 'Playa del Sol' en de Engelse vertaling van zonnestrand: *Sun Beach*, met als resultaat links naar honderden vakantieoorden overal ter wereld. Costa del Sol. Costa del Amor. Playa Negra. Playa Blanca. Playa Azul. Sun City. Sunrise Beach. Vakantiereizen, deeltijdaanbiedingen, wit zand, blauw water, uitsluitend volwassenen, breng gerust de kinderen mee. Plus een vent die zo bezeten was van het oude liedje 'Cuando Caliente El Sol' dat hij er een hele site aan had gewijd. De geneugten van het informatietijdperk... Ik bleef er een paar uur mee bezig, tot ik vierkante ogen kreeg en rond middernacht een pauze inlaste om een boterham te eten, een biertje te drinken en even te gaan douchen voordat ik opnieuw achter het scherm ging zitten. Om twee uur 's nachts zat ik te vechten tegen de slaap, waardoor ik bijna het artikel miste in een drie jaar oud nummer van *The Resort Journal* dat was opgeroepen door de zoveelste poging met Playa del Sol. Dit keer had ik ingelogd bij een informatieservice waarop ik een abonnement had, een zakelijk georiënteerde databank die ik al niet meer had gebruikt sinds de afgelopen herfst toen ik had overwogen om een aantal gemeenteobligaties van de hand te doen. Ik klikte het hokje aan waarmee ik toestemming gaf om het abonnementsgeld van mijn creditcard af te boeken en ging verder.

Wat ik voorgeschoteld kreeg, was een stuk dat in het laatste gedeelte van het blad was geplaatst onder de titel: 'Op zoek naar het goede leven aan verre stranden: Amerikanen die in het buitenland op koopjes uit zijn, krijgen vaak het deksel op de neus.' Het artikel somde een aantal onroerendgoedtransacties op die op een fiasco waren uitgelopen, onder andere een bouwproject in Baja dat Playa del Sol heette: dure koopflats die aan de man werden gebracht bij gepensioneerde Amerikanen onder het mom van een luxe woning in Amerikaanse stijl tegen Mexicaanse prijzen. Tweehonderdvijftig eenheden van de geplande vierhonderd waren inmiddels gebouwd en verkocht. De eerste groep gepensioneerden had nog niet eens hun intrek genomen toen de Mexicaanse regering zich beriep op de kleine lettertjes in een of andere obscure verordening, het land in beslag nam en het verkocht aan een consortium uit Saoedie-Arabië dat de koopflats omzette in een hotel. De Playa del Sol Company, Ltd., gevestigd op de Cayman Islands, hief zichzelf op en de Amerikaanse dochtermaatschappij van het bedrijf, Playa Enterprises, vroeg surseance van betaling aan. De gepensioneerden waren hun geld kwijt. De directeur van Playa Enterprises, Michael Larner, onthield zich van commentaar.

De verwijzingen naar artikelen in obscure zakenbladen die ik bij mijn eerste speurtocht naar Larner was tegengekomen – bladen waar de researchbibliotheek niet op geabonneerd was – schoten me weer te binnen en toen ik ging zoeken of ik nog meer over de voormalige directeur van Achievement House kon vinden, stuitte ik op diverse andere transacties die hij de afgelopen vijf jaar had ondernomen.

Larners specialiteit was het onderbrengen van onroerend goed in een syndicaat, dat wil zeggen dat hij een groep gefortuneerde mensen bij elkaar bracht om onvoltooide bouwprojecten die in moeilijkheden waren geraakt op te kopen. Torenflats in Atlanta, country clubs in Colorado en New Mexico die de geest hadden gegeven, een skihotel in Vermont, een golfbaan in Arizona. Zodra alles zwart op wit stond, incasseerde Larner zijn aandeel en nam de benen.

Alle artikelen daarna hadden de jubelende toon van advertentiefolders. Geen woord over het Mexicaanse debacle, Playa Enterprises, of de Playa Del Sol Company, Ltd. Larners zakelijke identiteit was inmiddels de ML Group.

Ook geen letter over de gebroeders Cossack. Of over een van Larners medespeculanten, hoewel er wel gerefereerd werd aan banden met de showbizz en Wall Street. Het enige andere directielid van ML dat genoemd werd, was Larners zoon, Bradley, de onderdirecteur.

Met 'ML Group' als zoekopdracht liep ik nog een keer alle zoekmachines na, wat dezelfde artikelen opleverde, plus nog één extra: een twee jaar oud slijmverhaal in een glossy flutblad dat *Southwest Leisure Builder* heette.

Midden tussen de tekst stond een kleurenfoto: de Larners, vader en zoon, die op een zonnige dag in Phoenix hadden geposeerd, gekleed in identieke koningsblauwe golfshirts en wit katoenen broeken, en met een identieke witte glimlach.

Michael Larner leek een jaar of vijfenzestig. Hij had een blozend vierkant gezicht en droeg een vliegeniersbril met een stalen montuur waarvan de glazen door de Arizona-zon in spiegels waren veranderd. Zijn glimlach was zelfvoldaan en toonde vol trots overdreven grote, van kronen voorziene tanden. Hij had de neus van een drinker, een grote, stevig uitziende buik en wit haar dat perfect in model zat. Hij leek bij uitstek geschikt voor de rol van Omkoopbare Zakenman.

Bradley Larner was slanker, kleiner en bleker dan zijn vader, een soort zwakke afdruk. Hij was achter in de dertig of begin veertig en ook bril dragend, maar hij had de voorkeur gegeven aan een goud omrande bril met smalle halfronde glazen die nauwelijks zijn ogen bedekten. Zijn haar was van het slappe, blonde soort dat onvermijdelijk wit wordt, en het hing tot over zijn schouders. Zijn gezicht stond een stuk minder enthousiast. Er kon nauwelijks een glimlach af, hoewel de Larners volgens het artikel volop profiteerden van de hausse in de wereld van het onroerend goed.

Bradley Larner zag eruit als een kind dat voor de zoveelste keer moest poseren voor een vervelende familiefoto.

Op de volgende bladzijde stond een foto van Michael Larner die in een vanillekleurig pak, met een blauw overhemd en een roze das poseerde naast een witte Rolls-Royce Silver Spirit met witte accenten. Rechts van zijn vader zat Brad Larner gehuld in een zwartleren pak op een goudkleurige Harley-Davidson.

Het onderschrift luidde: **Twee verschillende generaties, maar ieder op zijn manier een Snelle Jongen.**

De link naar Playa del Sol betekende dat 'Paris Bartlett' waarschijnlijk door de Larners op Milo af was gestuurd.

Als waarschuwing om niet op zoek te gaan naar Caroline Cossack.

Want de Larners en de Cossacks waren al heel lang met elkaar bevriend.

De twee families hadden nog iets anders gemeen: grote transacties die de mist in gingen. Maar ze slaagden er allemaal in om aan de top te blijven en het er goed van te nemen.

Snelle Jongens.

In het geval van de Cossacks had een geërfd fortuin waarschijnlijk als een prima vangnet gefungeerd. Michael Larner, daarentegen, was van baan in baan en van bedrijfstak in bedrijfstak gerold en had daarbij een spoor van schandalen en faillissementen achtergelaten, hoewel hij er iedere keer toch in was geslaagd om weer een stapje hogerop te komen.

Die grijns, met tanden die even wit en glanzend waren als zijn Rolls-Royce. Een man die bereid was om tot het uiterste te gaan? Of met vrienden op de juiste plaatsen? Of allebei.

Destijds, toen Larner de regels had genegeerd en Caroline Cossack toegang had verleend tot Achievement House, hadden haar broers nog maar net hun puberteit achter de rug, maar ze zaten al wel in het onroerend goed. Larner had waarschijnlijk aanvankelijk gehandeld op instigatie van Garvey Cossack sr., maar na het verscheiden van senior was de relatie opgebloeid en was Larner in dienst gekomen van mannen die vijfentwintig jaar jonger waren dan hij. Daarna schoot me nog iets anders te binnen: *Bradley* Larner was ongeveer even oud als de gebroeders Cossack. Zou er ook in dat opzicht een verband bestaan? Iets dat niet louter zakelijk was?

Toen Milo op zoek was geweest naar schoolgegevens van Caroline had hij niet veel medewerking gekregen van de plaatselijke middelbare scholen. Want iedereen was op zijn hoede geweest voor eventuele processen en aangezien ze regelmatig naar bepaalde tv-series keken, waren ze ervan overtuigd dat smerissen machteloos waren zonder een gerechtelijk bevel.

Maar het kon ook best dat Caroline vanwege haar emotionele problemen nauwelijks op school had gezeten. Misschien zou het gemakkelijker zijn om de schoolloopbaan van haar broers na te trekken.

De volgende ochtend zat ik opnieuw in de bibliotheek om de *Who's Who* door te bladeren. Bob Cossack noch Bradley Larner werd genoemd, maar Garvey Cossack was vereerd met een biografie: een enkele alinea vol opgeblazen tekst, voornamelijk over dingen die ik al van het Web had gehaald.

Maar verstopt tussen alle zakelijke snoeverij stond ook de opleiding die Garvey had genoten. Hij had twee jaar aan Cal State North gestudeerd, maar zijn studie niet afgemaakt. Misschien had hij daarom de moeite genomen om de naam van zijn middelbare school te vermelden. Plus het feit dat hij tijdens zijn laatste schooljaar penningmeester van de leerlingenvereniging was geweest.

University High.

Toen ik in de index keek, bleek dat de bibliotheek beschikte over de jaarboeken van de afgelopen drie decennia. Uni was met recht de plaatselijke middelbare school.

Het kostte me weinig moeite om het juiste boek te pakken te krijgen. Ik wist hoe oud Garvey ongeveer was en al bij de tweede poging was het raak.

Zijn eindexamenfoto toonde een door jeugdpuistjes geteisterde achttienjarige knul met een bol gezicht en lang, golvend haar in een lichte coltrui. Tussen de bovenkant van de trui en de vlezige kin van de jongen was nog net genoeg ruimte voor een halsketting van schelpen. Hij had een ondeugende grijns.

Onder zijn foto stond vermeld dat hij lid was van de Business Club, de 'leidinggevende staf' van het footballteam en iets dat de King's Men heette. Maar er stond nergens dat hij ook penningmeester was en volgens de pagina die aan de leerlingenvereniging was gewijd werd die functie vervuld door een meisje dat Sarah Buckley heette. Door ook de drie voorgaande jaarboeken door te bladeren kwam ik erachter dat Garvey Cossack nooit in het bestuur van de studentenvereniging had gezeten.

Een kinderachtig leugentje voor een miljonair van middelbare leeftijd, maar dat maakte het alleen maar interessanter.

Ik ontdekte de portretfoto van Robert 'Bobo' Cossack een klas lager. Hij had op de dag dat de foto werd gemaakt een zwart shirt met een hoge kraag aangehad en een ketting die strak om zijn hals sloot. Een paardengezicht, haar dat donkerder en zelfs nog langer was dan dat van zijn broer en nog meer puistjes. Bobo keek nors en had zijn ogen halfdicht. Slaperig of stoned... of hij had zijn uiterste best gedaan die indruk te wekken. Zijn pogingen om een baard en een snor te laten staan hadden geresulteerd in een aureool van donzige donkere haartjes om zijn kin en een paar miezerige sprietjes op zijn bovenlip.

Het enige lidmaatschap dat onder zijn foto stond, was dat van de King's Men.

In de lagere klas had ook een broodmagere Bradley Larner gezeten, compleet met een vliegeniersbril met getinte glazen, een overhemd met een kraag waarvan de punten met knoopjes vast zaten, en geblondeerd lang haar waarachter zijn halve gezicht schuilging. Wat er nog van te zien was, stond even moedeloos als dat van Bobo Cossack.

Weer een King's Man.

Ik bladerde door het jaarboek om te zien of ik iets meer te weten kon komen van die club en vond de naam wel terug in de lijst met schoolactiviteiten, maar zonder omschrijving. Ten slotte vond ik in een hijgerig verslag van de jaarlijkse reüniedag een verwijzing naar *'de pret en de reuzenkeet (en meer van die dingen) die getrapt werd door de King's Men.'*

Op een begeleidend kiekje stond een groep van zes knullen op het strand, die in zwembroek en met gestreepte petjes op de malloot uithingen door scheel in de camera te grijnzen, maffe poses aan te nemen en hun maatjes met behulp van opgestoken vingers konijnenoren te bezorgen. De bierblikjes die ze in de hand hadden waren slonzig zwartgemaakt. In één geval was de merknaam nog te lezen. Het onderschrift: **Surf's Up! Maar de King's Men geven de voorkeur aan ander vocht! Een feestje op Zuma met G. Cossack, L. Chapman, R. Cossack, V. Coury, B. Larner en N. Hansen.**

De gebroeders Cossack waren op de middelbare school echte fuifnummers geweest en het Bel Air-feestje van een paar jaar later was gewoon meer van hetzelfde. En het contact tussen hen en de Larners was op het zand van Zuma gelegd, niet in de directiekamer.

Daardoor begon ik me af te vragen of het idee om het problematische zusje Caroline op te bergen wellicht van de jongens afkomstig was geweest en niet van hun vader. *'Hé, pa, de vader van* Brad *werkt bij zo'n school voor mafketels, misschien kan hij ons wel helpen.'*

Ik bladerde de schoolboeken door op zoek naar de naam en de foto van Caroline Cossack.

Niets.

Terwijl ik langs de mooie woonhuizen in Westwood reed, dacht ik na over Pierce Schwinn en wat hij eigenlijk precies van Milo had gewild. Had de voormalige rechercheur eindelijk besloten om de geheimen prijs te geven die hij twee decennia lang had bewaard, zoals ik eerder had gesuggereerd, of was hij op een later tijdstip in zijn leven op eigen houtje op onderzoek gegaan en had hij toen nieuwe aanwijzingen gevonden?

Hoe het ook zij, Schwinn had niet zo'n vredig leventje geleid als zijn tweede vrouw wel dacht. En zo trouw was hij ook niet geweest, want hij had een andere vertrouweling gevonden die het moordboek had verstuurd.

Ik had ook al tegen Milo gezegd dat Ojai maar een kleine stad was en dat ik betwijfelde of Schwinn regelmatig bij iemand anders op bezoek kon gaan zonder dat Marge daar achter zou komen. Maar voordat hij met Marge was getrouwd, had hij in Oxnard gewoond, in een of andere goedkope vlooientent. Marge had ons niet verteld hoe dat motel heette, maar ze had ons wel de naam gegeven van de winkel waar Schwinn voor een hongerloontje had gewerkt en ze had ook gezegd dat Schwinn geen auto had. Hij had de vuilnisbakken buiten gezet bij Randall's Western Wear. Dat moest dus binnen loopafstand zijn.

De winkel was er nog steeds, op Oxnard Boulevard.
Ik had de toeristenroute genomen, niet alleen omdat dat de snelste weg was, maar ook omdat ik geen trek had in de snelweg: via Sunset naar de PCH en vervolgens over die kustweg langs de grens tussen L.A. en Ventura, Deer Creek Road en het kampeerterrein aan Sycamore Creek. Een ruim twintig kilometer lange kuststrook, eigendom van de staat, die het laatste privéstrand in Malibu van Oxnard scheidde. Het water was saffierblauw onder een lucht die niet had misstaan in een folder van de kamer van koophandel en de lichamen die op het zand pronkten, waren bruin en volmaakt van vorm.
Bij Las Posas Road meed ik de oostelijke afslag die via schitterend groene akkers als biljartlakens omhoogloopt naar de heuvels van Camarillo en bleef op de kustweg rijden.
Het natuurschoon maakte al snel plaats voor smeertroep en droefenis en vijfenzeventig minuten na mijn vertrek uit L.A. mocht ik mijn eerste blik werpen op de bezienswaardigheden van het centrum van Oxnard.

Oxnard is een rare plaats. De stad heeft een strand met een jachthaven en luxueuze hotels en je kunt er vistochtjes maken of een tochtje langs de Channel Islands. Maar de belangrijkste bron van inkomsten blijft toch de landbouw met de seizoenarbeiders die met hun miserabele bestaan het hele land van voedsel voorzien. De misdaad viert hoogtij en de stank van mest en verdelgingsmiddelen hangt constant in de lucht. Zodra je de afslag naar de jachthaven bent gepasseerd, wordt Oxnard Boulevard een goedkope winkelstraat met aan weerszijden trailerparks, autosloperijen, tweedehandswinkels, tacotentjes, kroegen met oorverdovende Mexicaanse muziek en meer Spaans dan Engels op de uithangborden.
Randall's Western Wear was een rode keet ergens in het midden van de winkelstraat, ingeklemd tussen Bernardo's Accu's en een kroeg zonder ramen die El Guapo heette. Aan de achterkant kon ik de au-

to gemakkelijk kwijt, want er stonden alleen twee pick-ups en een oude Chrysler 300 op het parkeerterrein.

Binnen, waar het naar leer, zaagsel en zweet rook, stonden rekken die tot aan het plafond vol lagen met denim en flanel, stetsons die als wafels op elkaar gestapeld waren en cowboylaarzen en -riemen voor uitverkoopprijsjes. Eén hoek was ingeruimd voor zakken met voer, in een andere lagen een paar zadels en hoofdstellen. Uit krakende luidsprekers sijpelde de zoetgevooisde bariton van Travis Tritt, die zijn best deed om een of andere dame te overtuigen van zijn goede bedoelingen.

Niet bepaald een topdag voor de handel in cowboykloffies. Geen klant te bekennen, alleen de twee verkopers van dienst, allebei blanke mannen van in de dertig. Een droeg een grijs joggingpak, de ander een spijkerbroek en een zwart Harley-Davidson-t-shirt. Ze zaten allebei achter de toonbank te roken en keken niet op toen ik binnenkwam.

Ik snuffelde rond, vond een bewerkte riem van koeienhuid die me wel beviel, ging ermee naar de toonbank en betaalde. Harley-D sloeg het bedrag aan zonder me aan te kijken of iets tegen me te zeggen. Toen hij me mijn creditcard teruggaf, hield ik mijn portefeuille open en toonde hem mijn legitimatie als adviseur van het LAPD. Het is zo'n geplastificeerd geval met een klemmetje, voorzien van het insigne van de politie. Het is niet veel soeps en als je goed kijkt, staat er ook op dat ik geen smeris ben. Maar er zijn niet veel mensen die verder kijken dan het insigne en Harley vormde geen uitzondering.

'Politie?' zei hij terwijl ik de portefeuille dichtsloeg. Hij had slonzig geknipt haar, een walrussnor die tot op zijn kin hing en een stem die klonk alsof hij verkouden was. Pezige armen en een verzameling verbleekte tatoeages.

'Ik had het idee dat jullie me misschien ergens mee zouden kunnen helpen,' zei ik.

'Waarmee?'

Joggingpak keek op. Hij was een paar jaar jonger dan Harley, met grijsblond stekeltjeshaar en een forse vierkante kin als sluitpost van een blozend gezicht. Een tikje gezet, rustige ogen. Ik gokte op ex-militair.

'Een paar vragen over een man die hier een tijdje geleden heeft gewerkt. Pierce Schwinn.'

'Die?' zei Harley. 'Die hebben we hier al niet meer gezien sinds... een paar jaar geleden?' Hij keek achterom naar Joggingpak.

'Een paar jaar,' beaamde Joggingpak.

Harley keek naar de riem. 'Zeg eens, heb je die alleen maar gekocht om vriendelijk over te komen?'

'Ik heb hem gekocht omdat het een leuke riem is,' zei ik. 'Maar ik vind het geen probleem om vriendelijk te zijn. Wat kunnen jullie je van Schwinn herinneren?'

Harley fronste. 'Toen hij hier werkte, was hij een schooier. Wat is er met hem aan de hand?'

'Hebben jullie hem nog gezien sinds hij hier weg is?'

'Hooguit één keer,' zei hij. 'Of niet. Als hij hier is geweest, dan was dat samen met zijn vrouw... dat klopt toch?' Hij keek weer hulp-zoekend naar Joggingpak.

'Ik denk het wel.'

'Hoezo?' vroeg Harley. 'Wat heeft hij gedaan?'

'Niets. Het is gewoon een routineonderzoek.' Ik voelde me meteen belachelijk toen ik dat zei, om niet te zeggen misdadig. Maar als Mi-lo genoeg lef had om de wet te overtreden, dan kon ik dat ook. 'Dus het is al een paar jaar geleden dat meneer Schwinn hier heeft ge-werkt?'

'Dat klopt.' Harveys grijns was spottend. 'Als je dat tenminste wer-ken wilt noemen.'

'Was het dat dan niet?'

'Man,' zei hij terwijl hij over de toonbank kwam hangen, 'ik zal je eens iets vertellen: het was een gunst. Van de kant van mijn moe-der. Deze zaak is van haar. Hij woonde een stukje verderop, in de Happy Night. Mam had medelijden met hem en betaalde hem een paar grijpstuivers voor het schoonmaken van de zaak.'

'Het Happy Night Motel?' vroeg ik.

'Verderop, aan dezelfde weg.'

'Dus het was puur uit medelijden,' zei ik. 'Van de kant van je moe-der.'

'Ze heeft een klein hartje,' zei Harley. 'Hè, Roger?'

Joggingpak knikte, trok aan zijn sigaret en zette Travis Tritt iets har-der. De stem van de zanger klonk klaaglijk en warm, hij zou mij meteen overtuigd hebben.

'Had Schwinn vrienden?' vroeg ik.

'Nee.'

'Hoe zit het dan met Marge... de vrouw die met hem is getrouwd?'

'Die komt hier voer halen als ze door haar voorraad heen is,' zei Harley. 'Ja, ze is met hem getrouwd, maar daardoor is ze alleen zijn vrouw geworden en niet per se zijn vriendin.'

Was je soms van plan om advocaat te worden, Pietje Precies?

'Marge heeft hem hier ontmoet,' zei ik.

'Ja, dat geloof ik wel.' Harvey fronste zijn voorhoofd. 'Ik heb haar ook al een tijd niet meer gezien.'

'Ze zal tegenwoordig wel via internet bestellen, net als alle andere mensen,' zei Roger. 'Daar zullen wij ook aan moeten.'

'Ja,' zei Harvey lusteloos. 'Maar vertel nou eens, man, waarom wil je al die dingen van hem weten? Heeft iemand hem om zeep geholpen of zo?'

'Nee,' zei ik. 'Maar hij is inderdaad dood. Een paar maanden geleden is hij van een paard gevallen.'

'Echt waar? Nou, dat heeft ze nooit verteld. Marge, bedoel ik.'

'Wanneer heb je haar voor het laatst gezien?'

Harvey keek Roger opnieuw aan. 'Wanneer heb ik haar voor het laatst gezien?'

Roger haalde zijn schouders op. 'Een maand of vier, vijf geleden, denk ik.'

'Vrijwel iedereen bestelt grote voorraden rechtstreeks bij de leverancier,' zei Harley. 'En van het internet. Daar moeten wij ook op.'

'Dus Marge is na de dood van Schwinn nog wel hier geweest, maar ze heeft nooit verteld dat hij is overleden.'

Roger haalde opnieuw zijn in sweatshirt gehulde schouders op. 'Marge zegt nooit veel, punt uit.'

Travis Tritt nam afscheid en Pam Tillis maakte haar opwachting met 'The Queen of Denial'.

'Heeft dit iets met drugs te maken, of zo?'

'Waarom vraag je dat?'

Harvey schuifelde zenuwachtig heen en weer. Zijn broer zei: 'Wat Vance bedoelt, is dat de Happy Night... dat weet iedereen toch. Mensen lopen constant in en uit. Wil je ons een genoegen doen? Laat die tent hier weghalen. Dit was vroeger een mooie buurt.'

Ik liet mijn auto op het parkeerterrein van Randall's staan en liep verder de straat in naar het motel. Het gebouw bestond uit twaalf units die van grijs pleisterwerk waren voorzien. Ze lagen in de vorm van een C rond een centrale binnenplaats, met de opening aan de straat. De binnenplaats was geplaveid met afbrokkelende klinkers en leek niet van oorsprong bedoeld te zijn als parkeerterrein, maar er stonden toch vier smerige kleine personenauto's en een al even smerige, tot kampeerwagen omgebouwde pick-up. De receptie bevond zich aan de rechterkant: een vierkant hokje waar een zweetlucht hing die onwillekeurig aan een fitnessruimte deed denken en dat bemand werd door een jonge skinhead van Latijns-Amerikaanse afkomst in een aquakleurig cowboyoverhemd, afgezet met knalrode biesjes. Het juk was zelfs bezaaid met lovertjes, maar de vieze vlekken onder de oksels en de spettertjes van ketchup die overal op de borst zaten, maakten het kledingstuk er niet charmanter op. Op de sluiting hing een zwaar ijzeren kruis aan een roestvrij stalen ketting.

Bij mijn binnenkomst begon een bel boven de deur te rinkelen en toen de receptionist mij in het oog kreeg, wierp hij meteen een blik onder de balie. Automatisch. Waarschijnlijk om te controleren of het vereiste pistool er lag. Of gewoon om mij te laten weten dat hij gewapend was. Op een bordje achter hem stond UITSLUITEND CONTANT. Eronder hing dezelfde mededeling in het Spaans. Hij bewoog niet, maar zijn ogen schoten heen en weer en zijn linkerooglid trilde. Hij was hooguit twee- of drieëntwintig en hij zou de adrenalinestoten en de plotselinge pieken in zijn bloeddruk nog wel een paar jaar kunnen verdragen.

Ik liet hem de legitimatie zien en hij schudde zijn hoofd. Op de balie lag een *novella* – zwart-witfoto's van personages die hun teksten via onderschriften uitspraken, een verhaal dat de vorm van een stripboek had gekregen. Ondersteboven kon ik een paar woorden lezen: *sexualismo* en *con pasión*.

Hij zei: 'Kweet nieks.' Met een zwaar accent.

'Ik heb nog niets gevraagd.'

'Kweet nieks.'

'Fijn voor je,' zei ik. 'Onwetendheid kan zalig zijn.'

Hij keek me dof aan.

'Pierce Schwinn,' zei ik. 'Hij had hier een kamer.'

Geen antwoord.

Ik herhaalde de naam.

'Kweet nieks.'

'Een oude man, Anglo, met wit haar en een witte baard?'

Niets.

'Hij werkte destijds bij Randall's.'

Een blik vol onbegrip.

'Randall's Western Wear... verderop in de straat?'

'Kweet nieks.'

'Hoe heet je?'

'Kweet ni...' Er ging een lichtje op in de bruine ogen. 'Gustavo.'

'Gustavo hoe?'

'Gustavo Martinez Reyes.'

'Spreekt u Engels, meneer Martinez Reyes?'

Hij schudde zijn hoofd.

'Werkt hier iemand die wel Engels spreekt?'

'Kweet nie...'

Met het speurwerk was ik geen moer opgeschoten. Maar nu ik toch die hele reis had gemaakt, kon ik het ook nog wel ergens anders in Ojai proberen... bij een winkel waarvan ik wist dat Marge Schwinn er klant was. De zaak waar ze de blauwe albums had gekocht... *O'Neill & Chapin... vlak bij het Celestial Café... uit Engeland... niet meer in de handel... ik heb de laatste drie gekocht.*
Misschien klopte dat laatste niet. Of misschien had Schwinn daar zelf boodschappen gedaan.

Ik reed verder naar de volgende oprit van de snelweg en was binnen een paar minuten weer op Highway 33. De lucht was koud en helder, alle kleuren draaiden op volle toeren en ik rook de geur van rijpend fruit die uit de aangrenzende boomgaarden opsteeg.
O'Neill & Chapin bevond zich op een van die gezellige winkelterreintjes die overal langs de weg opdoken, op een stuk grond met ruim voldoende schaduw, net voorbij het centrum van Ojai maar nog een paar kilometer voor de afslag naar de ranch van Marge Schwinn. De winkel was een piepklein huisje van overnaadse planken met een houten dak dat in het niet viel bij de omringende hoge eiken. De planken waren bosgroen geverfd en het pad dat van de aangestampte aarde van het trottoir naar de in een warme mint tint geschilderde, uit twee delen bestaande deur leidde, was geplaveid met kinderkopjes. Op de etalageruit aan de voorkant stond in gouden letters:

O'NEILL & CHAPIN
LEVERANCIERS VAN KWALITEITSPAPIER EN VERFSTOFFEN
SINDS 1986

De etalageruit was van binnenuit afgesloten met donkere, eiken luiken. Op een bordje dat tegen de houten planken leunde stond:

AWEZIG WEGENS INKOPEN IN EUROPA. BINNENKORT TERUG.

Ik nam poolshoogte bij de winkels ernaast. Rechts bevond zich een kaarsenmakerij, die eveneens gesloten was. Dan Marta, Geestelijk Raadgeefster, en het Humanos Theosofische Instituut. Links stond een kantoorgebouw van twee verdiepingen met een gevel van riviersteen: de praktijk van een chiropracticus, een notaris-annex-verzekeringsadviseur en een reisbureau dat specialiseerde in 'natuurvriendelijke uitstapjes'. Daarnaast, op een zonniger plekje, bevond zich een uit lemen baksteen opgetrokken kubus met een houten naambordje boven de deur.

Gouden sterretjes dartelden langs de randen van het bord. Achter de blauwgeruite katoenen gordijntjes twinkelden lichtjes. Het was bijna drie uur in de middag en ik had mijn geest noch mijn lichaam gelaafd. Ik nam aan dat op een moment als dit organische muffins en kruidenthee een weldadige uitwerking zouden hebben.

Maar volgens het schoolbord dat boven de open keuken hing, was het café gespecialiseerd in de Franse boerenkeuken: flensjes, hartige taarten, soufflés, chocolade desserts. En echte koffie, lieve god nog aan toe.

De twee luidsprekers die in het lage, met houten balken opgesierde plafond waren aangebracht produceerden een of andere new age-soundtrack: tinkelende belletjes, fluit en harp. Nog meer blauwgeruite katoentjes bedekten de zes tafeltjes. Een vrouw met ingewikkeld gevlochten grijs haar in een hertenleren jack met daaronder een roze jurk van kreukelstof zat zich tegoed te doen aan iets dat op ratatouille leek. Er was geen kelner of serveerster te zien, maar in de keuken stond een zwaargebouwde vrouw met een papperig gezicht, een wit schort en een blauw doekje op haar hoofd groente te hakken. Naast haar stond een Wolfe-fornuis met zes branders waarvan er slechts één aan was, onder een zware, gietijzeren koekenpan. Er was net vers beslag in de pan gedaan en de kokkin hield even op met hakken om met een handdoek de steel vast te pakken. Door de pan iets schuin te houden ontstond er een keurig rond schijfje dat ze op een bord liet glijden om het vervolgens te bedekken met spinazie à la crème. Een snuifje nootmuskaat en het flensje werd opgerold en op de toonbank gezet. Meteen daarna werd het hakken weer voortgezet.

De grijsharige vrouw stond op en pakte het flensje. 'Geweldig, Aimee.'

De kokkin knikte. Ze leek een jaar of veertig, met een samengeknepen gezicht en neergeslagen ogen. Het haar dat onder het hoofddoekje uitpiepte, was lichtbruin met zilver.

Ik glimlachte tegen haar. Haar gezicht bleef uitdrukkingsloos en ze ging gewoon door met hakken. Ik keek naar het schoolbord. 'Zou ik een flensje met gemengde kaassoorten en een kopje koffie van u kunnen krijgen?'

Ze draaide zich om en liep door een zijdeur de keuken uit. Ik bleef staan en luisterde naar de belletjes, de fluit en de harp.

Achter me zei de vrouw met het gevlochten grijze haar: 'Wees maar niet ongerust, ze komt zo terug.'

'Ik vroeg me al af of ik iets verkeerds had gezegd.'

Ze lachte. 'Nee, ze is gewoon verlegen. Maar wel een fantastische kokkin.'

Aimee kwam terug met een rond wit kaasje. 'Gaat u maar zitten,' zei ze met een zachte stem. 'Ik kom het u wel brengen.'

'Dank u wel.' Ik probeerde het nog een keer met een glimlach en gedurende een onderdeel van een seconde kropen haar mondhoeken omhoog, daarna begon ze de koekenpan schoon te vegen.

De grijsharige vrouw had net haar eten op toen Aimee met mijn bord, een mok koffie en in een zwaar linnen servet gewikkeld bestek naar mij toe kwam. Ze liep weer terug naar haar groente toen de vrouw met het grijze gevlochten haar zei: 'Kijk eens, lieverd,' en haar contant betaalde. Geen wisselgeld. En nergens in het café bordjes met namen van hier geldige creditcards.

Ik vouwde het servet open en keek naar mijn bord. Twee flensjes. Met haar rug naar me toe zei Aimee: 'U hoeft er maar een te betalen. Ik had erg veel kaas.'

'Dank u wel,' zei ik. 'Ze zien er heerlijk uit.'

Hak hak hak.

Ik sneed een stuk van het eerste flensje, stopte het in mijn mond en het was alsof er een engeltje over mijn tong pieste. De koffie was de lekkerste die ik in jaren had geproefd en dat vertelde ik haar ook.

Hak hak hak.

Ik was net aan het tweede flensje begonnen toen de voordeur openging. Er kwam een man binnen die rechtstreeks naar de toonbank liep.

Een kleine, gezette, witharige man in een paarsachtig rood jumpsuit met een rits aan de voorkant en brede, flodderige revers. Knalrode klompen en witte sokken aan voeten die meer weg hadden van stompjes. Zijn vingers waren ook veel te kort, de duimen waren nauwelijks meer dan gebogen knobbeltjes. Zijn verweerde gezicht met de kinderlijke en vredige uitdrukking leek op dat van een berustende elf. Een leren veterdasje werd op de plaats gehouden door een grote, vormeloze paarse steen. Aan zijn linkerhand blonk een grote gouden pinkring met een violetkleurige halfedelsteen.

Hij leek ergens midden in de zestig, maar ik wist dat hij zevenenzeventig was, omdat ik hem kende. Ik wist ook waarom hij maar één kleur droeg: het was de enige tint die hij kon onderscheiden in een wereld die verder uitsluitend zwart-wit was. Een zeldzame vorm van kleurenblindheid was slechts een van de vele lichamelijke afwijkingen waarmee hij was geboren. Sommige daarvan, zoals de te korte vingers, waren zichtbaar. Voor andere, had hij me verzekerd, gold dat niet.

Dr. Wilbert Harrison, psychiater, antropoloog, filosoof en eeuwige student. Een lieve, fatsoenlijke man, iets wat zelfs onderkend was door een moordlustige psychopaat die op wraak uit was, maar Harrison had gespaard bij de slachting die hij had aangericht onder de artsen die hem, volgens zijn idee, hadden gekweld.

Mij had hij niet gespaard en ik had Bert Harrison jaren geleden leren kennen toen ik erachter probeerde te komen wat er precies aan de hand was. Sindsdien spraken we elkaar nog weleens... zo nu en dan.

'Bert,' zei ik.

Hij draaide zich om en lachte. 'Alex!' Bij wijze van groet stak hij zijn vinger op tegen Aimee. Zonder hem aan te kijken schonk ze een kop thee voor hem in en pakte een amandelgebakje uit de glazen vitrine onder het schoolbord.

Een vaste klant.

'Dank je wel, schat,' zei hij, kwam aan mijn tafeltje zitten, zette zijn kop en zijn bord neer en pakte met zijn beide handen de mijne.

'Alex. Wat fijn om je weer te zien.'

'Ik vind het ook leuk om jou weer te zien, Bert.'

'Wat heb je de laatste tijd uitgespookt?'

'De gewone dingen. En jij?'

Zachtgrijze ogen twinkelden. 'Ik heb me op een nieuwe hobby gestort. Etnische muziekinstrumenten, hoe vreemder hoe beter. Ik heb eBay ontdekt... geweldig gewoon, wereldeconomie op z'n best. Ik zoek naar koopjes, wacht als een kind op kerstavond tot de pakjes komen en dan ga ik proberen uit te vissen hoe ze bespeeld moeten worden. Mijn project van deze week is een eigenaardig geval met één snaar uit Cambodja, waarvan ik nog niet eens weet hoe het heet. De verkoper omschreef het als een "rare dingsigheid uit Zuidoost-Azië". Tot nog toe klinkt het afschuwelijk... als een kat met buikpijn, maar ik heb toch eigenlijk geen buren.'

Harrisons huis was een paars landhuisje, hoog op een heuvel boven Ojai en omringd door boomgaarden vol olijfbomen en kale velden. Het ging bijna schuil achter een rij valse, puntige agaves. Berts oude Chevy stationcar stond altijd keurig in de was op de ongeplaveide oprit. Iedere keer als ik bij hem op bezoek was geweest, had de voordeur van het huis niet op slot gezeten.

'Dat lijkt me leuk,' zei ik.

'Het is ontzettend leuk.' Hij nam een hap uit het gebakje waardoor de room eruit liep, likte zijn lippen af en wreef zijn kin schoon. 'Heerlijk. En waar heb jíj je de laatste tijd mee geamuseerd, Alex?'

Kennelijk stond op mijn gezicht te lezen dat ik niet goed wist wat ik met die vraag aan moest, want Harrison legde zijn hand over de mijne en keek me aan met de blik van een bezorgde vader.

'Is het zo erg, jongen?'

'Ligt het er zo dik bovenop?'

'O ja, Alex. O ja, beslist.'

Ik vertelde hem alles over Robin. Hij zat even na te denken en zei toen: 'Het lijkt erop alsof er bergen zijn gemaakt van molshopen.'

'Zo onbelangrijk is het niet, Bert. Ze heeft er echt genoeg van dat ik mezelf steeds opnieuw in gevaar breng.'

'Ik had het over jóúw gevoelens. Omdat je zo over Robin inzit.'

'Ik weet dat ik me als een idioot gedraag, maar ik moet telkens terugdenken aan de vorige keer dat ze bij me weg is gegaan.'

'Toen heeft ze een fout gemaakt,' zei hij. 'Maar daar heeft ze zelf het hardst onder geleden en misschien moet jij eens proberen om je los te maken van haar verdriet.'

'Haar verdriet,' zei ik. 'Denk je dan dat het haar na al die jaren nog steeds dwarszit?'

'Als ze zichzelf toestaat om erover na te denken, dan vermoed ik eerlijk gezegd dat ze het nog veel erger vindt dan jij.'

Hij had Robin maar één keer ontmoet, maar toch vond ik hem helemaal niet aanmatigend. Een paar maanden nadat ons huis was afgebrand waren we naar Santa Barbara gereden om er even uit te zijn en toen waren we Bert toevallig tegenkomen bij een winkel in antieke boeken op State Street. Hij had staan snuffelen tussen wetenschappelijke verhandelingen uit de achttiende eeuw. In het Latijn. ('Mijn laatste hobby, jongens.') De voorkant van zijn jumpsuit had onder het stof gezeten.

'Ze houdt ontzettend veel van je,' zei hij. 'Dat was tenminste het geval toen ik haar ontmoette en ik betwijfel of dat soort intense gevoelens zomaar kan verdwijnen.' Hij nam nog een hap van zijn gebakje, pakte de amandelschilfers van zijn bord en stopte ze in zijn mond. 'De lichaamstaal... de taal van de geest, alles klopte helemaal. Ik weet nog dat ik dacht: Dit is het juiste meisje voor Alex.'

'Dat dacht ik ook altijd.'

'Wees zuinig op wat je hebt. Mijn tweede vrouw was precies zo, ze accepteerde me zoals ik was, met al mijn hebbelijkheden.'

'Jij denkt dus dat Robin mij ook accepteert, ondanks alles.'

'Als dat niet het geval was, zou ze al lang geleden bij je weg zijn gegaan.'

'Maar tegenover haar zou het wreed zijn als ik mijn leven in de waagschaal blijf stellen.'

Hij kneep even in mijn hand. 'Het leven is een soort bushalte, Alex.

We stippelen onze route uit, maar het oponthoud tussen onze avonturen is slechts kort. Jij bent de enige die kan bepalen welke weg je volgt... in de hoop dat God zich daarbij neerlegt. Hoe kom je eigenlijk in Ojai verzeild?'

'Genietend van het uitzicht.'

'Ga dan maar mee naar mijn huis, dan kan ik je mijn aanwinsten laten zien.'

We aten onze borden leeg en hij wilde per se betalen. De oude stationcar stond voor het café en ik reed achter hem aan de stad in tot we bij Signal Street waren, waar we omhoogreden naar de top van de weg langs een met stenen verharde greppel waar hier en daar bruggetjes over lagen.

De voordeur van het paarse huis stond open en de entree was alleen afgesloten met een behoorlijk verroeste hordeur. Bert liep kwiek de trap op en nam me mee naar de woonkamer. Het vertrek zag er nog precies zo uit als ik me herinnerde: klein, donker, een planken vloer, boordevol oude meubels, sjaals, losse kussens, een piano en een erker met een rijtje stoffige flessen. Maar nu was er nergens plaats om te zitten. Een gigantische gong van gehamerd brons leunde tegen de piano en op iedere bank en stoel lagen trommels, klokken, lieren, citers, panfluiten, harpen en voorwerpen die ik niet thuis kon brengen. De vloer achter de pianokruk werd in beslag genomen door een apparaat in de vorm van een draak. Het was een meter tachtig lang en bedekt met een houten golfplaat. Harrison liet een stok langs de randen glijden waardoor hij een percussieve maar melodieuze toonladder ten gehore bracht.

'Bali,' zei hij. 'Ik heb er "Old MacDonald" op leren spelen.' Diepe zucht. 'Ooit moet dat Mozart worden.'

Hij pakte de instrumenten van een ingezakte bank en zei: 'Maak het jezelf gemakkelijk.'

Toen ik ging zitten viel mijn oog op iets metaalachtigs achter de bank. Een dichtgeklapte rolstoel.

'Die sla ik hier op voor een vriend,' zei Bert terwijl hij zijn kleine gestalte op een stoel met een rechte rug liet zakken. De vingers van zijn rechterhand streken langs een pedaalharp, maar niet hard genoeg om er geluid uit te krijgen. 'Ondanks de spanning zie je er goed uit.'

'Net als jij.'

'Afkloppen.' Hij tikte tegen de rand van de harp en dit keer klonk er wel een toon. 'G majeur... dus je was alleen maar op doorreis? De volgende keer moet je even bellen, dan kunnen we samen lunchen. Tenzij je behoefte hebt aan eenzaamheid natuurlijk.'

'Nee, ik zou het leuk vinden om een afspraak te maken.'

'Uiteraard hebben we allemaal behoefte aan eenzaamheid,' zei hij. 'De kunst is om het juiste evenwicht te vinden.'

'Jij woont alleen, Bert.'

'Ik heb vrienden.'

'Ik ook.'

'Milo.'

'Milo en anderen.'

'Nou, dat is fijn... Alex, kan ik iets voor je doen?'

'Nee,' zei ik. 'Wat zou je kunnen doen?'

'Zeg het maar, Alex.'

'Als jij goed bent in het oplossen van zaken die al lang in de koelkast zijn gezet, zou me dat prima uitkomen.'

'In de koelkast,' zei hij. 'Een moord.'

Ik knikte.

'Het lichaam mag dan koud zijn,' zei hij, 'maar ik vraag me af of de herinnering ooit echt bekoelt. Zou je me willen vertellen waar het precies om gaat?'

Nee, eigenlijk niet. Ja, toch wel.

23

Ik beschreef de moord op Janie Ingalls zonder namen of plaatsen te noemen en ik liet ook het moordboek onvermeld. Maar het had geen zin om Milo's naam erbuiten te houden. Bert Harrison had Milo ontmoet en had bij de zaak van de moordlustige psychopaat een verklaring tegenover Milo afgelegd.

Terwijl ik zat te praten, bleef hij me vrijwel onafgebroken aankijken.

Toen ik klaar was, zei hij: 'Dat meisje klinkt alsof ze een monster is... ik bedoel het kind dat die hond heeft vergiftigd.'

'Ze is op z'n minst zwaar getroebleerd.'

'Eerst een hond, vervolgens een mens... dat is het bekende patroon... hoewel je alleen kunt afgaan op de verklaring van die buurvrouw.'

'De aantekening in het schooldossier dat het meisje aan gedragsstoornissen lijdt, lijkt de beweringen van de buurvrouw te bevestigen. Ze hoorde niet thuis op die school, Bert. Waarschijnlijk is ze er alleen maar terechtgekomen dankzij de invloed van haar familie... zodat ze tijdens het moordonderzoek veilig opgeborgen zou zitten.'

Hij vouwde zijn handen en legde ze op zijn schoot. 'En er is nooit meer iets vernomen van het andere mogelijke slachtoffer… ik neem aan dat Milo naar haar op zoek is geweest.'

'We hebben nog geen spoor van haar gevonden,' zei ik. 'De kans is groot dat ze dood is. En het gestoorde meisje lijkt ook van de aardbodem verdwenen te zijn. Er is taal noch teken van haar te vinden. Dat wekt de indruk dat iemand opnieuw achter de schermen aan de touwtjes heeft getrokken.'

'Een familie die haar door dik en dun steunt,' zei hij.

'In de zin van medeplichtigheid.'

'Hmm… Alex, als ze Milo die zaak twintig jaar geleden uit handen hebben genomen, hoe heeft hij het dan klaargespeeld om hem nu weer toegewezen te krijgen?'

'Hij heeft hem officieus toegewezen gekregen,' zei ik. 'Door iemand die wist dat wij samenwerken en die ervan overtuigd was dat ik hem de boodschap door zou geven.'

'Welke boodschap, Alex?'

Ik overwoog even hoeveel ik hem zou vertellen. Daarna deed ik hem het verhaal van het moordboek en hoe dat waarschijnlijk verband hield met Pierce Schwinn.

'Pierce?' zei hij. 'Dus daarom ben je hier.'

'Heb je hem gekend?'

'Ja. En Marge, zijn vrouw, ken ik ook. Een lieve vrouw.'

'Milo en ik zijn een paar dagen geleden bij haar op de ranch geweest,' zei ik. 'Het zit er dik in dat Schwinn dat boek heeft samengesteld, maar zij beweert dat ze nooit andere foto's van hem heeft gezien dan natuuropnamen.'

'Beweert?' vroeg Harrison. 'Twijfel je daar dan aan?'

'Ze scheen de waarheid te spreken.'

'Ik zou haar maar geloven, Alex.'

'Hoezo?'

'Omdat ze een eerlijke vrouw is.'

'En Schwinn?'

'Over hem heb ik ook geen kwaad woord te zeggen.'

'Hoe goed kende je hem, Bert?'

'We liepen elkaar af en toe tegen het lijf. In de stad… tijdens het winkelen of bij het Little Theater.'

'Weet jij soms of hij naast Marge nog een andere vertrouweling had? Iemand aan wie hij het durfde over te laten om mij het boek te sturen? Want het is pas zeven maanden na zijn dood op de post gedaan.'

'Weet je zeker dat het afkomstig was van Pierce?'

'De foto's zijn afkomstig van het LAPD, waarschijnlijk uit oude dossiers gepikt. Schwinn was een enthousiast amateurfotograaf en nam meestal zijn eigen fototoestel mee naar de plaats van een delict om zelf ook foto's te maken. Bovendien heeft Marge Schwinn verteld dat ze drie identieke leren albums voor Pierce heeft gekocht bij O'Neill & Chapin. Twee daarvan heeft ze ons laten zien, maar het derde was nergens te vinden, en ze had geen idee waar het was. Daarom ben ik hier teruggekomen. Ik wilde met de eigenaars van de zaak praten om erachter te komen of ze die albums ook aan anderen hebben verkocht.'

'De eigenares,' zei hij, 'is een schat van een vrouw die Roberta Bernstein heet en ze zit momenteel in Europa. O'Neill & Chapin zijn haar beide terriërs waar ze dol op is.' Hij drukte een stompe, korte wijsvinger tegen zijn lippen. 'Het lijkt alsof al het bewijsmateriaal in de richting van Pierce wijst...'

'Maar?'

'Er is geen maar, Alex. Je hebt het allemaal keurig beredeneerd.'

'Heb jij enig idee aan wie hij het gegeven kan hebben?'

Hij sloeg zijn benen over elkaar en haakte een vinger onder de zoom van een van zijn paarsrode broekspijpen. 'De enige persoon met wie ik Pierce ooit heb gezien was Marge. En ik heb al gezegd dat ik betwijfel of zij hierbij betrokken is.'

'Omdat ze eerlijk is.'

'En omdat Pierce haar altijd in bescherming nam, Alex. Ik kan me niet voorstellen dat hij haar aan zoiets zou blootstellen.'

'Het klinkt alsof je hen allebei behoorlijk goed hebt gekend,' zei ik.

Hij glimlachte. 'Ik ben psychiater. Dat geeft me het recht om veronderstellingen te uiten. Nee, we gingen niet echt met elkaar om, maar dit is een kleine stad. Je loopt voortdurend dezelfde mensen tegen het lijf. Ik denk dat ik voornamelijk afga op de manier waarop Pierce zich gedroeg als ze samen waren.'

'Beschermend.'

'Heel erg. En dat scheen Marge prima te bevallen. Dat vond ik nogal opvallend. Ze had nog nooit met iemand samengewoond. Haar familie woont al eeuwen in deze streek en ze heeft al jarenlang vrijwel in haar eentje voor die ranch gezorgd. Mensen van een bepaalde leeftijd raken vastgeroest in hun manier van leven en kunnen vaak niet overweg met de eisen die een relatie stelt. Maar Marge scheen bijzonder tevreden met hun huiselijk leven. En dat gold voor hen allebei.'

'Wist je dat Pierce rechercheur van politie was geweest?'

'Dat heeft Marge me verteld,' zei hij. 'Vlak nadat Pierce bij haar introk. Ik geloof zelfs dat het in de schouwburg was. In de lobby, tijdens de pauze. Ze stelde me aan hem voor en toen kregen we het over een of ander misdaadverslag dat in de krant had gestaan... iets dat bij jullie in de buurt was gebeurd, een bankoverval waarbij geschoten was en de daders waren ontkomen. Marge zei iets in de trant van: "Als Pierce nog bij de politie was geweest, zou hij die zaak wel opgelost hebben."'

'Hoe reageerde Pierce daarop?'

'Helemaal niet, als ik me goed herinner. Hij zei trouwens toch niet veel. Zo gedroeg hij zich meestal. Gereserveerd.'

'Marge zei tegen ons dat Pierce vredig was geworden,' zei ik.

'Zij kan het weten... dus Pierce was de partner van Milo. Grappig. De wereld wordt steeds kleiner.'

'De manier waarop hij aan zijn eind is gekomen,' zei ik. 'Door van een paard te vallen. Wat vind je daarvan?'

Hij zette zijn benen weer naast elkaar, tikte tegen een blozende wang en liet zijn hand even over een druk bewerkte concertina glijden. 'Heb jij dan het idee dat het iets anders was dan een ongeluk? Waarom, Alex?'

'Dat soort dingen komt automatisch bij me op,' zei ik.

'Aha,' zei hij.

Ik kon Milo horen lachen.

'Het is een kleine wereld,' zei hij nog eens. 'Dat is zo'n beetje het enige dat ik je kan vertellen... zal ik een kopje thee voor je zetten, Alex? Wacht even... jij speelt toch gitaar? Ik heb hier iets wat jou waarschijnlijk wel aanspreekt. Een bijna honderd jaar oude Knutsen Hawaïaanse harpgitaar. Misschien kun jij me vertellen hoe je de bassnaren moet stemmen.'

Zijn logeerkamer stond vol muziekinstrumenten en antieke muziekstandaards en ik bleef nog een tijdje plakken om hem te zien prutsen en tokkelen terwijl hij een lange verhandeling hield over muziek, ritme en cultuur. Hij haalde herinneringen op aan de tijd dat hij in Chili had gezeten. Aan zijn etnografische research in Indonesië, een zomer waarin hij musicologie had gestudeerd in Salzburg en zijn behandeling van Israëlische kibboetskinderen die getraumatiseerd waren door het terrorisme.

Geen woord over de periode dat hij in Santa Barbara had gezeten, de jaren die hij verbonden was geweest aan een school voor moeilijk opvoedbare kinderen, een paar kilometer hiervandaan. Zo'n plaats waar iemand als Caroline Cossack heel goed terecht had kunnen komen. De kostbare schijnvertoning had meer kwaad dan goed gedaan.

234

Bert had een selectief geheugen: hij herinnerde zich alleen positieve dingen. Misschien verzette hij zich daarom tegen het idee van een jong meisje dat wreedheden beging.

Hij stopte met zijn verhaal en stak zijn armen omhoog. 'Wat ben ik toch een zeurpiet... je zit je waarschijnlijk af te vragen of ik seniel begin te worden.'

'Helemaal niet, Bert.' Maar ik had wel gedacht: *Hij lijkt een beetje afwezig.*

'De waarheid is dat ik mijn kortetermijngeheugen een beetje kwijt-raak. Maar dat is vrij normaal op mijn leeftijd.'

'Ik krijg anders de indruk dat er nog niets mankeert aan je geheugen,' zei ik.

'Wat aardig van je om dat te zeggen...' Hij maakte een gebaar dat de hele kamer omvatte. 'Al deze dingen... al dat speelgoed vormt een heerlijke afleiding, Alex. Een jongen moet een hobby hebben.' Korte, stompe vingertjes pakten mijn onderarm vast. Zijn greep was stevig. 'Maar dat weten wij tweetjes als geen ander, hè?'

Ik bleef nog een kopje thee drinken en vertelde hem daarna dat ik terug moest naar L.A.

Terwijl hij met me meeliep naar mijn auto, zei hij: 'Dat meisje. Dat moet een monster zijn als het waar is.'

'Jij schijnt er nogal sceptisch tegenover te staan.'

Hij knikte. 'Ik kan maar moeilijk geloven dat een jonge vrouw tot dat soort wreedheden in staat is.'

'Ik zeg ook niet dat ze het in haar eentje heeft gedaan, Bert, of dat het idee van de moord van haar afkomstig was. Maar ze kan de slachtoffers best meegelokt hebben en vervolgens heeft ze zich of af-zijdig gehouden of eraan meegedaan.'

'Heb je ook nog bepaalde ideeën over de hoofddader?'

'Het meisje had een vriendje. Zes jaar ouder, met een strafblad, on-der meer wegens moord.'

'Een seksuele moord?'

'Nee, hij had iemand overvallen.'

'O,' zei hij. 'Is er een bepaalde reden waarom je hem niet eerder hebt genoemd?'

'Het lijkt me logischer dat de zaak vanwege het meisje in de doof-pot is gestopt.'

'Dus die knaap was niet rijk.'

'Een jonge, zwarte drugsdealer.'

'Ik begrijp het... en wat is er met die moordlustige jonge misdadi-ger gebeurd?'

'Hij is ook verdwenen.'

'Een meisje en een jongeman,' zei hij. 'Dat verandert de zaak. In psychologisch opzicht.'

'Een moordend duo,' zei ik. 'Een van de manieren waarop het gebeurd kan zijn, is dat ze samen de slachtoffers op het feestje opgepikt hebben en ze vervolgens ergens anders hebben verkracht en vermoord.'

'Een soort Svengali-Trilby-toestand,' zei hij. 'Een dominante man en een onderdanige vrouw... want dat is meestal de voorwaarde om een ontvankelijke jonge vrouw tot bijzonder gewelddadig gedrag te bewegen. Vrijwel alle seksueel geweld schijnt voort te komen uit het Y-chromosoom, hè? Wat weet je nog meer van dat vriendje?'

'Hij was niet alleen een junk en een dealer, maar ook gehaaid genoeg om een door de wol geverfde tussenpersoon zover te krijgen dat hij geen onderpand eiste voor de borgsom die hij had geregeld. En berekenend genoeg om die tussenpersoon in de val te lokken... dat is de moord waarvoor hij wordt gezocht. Nog steeds, want het is een van Milo's onopgeloste zaken.'

'Wat een vervelende samenloop van omstandigheden voor Milo,' zei hij. 'Was hij echt een junk... heroïne?'

'Daar gaf hij de voorkeur aan, maar hij gebruikte van alles.'

'Hmm... dan zal dat de verklaring wel zijn.'

'De verklaring waarvoor?' wilde ik weten.

'Van seksuele sadisten verwacht je eerder dat ze een voorkeur hebben voor alcohol of marihuana, waar of niet? Iets dat voldoende uitwerking heeft om de ernst van de overtreding af te zwakken, maar dat niet dusdanig onbekwaam maakt dat het libido eronder lijdt. Er zijn nog meer drugs die gewelddadig gedrag kunnen veroorzaken – amfetamine, cocaïne – maar in dat geval is er eerder sprake van een paranoïde reactie. Maar heroïne?' Hij schudde zijn hoofd. 'Opiaten zijn de grote vredestichters. Als je voorkomt dat ze moeten stelen om aan heroïne te komen, is er geen veiliger plaats te bedenken dan een stad vol verslaafden. Ik heb in ieder geval nog nooit gehoord dat een junk zich op zo'n seksueel gewelddadige manier gedraagt.'

'Niet als ze high zijn,' zei ik. 'Maar ik denk dat een heroïnejunk die snakt naar een fix niet bepaald prettig gezelschap is.'

'Nee, dat zal wel niet.' Hij krabde aan zijn oor. 'Maar zou het gewelddadige gedrag in dat geval niet impulsief zijn, Alex? Als gevolg van frustratie? Een verslaafde zou toch alleen maar belangstelling hebben voor de naald, in plaats van jonge meisjes in de val lokken om ze vervolgens te verkrachten en aan reepjes te snijden. Denk je niet dat zo iemand de grootste moeite zou hebben om de benodig-

de concentratie op te brengen? Dat was in ieder geval wel zo toen ik jaren geleden met verslaafden werkte.'
'Wanneer was dat?'
'Toen ik nog co-assistent was, heb ik meegedraaid in het Federal Hospital in Lexington.'
'Waar ben jij niet geweest, Bert?'
'O, op zoveel plaatsen... neem me niet kwalijk dat ik zo doordraaf, Alex. Wat weet ik nou van misdaadpraktijken? Jij bent de expert.'

Terwijl ik in de Seville stapte, zei hij: 'Nog even over wat ik net tegen je heb gezegd met betrekking tot Robin. Het was niet mijn bedoeling om je voor te schrijven hoe jij je leven moet inrichten. Ik ben vandaag wel erg aanmatigend geweest, hè?'
'Zo heb ik het niet opgevat, Bert.'
Hij zuchtte. 'Ik ben al een oude man, Alex. Meestal vóél ik me wel jong... er zijn ochtenden dat ik wakker word en trappel van verlangen om naar college te gaan en aantekeningen te maken. Maar dan kijk ik in de spiegel... het leven gaat door. Je takelt langzaam maar zeker af. En je hebt steeds minder boodschap aan fatsoen. Vergeef me.'
Tranen welden op in de grijze ogen.
'Er valt niets te vergeven...'
'Wat lief van je om dat te zeggen.'
Ik legde mijn hand op zijn schouder. Onder het paarse polyether voelde hij zacht, broos en klein aan. 'Is alles in orde, Bert?'
'Alles is precies zoals het zou moeten zijn.' Hij reikte omhoog en klopte op mijn hand. 'Ik vond het heerlijk om je weer te zien, jongen. Geef de moed niet op.'
'Met betrekking tot die zaak?'
'Met betrekking tot alles wat van belang is.'
Ik reed de heuvel af en stopte even om een blik in de achteruitkijkspiegel te werpen. Hij stond nog steeds op de oprit. En woof. Met een vermoeid gebaar.
Hij was echt afwezig geweest, dacht ik terwijl ik doorreed. En dan die plotselinge stemmingswisselingen... de tranen. Het was een andere Bert dan de opgewekte man die ik vroeger had gekend.
De vage opmerkingen over seniliteit.
Maar dat is vrij normaal op mijn leeftijd.
Alsof hij zichzelf had getest. Misschien was dat ook zo.
Een indrukwekkende man, bang...
Hij had me een paar keer *jongen* genoemd. Ineens drong tot me door dat hij, ondanks alle verhalen over zijn reizen en avonturen en het

feit dat hij voor het eerst had verteld dat hij getrouwd was geweest, nooit met een woord over kinderen had gesproken.

Alleen, in een huis vol speelgoed.

Hoe zou mijn leven eruit zien als ik zo oud was als hij?

Ik was vlak voor het donker thuis, met een hoofd dat tolde van het geblikker op de weg en longen die vergeven waren van de smog. Er knipperde geen nummertje op mijn antwoordapparaat, maar er waren wel twee berichten achtergelaten bij mijn boodschappendienst: iemand die me een aardbevingsverzekering wilde aansmeren en een verzoek om dr. Allison Gwynn te bellen.

Een jonge vrouwenstem nam de telefoon op bij de praktijk van Allison.

'Hallo, dokter Delaware, ik ben Connie Martino, de assistente van dokter Gwynn. Ze heeft op dit moment een consult, maar ze heeft me gevraagd om aan u door te geven dat ze u graag zou willen spreken. Haar laatste patiënt gaat om acht uur weg en als u wilt, kunt u bij de praktijk langskomen. Of anders moet u maar tegen mij zeggen wat u beter uitkomt.'

'Acht uur komt me prima uit.'

'Fantastisch. Ik zal het aan haar doorgeven.'

Om twintig voor acht ging ik op weg naar Santa Monica.

De praktijk van Allison Gwynn bevond zich in een gebouw op Montana Avenue, net ten oosten van de plek waar de meeste boetieks van de strandplaats op een rijtje lagen. Het was een licht geschilderd, twee verdiepingen hoog pand dat eind jaren veertig hoogst modern was geweest met zijn afgeronde hoeken, de van houten jaloezieën voorziene ramen en de abrikooskleurige kleuraccenten. Vlak bij de voordeur stond een groepje daglelies waarvan de bloemen in het avondlicht een witte indruk maakten. Binnen bevonden zich vier bedrijfsruimtes: een groepspraktijk van drie vrouwelijke gynaecologen en verloskundigen, een plastisch chirurg, een endontoloog en, aan de achterkant, Dr. A. Gwynn & Co.

Allisons wachtkamer was leeg en het rook er naar poeder, parfum en een nauwelijks merkbaar vleugje stress. Het vertrek was ingericht met behaaglijke stoelen, dikke wollen vloerbedekking en prenten van zeegezichten, allemaal in zachte blauwgroene en beige tinten, alsof iemand had geprobeerd het strand naar binnen te halen. Gedempte halogeenspotjes zorgden voor een goudwit schijnsel – het strand bij het invallen van de avond. Tijdschriften lagen op keurige stapeltjes. Bij de deur zat een trits rode drukknoppen, met naast de bovenste de naam van Allison, gevolgd door die van haar beide assistenten: C. MARTINO en DR. E. BRACHT. Ik drukte op de bovenste knop en een ogenblik later deed ze de deur open.

Haar zwarte haar zat in een paardenstaart en ze droeg een enkellange jurk van donkerblauwe crêpe en matbruine laarzen. De jurk had een boothals die tot net onder haar sleutelbeen reikte. Ze was opnieuw met zorg opgemaakt, met dezelfde diamanten accenten aan haar pols, hals en oren, maar rond haar ogen was een gespannen trek. De eerste keer dat ik haar had ontmoet, had ze me voortdurend recht aangekeken. Nu was haar blik op een plek ergens achter mijn linkerschouder gericht.

'Sorry dat ik je helemaal hierheen heb laten komen,' zei ze, 'maar ik had geen zin om via de telefoon met je te praten.'

'Ik vind het niet erg dat ik hier moest komen.'

Ze trok haar wenkbrauwen op. 'Nou, kom dan maar gauw binnen.'

Ook in haar spreekkamer overheersten de water- en zandtinten in combinatie met de indirecte verlichting. Het vertrek was groot genoeg voor groepstherapie, maar voornamelijk op individuele consulten berekend, gezien het bureau in de hoek en de bank met de twee fauteuils ertegenover. Zij ging in een van de stoelen zitten en ik nam plaats op de bank. De donkerblauwe jurk bedekte haar vrijwel helemaal, maar de stof kleefde aan haar lichaam en toen ze ging zitten kon ik spieren en welvingen onderscheiden, de vloeiende lijn van een dij en de ronding van een borst.

Toen ik me haar ervaringen met Michael Larner herinnerde, schakelde ik over op een ander denkpatroon.

'Het kan best zijn dat je hier niets mee opschiet,' zei ze, 'maar gezien de ernst van je bezigheden leek het me toch beter om je iets meer te vertellen.'

Ze ging verzitten in de stoel en gunde me een andere blik op haar figuur. Niet met de bedoeling me te verleiden, haar mond was strak.

'Alle hulp die je me kunt bieden, wordt bijzonder op prijs gesteld,' zei ik.

Het randje van haar onderlip kroop tussen haar tanden en ze zat er even op te bijten. Haar handen waren geen moment stil. Ze schudde haar hoofd.

We hielden allebei onze mond. Twee therapeuten die een moment van stilte afwogen.

'Meteen nadat we elkaar gesproken hadden, herinnerde ik me nog iets anders,' zei ze. 'Iets dat ik was vergeten... of misschien was het nooit echt tot me doorgedrongen, want op dat moment... Ik weet zeker dat het niets te betekenen heeft, maar een tijdje nadat Willie

Burns weg was gegaan bij Achievement House – hooguit een week later – was ik bij hém. Bij Larner. En hij was boos op Willie. Woedend. Dat weet ik, omdat hij me naar zijn kantoor had laten komen en het was duidelijk te zien dat hij zich opwond. Ik heb daar eigenlijk nooit aan teruggedacht in verband met Willie, want ik had mijn eigen redenen...' Ze beet weer op haar lip. 'Ik zal je maar precies vertellen wat er is gebeurd...'

Ze maakte haar paardenstaart los, schudde haar haar uit in een pikzwarte golf en bond het weer vast. Nadat ze haar benen onder zich had getrokken sloeg ze haar armen over elkaar en keek strak naar de vloer.

'Larner viel me al een tijdje lastig. Het begon al gauw nadat ik dat vrijwilligersbaantje had gekregen. Niets opvallends... blikken, glimlachjes, opmerkingen over mijn kleren... dat ze zo leuk waren en dat ik zo'n mooi gezond meisje was. Als hij me in de gang tegenkwam, klopte hij me op mijn hoofd, of hij streek over mijn heup, of kneep in mijn kin. Ik wist natuurlijk wat er aan de hand was, maar wat ik niet besefte was dat het echt foute boel was.' Ze pakte haar paardenstaart en streek over de punt. 'Ik wilde niet weg uit Achievement House, want ik dacht dat het een goeie ervaring voor me zou zijn. En zelfs al had ik het aan iemand verteld, wat deed hij nou eigenlijk?'

'Geniepig,' zei ik.

'Geniepig, geslepen en ronduit eng. Ik probeerde hem te ontlopen en meestal lukte dat wel. Maar die dag... het was een maandag, dat kan ik me nog herinneren omdat ik in het weekend naar het strand was geweest en lekker bruin was geworden. Willie Burns was net een week weg, misschien iets langer. Ik weet nog dat ik vroeg waar hij uithing, want toen Willie er niet meer was, werd het heel stil in de gangen. Hij liep altijd te zingen als hij aan het werk was, zacht voor zich uit, meestal een of ander bluesnummer. Hij leek altijd stoned, maar hij had een mooie stem. En hij was vriendelijk, hij keek meestal op als er iemand voorbijkwam en dan lachte hij en zei hallo.'

'Was hij vriendelijk tegen iedereen?'

'Tegen de leerlingen. Ze schenen hem wel aardig te vinden, hoewel ik af en toe het gevoel kreeg dat ze hem uitlachten... omdat hij altijd zo stoned als een garnaal leek. Hij gedroeg zich alleen heimelijk als hij bij Caroline was. Maar goed, hij was er dus niet meer en zijn werk was door een oudere vrouw overgenomen... een oude latina die geen Engels sprak. Ik heb aan een paar mensen gevraagd wat er met Willie was gebeurd, maar dat scheen niemand te weten.'

Ze ging weer verzitten en pakte een van haar knieën vast. 'Die maan-

dag had ik rapporten rondgebracht toen Larner me naar zijn kantoor liet komen. Vanwege een nieuwe manier van archiveren. Dat vond ik wel vreemd... waarom zou de directeur met een student die vrijwilligerswerk deed over de manier van werken willen praten? Ik had geen zin om naar hem toe te gaan, maar ik wist niet hoe ik er onderuit moest komen. Als ik weigerde, kwam dat neer op insubordinatie. Toen ik bij zijn kantoor kwam, zat zijn secretaresse in de kamer ervoor en daardoor voelde ik me iets geruster. Maar ze zei dat ik direct moest doorlopen en deed de deur achter me dicht. Het was zomer en ik droeg een mouwloos wit zonnejurkje. Ik was behoorlijk bruin en ik wist gewoon dat hij daar een opmerking over zou maken. In gedachten gaf ik mezelf al op mijn duvel omdat ik niet iets minder bloots had aangetrokken. Maar Larner keek niet eens naar me. Hij stond met opgerolde mouwen en een sigaar in de hand met de rug naar me toe. Hij had de telefoon aan zijn oor en luisterde alleen maar. Ik bleef bij de deur staan. Hij stond op zijn voeten te wippen en hield de telefoon stijf vast... hij was een grote dikke roze griezel en hij had zijn handen om de telefoon geklemd waardoor ze een beetje vlekkerig waren, net boterhamworst. Daarna draaide hij zich half om, maar hij had mij nog steeds niet in de gaten. Zijn gezicht stond heel anders dan de keren die ik hem daarvoor had gezien. Toen had hij altijd geglimlacht. Lonkend. Nu zag hij er woedend uit. Zijn gezicht was rood aangelopen – hij heeft van nature een blozend gezicht, maar dit keer was hij zo rood als een biet. Ik kan me nog herinneren hoe zijn haar daartegen afstak... hij had van dat wit met blonde haar dat eruitzag alsof er lak in zat. Ik bleef stokstijf staan, met mijn rug tegen de deur, terwijl hij iets in de telefoon blafte en de hoorn op de haak smeet. Het enige dat ik opving, was de naam van Willie Burns. Gevolgd door iets in de trant van: "Daar moeten we wel iets aan doen." Daarna verbrak hij de verbinding.' Ze stak een hand op. 'Dat is alles. Ik heb er nooit echt over nagedacht, omdat ik me voornamelijk andere dingen herinnerde.'
'En die waren veel belangrijker voor je,' zei ik.
Ze liet haar hoofd zakken en tilde het vervolgens heel langzaam op. Haar ogen waren dicht en haar gezicht was bleek geworden.
'Nadat hij de telefoon op de haak had gesmeten, begon hij een ander nummer te draaien. Toen zag hij me ineens en keek me stomverbaasd aan... verbaasd en kribbig. Alsof hij helemaal niet op mijn aanwezigheid had gerekend. Meteen daarna verscheen hij weer... die glimlach van hem. Maar zijn gezicht stond nog steeds boos en die combinatie maakte me bang... hij leek op een roofdier. Hij kwam achter zijn bureau vandaan, schudde mijn hand die hij veel te lang vasthield,

zei dat ik moest gaan zitten en maakte een opmerking in de trant van: "Hoe gaat het met mijn favoriete vrijwilligster?" Daarna liep hij om me heen en bleef achter me staan, zonder iets te zeggen, stokstijf. Ik kon zijn sigaar ruiken want de rook kringelde steeds mijn kant op. Tot op de dag van vandaag kan ik geen sigaar zien zonder…'

Ze sprong op, liep met grote passen naar haar eigen bureau en ging zitten, waardoor ze een barrière van hout en ruimte tussen ons opwierp.

'Hij begon te praten… zacht, op een zangerige toon. Hoe vond ik het om bij Achievement House te werken? Was het bevredigend? Had ik al over mijn carrière nagedacht? Misschien zou het verstandig zijn als ik ging lesgeven, want het was duidelijk dat ik heel goed met mensen kon omgaan. Ik zei niet veel, maar hij verwachtte ook niet dat ik antwoord zou geven. Het was een monoloog… een hypnotiserende dreun. Daarna hield hij op met praten en ik spande mijn spieren, waarop hij zei: "Je hoeft niet zenuwachtig te zijn, Allison. We zijn vrienden onder elkaar." Daarna voelde ik plotseling zijn vinger tegen mijn wang drukken en hij begon me te strelen terwijl hij iets zei over mijn huid… dat die zo fris en schoon was en dat het zo fijn was om een jongedame te zien die zich zo goed verzorgde.'

Ze pakte haar haar met één hand vast en gaf er een ruk aan. Daarna kwamen haar handen met een klap plat op het bureau terecht en ze keek me strak aan… alsof ze me tartte mijn ogen af te wenden. 'Hij bleef me aaien,' zei ze. 'Het was een naar gevoel… het kriebelde… en ik trok mijn hoofd weg. Toen begon hij te grinniken en toen ik opzij keek, zag ik dat het helemaal niet zijn vinger was die tegen mijn wang drukte. Het was zijn geval… o, hoor mij nou, ik lijk wel een kind… het was zijn pénis en die stond hij tegen mijn wang aan te wrijven en te drukken. Ik schrok zo ontzettend dat mijn mond openviel en dat was het stomste wat ik had kunnen doen, want hij grinnikte opnieuw en duwde hem naar binnen. Plotseling legde hij zijn andere hand, de hand met de sigaar, tegen mijn achterhoofd en de rook kringelde om me heen terwijl hij zich dieper in mijn mond drong zodat ik niet meer kon ademen en begon te kokhalzen. Maar mijn ogen waren open, om de een of andere reden hield ik ze open, en ik zag niet alleen zijn witte overhemd en zijn das – een gestreepte das, blauw met zwart – maar ook de onderkant van zijn gezicht, al dat blubberige roze vlees en zijn onderkin. En toen begon hij weer op en neer te wippen op zijn voeten, maar op een andere manier en toen de rook van zijn sigaar in mijn ogen brandde, begon ik te huilen.'

Ze bleef doodstil zitten. Het duurde een hele tijd voordat ze weer bewoog. 'Hij kwam niet klaar. Godzijdank. Ik slaagde erin om me voor die tijd los te rukken en toen ik bij de deur was aanbeland, ging ik er zonder op of om te kijken vandoor. Ik reed als een zombie naar huis en meldde me ziek. Dat kostte me geen enkele inspanning, want ik was zo misselijk als een hond. De volgende paar dagen ben ik in bed blijven liggen. Ik gaf over als mijn moeder even niet luisterde en ik lag daar maar en voelde me niet alleen vernederd en bang, maar ook stom... dat was nog het ergste. In gedachten beleefde ik alles steeds opnieuw en ik voelde me schuldig. Vanwege mijn gebruinde huid en de zonnejurk en omdat ik niet op mijn hoede was geweest... ik weet dat het slachtoffer nooit iets te verwijten valt, god mag weten hoe vaak ik dat al tegen mijn eigen patiënten heb gezegd. Maar...'

'Je was pas zeventien,' zei ik.

'Ik weet niet of ik het verstandiger – of anders – had aangepakt als ik zevenentwintig was geweest. Niet bij de mate van begrip die daar twintig jaar geleden voor werd opgebracht.' Ze zakte onderuit, maakte haar haar weer los, zat er even mee te spelen en wreef iets weg uit een van haar ooghoeken.

'Het ergste van alles was dat ik me zo alléén voelde. Verlaten, alsof er niemand aan mijn kant stond. Ik kon het niet aan mijn ouders vertellen omdat ik me zo vernederd voelde. Ik heb Larry Daschoff een gekuiste versie verteld, want hoewel Larry die zomer weliswaar mijn mentor was en zich altijd vriendelijk en hulpvaardig had opgesteld bleef hij toch een mán. En ik kon het gevoel niet van me afzetten dat het mijn schuld was geweest. Dus bleef ik me gewoon ziek melden bij Achievement House, zei tegen mijn moeder dat ik waarschijnlijk een griepje onder de leden had en bleef in mijn kamer zitten. Ik kon nergens anders meer aan denken, ik droomde er over... en in die dromen was het nog véél erger. In die dromen slaagde ik er níét in om weg te komen voordat Larner in mijn mond klaarkwam. En daarna sloeg hij me, hij verkrachtte me en dwong me om die sigaar op te roken. Ten slotte besefte ik dat ik er kapot aan ging, dat ik gewoon begon weg te teren. Ik moest iets doen. Dus zocht ik uit wie de voorzitter van de raad van bestuur van de school was – een of andere advocaat uit het centrum, Preston nog iets – en nadat ik er een week over had zitten dubben, heb ik zijn kantoor gebeld. Na een paar vergeefse pogingen kreeg ik hem te pakken en vertelde hem wat er was gebeurd. Alleen heb ik het niet echt verteld. Ik heb het afgezwakt. Ik heb gezegd dat hij zijn handen niet thuis kon houden... hetzelfde verhaal dat ik tegen Larry had opgehangen.'

Handtastelijk had Larry het tegenover mij genoemd.

'Hoe reageerde die Preston?' vroeg ik.

'Hij luisterde alleen maar. Aanvankelijk zei hij helemaal niets. Hij stelde ook geen vragen en daar werd ik echt heel zenuwachtig van. Ik kreeg de indruk dat hij dacht dat ik gek was. Ten slotte zei hij dat hij wel weer contact met me zou opnemen. Twee dagen later lag mijn ontslagbrief in de bus. Ik kon mijn biezen pakken wegens mijn slechte arbeidsprestaties en het feit dat ik zo vaak afwezig was. Ik heb die brief nooit aan mijn ouders laten zien, ik heb gewoon tegen ze gezegd dat ik ermee was gekapt omdat het werk niet interessant genoeg was. Ze vonden het helemaal niet erg. Mijn moeder wilde alleen maar dat ik naar de country club zou gaan om te zwemmen, te tennissen en allerlei knullen te ontmoeten. Wat ze helemáál niet wilde, was dat ik alleen maar thuis bleef hangen en geen zin had om uit te gaan. Vandaar dat ze voor de hele familie een cruise naar Alaska had geregeld. Met een grote luxe oceaanstomer langs de gletsjers, waar jonge ottertjes tussen de ijsschotsen gezoogd werden. Maar mijn hart was die zomer killer dan al dat blauwe ijs.'

Ze stond op, liep weer terug naar de fauteuil en probeerde vergeefs te doen alsof ze zich volkomen op haar gemak voelde.

'Ik heb nooit aan iemand verteld wat er werkelijk was gebeurd. Tot nu. Maar dit was niet bepaald de juiste tijd en de juiste plaats, hè? Tegenover een vreemde, nog wel. Het spijt me.'

'Je hoeft nergens spijt van te hebben, Allison.'

'Al die jaren,' zei ze. 'En het vreet nog steeds aan me... dat ik niets tegen dat stuk vullis heb ondernomen. Wie weet hoeveel anderen hij dat ook heeft geflikt. Wat ik allemaal had kunnen voorkomen.'

'Het zou zijn woord tegen het jouwe zijn geweest en hij had het voor het zeggen,' zei ik. 'Jou treft geen enkele blaam, toen niet en nu ook niet.'

'Weet je wel hoeveel vrouwen ik heb behandeld... hoeveel patiënten ik heb geholpen die precíés hetzelfde is overkomen? Niet omdat ik me op dat soort gevallen concentreer. Niet omdat ik mijn patiënten gebruik om mijn eigen rotzooi op te ruimen. Maar omdat het zo verdomd vaak voorkomt. Ik heb mijn patiënten kunnen helpen, terwijl ik zelf die rottigheid onderdruk. Krankzinnig, hè?'

'Nee,' zei ik. 'Dat is heel menselijk. Ik roep altijd dat het zo nuttig is om met andere mensen over je moeilijkheden te praten, maar als het om mijzelf gaat, probeer ik bijna altijd er in mijn eentje uit te komen.'

'Echt waar?'

Ik knikte.

'En nu ben je weer met iets aan het vechten, hè?'

Ik keek haar met grote ogen aan.

'Je hebt trieste ogen,' zei ze.

'Er is wel iets wat me dwarszit,' zei ik.

'Nou,' zei ze, 'dan denk ik dat wij verwante geesten zijn. En volgens mij kunnen we het daar beter bij laten.'

Ze liep met me mee naar de deur van de wachtkamer. 'Ik heb de eerste keer ook al gezegd dat je veel te goed kunt luisteren, meneer.'

'Dat is een beroepsafwijking.'

'Heb ik je kunnen helpen? Door je te vertellen dat Larner boos was over Willie Burns?'

'Ja,' zei ik. 'Hartelijk bedankt. Ik weet dat het een beproeving voor je was.'

Ze glimlachte. 'Geen beproeving, een ervaring. Maar wat jou dwarszit... dat heeft niets te maken met Caroline Cossack of Willie Burns, hè?'

Ik schudde mijn hoofd.

'Sorry,' zei ze. 'Ik zal niet verder vragen.' Toen ze haar hand uitstak naar de deurknop streek haar schouder langs mijn arm. Het was alsof die aanraking me een elektrische schok bezorgde. Plotseling was ik keihard en het kostte me de grootste moeite om rustig te blijven ademen. En mijn handen thuis te houden.

Ze keek me strak aan. Er stond geen spanning meer in haar grote, blauwe ogen, alleen tederheid, verdriet en iets dat op verlangen leek.

'Het was geen beproeving,' zei ze. 'Je hebt precies de goede dingen gezegd. Zal ik je nog eens iets bekennen? Ik vond het leuk om je weer te zien.'

'Dat geldt ook voor mij,' zei ik.

Ik glimlachte en haalde mijn schouders op en zij volgde dat voorbeeld. Beschaafde na-aperij.

'Dat geldt ook voor jou, máár...' zei ze. 'Dat komt door wat je dwarszit, hè?'

Ik knikte.

'Nou ja, misschien in een ander sterrenstelsel, Alex. Je bent ontzettend aardig. Het beste ermee.'

'Ik wens jou ook het beste.'

Ze hield de deur open. En bleef me nakijken terwijl ik de gang uit liep.

24

Toen Milo de volgende ochtend vroeg wakker werd, spookten de spottend grijnzende gezichten van de mannen die elkaar bij de Sangre de Leon hadden ontmoet nog door zijn hoofd. Plus de gedachte: *Dat kan op veel te veel manieren uitgelegd worden, daar kom ik in mijn eentje nooit achter.*

Hij strompelde naar de douche, schoor zich, trok de eerste kleren aan die hij in de vingers kreeg, zette het koffieapparaat aan en keek op de klok. Dertien minuten voor zeven. Drie uur geleden was Rick door een spoedtelefoontje uit bed gebeld. Milo had in het donker toegekeken hoe Rick in zijn operatiepak glipte dat hij altijd keurig opgevouwen op een stoel in de slaapkamer had liggen, de sleuteltjes van zijn Porsche pakte en naar de deur liep.

Daar bleef hij even staan, voordat hij terugliep naar het bed en Milo een kus op zijn voorhoofd drukte. Milo had net gedaan alsof hij sliep, want hij had geen zin gehad om te praten, zelfs niet om 'tot straks' te zeggen.

De avond ervoor was er al genoeg gepraat toen ze tot diep in de nacht aan de keukentafel waren blijven zitten. Milo was het meest aan het woord geweest en Rick had geluisterd. Hij was op het eerste gezicht kalm geweest, maar Milo wist dat hij was geschrokken van de ontmoeting met Paris Bartlett en het geroddel over iemand die seropositief was. In al die jaren had Milo's werk eigenlijk nooit inbreuk gemaakt op hun privéleven.

Milo had hem gerustgesteld en Rick had met een knikje geklaagd dat hij doodmoe was. Hij sliep op het moment dat zijn hoofd het kussen raakte.

Milo ruimde de bakjes van de Chinese afhaalmaaltijd en de etensborden op en was naast hem in bed gestapt, waar hij nog een uur had liggen piekeren terwijl hij luisterde naar Ricks gelijkmatige ademhaling.

De Cossacks, Walt Obey, Larner junior, Germ Bacilla, Diamond Jim Thorne.

Plus de medespeler die níét was komen opdagen. In gedachten zag hij dat gezicht duidelijk voor zich: een onbewogen, ebonieten masker.

Lachebek Bartlett, het telefoontje van personeelszaken en het geklets over de besmetting waren duidelijke tekens dat John G. Broussard overal de hand in had.

Hij dacht terug aan Broussard en rook zelfs weer de naar citroen geurende aftershave van Broussard in de verhoorkamer, twintig jaar geleden. Het handgemaakte kostuum, dat vertoon van zelfvertrouwen, de manier waarop hij de touwtjes in handen had genomen. Hij en dat roze vriendje van hem... Poulsenn. Milo had geen flauw idee hoe zíjn carrière was verlopen, maar moest je zien hoever John G. het had geschopt.

Een blanke man en een zwarte man die intensief hadden samengewerkt, met de zwarte man als dominante partner.

Een zwarte man die destijds, in de kwalijke racistische dagen van het LAPD, zo snel carrière had gemaakt. Dat moest betekenen dat Broussard de juiste pijlen op zijn boog had gehad. Waarschijnlijk had hij alle vuiligheid die hij bij IZ te weten was gekomen gebruikt om invloed te krijgen.

De Man Die Nooit Van Het Rechte Pad Week. Hij had de moord op Janie Ingalls in de doofpot gestopt en god mocht weten wat nog meer. En Milo had daaraan meegewerkt door zich willoos op een zijspoor te laten zetten en net te doen alsof hij dat kon vergeten.

Nu vroeg hij zich af wat dat voor zijn ziel had betekend.

Hij schonk een kop koffie in, maar het modderige brouwsel smaakte als accuzuur en hij spuugde het weer uit en dronk gulzig een glas water uit de kraan. Het licht dat door het keukenraam naar binnen viel, had de geelgrauwe kleur van oud slijm.

Hij ging zitten en bleef nadenken over Broussard, een vent uit South Central die uiteindelijk in Hancock Park was beland.

Een buurman van Walt Obey.

Vóór Broussard was iedere hoofdcommissaris gewoon in zijn eigen huis blijven wonen, maar Broussard had de burgemeester zover weten te krijgen dat die hem een landhuis in Irving Street ter beschikking stelde zonder dat hij er een cent huur voor hoefde te betalen. Het vier verdiepingen hoge gebouw, dat jaren geleden door de erven van een allang overleden oliebaron aan de stad was geschonken, was een pand van 3600 vierkante meter in Engelse tudorstijl, met grote gazons, een zwembad en een tennisbaan. Dat wist Milo omdat hij er jaren geleden bewaker was geweest bij een feestje voor een of andere ambassadeur – de afgevaardigde van een Aziatisch staatje dat sindsdien van naam was veranderd.

Het huis aan Irving, oorspronkelijk bedoeld als residentie van de burgemeester, had jaren leeggestaan omdat de voorganger van de burgemeester zelf een huis in Brentwood had gehad en de huidige burgemeester ook best tevreden was met zijn eigen, nog veel grotere optrekje in Pacific Palisades.

John G. Broussard had vóór zijn promotie een veel te klein huis in Ladera Heights gehad en John G. beweerde dat hij dichter bij het hoofdbureau moest wonen. Vanuit Ladera Heights was het een half-uurtje rijden naar het centrum, vanuit het landhuis in Irving Street deed je er via Sixth Street maar vijftien minuten over. De rit van de burgemeester vanuit Westside nam af en toe meer dan een uur in beslag, maar niemand vond het verzoek van John G. onlogisch en dus

kon de nieuwe hoofdcommissaris zijn intrek nemen in het paleise-
lijke onderkomen.

Irving Street, nog geen anderhalve kilometer van het landgoed van
Walt Obey op Muirfield.

Obey was een van de grootste geldschieters van de burgemeester. En
hij had zijn steun ook aan Broussard gegeven, hoewel er nog drie
andere kandidaten voor de baan van hoofdcommissaris waren geweest.

De burgemeester en Obey. Obey en Broussard. Obey en een stel
schuinsmarcheerders die in een privévertrek van de Sangre de Leon
een nouvelle-en-nog-wat-cuisine-diner naar binnen zaten te werken.
Bedrijfsleven, gemeentebestuur en de lange arm van de wet hand in
hand. En dankzij Schwinn was hij daar midden tussenin beland.

Hij liep zijn huis uit, keek om zich heen en achterom, stapte in de
gehuurde Taurus en reed naar het noorden. Het zou hem niet al te
veel moeite kosten om achter de identiteit te komen van die klootzak die zich Paris Bartlett had genoemd, als zijn vermoeden klopte
dat de vent door de politie op hem was afgestuurd. Hij hoefde alleen maar naar de politieacademie in Elysian Park te gaan en de foto's in alle jaarboeken te bekijken. Maar dat zou te veel opvallen.
Voor zover hij wist, was het best mogelijk dat de politie hem juist
in de gaten had gekregen doordat hij na zijn geniepige tripjes naar
Parker Center weer gewoon was teruggegaan naar zijn bureau in
West L.A. Trouwens, Bartletts rol was van ondergeschikt belang, hij
was alleen maar een boodschappenjongen en maakte het echt zoveel
uit door wie hij was gestuurd?

Zorg dat je gezond blijft...

Misschien moest hij teruggaan naar Ojai om daar nog eens rond te
snuffelen. Maar wat zou hij daar verder te weten kunnen komen?
Schwinn had de link met Ojai gevormd en Schwinn was er niet meer.
Omdat hij van een paard was gelazerd...

Hij stopte langs de kant van de weg, trok zijn mobiele telefoon uit
zijn zak en toetste het nummer van het Ventura County-lijkenhuis
in. Onder het mom dat hij een inspecteur was van een verzekeringsmaatschappij werd hij vervolgens bij zijn pogingen om alle feiten omtrent Schwinns dood te achterhalen een halfuur lang van bureau tot bureau gekaatst.

Uiteindelijk kreeg hij een assistent-lijkschouwer aan de lijn die er iets
meer van wist. De dood was precies zo geregistreerd als Marge
Schwinn had verteld: zware hoofdwonden en gebroken ribben als
gevolg van een val, grote bloedvlekken op een vlakbij gelegen steen.

De conclusie was dat het een ongeluk was geweest, zonder verdachte omstandigheden. In Schwinns lichaam waren geen drugs of drank aangetroffen. En ook niet in dat van het paard, voegde de assistent eraan toe. Het leek een beetje overdreven dat zelfs het paard op verdovende middelen was getest en dat zei Milo ook tegen de assistent-lijkschouwer.

'Dat is op speciaal verzoek van de weduwe gebeurd,' zei de man, een zekere Olivas die klonk alsof hij van middelbare leeftijd was. 'Ze wilde dat het paard ook getest werd en ze was bereid ervoor te betalen.'

'Koesterde ze dan argwaan?'

'Het enige dat hier staat, is dat ze het verzoek heeft ingediend voor een uitgebreide drugstest van Akhbar... dat is het paard. Dat hebben we door een veearts in Santa Barbara laten doen en zij heeft ons het rapport toegestuurd. De rekening ging naar mevrouw Schwinn.'

'Dus het paard was clean,' zei Milo.

'Brandschoon,' zei Olivas. 'Maar het had behoorlijk wat verwondingen opgelopen... twee gebroken benen en een verschoven wervel in de nek. Toen de weduwe op de plaats van het ongeluk aankwam, lag het kreunend op de grond, al half buiten westen. Ze heeft het af laten maken. Wat is er aan de hand, heeft de verzekeringsmaatschappij ergens moeilijkheden mee?'

'Nee, het is puur voor controle.'

'Het was een ongeluk en hij was niet meer een van de jongsten,' zei Olivas. 'Hoe heeft hij het in zijn hoofd kunnen halen om op zijn leeftijd nog op een paard te klimmen?'

'President Reagan reed nog paard toen hij al in de tachtig was.'

'Ja, maar die had een zootje geheim agenten die hem in de gaten hielden. Het is net zoiets als oude mensen die per se auto willen rijden... mijn vader is negenentachtig en ziet 's avonds geen hand voor ogen meer, maar toch blijft hij achter het stuur kruipen en naar L.A. rijden om echte *menudo* te kopen. Dat soort mensen plus al die idioten met mobiele telefoons, doe me een lol. Je zou er bang van worden als je ziet wat ik hier iedere dag onder ogen krijg.'

'Ik ben al bang,' zei Milo terwijl hij zijn telefoon verschoof.

'Dat is alleen maar goed.'

Omdat hij behoefte had aan cafeïne en cholesterol reed hij naar Farmers Market in de buurt van Fairfax en Third, waar hij bij DuPars een omelet met groene Spaanse pepertjes en twee stapels geroosterde boterhammen bestelde. Ondertussen hield hij een dakloze vent aan het tafeltje naast hem in de gaten. De schooier droeg drie jassen over elkaar en klemde een gehavende, snaarloze gitaar in zijn armen. Het instrument deed Milo aan Robin denken, maar de waanzinnige blik in de ogen van de vent bracht hem al snel weer bij het heden.

Ze bleven elkaar uitdagend aankijken, tot de dakloze man ten slotte een paar dollars op tafel smeet en zich mopperend tegen onzichtbare demonen waggelend uit de voeten maakte, zodat Milo in alle rust van zijn eieren kon genieten.

Voor de zoveelste keer, dacht hij, *heb ik de wereld weer vrede en licht geschonken.*

Maar pas toen de serveerster opgelucht lachte en haar duim tegen hem opstak, drong het tot hem door dat hij echt iets had bewerkstelligd.

Omdat hij nog steeds honger had, bestelde hij een stapel warme koeken die hij wegspoelde met zwarte koffie en maakte tussen alle toeristen een rondje over de markt omdat hij het idee had dat de afleiding zijn hersens wel weer op gang zou brengen. Maar dat was niet zo en nadat hij allerlei kraampjes had bekeken met fruitsoorten die hij niet kende en een zak extra grote cashewnoten had gekocht verliet hij de markt, reed over Fairfax naar het zuiden, sloeg bij het oude gebouw van de May Company, dat inmiddels een dependance was van het kunstmuseum, linksaf naar Sixth en reed verder naar het oosten.

De ambtswoning van hoofdcommissaris John G. Broussard was schitterend onderhouden, met gras zo groen als in Ierland en meer bloembedden dan Milo zich van dat diplomatenfeestje kon herinneren. Precies in het midden van het gazon was een vlaggenstok neergezet en de Stars and Stripes en de Californische Beer wapperden in het middagbriesje.

Geen muren, hekken of geüniformeerde politiebewaker, maar de oprit was afgesloten met een smeedijzeren hek en tussen de brede spijlen door kon Milo een zwart-witte patrouilleauto zien met daarachter een vrij nieuwe, witte Cadillac. De Caddy zou wel van mevrouw Broussard zijn. Voor zover hij zich kon herinneren, was ze een slanke, knappe vrouw met gewatergolfd hennakleurig haar en de gelaten blik van de echtgenote van een politicus. Hoe heette ze ook alweer... Bernadette... Bernadine? Hadden zij en John G. ook kinderen? Daar had Milo eigenlijk nooit iets over gehoord en ineens drong tot hem door hoe weinig hij wist van het persoonlijke leven van de commissaris. Hoe weinig de commissaris daarvan prijsgaf.

Zeven straten verder naar het westen en een paar honderd meter naar het zuiden was hij bij Walt Obeys adres op Muirfield. De miljardair had zijn nest helemaal aan het eind van de weg, waar Muir-field doodloopt op de zuidgrens van de Wilshire Country Club. Er was geen huis te zien, alleen drie meter hoge stenen muren onderbroken door een ondoorzichtig zwart metalen hek bezet met enorme bouten. Op een van de posten stond de camera van een gesloten tv-circuit. Allemaal aanwijzingen voor een luxueus huis op een paar hectare grond en Milo moest ineens denken aan het optrekje van baron Loetz, naast het huis waar de Cossacks hun feestje hadden gegeven. Zou Obey weleens op de veranda zitten om onder het genot van een glaasje gin te genieten van wat God hem allemaal geschonken had?

Tachtig jaar en nog steeds afspraken met een stel oplichters als de Cossacks. Zou er iets groots op stapel staan?

Hij kwam tot de ontdekking dat hij naar Obeys hek zat te staren. De tv-camera bleef roerloos staan. Het huis stond zo dicht bij het zijne dat een atletische vent als John G. er gemakkelijk naar toe kon joggen. Obey en Broussard samen op de veranda? Om plannen te maken. Zaken te regelen. Plotseling voelde Milo zich heel klein en kwetsbaar. Hij draaide het raampje open en hoorde het gekwinkeleer van vogels en het klaterende geluid van stromend water achter de muren van Obey. Daarna begon de camera te draaien. Een automatisch circuit of misschien was zijn aanwezigheid op de een of andere manier opgevallen. Hij reed achteruit tot hij halverwege de volgende zijstraat was, maakte een u-bocht en ging er als de wiedeweerga vandoor.

Een paar minuten later stond hij op McCadden in de buurt van Wilshire met de mobiele telefoon stijf tegen zijn oor. Een nieuw spelletje list en bedrog met het bureau kentekenbewijzen leverde hem nog meer adressen op, en hij ging overal een kijkje nemen.

Michael Larner woonde in een dure torenflat net ten oosten van Westwood, in de Wilshire Corridor. Roze natuursteen en duur ogende baksteen, een portier voor de deur en een veel te grote fontein. Het huis van zoon Bradley in Santa Monica Canyon bleek een vrij klein, blauw houten huis met een adembenemend uitzicht op de oceaan en een bordje TE HUUR in de voortuin. Geen auto's op de oprit en de tuin zag er een tikje onverzorgd uit, dus Brad woonde ergens anders.

Garvey Cossack jr. en broer Bob deelden een huis in Carolwood in Holmby Hills, in geografisch opzicht niet ver van het huis van Alex aan Beverly Glen, maar in financieel opzicht een wereld apart. Carolwood was een schitterende, heuvelachtige wijk, met groene en kronkelende weggetjes overschaduwd door hoge oude bomen, een van de allerduurste buurten van L.A. De meeste huizen waren ar-

chitectonische meesterwerkjes die als botanische tuinen aan het land-
schap waren aangepast. Het merendeel lag verscholen in het groen
en had het chique uiterlijk dat synoniem is met duurzaamheid.

Het onderkomen van de gebroeders Cossack was een ongelooflijk
ordinaire hoop grijze kalksteen met een glimmend blauw pannendak en een handjevol monsterlijke gevels, gelegen op een hoop verweerd zand waar geen boom of grassprietje te bekennen was. Alleen
de voorkant was van baksteen. De zijkanten waren grof gepleisterd.
Slonzig troffelwerk. Aan de voorkant scheidden een goedkoop uitziende witmetalen omheining en een elektrisch hek het grondgebied
van de openbare weg, maar omdat elke vorm van groen ontbrak,
stond het huis open en bloot te bakken in de zon, die hier en daar
glinsterende plekken veroorzaakte op de doffe zijmuren.

Een dubbele vuilcontainer die uitpuilde van de afval wekte de indruk dat er nog aan het huis werd gewerkt, maar er was geen bouw-
vakker te bekennen. Er hingen gordijnen voor de ramen en de rest
van de enorme oprit werd in beslag genomen door een mini-auto-
museum.

Een paarsblauwe Rolls-Royce Corniche, een zwarte Humvee met ge-
blindeerde ramen, een (uiteraard!) rode Ferrari die de treffendste gelijkenis vertoonde met een penis op wielen die Milo ooit had gezien,
een knalgele Pantera, een stel Dodge Vipers, de eerste wit met een
blauwe streep midden over de auto en de ander antracietgrijs met
een oranje streep, en een witte Corvette cabrio. Allemaal onder een
doorzakkend, geïmproviseerd dak van canvas dat tussen scheef
staande metalen palen was gespannen. Een stukje verderop, in de
volle zon, stond een tien jaar oude Honda, ongetwijfeld de auto van
het dienstmeisje.

Een kast van een huis en al die auto's, maar geen tuin. Precies het
soort monstruositeit dat een stel tieners neer zou laten zetten als ze
meer dan genoeg geld ter beschikking hadden en Milo durfde te wedden dat de Cossacks binnen niet alleen geluidsapparatuur ter waarde van een paar ton hadden staan, maar ook beschikten over een
hypermoderne huisbioscoop, een pub en een paar kamers met een
biljart en ander speelgoed. Hij begon het stel zo langzamerhand te
beschouwen als twee standaardvoorbeelden van tot stilstand gekomen ontwikkeling.

Het huis was zo lelijk dat het in zo'n dure woonomgeving ongetwijfeld aanleiding zou geven tot klachten van omwonenden en dat
betekende dat hij nu wist waar hij moest zoeken.

Hij reed naar het kadaster in het centrum, waar hij vanwege ver-
keersoponthoud om twee uur 's middags aankwam en dook in de

archieven van de bouwcommissie, op zoek naar klachten. En ja hoor, er waren drie bezwaren ingediend tegen de Cossacks, allemaal door inwoners van Carolwood die zich hadden geërgerd aan het lawaai en ander ongerief veroorzaakt door 'langdurige bouwwerkzaamheden'. Ze waren stuk voor stuk ongegrond verklaard.

Hij stapte over op het register van eigenaren van onroerend goed en zocht uit wat er op naam van de Cossacks, Walt Obey, de beide Larners en John G. Broussard stond.

De bezittingen van Obey waren ondergebracht in een netwerk van holdings, een barrière die zo ondoordringbaar was dat het weken, zo niet maanden, zou kosten om daar doorheen te komen. Hetzelfde gold voor de Larners en de Cossacks hoewel beide duo's ook wel wat onroerend goed in privébezit hadden. In het geval van de Larners ging het om een stuk of zes koopflats in een gebouw in Marina del Rey dat het gezamenlijk eigendom was van vader en zoon. Op naam van de Cossacks stonden zestien winkelgebieden in vrij goedkope villawijken.

De jongens woonden niet alleen samen, maar werkten ook samen. Ontroerend.

Er stond niets op naam van zus Caroline.

Hij liet het onderwerp even rusten en vroeg de gegevens van Georgie Nemerov op. De tussenpersoon en zijn moeder waren samen eigenaar van een eengezinswoning in Van Nuys. Milo herkende het adres van het huis waar ze twintig jaar geleden al in hadden gewoond. Bovendien was er nog een appartementsgebouw met zes wooneenheden in Granada Hills dat eveneens mede op naam van Ivana Nemerov stond. Wat Georgie ook wel of niet had uitgespookt, het bouwen van een onroerendgoedimperium maakte daar kennelijk geen deel van uit.

John G. Broussard en zijn vrouw – Berna*delle* – bezaten niet alleen nog steeds het huis in Ladera Heights, maar ook drie aan elkaar grenzende percelen in West 156th Street in Watts. Dat was misschien het ouderlijk huis van de commissaris of van zijn vrouw, dat ze via een erfenis hadden gekregen.

Maar ook hier gold: geen imperium. Als John G. bereid was voor bepaalde dingen zijn gunsten te verlenen, dan ging het niet om onroerend goed. Tenzij hij ergens verdekt zat opgesteld in het zakennet van Walt Obey.

Hij zocht ook op naam van Melinda Waters en moeder Eileen, maar dat leverde niets op en hij zat net te piekeren wat hij verder nog kon doen, toen de archivaris naar hem toe kwam en zei dat het gebouw gesloten werd. Hij ging weg en reed op en neer door Temple Street, langs de plek waar Pierce Schwinn Tonya Stumpf had zien tippelen. Op die plaats bevond zich inmiddels een parkeerterrein, dat vol stond met de dagelijkse hoeveelheid voertuigen van gemeentepersoneel en auto's van procesgangers die in het gerechtsgebouw verderop in de straat moesten zijn. Massa's mensen die constant heen en weer liepen en Milo het gevoel gaven dat hij er niet bij hoorde... dat hij hier niet paste.

Hij reed langzaam terug naar huis, zonder zich druk te maken over de gifgassen van het spitsuur, het oponthoud wegens wegwerkzaamheden en het opvallend stompzinnige rijgedrag van naar het scheen minstens vijftig procent van zijn medeweggebruikers. Alle stedelijke geneugten die hem meestal een hoge bloeddruk bezorgden en de vraag opriepen waarom hij in vredesnaam had besloten om hier te blijven wonen.

Hij stond net voor een rood stoplicht op Highland toen zijn telefoon ging. De stem van Alex zei: 'Ik heb je te pakken. Mooi zo.'

'Wat is er aan de hand?'

'Misschien niets, maar mijn tipgeefster – de vrouw bij wie Michael Larner zijn handen niet thuis kon houden – heeft me nog een keer gebeld en ik ben gisteravond bij haar geweest. Het schijnt dat Larner op de dag dat hij haar lastig viel heel boos was over Willie Burns. Hij was woest toen hij met iemand over Burns praatte. Willie was toen al een paar dagen weg bij Achievement House, dus het lijkt erop dat Larner had ontdekt wie Burns was en zich opwond omdat Burns was verdwenen.'

'Woest,' zei Milo.

'Zo omschreef zij het. Ze kwam zijn kantoor binnen op het moment dat hij de telefoon neerlegde en volgens haar was Larner rood aangelopen en opgewonden. Daarna beheerste hij zich en richtte zijn aandacht op haar. En dat is misschien geen toeval geweest. Aanranders en verkrachters worden vaak opgehitst door woede. Enfin, het zal wel niet veel te betekenen hebben, maar het sluit wel aan bij onze theorie dat de familie Cossack Larner heeft ingehuurd om Caroline te verbergen tot de eerste opwinding over de moord op Janie Ingalls voorbij was. Burns heeft contact gezocht met Caroline en ging er vervolgens vandoor, waardoor de familie in paniek raakte. Maar ze hebben hem nooit gevonden, hij slaagde er zelfs in om zich uit de voeten te maken nadat hij wegens dealen was opgepakt, omdat Boris Nemerov hem meteen op borgtocht vrij heeft gekregen. Vier maanden later heeft hij Nemerov overvallen.'

'Interessant,' zei Milo. 'Goed werk.' Hij vatte kort samen wat hij de avond ervoor bij de Sangre de Leon had gezien.

'Groot geld,' zei Alex. 'Het oude liedje. Trouwens, er is nog iets. Toen ik op internet aan het zoeken was naar Melinda Waters ben ik die naam een paar keer tegengekomen, maar volgens mij sloegen die verwijzingen nergens op. Daarna drong het tot me door dat ik in één geval misschien iets te haastig ben geweest. Het gaat om een advocaat in Santa Fe, New Mexico, die gespecialiseerd is in faillissementen en ontruimingsprocedures. Ik had Melinda in gedachten als een spijbelaarster die constant stoned was en dat leek me niet bepaald een ideaal uitgangspunt voor een juridische carrière, maar die opmerking van jou dat ze inmiddels misschien als een braaf huisvrouwtje achter de geraniums zit, zette me aan het denken. Daarom heb ik haar website nog maar een keer opgeroepen en haar biografie bekeken. Ze is achtendertig, precies zou oud als onze Melinda nu zou zijn. En ze was al eenendertig toen ze haar vooropleiding had afgerond en vierendertig toen ze afstudeerde. Voor die tijd heeft ze drie jaar lang op een advocatenkantoor gewerkt, maar in haar cv staat niet wat ze tussen haar achttiende en haar achtentwintigste heeft uitgespookt. En dat past precies bij iemand die behoorlijk met zichzelf overhoop lag en ten slotte toch alles weer op de rails heeft gekregen. En moet je horen: ze heeft haar opleiding in Californië genoten. Ze heeft eerst op San Francisco State gezeten en is afgestudeerd aan Hastings.'

'Hastings is een van de beste universiteiten,' zei Milo. 'Volgens Bowie Ingalls was Melinda een mislukkeling.'

'De mensenkennis van Bowie Ingalls liet wel iets te wensen over. En mensen veranderen. Als ik daar niet van overtuigd was, zou ik een ander beroep zoeken.'

'Faillissementen en uitzettingsprocedures… ik neem aan dat alles mogelijk is.'

'Misschien is ze niet het meisje dat we zoeken, maar denk je niet dat het de moeite loont om dat na te trekken?'

'Staan er verder nog interessante dingen in haar cv?'

'Nee. Getrouwd, twee kinderen. Hebben ze geraniums in Santa Fe? Maar daar komen we zo achter. Het is negentig minuten vliegen naar Albuquerque en dan nog een uurtje met de auto naar Santa Fe. Southwest Airlines biedt goedkope vluchten aan.'

'Is het te gemakkelijk om haar even op te bellen?' vroeg Milo.

'Als ze probeert haar verleden te vergeten, bestaat de kans dat ze gaat liegen. Er is een vlucht die morgenochtend kwart voor acht vertrekt. Ik heb twee plaatsen geboekt.'

'Doordrijver. Ik ben trots op je.'

'Het is daar koud,' zei Alex. 'Rond het vriespunt en er ligt zelfs wat sneeuw. Pak je dus maar lekker in.'

25

Om kwart over zeven stonden Milo en ik achteraan in een lange rij bij de gate van Southwest Airlines. De vertrekhal leek op Ellis Island, maar dan zonder de jassen: vermoeide mensen, bezorgde ogen, een mengelmoes van talen.

'Ik dacht dat we al plaatsen hadden,' zei hij met een blik op het begin van de rij.

'We hebben elektronische tickets,' zei ik. 'Bij Southwest geldt dat je moet wachten tot je een stoel toegewezen krijgt. Ze laten de passagiers in groepjes toe en geven iedereen een plastic nummerplaatje.'

'Geweldig... Doe mij maar een stuk of zes bagels, een dunne bruine boterham en twee uienbroodjes.'

Het vliegtuig was vol en benauwd, maar gezellig, dankzij de ervaren, voornamelijk goedgehumeurde passagiers en het cabinepersoneel dat uit een stel humoristen bestond. We arriveerden eerder dan gepland op een licht besneeuwde landingsbaan en zetten onze horloges een uur vooruit. Sunport Airport was onopvallend en heerlijk rustig, met een inrichting in aardetinten, turquoise en pseudo-lemen muren, en vergeven van verwijzingen naar een gedecimeerde indiaanse cultuur die waarschijnlijk geluk moesten brengen.

We huurden een Ford Escort bij de balie van Budget en toen ik in noordelijke richting over Highway 25 naar Santa Fe reed, voelde ik hoe de wind tegen de kleine auto sloeg. Aan weerskanten van de weg lagen sneeuwhopen – schoon, wit en pluizig – maar het asfalt was schoongeveegd en de lucht was blauwer en uitgestrekter dan ik voor mogelijk had gehouden. Toen ik het raampje opendeed om de temperatuur te controleren, sloeg me een vlaag pure, schone kou in het gezicht.

'Lekker,' zei ik.

Milo bromde.

Uitgestrekte buitenwijken, wegrestaurants en indiaanse casino's maakten al snel plaats voor lange, vlakke woestijnvergezichten, begrensd door de purperachtige toppen van de Sangre de Cristo Mountains en eindeloze luchten die alleen maar groter leken te worden.

'Schitterend,' zei ik.

'Hé, kijk daar eens,' zei Milo. 'Maximumsnelheid honderdtwintig. Trap dat gaspedaal eens in.'

Toen we dichter bij Santa Fe kwamen, begon de snelweg omhoog te lopen en op de borden langs de weg klom de hoogte langzaam maar zeker naar eenentwintighonderd meter. Ik stoof over een woestijn op grote hoogte, zonder cactussen en verlaten zandvlaktes. Waar de sneeuw was weggesmolten waren de bergen groen en dat gold ook voor de laagvlaktes, omzoomd door *piñons*, de tegen wind en droogte bestendige, lage en verfomfaaide naaldbomen die al eeuwenoud waren – darwiniaanse overwinnaars – en de hier en daar statig oprijzende, kale ratelpopulieren. Miljoenen bomen met witte mutsjes op en geen wolkje aan de hemel. Ik vroeg me af of Melinda Waters, Juriste, die ochtend wakker was geworden met het idee dat dit een fantastische dag zou worden. Zou ze ons alleen maar als een vervelend intermezzo beschouwen of als een verstoring van haar leven die ze nooit meer zou vergeten?

Bij Saint Francis nam ik de afslag naar Cerrilos Road en reed verder door het zuidelijk deel van Santa Fe dat nauwelijks verschilde van andere kleine steden, met winkelcentra, autohandelaren en benzinestations en de andere bedrijven die je langs snelwegen vindt. Het kantoor van Melinda Waters zou zich moeten bevinden in een straat die de Paseo de Peralta heette en volgens de kaart die ik bij het verhuurbedrijf had opgepikt was dat een zijstraat van Cerrilos. Maar het nummer was niet te vinden en ik volgde de borden in noordelijke richting naar het centrum en de Plaza, waar we ons plotseling in een andere wereld bevonden. Smalle, kronkelende straatjes, gedeeltelijk voorzien van kinderkopjes, dwongen me om het iets rustiger aan te doen terwijl ik langs juweeltjes van twee verdiepingen hoge, uit in de zon gebakken stenen opgetrokken huizen en gebouwen in Spaanse stijl reed, allemaal bepleisterd in zachtbruine, perzikkleurige, grijsbruine en goudkleurige tinten. Plasjes smeltwater glinsterden als opalen. De weelderige bomen aan weerszijden van de straat hadden alles behalve een paar hardnekkige sneeuwvlokjes van zich afgeschud en tussen de kale takken door straalde de blauwe glimlach van de hemel.

Hier aan de noordkant bevonden zich heel andere winkels: kunstgalerieën, zaken die beeldhouwwerken en glazen voorwerpen verkochten, leveranciers van allerhande exclusief kookgerei, delicatessewinkels, dure kledingzaakjes, firma's die met de hand beklede meubels verkochten en lijstenmakerijen die op bestelling werkten. Het wemelde van cafés en restaurants die niet ontsierd werden door reclame-uitingen en waar het aanbod varieerde van typische gerechten uit het zuidwesten tot sushi. Terreinwagens waren hier het favoriete vervoersmiddel en de trottoirs werden bevolkt door soepel bewegende, vrolijke mensen in spijkerbroeken, suède jasjes en laarzen die nooit in aanraking waren geweest met mest.

We kwamen uit op het centrale plaza, een groen geplaveid plein overschaduwd door bomen, met een muziektent in het midden en omzoomd door laagbouw vol winkeltjes en reden langs een overdekte galerij in de buurt van het paleis van de gouverneur waar enkele tientallen in parka's gehulde indianen achter dekens vol zilveren voorwerpen zaten. Aan de andere kant van het plein stond een massief, vierkant bouwwerk van natuursteen dat eerder Europees dan Amerikaans aandeed. Nog meer restaurants en galerieën, een paar luxehotels en ineens hield de Paseo de Peralta op.

'Leuk, hoor,' zei Milo, 'maar je rijdt wel in een kringetje rond.'

Op Washington Avenue zag ik in de schaduw van een zalmroze kerk een witharig echtpaar, dat gehuld in identieke jasjes van schapenbont hun hond uitliet, een Engelse bobtail die eruitzag alsof hij de voering van de jasjes had geleverd. Ik stapte uit en vroeg de weg. De man droeg een wollen pet en de vrouw had haar lange grijze haar in vlechten, versierd met zilveren vlindertjes. Ze was zo opgemaakt dat het nauwelijks opviel dat ze make-up droeg en ze had lachrimpeltjes om haar ogen en een vriendelijke glimlach. Toen ik haar het adres liet zien, grinnikte ze.

'U moet in het noordelijk gedeelte van de Paseo de Peralta zijn... die maakt bij de Plaza een U-bocht en loopt dan weer terug. Herb, waar zit dit nummer precies?'

De man moest er ook al om lachen. In ieder geval had ik een paar mensen een plezier gedaan. 'Daarginds, beste vriend... iets verder de straat in.'

Het advocatenkantoor van Melinda Waters was gevestigd in een van de acht kantoorsuites in een zandkleurig gebouw van in de zon gebakken stenen dat naast een Italiaanse taverna lag. Uit de schoorsteen van het restaurant kwamen sprookjesachtige rookwolkjes en etensgeuren die me deden watertanden. Daarna dacht ik aan wat voor ons lag en mijn eetlust verdween als sneeuw voor de zon.

Het pand lag met de voorgevel naar een groot, open parkeerterrein dat aan de achterkant werd begrensd door een hoge berm en een ondoorzichtig groepje bomen, alsof het gebouw – de hele stad – aan de rand van een bos lag. We parkeerden de auto en stapten uit. De lucht was koud en zuiver.

Elk kantoor had een eigen ingang. Een houten paal waaraan onder elkaar een aantal latjes hing, diende als uithangbord. Nog vier advocaten, een psychotherapeut, een therapeutisch masseur, een handelaar in antieke boeken en een galerie met reproducties. Hoever was het naar Ojai?

De deur van Melinda Waters was niet op slot en in haar receptie hing de geur van wierook. Grote fauteuils bekleed met bruin-met-donkerrode chenille en met franje om de kussens stonden om een gehavende, oude Chinese tafel van zwart hout. Op de tafel kunstboeken, tijdschriften gewijd aan stijl, een schaal van messing met zuurtjes en rieten mandjes met potpourri. Zouden dat soort dingen het verdriet van een faillissement en een uitzettingsprocedure verlichten?

De deur achterin werd bewaakt door een indiaanse vrouw van een jaar of dertig die achter een verweerd eiken bureau met twee vingers op een leigrijze laptop zat te tikken. Ze droeg een roze sweatshirt en grote, bungelende oorbellen: strakke en vierkante vormen die meer aan New York dan aan New Mexico deden denken. Toen we naar haar bureau toe liepen, keek ze op zonder veel emotie te tonen en bleef typen.

'Waarmee kan ik u van dienst zijn?'

'Is mevrouw Waters aanwezig?'

'Hebt u een afspraak?'

'Nee, mevrouw,' zei Milo en gaf haar zijn visitekaartje.

'L.A.,' zei de receptioniste. 'De politie. En u bent helemaal hierheen gekomen om met Mel te praten.'

'Ja, mevrouw.'

Haar ogen gleden over het kaartje. 'Moordbrigade.' Geen spoor van verbazing. Er stond helemaal niets op haar gezicht te lezen. Ze stak haar hand uit naar de telefoon.

Melinda Waters was een meter tweeënzestig lang, rond, mollig en met een volle boezem in een nauwsluitend mosgroen broekpak dat nog groener leek door de muur van in donkerrood leer gebonden wetboeken achter haar. Haar ogen waren iets lichter groen met een grijs randje, ze had kortgeknipt honingblond haar dat uit een mooi gevormd gezicht geborsteld was en het begin van een onderkin. Een grote, ronde bril met een schildpadmontuur was precies van het juiste formaat voor de dunne, rechte neus waarop hij rustte. Haar lippen waren met *gloss* aangezet, ze had prachtig verzorgde handen en de diamant in de ring om haar vinger leek minstens twee karaats.

Ze gunde ons nauwelijks een blik en maakte een verveelde, maar competente indruk, hoewel ze daar kennelijk moeite voor moest doen. Op het moment dat ik haar zag, voelde ik mijn hart opspringen. Hetzelfde gezicht als in het jaarboek van Hollywood High. Milo wist het ook. Zijn gezicht stond vriendelijk, maar op het punt waar zijn bakkebaarden zijn kaken raakten, verschenen knobbeltjes ter grootte van een kers.

Melinda Waters staarde naar zijn kaartje en gebaarde dat we plaats konden nemen in de twee stoelen met een pitrieten rugleuning die voor haar bureau stonden.

Haar privékantoor was roestkleurig en klein – heel klein zelfs, met nauwelijks genoeg ruimte voor de boekenkast en het bureau en een rood, gelakt bijzettafeltje met een eenzame witte orchidee in een blauw met witte pot. Op de muren aan weerszijden van de boekenkast hingen landschappen in aquarel: groene heuvels boven de oceaan, hoge eiken, velden vol slaapmutsjes. *California dreaming.* In de rest van het vertrek hingen familiefoto's. Melinda Waters met een slanke, lange man met een donkere baard en twee ondeugend uitziende jongens van ongeveer zes en acht jaar oud. Skiënd, snorkelend, paardrijdend, vissend. Het gezin dat samen plezier maakt...

'Rechercheurs van de moordbrigade. Nou, dat is in ieder geval weer iets anders.' Een zachte stem met een vleugje sarcasme. Onder normale omstandigheden was ze waarschijnlijk een toonbeeld van vakmanschap, maar uit een trillend toontje aan het slot was op te maken dat ze zichzelf niet wijsmaakte dat dit puur een routinebezoek was.

'Anders in welk opzicht, mevrouw?' vroeg Milo.

'Anders dan wat ik normaal gesproken voor de lunch zou hebben gedaan. Eerlijk gezegd ben ik een beetje verrast. Ik heb helemaal geen zaken uit L.A. onder mijn beheer, laat staan een moord. Ik specialiseer in de rechten van huurders en finan...'

'Janie Ingalls,' zei Milo.

Melinda Waters slaakte een zucht waar geen eind aan leek te komen.

Ze legde papieren en pennen opzij, sloeg haar laptop dicht en klopte op haar haar. Ten slotte drukte ze op een intercomknop op haar telefoon en zei: 'Hou voorlopig even alle telefoontjes tegen, Inez.'

Daarna reed ze op haar stoel de paar centimeter achteruit die er nog over was tussen haar en de wand met wetboeken en zei: 'Dat is een naam uit een ver verleden. Wat is er met haar gebeurd?'

'Weet u dat niet?'

'Nou ja,' zei ze. 'Op uw kaartje staat moordzaken, dus mag ik aannemen...?'

'Dat mag u.'

Melinda Waters zette haar bril af, balde haar ene hand tot een vuist en wreef daarmee in een van haar ogen. De glanzende lippen trilden.

'O, verdomme. Ik denk dat ik dat altijd wel geweten heb. Maar... ik heb niet echt... verdomme. Arme Janie... dat is zo... obsceen.'

'Ja, dat klopt,' zei Milo.

Ze ging weer rechtop zitten, alsof ze een geheime krachtbron had aangeboord. De blik in haar ogen was inmiddels anders. Onderzoekend, analytisch. 'En na al die tijd bent u hierheen gekomen, omdat...'

'Omdat het nog steeds een open zaak is, mevrouw Waters.'

'Open of heropend?'

'De zaak is nooit officieel gesloten.'

'U wilt toch niet beweren dat de politie van L.A. daar al twintig jaar lang aan werkt?'

'Maakt dat iets uit, mevrouw?'

'Nee... dat denk ik niet. Ik sla wartaal uit... dit is zo... ik word hier volkomen door overvallen. Waarom bent u hier?'

'Omdat u een van de laatste personen bent die Janie Ingalls in leven heeft gezien, maar niemand heeft u ooit een verklaring afgenomen. In feite zijn we er pas onlangs achter gekomen dat u zelf niet ook een slachtoffer bent geworden.'

'Een slachtoffer? U dacht... o, lieve help.'

'Het was heel moeilijk om achter uw verblijfplaats te komen, mevrouw Waters. En dat geldt eveneens voor uw moeder...'

'Mijn moeder is tien jaar geleden gestorven,' zei ze. 'Aan longkanker, in Pennsylvania, waar ze vandaan kwam. Voor die tijd heeft ze een emfyseem gehad. Ze heeft erg geleden.'

'Het spijt me om dat te horen.'

'Mij ook,' zei Waters. Ze pakte een gouden pen van een hele verzameling die in een cloisonné beker stond en hield de pen op haar beide uitgestoken wijsvingers in evenwicht. Het kantoor was een schatkamertje, waar alles met zorg op elkaar was afgestemd. 'Dus al die tijd hebt u gedacht dat ik misschien ook...' En met een flauwe glimlach: 'Dus ik ben eigenlijk herboren, hè?'

De pen viel en kwam kletterend op het bureau terecht. Ze griste hem op en zette hem terug in de beker.

'Mevrouw, zou u ons alstublieft willen vertellen wat u zich precies van die avond kunt herinneren?'

'Ik heb geprobeerd of ik erachter kon komen waar Janie was. Ik heb haar vader gebeld... kent u hem?'

'Hij is eveneens dood, mevrouw.'

'Hoe is hij gestorven?'

'Hij heeft een ongeluk met zijn auto gehad.'

'Dronken achter het stuur?'

'Ja.'

'Dat verbaast me niets,' zei Waters. 'Wat een asociale figuur, eeuwig bezopen. Hij kon mij niet uitstaan en dat gevoel was wederkerig. Waarschijnlijk omdat ik wist dat hij me zou pakken als hij de kans kreeg, dus die heb ik hem nooit gegeven... ik zorgde er altijd voor dat ik buiten bleef als ik Janie thuis ophaalde.'

'Heeft hij geprobeerd u te versieren?' vroeg Milo.

'Die kans heb ik hem nooit gegeven, maar zijn bedoelingen waren duidelijk... hij zat altijd naar me te lonken en me met zijn ogen uit te kleden. Bovendien wist ik wat hij met Janie had gedaan.'

'Heeft hij Janie seksueel misbruikt?'

'Alleen als hij dronken was,' zei Waters op een spottend, zangerig toontje. 'Ze vertelde me dat pas vlak voordat ze... voordat ik haar voor het laatst heb gezien. Ik denk dat ze erover begon, omdat ze een maand of zo daarvoor ook iets vervelends had meegemaakt. Ze had staan liften en was opgepakt door een of andere halvegare die haar meenam naar een hotel in het centrum, haar vastbond en zich vervolgens op haar uitleefde. Toen ze me dat voor het eerst vertelde, leek ze niet eens echt overstuur. Ze deed er eigenlijk een beetje blasé over en ik geloofde haar aanvankelijk ook niet, want Janie zoog altijd van alles uit haar duim. Maar toen trok ze haar mouwen en de pijpen van haar spijkerbroek op en liet me de striemen om haar polsen en haar enkels zien, waar hij haar had vastgebonden. En ook om haar hals. Toen ik dat zag, zei ik: "Jezus, hij had je wel kunnen wurgen." Maar daarop sloeg ze dicht en weigerde om er verder nog iets over te zeggen.'

'Wat heeft ze u verteld over de man die dat met haar had gedaan?'

'Dat hij jong en knap was en in een fantastische auto reed... ze zei dat ze daarom met hem mee was gegaan. Maar om u de waarheid te zeggen, had ze zich waarschijnlijk door iedereen laten oppikken. Janie had vaak geen benul van wat ze deed... als ze stoned of dronken was. Dan liet ze zich meestal helemaal gaan.'

Ze zette haar bril weer af, speelde met de poten en wierp een blik op de foto's van haar gezin. 'Een mooie advocaat ben ik, door mijn mond zo voorbij te kletsen. Voor we verder gaan wil ik wel dat u mij verzekert dat alles wat ik u vertel onder ons blijft. Mijn man is een vrij bekend persoon.'

'Wat doet hij?'

'Jim is een assistent van de gouverneur. Hij regelt het contact met de Verkeersdienst. Ik werk onder mijn meisjesnaam, maar als er iets onverkwikkelijks gebeurt, zal dat ongetwijfeld ook met hem in verband worden gebracht.'

'Ik zal mijn best doen, mevrouw.'

Waters schudde haar hoofd. 'Dat is niet genoeg.' Ze stond op. 'Ik ben bang dat daarmee een eind aan ons onderhoud is gekomen.'

Milo sloeg zijn benen over elkaar. 'Mevrouw Waters, we zijn hier alleen maar om te horen wat u zich van Janie Ingalls kunt herinneren. We hebben geen enkele reden om te veronderstellen dat u bij deze misdaad betrokken was...'

'Nee, dat hangt je de donder.' Waters priemde haar vinger in onze richting. 'In godsnaam, dat is niet eens bij me opgekomen. Maar ik heb niets te maken met wat er twintig jaar geleden met Janie is gebeurd. Wat wel voor me telt, is dat er geen inbreuk wordt gemaakt op mijn privacy. Gaat u alstublieft weg.'

'Mevrouw Waters, u weet net zo goed als ik, dat ik u niet kan garanderen dat ons onderhoud vertrouwelijk blijft. Die beslissing ligt bij de officier van justitie. Ik ben heel eerlijk en ik zou het op prijs stellen als u dat ook zou zijn. Als u niets verkeerds hebt gedaan, dan hoeft u zich ook nergens zorgen over te maken. En u kunt uw man niet beschermen door ons uw medewerking te weigeren. Als ik het hem echt moeilijk zou willen maken, hoef ik alleen maar met mijn baas te praten. Die zou vervolgens de telefoon oppakken en...'

Hij maakte een hulpeloos gebaar.

Waters zette haar handen in haar zij. De blik in haar ogen was kil en vast. 'Waarom doet u dit?'

'Om erachter te komen wie Janie Ingalls heeft vermoord. In één opzicht heeft u gelijk. Het was inderdaad obsceen. Ze is gemarteld, met een brandende sigaret bewerkt, verm...'

'Nee, nee, nee! U hoeft me de stuipen niet op het lijf te jagen, doe me een lol!'

Milo strengelde zijn vingers in elkaar. 'U maakt het ons onnodig moeilijk, mevrouw Waters. Vertel me nou maar gewoon wat u weet, dan zal ik mijn uiterste best doen om uw naam erbuiten te houden. Meer kan ik u niet beloven. Het alternatief houdt in dat ik nog wat langer zal moeten overwerken en dat u met heel wat meer problemen te maken krijgt.'

'U hebt hier in New Mexico geen zeggenschap,' zei Melinda Waters. 'In technisch opzicht gaat u buiten uw boekje.'

'In technisch opzicht bent u nog steeds een kroongetuige en voor zover ik weet zijn de diplomatieke betrekkingen tussen New Mexico en Californië nog steeds niet verbroken.'

Waters keek opnieuw naar haar gezin, ging weer zitten, zette haar bril op en mompelde: 'Shit.'

We bleven alle drie gedurende een volle minuut zwijgen, toen zei ze: 'Het is niet eerlijk. Ik ben niet bepaald trots op de manier waarop

ik me als tiener heb gedragen en ik wil die tijd het liefst vergeten.'
'We zijn allemaal tieners geweest,' zei ik.
'Maar ik was een klier van een tiener. Ik deugde voor geen meter en ik was altijd stoned, net als Janie. Daardoor voelden we ons tot elkaar aangetrokken. We misdroegen ons... jezus, ik geloof dat er geen dag voorbijging dat we ons niet vol lieten lopen. Of... andere dingen deden waar ik nu hoofdpijn van krijg als ik eraan denk. Maar ik heb mezelf er boven uit weten te werken... in feite begon dat proces al de dag nadat Janie en ik elkaar kwijt waren geraakt.'
'Bij dat feest?' vroeg Milo.
Waters stak haar hand uit naar een andere pen, bedacht zich en begon met de sluiting van haar bureaula te spelen – ze tilde de koperen ring op en liet hem weer vallen, een, twee, drie keer achter elkaar.
'Ik heb nu zelf ook kinderen,' zei ze. 'Ik bepaal tot hoever ze mogen gaan en waarschijnlijk ben ik veel te streng omdat ik weet wat er te koop is. In de afgelopen tien jaar heb ik niets sterkers aangeraakt dan een glas chardonnay. Ik houd van mijn man. Hij zal het ver brengen. En ik heb een goed lopende praktijk... ik zie niet in waarom het met al die dingen verkeerd moet gaan omdat ik twintig jaar geleden bepaalde fouten heb gemaakt.'
'Ik ook niet,' zei Milo. 'Ik heb nog geen aantekeningen gemaakt en niets van dit alles komt in een of ander dossier terecht. Ik wil alleen weten wat er die vrijdagavond met Janie Ingalls is gebeurd. En alles wat u me nog meer kunt vertellen over de man die haar in het centrum heeft verkracht.'
'Ik weet niet meer van hem af dan ik u al heb verteld.'
'Jong en knap, met een mooie auto.'
'Die auto kan Janie er ook wel bij gefantaseerd hebben.'
'Hoe jong?'
'Dat heeft ze niet gezegd.'
'Ras?'
'Ik neem aan dat hij blank was, omdat Janie daar niets over heeft gezegd. En dat zou ze wel hebben gedaan als dat niet het geval was. Ze was een beetje racistisch... dat had ze van haar vader.'
'Heeft ze nog meer over zijn uiterlijk gezegd?'
'Nee.'
'Een chique auto,' zei Milo. 'Welk merk?'
'Ik geloof dat ze het over een Jaguar had, maar dat weet ik niet zeker. Met vloerkleedjes van bont... dat kan ik me nog wel herinneren, omdat Janie vertelde dat haar voeten helemaal in het matje wegzakten. Maar aangezien het Janie was, kun je daar niet blindelings

van uitgaan. Ik heb u al eerder aan uw verstand proberen te brengen dat ze altijd fantaseerde.'

'Waarover?'

'Voornamelijk over dronken en stoned worden op feestjes met popsterren.'

'Is dat weleens gebeurd?'

Ze lachte. 'Vergeet het maar. Janie was een zielig meisje uit het verkeerde deel van Hollywood.'

'Een jonge vent met een Jaguar,' zei Milo. 'En verder?'

'Meer weet ik niet,' zei Waters. 'Echt niet.'

'Naar welk hotel heeft hij haar meegenomen?'

'Ze heeft alleen maar gezegd dat het in het centrum was, in een buurt vol schooiers. Ze zei ook dat die vent kennelijk bekend was met die tent... de receptionist gooide hem een sleutel toe zodra hij binnenkwam. Maar ze had niet het idee dat hij daar ook logeerde, want de kamer waar hij haar mee naar toe nam, zag er niet bewoond uit. Hij had daar ook geen kleren en het bed was niet eens opgemaakt. Er lag alleen een matras op. En touwen. Hij haalde die touwen uit een la van de toilettafel.'

'Heeft ze niet geprobeerd om te ontsnappen toen ze die zag?'

Waters schudde haar hoofd. 'Hij had haar onderweg naar het hotel een joint gegeven. Een grote joint, van prima spul. En misschien zat er ook wel hasj in, want ze had echt het gevoel dat ze zweefde en dat was meestal de uitwerking die hasj op haar had. Ze zei dat ze bij alles wat er gebeurde het gevoel had dat ze naar iemand anders stond te kijken. Zelfs toen hij haar op het bed gooide en haar vast begon te binden.'

'Haar armen, haar benen en haar hals.'

'Daar zaten die striemen.'

'Wat gebeurde er toen?'

Achter de brillenglazen van Waters flitste een woedende blik op. 'Wat dacht u? Hij heeft haar gepakt. En geen lichaamsholte overgeslagen.'

'Heeft ze dat gezegd?'

'In wat minder nette termen.' Het grijs in haar ogen was donkerder geworden, alsof er vanbinnen een lamp was uitgegaan. 'Ze zei dat ze wist wat hij deed, maar dat ze er niets van had gevoeld.'

'En ze deed er blasé over.'

'Aanvankelijk wel. Later... een paar dagen later toen ze behoorlijk aangeschoten was van de Southern Comfort begon ze er weer over te praten. Maar ze huilde niet, ze was boos. Op zichzelf. Weet u wat haar écht dwarszat? Niet zozeer wat hij met haar gedaan had, dat

gedoe was toch bijna niet tot haar doorgedrongen. Ze was boos omdat hij haar niet naar huis had gebracht toen hij klaar was, maar haar gewoon ergens in East Hollywood had gedumpt zodat ze nog een paar kilometer had moeten lopen. Daar was ze pisnijdig over. Maar zelfs daarvan gaf ze zichzelf de schuld. Ze zei iets in de trant van: "Het zal wel aan mij liggen dat ik zo behandeld word. Zelfs door hém." Ik zei: "Wie bedoel je?" en toen verscheen er pas echt een woedende blik op haar gezicht en ze zei: "Híj. Bowie." Daar werd ik helemaal niet goed van... eerst die halvegare en daarbovenop incest. Ik vroeg haar hoe lang dat al aan de gang was, maar ze klapte weer dicht. Ik bleef zeuren dat ze me dat echt moest vertellen en ten slotte zei ze dat ik m'n mond moest houden omdat ze anders aan mijn moeder zou vertellen dat ik een echte slet was.'
Ze lachte.
'Dat was een dreigement dat hout sneed. Ik was bepaald geen toonbeeld van braafheid. En ook al was mijn moeder geen Betty Crocker, ze was niet zoals Bowie, zij zou het wel erg hebben gevonden. Ze zou me hard hebben aangepakt.'
'Maar Bowie vond het niet erg,' zei Milo.
'Bowie was vullis, een asociale smeerlap. Ik denk dat Janie daarom tot alles bereid was om te voorkomen dat ze naar huis moest.'
Ik dacht aan de kale indruk die Janies kamer had gemaakt. 'Had ze een bepaald adres waar ze naar toe kon, of iemand bij wie ze vaak bleef logeren?'
'Geen vaste plek. Ze bleef weleens bij ons slapen en af en toe bracht ze de nacht door in een van die verlaten appartementen ten noorden van Hollywood Boulevard. Soms bleef ze dagenlang weg en dan wilde ze me nooit vertellen waar ze was geweest. Maar goed, de dag na dat feest... nadat Janie en ik elkaar kwijt waren geraakt, belde ik Bowie op. Ik wálgde van die asociale smeerlap, maar desondanks wilde ik er zeker van zijn dat met Janie alles in orde was. Dat wilde ik u net ook al vertellen: ik heb een poging in die richting gedaan. Maar er werd niet opgenomen.'
'Wanneer zijn jullie elkaar kwijtgeraakt?'
'Vlak nadat we er waren. Ik gaf echt om Janie. We zaten allebei zo ontzettend in de knoop, dat schept een band. Volgens mij had ik een vervelend gevoel over dat feest... over het feit dat zij midden in al die heisa opeens was verdwenen. Ik heb haar nooit echt vergeten. Jaren later, toen ik studeerde en had geleerd om met een computer om te gaan, heb ik geprobeerd om haar terug te vinden. Toen ik tijdens mijn rechtenstudie toegang kreeg tot juridische databanken heb ik allerlei gemeentearchieven afgezocht, in Californië en in de aan-

grenzende staten. Kadastergegevens, belastingarchieven, overlij-
denscertificaten. Maar ze was nergens te vinden...'

Ze pakte Milo's visitekaartje op. 'L.A. Moordzaken, dus dat houdt
in dat ze in L.A. is vermoord. Waarom is er dan nooit een overlij-
denscertificaat in L.A. afgegeven?'

'Dat is een goeie vraag, mevrouw.'

'O,' zei Waters. Ze leunde achterover. 'Dus dit is niet zomaar een
zaak die heropend is, hè? Er is echt iets behoorlijk misgegaan.'

Milo haalde zijn schouders op.

'Geweldig. Fantastisch. Dus wat ik ook doe, ik zal hier toch bij betrokken worden en tot over m'n oren in de problemen komen te zitten, hè?'

'Ik zal mijn uiterste best doen om dat te voorkomen, mevrouw.'

'U klinkt bijna alsof u dat echt meent.' Ze wreef over haar voorhoofd, pakte een buisje aspirine uit een van haar bureauladen, schudde er een tabletje uit en slikte het droog door. 'Wat wilt u nog meer
van me weten?'

'Dat feest,' zei Milo. 'Om te beginnen hoe Janie en u erachter zijn
gekomen dat het gegeven werd.'

'Dat hebben we gewoon op straat gehoord, van andere jongelui. Er
werd altijd over dat soort dingen gekletst, vooral als het weekend
voor de deur stond. Iedereen probeerde erachter te komen waar je
het best naar toe kon om helemaal uit je bol te gaan. Het merendeel
van ons had de pest aan thuis en was tot alles bereid om weg te kunnen blijven. Janie en ik waren onafscheidelijk als het om feestjes ging.
Soms kwamen we terecht op feestjes in kraakpanden... organisatoren gebruikten vaak stiekem leegstaande panden. Of ze gaven een
openluchtfeest... in een afgelegen hoekje van Griffith Park of ergens
in de buurt van Hansen Dam. Dan hebben we het wel over een mi-
nimum aan entertainment: een of andere band zonder een greintje
muzikaal gehoor die voor niets optrad, goedkope hapjes en een massa drugs. Voornamelijk een massa drugs. Want de organisatoren waren in feite dealers en hun voornaamste doel was om zoveel mogelijk dope aan de man te brengen. Maar het kwam ook weleens voor
dat het een echt feest was, bij iemand thuis. Iedereen was welkom
en als dat niet het geval was, wisten wij vaak wel een manier om
binnen te komen.'

Ze glimlachte. 'Af en toe werden we op straat gezet, maar een meisje kon meestal wel zonder uitgenodigd te zijn binnenkomen.'

'En het feest van die avond behoorde tot die categorie,' zei Milo. 'Bij
iemand thuis.'

'En in een heel groot huis, een landhuis. Op straat ging het gerucht dat er *mucho* drugs zouden zijn. Janie en ik hadden het idee dat we er maar eens een kijkje moesten nemen. Voor ons was een tochtje naar Bel Air net zoiets als een reis naar een andere planeet. Janie deed niets anders dan praten over fuiven met rijke kids, dat ze daar misschien wel een rijk vriendje zou vinden die haar net zoveel drugs zou geven als ze wilde. Ik zei al dat ze graag fantaseerde. De waarheid is dat we een stel mislukkelingen waren, geen auto, geen geld. Dus deden we wat we altijd deden: we liftten. We wisten niet eens waar het was, maar we gingen ervan uit dat we daar wel achter zouden komen als we eenmaal in Bel Air waren. Ik haalde Janie op vrijdagmiddag thuis af en de rest van de dag hebben we een beetje rondgehangen op Hollywood Boulevard... in de speelhallen, in winkels waar we makeup jatten en op straat, waar we van de voorbijgangers wat geld probeerden los te kloppen, hoewel dat niet echt lukte. Toen het donker was geworden liepen we terug naar Sunset, want daar kon je het best liften. Maar op de eerste hoek waar we het probeerden, stond ook een stel hoeren en die dreigden dat ze ons een pak op ons donder zouden geven, dus gingen we verder naar het westen... tussen La Brea en Fairfax, dat stuk met al die gitaarwinkels. Dat kan ik me nog goed herinneren, want terwijl we op een ritje stonden te wachten keken we naar al die gitaren in de etalages en zeiden tegen elkaar dat het toch wel hartstikke gaaf zou zijn om een meidengroep op te richten en hartstikke rijk te worden. Zelfs al hadden we geen van beiden ook maar een greintje talent. Maar goed, uiteindelijk, toen we zeker al een uur hadden staan wachten, werden we opgepikt.'

'Hoe laat?' vroeg Milo.

'Dat moet tussen negen en tien zijn geweest.'

'Wie pikte jullie op?'

'Een student, een beetje een wijsneus die zei dat hij op Caltech zat, maar dat hij op weg was naar de universiteit omdat hij daar had afgesproken met een meisje en dat was vlak bij Bel Air. Dat moesten we van hém horen, want daar hadden we zelf geen flauw idee van... volgens mij waren we geen van beiden ooit ten westen van La Cienega geweest, behalve als we rechtstreeks met de bus naar het strand gingen. Of, zoals in mijn geval, die keer dat ik op bezoek ging bij mijn vader op de marinebasis in Point Mugu. Die wijsneus was best een aardige knul. Een beetje verlegen, hij had ons in een opwelling opgepikt en waarschijnlijk kreeg hij daar al snel spijt van. Want we begonnen hem onmiddellijk te treiteren. We zochten ons favoriete radiostation op en zetten dat keihard aan en we pestten hem door met hem te gaan flirten. We vroegen of hij geen zin had om met ons mee te gaan in plaats van naar dat suffe afspraakje met een studen-

te. We gedroegen ons ronduit walgelijk. Hij voelde zich opgelaten en dat bezorgde ons de slappe lach. Maar eigenlijk hoopten we dat hij ons helemaal naar het feest zou brengen, omdat we nog steeds geen idee hadden waar het was. Dus bleven we aan zijn kop zeuren, maar hij zei nee, hij ging liever naar zijn vriendinnetje toe. Ik weet nog dat Janie daar echt onbeschoft op reageerde en een opmerking maakte in de trant van: "Het zal wel zo'n ijskoude trut zijn. Ik kan je iets geven wat zij niet kan." En dat had ze nou net niet moeten zeggen. Hij stopte op de hoek van Stone Canyon en Sunset en zei dat we uit moesten stappen. Ik maakte ook aanstalten om dat te doen, maar Janie hield me tegen en eiste op hoge toon dat hij ons naar het huis zou brengen, waardoor hij alleen maar nog bozer werd. Dat was echt iets voor Janie, ze kon ontzettend opdringerig zijn waardoor ze de mensen helemaal tegen zich in het harnas joeg. De wijsneus begon te schreeuwen en gaf Janie een duw. Daarna stapten we uit en ze stak haar middelvinger naar hem op toen hij wegreed.'
'Op de hoek van Stone Canyon en Sunset. Vlak bij het feest.'
'Maar dat wisten wij niet. We hadden geen idee. Bovendien waren we dronken. Op de boulevard hadden we ook een fles Southern Comfort gepikt en die hadden we inmiddels al bijna helemaal achter de kraag. Ik had een hekel aan dat spul, ik vond dat het naar hoestsiroop met perzik smaakte. Maar Janie was er dol op. Het was haar lievelingsdrankje. Ze zei dat Janis Joplin er ook gek op was geweest en zij was gek op Janis Joplin, omdat ze het idee had dat haar moeder in de hippietijd net zo was geweest als Janis Joplin. En dat ze Janie had vernoemd naar Janis.'
'Weer pure fantasie,' zei ik.
Ze knikte. 'Ze kon niet zonder. Haar moeder had haar in de steek gelaten… die was er met een zwarte vent vandoor gegaan toen Janie een jaar of vijf, zes was en Janie had haar nooit weergezien. Dat kan ook wel een reden zijn geweest waarom Janie altijd van die racistische opmerkingen maakte.'
'Wat hebben jullie gedaan nadat die knaap jullie had afgezet?' vroeg Milo.
'We liepen omhoog langs Stone Canyon en verdwaalden prompt. Er waren geen trottoirs en de weg was heel slecht verlicht. En er liep niemand aan wie we konden vragen waar we naar toe moesten. Al die ongelooflijke huizen, geen mens te zien en je hoorde ook niet een van de geluiden die bij een echte woonwijk passen. Het was doodeng. Maar we hadden toch lol… het was een avontuur. Eén keer zagen we een auto van de Bel Air Patrol die onze kant op kwam, maar toen hebben we ons achter een paar bomen verstopt.'

Ze fronste. 'Pure waanzin. Goddank dat mijn jongens dit niet te horen krijgen.'

'Hoe zijn jullie op het feest terechtgekomen?'

'We hebben een tijdje in kringetjes rondgelopen en kwamen uiteindelijk weer precies op hetzelfde punt uit, bij Sunset. En daar heeft die tweede auto ons opgepikt. Een Cadillac, die afsloeg naar Stone Canyon. De chauffeur was een zwarte knul en ik was ervan overtuigd dat Janie niet in zou stappen... ze had altijd haar mond vol van "nikker zus" en "nikker zo". Maar toen die knul zijn raampje liet zakken, ons op een brede grijns trakteerde en zei: "Hebben de meisjes zin in een feestje?" was Janie de eerste die instapte.'

'Kunt u zich die chauffeur nog goed herinneren?'

'Hij was begin twintig, lang, mager... om de een of andere reden schiet me altijd de naam Jimi Hendrix te binnen als ik aan hem denk. Niet dat hij echt het evenbeeld van Hendrix was, maar hij leek wel een beetje op hem. Hij had ook dat ranke, lome voorkomen, ongedwongen en vol zelfvertrouwen. Hij had de radio echt keihard aan en zat op de maat mee te knikken.'

'Een Cadillac,' zei Milo.

'Een vrij nieuwe ook, maar geen pooierkar. Een grote, beschaafde vierdeurs, die er ook nog eens keurig onderhouden uitzag. Glanzend, met een lekker luchtje... een zoet luchtje. Seringen. Alsof het de auto van een oudere dame was. Ik weet nog dat die gedachte door mijn hoofd schoot en dat ik me afvroeg of hij hem van een oudere dame had gestolen. Want hij paste helemaal niet bij die auto. Hij droeg zo'n lelijk spijkerpak helemaal bezet met glittersteentjes en allemaal gouden kettingen.'

'Welke kleur had de auto?'

'Iets lichts.'

Milo maakte zijn koffertje open, pakte er de arrestatiefoto van Willie Burns uit en schoof die over het bureau.

Melinda Waters zette grote ogen op. 'Dat is hem. Is híj degene die Janie heeft vermoord?'

'Hij is iemand naar wie we op zoek zijn.'

'Loopt hij nog steeds vrij rond?'

'Misschien.'

'Misschien? Waar slaat dat nou weer op?'

'Het is twintig jaar geleden en hij was verslaafd aan heroïne.'

'Waarmee u wilt zeggen dat zijn levenskansen niet bepaald groot waren,' zei ze. 'Maar toch bent u nog steeds naar hem op zoek... waarom is het onderzoek naar de moord op Janie eigenlijk heropend? Wat steekt daar in werkelijkheid achter?'

'Ik was oorspronkelijk de rechercheur die de moord in behandeling had,' zei Milo. 'Maar toen werd ik overgeplaatst en de zaak werd me uit handen genomen. Nu ben ik er weer op gezet.'

'Door uw werkgever of hebt u zelf dat besluit genomen?'

'Maakt dat wat uit, mevrouw?'

Ze glimlachte. 'Het is iets persoonlijks, hè? U probeert om uw eigen verleden recht te zetten.'

Milo glimlachte terug en Waters keek weer naar de arrestatiefoto. 'Wilbert Burns. Nu weet ik eindelijk hoe hij heet.'

'Heeft hij zich toen dan niet voorgesteld?'

'Hij noemde zichzelf onze nieuwe vriend. Ik wist dat hij niet alleen een junk was, maar ook een dealer. Hij zat echt te trippen... hij praatte heel sloom. En hij reed ook ontzettend langzaam. En zijn muziek was junkie-muziek – langzame jazz met zo'n slepende trompet. Janie wilde een ander station opzoeken, maar hij legde zijn hand op de hare en ze probeerde het niet nog eens.'

'Hoe wist u dat hij een dealer was?' vroeg Milo.

'Hij heeft ons zijn koopwaar laten zien. Hij had zo'n herentasje bij zich, dat lag op de stoel naast hem. Toen wij instapten, zette hij het op zijn schoot, maar nadat we een stukje gereden hadden, ritste hij het open en zei: "Hebben jullie trek in iets lekkers, dames?" Er zaten allerlei envelopjes met pillen in en plastic zakjes met wit spul... ik kon niet zien of het coke of heroïne was. Maar dat soort troep raakte ik nooit aan. Voor mij was het alleen marihuana en alcohol en af en toe wat LSD.'

'En Janie?'

'Janie kende geen beperkingen.'

'Heeft zij het aanbod van Burns wel aangenomen?'

'Niet in de auto, maar later misschien wel. Waarschijnlijk wel. Omdat er meteen sprake was van een soort wisselwerking tussen Burns en haar. We zaten met ons drieën voorin, Janie naast Burns en ik bij het portier. Op het moment dat hij verder reed, begon ze al te flik-flooien... ze streelde met haar haar langs zijn gezicht en ze legde haar hand op zijn knie en liet die langzaam omhoogkruipen.'

'Hoe reageerde Burns daarop?'

'Hij vond het prachtig. Hij zei: "Oeh, baby," en meer van dat soort dingen. Janie zat te giechelen, ze zaten allebei eigenlijk om niets te lachen.'

'Ondanks haar racistische neigingen,' zei ik.

'Ik snapte er niets van. Ik heb haar een paar keer een elleboogje gegeven, zo van: "Wat doe je nou?" Maar ze deed net alsof ze niets merkte. Burns reed naar het feest, hij wist precies waar het was, maar

we moesten op de weg parkeren, omdat er al zoveel auto's waren.'
'Heeft hij nog iets over dat feest gezegd?' zei Milo.
'Hij zei dat hij de mensen kende die het gaven, dat ze heel rijk en heel cool waren en dat we echt met onze neus in de boter zouden vallen. Toen we er waren, zei hij zoiets als: "Misschien komt zelfs de president wel opdagen." Omdat het huis van die grote pilaren had, net als het Witte Huis. Janie vond dat om te gillen. Ik zat me inmiddels behoorlijk te ergeren omdat ik het gevoel had dat Janie mij buitensloot.'
'Wat gebeurde er toen?'
'We gingen naar binnen. Het huis stond leeg, er hing een vieze lucht en het was een smeertroep. Overal lagen bierblikjes, flessen en god mag weten wat nog meer. Jongeren renden van hot naar her, er was geen band, er waren alleen cassettes die keihard werden afgedraaid via een heel stel geluidsinstallaties. Het was een herrie van je welste, maar daar scheen niemand zich iets van aan te trekken. Iedereen was dronken of stoned, sommigen liepen verdwaasd rond en knalden tegen elkaar op, midden op de dansvloer zaten meisjes op hun knieën jongens te bevredigen, er stonden stelletjes te dansen en vlak daarnaast lagen weer andere te neuken, die al doende min of meer onder de voet werden gelopen. Burns scheen een heleboel mensen te kennen, hij werd om de haverklap met high fives begroet toen we ons tussen de mensen mengden. Toen kwam er ineens uit het niets zo'n raar uitziend, nogal suf meisje opduiken dat zich aan hem vastklampte.'
'In welk opzicht zag ze er raar uit?'
'Klein, dik en met pukkels. Eigenaardig... nogal zweverig. Maar hij begon haar meteen te knuffelen en ik zag dat Janie dat helemaal niet leuk vond.' Waters schudde haar hoofd. 'Ze kende die knul pas een kwartier en toch was ze jaloers.'
'Liet Janie dat ook merken?'
'Nee, ze stond alleen te kijken alsof ze het deksel op haar neus had gekregen. Het viel me op omdat ik Janie kende. Burns zag het niet... of hij trok zich er niets van aan. Hij sloeg zijn ene arm om het suffe meisje en de ander om Janie en trok ze allebei mee. Dat tasje van hem bungelde aan zijn schouder.'
'En u?'
'Ik bleef achter. Iemand gaf me een biertje en allerlei handen begonnen me te betasten. En niet bepaald voorzichtig. Het was donker en wie het ook waren, ze werden steeds ruwer en probeerden me de kleren van het lijf te trekken. Ik rukte me los en begon rond te lopen, op zoek naar een kamer waar ik even tot rust zou kunnen komen, maar die was er niet. Overal in dat huis werd gefeest. En er

was geen kerel die zijn handen thuishield, af en toe werd ik gewoon door iemand meegesleurd naar de dansvloer. Maar in plaats van me te verzetten liep ik liever mee om even te blijven dansen en vervolgens weer de benen te nemen. Toen ging ineens het licht uit en het werd nog donkerder in het huis, ik kon nauwelijks zien waar ik liep. En het feit dat ik me vol had laten lopen met Southern Comfort hielp ook al niet. Ik was misselijk en duizelig en wilde het liefst weg. Ik heb nog even rondgekeken of ik Janie zag, maar ik kon haar niet vinden en ik begon behoorlijk kwaad te worden omdat ze me zomaar in de steek had gelaten. Ten slotte prentte ik mezelf in dat ik haar uit mijn hoofd moest zetten en toen ik weer door iemand meegesleept werd naar de dansvloer heb ik nog een tijdje gedanst. Daarna bood iemand me een pil aan die ik heb ingenomen. Het eerste wat ik me daarna herinner, is dat ik op de vloer van een van de badkamers boven wakker schrok omdat er geschreeuwd werd dat de smerissen een einde maakten aan het feest. Ik ben samen met andere mensen naar buiten geholpen... het leek wel alsof iedereen op hol was geslagen. Op de een of andere manier belandde ik uiteindelijk in de achterbak van een pick-up en hobbelde over Sunset.'

'Van wie was die truck?'

'Van een stel knullen. Surftypes. Ze reden rechtstreeks door naar het strand, in Santa Monica of in Malibu, dat zou ik je niet kunnen vertellen. Daar hebben we nog een beetje doorgefuifd en ik ben in het zand in slaap gevallen. Toen ik de volgende ochtend wakker werd, was ik alleen. Koud, nat en kotsmisselijk. De zon kwam op boven de oceaan en het zal best een prachtig gezicht zijn geweest, maar het enige waar ik aan kon denken, was dat ik me zo beroerd voelde. Daarna moest ik aan mijn vader denken die in Mugu gestationeerd was, waardoor ik begon te huilen en me ineens in het hoofd haalde dat ik hem wilde zien. Ik heb vier verschillende auto's aangehouden om er te komen en toen ik bij de basis was, wilde de wachtpost me niet door laten. Ik begon opnieuw te huilen. Ik had mijn vader al een hele tijd niet meer gezien. Hij was hertrouwd en zijn nieuwe vrouw had de pest aan me. Dat zei mijn moeder tenminste steeds tegen me. Of het waar was of niet, hij belde in ieder geval bijna nooit meer. Ik stond te janken als een klein kind en nadat de wachtpost iemand had gebeld, vertelde hij me dat mijn vader daar niet meer was, dat hij drie dagen daarvoor naar Turkije was vertrokken. Ik stortte helemaal in en ik denk dat de wachtpost medelijden met me had, want hij gaf me al het geld dat hij op zak had... drieëndertig dollar en negenenveertig cent.' Ze glimlachte. 'Dat kan ik me nog precies herinneren.'

Ze stak haar vingers onder haar bril en wreef in haar ooghoeken.

'Eindelijk iemand die aardig tegen me was. Ik heb hem niet eens bedankt, ik ben er ook nooit achter gekomen hoe hij heette. Ik liep terug naar de PCH, stak mijn duim op en kreeg een lift van een stel Mexicanen die op weg waren naar Ventura om kool te oogsten en liftte van daaruit verder omhoog langs de kust. Mijn eerste halte was Santa Cruz, waar ik een tijdje ben gebleven omdat het er zo mooi was en omdat er een soort hippiereünie aan de gang was, met meer dan genoeg gratis eten en parken genoeg waar je kon slapen. Na verloop van tijd trok ik verder naar San Francisco, Crescent City, Oregon, Seattle en weer terug naar Sacramento. De volgende tien jaar verliepen in een soort roes. Uiteindelijk kreeg ik mezelf weer in de hand... maar al die vervelende details willen jullie vast niet horen.'

'Ik heb al gezegd dat we geen inbreuk willen maken op uw privacy.'

Melinda Waters lachte. 'Wat een prettig idee.'

26

Milo stelde haar nog een paar vragen – op een wat vriendelijker toon en zonder resultaat te boeken – en bij ons vertrek bleef ze met een verdwaasde blik achter haar bureau zitten. Toen ik het parkeerterrein af reed, viel mijn oog op de rokende schoorsteen van de Italiaanse taverna.

'Heb je zin om te gaan lunchen?' vroeg ik.

'Ik geloof... welja, waarom niet.'

'Maar geen junkfood. Laten we het er maar eens van nemen. Dat hebben we wel verdiend.'

'Waarom?'

'Omdat we in ieder geval wat vooruitgang hebben geboekt.'

'Denk je?'

De taverna aan de overkant was onderverdeeld in vier kleine vertrekken met witgekalkte muren, die allemaal verwarmd werden door een open haard in de vorm van een bijenkorf en allemaal lage plafonds hadden met ruwe balken. We bestelden bier, een gemengde antipasto, spaghetti met kappertjes, olijven en knoflook en ossobuco bij een lenige jonge vrouw die het kennelijk echt leuk vond om ons te bedienen.

Toen ze wegliep, zei Milo: 'Vooruitgang.'

'We weten nu dat Janie op de avond dat ze vermoord werd in het gezelschap was van Willie Burns en Caroline Cossack. Je twijfelt er toch niet aan dat zij dat suffe meisje was, hè?'

Hij schudde zijn hoofd.

Ik zei: 'Het verhaal van Melinda heeft ons ook een mogelijk motief opgeleverd: jaloezie. Caroline viel op Burns en dacht dat ze concurrentie van Janie zou krijgen.'

'Zou de eeuwige driehoek tot zóiets kunnen leiden?'

'De eeuwige driehoek in combinatie met drugs, een zieke geest, een feestje waar alle remmen los waren en het racisme van Janie. Aanleiding genoeg. En het klopt ook nog met iets anders: de moord op Janie werd als een sadistische, seksuele slachtpartij gepresenteerd, waardoor wij ons afvroegen waarom er niet meer slachtoffers zijn opgedoken. Maar als de moord het resultaat was van een plotselinge, uit hartstocht opgelaaide woede-uitbarsting, dan is het wel te verklaren dat het maar bij één slachtoffer is gebleven.'

'Dus Janie was gewoon op het verkeerde moment op de verkeerde plaats.'

'De manier waarop Melinda Janie beschreef, maakt haar tot het ideale slachtoffer: zwaar onder de drugs, niet al te intelligent, geneigd tot fantaseren, iemand die de mensen snel tegen zich in het harnas joeg en een voorgeschiedenis van seksueel misbruik. Je weet maar nooit, als je een paar van die ingrediënten door elkaar roert en er ook nog een paar achteloze "nikkers" bij doet.'

'Wat denk je van het feit dat Janie zo blasé reageerde op die verkrachting in het centrum?'

'Daar kijk ik niet van op,' zei ik. 'Mensen verwachten altijd dat slachtoffers van een verkrachting precies zo reageren als op tv. En soms is dat ook zo. Maar die gemaakte kalmte is heel gewoon. Het gevoel wordt ter zelfverdediging uitgeschakeld. Gezien het feit dat Janie door haar vader werd misbruikt, is dat volkomen logisch.'

'Voor haar was het gewoon meer van hetzelfde,' zei hij. 'Arm kind.' Hij prikte in zijn eten en schoof zijn bord opzij. 'Er bestaat een discrepantie tussen de manier waarop Janie volgens Melinda de verkrachting beschreef en het verhaal dat Schwinn mij heeft verteld. Volgens Melinda heeft de verkrachter Janie een paar kilometer van haar huis afgezet. De tipgever van Schwinn had tegen hem gezegd dat Janie in een steegje was gedumpt en door een of andere zatlap werd gevonden.'

'Het kan best zijn dat Janie het verhaal een wat leukere draai heeft gegeven,' zei ik. 'Om nog een spoortje van waardigheid te behouden.'

'Zielepoot,' zei hij.

'Heb je enig idee wie die tipgever van Schwinn was?'
'Nee. Hij heeft nooit geprobeerd me de geheimen van het vak bij te brengen. Ik zat maar te wachten tot hij me tips zou gaan geven en me zou leren hoe het allemaal in elkaar stak, maar we reden gewoon van het ene geval naar het andere en als het tijd werd om alles op papier te zetten ging hij naar huis. En nu trekt hij zelfs vanuit het graf nog aan de touwtjes... als Janie het verhaal dat ze naar huis moest lopen uit haar duim heeft gezogen, dan is die jonge vent in die Jag misschien ook wel een verzinsel. Omdat ze niet wilde toegeven dat hij een kwijlende, schurftige gebochelde was in een rammelkast? Die zogenaamde dronkenlap.'
'Dat zou kunnen. Maar als ze wel de waarheid heeft gesproken, is dat verhaal over die Jag wel interessant. Een jonge vent met zo'n dure kar had nooit zonder gevaar een kamer in zo'n vlooientent kunnen boeken. Tenzij hij bepaalde connecties had. Bijvoorbeeld doordat zijn pappie de eigenaar was. En Janie heeft aan Melinda verteld dat de receptionist die vent scheen te kennen. Het zou best interessant kunnen zijn om eens na te trekken wie twintig jaar geleden eigenaar was van een stel goedkope hotels.'
'Jij zit te denken aan een of andere huisjesmelker. Aan de Cossacks. Of Larner.' Hij wreef over zijn gezicht. 'Ik kan me nog wel een paar hotels in die buurt herinneren. De goorste waren op of in de buurt van Main, tussen Third en Seventh. Eenpersoons kamertjes, vol zuipschuiten. Het Exeter, het Columbus... ik denk dat er een stuk of zes waren, die zich grotendeels moesten bedruipen van overheidssubsidies... dus nu moet ik behalve een moord ook nog een twintig jaar oude verkrachting zonder slachtoffer oplossen. Ik pieker er niet over, Alex.'
'Het was maar een idee,' zei ik. 'Daar word ik toch voor betaald?'
Zijn lachje was gedwongen. 'Sorry. Ik heb het gevoel dat ik geen kant op kan. En ik kan het onderzoek niet op mijn normale manier aanpakken, want dan maak ik mezelf meteen tot doelwit.'
'Paris Bartlett en dat telefoontje van personeelszaken.'
'En het niveau waarop dit spelletje gespeeld wordt. Ik heb niet het idee dat er tijdens dat dinertje met Obey over haakpatroontjes is gesproken. Politiek gekonkel is dagelijkse kost voor Bacilla en Horne en als Walt Obey ergens bij betrokken is, gaat het om een getal met een heleboel nullen. Broussard was er niet bij in het restaurant, maar hij heeft vanaf het begin een vinger in de pap gehad. Hij woont bij Obey in de buurt en Obey was een van zijn grootste geldschieters. Daarbij vergeleken ben ik niet meer dan een vlo. En zal ik je nog eens iets vertellen? Bij de politie gaat het gerucht dat een seroposi-

276

tieve rechercheur op het punt staat zijn ontslag in te dienen. "Zorg dat je gezond blijft", hè?'

'O jee,' zei ik. 'Lekker subtiel.'

'De subtiliteit van smerissen. Wij worden opgeleid om de wapenstok te hanteren, niet het scalpel. Het ziet ernaar uit dat ik geen slechter moment had kunnen kiezen om de boel op te rakelen, Alex. En het allervervelendste is dat ik nog geen ruk ben opgeschoten... ben je klaar? Laten we dan maar gauw teruggaan naar de smog. Deze stad is verdomme veel te mooi.'

Tijdens de terugrit naar Albuquerque was hij chagrijnig en niet aanspreekbaar. Het eten in de taverna was uitmuntend geweest, maar ik had er meer van gegeten dan hij en dat was nog nooit eerder voorgekomen.

In het vliegtuig naar L.A. zat hij te dommelen. Toen we weer in de Seville zaten, zei hij: 'Dankzij het feit dat we Melinda hebben gevonden, hebben we wel wat vooruitgang geboekt met betrekking tot motief, manier en gelegenheid. Maar wat schieten we daarmee op als ik geen idee heb waar mijn verdachten uithangen? Als ik dan toch moet gokken, durf ik er heel wat op te zetten dat Willie Burns al lang en breed onder de groene zoden ligt. De rijkelui achter Caroline zouden hem als een bedreiging hebben gezien en zelfs als zij hem nooit te grazen hebben genomen, was er nog altijd zijn heroïneverslaving. De gekke Caroline, die ook best dood kan zijn, of anders overal kan zitten, van de Bahama's tot Belize. Ook al zou ik haar kunnen vinden, wat kan ik dan bewijzen? Ze zouden er meteen een van jouw collega's bij halen en dan zou ze linea recta teruggaan naar een of andere chique, gecapitonneerde cel.'

'Dat klinkt erg somber,' zei ik.

'Lekkere psychotherapeut ben jij.'

'Ik probeer je wat werkelijkheidszin bij te brengen.'

'Werkelijkheidszin is de vloek van de verstandige mens.'

Ik nam Sepulveda naar Venice, reed via Motor Avenue naar het zuiden zodat we langs Achievement House kwamen.

'Over een zachte hint gesproken,' zei hij.

'Dit is een kortere weg.'

'Er zijn geen kortere wegen. Het leven is saai en wreed... het kan geen kwaad om een onderzoek in te stellen naar die goedkope hotels. Dat is iets wat ik kan doen zonder de aandacht op me te vestigen. Maar verwacht er niet te veel van. En zorg ervoor dat jij jezelf niet in gevaar brengt doordat je het voor mij wilt opnemen.'

'Hoezo in gevaar?'
'Vul dat zelf maar in.'

Robin had een boodschap achtergelaten op mijn antwoordapparaat met een stem die gehaast en afwezig klonk. De tournee was doorgereisd naar Vancouver en ze logeerde in het Pacific Lodge Hotel. Ik belde het nummer en werd doorverbonden met haar kamer. Een opgewekte mannenstem nam de telefoon aan.
'Sheridan,' zei ik.
'Ja?'
'Met Alex Delaware.'
'O. Hoi. Ik zal Robin even roepen.'
'Waar is ze?'
'In de badkamer.'
'Hoe gaat het met mijn hond?'
'Eh... fantastisch.'
'Dat vraag ik je, omdat je kennelijk heel goed met hem kon opschieten. Toen je hier kwam opdagen, bracht je zelfs een kluif voor hem mee. Een slimme ingeving van je.'
'Hij... ik hou van honden.'
'O ja?' zei ik.
'Nou eh... ja.'
'Nou, dat is fijn voor je.'
Stilte. 'Ik zal even tegen Robin zeggen dat je aan de lijn bent.'
'Goh, bedankt,' zei ik, maar hij had de hoorn al neergelegd en ik praatte tegen lucht.

Even later kwam ze aan de telefoon. 'Alex?'
'Hoi,' zei ik.
'Wat is er mis?'
'In welk opzicht?'
'Sheridan zei dat je klonk alsof je overstuur was.'
'En Sheridan kan het weten,' zei ik. 'Per slot van rekening is hij zo'n gevoelig type en zo.'
Het bleef even stil. 'Wat is er aan de hand, Alex?'
'Niets.'
'Er is wel iets,' zei ze. 'Iedere keer als ik je bel, ben je nog...'
'Ongevoeliger?' vroeg ik. 'In tegenstelling tot je-weet-wel-wie?'
Dit keer bleef het iets langer stil. 'Dat meen je toch niet.'
'Wat niet?'
'Over hém.' Ze lachte.
'Fijn dat je het zo leuk vindt.'

'Alex,' zei ze. 'Als je wist... ik geloof dit gewoon niet. Wat bezielt je?'
'In moeilijke tijden ben ik altijd op mijn best.'
'Hoe kom je in vredesnaam op dat idee?' Ze begon weer te lachen en dat moet me in het verkeerde keelgat geschoten zijn.
'Die vent komt hier verdomme opdagen met een kluif voor de hond,' zei ik. 'Mannen zijn zwijnen, lieve schat, dat mag je rustig van mij aannemen. Als ze zich zo altruïstisch gedragen, moet daar altijd iets tegenover staan...'
'Je gedraagt je volkomen bespottelijk...'
'O ja? Iedere keer als ik je kamer bel, is hij bij je...'
'Alex, dit is te gek voor woorden!'
'Goed, dan. Het spijt me.' Maar mijn stem klonk allesbehalve verontschuldigend en dat wist ze maar al te goed.
'Wat bezielt je, Alex?'
Daar moest ik even over nadenken. Toen voelde ik een vlaag van woede opkomen waardoor ik even geen woord kon uitbrengen, maar toen flapte ik het er toch uit: 'Dat ik mij een beetje raar gedraag, is misschien wel verklaarbaar. De vorige keer dat je bij me weg bent gegaan, liep het ook niet zo goed af.'
Stilte.
'O... Alex.' Haar stem brak toen ze mijn naam uitsprak.
Ik klemde mijn kaken op elkaar.
'Hier kan ik niet tegen,' zei ze.
En ze verbrak de verbinding.

Ik bleef zitten, op een perverse manier tevredengesteld, met een brein dat op nonactief stond en een mond vol gal. Daarna begon dat beklemde gevoel: *Idioot! Stomme idioot!* Ik toetste opnieuw het nummer van haar kamer in. Geen gehoor. Daarna probeerde ik het nog een keer via de telefoniste van het hotel, maar ik kreeg te horen dat mevrouw Castagna uit was gegaan.
Ik zag haar in mijn verbeelding met een betraand gezicht door de lobby hollen. Wat was het voor weer in Vancouver? Zou ze wel aan haar jas hebben gedacht? Was Sheridan achter haar aan gegaan, altijd bereid om te troosten?
'Meneer?' zei de telefoniste. 'Wilt u nu haar voicemail of niet?'
'Eh... ja, waarom niet.'
Ik werd doorverbonden en luisterde naar Robins stem die een ingeblikte mededeling doorgaf. En wachtte op de piep.
Ik koos mijn woorden zorgvuldig, maar uiteindelijk raakte mijn stem verstikt en ik liet de telefoon uit mijn hand vallen.

Ik liep naar mijn kantoor, trok de gordijnen dicht en bleef in de grauw-bruine duisternis zitten luisteren naar het bonzen van mijn hoofd.

Je hebt je aardig in de nesten gewerkt, Alexander... en het ergste was dat Bert Harrison me verdomme nog gewaarschuwd had.

Bert was een wijze man, waarom had ik niet naar hem geluisterd? Wat moest ik doen... bloemen sturen? Nee, dat was een belediging voor Robins intelligentie, dat zou alles alleen maar erger maken. Twee kaartjes naar Parijs...

Het duurde heel lang tot ik in staat was om mijn gevoelens te verstoppen achter een muur van kille verstarring.

Ik staarde naar de muur en terwijl ik me probeerde voor te stellen dat ik een stofje was, deed ik mijn best om helemaal te verdwijnen.

Ik startte de computer op en ging naar *Google*, want via die zoekmachine kun je nog een hamburgertent op Pluto vinden.

'Walter Obey' leverde me meer dan 300 verwijzingen op, waarvan zo'n negentig procent op de miljardair sloegen. Een kwart daarvan waren herhalingen. Het ging voornamelijk om artikelen uit kranten en zakentijdschriften, min of meer evenredig verdeeld over de liefdadigheidsactiviteiten van Obey en zijn financiële beslommeringen. Walter en Barbara Obey waren donateurs van het Philharmonic, het Music Center, diverse organisaties voor maatschappelijk werk, tehuizen voor jonge daklozen, een hele rij instellingen die de strijd hadden opgenomen tegen vreselijke ziektes. Zelfs de Sierra Club en ik vond het wel een beetje vreemd dat een projectontwikkelaar donateur was van een vereniging tot natuurbehoud.

Maar ik vond geen enkele verwijzing naar sportorganisaties en ook geen enkele link met de diverse mislukte plannen om bepaalde clubs naar L.A. te halen. Er was niet één artikel waarin de naam van Obey in verband werd gebracht met die van de gebroeders Cossack of de Larners. Hij en zijn vrouw gingen zelden uit en leefden op bescheiden voet... tenminste, voor een stel miljardairs. Ze hadden maar één huis, al was de woning in Hancock Park dan ook een paleisje, geen inwonende bedienden, ze droegen gewoon confectiekleding en ze hielden er geen dure hobby's op na. Barbara reed in een Volvo en deed vrijwilligerswerk voor haar kerk. Als ik de pers mocht geloven, was het echtpaar Obey zo onschuldig als pasgeboren baby's.

Toen viel mijn oog op een berichtje van een jaar geleden uit de *Wall Street Journal*: een van de bouwbedrijven van Obey, een private onderneming die Advent Builders heette, had geld gestoken in een groot stuk landen bezuiden de stadsgrens van L.A.: een plattelandsgebied zonder industrie waar de projectontwikkelaar een hele, nieuwe stad wilde bouwen, compleet met etnisch verschillende woningen voor lage tot middenklasse inkomens, openbare scholen, mooi aangelegde winkelwijken en industriegebieden en 'uitgebreide mogelijkheden tot recreatie'.

Het had Obey tien jaar gekost om een lap van 600.000 hectare bij elkaar te krijgen en hij had miljoenen besteed aan het schoonmaken van de grond die vervuild was door het chemische afval van een regionale elektriciteitscentrale die al jaren buiten bedrijf was. In tegenstelling tot andere grote projectontwikkelaars had hij vanaf het begin rekening gehouden met de invloed die zijn projecten op het milieu zouden hebben en nu wilde hij zijn loopbaan bekronen met iets dat van groot maatschappelijk belang zou zijn.

De nieuwe stad zou Esperanza gaan heten... Spaans voor 'hoop'.

Ik combineerde 'Esperanza' met de namen van de beide gebroeders Cossack en die van de Larners, maar dat leverde geen enkel resultaat op. Het toevoegen van de naam John G. Broussard bracht me ook geen steek verder. Ik probeerde 'Advent Properties' en 'Advent'. Nog steeds niets over de Cossacks en de Larners, maar wel een artikel uit een of ander bouwtijdschrift waarin werd vermeld dat de hoofdcommissaris van de politie in L.A. was ingehuurd als veiligheidsadviseur voor het Esperanza-project. Omdat Broussard aan handen en voeten was gebonden door gemeentevoorschriften was zijn functie onbezoldigd, maar de echtgenote van de hoofdcommissaris had wel een pak aandelen in Advent gekregen, net als hun enig kind, dochter Joelle, een advocate die bij een van de best aangeschreven advocatenkantoren in de stad werkte.

Broussard was niet komen opdagen bij het privédinertje, maar Milo's voorgevoel klopte: de hoofdcommissaris had wel degelijk een vinger in de pap.

Ik bleef de bittere nasmaak proeven van de misselijke manier waarop ik me tegenover Robin had gedragen terwijl ik mijn uiterste best deed om me te concentreren op Obey, Broussard en de rest van het stel en me afvroeg wat het allemaal in vredesnaam te betekenen had. 'Uitgebreide mogelijkheden tot recreatie' kon net zo goed slaan op kinderspeelplaatsen als op een poging om weer een professioneel footballteam terug te halen naar de contreien van L.A.

Een miljardair met een grote droom... ik begreep best dat dit de kroon zou zijn op de glanzende carrière van Obey. En het was een heel verstandige zet om daarbij de hoogste politieautoriteit als uithangbord te gebruiken.

Maar als al die jubelende persberichten over de rechtschapen houding van Obey en de omvang van zijn persoonlijke vermogen klopten, waarom zou hij dan zijn tijd verdoen met de Cossacks, die hun buren tegen zich in het harnas joegen en zo te zien geen project van de grond kregen? En in het geval van de Larners zou een samenwerkingsverband helemaal gevaarlijk zijn, want dat waren regelrechte oplichters die de smet van het Playa del Sol-debacle met zich meedroegen.

Tenzij de bedrijfsresultaten van Obey niet zo briljant waren als de pers wilde doen geloven en hij financiële steun nodig had voor zijn droom. Zelfs miljardairs kunnen hun greep op de inkomsten en uitgaven verliezen en Obey was al tien jaar bezig met het opkopen van land en het financieren en schoonmaken van zijn bezit zonder dat er in Esperanza ook maar een spade in de grond was gestoken.

Een grote droom riep vaak gigantische problemen op.

Ik schakelde over op verschillende financiële databases en zocht naar eventuele rotte plekken in Obeys overladen fruitmand. Hij stond aan het hoofd van minstens zeven verschillende bedrijven, waaronder Advent. Maar slechts één daarvan was aan de beurs genoteerd, een firma genaamd BWO Financing, die leningen verstrekte aan het bedrijfsleven.

BWO. Dat was waarschijnlijk een afkorting van Barbara en Walt Obey. Gezellig. Voor zover ik eruit kon opmaken, ging het heel goed met het bedrijf waarvan de normale aandelen verhandeld werden tegen 95 procent van de hoogste koers en de preferente aandelen constant een aanzienlijk dividend opleverden. Bovendien stond het bijzonder hoog in de lijst van Standard & Poor, de firma die de index bijhoudt van de 500 winstgevendste, beursgenoteerde bedrijven.

Maar zelfs de meest ervaren analisten van Wall Street stonden weleens met de billen bloot, want als puntje bij paaltje kwam, waren ze afhankelijk van gegevens van de bedrijven zelf. En omdat ze voornamelijk geïnteresseerd waren in de verkoop van aandelen.

Stond het imperium van Obey op instorten en had hij om steun aangeklopt bij de Cossacks en de Larners? Konden de Cossacks en de Larners Obey wel genoeg aanbieden?

En het feit dat Bacilla en Horne erbij betrokken waren, bleef vraagtekens oproepen. De stad die Obey had gepland lag buiten de grenzen van L.A., dus wat had een stel gemeenteraadslieden hem te bieden? Tenzij de plannen waren gewijzigd en de aandacht weer verplaatst was naar het centrum.

Niets bood echt houvast. En toen dacht ik aan het bindmiddel dat de hele zaak bij elkaar hield.

Uit het feit dat de moord op Janie Ingalls mede met behulp van John G. Broussard in de doofpot was gestopt viel op te maken dat hij contacten onderhield met de Cossacks en misschien ook wel met de Larners. Walt Obey was een van de belangrijkste steunpilaren van de hoofdcommissaris. Misschien had Broussard hem met de anderen in contact gebracht en als dank daarvoor een vette beloning gekregen naast het aandelenpakket dat op naam van zijn vrouw en dochter was gezet.

Had de hoofdcommissaris voor het publiek verborgen gehouden dat hij een grote som geld had ontvangen? Met al die verschillende bedrijven van Obey als schild zou een dergelijk bedrag zonder problemen verstopt kunnen worden.

Steekpenningen. Omkoperij. Ondanks al zijn macht en status was John G. Broussard nog steeds een ambtenaar wiens salaris en pensioen hem niet meer dan een plaatsje in de hogere middenklasse zouden bezorgen. Terwijl een spelletje met de grote jongens hem zoveel meer zou kunnen opleveren.

In gedachten kon ik zien wat die afspraak hun zou opleveren: de droom van Walt Obey zou bewaarheid worden en de Cossacks en de Larners kregen de kans om zowel maatschappelijk als financieel een flinke stap vooruit te maken, van winkelcentra en parkeerterreinen naar een groots monument.

Hoofdcommissaris Broussard en de gemeenteraadslieden zouden er gewoon een hoop poen aan overhouden.

Er stond ontzettend veel op het spel.

En nu bestond de kans dat Milo dat allemaal aan gruzelementen zou laten vallen.

27

'Het is een interessante theorie,' zei Milo. 'Ik speelde zelf ook al met een soortgelijk idee, maar die avond gedroeg Obey zich meer als iemand die gunsten uitdeelde dan als iemand die erom vroeg. Bacilla en Horne liepen tegen hem te slijmen dat het een lieve lust was.'

'Bacilla en Horne zouden hoe het ook zij toch van hem afhankelijk blijven,' zei ik. 'Hun politieke loopbaan bestaat bij de gratie van meneren met dikke portemonnees. En Obey staat bij politici al heel lang boven aan dat rijtje. Maar je hebt niet de kans gekregen om te zien hoe hij met de Cossacks omging.'

'Nee,' gaf hij toe.

We zaten aan zijn keukentafel. Ik had net een vervelend uur achter de rug waarin ik had zitten piekeren hoe ik het weer goed moest maken met Robin en nog een poging had gedaan om haar in het hotel te bereiken. Uit. Toen ik Milo belde, was hij net op weg naar huis met een koffertje vol fotokopieën die hij bij het kadaster had gemaakt. Hij had de lijst met namen van personen die onroerendgoedbelasting moesten betalen doorgespit en veertien goedkope hotels opgediept die zich twintig jaar geleden in achterbuurten hadden bevonden, maar geen daarvan was het eigendom van de Cossacks of van een van de andere medespelenden geweest.

'Daar schieten we dus niets mee op.' Ik keek vluchtig door de lijst van belastingplichtigen die hij tussen ons in had gelegd. Toen viel mijn oog ineens op een naam. Een drietal hotels op Central Avenue – het Excelsior, het Grande Royale en het Crossley – waren eigendom van Vance Coury & Associates.

'De Cossacks en Brad Larner trokken op de middelbare school vaak op met een knul die Coury heette,' zei ik. 'Ze behoorden allemaal tot een club die de King's Men werd genoemd.'

'Coury,' zei hij. 'Ik heb nog nooit van hem gehoord.'

Hij haalde zijn laptop op uit het kantoor in de bijkeuken. Een zoekopdracht leverde drie resultaten op over twee mannen die Vance Coury heetten. In een elf jaar oud artikel uit de *Times* stond dat de eenenzestigjarige Vance Coury uit Westwood door de openbare aanklager van L.A. voor het gerecht was gedaagd op beschuldiging van woekerhuurprijzen en achterstallig onderhoud. Coury werd beschreven als 'de eigenaar van een aantal panden in het centrum en Westlake die bij herhaling in gebreke was gebleven om een aantal overtredingen van de bouw- en veiligheidsvoorschriften te corrigeren'. Een jaar voor deze aanklacht was Coury op grond van een soortgelijke aanklacht door een rechter met verbeeldingskracht veroordeeld tot een verblijf van twee weken in een van zijn eigen panden. Daarop had hij in twee dagen tijd één wooneenheid laten opknappen, waar hij onder bescherming van een gewapende bewaker was gaan wonen. Maar dat had er niet toe geleid dat Coury ook maar een greintje meer sympathie had kunnen opbrengen: hij had niets ondernomen om de leefomstandigheden van zijn huurders te verbeteren en inmiddels had de rechter zijn geduld verloren. In een artikel dat drie weken later volgde, stond dat Coury erin was geslaagd om een strafproces te ontlopen door in het kantoor van zijn advocaat in elkaar te zakken en te overlijden aan een hersenbloeding. Een begeleidende portretfoto toonde een broodmagere, zilverharige man met een zilverkleurig baardje en de uitdagende/angstige blik van iemand die moeite heeft zich zijn eigen laatste grove leugen te herinneren.

Vance Coury jr. dook op in een twee jaar oud nieuwsbericht uit een zondagseditie van de *Daily News* omdat hij de carrosserie had bespoten van de auto die de eerste prijs had gewonnen bij een sportwagenrace in Californië. De tweeënveertigjarige Coury was eigenaar van een carrosseriebedrijf in Van Nuys dat gespecialiseerd was in het 'volledig restaureren van klassieke en exclusieve voertuigen' en zijn bedrijf had vijfenveertig lagen lak aangebracht op een verlaagde en opgevoerde Dodge Roadster uit 1938 die bekendstond als de Purple People Eater.

'Weer een vader-en-zoon-duo,' zei Milo.

'Vader is eigenaar van het hotel en zoonlief maakt er gebruik van,' zei ik. 'En zoonlief was een vriend van de Cossacks. Wat betekent dat de kans groot is dat hij ook op dat feestje aanwezig was. En dat geeft ons een geheel nieuwe kijk op de gebeurtenissen. Stel je eens voor dat het op deze manier is gegaan: Janie is Melinda kwijtgeraakt en met Burns en Caroline meegelopen. Burns heeft haar wat drugs gegeven en haar voorgesteld aan een paar van zijn rijke vriendjes. En plotseling staat ze neus aan neus met Vance Coury, de sprookjesprins die haar heeft vastgebonden en verkracht voordat hij haar als een baal vullis in een of ander steegje dumpte. Ze schrikt zich een ongeluk, er volgt een woordenwisseling en Coury, al dan niet met hulp van zijn vriendjes, sleept Janie ergens mee naar toe voordat ze stennis kan gaan maken. Ze wordt overmeesterd en naar een afgelegen plekje gebracht en Coury denkt: hé, waarom zou ik geen gebruik maken van de gelegenheid? We weten al dat hij van sm houdt en er is toch geen grotere stimulans dan hulpeloosheid? Hij leeft zich uit en dit keer doen de anderen mee. Maar het loopt volkomen uit de hand, ze gaan veel te ver. Nu moeten ze het lichaam zien kwijt te raken. Vanwege de bezittingen van zijn vader in het centrum kent Coury die omgeving als zijn broekzak en hij zoekt een plek uit waarvan hij zeker weet dat er 's avonds geen mens te bekennen is: de oprit naar de snelweg op Beaudry. Hij neemt een stuk of twee vriendjes mee, wat verklaart waarom ze het risico hebben genomen om Janie daar zo open en bloot neer te leggen. Met één persoon op de uitkijk en een ander om hem te helpen met het lichaam is het gevaar te verwaarlozen.'

Milo staarde naar de lijst met belastingplichtigen en zette zijn vinger op de naam van Coury. 'Jongens onder elkaar. De gebroeders Cossack zelf, niet alleen Caroline.'

'Dat duo, Coury, Brad Larner en misschien ook de andere leden van de King's Men... ik geloof dat ze Chapman en Hansen heetten.'

'Een club van scholieren.'

'Een club van fuifnummers,' zei ik. 'Die berucht waren vanwege hun drankgebruik, hun maffe streken en andere lolbroekerij. Toen Janie werd vermoord hadden ze hun eindexamen weliswaar al een paar jaar achter de rug, maar dat hoeft nog niet te betekenen dat er geen lol meer werd getrapt.'

'Maar wat hebben Caroline en Burns dan te maken met een groepsverkrachting die op moord uitliep?'

'Ze hadden allebei reden om een hekel aan Janie te hebben. Dus ze kunnen er best aan meegedaan hebben. Het feit dat Caroline in Achievement House werd opgeborgen duidt op medeplichtigheid. Hetzelfde geldt voor de verdwijning van Burns. En een groepsverkrachting die op moord uitliep, verklaart ook waarom er niet meer slachtoffers volgden. De zaak liep alleen uit de hand door de combinatie van een aantal dingen: dope, een uitdagend slachtoffer, en de ultieme puberdrug: groepsgedrag.'

'Puber?' zei hij. 'Al die knullen waren in de twintig.'

'Ze waren stil blijven staan in hun ontwikkeling.'

'Grappig dat je daarover begint. Toen ik het huis zag waar de Cossacks momenteel wonen, schoot me precies hetzelfde door het hoofd.' Hij beschreef het monsterlijke landhuis, de auto's en de diverse klachten van omwonenden.

'Het klopt ook met iets dat je eerder hebt gezegd,' voegde hij eraan toe. 'Vrouwen zijn geneigd zich aan te sluiten. Caroline zou niet de aandrang of de kracht hebben gehad om Janie in haar eentje aan reepjes te snijden, maar zodra Janie zich niet meer kon verzetten, zouden een paar steek- of brandwonden gemakkelijk genoeg zijn geweest.'

'Maar het feit dat Caroline – en Willie Burns – erbij betrokken waren, betekende dat het risico voor de jongens een stuk hoger werd: twee zwakke schakels waarvan je nooit zeker kon zijn dat ze hun mond wel zouden houden. Caroline vanwege haar labiele geestestoestand en Burns omdat hij een junk was die geen moment zijn klep dichthield. Wat als het water Burns aan de lippen zou komen te staan... als hij geen geld meer had en dringend behoefte aan heroïne? Wat als hij dan eens zou proberen om wat geld bij elkaar te schrapen door de anderen te chanteren? Een straatjongen als Burns zou een stel blanke rijke knullen met een wel heel kwalijk geheim als een perfect melkkoetje beschouwen. Dan wordt ook de woede van Michael Larner bij de verdwijning van Burns begrijpelijk. Burns betekende een bijzonder groot gevaar voor de zoon van Larner, en nu was hij verdwenen. En als Burns aan het chanteren was geslagen, zou dat ook verklaren waarom hij Boris Nemerov het nakijken gaf, ook al was hij daarvoor altijd betrouwbaar gebleken. Als je daarvan uitgaat, is ook dat paranoïde geklets over mensen die het op hem voorzien hebben tijdens zijn telefoongesprek met Boris Nemerov volkomen logisch. Burns was niet bang dat hij de gevangenis in zou draaien. Hij was medeplichtig geweest aan een brute moordpartij en hij had zijn mededaders tegen zich in het harnas gejaagd.' Milo sloeg zijn opschrijfboekje open. 'Chapman en Hansen. Weet je ook voornamen?'

'Ik heb in dat jaarboek alleen initialen gezien en die kan ik me niet meer herinneren.'

'Middelbare school,' zei hij. 'O, wat een heerlijke tijd.'

'Het was inderdaad een heerlijke tijd voor Garvey Cossack. Hij heeft gelogen over het feit dat hij penningmeester van de schoolvereniging is geweest.'

'Hij bereidde zich voor op een carrière als financier... oké, laten we maar eens een blik gaan werpen op dat jaarboek.'

Binnen enkele minuten nadat we in de bibliotheek aankwamen, hadden we alle bijzonderheden over de andere King's Men al te pakken. Op zijn achttiende was Vance Coury een knappe, donkerharige jongen geweest met dikke, zwarte wenkbrauwen, een opkrullende mond met iets dat nog net geen hoonlachje was en een doordringende blik. Een bepaald type meisje zou hem helemaal te gek hebben gevonden. 'Een tiener-Lothario,' zei ik. 'Precies zoals Janie hem heeft beschreven. Ondanks de beweringen van Melinda fantaseerde ze niet altijd. Ik durf te wedden dat zijn vader twintig jaar geleden een Jag had.' Net als de Cossacks en Brad Larner had Coury zich buiten schooltijd met weinig andere dingen beziggehouden: toezicht houden in de garage en de King's Men.

L. Chapman bleek Luke te zijn: een uit de kluiten gewassen blonde knul met een vollemaansgezicht die nietszeggend voor zich uit keek. Hij had niets anders kunnen ophoesten dan de King's Men.

Maar met de laatste jongen, Nicholas Dale Hansen, was het een heel ander geval. Een keurig uitziende jongeman in een overhemd met een buitengewoon serieus gezicht. 'Nick' Hansen was lid geweest van de Juniorkamer van Koophandel, de kunstclub en de padvinderij. Hij had ook twee semesters achter elkaar bij de beste leerlingen van de school gehoord.

'De knappe kop van de groep,' zei Milo. 'Ik vraag me af of hij slim genoeg was om er niet bij te zijn geweest.'

'Of hij was het brein achter de hele onderneming.'

We pakten de *Who's Who* die me op het spoor had gebracht van de jongens. De enige biografie die erin stond, was die van Garvey Cossack.

'Coury is een autohandelaar uit Van Nuys,' zei Milo. 'Dus daar sta ik niet van te kijken. En die ouwe Luke ziet er ook niet bepaald uit als een licht. Maar persoonlijk ben ik wel een beetje teleurgesteld in Nick Hansen. Misschien heeft hij zijn belofte niet waargemaakt.'

We liepen weg uit de bibliotheek en gingen ervoor op de stenen bank zitten rondom de spiegelende vijver naast de ingang. Ik keek naar het komen en gaan van de studenten terwijl Milo de identiteit leende van een rechercheur van de afdeling autodiefstallen van het district Southwest om het bureau kentekenbewijzen te bellen. Het kostte wat moeite om de bediende zover te krijgen dat hij de archieven van twee decennia doorliep, maar toen Milo de verbinding verbrak, had hij twee velletjes vol gekrabbel: merken, modellen, eigenaars en de bijbehorende adressen.

'Vance Coury sr. was eigenaar van een Jaguar Mark 10 vierdeurs, een Lincoln Continental en een Camaro.'

'Dus Janie had het bij het rechte eind,' zei ik. 'De Lincoln zal wel de auto van mevrouw zijn geweest, terwijl Vance jr. in de Camaro reed. Als hij indruk wilde maken op de meisjes, pakte hij de auto van papa, met de hoogpolige kleedjes op de vloer. Dat zou ze op hun gemak stellen voordat hij ze meenam naar die kamer en het touw te voorschijn haalde.'

'Hij heeft tegenwoordig een hele vloot auto's, acht in totaal, voornamelijk klassiekers, met inbegrip van een stel klassieke Ferrari's.

'Je hebt me verteld dat er voor het huis van de Cossacks ook een Ferrari stond. Misschien bestaan de King's Men nog steeds en logeert Coury bij hen.'

'Coury's eigen adres is in Tarzana, maar je kunt best gelijk hebben,' zei hij. 'En zal ik je nog eens wat vertellen? Ik zat ernaast met mijn veronderstellingen dat Nicholas Dale Hansen niet aan de verwachtingen heeft voldaan. Hij rijdt in een BMW 700 en woont op North Roxbury in Beverly Hills. Ik denk dat hij gewoon heeft bedankt voor zo'n biografie.'

'Bescheiden type,' zei ik.

'Of hij houdt er niet van om in de schijnwerpers te staan,' zei hij. 'Want je weet maar nooit waar te veel aandacht op uitloopt.'

'En hoe zit het met Luke Chapman?'

'Geen gegevens. Hij heeft in Californië nooit een auto gehad.'

'Wat betekent dat hij al een tijdje niet meer in Californië woont,' zei ik. 'Misschien is het gezin na zijn schooltijd naar een andere staat verhuisd. Of het is weer een verdwijntruc, vrijwillig of niet. Als hij even dom was als hij er op die foto uitzag, hebben ze hem waarschijnlijk ook als een zwakke schakel beschouwd.'

'En alle aanknopingspunten moesten verwijderd worden,' zei hij.
'Dat doet me denken aan twee andere aanknopingspunten, die allebei zogenaamd bij een ongeluk om het leven zijn gekomen. Bowie Ingalls die tegen een boom aan reed en Pierce Schwinn die met zijn hoofd op een steen terechtkwam.'
'O, die fantasie van jou,' zei hij. 'Maar hoe hebben de jongens hun ouders zover gekregen dat ze Caroline lieten opbergen?'
'Ze was al jarenlang een probleemkind geweest. Als ze die hond echt heeft vergiftigd, beseften haar ouders waarschijnlijk dat ze wel degelijk een ernstig probleem had. Toen de jongens hun vol gespeelde ontzetting vertelden dat Caroline iets verschrikkelijks had gedaan, zullen ze daar wel geloof aan hebben gehecht.'
'De jóngens,' zei hij. 'Een stel smeerlappen, en dan die padvinder. Híj is degene in wie ik geïnteresseerd ben.'
'Een scholier met een medaille van verdienste als moordenaar,' zei ik. 'Hoe kom je erop.'

Terwijl we terugliepen naar de Seville zei hij: 'Het begint langzaam maar zeker op bewijsmateriaal te lijken. Sjongejonge, ik begin me net een echte detective te voelen. De vraag is wat we ermee aan moeten. We kunnen niet zomaar de directiekamer van Cossack Development binnenlopen en de broers ervan beschuldigen dat ze een stel gore moordenaars zijn.'
'En je kunt John G. Broussard ook niets maken.'
'In beschaafd gezelschap laat een gewone smeris de naam John G. Broussard niet vallen. Heb je gezien wat er vanmorgen over hem in de krant stond?'
'Nee.'
'De burgemeester heeft hem salarisverhoging in het vooruitzicht gesteld, maar het is de politiecommissie die daarover beslist en die zegt: geen denken aan. De afgelopen weken heeft de *Times* nog een paar minder vleiende opmerkingen over de bestuurlijke aanpak van John G. gepubliceerd.'
'Dus Broussard gaat voor de bijl?' vroeg ik.
'Dat zit er dik in. Kennelijk heeft hij eindelijk op de verkeerde tenen getrapt.' We waren net bij de parkeergarage aanbeland toen zijn mobiele telefoon begon te piepen en hij drukte het toestel tegen zijn oor. 'Hallo... hoi, hoe gaat... wát? Wanneer? Waar ben je nu? Oké, blijf daar maar even wachten... nee, blijf gewoon staan, ik ben met Alex bij de universiteit, we zijn binnen tien minuten bij je.'
Hij verbrak de verbinding en verhoogde het tempo tot een looppas. 'Dat was Rick. Iemand heeft de Porsche gejat.'

'Waar?' vroeg ik terwijl ik meedraafde.

'Op een van de artsenparkeerplaatsen bij Cedars. Je weet hoe gek hij op die auto is... hij klonk helemaal overstuur. Kom op, we moeten opschieten.'

Door me niets aan te trekken van de maximumsnelheid slaagde ik erin om binnen een kwartier bij het Cedars-Sinai-complex te zijn. Rick stond op de hoek van Beverly Boulevard en George Burns Avenue, in een lange witte jas over een blauw operatiepak. Met uitzondering van de chirurgenvingers die geen moment stil waren, stond hij roerloos te wachten.

Toen ik langs het trottoir stopte, sprong Milo uit de Seville, holde naar Rick toe en luisterde naar wat Rick te vertellen had. Op het eerste gezicht leken ze twee gewone mannen van middelbare leeftijd die geen spoor van genegenheid voor elkaar toonden, maar voor mij was de band die er tussen hen bestond duidelijk zichtbaar, en ik vroeg me af of dat ook voor andere mensen gold. En ik vroeg me nog iets anders af. Hot Dog Heaven, waar Paris Bartlett Milo had aangesproken, lag maar een straat verderop en vanaf de tafeltjes op het terras van het junkfoodrestaurant kon je de hele voorkant van het ziekenhuis in de gaten houden. Milo viel weleens bij Cedars binnen om met Rick te gaan lunchen of om alleen maar even gedag te zeggen. Had iemand hem in de gaten gehouden en zo ja, sinds wanneer?

Daarna schoten me de twee smerissen te binnen die op de afdeling spoedeisende hulp hadden zitten roddelen. Ogenschijnlijk was het niet tot hen doorgedrongen dat Rick in de aangrenzende ruimte bezig was. Maar misschien was hun geklets over de seropositieve rechercheur die gedwongen was om ontslag te nemen wél voor zijn oren bestemd geweest.

Als je daar het toneelstukje van Paris Bartlett bij optelde, plus het telefoontje van personeelszaken en de gestolen auto, begon het verdacht veel op psychologische oorlogvoering te lijken.

Terwijl Milo en Rick stonden te praten zat ik achter het stuur en keek om me heen. Het enige dat ik zag, was een stroom anonieme gezichten en auto's, in de gebruikelijke L.A.-verhouding van één voetganger op vijfhonderd auto's.

Rick hield op met praten en zijn schouders zakten. Milo klopte hem op de rug en keek naar de Seville. Rick stapte achterin en Milo kwam weer naast me zitten.

'Ha, die Alex,' zei Rick.

'Wat naar van je auto.'

Hij trok een gezicht. 'Een alarminstallatie en een extra stuurslot en toch is hij verdwenen.'

Milo draaide zich om en keek hem aan. Zijn ogen stonden kil, de spieren in zijn nek waren gespannen en zijn kaak stak uit als die van een strijdlustige straathond die niet kon wachten om zich in het gevecht te storten.

'Wanneer is het gebeurd?' vroeg ik.

'Ik ben om vijf uur vanochtend aan het werk gegaan,' zei Rick, 'en ik kwam pas om twee uur vanmiddag weer naar buiten, dus ergens in de tussentijd.'

'Volgens hem bestaat er een kans dat hij gevolgd is,' zei Milo. 'Toen hij naar zijn werk reed.'

'Waarschijnlijk heeft het niks te betekenen,' zei Rick. 'Maar zo vroeg in de ochtend verwacht je niet veel auto's op straat en toen ik San Vicente op reed, zat er een stel koplampen achter me dat me helemaal tot bij Third Street is gevolgd.'

'En je hebt geen idee waar die precies zijn opgedoken?' vroeg Milo.

Rick zuchtte. 'Nee, maar dat had ik je al verteld. Ik had om zes uur een spoedsplenectomie en daar concentreerde ik me volledig op.' Ricks stem klonk vast, maar zijn vingers bleven nerveus bewegen. 'Volgens mij had het echt niets te betekenen, Milo. Waarschijnlijk gewoon een andere vroege vogel.'

'Hoeveel auto's kom je normaal gesproken tegen als je vroege dienst hebt, Rick?'

'Meestal niet een. Maar af en toe een of twee... ik zei al, daar let ik meestal niet op. Als de Porsche niet was gejat... en als je me niet had gevraagd of er iemand achter me aan gereden is, had ik er nooit meer aan gedacht.'

'Denk er dan nu maar eens goed over na,' zei Milo. 'We moeten allebei nadenken.'

'Waarover?'

'Hoe we onszelf kunnen beschermen. Misschien moeten we zelfs tijdelijk ergens anders gaan wonen.'

'Ach, hou nou op,' zei Rick.

'Ik meen het.'

Het bleef even stil. Toen zei Rick: 'Nou, laten we maar bij het begin beginnen. Ik zal een huurauto nodig hebben. Alex, zou je zo vriendelijk willen zijn om me naar...'

'Ik ga zelf wel met je mee,' zei Milo. 'Je kunt ons bij de eerste zijstraat voor ons huis afzetten, Alex.' En tegen Rick: 'Jij wacht buiten tot ik het huis gecontroleerd heb. Daarna pik ik je op in de Taurus en breng je naar Budget. Nee, laten we voor alle zekerheid maar een ander verhuurbedrijf nemen. Ik wil het verband tussen ons zoveel mogelijk beperken.'

'Dat méén je niet,' zei Rick.

'Ga maar op weg, Alex.'

'Het verband tussen ons zoveel mogelijk beperken?' herhaalde Rick.

'Sorry,' zei Milo, 'maar op het moment kan ik je geen betere dienst bewijzen dan zover mogelijk bij je uit de buurt te blijven.'

28

Alex zette Rick en Milo op de hoek af en reed weg. Milo liet Rick achter onder een Braziliaanse katoenboom en liep naar hun huis met zijn ogen op groot licht. De gehuurde Taurus stond alleen op de oprit en hij onderzocht de auto vluchtig. Niets vreemds te zien. Hij dook weg achter de auto, liep gebukt de oprit af, trok zijn pistool en voelde zich een idioot toen hij de achterdeur openmaakte. De alarminstallatie zoemde, dat was een goed teken. Hij schakelde het systeem uit en controleerde elke kamer alsof hij op zoek was naar een verdachte. Dit was zijn eigen huis en hij liep hier een beetje Robocop te spelen. Jezus.

Voor zover hij kon zien was er niets aangeraakt en de rommel in de logeerkamer lag nog precies zo opgestapeld als hij het had achtergelaten: boven op het luik in de vloer waaronder de kluis verstopt zat. Maar toch voelde hij de gloeiende kriebels van paranoia over zijn rug lopen. Hij was nog even gespannen toen hij in de Taurus stapte en terugreed naar Rick.

'Alles in orde, neem ik aan,' zei Rick.

'Daar lijkt het wel op.'

'Milo, de Porsche had waarschijnlijk niets met die hele toestand te maken.'

'Misschien niet.'

'Denk je dan van wel?'

'Ik weet niet wat ik moet denken.'

'Nou, in dat geval,' zei Rick, 'moeten we ook niet al te dramatisch doen. Nadat ik een auto heb gehuurd, ga ik weer aan het werk en als ik klaar ben, kom ik gewoon naar huis.'

Milo startte de Taurus, maar zette de auto niet in de versnelling. Rick schraapte zijn keel, zoals hij altijd deed als hij ongeduldig werd.

'Wat heb je vanmorgen gedaan? Tijdens je werk, bedoel ik.'

'Hoezo?'

'Hoeveel operaties heb je gedaan?'

'Drie...'

'En stond ik toen in de o.k. om je te vertellen welk scalpel je moest gebruiken?'

'Hoor nou eens,' zei Rick. Toen hield hij zijn mond.

Milo tikte met zijn vingers op het stuur.

'Nou goed dan,' zei Rick, 'Ik geef toe dat jouw kennis van de smerige kant van het leven groter is dan de mijne. Maar een expert is nog niet onfeilbaar, Milo. Als iemand jou wil intimideren, waarom wordt dan míjn auto gestolen?'

Zo werkt hun brein nu eenmaal.

Milo gaf geen antwoord.

'Het was gewoon een autodiefstal,' zei Rick. 'Anders niet. Jij hebt altijd tegen me gezegd dat als een echte prof zijn oog op mijn Porsche liet vallen hij hem toch wel mee zou nemen, wat ik ook deed.'

'Er zijn profs en profs,' zei Milo.

'Wat bedoel je daar nou weer mee?'

'Ik bedoel dat ik niet weet wat er werkelijk met de Porsche is gebeurd, maar ik weet wel dat ik jou niet bij de puinhoop wil betrekken waar ik in zit. Dus hou nou op met tegen te stribbelen, ook al denk je dat ik me aanstel. In het ergste geval heb ik me als een idioot gedragen en heb jij wat ongemak moeten verduren. Wat voor soort huurauto wil je hebben?'

Rick fronste. 'Dat maakt me niets uit.' Hij tikte op het dashboard van de Taurus. 'Dit model is prima.'

'Je mag elk model uitzoeken, behalve dit,' zei Milo. 'Ik wil niet dat jij in iets rijdt dat verward kan worden met de mijne. Wat dacht je van een terreinwagen? Dan ga je in deze stad in ieder geval op in de massa.'

'Alsof ik me daar druk over maak,' zei Rick terwijl hij zijn armen over elkaar sloeg. 'Een terreinwagen? Mij best. Misschien ga ik dan wel kamperen.'

'Dat is geen gek idee. Ga maar een tijdje de stad uit.'

Rick keek met een ruk opzij. 'Je meent het echt. Je wilt echt dat ik wegga.'

'Ik wil dat jij in veiligheid bent.'

'Vergeet het maar, knul, dat kun je rustig uit je hoofd zetten. Ik heb de hele week dienst, plus de nodige uren overwerk. Er moeten nog een paar rekeningen betaald worden.'

'Doe normaal,' zei Milo. 'Wanneer hebben wij ons ooit druk gemaakt over onbetaalde rekeningen?'

'Niet meer sinds de Porsche afbetaald is. Maar nu zal ik waarschijnlijk een nieuwe auto nodig hebben en dat betekent weer maandelijkse aflossingen. En aangezien we het erover hebben gehad om een tijdje vakantie te nemen en komende zomer naar Europa te gaan, zal ik toch moeten zorgen dat er wat extra geld binnenkomt.'

Milo gaf geen antwoord.

'Je meende toch wel dat je naar Europa wilde?' zei Rick. 'Want ik heb mijn hele werkschema zo ingericht dat ik straks een maand vrij kan nemen.'

'Ja, dat meende ik.'

'Misschien moeten we dan nu maar op reis gaan.'

Milo schudde zijn hoofd.

'Waarom niet?' vroeg Rick. 'Als je gelijk hebt, waarom zou je dan hier blijven en als doelwit fungeren?'

'Het weer,' zei Milo. 'Als ik toch zoveel flappen moet uitgeven om naar Europa te gaan, wil ik ook mooi weer.'

'Nu ben je weer een meteoroloog.' Rick pakte Milo bij zijn arm. 'En als die bange voorgevoelens van jou nu eens niet afnemen? Wordt er dan van mij verwacht dat ik voorgoed in ballingschap ga?'

'Het is geen kwestie van bange voorgevoelens. Het is mijn scherpe instinct voor dreigend gevaar.'

'Vanwege dat stomme gerucht waar die smerissen het over hadden? Daar heb ik over na zitten denken. Er kan best een seropositieve rechercheur in jouw district werken zonder dat jij daar iets van af weet. Iemand die heel in het geniep homo is. Of dat stel idioten zat gewoon kletskoek te verkopen, zoals smerissen zo vaak doen. Daar weet ik alles van, ik zie ze constant met hun verdachten binnenkomen. En dan staan ze daar maar koffie te hijsen en te kwekken terwijl wij die arme sukkels dichtnaaien.'

'Nog een rechercheur die homo is,' zei Milo. 'Hè ja, dat zit er dik in.'

'Wie zegt dat hij homo is? En hoezo, kan er niemand anders een bekende persoonlijkheid zijn?'

'Dat ben ik ten voeten uit, een echte ster. Rick, het gaat om meer dan dat gerucht...'

'Die oude zaak, ik weet het. Misschien is die al die jaren wel gewoon aan de kant geschoven omdat het niemand een ruk interesseerde. Wat als jij die alleen maar in je hoofd zo belangrijk hebt gemaakt, Milo? Met behulp van Alex.'

'Wat bedoel je daar precies mee?'

'Ik bedoel dat er tussen jou en Alex zo'n bizarre wisselwerking is. Als jullie de koppen bij elkaar steken, komen er de meest vreemde ideeën uitrollen.'

'Ik weet uit ervaring dat Alex vaker gelijk heeft dan dat hij de plank misslaat. En hoe moet ik dat moordboek dan zien, als de streek van een of ander schooljongetje?'

'Dat zou best kunnen.'

Milo zweeg.

'Goed,' zei Rick. 'We praten er niet meer over. Zorg maar dat ik een huurauto krijg.'

Milo pakte Melrose naar het westen en reed vervolgens via Doheny in noordelijke richting naar Santa Monica Boulevard. Langs de clubs waar hij en Rick nooit meer kwamen.

'Waar ga je precies naar toe?' wilde Rick weten.

'Beverly Hills. Naar het Hertz-kantoor in het Beverly Hilton.'

'Om met een van mijn bekende metgezellen te spreken: "Poeh poeh." Misschien huur ik wel een Rolls.'

'Vergeet het maar. Er moeten nog een paar rekeningen betaald worden.'

Rick keek hem met grote ogen aan, hij staarde terug en ze barstten allebei in lachen uit. Milo wist dat het gevoel van opluchting maar tijdelijk was, eerder een pleister dan balsem op de wond. Maar dat gaf niet.

Milo keek Rick na toen hij wegreed in de gehuurde Volvo. De bediende achter de balie was een knappe blonde vrouw geweest die na één blik op Rick schandalig met hem was gaan flirten en hem een duurder model had meegegeven dan waar hij recht op had.

Ze hadden niet meer overlegd waar Rick zou blijven en voor hoe lang. Milo had ermee ingestemd de kwestie te laten rusten tot ze 's avonds thuis waren.

Weer alleen ging hij op weg naar de achterbuurten in het centrum. De goedkope hotels waar Vance Coury sr. twintig jaar geleden eigenaar van was geweest, hadden vlak bij elkaar in Main Street gelegen. De kans dat er nog iemand uit die periode zou werken was nihil, maar hij had toch niets te verliezen?

Zodra hij langs de hotels reed, verdween zelfs dat laatste sprankje optimisme. Op de plekken waar het Excelsior en het Crossley hadden gestaan waren nu parkeerterreinen en het Grande Royale was veranderd in de Shining Light Mission.

Hij reed weer terug naar het kadaster en keek wie de onroerendgoedbelasting voor de drie percelen betaalde. De parkeerterreinen waren verhuurd aan een bedrijf in Nevada, maar het land was eigendom van Concourse Elegance, Inc., dat weer een dochter van Concourse Auto Restauration op Van Nuys Boulevard bleek te zijn.

De zaak van Vance Coury. Junior had de panden geërfd en twee ervan tegen de grond laten gooien om ze te vervangen door asfalt dat weinig problemen, maar een boel poen opleverde.

Maar de Shining Light Mission was wel een interessant geval. De Shining Light Foundation was een stichting onder leiding van het eerwaarde echtpaar Fred en Glenda Stephenson... twee dominees die Milo nog kende uit de tijd dat hij in uniform rondliep en daklozen had afgeleverd bij hun gaarkeuken op San Pedro. Destijds had hij het stel beschouwd als een paar heiligen die hun leven vierentwintig uur per etmaal in dienst stelden van de armen. Coury had hun het derde perceel waarschijnlijk geschonken als onderdeel van een of andere deal met de belastingen, zodat hij vrijuit over de andere twee zou kunnen beschikken.

Hij voelde zich zo langzamerhand het domme broertje van Don Quichot toen hij zijn geluk bij de burgerlijke stand ging beproeven. Maar hij hield even zijn adem in toen hij daar onverwacht succes boekte.

Luke Matthew Chapman was twintig jaar geleden, op de leeftijd van tweeëntwintig jaar, door verdrinking om het leven gekomen.

Datum van overlijden: 14 december. Zes maanden na de moord op Janie Ingalls. Acht dagen vóór Caroline Cossacks laatste dag in Achievement House en negen dagen voor de executie van Boris Nemerov.

Hij belde het kantoor van de lijkschouwer en kreeg een van de weinige personen aan de lijn die hem goedgezind waren: een mortuariumassistent die ook openlijk had verklaard homoseksueel te zijn nadat de problemen waar Milo in het begin mee had geworsteld hem ter ore waren gekomen. Milo voelde zich niet helemaal op zijn gemak bij het idee dat hij als bron van inspiratie had gediend, maar zo af en toe was de vent hem toch goed van pas gekomen.

Vandaag had Darren hem niets te vragen, maar ging meteen het dossier halen. Milo had er niet van opgekeken als ook dat verdwenen zou zijn, maar een paar minuten later had hij alle relevante gegevens in zijn opschrijfboekje staan.

Luke Chapman had zijn auto langs de PCH geparkeerd en was 's nachts gaan zwemmen op Zuma Beach. Een onwettige duik, want het staatsstrand was na het donker verboden terrein en Chapman had over een hoog met gaas bespannen hek moeten klimmen. Het alcoholpercentage in het bloed van Chapman was tweemaal de bij de wet toegestane limiet, waardoor Milo zich afvroeg of hij wel over dat hek had kunnen klimmen, maar de lijkschouwer was ervan uitgegaan dat 'deze jonge, weldoorvoede blanke man' in een tijstroom was geraakt en vanwege dronkenschap zijn coördinatie had verloren. Water in de longen bevestigde dat hij was verdronken. Het lijk was helemaal aan het eind van Zuma aangespoeld, op de plek waar het openbare strand grensde aan Broad Beach. Er was een groot aantal kneuzingen en schaafwonden geconstateerd, die het gevolg leken te zijn van het feit dat het lijk door de branding heen en weer was gesleurd over het zand. Er waren geen directe aanwijzingen dat er een misdrijf in het spel was.

Geen directe aanwijzingen, tenzij je bereid was om in overweging te nemen dat de blauwe plekken op de armen, de benen en de rug van Chapman waren ontstaan omdat hij met geweld onder water was geduwd. En wist dat Zuma een van de plekjes was geweest waar de King's Men graag gingen fuiven.

Milo dacht terug aan de lege blik op Chapmans gezicht. De domste van het stel. Die deel had genomen aan de moord op Janie Ingalls en maandenlang met dat schrikbeeld had rondgelopen zonder het van zich af te kunnen zetten. Misschien had hij zich vol laten lopen en met zijn dronken kop de verkeerde dingen tegen zijn vriendjes gezegd, waardoor hij voor hen een bijzonder gevaarlijk blok aan het been was geworden.

En zich de lange natte zoen van de oceaan op zijn hals had gehaald.

Daar stond tegenover dat een ongeluk in een klein hoekje zat...

Bowie Ingalls: man tegen boom.

Pierce Schwinn: man tegen rotsblok.

Luke Chapman: man tegen water.

Wat was er verder nog? Vuur? Plotseling zag Milo in gedachten hoe Caroline Cossack en Wilbert Burns levend werden geroosterd. Lichamen die onherkenbaar verbrand waren, de volmaakte manier om het verleden uit te wissen.

De King's Men. Een akelig stel verwende rijke fuifnummers die de rotzooi die ze hadden veroorzaakt keurig zelf opruimden en daarmee lekker twintig fijne jaren hadden verdiend.

En fijn was nog maar zwak omschreven: Ferrari's, chauffeurs, optrekjes in Holmby, een beetje stoeien met de filmwereld en besloten dinertjes met politici en geldmagnaten.

Zonder dat hun iets ten laste werd gelegd.

Deze King's Men zouden meteen de kans hebben aangegrepen om Humpty Dumpty in elkaar te slaan.

De gebroeders Cossack, Brillemans Larner, Coury. En de bolleboos: Nicholas Dale Hansen. Wat zou híj eigenlijk uitspoken?

Hij ging weer naar het kadaster om te kijken wat die vent aan onroerend goed bezat. Niets. Zou dat betekenen dat hij het huis op North Roxbury huurde?

Hij zat in een rustig hoekje in het souterrain van het gebouw, verstopt tussen stapels oude plattegronden van de stad en nadat hij had gecontroleerd of er echt niemand in de buurt was, nam hij het risico om er nog een telefoontje aan te wagen op naam van een rechercheur uit West Valley, een zekere Korn. Hij had die schooier twee jaar geleden onder zich gehad: geen initiatief, maar een boel poeha.

Hij had het risico niet hoeven nemen: Nicholas Dale Hansen had geen strafblad.

Het enige dat hij nu kon doen was naar huis gaan om met zijn laptop te spelen. Of hij kon zich die moeite besparen en Alex vragen om erachter aan te gaan. Zijn vriend, die aanvankelijk een volslagen digibeet was geweest en zich had verzet tegen het hele idee van het internet, maar die inmiddels behoorlijk uit de voeten kon op het net.

Hij ging op weg naar het gemeenteparkeerterrein waar hij de Taurus had achtergelaten. Terwijl hij zich mengde tussen de stroom voetgangers die over het trottoir slenterde, pakte hij net als al die andere lemmingen zijn mobiele telefoon en toetste het nummer in. Waarschijnlijk haalde hij zich op die manier wel oorkanker op de hals of zo, maar dat moest je maar voor lief nemen. Het was een lekker gevoel om even op te gaan in de massa.

Alex pakte al op nadat de telefoon één keer was overgegaan en Milo had het idee dat hij teleurgesteld klonk. Zat hij op een telefoontje van Robin te wachten? Hoe zat het dáár eigenlijk mee?

Milo vroeg hem of hij Nicholas Hansen wilde opzoeken en Alex zei: 'Grappig dat je dat vraagt.'

'O ja, dat was ik vergeten,' zei Milo. 'Ik heb te maken met Nostradamus in eigen persoon.'

'Nee, gewoon met een vent die wat tijd over heeft,' zei Alex. 'Hansen was helemaal niet moeilijk te vinden. Raad eens wat hij doet?'

'Hij leek op de middelbare school al een zakelijk type, dus een hoge pief op het gebied van financiën waar een luchtje aan zit?'

'Hij is kunstenaar. Schilder. En een behoorlijk goeie ook, als ik de New Yorkse galerie die zijn zaken behartigt, mag geloven.'

'Een kunstenaar die een huis in Beverly Hills huurt en rondrijdt in een grote BMW?'

'Een succesvol kunstenaar,' zei Alex. 'Zijn prijzen variëren van tien- tot dertigduizend dollar per doek.'

'Produceert hij dan soms aan de lopende band?'

'Dat lijkt me niet. Ik heb die galerie gebeld onder het mom dat ik een geïnteresseerde verzamelaar was en er is momenteel geen werk meer van hem te koop. Ze beschreven zijn stijl als postmoderne oude meesters. Hansen mengt zijn eigen verf, maakt zijn eigen lijsten en penselen en werkt met een groot aantal lagen en vernis over elkaar. Dat is een tijdrovend proces en de eigenares zei dat Hansen vier of vijf schilderijen per jaar aflevert. Ze liet duidelijk merken dat ze er dolgraag meer zou willen hebben.

'Vier of vijf tegen de hoogste prijs betekent maximaal anderhalve ton,' zei Milo. 'En de huurprijs van een huis in die buurt kan al snel een stuk hoger zijn.'

'Plus het feit dat zo'n galerie al gauw dertig procent opstrijkt,' zei Alex. 'Dus nee, dat klopt niet helemaal.' Hij zweeg even. 'Ik hoop dat je het niet erg vindt, maar ik ben even langs zijn huis gereden. Het is heel mooi... een groot, oud Spaans geval dat niet gerenoveerd is. De BMW stond op de oprit. Keurig in de was. Donkergroen, bijna dezelfde kleur als mijn Seville.'

Milo lachte. 'Of ik dat erg vind? Zou je je daar iets van aantrekken? Nee, dat is best, tenzij je bij de klootzak aanklopt en hem van moord gaat beschuldigen. Want dat zou ik zelf het liefste doen. En trouwens, de plot begint langzaam maar zeker vaste vormen aan te nemen.'

Hij vertelde Alex dat Luke Chapman door verdrinking om het leven was gekomen.

'Alweer een ongeluk,' zei Alex. 'Normaal gesproken zou ik nu "aha" zeggen, maar je hebt de laatste tijd nogal lange tenen.'

'Je gaat je gang maar. Je kunt een hoofdpijnpilletje van me krijgen voordat ik je een klap voor je kop geef.'

Alex grinnikte plichtmatig. 'Ik heb trouwens ook een blik op Hansen zelf geworpen. Of op iemand anders die op hetzelfde adres woont. Op het moment dat ik langsreed, kwam een man de voordeur uit, die naar de BMW liep en een plaat hout uit de kofferbak pakte. Nicholas Hansen schildert op mahonie.'

'Een kunstenaar,' zei Milo, 'met een eigen inkomen. Die in zijn vrijetijdskloffie over zijn oprit banjert en precies doet waar hij zin in heeft. Wat is het toch eerlijk verdeeld in het leven, hè?'

Milo wilde nog een paar dingen doen zodra het donker was, dus hij bedankte Alex en zei dat hij zich geen moeilijkheden op de hals moest halen en dat hij hem de volgende ochtend wel weer zou bellen.

'Kan ik nog iets anders voor je doen, knul?'

Milo onderdrukte de neiging om nog eens te zeggen dat hij zich geen moeilijkheden op de hals moest halen. 'Nee, niet op dit moment.'

'Oké,' zei Alex. Hij klonk teleurgesteld. Milo wilde eigenlijk vragen hoe het met Robin was, maar hij deed het niet.

In plaats daarvan verbrak hij de verbinding, piekerend over Janie Ingalls en over het feit dat sommige levens zo kort zijn en zo wreed dat je je haast zou afvragen of God zich nog ergens druk over maakte.

Hij sukkelde opnieuw door het avondspitsuur het centrum uit, terwijl hij zich afvroeg wat hij met Rick moest beginnen en ten slotte besloot dat een verblijf van een paar dagen in een leuk hotel de beste oplossing was. Rick zou daar diep ongelukkig over zijn, maar hij zou geen stennis maken. Rick maakte nooit stennis, hij kroop gewoon psychologisch in zijn schulp en werd stil en onbereikbaar.

Het zou niet leuk zijn, maar uiteindelijk zou Rick er wel mee instemmen. In al die jaren dat ze nu bij elkaar waren, hadden ze allebei geleerd wanneer ruzie maken geen zin had.

Om vijf uur was hij thuis.

Maar halverwege zijn straat trapte hij abrupt op de rem. Er stond iets wits op hun oprit.

De Porsche.

Hij keek om zich heen, maar hij zag geen vreemde auto's in de straat en trapte het gaspedaal van de Taurus in tot hij achter de glanzende 928 stond. Voor zover hij kon zien, mankeerde er niets aan de auto: geen beschadigingen door joyriden, of ontbrekende onderdelen. Sterker nog: de auto was glanzend schoon, alsof hij net was gewassen. Rick zorgde er altijd voor dat hij smetteloos schoon was, maar Milo kon zich niet herinneren wanneer hij hem voor het laatst had gewassen… vorig weekend. Gedurende het grootste gedeelte van de week had Rick de wagen in de garage gezet, maar de laatste twee dagen had hij hem buiten laten staan, zodat hij meteen kon instappen als hij 's morgens vroeg naar de spoedeisende hulp ging. Het vuil van twee dagen zou meteen zichtbaar zijn geweest op de witte lak.

Iemand had die verdomde kar een uitgebreide beurt gegeven.

Hij keek opnieuw de straat af, legde zijn hand op zijn pistool, stapte voorzichtig uit, liep naar de Porsche toe en legde zijn hand op de bolle flank van de auto.

Hij glom. Gewassen en in de was gezet.

Een blik door het raampje vertelde hem dat hij daar ook nog 'pas gezogen' aan toe kon voegen: de sporen daarvan waren nog op de matjes te zien.

Zelfs het extra stuurslot zat weer op de plaats. Toen zag hij ineens dat er iets op de stoel van de bestuurder stond.

Een tas van bruin papier.

Hij keek opnieuw zowel links als rechts de straat af, ging vervolgens op zijn knieën zitten en controleerde de onderkant van de Porsche. Geen tikkende grappen of tracers. Toen hij de achterklep opendeed, werd een onaangetaste motor zichtbaar. Hij had zelf aan de auto gewerkt en had de onderkant in de tectyl gezet als voorzorg voor al die tochtjes bij slecht weer waarvan het nooit was gekomen. Hij kende de ingewanden van de Porsche van haver tot gort. Niets nieuws. Hij maakte het linkerportier open en bestudeerde de tas iets nauwkeuriger. De bovenkant stond open, zodat de inhoud zichtbaar was. Een blauwe map. Niet van glanzend leer, zoals dat presentje van Alex. Een gewone omslag van blauwe stof.

Precies hetzelfde soort dat bij de politie gebruikt werd voordat er was overgeschakeld op plastic.

Hij pakte het handvat met zijn vingertoppen vast en droeg de tas naar binnen. Toen hij in de woonkamer ging zitten bonsde zijn hart, en zijn handen waren ijskoud, want hij wist precies wat erin zat. Hij wist ook dat het ondanks die zekerheid toch een schok voor hem zou zijn.

Zijn kaken en zijn rug deden pijn van de spanning toen hij de omslag om het dossier van de moord op Janie Ingalls opensloeg.

Een heel dun dossier. Milo's eigen aantekeningen lagen bovenop, gevolgd door de officiële lijkfoto's en ja, Schwinn had zijn foto uit deze verzameling gepikt. Een tekening van het lichaam waarop alle verwondingen nauwkeurig waren aangegeven en een samenvatting van het lijkschouwingsrapport. Geen originelen, maar heldere fotokopieën.

Verder niets. Geen toxicologierapporten, geen laboratoriumproeven, geen onderzoeksrapportage van de jongens van Metro naar wie de zaak zogenaamd overgeheveld was. Dus dat was gewoon een leugen geweest, tenzij er velletjes ontbraken.

Hij bladerde terug naar de samenvatting van het autopsierapport. Geen woord over sperma... er stond trouwens toch bijna niets in. Dit was waarschijnlijk de meest beknopte samenvatting van een lijkschouwing die hij ooit onder ogen had gehad. 'De verwondingen van deze blanke, adolescente, weldoorvoede vrouw zijn toegebracht met een mes, voorzien van een scherp enkelvoudig lemmet...' Hartelijk dank. Geen spoor van het toxicologie-onderzoek waarom hij had verzocht. Maar hij had ook geen behoefte aan een officiële bevestiging, Melinda Waters had immers verteld dat Janie al aan het begin van de avond stoned was geweest.

Geen sperma, geen andere bloedgroepen. DNA kon hij wel vergeten. Maar toen viel zijn oog op één bepaald detail in het beknopte autopsierapport: striemen om Janies enkels, polsen en hals.

Ze was op dezelfde manier vastgebonden als in het hotel.

Vance Coury die Janie in de gaten had gekregen en alles nog eens dunnetjes over had gedaan.

En dit keer hadden zijn vriendjes in de pret mogen delen.

Hij las het dossier opnieuw door. Niets opvallends, maar iemand had er zeker van willen zijn dat Milo het onder ogen kreeg.

Hij bracht zijn malende gedachten tot rust met wodka en grapefruitsap, keek de post door en luisterde het antwoordapparaat af. Alleen een boodschap van Rick die het hem gemakkelijk had gemaakt door een extra dienst te draaien.

'Ik denk dat ik pas morgenochtend klaar ben en dan ga ik waarschijnlijk in de artsenkamer een tukje doen. Misschien dat ik daarna een stukje ga rijden. Pas goed op jezelf... ik hou van je.'

'Ik ook van jou,' mompelde Milo tegen het lege huis. Zelfs als hij alleen was, kreeg hij dat met moeite over zijn lippen.

29

Toen ik Milo om negen uur 's ochtends binnenliet, deed ik mijn best om er wakker en menselijk uit te zien. De afgelopen nacht was ik om de paar uur wakker geworden, met het soort gedachten in mijn hoofd dat aan je ziel vreet.

Drie telefoontjes naar Robin waren onbeantwoord gebleven. Haar hotel wilde niet zeggen of ze daar nog logeerde... een beschermingsmaatregel ten opzichte van hun gasten. De volgende plaats van de tournee was Denver. Ik zag haar in gedachten in de bus zitten, met een slapende Spike op schoot en naar buiten kijkend.

Zou ze aan mij denken of juist helemaal niet?

Milo overhandigde me de blauwe map. Ik bladerde de inhoud snel door en liep voor hem uit naar mijn kantoor.

'Ook toen kon je niet fatsoenlijk typen,' zei ik. 'Heb je enig idee wie dit bij je heeft afgeleverd?'

'Iemand die verdomd goed auto's kan jatten.'

'Dezelfde koerier die mij de luxe uitvoering heeft toegestuurd?'

'Dat zou kunnen.'

'Volgens mij was het niet Schwinns geheime vriendinnetje,' zei ik. 'Of misschien ben ik wel seksistisch, want ik neem aan dat vrouwen ook auto's kunnen stelen.'

'Dit was geen amateur. Ik heb het stuur en de portierhendels op vingerafdrukken onderzocht. *Nada*. En op het boek zaten alleen mijn kluivers. Ze hebben zelfs het stuurslot weer geïnstalleerd. Het slot was opengepeuterd, de stang was niet doorgezaagd.'

'Maar dat verandert niets aan de vraag,' zei ik. 'Was het een professionele misdadiger, de politie of een ontslagen smeris?'

'Een ontslagen smeris zou betekenen dat Schwinn destijds een maatje had of later vriendschap met iemand heeft gesloten. Ik heb nooit gezien dat hij met iemand omging. Het leek er meer op dat de andere rechercheurs hem links lieten liggen.'

'Enig idee waarom?'

'Aanvankelijk dacht ik vanwege zijn charmante karakter, maar het kan ook zijn dat iedereen op de hoogte was van zijn slechte gewoontes en begreep dat hij vroeg of laat voor de bijl zou gaan. Iedereen behalve ik. Ik was een stompzinnig groentje dat helemaal verstrikt zat in zijn eigen paranoia. Destijds vroeg ik me af of ik aan hem was gekoppeld omdat ze mij ook als een paria beschouwden. Nu weet ik dat zeker.'

'Volgens mij viel dat toch wel mee,' zei ik. 'Ze hebben hem de laan uitgestuurd en jij werd naar West L.A. overgeplaatst.'

'Misschien had ik nog niet lang genoeg aan die zaak gewerkt om hinderlijke informatie bij elkaar te harken.'

'Of om genoeg tipgevers op te duiken. Zoals de persoon die Schwinn rechtstreeks op Janie af stuurde.'

Hij frunnikte aan de rand van de blauwe linnen folder. 'Een andere smeris die aan het eind van zijn Latijn was... dat zou kunnen. Maar waarom krijg ik dit dan een week nadat de luxe-uitgave is verstuurd?'

'Om zich nog beter in te dekken,' zei ik. 'Hij doet het mondjesmaat. Hij kon van tevoren niet weten of jij er wel in zou trappen. Maar nu je het onderzoek hebt opgepakt, had je recht op deel twee.'

'Denk je dat er nog meer delen volgen?'

'Dat zou best kunnen.'

Hij stond op en liep een rondje door de kamer tot hij weer bij het bureau was, maar hij bleef staan. Ik had de gordijnen nog steeds dicht en een vlijmscherp streepje licht viel dwars over zijn bovenlichaam, als een lichtgevende wond.

'Ik kan je nog wel een andere theorie voorschotelen,' zei ik. 'Wat dacht je van de man van IZ die je samen met Broussard heeft ondervraagd... die Poulsenn? Enig idee hoe het met hem is afgelopen?'

'Lester Poulsenn,' zei hij. 'Ik heb me steeds lopen afvragen hoe zijn voornaam ook alweer was en nu schiet het me ineens te binnen. Nee, ik heb nooit meer iets van hem vernomen. Hoezo?'

'Omdat Broussard weleens het echte doelwit van de hernieuwde belangstelling voor dit geval zou kunnen zijn. De hele carrière van John G. berust op het feit dat hij zo rechtschapen is en als bekend wordt dat hij een zaak in de doofpot heeft gestopt is hij geruïneerd. Lester

Poulsenn zou weleens een heel goede reden kunnen hebben om de pest te hebben aan Broussard. Denk er maar eens over na: een zwarte en een blanke man worden aan elkaar gekoppeld, maar de zwarte man krijgt de leiding. Daarna klimt de zwarte man op tot de hoogste sport van de politieladder en van de blanke man wordt niets meer vernomen. Heeft Poulsenn ook wegens slecht gedrag de zak gekregen? Of hij kon niet zo goed geheimen bewaren, dat kan natuurlijk ook. Hoe dan ook, we zouden weleens te maken kunnen hebben met een bijzonder ontevreden heerschap.'

'En Poulsenn zou ook hebben geweten dat Schwinn bijzonder ontevreden was... ja, het zou best interessant zijn om te weten hoe het met zíjn carrière is afgelopen. Ik kan niet zomaar vrolijk bij Parker Center binnenhuppelen om in het personeelsarchief te neuzen...' Hij fronste, draaide het nummer van het bureau kentekenbewijzen en stelde zich voor als iemand die inspecteur Horacio Batista heette. Een paar minuten later had hij de gegevens van Lester Poulsenns die in Californië woonden, maar ze waren allemaal te jong om de man te zijn die de tweede viool had gespeeld naast John G. Broussard.

'Misschien is hij wel naar een andere staat verhuisd,' zei ik. 'En in dat geval is hij waarschijnlijk niet onze man. Of hij is de zoveelste die een verdwijntruc heeft uitgehaald.'

Hij stond weer op en begon te ijsberen, waardoor het lichtstraaltje op en neer begon te wippen. Toen hij weer naast de folder stond, tikte hij even op het blauwe kaft. 'Deel twee... hé, mensen, word lid van de moordboekenclub!'

We verdeelden de werkzaamheden als volgt:

> 1. Ik zou mijn best doen om alles over Lester Poulsenn boven water te krijgen, in het microfilmarchief van de kranten op zoek gaan naar twintig tot vijfentwintig jaar oude artikelen over smerissen die in de fout waren gegaan en zoveel mogelijk bijzonderheden verzamelen over de aard van hun zaken. De kans dat ik daar iets over zou ontdekken was echter klein, want de politie hing corruptieschandalen niet aan de grote klok, evenmin als ze dat bij Pierce Schwinn hadden gedaan. Tenzij de zaak echt een uur in de wind stonk en niet meer weggemoffeld kon worden, zoals het Rampart-schandaal of het geval van de corrupte smerissen van het district Hollywood die tien jaar geleden zelf inbraken pleegden.

2. Milo zou verder gaan met wat hem bezighield, zonder dat ik te horen kreeg wat hij ging doen, waar of wanneer.

De zoekpoging op mijn computer leverde geen Lester Poulsenn op die aan de omschrijving voldeed. Ik belde nog een keer vergeefs naar Vancouver, zwolg in zelfmedelijden en reed naar de universiteit. Het kostte me drie uur om de microfilmarchieven van vijf jaar door te spitten en ik ontdekte diverse gevallen van misdrijven die door politiemensen waren begaan. Een stel rechercheurs uit West Valley had hun diensten aangeboden als huurmoordenaars. Ze waren allebei tot levenslang veroordeeld en zaten nu voor hun eigen bescherming in isoleercellen in de staatsgevangenis in Pelican Bay. Een verkeersagent uit Glendale was gearresteerd omdat hij seksuele gemeenschap had gehad met een dertienjarige babysitter. Dit exemplaar was inmiddels na tien jaar cel weer op vrije voeten, maar een verbond tussen Schwinn en een kinderverkrachter zag ik niet zitten. Een vrouwelijke agent uit Pasadena met als specialisatie het bendewezen was met diverse minderjarige bendeleden naar bed geweest en twee geüniformeerde agenten uit Van Nuys waren tijdens hun patrouille betrapt op het beroven van pandjeshuizen. Het hele stel was veroordeeld en achter tralies gezet. In alle gevallen leken contacten met Schwinn onwaarschijnlijk. Maar ik schreef toch plichtsgetrouw alle namen op, voordat ik de naam van Lester Poulsenn in de tijdschriftenindex invoerde en ik zette grote ogen op bij het verschijnen van de enige referentie.
Een twintig jaar oude referentie.

Poulsenn, L.L. Ervaren rechercheur van het LAPD vermoord aangetroffen in Watts.

De *Sacramento Bee*. Ik zocht de bijbehorende spoel op, stopte die in het apparaat en zat als een gek aan de knoppen te draaien tot ik het verhaal vond. Een bericht van persbureau Associated Press dat niet door de kranten in L.A. was opgepikt.
De *Bee* had het bericht ergens achter in het katern geplaatst dat verscheen onder de naam *Elders in de staat*. Het stond ingeklemd tussen het verhaal over een dode zwarte neushoorn in de San Diego Zoo en een bericht over een bankroof in Berkeley.
De datum was 5 januari. Dertien dagen nadat Caroline Cossack vrijwillig of onder dwang Achievement House had verlaten.
Ik maakte meteen een fotokopie en las vervolgens de inhoud van het artikel door.

(AP) De politie van Los Angeles stelt een onderzoek in naar de dood van een van hun eigen mensen, die naar het schijnt met een vuurwapen is vermoord, waarna gepoogd is het misdrijf door middel van brandstichting te camoufleren. Het lichaam van Lester Louis Poulsenn, een voormalig rechercheur van de afdeling Interne Zaken die onlangs was overgeplaatst naar de afdeling Ernstige Misdrijven van het district Metro, werd aangetroffen in een brandend huis in Watts. Poulsenn, 39 en een veteraan met dertien dienstjaren bij het LAPD, werd ontdekt door brandweerlieden die waren uitgerukt om een brand te blussen in een woonhuis in West 156th Street. Een woordvoerder van de politie deelde mee dat Poulsenn tweemaal in het hoofd was geschoten en dat de moord het karakter had van een executie.

'Dit is een ruige buurt waar veel bendes actief zijn,' zei de zegsman die de berichten dat Poulsenn wegens politiezaken in Watts was bevestigde nog ontkende. Het pand, een eengezinswoning die al enige tijd leegstond, werd total loss verklaard.

Ik bleef de film doorspoelen, op zoek naar verdere berichtgeving. Niets.

En dat was krankzinnig, want er is niets dat de politie sneller in beweging zet dan de moord op een smeris. En toch was de berichtgeving over Poulsenns dood in lokale kranten de kop ingedrukt en waren er geen verdere officiële verklaringen afgelegd.

Onlangs overgeplaatst naar Metro. Oftewel: Poulsenn had de zaak-Ingalls overgenomen?

Twintig jaar geleden was Milo ondervraagd door een stel kerels van IZ. De een had veel succes gehad, de ander was zeven maanden later dood.

Een blanke man die in een zwarte woonwijk was doodgeschoten, net als Boris Nemerov. Een moord die het karakter had gehad van een executie, net als bij Boris Nemerov.

Brandstichting als camouflage. Milo had zich hardop afgevraagd of we ook nog met vuur geconfronteerd zouden worden. Ze mochten hem dan zwaar op de huid zitten, hij sloeg de spijker nog steeds op de kop.

Ik belde hem, maar toen ik hem op geen van zijn nummers te pakken kreeg, vroeg ik me af wat ik zou gaan doen.

Het was een mooie zachte ochtend. Tijd om de auto te gaan wassen.

Twee uur later pronkte de Seville met alle glans die een Seville uit '79 kan opbrengen en ik stoof over de Glen in de richting van de Valley. Ik had het niet bij een simpele wasbeurt gelaten. Ik had de donkergroene lak in de was gezet en met de hand opgewreven, kleine oneffenheidjes weggewerkt met behulp van een spuitbusje, de banden, de wieldoppen en het beige vinyl dak schoongeschrobd, de eveneens beige bekleding afgenomen, de mooie pseudo-houten paneeltjes opgepoetst en de kleedjes gezogen en met tapijtshampoo bewerkt. Ik had de auto vijftien jaar geleden gekocht van de spreekwoordelijke 'little old lady' (niet uit Pasadena, maar een lompe schooljuffrouw uit Burbank) en had de wagen sindsdien altijd vertroeteld. Maar toch hadden 160.000 kilometers hun tol geëist en binnenkort zou ik moeten beslissen of ik de motor zou laten reviseren of iets nieuws zou kopen. Die beslissing was niet moeilijk. Ik zou niet opnieuw van gedachten veranderen.

Concourse Auto Restores was een van de vele op de auto gerichte bedrijven aan weerszijden van Van Nuys Boulevard tussen Riverside en Oxnard. Het was een bescheiden bedoening – niet veel meer dan een dubbele garage voorzien van een dak met golfplaten, en een onoverdekt terrein vol chroom en lak. Op een bord boven op de garage schreeuwden rode gotische letters voorzien van lichtgevende verf: SPUITEN, PLAATWERK & TOTALE CARROSSERIERENOVATIE OP AANVRAAG boven een soort striptekening van een al even rode, fallische Ferrari tweedeurs. Ik zette de auto langs het trottoir en zocht me een weg tussen de spierballenauto's, de sportwagens en één lange, blinkend witte verlengde Mercedes met een afgezaagd dak en een blauw dekzeil over het interieur. Jaren geleden had de staat al wetten uitgevaardigd waardoor het spuiten in de openlucht aan banden was gelegd, maar de lucht boven Concourse Auto was vergeven van chemicaliën.

Ergens midden op het terrein stonden twee mannen in smerige T-shirts en slobberige broeken waarvan de pijpen waren afgeknipt de portieren van een jaren zeventig Strutz Blackhawk te controleren, die in dezelfde koperkleur was gespoten als de potten en pannen in een Frans bistrootje. Twee latino's, jong en fors gebouwd, met kaalgeschoren hoofden en snorren. Spuitmaskers hingen om hun nek. Hun armen en hun nek vertoonden een heel borduurwerk van tatoeages. Allemaal in een dofblauwe tint, vierkante vormen en onafgewerkt: het maaksel van een gevangenisartiest. Ze keken nauwelijks op toen ik langssliep, maar ze hielden me wel degelijk in de gaten. Toen ik hen toeknikte, veranderden hun ogen in spleetjes.

'Vance Coury?' vroeg ik.

'Daarbinnen,' zei de zwaarste van de twee en wees met zijn duim naar de garage. Hij had een vrij hoge stem en onder een van zijn ogen was een traan getatoeëerd. Dat schijnt te betekenen dat je iemand hebt vermoord, maar er zijn mensen die zichzelf onterecht op de borst kloppen. Het was een grove vent met uitdrukkingsloze ogen en hij maakte niet de indruk een opschepper te zijn.

Ik liep verder.

Toen ik dichter bij de garage kwam, zag ik dat mijn eerste indruk van een klein bedrijf niet klopte. Links van het gebouw liep nog een pad dat leidde naar een met gaashekken afgezet kaal stuk grond van tweeduizend vierkante meter dat vol lag met banden, bumpers, spatborden, kapotte koplampen en ander afval. Tegen de achterwand van de garage bevonden zich twee spuitruimtes en er stond ook nog een stel complete auto's geparkeerd, maar het grootste deel van het terrein was gevuld met sloopmateriaal.

Ik liep terug naar de voorkant van het bouwwerk. De linkergaragedeur was dicht en vergrendeld, een muur van verroest ijzer. In de geopende ruimte aan de rechterkant stond een rood-wit-blauwe Corvette Stingray. De raampjes van de Corvette waren zachtpaars getint, de neus was een centimeter of dertig verlengd, op de kofferbak zat een gebogen achterspoiler en de twintig inch verchroomde spaakwielen staken zeker vijf centimeter buiten de carrosserie uit. Op de rechterkant zaten een paar met primer bestreken plekken, en een andere, kaalgeschoren latino zat op zijn hurken een van de plekken met de hand te schuren. Aan een werkbank achter in de werkplaats zat nog zo'n getatoeëerde knaap te lassen. Het interieur bestond uit onbewerkte houten wanden, cementen vloeren, kale lampen en de stank van benzine. Aan de wanden waren naast kalenders van auto-onderdelen uitvouwposters geniet van naakte vrouwen, waarop de aandacht voornamelijk uitging naar weelderige hoeveelheden schaamhaar en houdingen die op een interesse voor amateurgynaecologie wezen. Tussen die collectie hing ook een aantal hardpornofoto's. Iemand scheen een voorkeur te hebben voor magere, gehurkte en nederige blondines met dope-ogen die zich onledig hielden met het verlenen van orale seks.

De schuurder negeerde me toen ik me voorzichtig langs de Corvette wurmde, de vonken van het lasapparaat ontweek en het afgesloten gedeelte van de garage binnenstapte. Daar stond een halve Porsche sportauto: een racewagen die keurig in tweeën was gehakt, zodat het nummer 8 dat op de portieren stond doormidden was gesneden en was veranderd in een 3. Aan het eind van het vertrek, achter de gehalveerde carrosserie, zat een breedgeschouderde man aan een metalen bureau met de telefoon onder zijn kin geklemd ijverig op een telmachine te tikken.

Hij was een jaar of veertig, met lang, dik, zilverkleurig haar dat glad achterover was gekamd en achter zijn oren gestopt, met onwerkelijk aandoende veel te zwarte wenkbrauwen en een al even gitzwart sikje. Het peertje dat boven het bureau hing, gaf een toch al olijfkleurige huid een groenige tint. Dikke wallen onder donkere, dreigende ogen, een zachte, gerimpelde hals en een gezicht dat allang de strijd tegen de kwabben had opgegeven. Er was nauwelijks een spoor te bekennen van de knappe knul die op de middelbare school had gezeten en ik wilde hem niet al te strak aankijken. Want de ogen van Vance Coury waren vast op mij gericht terwijl hij doorging met zijn gesprek en zijn berekeningen.

Ik liep naar het bureau. Coury verspreidde een walm van muskusachtige aftershave. Zijn overhemd was van zwarte zijden crèpe met wijde mouwen die tot aan de ellebogen waren opgerold en een hoge, stijve boord die bijna tot aan zijn oorlelletjes reikte. Om zijn hals glinsterde een gouden ketting. Om een dikke, harige pols zat een gouden Rolex ter grootte van een pizza.

Hij keek me aan zonder op mijn aanwezigheid te reageren. Hij bleef aan de telefoon, luisterend, pratend en opnieuw luisterend terwijl hij het apparaat vaster onder zijn kin klemde. Ondertussen bleef hij onafgebroken op de toetsen van de telmachine tikken. Het bureaublad lag bezaaid met papier. Een halfleeg flesje Corona diende als presse-papier.

Ik liep bij hem weg en wandelde naar de halve Porsche. Het inwendige van de auto was leeg, het was niets anders dan een halve dop. De randen waren glad afgewerkt en gespoten. Dit was het eindproduct, er was niemand die erover piekerde deze auto weer in elkaar te zetten.

All the King's horses and all the King's men
Couldn't put Humpty Dumpty together again...
Alice had heel wat op haar geweten.

'Hé!' zei een raspende stem achter me.

Ik draaide me om. 'Wat moet je?' zei Coury. Alert, maar toch ongeïnteresseerd. Eén hand rustte nog steeds op de telmachine. De andere wees gekromd en met de palm naar boven in mijn richting, alsof ik er iets in moest leggen.

'Ik zit erover te denken mijn auto op te laten knappen.'

'Wat voor soort auto?'

'Een Seville. Uit '79. Bent u meneer Coury?'

Hij bekeek me van top tot teen. 'Wie heeft u doorgestuurd?'

'Ik heb uw naam uit een autoblad,' zei ik. 'Voor zover ik uit dat artikel kon opmaken, hebt u al aardig wat prijzen gewonnen.'

'Af en toe,' zei hij. 'Een Seville uit '79? Een doos op wielen. Op een chassis van de Chevy Two Nova.'

'Dat weet ik.'

'Wat wilt u eraan laten doen?'

'Dat weet ik nog niet.'

Hij lachte spottend. 'Ik zou niet weten hoe u daarmee een prijs in de wacht zou willen slepen... tenzij bij een van die aids-toestanden.'

'Aids-toestanden?'

'Die proberen het tegenwoordig ook met tentoonstellingen. Om geld in te zamelen voor aids. Laatst kwam er nog een of ander mafkikkertje langs dat me vroeg om zijn BMW uit '45 een beetje op te kalefateren.'

'Hebt u dat gedaan?' vroeg ik.

De holle hand woof mijn vraag weg. 'Een Seville uit '79,' zei hij, alsof hij een diagnose stelde. 'Het blijft een doos, tenzij we radicaal te werk gaan. En dan is er nog die motor. Geen knip voor de neus waard.'

'Ik heb er geen klachten over. Hij heeft vijftien jaar lang als een zonnetje gelopen.'

'Zitten er roestplekken op de carrosserie?'

'Nee. Ik onderhoud hem goed.'

'Juist,' zei hij.

'Ik heb hem bij me voor het geval u er even naar wilt kijken,' zei ik. Hij keek neer op de telmachine en sloeg weer een paar cijfers aan terwijl ik afwachtte. 'Waar staat-ie?'

'Voor de deur. Op straat.'

Hij grinnikte. 'Op straat.' Hij was bijna een meter negentig lang. Zijn enorme bovenlichaam met de vlezige schouders en een dikke pens was veel te groot voor de smalle heupen en de lange, magere benen die het ondersteunden. De strakke zwarte broek zonder gulp maakte dat de benen nog dunner leken en versterkten het effect. Zijn voeten waren gestoken in zwarte slangenleren laarzen met zilveren banden over de scheenbenen. Hij rinkelde toen hij achter het bureau vandaan kwam. Hij liep zonder iets te zeggen langs me heen de garage uit.

Op het trottoir schoot hij in de lach.

'Wat dacht je ervan als we die kar eens gewoon slopen? We geven je er vierhonderd dollar voor en we praten nergens meer over.'

Ik lachte ook. 'Ik heb al gezegd dat ik er veel plezier van heb gehad.'

'Laat die kar dan met rust... wat zou je verdomme nog met dit geval willen doen?'

'Ik had het idee om er een cabrio van te laten maken.'

'Dat dacht ik al,' zei hij. 'Hoe dan? Moeten we het dak er met een kettingzaag af halen?'

'De enige auto waarmee je dat kunt doen is een Rolls-Royce Silver Cloud,' zei ik. 'Bij andere chassis is de treksterkte niet groot genoeg. Ik had het idee om het dak eraf te halen, de carrosserie te versterken, dan een elektrische kap met een wollen voering te installeren, alles opnieuw te verchromen en de auto over te spuiten in een apart patroon. Gebruiken jullie nog steeds vernis?'

'Dat is verboden,' zei hij. 'Hoor eens, man, als je een cabrio wilt, koop dan gewoon zo'n kleine Mazda.'

'Ik wil deze auto laten ombouwen.'

Hij draaide zich om.

'Is dat te veel werk voor u?' vroeg ik.

Hij bleef staan, zoog zijn onderlip naar binnen en beet erop. De wallen onder zijn ogen kropen omhoog zodat de onderste helft van de irissen niet meer te zien was. De twee *homeboys* die aan de Stutz werkten, keken naar ons.

Coury hield zijn lip tussen zijn tanden en maakte een ronddraaiende beweging met zijn kaken. 'Ja, dat klopt,' zei hij. 'Te veel werk.'

Hij liet me staan en liep het terrein weer op. Maar halverwege bleef hij staan, ter hoogte van de Stutz. Toen ik wegreed, stond hij me na te kijken.

30

Milo tuurde in zijn koffie en verbeeldde zich dat de donkere vloeistof een moeras was waarin hij wegzonk.

Als dit een normale zaak was geweest, had hij om assistentie gevraagd.

Hij had een legertje verdachten voor de moord op Janie. Zes, nu Luke Chapman dood was. Plus de personen die er later bij betrokken waren geraakt: Walt Obey, Germ Bacilla en Diamond Jim.

En als spin in het web: J.G. Broussard.

En nu kwam daar nog een onbekend aspect bij: de theorie van Alex over een ontslagen smeris.

Milo had een tijdje zitten piekeren of hij een geschikte kandidaat voor die rol kon bedenken, maar het bleef allemaal ontzettend abstract. Een of andere klootzak die het spel na de dood van Pierce Schwinn uit zijn naam voortzette, die hem allerlei kunstjes flikte en hem aan het lijntje hield. Iemand met genoeg lef om Ricks auto te jatten en die keurig gewassen en gepoetst terug te brengen, compleet met een leuk extraatje.

Vance Coury zat ook in de autohandel, was dat niet toevallig? Maar Coury zou hem nooit het originele moordboek in handen hebben gespeeld.

Dus misschien was dat geintje met die auto wel bedoeld om hem attent te maken op Coury. Of maakte hij alles nu veel te ingewikkeld? De boosheid die al in zijn binnenste borrelde vanaf het moment dat het eerste moordboek was opgedoken, deed hem langzaam maar zeker kokhalzen.

Coury. De klootzak had zich niet alleen ontpopt als een sadistische verkrachter, maar ook als een regelneef. Waarschijnlijk was hij het meest dominante lid van de groep. Als hij en zijn rijke maatjes het gevoel kregen dat ze voor het blok zaten, was de kans groot dat ze de vijand in de val zouden lokken om hem de keel af te snijden en zijn lichaam te verbranden.

Om een leger te bestrijden had je zelf ook een leger nodig, en hij had alleen Alex.

Hij grinnikte inwendig. Maar misschien had hij toch geluid gemaakt, want de oude dame die twee tafeltjes verderop zat, keek verbaasd op en keek hem aan met die onzekere blik van iemand die plotseling met iets raars geconfronteerd werd.

Milo glimlachte tegen haar en ze dook weer weg achter haar krant. Hij was teruggegaan naar DuPars op Farmers Market om te proberen alles op een rijtje te zetten. De gedachte aan Vance Coury was door zijn hoofd blijven spelen, omdat Coury per slot van rekening de eerste was die Janie had verkracht en waarschijnlijk ook de aanzet had gegeven tot het gedoe dat had geresulteerd in de moord op Janie. Normaal gesproken zou hij geen middel onbenut hebben gelaten bij zijn onderzoek naar die vent. Maar... toen kreeg hij plotseling een idee. Misschien was er toch een veilige manier waarop hij meer te weten kon komen.

Hij smeet wat geld op tafel en liep de koffieshop uit. De oude vrouw keek hem na tot hij de deur uit was.

De Shining Light Mission was een vijf verdiepingen hoog stenen gebouw met een bepleisterde voorgevel die korengeel was geschilderd en roestende grijze brandtrappen aan de zijkanten. Geen sierrandjes, geen bewerkte houten lijsten, er was geen enkele poging gedaan om het pand aantrekkelijker te maken. Het deed Milo denken aan de tekeningen die kleine kinderen produceren als ze een huis moeten tekenen. Een grote rechthoek vol kleine vierkantjes die ramen moesten voorstellen. Het bouwsel helde zelfs over. Als hotel had het Grande Royale zijn naam allesbehalve eer aan gedaan.

Oude mannen met ingevallen kaken en tranende ogen die het stadium van zelfkwelling allang voorbij waren, lummelden voor het gebouw rond en ze groetten Milo stuk voor stuk met de overdreven vriendelijkheid van de eeuwige onverlaat.

Ze wisten precies wat hij was, daar bestond geen enkele twijfel over. Terwijl hij de zendingspost binnenliep, vroeg hij zich af of hij dat aureool van een smeris ook nog zou hebben als hij niet meer bij de politie was. En dat zou best binnenkort het geval al kunnen zijn, want de hoofdcommissaris in de wielen rijden was niet de beste manier om je te verzekeren van een langdurig dienstverband.

Ook al ging het om een impopulaire commissaris die misschien zelf ook al gauw zijn biezen zou moeten pakken. Milo had de kranten doorgespit op zoek naar berichten over Broussard, en vanmorgen had hij er weer een in de *Times* aangetroffen. Orakeltaal van twee leden van de politiecommissie met betrekking tot de afgewezen loonsverhoging van de hoofdcommissaris. Uit het feit dat ze daarmee openlijk verzet pleegden tegen de burgemeester die hen had benoemd kon worden opgemaakt dat ze het serieus meenden.

'Hoofdcommissaris Broussard vertegenwoordigt een diepgewortelde politiecultuur die bijdraagt tot spanning binnen de gemeenschap.' Politiek geneuzel dat zoveel betekende als: 'Ga je cv maar herschrijven, J.G.'

Broussard was benoemd tijdens de nasleep van het Rampart-schandaal en de commissie had met geen woord gerept over nieuwe corruptiegevallen. Het probleem van de commissaris was zijn karakter. De arrogantie waarmee hij geen kans onbenut liet om de commissie dwars te zitten. In dat opzicht huldigde de commissaris nog steeds de gebruikelijke opvatting van de smeris: burgers die zich met hun zaken bemoeiden, waren de vijand. Maar de heerszuchtige Broussard had zich de wrevel van de verkeerde mensen op de hals gehaald en wel in die mate dat zelfs de hulp van vriendjes als de burgemeester en Walt Obey hem niet meer kon redden.

Maar goed, het was best mogelijk dat Broussard het helemaal niet erg vond om zijn baan kwijt te raken, omdat hij nog andere ijzers in het vuur had.

Zoals het omzetten van zijn onbezoldigde functie als veiligheidsconsulent van Obey's Esperanza-project in een mooi, dik betaald zakelijk dienstverband, dat hem ook op de lange duur voldoende status en poen zou opbrengen om ervoor te zorgen dat vrouwlief in Cadillacs kon blijven rijden en alles kreeg wat haar hartje begeerde.

Maar als dat het geval was, wat schoot Obey daar dan mee op?

De rol van de Cossacks als onderaannemers was heel goed verklaarbaar. Zij stonden zwaar bij Broussard in het krijt omdat hij de zaak-Ingalls in de doofpot had gestopt en zouden dus wel naar zijn pijpen dansen. Zou Alex gelijk hebben en had Obey zich in financieel opzicht zo in de nesten gewerkt dat de broers voor hem een soort redders in de nood waren?

Maar hoe je het ook bekeek, Milo wist dat hij in de hoek zat waar de klappen vielen. Ach verrek, alleen doetjes verlangden veiligheid en zekerheid.

Hij liep de receptie van de zendingspost in. Het koepelvormige vertrek was omgebouwd tot een tv-ruimte waar een stuk of tien schooiers onderuitgezakt op vouwstoeltjes naar een groot scherm zaten te staren waarop een film werd vertoond. Het beeld toonde acteurs en actrices met lange haren en baarden die in camelkleurige gewaden rondzwierven door een woestijn die grote gelijkenis vertoonde met Palm Springs. Ondanks de kamelen. Een of ander bijbels epos waarbij je geacht werd te geloven dat Israëlieten blond haar en blauwe ogen hadden. Milo richtte zijn aandacht op de receptiebalie... misschien wel dezelfde balie waar Vance Coury de sleutel voor zijn verkrachtingshok had gehaald. Op de balie stonden een paar plastic potten met schroefdeksels en de boekenkast erachter was volgepropt met in rood gebonden bijbels met een kruis op de rug. Links ervan waren twee bruingeschilderde liftdeuren. Een trap met een metalen leuning liep naar achteren en maakte daar een scherpe hoek naar rechts.

Het rook hier naar soep. Waarom hing er toch bijna altijd een soeplucht in plaatsen die gewijd waren aan het redden van zieltjes?

Een oude zwarte vent die er wat netter uitzag dan de rest stond op van zijn stoel en kwam hinkend naar hem toe. 'Ik ben Edgar. Kan u van dienst zijn, meneer?'

Een zware basstem, ook al was hij maar een klein kereltje met kromme benen, gekleed in een gestreken kaki broek, een blauw met grijs geblokt overhemd dat tot aan de hals dichtgeknoopt was en gympen. Kaal, met uitzondering van krullende witkatoenen plukjes boven beide oren. Een stralend wit kunstgebit, gemaakt om te glimlachen. De algehele indruk was clownesk en goedaardig.

'Zijn dominee Fred en dominee Glenda aanwezig?'

'Dominee Fred zit bij de City of Orange Mission, maar dominee Glenda is boven. Wie kan ik zeggen dat er is?'

De vent sprak keurig en zijn ogen stonden helder en intelligent. Milo kon zich voorstellen dat hij een tijdje in een of andere country club als butler had gewerkt, waar hij de clientèle met volmaakt taalgebruik stroop om de mond had gesmeerd. Als zijn huid een andere kleur had gehad, was hij misschien degene geweest die bediend werd.

'Milo Sturgis.'

'En waar gaat het over, meneer Sturgis?'

'Dat is persoonlijk.'

De oude man keek hem vol medeleven aan. 'Een moment, meneer Sturgis.' Hij liep langzaam de trap op en kwam een paar minuten later terug. 'Dominee Glenda verwacht u, meneer Sturgis. De trap op en de tweede deur rechts.'

Glenda Stephenson zag er nog precies zo uit als tien jaar geleden, zoals ze daar zat achter een klein eiken bureau in een klein, bijna leeg kantoor, voorzien van een antieke radiator en gele luxaflex voor de ramen. Ruim twintig kilo te zwaar, veel te zwaar opgemaakt en een getoupeerd schuimgebakje van bruine golven boven een breed, hartelijk gezicht. Nog dezelfde kleren ook: een roze, gestippelde dirndljurk met een schuimend kanten kraagje. Iedere keer als Milo haar had gezien had ze iets volkomen ongeschikts aangehad met kwikjes en strikjes en altijd in diezelfde zeep-roze tint.

Hij had niet verwacht dat ze hem meteen zou herkennen, maar ze zei: 'Rechercheur S! Wat is dat lang geleden! Waarom heb je me al zo lang geen nieuwe mensen meer gebracht?'

'Ik heb niet zoveel meer met levende mensen te maken, dominee,' zei Milo. 'Ik werk al een hele tijd bij Moordzaken.'

'O, lieve hemel,' zei Glenda Stephenson. 'En hoe is je dat bevallen?'

'Het heeft z'n voordelen.'

'Ja, dat zal best.'

'Hoe gaat het met de zieltjesredderij, dominee?'

Glenda grinnikte. 'Wij hebben nooit gebrek aan werk.'

'Dat geloof ik meteen.'

'Ga zitten,' zei Glenda Stephenson. 'Koffie?'

Milo zag geen pot of kan staan. Op het bureau stond alleen een collectebus, naast een stapel papieren die op overheidsformulieren leken. Impulsief stak hij zijn hand in zijn zak, haalde er een bankbiljet uit en stopte dat in de bus.

'Dat hoeft niet, hoor,' zei Glenda.

'Ik ben katholiek,' zei Milo. 'Ik hoef maar in een religieuze omge-

ving te komen en ik krijg meteen de neiging om geld te geven.'
Glenda giechelde. Een meisjeslach. Op de een of andere manier klonk
het niet zo dwaas in combinatie met dat soepgezicht als je zou hebben verwacht. 'Nou, kom dan maar heel vaak langs. We hebben ook
altijd behoefte aan geld. Maar goed... Edgar zei dat het om iets persoonlijks ging?'
'In zekere zin,' zei Milo. 'Het heeft ook met mijn werk te maken...
wat ik bedoelde, was dat het tussen ons moet blijven.'
Glenda leunde voorover zodat haar borsten over het bureaublad streken. 'Natuurlijk. Wat is er aan de hand, jongen?'
'Het heeft niets met mij te maken,' zei Milo. 'Niet direct. Maar ik
ben betrokken bij een zaak die nogal... netelig is. Daarbij kwam een
naam bovendrijven die in zekere zin verband houdt met de zendingspost. Vance Coury.'
Glenda leunde achterover. Haar stoel kraakte. 'De zoon of de vader?'
'De zoon.'
'Wat heeft hij gedaan?'
'U schijnt er niet van op te kijken.'
Als ze ontspannen was, had Glenda gewoonlijk een glad gezicht...
niets strijkt rimpels zo mooi glad als vet. Maar nu verschenen er toch
hier en daar bezorgde rimpeltjes, om haar mondhoeken, haar ogen
en op haar voorhoofd.
'O, lieve hemel,' zei ze. 'Zal dat een weerslag hebben op de zendingspost?'
'Ik zou niet weten hoe. Maar ik zal altijd proberen te vermijden dat
u in een vervelende positie komt, dominee.'
'O, dat weet ik wel, Milo. Je was altijd de aardigste man die ik kende. Jij nam tijdens je diensturen de moeite om die zielige gevallen bij
ons af te leveren. En zoals je hun arm vasthield en de manier waarop je voor ze... zorgde.'
'Ik deed mijn best om de straten schoon te houden en jullie waren
in een positie om daaraan mee te helpen. Ik vrees dat ik geen her-
derlijke trekjes in mijn karakter heb.'
'Nou, volgens mij vergis je je,' zei Glenda. 'Volgens mij zou je een
fantastische priester zijn geweest.'
De vlammen sloegen Milo uit. Lieve god nog aan toe, hij blóósde.
'De jonge Coury...' zei Glenda. 'Toen Fred en ik het gebouw aan-
vaardden, hadden we onze bedenkingen. Want zoals je weet, zijn
wij oude rotten in deze buurt en we wisten verdraaid goed hoe zijn
vader was geweest... iedereen die in deze achterbuurt woonde, wist
alles van zijn vader af.'
'Een huisjesmelker.'

'Een huisjesmelker en een vrek... hij heeft ons nooit een cent gegeven, Milo, ook al hebben we er wel degelijk om gevraagd. Daarom was het ook zo'n schok voor ons toen we een paar maanden na zijn dood een brief kregen van de advocaat van zijn zoon met de mededeling dat hij het hotel aan de zendingspost schonk. Ik ben bang dat we in eerste instantie onchristelijke gedachten koesterden.'

'Zoals: wat steekt daarachter,' zei Milo.

'Precies. De vader... nee, ik zal geen kwaad spreken over de doden, dus laten we het er maar op houden dat liefdadigheid niet bepaald zijn sterkste punt was. En dan waren er nog de mensen die hij in dienst had. Die maakten het onze mannen altijd heel lastig. En ze bleven ook voor zijn zoon werken.'

'Wat waren dat voor mensen?'

'Rebelse jongemannen uit East L.A.,' zei Glenda.

'Van welke bende?' vroeg Milo.

Ze schudde haar hoofd. 'Je vangt weleens iets op. Eighteenth Street, de Mexican Mafia, Nuestra Familia. Ik zou het echt niet weten. Maar wie ze ook waren, als ze hier op straat verschenen, maakten ze onze mannen bang. Ze reden hier vol branie rond. Af en toe stapten ze uit en dan persten ze hun onder bedreiging geld af.'

'Werden ze fysiek bedreigd?'

'Af en toe kreeg iemand weleens een duw of een klap. Maar het kwam meestal neer op psychologische intimidatie... boze blikken, dreigementen, verbaal geweld. Ik neem aan dat ze vonden dat ze daar het volste recht toe hadden, omdat dit hun terrein was. Meneer Coury – de vader – liet hen de huur ophalen. Toen de zoon ons dit pand aanbood, was ons eerste verzoek aan hem of hij zijn personeel opdracht wilde geven om bij onze mannen uit de buurt te blijven. Want wij dachten dat hij wel eigenaar zou blijven van de twee andere hotels en we wilden niet vlak bij een dergelijke omgeving zitten. Maar zijn advocaat zei dat we geen problemen zouden hebben, omdat Coury de beide hotels zou laten slopen om er parkeerterreinen van te maken. Uiteindelijk is alles heel soepel verlopen. Onze advocaat hield contact met zijn advocaat, we moesten een aantal papieren tekenen en dat was alles. Fred en ik zaten te wachten op de adder onder het gras, maar onze advocaat heeft ons uitgelegd dat de zoon problemen had met de successierechten en dat het Grand Royale zodanig getaxeerd zou worden dat hij er het meest profijt van had.'

'Te hoog getaxeerd?'

'Nee,' zei Glenda. 'Daar wilden Fred en ik niets van weten. We hebben zelfs geëist dat we de laatste gemeentelijke taxaties mochten zien en alles klopte. Het Grand Royale was bijna twee keer zoveel waard als de andere hotels, dus daarmee waren de belastingproblemen van de zoon kennelijk van de baan. Meneer Coury, de vader, was eigenaar van een heleboel huizen. Maar de drie hotels had hij samen kunnen kopen dankzij een of andere overheidsregeling, en door van het Royale een schenking te maken was alles opgelost.'

'Coury die het werk van de Heer steunt,' zei Milo.

'Grappig, hè? De vader had zijn geld onrechtmatig verdiend door de armen te onderdrukken en nu dient althans een deel van die winst om het bestaan van de armen te verbeteren.'

'Eind goed, al goed, dominee. Dat komt niet vaak voor.'

'O jawel, hoor, Milo. Je moet het alleen wel willen zien.'

Hij zat nog een tijdje langer met haar te praten, stopte ondanks haar protesten nog wat geld in de collectebus en vertrok.

Vance Coury had zich gehouden aan zijn belofte dat hij de bendeleden weg zou houden bij de zendingspost en nu de twee andere hotels waren gesloopt om plaats te maken voor parkeerterreinen had hij ook geen behoefte meer aan mannen die de huur ophaalden.

Maar die connectie met jeugdbendes intrigeerde Milo en toen hij langs de terreinen reed om een blik te werpen op de bewakers, zag hij kaalgeschoren koppen en forse lijven. De tatoeages waren zo opvallend dat ze vanaf het trottoir te zien waren.

31

De manier waarop Vance Coury zich tegenover mij had gedragen klopte met het profiel van een verkrachter die zijn slachtoffers vernedert: knorrig, supermacho en vooral niet van zins zich vriendelijk op te stellen. Dat gold ook voor zijn opgefokte werkomgeving: grote auto's, opzichtig spuitwerk, de foto's van de onderdanige fellatio bedrijvende dames die tegen de muur van de garage waren geniet. De verminkte Porsche.

Een corrupte vader maakte het plaatje compleet: Coury was opgegroeid met het idee dat hij kon pakken wat hij wilde. Tel daar een paar vriendjes met soortgelijke opvattingen bij op en Janie Ingalls was het konijn tussen een roedel honden geweest.

Junior had geen belangstelling gehad voor mijn klandizie. Vond hij echt dat de Seville rijp voor de sloop was? Of werden alle rekeningen betaald uit de opbrengst van die parkeerterreinen en was dat carrosseriebedrijf alleen tijdverdrijf? Of een dekmantel... met al die bendeleden.

Ik reed naar de stad en dacht na over die doormidden gehakte Porsche. Een toonbeeld van slagerswerk. Het plezier om iets kapot te maken. Misschien zocht ik er te veel achter, maar na de paar minuten die ik in Coury's gezelschap had doorgebracht liepen de rillingen me over de rug en ik bleef de achteruitkijkspiegel in de gaten houden tot ik al lang en breed over Mulholland was.

Weer thuis zag ik in gedachten voor me wat zich twintig jaar geleden op dat feestje had afgespeeld: Janie die Coury temidden van al die herrie en drugs tegen het lijf liep en de flits van herkenning... het plezier van Coury en de schrik van Janie.

Hij reageert meteen en neemt het heft in handen. De King's Men doen ook een duit in het zakje.

Met inbegrip van die ene King's Man die zo anders leek dan de rest? De schilderijen die de galerie van Nicholas Hansen op hun website tentoonstelden, waren stillevens. Weelderige verzamelingen fruit en bloemen in heldere kleuren, met grote zorg weergegeven. Hansens werk leek niet alleen lichtjaren verwijderd van het vernielde beeldhouwwerk dat op de oprit bij Beaudry was opgesteld, maar ook verre van elke andere vorm van wreedheid. Maar kunst betekende niet dat de maker immuun was voor het kwaad. Caravaggio had een man gedood vanwege een ruzie over een partijtje tennis en Gauguin was gewoon met jonge Tahitiaanse meisjes naar bed gegaan, hoewel hij wist dat hij ze met syfilis zou besmetten.

Maar toch leek het erop dat Nick Hansen een andere weg was ingeslagen dan zijn vriendjes en afwijkend gedrag heeft me altijd gefascineerd.

Het was bijna drie uur, dus misschien was de New Yorkse galerie al dicht, maar ik belde toch en kreeg een jonge vrouwenstem aan de lijn. De eerste keer dat ik contact had opgenomen met de galerie had ik met een man gesproken, dus dit was mijn kans om opnieuw flink te huichelen.

Ik schakelde over op kunstkennersjargon en deed mezelf voor als een verzamelaar van tekeningen van oude meesters. Ik vertelde dat ik geen ruimte meer had om ze zonvrij op te hangen, zoals noodzakelijk is bij dat soort schatten, en dat ik overwoog om over te stappen op olieverfschilderijen.

'Ook van oude meesters?' vroeg de jongedame.

'Die zijn me een beetje te duur,' zei ik. 'Maar ik ben wel onder de indruk geraakt van het eigentijdse realisme dat zich een plaatsje heeft weten te verwerven naast de bekende paradepaardjes. Zoals het werk van Nicholas Hansen bijvoorbeeld.'

'O, Nicholas is fantastisch.'

'Hij is in ieder geval niet bang voor traditie,' zei ik. 'Kunt u me iets meer over zijn opleiding vertellen... is hij puur academisch geschoold?'

'Nou,' zei ze, 'hij heeft wel op Yale gezeten. Maar wij zijn altijd van mening geweest dat Nicholas verder gaat dan academische schilderkunst. Het heeft iets te maken met het gevoel dat hij in zijn werk legt. En met zijn gebruik van licht.'

'Ja. Juist. Ik heb veel waardering voor zijn composities.'

'Dat komt er ook nog bij. Hij is subliem. Helaas hebben we momenteel geen werk van hem in voorraad. Als u uw naam wilt achterlaten...'

'Ik wil altijd graag iets meer van een kunstenaar af weten voordat ik de sprong waag. Heeft u misschien biografische gegevens van Hansen die u mij kunt faxen?'

'Ja, natuurlijk,' zei ze. 'Die zal ik u meteen toesturen. En wat dat academische aspect betreft... Nicholas heeft een goede opleiding, maar daar moet u zich niet door laten afschrikken. Ondanks zijn zorgvuldige werkwijze en de nuchtere manier waarop hij met verf omgaat, straalt hij toch een zekere mate van primaire energie uit. Maar om dat werkelijk te ondergaan moet u de schilderijen zelf zien.'

'Daar twijfel ik niet aan,' zei ik. 'Dat is altijd het best.'

Vijf minuten later begon mijn faxapparaat te zoemen en het spuugde het cv van Nicholas Hansen uit. Opleiding, prijzen, tentoonstellingen, al dan niet samen met andere kunstenaars, gemeentes die zijn werk hadden aangekocht en musea waar ze te zien waren.

De man had in twintig jaar veel bereikt, maar in tegenstelling tot zijn oude vriendje Garvey Cossack had hij zijn prestaties niet samengevat in een bombastische biografie. De middelbare school werd niet vermeld, de opleiding van Nicholas Hansen begon bij zijn studie aan de Columbia universiteit waar hij antropologie had gestudeerd en gedurende de zomer schilderlessen had genomen, gevolgd door een studie kunstgeschiedenis aan Yale, waarna hij twee jaar in een atelier in Florence in Italië had gewerkt om zich de klassieke schildertechniek eigen te maken. Onder de musea die zijn werk tentoonstelden waren het Chicago Art Institute en het Boston Museum of Fine Arts. Onder de mensen die zijn werk verzamelden, bevond zich een aantal bekende personen.

Een veelzijdig man. Een beschaafd man. Dat viel nauwelijks te rijmen met de garage van Vance Coury of de vulgaire levensstijl van

de Cossacks. En met een groepsverkrachting die op moord was uit-
gelopen.
Ik keek nog eens naar de data die Hansen in zijn cv had vermeld.
En zag nog iets dat niet klopte.

Milo nam nog steeds geen van zijn telefoons op, dus ik probeerde
mijn rusteloosheid te onderdrukken met een biertje, gevolgd door
een tweede. Ik liep met het flesje naar de vijver, overwoog om even
te gaan zitten, maar besloot toen om blad te gaan harken. Een uur
lang was ik ijverig bezig met snoeien, harken en andere karweitjes
waarbij ik niet na hoefde te denken. Net toen ik vond dat ik wel wat
rust had verdiend, ging binnen de telefoon over.
Robin? Ik holde de trap op, griste de telefoon in de keuken van de
haak en hoorde de stem van dr. Bert Harrison. 'Alex?'
'Bert. Wat is er aan de hand?'
'Ik vond het zo leuk om je weer te zien,' zei hij. 'Na al die tijd. Ik
wilde gewoon weten hoe het met je gaat.'
'Zag ik er zo slecht uit?'
'O, nee, niet slecht, Alex. Alleen een beetje bezorgd. Dus...'
'Alles gaat z'n gangetje.'
'Z'n gangetje.'
'Nee, dat lieg ik, Bert. Ik heb het verknald bij Robin.'
Het bleef even stil.
'Ik had naar jou moeten luisteren,' zei ik. 'In plaats daarvan heb ik
het verleden opgerakeld.'
De stilte hield aan. 'O...'
'Ze reageerde precies zoals jij had voorspeld. Misschien was dat ook
wel mijn bedoeling.'
'Dus je zegt...'
'Ik weet niet wat ik zeg, Bert. Luister, ik vind het lief van je dat je
hebt gebeld, maar op dit moment is alles nogal... ik wil er liever niet
over praten.'
'Vergeef me,' zei hij.
Weer die verontschuldigingen.
'Er valt niets te vergeven,' zei ik. 'Jij hebt me een goed advies gege-
ven, maar ik heb het zelf verknald.'
'Je hebt een fout gemaakt, jongen. Maar fouten kunnen hersteld wor-
den.'
'Sommige wel.'
'Robin is een buigzame vrouw.'
Hij had Robin twee keer ontmoet. 'Ga je nu uit van je aangeboren
optimisme?' vroeg ik.

'Nee, van de intuïtie van een oude man. Alex, ik heb zelf ook genoeg fouten gemaakt, maar na een paar jaar krijg je wel inzicht in mensen. Ik zou het ontzettend naar vinden als jij je zou vergissen.'
'Met betrekking tot Robin?'
'In alle opzichten,' zei hij. 'Er was trouwens nog een reden waarom ik je belde. Ik ben van plan op reis te gaan. Ik denk dat ik wel een tijdje weg zal zijn. Naar Cambodja, Vietnam, een paar landen waar ik al eerder ben geweest en andere die ik nog niet ken.'
'Wat een geweldig idee, Bert.'
'Ik wilde niet dat je zou proberen om contact met me op te nemen om dan tot de ontdekking te komen dat ik niet thuis ben.'
'Dat stel ik bijzonder op prijs.' Had ik zo'n wanhopige indruk gemaakt?
'Dat klinkt wel erg aanmatigend, hè?' zei hij. 'Om te denken dat je zou bellen. Maar... gewoon, voor het geval dat.'
'Ik vind het fijn dat je me even hebt gewaarschuwd, Bert.'
'Ja... nou ja, het beste dan maar.'
'Wanneer ga je weg?' vroeg ik.
'Binnenkort. Zodra alles is geregeld.'
'Goeie reis,' zei ik. 'Bel wel even op als je weer terug bent. Ik wil dolgraag horen hoe de reis is verlopen.'
'Ja... mag ik je nog één raad geven, jongen?'
Alsjeblieft niet. 'Natuurlijk.'
'Probeer iedere dag iets extra's te geven door het leven vanuit een andere invalshoek te bekijken.'
'Oké,' zei ik.
'Tot ziens dan maar, Alex.'
Ik legde de telefoon op de haak. Wat had dát te betekenen? Terwijl ik over het gesprek nadacht, begon het steeds meer op een afscheid te lijken.
Bert die ergens naar toe ging... hij had een beetje verdrietig geklonken. Die opmerkingen die hij had gemaakt over seniliteit. Al die verontschuldigingen.
Bert was een eersteklas psychotherapeut en verstandig genoeg om te weten dat ik niet zat te wachten op advies. Maar bij wijze van afscheid had hij dat toch niet kunnen laten.
Probeer iedere dag iets extra's te geven door het leven vanuit een andere invalshoek te bekijken. De laatste woorden van een oude vriend die met aftakeling werd bedreigd? En die op reis ging... de laatste reis?
Daar begon ik weer, ik verwachtte altijd het ergste.
Ik moest niet zo moeilijk doen. De oude man had altijd gereisd, hij

was er dol op. Er was geen enkele reden om te denken dat zijn bestemming ergens anders lag dan in Zuidoost-Azië...

De telefoon ging opnieuw over. Ik drukte op de handsfree-knop en de stem van Milo, vervormd en begeleid door ruis, klonk door de keuken. 'Nog nieuwe ideeën?'

'Wat zou je zeggen van iets dat echt waar is?' zei ik. 'Nicholas Hansen kan niet betrokken zijn geweest bij de moord op Janie. Begin juni had hij zijn laatste jaar op Columbia erop zitten. Nadat hij was afgestudeerd vertrok hij naar Amsterdam om tijdens de zomer een cursus modeltekenen in het Rijksmuseum te volgen.'

'Dan ga je ervan uit dat hij niet voor een weekendje naar huis is gekomen.'

'Vanuit New York naar L.A. om een weekendje thuis te zijn?'

'Het waren rijke knullen,' zei hij.

'Dat kan wel zijn, maar daar geloof ik niets van. Hansen is heel anders dan de rest van de King's Men. Zijn leven heeft een heel andere draai genomen en tenzij je het bewijs vindt dat hij nog steeds contact heeft met Coury, de Cossacks en Brad Larner gok ik erop dat hij die hele groep destijds vaarwel heeft gezegd en sindsdien altijd afstand heeft bewaard.'

'Dus aan hem hebben we niets.'

'Integendeel. Hij lijkt me de juiste persoon om ons meer inzicht in dat stel te geven.'

'Dus we vallen gewoon bij hem binnen met de mededeling dat we even gezellig met hem willen babbelen over zijn oude maatjes, de seksmoordenaars?'

'Heb je dan nog andere veelbelovende aanwijzingen?' vroeg ik.

Hij zei niets.

'Wat heb je vandaag eigenlijk gedaan?' wilde ik weten.

'Ik heb geprobeerd of ik wat meer te weten kon komen over Coury jr. Zijn pappie was echt zo'n stuk ellende als de kranten beweerden. Hij gebruikte bendeleden om de huur te innen. En het ziet ernaar uit dat junior die contacten nog steeds heeft. De twijfelachtige figuren die op zijn parkeerterreinen werken, hebben die gezellige uitstraling van homeboys.'

'Dat is grappig.' Ik vertelde hem over mijn bezoek aan de garage.

'Dus je bent ernaar toe gegaan onder het mom dat je de bijl in de Seville wilde laten zetten?' zei hij. 'Is het idee ook bij je opgekomen dat Coury geen zin had om die opdracht aan te nemen omdat hij je niet geloofde? Jezus, Alex...'

'Waarom zou hij me niet geloven?' vroeg ik.

'Omdat het best mogelijk is dat iemand in het vijandelijke kamp

weet dat we met die Ingalls-zaak aan het rommelen zijn. Jij hebt om te beginnen dat verdomde moordboek alleen gekregen omdat iemand wist dat wij samenwerken. Dat was verdomd stom van je, Alex.'
'Coury was helemaal niet achterdochtig, alleen ongeïnteresseerd,' zei ik met meer overtuiging dan ik voelde. 'Ik heb het idee dat hij het geld gewoon niet nodig heeft.'
'Werden er wel andere auto's omgebouwd?'
'Ja.'
'Dat betekent dat hij wel werk aanpakt, maar dat hij gewoon niets voor jóú wil doen. Alex, dat was de laatste keer dat je op eigen houtje op onderzoek uitgaat.'
'Mij best,' zei ik. 'Maar als Coury contact onderhoudt met jeugdbendes heeft hij ook genoeg personeel dat allerlei karweitjes voor hem op kan knappen. Zoals afrekenen met die arme Luke Chapman en misschien ook wel met Willie Burton en Caroline Cossack. En wellicht ook met Lester Poulsenn. Ik ben er wel achter gekomen waar hij is gebleven – veilig, gewoon via de computer – en je raadt het nooit, maar hij overleed nog geen twee weken nadat Caroline Cossack uit Achievement House is weggegaan. Hij kreeg een kogel in het hoofd in een huis in Watts dat vervolgens in brand werd gestoken. Hij was net overgeplaatst van IZ naar Metro, wat zou kunnen betekenen dat hij zich bezighield met de moord op Janie, denk je ook niet?'
'Levend verbrand,' zei hij. Zijn stem klonk gesmoord. 'Wat deed hij in Watts?'
'Dat stond er niet bij. Tussen twee haakjes, het bericht stond in een krant uit Sacramento. Er wordt in L.A. een rechercheur vermoord, maar de kranten in L.A. hebben er geen letter over geschreven.'
'Stond er ook in dat artikel waar precies in Watts?'
Ik las het adres voor.
Geen reactie.
'Ben je er nog?'
'Ja... oké, laten we maar over een uur afspreken in Beverly Hills. Het is hoog tijd dat we eens van kunst gaan genieten.'

32

De groene BMW van Nicholas Hansen stond op de met kinderkopjes geplaveide oprit van het huis aan North Roxbury Drive. De straat werd omzoomd door zieltogende olmen. Een paar bomen hadden de strijd opgegeven en hun zwarte takken wierpen grillige schaduwen op de glinsterende trottoirs. In de straat was alleen het geluid van een Beverly Hills-symfonie te horen: een legertje tuinlieden dat het groen rond landhuizen verderop in de straat verzorgde.

Milo zat in een nieuwe huurauto – een grijze vierdeurs Oldsmobile – die hij zes huizen ten noorden van de crèmekleurige hacienda van Hansen langs de kant van de weg had geparkeerd.

'Leuk wagentje,' zei ik.

'Verandering van spijs doet eten.' Zijn gezicht was bleek en bezweet.

'Is er iets gebeurd waardoor je besloot een nieuwe te huren?'

'Het blijft riskant om Hansen te benaderen. Als hij nog steeds contact heeft met de anderen is er stront aan de knikker. Als dat niet zo is, schieten we er niets mee op.'

'Maar je gaat er toch mee door.'

Hij trok een zakdoek te voorschijn en bette het zweet van zijn voorhoofd. 'De enige andere keus die we hebben, is nietsdoen. En wie zegt dat ik slim ben?'

Toen we bij het huis van Hansen waren aangekomen keek hij boos om zich heen en wierp een blik in de BMW. 'Schoon. Keurig.' Terwijl hij naar de deur liep en op de bel drukte, zag hij eruit alsof hij zin had om iets aan flarden te scheuren.

Nicholas Hansen deed de deur open, gekleed in een verschoten zwart joggingpak en witte Nikes. Zijn gezicht stond afwezig. Alleen de bruine en rode verfvlekken op zijn vingers verraadden zijn beroep. Hij was lang en mager, met een vreemd vlezig gezicht, en hij leek eerder vijftig dan veertig. Een slappe hals, treurige hondenogen in de kleur van rivierslijk, een grauwe mond omringd door rimpels en een kale, blauw dooraderde schedel omkranst door beige dons. Afhangende schouders suggereerden een midlifecrisis. Wat mij betrof, leek hij meer op een uitgebluste advocaat die een dagje vrij had genomen.

Milo liet zijn legitimatie zien en er verscheen een heldere blik in de modderkleurige ogen van Hansen. Maar zijn stem klonk zacht en mompelend. 'Politie? Waar gaat het over?'

Ik stond achter Milo, maar niet zover weg dat ik de alcoholkegel van Hansen niet kon ruiken.

'Over de middelbare school,' zei Milo. Zijn stem klonk grof en hij had het neerbuigende 'meneer' van de politie niet gebruikt, laat staan de naam van Hansen.

'De middelbare school?' Hansen knipperde met zijn ogen en hij legde de met verf besmeurde vingers van zijn ene hand op zijn kale kop, alsof hij plotseling hoofdpijn had gekregen.

'De King's Men,' zei Milo.

Hansen liet zijn hand weer zakken en wreef zijn vingers over elkaar, waardoor een stukje verf losliet. Hij bestudeerde zijn nagels. 'Ik snap er echt niets van... ik ben aan het werk.'

'Het is belangrijk,' zei Milo. Hij duwde Hansen nog steeds zijn legitimatie onder de neus en de kunstenaar week een stap achteruit.

'De King's Men?' zei Hansen. 'Dat is ontzettend lang geleden.'

Milo ging weer iets dichterbij Hansen staan. 'Degene die het verleden vergeet, zal veroordeeld worden het nogmaals te beleven, et cetera.'

Hansens hand fladderde weer even door de lucht en landde op de deurpost. Hij schudde zijn hoofd. 'Ik begrijp er niets van, heren.' Zijn adem was bijna honderd procent alcohol en met al die gesprongen adertjes leek zijn neus op een landkaart.

'Ik wil u dat graag uitleggen,' zei Milo. Hij verdraaide zijn pols en het zonlicht weerkaatste van zijn penning. 'Maar ik neem aan dat u liever niet hier op de stoep praat, waar iedereen ons kan zien.'

Hansen week opnieuw iets achteruit. Milo was hooguit een centimeter of twee langer dan Hansen, maar er was iets in zijn houding waardoor het verschil veel groter leek.

'Ik ben schilder en zit net midden in een schilderij,' bleef Hansen tegenstribbelen.

'En ik zit midden in een moordonderzoek.'

Hansens mond verslapte waardoor zijn onregelmatige, gelige gebit zichtbaar werd. Hij sloot haastig zijn mond, keek op zijn horloge en wierp een blik over zijn schouder.

'Ik ben een groot kunstliefhebber,' zei Milo. 'Vooral van het Duitse expressionisme... al die bezorgdheid.'

Hansen keek hem met grote ogen aan en deed opnieuw een stap achteruit. Milo reageerde opnieuw en bleef weer een paar centimeter voor Hansen staan die hem een bezorgde blik toewierp.

'Ik hoop dat dit niet te lang duurt,' zei Hansen.

Binnen in het huis was het koel en schemerig en er hing een lucht van kamfer die aan oude mensen deed denken. Op de smalle trap met koperen leuningen lagen dezelfde beschadigde terracotta tegels als in de hal. De vier meter hoge plafonds waren versterkt met bewerkte eiken balken. Het hout vertoonde wormgaten en was bijna zwart van ouderdom. De wanden waren met de hand gestuukt in een kleur die twee tinten donkerder was dan het crème van de buitenmuren en waren op regelmatige afstand voorzien van nissen. Vrij smalle glas-in-loodramen, sommige met gebrandschilderde voorstellingen van beelden uit het Nieuwe Testament, lieten maar weinig licht binnen. De gekleurde ruitjes zorgden voor stofbanen in alle kleuren van de regenboog. De meubels waren zwaar, donker en log. Geen kunstwerken aan de muren. Het huis deed denken aan een of andere slecht bezochte kerk.

Nicholas Hansen gebaarde dat we plaats konden nemen op een ingezakte bank met franje die was bekleed met een soort rafelige, zware stof en ging zelf tegenover ons zitten in een gehavende leren stoel. Hij legde zijn handen over elkaar op zijn schoot.

'Ik kan me echt niet voorstellen waar dit over gaat.'

'Laten we maar eens beginnen met de King's Men,' zei Milo. 'Die herinnert u zich vast wel.'

Hansen wierp opnieuw een blik op zijn horloge. Het was een goedkoop digitaal klokje met een zwarte plastic band.

'Hebt u het druk vandaag?' wilde Milo weten.

'Misschien zal ik dit gesprek moeten onderbreken als mijn moeder wakker wordt,' zei Hansen. 'Ze lijdt aan terminale darmkanker en de dagverpleegster heeft vanmiddag vrij.'

'Het spijt me,' zei Milo. Ik had hem nog nooit zo weinig medeleven zien tonen.

'Ze is zevenentachtig,' zei Hansen. 'Ik ben geboren toen ze vijfenveertig was. Ik heb me altijd afgevraagd hoe lang ik haar zou mogen houden.' Hij plukte aan de manchet van zijn sweatshirt. 'Ja, ik kan me de King's Men nog wel herinneren. Waarom brengt u mij na al die jaren nog met hen in contact?'

'Uw naam dook op bij het onderzoek.'

Het gelige gebit kwam weer te voorschijn en Hansen kneep zijn ogen halfdicht terwijl hij ingespannen nadacht. 'Dook mijn naam op bij een moordonderzoek?'

'Een bijzonder onsmakelijke moord.'

'Van recente datum?'

Milo sloeg zijn benen over elkaar. 'Dit zal sneller gaan als ik de vragen stel.'

Een andere man was waarschijnlijk boos geworden. Hansen liet zich als een gehoorzaam kind op zijn plaats zetten. 'Ja, natuurlijk. Ik ben gewoon... de King's Men was gewoon stom gedoe uit de tijd dat ik nog op school zat.' Het kostte hem moeite de woorden duidelijk uit te spreken. Zijn ogen vlogen naar de balken langs het plafond. Een inschikkelijk man. Het feit dat hij had gedronken maakte het Milo nog gemakkelijker.

Milo haalde zijn opschrijfboekje te voorschijn. Toen hij zijn pen open klikte, schrok Hansen op, maar hij bleef op zijn plaats zitten.

'Laten we bij het begin beginnen. U was lid van de King's Men.'

'Ik zou echt heel graag willen weten hoe u... ach, laat ook maar zit-

ten, hoe eerder we hier vanaf zijn hoe beter,' zei Hansen. 'Ja, daar ben ik lid van geweest. Tijdens mijn laatste twee jaar op Uni. Toen ik daar kwam, zat ik in de derde klas. Mijn vader had een hoge functie bij Standard Oil, we moesten vaak verhuizen. Voor die tijd woonden we aan de oostkust en ik zat al in de derde toen vader overgeplaatst werd naar L.A. waar we een huis huurden in Westwood. Daardoor was ik behoorlijk uit mijn evenwicht geraakt. Dat is trouwens toch kenmerkend voor die leeftijd, hè? Ik geloof dat ik behoorlijk nijdig was op mijn ouders omdat ze me uit mijn vertrouwde omgeving weg hadden gehaald. Ik was altijd heel gehoorzaam geweest... enig kind en vroegrijp. Ik denk dat ik het gewoon tijd vond om een beetje rebels te worden toen ik naar Uni ging en volgens mij kon dat het best door lid te worden van de King's Men.' 'Waarom?'
'Omdat het een stel slapjanussen was,' zei Hansen. 'Rijke knullen die niets anders deden dan zuipen en drugs gebruiken. Ze wisten de school zover te krijgen om hen als een officiële club te beschouwen omdat een van hun vaders onroerend goed bezat en de school zijn leegstaande panden mocht gebruiken voor allerlei activiteiten om geld in te zamelen: auto's wassen, koekjes bakken, dat soort dingen. Maar de Men deden niet aan liefdadigheid, die gaven alleen maar feestjes.'
'Een vader met onroerend goed,' zei Milo. 'Vance Coury.'
'Ja, de váder van Vance.'
Hansen legde iets meer nadruk op het woord 'vader' en Milo wachtte tot hij door zou praten. Toen Hansen niets zei, vroeg hij: 'Wanneer was de laatste keer dat u Vance Coury hebt gezien?'
'Bij het uitreiken van de diploma's van de middelbare school,' zei Hansen. 'Ik heb nooit meer contact met dat stel gehad. Daarom vind ik dit ook allemaal zo vreemd.'
Weer een blik op het plafond. Hansen had nooit geleerd om zijn lichaamstaal aan te wenden voor list en bedrog.
'Dus sinds uw eindexamen hebt u hen geen van allen meer gezien?' vroeg Milo. 'Niet één keer?'
'Tegen de tijd dat we eindexamen hadden gedaan, was ik al een andere weg ingeslagen. Zij bleven allemaal hier en ik was toegelaten op Columbia. Mijn vader wilde dat ik een zakenopleiding zou volgen, maar toen kwam ik eindelijk echt met succes in opstand en ik ben antropologie gaan studeren. In feite was kunst het enige dat me echt interesseerde, maar dat zou echt veel heisa hebben gegeven. Vader vond het toch al niet leuk, maar moeder steunde me.'
Hij keek voor de derde keer op zijn horloge en wierp vervolgens een

blik op de trap. Het enig kind dat hoopte door zijn moeder verlost te worden.

'U hebt geen antwoord gegeven op mijn vraag,' zei Milo. 'Hebt u sinds uw eindexamen nog een van de andere King's Men gezien?'

Hansens modderkleurige irissen dwaalden weer naar boven en zijn mond begon te beven. Hij probeerde het te verbergen achter een glimlach en sloeg zijn benen over elkaar, in een soort imitatie van Milo. Het maakte een verwrongen, geen nonchalante indruk.

'Ik heb Vance, de Cossacks of Brad Larner nooit weergezien. Maar er was nog een andere jongen, Luke Chapman... hoewel, waar praten we eigenlijk over, dat was twintig jaar geleden. Luke was... wat wilt u eigenlijk precies weten?'

Milo beet zijn kaken op elkaar. Zijn stem klonk zacht en dreigend. 'Luke was wat?'

Hansen gaf geen antwoord.

Milo zei: 'U weet dat hij dood is.'

Hansen knikte. 'Heel triest.'

'Wat wilde u over hem zeggen?'

'Dat hij niet echt intelligent was.'

'Dus na het eindexamen hebt u hem nog wel gezien. Wanneer precies?'

'Luister eens,' zei Hansen. 'U moet een paar dingen goed begrijpen. Hij – Luke – was niet bepaald een genie. Om eerlijk te zijn was hij gewoon stom. Ondanks dat heb ik hem altijd beschouwd als de beste van het stel. Daarom... heeft dit iets te maken met het feit dat Luke is verdronken?'

'Wanneer hebt u Chapman gesproken?'

'Maar één keer,' zei Hansen.

'Wanneer?'

'Tijdens mijn eerste jaar aan de universiteit.'

'In welke maand?'

'Tijdens de kerstvakantie. In december.'

'Dus hooguit een paar weken voordat Chapman verdronk.'

Hansen werd doodsbleek en richtte zijn blik weer op de bewerkte balken. Hij kroop dieper weg in zijn stoel en maakte een nietige indruk. Een slechte leugenaar. Het was een verstandig besluit geweest om te gaan schilderen in plaats van voor de zakenwereld te kiezen.

Milo sloeg zijn opschrijfboekje dicht, stond op, liep naar Hansen toe en legde zijn hand op de rugleuning van Hansens stoel. Hansen zag eruit alsof hij ieder moment kon flauwvallen.

'Vertel het ons maar,' zei Milo.

'Wilt u zeggen dat Luke werd vermoord? Al die jaren geleden... wie verdenkt u?'

'Vertel ons nu maar hoe die ontmoeting met Chapman verliep.'
'Ik... dit...' Hansen schudde zijn hoofd. 'Ik zou best een borrel lusten. Kan ik ook iets voor u inschenken?'
'Nee, maar u mag gerust een hartversterking nemen.'
Hansen drukte zichzelf omhoog met behulp van de armleuningen van zijn stoel en stond op. Milo liep achter hem aan door de betegelde hal naar een aangrenzende eetkamer, waar ze door een dubbele deur verdwenen. Toen ze samen terugkwamen, had Hansen een breed, vierkant whiskyglas met beide handen vast. Het was van bewerkt kristal en half gevuld met whisky. Toen hij ging zitten, stelde Milo zich weer achter zijn stoel op. Hansen draaide zich om, keek naar hem op, sloeg het grootste deel van de whisky achterover en wreef in zijn ooghoeken.
'Vertel om te beginnen maar eens waar het was.'
'Hier. In dit huis.' Hansen dronk het glas leeg. 'Luke en ik hadden geen contact met elkaar gehouden. En het laatste wat mij bezighield, waren herinneringen aan de middelbare school. Die knullen waren echt stom. Stomme, rijke knullen en het was gewoon een belachelijk idee dat ik ze vroeger zo geweldig had gevonden. Ik was een echte Oostkustbal die 'm kneep als een ouwe dief voor de zoveelste verandering in mijn manier van leven waardoor ik midden in een totaal andere wereld was beland. Gebruinde lijven, brede grijnzen, andere maatschappelijke normen... ik leed gewoon aan een overdosis *Californië*. Luke en ik hadden samen geschiedenisles. Hij bakte er niets van... hij was zo'n groot blond soeshoofd dat nauwelijks kon lezen of schrijven. Ik had medelijden met hem, dus heb ik hem geholpen... ik gaf hem gratis bijles. Hij was dom, maar hij was niet slecht. Hij was een regelrechte kleerkast, maar hij deed nooit aan sport omdat hij de voorkeur gaf aan drank en het roken van marihuana. Daar draaide alles om bij de Kingers. Ze legden juist de nadruk op het feit dat ze niets ánders deden dan fuiven en ik zat in een periode in mijn leven waarin dat soort losgeslagen gedrag me bijzonder aantrok. Dus toen Luke me aanbood om lid te worden van de groep, greep ik die kans met twee handen aan. Dan zou ik eindelijk ergens bij horen. Iets anders had ik niet.'
'Hebben de anderen je hartelijk ontvangen?'
'Niet met open armen, maar ze deden er niet moeilijk over,' zei Hansen. 'Ik moest wel een proef afleggen en door hen onder tafel te drinken bewijzen dat ik er echt bij hoorde. Dat lukte me wel, maar ik heb me bij hen nooit echt op mijn gemak gevoeld en waarschijnlijk is dat langzaam maar zeker ook tot hen doorgedrongen, want toen het allemaal op z'n eind liep, werden ze... afstandelijk. Bovendien

was er ook nog de financiële kant. Ze hadden voor zichzelf uitgemaakt dat ik rijk was... het praatje had de ronde gedaan dat vader de *eigenaar* was van een oliemaatschappij. Toen ik hun vertelde hoe de vork in de steel zat, waren ze duidelijk teleurgesteld.'

Hansen pakte zijn glas van de ene in de andere hand en staarde naar zijn knieën. 'Moet je mij horen, alsof ik alleen maar over mezelf kan praten.' Hij haalde diep adem. 'Maar daar kwam het wel zo'n beetje op neer. In de derde klas heb ik in de tweede helft van het jaar veel met hen opgetrokken. Dat ging ook nog een tijdje door toen ik in de vierde zat, maar daarna werd het vanzelf minder. Toen ik naar Columbia ging, verloren zij alle interesse in mij. Zij waren van plan om gewoon in L.A. op kosten van hun ouders door te gaan met fuiven.'

Milo zei: 'Dus u kwam tijdens de vakantie thuis en toen kwam Luke Chapman binnenvallen.'

'Ja, zomaar uit het niets,' zei Hansen. 'Ik zat de hele dag in mijn kamer te tekenen. Luke kwam zonder aankondiging opdagen en moeder heeft hem binnengelaten.'

Hansen tilde het zware whiskyglas op.

'Wat wilde hij?'

Hansen staarde hem aan.

'Waar ging het over, Nicholas?'

'Hij zag er vreselijk uit,' zei Hansen. 'Verfomfaaid, ongewassen... hij stonk een uur in de wind. Ik wist niet wat ik ervan moest denken. Toen zei hij: "Nick, man, jij bent de enige die me ooit heeft geholpen en nu moet je me weer helpen." Mijn eerste gedachte was dat hij een meisje zwanger had gemaakt en dat iemand hem moest helpen een abortus te regelen of zoiets. Ik zei: "Wat kan ik voor je doen?" En op datzelfde moment stortte hij in... hij ging echt helemaal kapot. Hij zat heen en weer te wiegen en te kreunen en zei dat alles één grote zooi was.'

Hij hield het glas omhoog. 'Ik zou er nog wel eentje lusten.'

Milo keek mij aan. 'De fles staat op het aanrecht. Nicholas en ik wachten hier wel.'

Ik liep naar de keuken en schonk twee vingers uit de fles Dalwhinnie single-malt die op het aanrecht stond. Terwijl ik terugliep, nam ik mijn omgeving op: gele muren, oude, witte keukenapparaten, lege roestvrijstalen aanrechtbladen en lege druiprekken. Ik trok de koelkast open. Een pak melk, een pakje bacon dat half was uitgedroogd en iets in een kom dat op verdroogde pap leek. Geen kookluchtjes, alleen diezelfde stank van mottenballen. De whiskyfles was driekwart leeg geweest. Nicholas Hansen gaf niet veel om eten, hij was een eenzame drinker.

Toen ik weer terugkwam in de woonkamer zat Milo door zijn opschrijfboekje te bladeren zonder notitie te nemen van Hansen. Hansen zat zo stil dat hij een verlamde indruk maakte. Ik gaf hem zijn borrel. Hij pakte het glas met twee handen aan en dronk gulzig.
Milo zei: 'Luke stortte in.'
'Ik vroeg hem wat er aan de hand was, maar in plaats van antwoord te geven haalde hij een joint te voorschijn en stak die aan. Ik griste hem de sigaret uit zijn hand en zei: "Hoe haal je het in je hoofd?" Ik denk dat ik behoorlijk geïrriteerd klonk, want hij kromp in elkaar en zei: "O, Nick, we hebben er echt een zootje van gemaakt." En toen vertelde hij me alles.'
Hansen nam het laatste slokje van zijn tweede borrel.
'Ga door,' zei Milo.
Hansen keek naar het lege glas alsof hij met het idee speelde om nog een keer in te schenken, maar zette het whiskyglas toch op een bijzettafeltje. 'Hij vertelde me dat er een feest was geweest... een groot feest, ergens in Bel Air in een leegstaand huis...'
'Van wie was dat huis?'
'Dat heeft hij me niet verteld en ik heb het niet gevraagd,' zei Hansen. 'Ik wilde het niet weten.'
'Waarom niet?' vroeg Milo.
'Omdat ik daar niets meer mee te maken had, ik had hen al jaren geleden uit mijn hoofd...'
'Wat heeft Chapman je verteld over dat feestje?' vroeg Milo.
Hansen hield zijn mond. Zijn ogen dwaalden rond, maar hij vermeed ons aan te kijken.
We wachtten rustig af.
'O jee,' zei hij.
'Inderdaad,' zei Milo. 'O jee.'
Hansen greep het glas weer op. 'Ik zou best...'
'Nee,' zei Milo.
'Een meisje vond de dood tijdens dat feest. Ik heb echt nog een borrel nodig.'
'Hoe heette dat meisje?'
'*Dat weet ik niet!*' De irissen van Hansens ogen waren nat... blubberige modder.
'Dat weet je niet,' zei Milo.
'Het enige dat Luke zei, was dat er een feestje was geweest, dat het er behoorlijk wild aan toe ging, dat ze een beetje met een meisje hadden gerotzooid waarbij het er nog wilder aan toe was gegaan en dat ze plotseling dood was.'
'Gerotzooid.'

Geen antwoord.

'Plotseling,' zei Milo.

'Zo formuleerde hij het,' zei Hansen.

Milo grinnikte. Hansen week achteruit alsof hij een klap in zijn gezicht had gehad en liet bijna zijn glas vallen.

'Hoe kwam die plótselinge dood tot stand, Nick?'

Hansen beet op zijn lip.

'Vooruit,' blafte Milo.

Hansen schoot overeind in zijn stoel en begon weer met het glas te spelen. 'Alsjeblieft... ik weet niet wat er is gebeurd... Lúke wist niet eens wat er precies was gebeurd. Daar ging het juist om. Hij was in de war... volkomen gedesoriënteerd.'

'Wat heeft hij je over dat meisje verteld?'

'Hij zei dat Vance haar had vastgebonden, dat ze allemaal lol met haar trapten en dat er toen ineens bloed aan te pas was gekomen. Alles zat onder het bloed, net als in die films waar we vroeger op school altijd naar keken... *slasher*films. "Maar het was nog veel erger, Nick. Het is in werkelijkheid veel erger." Mijn maag draaide om en ik zei: "Waar heb je het in godsnaam over?" Maar Luke zat alleen maar te brabbelen en te snuffen en hij zei telkens opnieuw dat ze er echt een zootje van hadden gemaakt.'

'Wie?'

'Het hele stel. Alle Kingers.'

'En hij noemde dat meisje niet bij naam?'

'Hij zei dat hij haar nooit eerder had gezien. Alleen Vance kende haar en toen hij haar plotseling in de gaten kreeg, had hij haar opgepikt. Letterlijk. Hij had haar over zijn schouder gegooid en naar de kelder gebracht. Ze was stoned.'

'Naar de kelder van het huis waarin het feestje werd gegeven.'

'Daar hebben ze met haar... gerotzooid.'

'Gerotzooid,' zei Milo.

'Ik probeer het zo accuraat mogelijk weer te geven. Zo omschreef Luke het.'

'Heeft Chapman meegedaan aan de verkrachting?'

Hansen mompelde iets.

'Wat zei je?' wilde Milo weten.

'Hij wist het niet zeker, maar hij dacht het wel. Hij was zelf ook stoned. Dat gold voor iedereen. Hij kon het zich niet meer herinneren, hij bleef maar zeggen dat die hele toestand een pure nachtmerrie was.'

'Vooral voor dat meisje,' zei Milo.

'Ik wilde hem niet geloven,' zei Hansen. 'Ik was thuis omdat ik tien dagen vrij had van Yale. Het laatste waarop ik zat te wachten was dat dit me in de schoot geworpen werd. Ik ging ervan uit dat het een droom was geweest... een soort hallucinatie veroorzaakt door drugs. In de tijd dat ik nog met Luke omging, was hij constant onder invloed van het een of het ander.'

'Je zei net dat hij je om hulp vroeg. In welk opzicht?'

'Hij wilde weten wat hij moest doen. Verrek, ik was nog maar een knulletje van tweeëntwintig, wat moest ik in godsnaam tegen hem zeggen?' Hansens greep om het whiskyglas verkrampte. 'Hij kon geen slechter moment hebben uitgekozen om me daarmee op te zadelen. Ik kreeg net van alle kanten te horen dat ik talent had en ik had eindelijk de moed om tegen vader in opstand te komen. Het laatste waar ik behoefte aan had, was om betrokken te raken bij een of andere... verschrikking. En dat was mijn goed recht. Ik weet ook niet waar u het recht vandaan haalt om...'

'Dus je liet het er gewoon bij zitten,' zei Milo. 'Wat heb je tegen Luke gezegd?'

'Nee,' zei Hansen. 'Dat klopt niet. Ik heb het er niet bij laten zitten. Niet helemaal. Ik heb tegen Luke gezegd dat hij naar huis moest gaan en dat hij zijn mond moest houden. Als ik precies wist wat hem te doen stond, zou ik wel contact met hem opnemen.'

'Luisterde hij naar je?'

Hansen knikte. 'Het was precies wat... wat hij wilde horen. Hij bedankte me. Nadat hij weg was gegaan, maakte ik mezelf wijs dat het pure drugspraat was. Ik wílde er eigenlijk niet dieper op ingaan. Maar datzelfde jaar was me iets overkomen... tijdens een schildercursus die ik volgde. De cursusleider was een voormalige Oostenrijker die de holocaust overleefd had. Hij had me vreselijke verhalen verteld over al die brave burgers die beweerden dat ze van niets hadden geweten. Dat het stuk voor stuk leugenaars waren. Dat Wenen had gejubeld toen Hitler de macht greep en dat iedereen de grueldaden gewoon had genegeerd. Een van zijn uitspraken bleef me door het hoofd spoken: "De Oostenrijkers maakten zichzelf wijs dat Hitler een Duitser was en Beethoven een Oostenrijker." Daar moest ik steeds weer aan denken. Zo wilde ik niet zijn. Dus ben ik naar de bibliotheek gegaan om de kranten door te spitten uit de periode waarin de moord volgens Luke had plaatsgevonden. Maar ik kon helemaal niets vinden. Geen woord, geen letter over een meisje dat in Bel Air was vermoord. Dus ik kwam tot de slotsom dat Luke echt spoken had gezien.'

Hansens schouders verslapten. Hij kon met moeite een flauw glimlachje opbrengen en probeerde zich te ontspannen. Milo speelde dovemansoortje en Hansen verstrakte weer. 'Dus u wilt beweren dat er wel degelijk...'

'Heb je Chapman nog teruggebeld? Zoals je beloofd had?;

'Ik had hem niets te vertellen.'

'Wat heb je dan gedaan?'

'Ik ging terug naar Yale.'

'Heeft Chapman nog geprobeerd je op Yale te bereiken?'

'Nee.'

'Wanneer kwam je terug in L.A.?'

'Pas jaren later. De zomer daarna zat ik in Frankrijk.'

'Meed je L.A.?'

'Nee,' zei Hansen. 'Ik was op zoek naar andere dingen.'

'Zoals?'

'Mogelijkheden om te schilderen.'

'Wanneer ben je voorgoed teruggekomen naar L.A.?'

'Drie jaar geleden, toen moeder ziek werd.'

'Waar heb je voor die tijd gewoond?'

'In New York, in Connecticut en in Europa. Ik probeer zoveel mogelijk tijd in Europa door te brengen. Het licht in Umbrië...'

'Hoe zit het met Oostenrijk?' informeerde Milo.

Hansens gezicht werd bleek.

'Dus je bent nu hier om voor je moeder te zorgen.'

'Dat is ook echt de enige reden. Zodra zij is overleden, verkoop ik het huis en ga ergens op een stil plekje wonen.'

'Ondertussen woon je wel weer in de buurt van je oude maatjes,' zei Milo.

'Het zijn mijn maat...'

'Maakt dat idee je niet zenuwachtig? Het feit dat jij een vrij bekend persoon bent en dat een stel moordenaars weet dat je weer in de stad woont?'

'Ik ben geen vrij bekend persoon,' zei Hansen. 'Ik ben helemaal niet bekend. Ik schilder alleen maar. Ik maak een doek af en begin aan het volgende. Ik heb eigenlijk nooit geloofd dat er echt iets gebeurd was.'

'Wat dacht je dan toen je hoorde dat Chapman was verdronken?'

'Dat het een ongeluk was of zelfmoord.'

'Hoezo zelfmoord?'

'Omdat hij zo'n overspannen indruk had gemaakt.'

'Zelfmoord uit wroeging?' vroeg Milo.

Hansen gaf geen antwoord.

'Je dacht dat Chapman had gehallucineerd, maar je ging weer weg zonder dat je zelfs maar een poging had gedaan om hem ervan te overtuigen dat hij zich geen zorgen hoefde te maken.'

'Ik had er niks mee… wat wilt u toch van me?'

'Bijzonderheden.'

'Waarover?'

'De moord.'

'Ik weet geen bijzonderheden.'

'Waarom zou Chapman wroeging voelen over iets dat nooit was gebeurd?'

'Dat weet ik niet, ik ben geen gedachtelezer! Dit hele gedoe is waanzin. Twintig jaar lang is er geen letter over geschreven en nu is er plotseling iemand die zich er druk over maakt?'

Milo wierp een blik op zijn opschrijfboekje. 'Hoe ben je erachter gekomen dat Chapman dood was?'

'Moeder schreef me dat in een van haar wekelijkse brieven.'

'Hoe vond je dat?'

'Wat denkt u wel? Ik vond het ontzéttend,' zei Hansen. 'Hoe had ik anders kunnen reageren?'

'Je vond het ontzettend, maar vervolgens heb je het gewoon van je af gezet.'

Hansen stond op. Er zaten witte speekselbelletjes in zijn mondhoeken. 'Wat had ik dán moeten doen? Naar de politie gaan met zo'n vergezocht hersenspinsel van iemand die zo stoned was als een garnaal? Goeie genade, ik was pas tweeëntwintig.'

Milo wierp hem een kille blik toe en Hansen liet zich weer in zijn stoel vallen. 'Het is gemakkelijk om iemand te veroordelen.'

'Laten we de details nog maar eens doornemen,' zei Milo. 'Het meisje werd in de kelder verkracht. Maar waar werd ze volgens Chapman vermoord?'

Hansen wierp hem een blik vol ellende toe. 'Hij zei dat er naast het huis waar het feest werd gegeven een groot landgoed lag waar niemand woonde. Daar hebben ze haar naar toe gebracht. Volgens hem was ze bewusteloos. Ze namen haar mee naar een stuk grond vol bomen en toen begonnen ze ineens te praten over hoe ze moesten voorkomen dat ze hen aan zou geven. En toen kwam er ineens…'

'Bloed aan te pas.'

Hansen sloeg zijn handen voor zijn gezicht en zuchtte hoorbaar.

'Wie zijn "ze"?' vroeg Milo.

'Het hele stel,' zei Hansen tussen vingers door. 'De Kingers.'

'Wie waren er precies bij? Ik wil namen horen.'

'Vance en Luke, Garvey en Bob Cossack en Brad Larner. Het hele stel.'

'De Kingers,' zei Milo. 'Kerels die je nooit meer ziet. En je maakt je ook niet druk over het feit dat ze min of meer je buren zijn.'

Hansen liet zijn handen zakken. 'Moet ik me daar dan druk over maken?'

'Ik vind het toch wel vreemd,' zei Milo. 'Je woont alweer drie jaar in L.A., maar toch kom je ze nooit tegen.'

'Het is een grote stad,' zei Hansen. 'Zo groot als je maar wilt.'

'Dus jullie verkeren niet in dezelfde kringen?'

'Ik héb helemaal geen kring. Ik ga zelden het huis uit. Alles wordt thuisbezorgd... boodschappen, de was. Het enige dat ik doe, is schilderen en met moeder naar het ziekenhuis gaan.'

Een gevangenis, dacht ik.

'Heb je nog gevolgd hoe het met de anderen is gegaan?' informeerde Milo.

'Ik weet dat de Cossacks iets met de bouw te maken hebben... je ziet hun naam weleens op borden bij panden in aanbouw. Dat is alles.'

'Geen idee wat er van Vance Coury is geworden?'

'Nee.'

'Of Brad Larner?'

'Nee.'

Milo maakte een aantekening. 'Dus... je maatjes namen dat onbekende meisje mee naar het landgoed ernaast en toen kwam er zomaar ineens bloed aan te pas.'

'Het waren mijn maatjes niet.'

'Wie heeft haar uiteindelijk vermoord?'

'Dat heeft Luke me niet verteld.'

'En hoe zit het met die verkrachting? Wiens idee was dat?'

'Hij... ik kreeg de indruk dat ze dat met z'n allen hebben gedaan.'

'Maar Chapman wist niet zeker of hij er ook aan had deelgenomen.'

'Hij kan best hebben gelogen. Of hij wilde het niet voor zichzelf toegeven, dat weet ik niet,' zei Hansen. 'Luke was niet gemeen... maar ik kan me best voorstellen dat hij meegesleept werd. Maar zonder de anderen zou hij zoiets nooit hebben gedaan. Hij zei tegen me dat hij het gevoel had gehad dat hij... zich niet meer kon bewegen, alsof hij geen voet meer kon verzetten. Dat waren zijn eigen woorden. "Ik kon geen voet meer bewegen, Nick. Alsof ik in drijfzand stond."'

'Kun je je van de anderen wel voorstellen dat ze zoiets in hun eentje zouden doen?'

'Ik weet het niet... ik beschouwde ze altijd als een stel mafkezen... het zou best kunnen. Het enige dat ik wil zeggen, is dat Luke een grote sul was. Een reus met een klein hartje.'

'En de anderen?'

'De anderen waren niet week.'

'Goed,' zei Milo. 'De moord was dus aanvankelijk bedoeld om het meisje tot zwijgen te brengen.'

Hansen knikte.

'Maar daar is het niet bij gebleven, Nicholas. Als je het lijk gezien zou hebben, was dat ook tot jou doorgedrongen. Het was niet iets dat jij graag zou willen schilderen.'

'O, lieve heer,' zei Hansen.

'Heeft Luke Chapman helemaal niets gezegd over wie de aanzet tot de moord heeft gegeven?'

Hansen schudde zijn hoofd.

'En als je een gok zou moeten doen?' vroeg Milo. 'Afgaand op je herinneringen aan de karakters van de Kingers.'

'Vance,' zei Hansen zonder aarzelen. 'Hij was de leider. De agressiefste. Vance was ook degene die haar had opgepakt. Als ik zou moeten gokken, zou ik zeggen dat Vance haar de eerste steek heeft toegebracht.'

Milo sloeg zijn opschrijfboekje met een klap dicht. 'Wie heeft het over messteken gehad, Nicholas?'

Hansen werd bleek. 'U hebt gezegd... dat het heel onsmakelijk was.'

'Dus Chapman heeft je verteld dat ze haar met messen bewerkt hebben, hè?'

'Dat... dat zou best kunnen.'

Milo stond op en liep met zware passen die door de tegelvloer weergalmd werden naar Hansen toe. Hij bleef een centimeter of twintig voor Hansens doodsbange gezicht staan. Hansen stak zijn handen afwerend omhoog.

'Wat probeer je nog meer te verbergen, Nicholas?'

'Niets! Ik doe mijn best...'

'Doe er dan nog maar een schepje bovenop,' zei Milo.

'Ik probeer het écht.' Hansens stem kreeg een klaaglijk toontje. 'Het is twintig jaar geleden. U dwingt me om herinneringen op te halen die ik onderdrukt heb, omdat ik ervan walgde. Ik wilde destijds geen bijzonderheden horen en dat wil ik nu ook niet.'

'Omdat je alleen van mooie dingen houdt,' zei Milo. 'De wondere wereld van de kunst.'

Hansen greep zijn hoofd vast en ontweek Milo's ogen. Milo liet zich op één knie zakken en zei in Hansens rechteroor: 'Vertel me maar iets meer over die steekpartij.'

'Ik weet niet meer. Hij zei alleen maar dat ze haar met een mes begonnen te bewerken.' Hansen haalde zijn schouders met een ruk op en begon te huilen.

Milo liet hem een moment met rust. Daarna zei hij: 'En wat gebeurde

er nadat ze haar met een mes hadden bewerkt?'
'Ze brachten haar brandwonden toe. Met sigaretten. Luke zei dat hij haar huid kon horen spetteren... o god, ik dacht echt dat hij alles...'
'Dat hij alles verzon.'
Hansen snufte, veegde zijn neus af aan zijn mouw en liet zijn hoofd zakken. Zijn glimmende en gerimpelde nek leek op gestold kaarsvet.
'En wat hebben ze gedaan nadat ze haar met hun sigaretten hadden bewerkt?' vroeg Milo.
'Dat is alles. Meer weet ik echt niet. Luke zei dat het een soort spelletje was geworden... hij moest het wel als een spelletje beschouwen, om niet ter plekke stapelgek te worden. Hij zei dat hij had toegekeken en net had gedaan alsof ze zo'n opblaaspop was waarmee ze zaten te spelen. Hij zei dat het leek alsof er nooit een eind aan zou komen, tot iemand – ik geloof dat het Vance was, hoewel ik dat niet zou durven zweren, maar het zal Vance wel zijn geweest – zei dat ze dood was en dat ze haar daar niet konden laten liggen. Ze hebben haar ergens in gewikkeld, in de kofferbak van Vances Jaguar gelegd en haar in de buurt van het centrum gedumpt.'
'Dat klinkt erg gedetailleerd voor een hallucinatie,' zei Milo.
Hansen gaf geen antwoord.
'Vooral omdat Chapman zo'n domoor was,' hield Milo aan. 'Heb je daarvoor ook weleens gemerkt dat hij zoveel verbeeldingskracht had?'
Hansen deed zijn mond niet open.
'Waar hebben ze haar naar toe gebracht, Nicholas?'
'Dat wéét ik niet... waarom stond er dan verdomme niks van in de krant?' Hansen balde een van zijn vuisten en bracht die omhoog tot voor zijn borst. Een vergeefse poging om zich te laten gelden. Milo bleef op zijn hurken zitten, maar slaagde er op de een of andere manier toch in om nog dominanter over te komen. Hansen schudde zijn hoofd, wendde zijn gezicht af en begon opnieuw te huilen.
'Wat hebben ze daarna gedaan?'
'Ze zijn koffie gaan drinken,' zei Hansen. 'Ergens in Hollywood. Koffie met gebak. Luke zei dat hij had geprobeerd om ook iets te eten, maar dat hij in het toilet had overgegeven.'
'Wat voor soort gebak?'
'Dat heb ik niet gevraagd. Waarom stond er dan niets in de krant?'
'Kun je zelf geen reden bedenken, Nicholas?'
'Hoe bedoelt u?' zei Hansen.
'Als je alles wat je over die maatjes van je weet op een rij zet, wat zou jij dan vermoeden?'
'Ik snap niet waar u naar toe wilt.'

Milo stond op, rekte zich uit, draaide zijn nek en liep naar een van de glas-in-loodramen toe waar hij bleef staan, met zijn rug naar Hansen. 'Denk eens aan de wereld waarvan jij deel uitmaakt, Nicholas. Je bent een succesvol kunstenaar. Je krijgt dertig- tot veertigduizend dollar voor een schilderij. Wie koopt jouw werk?'

'Dertigduizend is in de kunstwereld niet echt veel,' zei Hansen. 'Niet vergeleken bij...'

'Het is wel veel geld voor een schilderij,' zei Milo. 'Wie koopt jouw werk?'

'Verzamelaars, maar ik snap niet wat dat ermee...'

'Ja, ja, mensen met smaak en zo. Maar als je veertigduizend ballen voor een prentje neer kunt tellen, ben je niet zomaar een verzamelaar.'

'Welgestelde mensen,' zei Hansen.

Milo draaide zich plotseling om en grijnsde. 'Mensen met poen, Nicholas.' Hij schraapte zijn keel.

De modderogen van Hansen werden groot. 'Wilt u beweren dat iemand is omgekocht om het geheim te houden? Maar als zoiets verschrikkelijks in de... waarom is het dan in vredesnaam niet geheim gebléven? Waarom komt het dan nu plotseling aan het licht?'

'Vertel me ook maar eens wat je daarvan denkt.'

'Ik zou het niet weten.'

'Denk eens goed na.'

'Heeft iemand er belang bij dat het nu bekend wordt?' vroeg Hansen. Hij ging rechtop zitten. 'Gaat het nu soms om nog meer geld? Wilt u dat suggereren?'

Milo liep terug naar de bank, ging op zijn gemak zitten en sloeg zijn opschrijfboekje weer open.

'Nog meer geld,' zei Hansen. 'Wat betekent dat ik echt een rund ben geweest om tegen u te praten. U overviel me ermee en hebt misbruik gemaakt van...' Hij klaarde plotseling op. 'Maar u hebt een blunder begaan. U was verplicht om mij de kans te geven er een advocaat bij te halen, dus alles wat ik u heb verteld mag niet tegen mij...'

'Je kijkt te vaak naar de tv, Nicholas. We zijn pas verplicht om je de kans te geven een advocaat te bellen als we je arresteren. Is er een reden waarom ik jou zou moeten arresteren, Nicholas?'

'Nee, nee, natuurlijk niet...'

Milo keek mij even aan. 'Maar we zouden het wel kunnen doen, denk ik. Het niet aangeven van een misdaad is strafbaar.' En weer tegen Hansen: 'Een dergelijke aanklacht zou uw hele leven kunnen veranderen, of u nu veroordeeld wordt of niet. Maar gezien het feit dat u bereid was tot medewerking...'

Hansens ogen vonkten. Hij liet zijn handen over het spaarzame haar boven zijn oren glijden. 'Dus ik moet me zorgen maken?'

'Waarover?'

'Over hén. Jezus, wat heb ik gedaan? Ik zit hier vast, ik kan niet weg, niet zonder moeder...'

'Weggaan lijkt me niet zo'n goed idee, Nicholas, met of zonder moeder. Als je eerlijk bent geweest en ons ook echt alles hebt verteld, zullen we ons best doen om je te beschermen.'

'Alsof jullie je daar druk over zouden maken.' Hansen stond op. 'Ga weg... laat me met rust.'

Milo bleef zitten. 'Mag ik niet even naar je schilderij kijken?'

'Wát?'

'Dat meen ik echt,' zei Milo. 'Ik hou van kunst.'

'Mijn studio is privéterrein,' zei Hansen. 'Maak dat je wegkomt!'

'Laat een dwaas nooit een onvoltooid schilderij zien?'

Hansen wankelde. Hij lachte hol. 'U bent geen dwaas. U maakt misbruik van mensen. Hoe kunt u daarmee leven?'

Milo haalde zijn schouders op en we liepen naar de deur. Een halve meter voor de knop bleef hij staan. 'Tussen twee haakjes, de schilderijen die je galerie op hun website tentoonstelt zijn schitterend. Hoe noemen Fransen stillevens ook alweer... *nature morte?* Dode natuur?'

'Nu probeert u me omlaag te halen.'

Milo stak zijn hand uit naar de deur en Hansen zei: 'Prima, kom maar even kijken. Maar ik ben maar met één schilderij bezig en daar moet nog een hoop aan gebeuren.'

Via de trap met de koperen leuningen liepen we achter hem aan naar boven en kwamen uit op een lange overloop met een vloerbedekking van flets groen langharig tapijt. Drie slaapkamers aan de ene kant en aan de noordzijde een enkele, gesloten deur. Op de grond stond een dienblad met een ontbijt. Een pot thee en drie plastic schaaltjes: bloedrode trilpudding, een zachtgekookt ei dat donkergeel was geworden en iets bruins en korreligs met een korstje erop. 'Wacht,' zei Hansen. 'Ik moet even kijken hoe het met haar gaat.' Hij liep op zijn tenen naar de deur, trok die op een kiertje open, keek naar binnen en kwam weer terug. 'Ze slaapt nog steeds. Goed, ga maar mee.'

Zijn studio was de slaapkamer op het zuiden, een vrij klein vertrek dat groter leek omdat het plafond tot aan de dakspanten reikte en voorzien was van een bovenlicht waardoor de zuidelijke zon naar binnen viel. De houten vloeren waren wit geschilderd, net als zijn ezel. Een platte, witgelakte archiefkast, een witte verfkist en penseelhouders, glazen potjes met terpentijn en thinner. Kloddertjes kleur die op een wit porseleinen palet waren uitgedrukt leken als vlinders door de witte omgeving te zweven.

Op de ezel stond een paneel van dertig bij veertig centimeter. Hansen had gezegd dat er nog veel moest gebeuren aan het schilderij dat hij onderhanden had, maar ik kreeg de indruk dat het klaar was. In het midden van de compositie stond een volmaakt gevormde, blauw-met-witte Mingvaas, die met zoveel zorg was geschilderd dat ik de neiging kreeg om mijn hand over het glanzende oppervlak te laten glijden. Over de buik van de vaas liep een grillige barst en een weelderige bos bloemen met groene takken hing tot over de rand in briljante kleuren die nog eens werden geaccentueerd – verlevendigd – door een achtergrond van donker oker dat aan de randen overging in zwart.

Orchideeën, pioenrozen, tulpen, irissen en bloemen die ik niet kende. Warme kleuren, felle streeppatronen, wellustige bloemblaadjes, bladeren die aan vagina's deden denken, wormvormige ranken en overal tussendoor dreigend aandoende plukjes spagnum. De onderbrekingen leken te verwijzen naar een ophanden zijnde explosie. Bloemen, was er iets mooiers? Maar uit de bloesems van Hansen sprak iets anders, ook al waren ze nog zo schitterend, pronkend en fel van kleur.

Glans en kleur, aangetast en tegen verwelken aan. Vanuit de schaduwen de zwarte, onafwendbare opmars van verrotting.

Kunstmatig gefilterde lucht werd door een rooster in het plafond naar binnen geblazen, reukloos en schoon, maar toch drong er een stank tot mijn neusgaten door: het schilderij wasemde de vochtige, vieze, verleidelijke geur van verval uit.

Milo bette zijn voorhoofd en zei: 'Je werkt niet van een model.'

'Ik heb alles in mijn hoofd,' zei Hansen.

Milo liep naar de ezel toe. 'Werk je afwisselend in lagen verf en vernis?'

Hansen keek hem met grote ogen aan. 'U wou me toch niet vertellen dat u schildert?'

'Ik kan nog niet eens een rechte lijn tekenen.' Milo ging nog dichter bij het paneel staan en keek er met samengeknepen ogen naar. 'Het heeft iets Vlaams... of misschien spreekt er waardering voor een Vlaming uit, bijvoorbeeld voor Severin Roesen. Maar jij bent beter dan Roesen.'

'Niet echt,' zei Hansen, niet in het minst onder de indruk van het compliment. 'En ik ben een stuk slechter dan voordat u mijn leven binnendrong. U hebt me echt omlaaggehaald. Ik heb mezelf omlaaggehaald. Bent u werkelijk van plan om me te beschermen?'

'Ik zal mijn best doen, als je tenminste meewerkt.' Milo ging rechtop staan. 'Heeft Luke Chapman nog gezegd of er ook anderen bij
de moord aanwezig waren? Mensen die ook op het feest waren.'
Er gleed een rilling over het vlezige gezicht van Hansen. 'Niet hier.
Alsjeblieft.'
'Het is mijn laatste vraag,' zei Milo.
'Nee. Hij heeft het niet over anderen gehad.' Hansen ging achter de
ezel zitten en rolde zijn mouwen op. 'Zorg maar dat mij niets overkomt,' zei hij met een vlakke stem. Hij pakte een penseel van sa-
belbont en streek de haren glad. 'Ik ga weer aan het werk. Ik moet
nog een paar moeilijke problemen oplossen.'

33

Toen we weer op Roxbury Drive stonden, zei Milo: 'Geloof je zijn
verhaal?'
'Ik wel.'
'Ik ook,' zei hij terwijl we naar onze auto's liepen. 'En ik geloof ook
dat ik behoorlijk hypocriet ben.'
'Hoe bedoel je?'
'Door me tegenover Hansen als een soort groot-inquisiteur te gedra-
gen. En hem het gevoel te bezorgen dat hij een stuk vullis is omdat
hij twintig jaar lang bepaalde herinneringen heeft onderdrukt. Ik heb
verdomme precies hetzelfde gedaan, met een minder geldig excuus.'
'Wat is zijn excuus dan?' vroeg ik.
'Hij is een slappeling. Als je hem opensnijdt, zul je tot de ontdekking komen dat zijn ruggengraat van boetseerklei is.'
'Dat had je meteen in de gaten,' zei ik.
'O, dat was je dus wel opgevallen? Ja, ik heb die ouwe Nick meteen
het vuur na aan de schenen gelegd. Ik heb een neusje voor slappe-
lingen. Dat maakt me wel een fijne figuur om mee om te gaan, hè?'

Toen we bij de grijze Olds aankwamen, zei ik: 'Ik weet dat je tegen
me zult zeggen dat het typisch therapeutengeleuter is, maar volgens
mij kun je jouw situatie toch niet vergelijken met die van Hansen.
Hij had informatie uit de eerste hand over die moord en heeft daar
twintig jaar lang zijn mond over gehouden. Om daartoe in staat te
zijn heeft hij zichzelf wijsgemaakt dat Chapman had gehallucineerd,
maar uit al die details, zoals de met een sigaret toegebrachte brand-

wonden en de manier waarop ze Janie verplaatst hebben, blijkt dat hij wel beter wist. Hansen heeft zichzelf twintig jaar lang voor de gek gehouden en hoeveel schade zijn ziel daarvan heeft ondervonden mag Joost weten. Jij hebt gewoon geprobeerd je werk te doen, maar je werd gedwongen de zaak uit handen te geven.'

'*Befehl ist Befehl?*' Hij tuurde afwezig de straat af.

'Mij best,' zei ik. 'Kwel jezelf dan maar.'

'Hansen schildert, ik niet,' zei hij. 'Maar iedereen heeft een hobby nodig... Luister eens, bedankt voor de moeite, maar ik moet nu eerst alles eens op een rijtje zetten om erachter te komen hoe het nu verder moet.'

'Maar hoe zit het dan met het belangrijkste feit dat Hansens verhaal heeft opgeleverd?' vroeg ik.

'En dat is...'

'Waar jij zelf ook al op wees met die laatste vraag in de studio: of er nog anderen bij de moord aanwezig waren. Chapman heeft zijn hart uitgestort bij Hansen, maar met geen woord over Caroline Cossack of Willie Burns gesproken. Wat betekende dat ze er waarschijnlijk niet bij waren. Desondanks hebben de Cossacks Caroline toch zes maanden lang in Achievement House opgeborgen, compleet met de waarschuwing dat ze aan gedragsstoornissen leed. Burns ging weer op straat rondhangen, werd opgepakt wegens dealen en nam een groot risico door een baantje bij Achievement House aan te nemen. Misschien heeft hij Boris Nemerov wel laten stikken naar aanleiding van wat hij op dat feestje had gezien. Als hij op die drugsaanklacht de gevangenis was ingedraaid, hadden ze hem elk moment te pakken kunnen nemen.'

'Dus Burns was getuige.'

'Misschien is hij achter de King's Men aangelopen omdat hij dacht dat ze nog meer drugs zouden nemen en dan zou hij nog meer handel aan ze kunnen slijten. En Caroline is misschien gewoon met hem meegegaan. Of ze wilde bij haar broers blijven... het rare zusje dat altijd opzij werd geschoven. Janie is in de eerste plaats vermoord om te voorkomen dat ze zou gaan praten. Waarschijnlijk heeft Luke Chapman om dezelfde reden de dood gevonden. Caroline en Burns zouden enorme risicofactoren zijn.'

'Slachtoffers in plaats van moordenaars,' zei hij. 'Dat maakt de kans dat ze dood zijn alleen maar groter.'

'Die twee foto's die voor de lijkfoto van Janie zaten. Een dode zwarte vent en een zwaar toegetakelde geestelijk gestoorde vrouw. Misschien wilde de persoon die het boek heeft opgestuurd je erop attent maken dat er nog meer lijken waren.'

'Behalve dan dat de dode vent in de veertig was zoals jij meteen al opmerkte, en zo oud zou Burns nu zijn, niet twintig jaar geleden.' Hij pakte de portierhandel vast. 'Ik zal m'n kop hier een tijdje over moeten breken. Ciao.'

'Dus dat was het?'

'Wat bedoel je?' vroeg hij.

'Dat onze wegen hier dus scheiden,' zei ik. 'Hou je soms iets voor me verborgen?'

De halve seconde dat hij aarzelde, logenstrafte zijn antwoord. 'Ik wou dat er iets was dat ik voor je verborgen kon houden, Alex... luister, ik stel het echt op prijs dat je al die moeite doet, maar we kunnen tot sint-juttemis blijven theoretiseren zonder ook maar een stapje dichter bij de oplossing van de moord op Janie te komen.'

'Wat moeten we dan doen?'

'Ik zei al dat ik eens goed moet nadenken.'

'In je eentje.'

'Soms lukt dat beter in je eentje,' zei hij.

Terwijl ik wegreed, vroeg ik me af wat hij voor me verborgen hield, in m'n wiek geschoten omdat hij me buitenspel had gezet. Toen me te binnen schoot wat er thuis niet op me wachtte, veranderde mijn ergernis in ontzetting en voordat ik wist wat er gebeurde, zat ik over het stuur gebogen... met een noodgang op weg naar nergens.

Als je alleen bent, is er niets ergers dan een groot huis. En het was allemaal mijn eigen schuld.

Ik had de zaken op een gigantische manier uit de hand laten lopen, ondanks de wijze raad van Bert Harrison. Omdat hij een ervaren psychotherapeut was, zou de oude man zich wel tweemaal bedenken voordat hij iemand ongevraagd van advies diende, maar tijdens mijn bezoek had hij me nadrukkelijk gewaarschuwd voor mijn paranoïde gedrag ten opzichte van Robin.

'Het lijkt erop alsof er bergen zijn gemaakt van molshopen... Dit is het juiste meisje voor jou.'

Had hij een voorgevoel gehad... had hij uit kleine aanwijzingen kunnen opmaken hoe stom ik me later zou gedragen? Waarom had ik verdomme zijn raad niet opgevolgd?

Ik schrok op van een luid getoeter. Ik had al God mag weten hoe lang voor het groene licht bij Walden en Sunset gestaan, en voor de lieve jongedame in de vw Golf achter me was dat voldoende om me te trakteren op een woedende blik en een opgestoken middelvinger.

Ik woof naar haar en reed snel door. Ze haalde me in, onderbrak haar mobiele telefoongesprek net lang genoeg om opnieuw haar vinger naar me op te steken en reed bijna tegen de stoeprand aan omdat ze haar vw maar met moeite op de kronkelende weg kon houden.

Ik wenste haar het beste toe en begon weer over Bert Harrison na te denken. Aan andere dingen die de oude man die dag had gezegd... ogenschijnlijk losse opmerkingen toen ik op het punt stond om weg te gaan.

Toeval of het oude therapeutentrucje om ervoor te zorgen dat je het laatste woord had, zodat je opmerking bleef hangen? Ik had het zelf ook honderden keren gebruikt.

Bert had die gelegenheid aangegrepen om over Caroline Cossack te beginnen. Zonder aanleiding, want we hadden de discussie over de zaak-Ingalls allang afgesloten.

'Dat meisje. Dat moet een monster zijn als het waar is.'

'Jij schijnt er nogal sceptisch tegenover te staan.'

'Ik kan maar moeilijk geloven dat een jonge vrouw tot dat soort wreedheden in staat is.'

Vervolgens had Bert hardop betwijfeld of Willie Burns echt een lustmoordenaar was geweest. *'Was hij echt een junk... heroïne? Opiaten zijn juist grote vredestichters... Ik heb in ieder geval nog nooit gehoord dat een junk zich op zo'n seksueel gewelddadige manier gedraagt.'*

Nu zag het ernaar uit dat Bert het bij het rechte eind had gehad.

Was dat alleen maar het instinct geweest van een bijzonder begripvol man?

Of had Bert het gewéten?

Was Schwinn al die jaren dat hij niet meer bij de politie zat gewoon door blijven werken aan de zaak-Ingalls? Had hij aan Bert verteld wat hij ontdekt had?

Bert had toegegeven dat hij Schwinn kende, maar hij had beweerd dat ze nauwelijks contact met elkaar hadden gehad. Dat ze elkaar alleen maar toevallig tegen het lijf waren gelopen in theaters en zo. Maar als het tegendeel nu eens waar zou zijn?

Schwinn was erin geslaagd om zijn drugsverslaving te overwinnen en misschien had hij dat in zijn eentje klaargespeeld. Maar het zou een stuk sneller zijn gegaan als hij zich ervoor had laten behandelen en Bert Harrison had ervaring opgedaan met het bestrijden van verslaving in het Federal Hospital in Lexington.

Schwinn als patiënt van Bert.

Psychotherapie. Waarbij allerlei geheimen aan het licht komen.

Als mijn redenering klopte, had Bert tegen me gelogen. En dat zou weer verklaren waarom hij zich voortdurend had verontschuldigd. Zijn berouw... dat had op dat moment zo onverklaarbaar geleken dat ik me was gaan afvragen of Bert geestelijk op zijn retour was.

En Bert had mijn argwaan aangewakkerd: *'Je takelt langzaam maar zeker af. En je hebt steeds minder boodschap aan fatsoen. Vergeef me.'*

'Er valt niets te vergeven.' Ik herinnerde me de tranen die in zijn ogen waren opgeweld.

'Is alles in orde, Bert?'

'Alles is precies zoals het zou moeten zijn.'

Had hij me om vergiffenis gevraagd omdat hij wist dat hij tegen me had gelogen? Nam hij Schwinn in bescherming uit hoofde van zijn beroepsgeheim?

Maar Schwinn lag al zeven maanden onder de groene zoden en met zijn dood was er ook een eind gekomen aan het beroepsgeheim. Misschien legde Bert voor zichzelf wel hogere maatstaven aan.

Of hij had een lévende patiënt willen beschermen.

Bij een behandeling tegen drugsmisbruik – het soort intensieve behandeling dat Bert zou hebben voorgeschreven voor iemand die al zo lang verslaafd was als Schwinn – werden ook de familieleden betrokken. En Marge was het enige familielid dat Schwinn nog had gehad.

Bert die Marge de hand boven het hoofd hield. Dat klonk logisch.

Ik dacht ingespannen na of er iets in ons gesprek in die richting had gewezen en meteen schoot me één voorbeeld te binnen: Bert had elke suggestie dat Marge het moordboek had verstuurd van de hand gewezen.

Had hij haar in bescherming willen nemen, of zou Bert zelf als koerier hebben gefungeerd? Een dokter die gehoor geeft aan de laatste wens van zijn patiënt.

Stel je nou eens voor dat de moord op Janie aan Schwinn was blijven vreten en de vreedzaamheid die hij zo laat in zijn leven had gevonden dermate had aangetast, dat hij het niet had kunnen laten om de zaak weer op te rakelen? Want ook al was hij door de politie op straat gezet en had hij de indruk gewekt dat hij het in zijn leven over een heel andere boeg had gegooid, Pierce Schwinn had nog steeds de vasthoudendheid van de geboren detective gehad.

De zaak van Janie was niet alleen in de ijskast gezet, het was ook Schwinns láátste zaak geweest. Een gigantische overdosis onvoltooid verleden tijd. Misschien had Schwinn de onopgeloste moord gezien als oorzaak van zijn instorting.

Bert had hem daarbij vast de helpende hand willen bieden.

Hoe langer ik erover nadacht, des te beter het leek te kloppen. Schwinn was Bert gaan vertrouwen, had Bert het moordboek laten zien en had het uiteindelijk aan zijn psychiater vermaakt. In de wetenschap dat Bert de juiste oplossing zou kiezen.

Als Bert erbij betrokken was, zou dat ook verklaren waarom de in blauw gebonden verschrikking naar mij was gestuurd. Hij had Milo een paar keer ontmoet, maar hij kende mij veel beter en hij wist heel goed dat ik met Milo samenwerkte. Bert was ervan overtuigd geweest dat ik het boek aan Milo zou geven.

Weggepoetste vingerafdrukken. Ik kon me voorstellen dat de oude man dat had gedaan.

Maar wat ik me absoluut níét kon voorstellen, was dat hij naar L.A. was gereden, Ricks Porsche had gestolen en de auto had teruggebracht met het originele politiedossier van de zaak-Ingalls op de voorbank. De autodiefstal gecombineerd met het gerucht over de seropositieve rechercheur en die rare ontmoeting met de man die zichzelf Paris Bartlett had genoemd, droeg overduidelijk het stempel van de Sterke Arm.

Iemand die bij de politie zat. Of die connecties had met de politie. Misschien zelfs wel dat politiemaatje over wie ik een balletje had opgegooid en dat zich ermee was gaan bemoeien toen de zaak weer aan het rollen was gebracht.

Theorieën...

Bert had me net opgebeld om me te laten weten dat hij de stad uit zou gaan. Een paar dagen geleden had hij met geen woord over eventuele reisplannen gesproken.

Of was mijn bezoek juist de aanleiding voor zijn vlucht geweest? Bert en ik zagen elkaar bepaald niet iedere dag, dus het was helemaal niet nodig geweest om mij op de hoogte te brengen van zijn voornemen. Tenzij het een poging was om uit de vuurlinie te raken. Of mij een halt toe te roepen.

Tegen de tijd dat ik bij het ruiterpad was dat naar mijn huis leidt, had ik hoofdpijn van al dat gepuzzel. Ik stopte voor mijn huis... ons huis. De verdomde tent zag er koud en wit uit... vreemd. Ik bleef in de Seville zitten zonder de motor af te zetten. Daarna keerde ik de auto en reed terug naar de Glen.

Je kon best naar huis gaan, maar wat had dat voor zin?

Mijn zenuwen leken op blootliggende elektriciteitsdraden, zinderend van prikkels. Misschien hielp een mooie lange rit om ze weer tot rust te brengen.

In m'n eentje.

In dat opzicht had Milo gelijk gehad.

34

Milo reed Beverly Hills uit, piekerend over het vraaggesprek met Nicholas Hansen.

De vent was zo'n minkukel, een moederskindje en een dronkenlap, dat het nauwelijks een uitdaging was geweest om hem zo onder druk te zetten dat hij zijn mond voorbijkletste. Maar zou Hansen zijn verhaal herzien als hij alles nog een keer herkauwd had, of zou hij misschien zelfs een advocaat bellen? En zelfs als hij bij zijn verklaring bleef, dan kwam het er nog steeds op neer dat het een verhaal uit de derde hand was.

Desondanks wist Milo precies wat hem te doen stond: hij moest naar huis gaan, zijn aantekeningen van het vraaggesprek uitwerken, ervoor zorgen dat alle details klopten en de uitgewerkte tekst opbergen bij alle andere schatten die hij achter de hand hield... in de kluis onder de vloer van zijn slaapkamer.

Hij reed via Palm Drive naar Santa Monica en nam vervolgens de diagonale kortere weg naar Beverly. Zijn rijgedrag leek op dat van de chauffeur van een gangster: langzamer dan normaal, constant met een oog op de omgeving en veel aandacht voor de automobilisten die twee, drie of vier auto's achter de gehuurde Olds reden. Hij nam ook een andere weg dan gebruikelijk: langs La Cienega en weer terug via Rosewood. Voor zover hij kon zien was de kust veilig.

Er was één ding dat uit het gesprek met Hansen wel duidelijk was geworden: Milo wist nu dat hij Janie niet van zich af zou kunnen zetten.

Hij had al jarenlang het gezeik bij de politie het hoofd geboden en hij had zijn eigendunk in stand gehouden door zichzelf in het geheim een hart onder de riem te steken met allerlei peptalk, de psychologische leuterpraat waarover hij tegen anderen zijn mond hield. *Jij bent anders. Nobel. Een heldhaftige, onconventionele homostrijder op rondreis door een verdomd heteroseksueel universum.*

Een rebel die vecht voor een verloren zaak.

Misschien was het hem alleen maar dankzij al die kletspraat vol zelfbedrog gelukt om Janie gemakshalve te vergeten. Maar op het moment dat Alex hem die lijkfoto had laten zien, hadden zijn bonzende hart en zijn zweetklieren hem verteld dat hij bijna de helft van zijn leven gewoon een dom stuk vreten was geweest.

Hij had zichzelf besodemieterd.

Was dat inzicht? Als dat waar was, beviel het hem voor geen meter. Hij lachte hardop, want vloeken zou te gemakkelijk zijn geweest. Hij en Hansen waren uit hetzelfde lafhartige hout gesneden, ze hadden zich allebei proberen in te dekken. Alex, altijd de therapeut, altijd een echte vriend, had geprobeerd er een andere draai aan te geven. *Hartelijk bedankt, dokter, maar dat verandert niets aan de feiten.* Ja, die ouwe Nicholas mocht dan een moreel weekdier zijn, maar dankzij die ontmoeting met hem wist hij nu precies wat hem te doen stond.

Terwijl hij door de rustige straten van West Hollywood reed, kreeg de volgende riskante stap langzaam maar zeker vaste vorm: hij moest meer over de moord te weten komen door iemand bij de strot te pakken die er zelf bij aanwezig was geweest. Hij had zijn doelwit ook al uitgekozen: Brad Larner. Want twintig jaar na hun middelbare schooltijd was Larner het minste lid van de King's Men, een mislukkeling die voor zijn pappie had gewerkt en zich daarna verlaagd had tot hielenlikker van zijn maatjes.
Zo'n vent die naar hun pijpen danste. Een stommeling.
Een meeloper. Als Vance Coury en de Cossacks haaien waren, dan was Larner een zuigvis, die zo uit de omgeving waarop hij parasiteerde weggeplukt kon worden.
Milo hunkerde ernaar om de klootzak mee te slepen naar een rustig kamertje. Maar Larner woonde niet in zijn eigen huis en de kans was groot dat hij bij de Cossacks was ingetrokken. De kunst was nu om hem alleen te pakken te krijgen, zonder dat de anderen erbij waren. Het jachtseizoen was geopend.

Ondanks het zesde zintuig van de smeris zou hij onder normale omstandigheden de donkerblauwe Saab die hem in zijn eigen straat tegemoet kwam rijden geen blik waardig hebben gegund. De parkeervoorschriften in West Hollywood zorgden ervoor dat de straten niet volliepen, maar er werden wel parkeervergunningen verstrekt en huiseigenaren konden ook bezoekerspasjes krijgen, dus het was helemaal niet vreemd om een onbekende auto langs het trottoir te zien staan. Maar vandaag zat hij vol adrenaline in plaats van wodka en alles viel hem op. Dus toen de blauwe Saab langs hem heen schoot en hij in een flits een glimp opving van de bestuurder, wist hij dat hij een bevestiging wilde hebben van wat zijn hersens hem voorschotelden. Hij remde af en keek in zijn achteruitkijkspiegel toe hoe de Saab Rosewood opdraaide en uit het zicht verdween. Daarna maakte hij een scherpe u-bocht en ging erachter aan.

Godzijdank had hij op weg naar huis weer een nieuwe huurauto opgehaald. De bumpers van de grijze Dodge Polaris hingen scheef en de veelgeplaagde carrosserie zat onder de slecht weggewerkte deuken en krassen. Maar met de opgevoerde motor en de raampjes die donkerder getint waren dan wettelijk was toegestaan was het precies de auto die hij nodig had. En ditmaal had hij Hertz, Avis en Budget links laten liggen en was naar een kennis gegaan die op de hoek van Sawtelle en Olympic, nog voorbij de 405 South, een heel parkeerterrein vol rammelkasten had die hij verhuurde. Goedkope vervoermiddelen voor de jongens met de sprietkoppen en de zwarte pakken met smalle revers: de toneelspelers, scenarioschrijvers en aanstaande punt.com-multimiljonairs die het helemaal gemaakt hadden en die het helemaal te gek vonden om door L.A. te toeren in zo'n oud en lelijk stuk blik.

Milo trapte op het gas en de Polaris reageerde meteen door een lekker stukje weg te spuiten, waarbij zijn ruggenwervels tegen elkaar kletsten. Hij volgde in het spoor van de Saab en zorgde ervoor dat hij niet te dichtbij kwam toen hij zag dat zijn prooi net San Vicente op draaide. Het was redelijk druk, waardoor hij de kans kreeg om zich vijf auto's achter de Saab te nestelen en creatief van rijbaan naar rijbaan te wippen zodat hij het voertuig in het oog kon houden.

Voor zover hij kon zien, was de man achter het stuur alleen. Nu was het een geschikt moment om te zien of zijn eerste indruk juist was. De Saab reed voorbij Melrose en Santa Monica, sloeg linksaf op Sunset en kwam vast te zitten in een stevige file die werd veroorzaakt door de oranje pylonen van CalTrans die de rechterrijbaan afsloten. Alleen pylonen, want van werkzaamheden of arbeiders was geen spoor te bekennen. Het staatsbedrijf dat de wegen onderhield, werd geleid door sadisten en idioten, maar dit keer zegende Milo hun valse inborst want de opstopping gaf hem gelegenheid om naar rechts uit te wijken, zodat hij het kenteken van de Saab kon zien en opschrijven. Het verkeer schoof vijftien meter op. Milo belde het bureau kentekenbewijzen op via zijn mobiele telefoon en speldde hun iets op de mouw... goeie genade, hij begon er goed in te worden... hij begon het zelfs leuk te vinden.

Het kenteken bleek te horen bij een één jaar oude Saab, eigendom van Craig Eiffel Bosc, wonend op Huston Street in North Hollywood, geen opsporingsbevelen, geen bekeuringen.

De chroombrij sijpelde weer een paar meter verder en door nog een paar keer flink te snijden slaagde Milo erin de afstand tussen de Dodge en de Saab terug te brengen tot drie auto's. Nadat er nog drie keer was gestopt en opgetrokken zette het verkeer zich weer langzaam in beweging, waardoor hij rechts naast de Saab kwam te zitten. Terwijl hij er langsreed, hoopte hij dat zijn prooi de Dodge niet zou opmerken en dat de getinte ramen hem genoeg bescherming zouden bieden als dat wel het geval was.

Een halve seconde, meer had hij niet nodig... missie volbracht.

Het was een gezicht dat hij eerder had gezien. Meneer Lachebek. De klootzak die hem bij het hotdogrestaurant had aangeschoten en had beweerd dat hij Paris Bartlett heette.

Craig Eiffel Bosc.

Eiffel/Paris. Leuke grap.

Bij Bosc/Bartlett bleef hij even met zijn mond vol tanden zitten, maar toen ging hem een licht op: twee soorten peren.

Briljant bedacht. Misschien kon hij het idee aan de tv kwijt.

Bosc/Bartlett zat zonder iets in de gaten te hebben met zijn hoofd op de maat van muziek te knikken en Milo gaf gas zodat hij twee auto's vóór de Saab uit kwam, en hij gebruikte het volgende rode stoplicht om door de Toyota die tussen hen in zat te turen. Daarin zaten twee grietjes ook al te huppen, op een of ander hiphopnummer dat bol stond van de bassen. Toen hij opnieuw probeerde een blik op Craig Eiffel Bosc te werpen, zag hij alleen maar de twee meisjes die uit hun bol gingen en de spiegelende voorruit van de Toyota. Er kwam weer een plaatsje vrij op de rechterbaan, dus hij schoot snel terug en liet de Toyota en de Saab weer passeren.

Zonder zijn hoofd om te draaien keek hij naar links toen Lachebek Peer voorbijschoot. Daarna reed hij door en bleef net lang genoeg naast de Saab zitten om het hele tafereeltje in zijn hoofd te prenten. Lachebek was in hemdsmouwen – een donkerblauw overhemd – met de knoop van zijn hemelsblauwe das een stukje losgetrokken en reed met één hand terwijl hij in de andere een dikke sigaar hield. De raampjes van de Saab waren van helder glas, maar ze zaten stijf dicht en er hing een dikke walm in de auto. Maar niet dik genoeg om de brede grijns op het knappe acteursgezicht van Craig Eiffel Bosc te verbergen.

Wat een opgewekte kerel, zoals hij daar aan zijn sigaar zat te lurken terwijl hij swingend in zijn flitsende Zweedse autootje op een zonnige Californische dag rondtoerde.

Hij had het helemaal voor elkaar.

Daar zullen we eens snel iets aan doen.

Craig Bosc reed via Coldwater Canyon naar de Valley. Het was niet druk, dus de achtervolging leverde geen problemen op. Maar Bosc lette waarschijnlijk ook helemaal niet op of hij misschien ergens in de buurt was. De vent was geen centje waard in een auto, het was oerstom geweest dat hij zich open en bloot in Milo's eigen straat had gewaagd. Uit die sigaar en die grijns was duidelijk op te maken dat hij geen flauw idee had dat de bordjes verhangen waren.

Bij Ventura sloeg de Saab rechtsaf en reed Studio City in, waar hij stopte op het parkeerterrein van een 24-uurs yuppie-fitnesscentrum aan de zuidkant van de boulevard. Craig Bosc stapte uit met een blauwe tas in zijn hand en liep op een sukkeldrafje naar de voordeur. Met een stevige duw van zijn arm was hij binnen en uit het zicht verdwenen.

Milo keek om zich heen of hij een goede uitkijkpost zag. Een visrestaurant aan de overkant van Ventura zou hem een prima uitzicht bieden op het fitnesscentrum en de Saab. En de dagschotel leek bijzonder aantrekkelijk... hij had best trek.

Hij was zelfs uitgehongerd.

Hij trakteerde zichzelf op een uitgebreide versie van de dagschotel: een extra grote kreeft, krabbenpootjes uit Alaska, een lendestuk dat bijna een pond woog, gebakken aardappeltjes met zure room en bieslook en een berg gebakken courgettes. En omdat hij op zijn qui-vive moest blijven geen bier om alles weg te spoelen, maar cola.

Hij nam de tijd voor zijn maaltijd, want hij ging ervan uit dat Bosc op zijn minst een uur in de fitness zou blijven om zijn figuur op peil te houden. Tegen de tijd dat hij om de rekening had gevraagd en zijn derde kop koffie naar binnen werkte, stond de Saab nog steeds open en bloot op het parkeerterrein. Hij legde het geld op tafel, nam het risico van een snel bezoekje aan het herentoilet, liep het restaurant uit en zat nog een halfuur in de Dodge te wachten voordat Bosc te voorschijn kwam met natte haren. Hij had zijn gewone kleren weer aan: het blauwe overhemd en een zwarte broek... minus de das.

Bosc huppelde naar de Saab, schakelde het alarm uit, maar in plaats van in te stappen bleef hij staan om zijn spiegelbeeld in het zijraampje te bekijken. Hij woelde door zijn haar en maakte het tweede knoopje van zijn overhemd open. Milo keek toe hoe de eikel die brede glimlach oefende op de toeschouwer in het raampje... Bosc draaide zelfs zijn hoofd van links naar rechts. Om zijn eigen verdomde smoel uit verschillende hoeken te bewonderen.

Daarna stapte Bosc in de Saab en haalde een typische L.A.-streek uit: hij rééd een halve straat verder om opnieuw een parkeerterrein op te rijden.

Een bar. Een vierkant, met cederhout betimmerd blokje, ingeklemd tussen een sushibar en een fietsenwinkel. Een handbeschilderd bordje boven de deur vermeldde dat de tent EXTRA's heette. Rechts ervan hing een spandoek dat de psychische geneugten van het *happy hour* aanbeval.

Er stonden een stuk of zes auto's op het terrein. Zouden er niet genoeg blije mensen zijn?

Craig Bosc was dat in ieder geval wel. Met een brede grijns zette hij zijn auto naast een tien jaar oude Datsun Z, stapte uit, controleerde zijn tanden in de zijspiegel, wreef erover met zijn wijsvinger en liep naar binnen.

EXTRA'S. Milo had nooit van dat soort gelegenheden gehouden, maar hij kende de bar wel van naam. Een pleisterplaats voor onbeduidende acteurs en actrices... goed uitziende figuren die met een paar jaar Stanislavski, of zomertheater, of schoolvoorstellingen in hun bagage naar L.A. waren gekomen, waar hun aanvankelijke dromen over Oscars na een slordige duizend vergeefse audities plaats hadden gemaakt voor de incidentele, piepkleine bijrolletjes, publieksscènes en goedkope commercials die 99,9 procent vormden van het werk in de filmindustrie.

Craig Eiffel Bosc, Meester Toneelspeler.

Hoog tijd voor een slechte recensie.

Bosc bleef anderhalf uur in de bar en toen hij in z'n eentje weer naar buiten kwam, liep hij iets langzamer en struikelde zelfs een keer. Toen de vent Ventura weer was opgedraaid en doorreed in westelijke richting, zat hij tien kilometer onder de maximumsnelheid en uit de manier waarop hij tegen de middenstreep aan kleefde, bleek duidelijk dat hij boven zijn theewater was.

Door hem aan te houden wegens rijden onder invloed zou hij de kans krijgen om een rechtstreekse confrontatie met Bosc aan te gaan, maar de sukkel in zijn kraag grijpen voor een stomme verkeersovertreding was het laatste wat Milo wilde. Omdat hij geen dienst had, kon hij hem eigenlijk alleen maar vasthouden en een patrouillewagen optrommelen. En zodra de jongens in uniform de zaak in handen hadden, kon hij een rustig onderonsje met meneer Lachebek wel op zijn buik schrijven.

Vandaar dat hij de Saab bleef volgen in de hoop dat Bosc niet de aandacht van een paar wetshandhavers zou trekken en ook niemand overhoop zou rijden.

Het was weer een kort ritje... twee straten verder naar een rij winkels in de buurt van Coldwater, waar Bosc boodschappen deed bij een vestiging van Ralphs, twee papieren tassen in de kofferbak van de Saab zette, vervolgens een hulppostkantoor indook waaruit hij na vijf minuten weer te voorschijn kwam en met een stapel enveloppen onder zijn arm terugliep naar de auto.

Een postbusadres, net als bij het kantoor in West Hollywood waar hij zich onder de naam Playa del Sol had laten inschrijven. De achtervolging ging verder, en Milo zat twee auto's achter hem toen Bosc rechts afsloeg naar Coldwater en verder reed naar het noorden, langs Moorpark en Riverside, om zijn weg op Huston in oostelijke richting te vervolgen.

Rustige straten, appartementen en kleine woonhuizen. Dat maakte de achtervolging een stuk moeilijker, ook al was de prooi zich nergens van bewust en behoorlijk aangeschoten. Milo bleef op de hoek van Coldwater en Huston staan, terwijl hij de Saab in het oog hield. De blauwe auto passeerde de eerste zijstraat en reed ook langs de tweede voordat hij een scherpe bocht naar links maakte.

Milo wachtte nog een halve minuut langer, in de hoop dat Bosc niet in een of ander beveiligd gebouw woonde met een ondergrondse parkeergarage, en zette zijn auto vervolgens tussen de eerste en de tweede zijstraat langs het trottoir. Hij stapte uit en liep verder naar de plek waar de Saab volgens zijn idee ongeveer moest staan.

Hij had geluk. De blauwe auto stond buiten, op de oprit van een wit bepleisterde bungalow.

Voor het huis was alleen een betonnen ruimte zonder hek. Een paar zieltogende palmen die vlak tegen de gevel stonden, vormden het enige groen. De zes meter lange oprit was geplaveid met gebroken flagstones en eindigde links van het huis. Een achtertuin was er niet. De bungalow stond op een miniem perceel – een sliertje grond dat aan sloop en sanering was ontsnapt – en achter het huisje torende als naaste buur een vijf verdiepingen hoog flatgebouw omhoog.

De glamour van Hollywood.

Milo liep terug naar de Dodge en reed tot een meter of tien voorbij de bungalow. Hier stonden meer dan genoeg andere auto's langs de weg, maar hij slaagde er toch in om tussen een busje en een pick-up een plekje te vinden van waaruit hij het huis ongehinderd in de gaten kon houden. De tocht van Bosc langs het fitnesscentrum, de bar en de supermarkt had het grootste deel van de middag in beslag genomen en de zon begon al te zakken. Milo bleef zitten, met zijn 9mm op zijn heup. Het wapen was hard, koel en geruststellend en hij voelde zich beter dan in tijden het geval was geweest.

Bosc scheen van plan te zijn om thuis te blijven, want om vijf uur had hij zich nog steeds niet laten zien en in de voorkamers van de witte bungalow brandde licht. De vitrage voorkwam dat hij precies kon volgen wat er gebeurde, maar de stof was zo dun dat hij wel beweging kon zien.

Bosc liep tussen de kamers heen en weer. Later, om een uur of negen, lichtte een raam aan de zijkant van het huis blauw op. De tv.

Het was een rustig avondje voor de Meester Toneelspeler.

Milo stapte uit de Polaris, schudde de stijfheid uit zijn gewrichten en stak de straat over.

Hij belde aan en Bosc nam niet eens de moeite om 'Wie is daar?' te roepen, maar deed de deur wijd open.

De acteur had zich omgekleed in kaki shorts en een strak zwart T-shirt dat nauw om zijn acteurslijf sloot. In zijn ene hand had hij een flesje Coors Light, in de andere een sigaret.

Nonchalant, op z'n gemak, met bloeddoorlopen ogen en een beetje slaperig. Tot Milo's gezicht eindelijk een belletje deed rinkelen en de goedgevormde mond van Bosc openzakte.

De acteur reageerde niet op de inval zoals de meeste acteurs zouden doen... zoals elke normale burger zou doen. Zijn benen weken iets uit elkaar en met de voeten stevig op de grond geplant deed hij met het bierflesje een uitval naar Milo's kin terwijl de brandende punt van de sigaret op Milo's ogen af vloog.

Een flitsende reactie. Een keurig vechtsportdansje.

Milo was licht verbaasd, maar hij was op alles voorbereid en trok zijn hoofd achteruit. Zijn gemene schop in de richting van Boscs kruis kwam wel aan, net als de klap in de nek van Bosc en de vent viel als een blok om, waardoor er meteen een eind kwam aan het debat.

Tegen de tijd dat Bosc opgehouden was met kronkelen en zijn huid een beetje minder groen begon te worden, waren zijn handen op zijn rug geboeid. Hij lag te hijgen en te worstelen om iets uit te brengen terwijl Milo de deur dichtschopte. Hij greep Bosc in zijn nekvel en smeet hem op de zwarte leren bank die het grootste deel van de zitkamer in beslag nam. De rest van het interieur bestond uit een witte zitzak, een grote, digitale tv, dure geluidsapparatuur en een poster van een bloedrode Lamborghini Countach in een aluminium lijst.

Bosc lag languit op de bank te kreunen. Zijn ogen draaiden in zijn hoofd en hij vertoonde braakneigingen zodat Milo snel een stapje achteruit deed om niet door een straal kots getroffen te worden. Maar Bosc kokhalsde nog een paar keer, kreeg zijn ogen weer in het gareel en keek op naar Milo.

En grijnsde.

En lachte.

'Valt er iets te lachen, Craig?' vroeg Milo.

Boscs lippen bewogen terwijl hij moeizaam probeerde dwars door die grijns te praten. Zweetdruppels zo groot als suikerboontjes parelden op zijn voorhoofd en biggelden langs zijn mooi gevormde neus. Hij likte er een weg met zijn tong en lachte opnieuw. Hij spuugde naar Milo's voeten, hoestte en zei: 'O ja. Wat heb jíj je in de nesten gewerkt.'

35

Ik reed met een flink vaartje over Highway 33 en zoog mijn longen vol met de frisse, naar gras geurende lucht van Ojai. En ik dacht aan Bert Harrison, die hier al tientallen jaren had gewoond, op een wereld afstand van L.A. Desondanks was de oude man er niet in geslaagd aan de kwalijkste kanten van de stad te ontkomen.

Terwijl ik in de buurt kwam van het rijtje winkels waar O'Neill & Chapin deel van uitmaakte, liet ik het gaspedaal los. De luiken van de zaak in teken- en schilderartikelen waren nog steeds dicht en voor het raam van het Celestial Café stond een bordje met GESLOTEN. Halverwege de stad sloeg ik de weg in naar het huis van Bert en reed door tot op een meter of dertig van zijn oprit, waar ik de auto achter een groepje eucalyptusbomen liet staan.

Berts oude stationcar stond voor het huis, maar daar schoot ik niets mee op. De kans bestond dat hij al vertrokken was voor zijn overzeese vakantiereis en zich naar het vliegveld had laten rijden. Of hij stond op het punt om weg te gaan en als ik aanklopte, zou ik hem misschien storen bij het inpakken van zijn koffers.

Er was nog een derde mogelijkheid: dat hij helemaal niet van plan was om op reis te gaan en had gelogen om te voorkomen dat ik terug zou komen.

Ik had bewondering voor Bert en ik had geen zin om uit te vissen welke van de drie mogelijkheden de juiste was. Ik liep terug naar de Seville, draaide om en reed weer naar de snelweg. Vast van plan om de bron zelf aan te boren.

De ingang naar de Mecca Ranch was afgesloten, maar niet op slot. Ik maakte de grendel los, reed naar binnen, deed het hek achter me weer dicht en tufte verder onder de speurende blik van de haviken die door de lucht cirkelden... misschien waren het wel dezelfde vogels die ik de eerste keer had gezien.

Het weiland kwam in zicht, glanzend in de middagzon. Marge stond midden in de omheinde ruimte, met haar rug naar me toe, in een verschoten denim blouse, een strakke spijkerbroek en rijlaarzen. Ze stond te praten tegen een grote hengst met de kleur van bittere chocola. Ze drukte haar gezicht tegen de neus van het dier en streelde zijn manen. Bij het geluid van mijn banden op het grind draaide ze zich om. Toen ik uit de Seville stapte, had ze inmiddels het weiland verlaten en kwam naar me toe lopen.

'Hé, hallo, dokter Delaware.'

Ik beantwoordde haar groet, glimlachend en met een opgewekte stem. Toen ik haar de eerste keer had ontmoet, had Milo me niet voorgesteld en ook niet verteld wat mijn beroep was. Plotseling was ik blij dat ik hiernaar toe was gekomen.

Ze trok een blauwe zakdoek uit de zak van haar spijkerbroek, veegde haar handen af en stak de rechter uit om me een stevige handdruk te geven. 'Wat komt u hier doen?'

'Het onderzoek voortzetten.'

Ze stopte de zakdoek weer in haar zak en grinnikte. 'Is er iemand die denkt dat ik gek ben?'

'Nee, mevrouw, ik wil alleen nog een paar vragen stellen.' Ik keek tegen de zon in en draaide mijn hoofd om. Het gezicht van Marge was in de schaduw, maar ze kneep haar ogen toch half dicht, waardoor ze in een wirwar van rimpeltjes verdwenen. De denim blouse sloot strak om haar lichaam. Ze had kleine, hoge borsten. Nog steeds die combinatie van een meisjesachtig figuur en het gezicht van een oude vrouw.

'Wat voor soort vragen, dokter?'

'Om te beginnen of u nog iets anders te binnen is geschoten sinds het bezoek dat rechercheur Sturgis en ik eerder aan u hebben gebracht.'

'Waarover?'

'Over iets dat uw man zich misschien heeft laten ontvallen met betrekking tot die onopgeloste moord waarover we het al hebben gehad.'

'Nee, hoor,' zei ze. 'Niets.' Haar ogen dwaalden naar het weiland. 'Ik zou graag even met u willen babbelen, maar ik heb het eigenlijk een beetje druk.'

'Er zijn nog een paar dingen. Een daarvan betreft een gevoelig onderwerp, vrees ik.'

Ze zette haar handen op haar harde, slanke heupen. 'Welk onderwerp?'

'De verslaving van uw man. Heeft hij die in zijn eentje overwonnen?'

Ze zette een van haar hakken in het zand en boorde die diep in de grond. 'Ik heb u toch verteld dat Pierce dat allemaal al achter de rug had toen wij elkaar leerden kennen.'

'Heeft iemand hem daarbij geholpen?'

Het was een simpele vraag, maar ze zei: 'Wat bedoelt u?' Haar ogen waren nog steeds samengeknepen, maar niet zo stijf gesloten dat ik de snelle beweging onder de oogleden niet kon zien. Weer een snelle blik naar de grond en vervolgens langzaam naar rechts.

Nog iemand die niet kon liegen. God zij gedankt zijn er ook nog eerlijke mensen.

'Heeft Pierce een ontwenningskuur gedaan?' vroeg ik. 'Is hij onder doktersbehandeling geweest?'

'Hij praatte echt nooit over die tijd.'

'Helemaal niet?'

'Hij was er helemaal overheen. En ik wilde niets oprakelen.'

'Om hem niet overstuur te maken,' zei ik.

Ze keek weer in de richting van het weiland.

'Kon Pierce goed slapen?' vroeg ik.

'Pardon?'

'Was Pierce een vaste slaper of had hij 's avonds moeite om in slaap te komen?'

'Hij was eigenlijk nogal...' Ze fronste. 'Wat een rare vragen, dokter Delaware. Pierce is er niet meer, wat maakt het nu uit of hij wel of niet kon slapen?'

'Het gaat gewoon om het onderzoek,' zei ik. 'Wat mij met name interesseert, is de week vlak voor het ongeluk. Sliep hij goed of was hij onrustig?'

Haar adem stokte en de handen op haar heupen trokken wit weg. 'Menéér, ik heb u allang verteld wat er is gebeurd. Pierce is van Akhbar gevallen. Nu is hij er niet meer en ik moet proberen daarmee te leven, dus ik vind het helemaal niet prettig dat u al die dingen oprakelt.'

'Het spijt me,' zei ik.

'U doet niets anders dan verontschuldigingen aanbieden, maar ondertussen blijft u wel gewoon vragen stellen.'

'Tja,' zei ik. 'Ik zal u vertellen waarom. Het mag dan een ongeluk zijn geweest, maar u hebt wel een verzoek voor een dopingtest van Akhbar ingediend. En daarvoor hebt u de lijkschouwer een flink bedrag moeten betalen.'

Ze deed een stapje achteruit en daarna nog een. Hoofdschuddend plukte ze een strootje uit haar haar. 'Dit is belachelijk.'

'En er is nog iets,' zei ik. 'Rechercheur Sturgis heeft mij nooit met naam en toenaam aan u voorgesteld, maar toch weet u wie ik ben en wat ik doe. Dat vind ik een beetje eigenaardig.'

Haar ogen werden groot en haar borst ging snel op en neer. 'Hij heeft gezegd dat u hier misschien mee zou aankomen.'

'Wie?'

Geen antwoord.

'Dokter Harrison?' vroeg ik.

Ze draaide me haar rug toe.

'Mevrouw Schwinn, lijkt het u niet beter om schoon schip te maken? Zou Pierce dat ook niet hebben gewild? Er was iets dat hem die nacht wakker hield, hè? Iets dat hij nog moest doen. Was dat niet juist de bedoeling van het moordboek?'

'Ik weet niets van een boek af.'

'Nee?'

Ze zoog haar lippen naar binnen, schudde opnieuw met haar hoofd, beet haar tanden op elkaar, draaide zich met een ruk om en kreeg de zon vol in haar gezicht. Er gleed een rilling over haar bovenlichaam. Haar benen stonden stevig op de grond en vingen de beweging op. Ze draaide zich opnieuw om en rende min of meer naar haar huis toe. Maar ik liep achter haar aan naar binnen en ze deed geen poging om me tegen te houden.

We gingen allebei op precies dezelfde plek zitten als een paar dagen geleden: ik op de bank in de woonkamer en zij in de stoel ertegenover. De vorige keer had Milo uitsluitend het woord gedaan, zoals gewoonlijk het geval is wanneer ik met hem meeloop, maar nu was het mijn beurt en lieve god nog aan toe, ondanks de diepe ellende van de vrouw tegenover me was ik wreed genoeg om opgetogen te zijn.

'Jullie zijn gewoon doodeng,' zei Marge. 'Het lijkt wel alsof jullie gedachten kunnen lezen.'

'Jullie? Wie bedoelt u?'

'Psychiaters.'

'Dokter Harrison en ik,' zei ik.

Ze gaf geen antwoord en ik vervolgde: 'Dokter Harrison heeft u gewaarschuwd dat ik misschien terug zou komen.'

'Dokter Harrison heeft altijd de beste bedoelingen.'

Ik sprak haar niet tegen.

Ze draaide me haar profiel toe. 'Ja, hij heeft me verteld wie u was… nadat ik u en die grote rechercheur, Sturgis, beschreven had. Hij zei dat het feit dat u er ook bij was misschien zou betekenen dat alles heel anders zou lopen.'

'Anders?'

'Hij zei dat u hardnekkig was. En goed kon raden.'
'U kent dokter Harrison al een tijdje.'
'Een tijdje.' De ramen van de woonkamer stonden open en het ge-hinnik in het weiland was luid en duidelijk te horen. 'Rustig maar, kereltje,' mompelde ze.
'Uw relatie met dokter Harrison was beroepsmatig,' zei ik.
'Als u wilt weten of hij mijn arts was, dan is het antwoord ja. Hij heeft ons allebei behandeld... Pierce en mij. Afzonderlijk, zonder dat we het destijds van elkaar wisten. Bij Pierce ging het om de drugs. Bij mij was het... ik had last van... een depressie. Een situatieve re-actie noemde dokter Harrison het. Nadat mijn moeder was overle-den. Ze was drieënnegentig en ik had zolang voor haar gezorgd dat het alleenzijn... de verantwoordelijkheid begon me boven het hoofd te groeien. Ik probeerde het in mijn eentje klaar te spelen, maar dat werd me te veel. Ik wist wat dokter Harrison was en ik vond altijd al dat hij zo'n lieve glimlach had. En op een dag kon ik de moed op-brengen om met hem te gaan praten.'
Bij die erkenning – het opbiechten van haar zwakte – beet ze haar tanden weer op elkaar. 'Was dokter Harrison degene die u aan Pier-ce heeft voorgesteld?' vroeg ik.
'Ik ontmoette Pierce nadat ik... toen ik weer beter was en weer in staat was om overal voor te zorgen. Af en toe praatte ik nog wel-eens met dokter Harrison, maar ik was van de antidepressiva af, pre-cies zoals hij had voorspeld.'
Ze boog zich plotseling naar me toe. 'Kent u dokter H. goed? Goed genoeg om te weten wat voor soort man hij is? In het begin, toen we net met elkaar praatten, kwam hij hier iedere dag naar toe om te zien hoe het met me ging. *Iedere dag.* Toen ik een keer griep kreeg en mijn werk niet meer kon doen, deed hij het voor me. Alles... hij stofzuigde, hij waste af, hij voerde de paarden en maakte de stallen schoon. Dat heeft hij vier dagen lang gedaan en hij is zelfs naar de stad gereden om boodschappen te doen. Als ik hem per uur had moe-ten betalen, had ik geen cent meer overgehouden.'
Ik wist dat Bert een goed mens was en een eersteklas therapeut, maar van dat verhaal stond ik toch versteld. In gedachten zag ik hem, zo klein en bejaard als hij was, in zijn paarse pak bezig met het uitve-gen en schoonspuiten van de paardenstallen en ik vroeg me af wat ik in dezelfde situatie zou hebben gedaan. En ik wist verdomd goed dat ik zoveel zorg nooit had kunnen opbrengen.
En wat ik nu deed, had met zorg helemaal niets te maken. Niet met zorg voor de levenden.
Wat waren we precies aan de doden verplicht?

Ik zei: 'Dus u hebt Pierce leren kennen toen alles weer op rolletjes liep.' Ik klonk stijf en formeel. Een typische psychiater.

Ze knikte. 'Dokter H. had me verteld dat ik mijn oude leven weer moest oppakken... hij zei dat ik er goede gewoontes op na had gehouden. Voordat mama terminaal ziek werd, reed ik altijd naar Oxnard om bij Randall's voer te gaan kopen. De oude mevrouw Randall stond altijd achter de toonbank en zij en mama waren oude vrienden. Ik vond het altijd fijn om ernaar toe te gaan en met haar te praten om te horen hoe het vroeger was geweest. Toen werd mevrouw Randall ziek en haar zoons kwamen achter de toonbank te staan. Met hen kon ik niet praten. Daarom en omdat ik de energie niet meer kon opbrengen, schakelde ik over op een postorderbedrijf dat het voer aan huis bracht. Toen dokter Harrison zei dat het goed voor me was om eruit te gaan, ging ik weer naar Randall's toe. Daar heb ik Pierce ontmoet.'

Ze glimlachte. 'Misschien had hij het wel allemaal zo bedoeld... dokter Harrison. Omdat hij zowel Pierce als mij kende. Misschien had hij het idee dat het tussen ons wel zou klikken. Hij zei altijd van niet, maar misschien was hij gewoon bescheiden, want dat is hij altijd. Waar of niet, het klikte wel. Dat kan niet anders, want de eerste keer dat ik Pierce tegenkwam, zag hij er echt uit als een overjarige hippie en ik ben een echte republikeinse boerenmeid, ik heb Ronald Reagan de hand geschud en normaal gesproken zou zo'n type me nooit hebben aangetrokken. Maar er was iets bijzonders aan Pierce... hij was nobel. Ik weet dat u van uw vriend de rechercheur waarschijnlijk verhalen hebt gehoord over hoe Pierce vroeger was, maar hij was een heel ander mens geworden.'

'Mensen veranderen wel vaker,' zei ik.

'Dat is iets waar ik pas op latere leeftijd achter ben gekomen. Toen Pierce eindelijk de moed kon opbrengen om te vragen of ik een kopje koffie met hem wilde gaan drinken, gedroeg hij zich zo verlegen dat het bijna... schattig was.' Ze haalde haar schouders op. 'Misschien zijn we elkaar precies op het juiste moment tegengekomen... omdat de planeten precies in de juiste stand stonden of zo.' En met een flauw glimlachje: 'Of misschien kan dokter Harrison toveren.'

'Wanneer hebt u dokter Harrison verteld dat u met Pierce uitging?'

'Al vrij snel. Hij zei: "Dat weet ik. Pierce heeft me dat verteld. Hij denkt precies zo over jou, Margie." Toen vertelde hij me dat hij Pierce al een tijdje kende. Hij had vrijwillig psychiatrisch werk in het Oxnard Doctor's Hospital gedaan... hij gaf consulten aan zieke en gewonde mensen, mensen met brandwonden... Na de grote brand in Montecito hebben ze een brandwondencentrum ingericht en hij was daar de psychiater. Pierce hoorde daar helemaal niet bij, hij was naar de spoedeisende hulp gegaan omdat hij vanwege zijn verslaving vreselijke toevallen had gekregen. Dokter Harrison gaf hem een ontwenningskuur en nam hem toen aan als patiënt. Dat heeft hij me allemaal op verzoek van Pierce verteld. Pierce voelde zich sterk tot mij aangetrokken, maar hij schaamde zich ontzettend voor zijn verleden en liet het aan dokter Harrison over om alles uit de doeken te doen. Ik weet nog precies hoe dokter H. het formuleerde: "Hij is een goeie vent, Margie, maar hij zal het best begrijpen als je dit allemaal niet kunt verwerken." Ik zei: "Deze handen hebben veertig jaar lang met balen hooi gesjouwd, ik kan wel wat aan." Daarna verloor Pierce zijn schuchterheid en er ontstond een band tussen ons.' Haar ogen werden vochtig. 'Ik had nooit gedacht dat ik nog iemand zou vinden en nu is hij er niet meer.'

Ze tastte weer naar haar zakdoek en lachte spottend. 'Moet je mij zien, wat een huilebalk. En u dan... ik dacht dat uw soort er juist was om ervoor te zorgen dat mensen zich beter gaan voelen.'

Ik bleef rustig zitten terwijl zij stil zat te huilen, haar ogen droogde en opnieuw in tranen uitbarstte. Plotseling schoot er een schaduw over de muur tegenover me en verdween onmiddellijk weer. Ik draaide me om en kon nog net een havik omhoog zien schieten naar het blauw voordat hij uit het zicht verdween. In het weiland klonk het gestamp van hoeven en gesnuif.

'Roodstaarten,' zei ze. 'Ze zijn goed tegen het ongedierte, maar de paarden raken er nooit aan gewend.'

'Mevrouw Schwinn,' zei ik, 'wat heeft Pierce u verteld over die onopgeloste zaak?'

'Dat het een onopgeloste zaak was.'

'En verder?'

'Verder niets. Hij heeft me niet eens verteld hoe dat meisje heette. Alleen dat het om een meisje ging dat afgeslacht was en dat het zijn zaak was geweest, maar dat hij die niet had kunnen oplossen. Ik heb geprobeerd hem zover te krijgen dat hij me alles vertelde, maar dat wilde hij niet. Ik heb u al eerder verteld dat Pierce me niet wilde lastig vallen met zijn oude leven.'

'Maar hij heeft wel met dokter Harrison over de zaak gesproken.'

'Dat moet u aan dokter Harrison vragen.'

'Heeft dokter Harrison er nooit met u over gepraat?'

'Hij heeft alleen gezegd...' Haar stem stierf weg en ze wendde zich af, zodat ik alleen haar kaaklijn te zien kreeg.

'Mevrouw Schwinn?'

'Ik ben alleen maar naar hem toe gegaan omdat Pierce zo slecht sliep.

Hij droomde steeds. Nachtmerries.' Ze draaide zich met een ruk om en keek me aan. 'Hoe wist u dat? Hebt u daar gewoon naar geraden, was het alleen een gok?'

'Pierce was een goed mens en goede mensen kunnen helemaal niet tegen corruptie.'

'Ik weet niets van corruptie.' Haar stem klonk niet overtuigend.

'Wanneer zijn die nachtmerries begonnen?' vroeg ik.

'Een paar maanden voor zijn dood. Twee of drie maanden.'

'Weet u wat de aanleiding was?'

'Nee, ik had geen idee. Ik dacht dat we gelukkig waren. Dokter Harrison heeft me verteld dat hij hetzelfde idee had, maar later bleek dat Pierce toch constant gekweld werd... Dat is het woord dat hij gebruikte. Gekweld.'

'Door de zaak.'

'Door zijn falen. Dokter Harrison zei dat Pierce gedwongen was om de zaak te laten rusten toen ze hem de politie uit hadden geschopt. Hij zei dat Pierce zich in het hoofd had gezet dat opgeven een doodzonde was. Daarvoor had hij zichzelf jarenlang gestraft... hij had drugs gebruikt, hij had zijn lichaam verwaarloosd en hij had als een landloper geleefd. Dokter H. dacht dat hij Pierce had geholpen daar overheen te komen, maar hij had zich vergist, de nachtmerries kwamen weer terug. Pierce kon het gewoon niet van zich afzetten.'

Ze keek me een poosje strak aan. 'Pierce heeft zich jarenlang niets van regels aangetrokken, maar ondertussen vroeg hij zich voortdurend af of hij dat ooit zou moeten vergelden. Hij hield van zijn vak, maar hij haatte de politie. Hij vertrouwde niemand. Ook niet uw vriend Sturgis. Toen hij op straat werd gezet, was hij ervan overtuigd dat Sturgis daar iets mee te maken had.'

'Toen ik hier samen met rechercheur Sturgis was, zei u dat Pierce allerlei aardige dingen over hem had gezegd. Was dat waar?'

'Niet helemaal,' zei ze. 'Pierce heeft tegen mij nooit een woord losgelaten over Sturgis of over andere mensen uit zijn verleden. Dat zijn allemaal dingen die hij aan dokter Harrison heeft verteld en ik probeerde alleen maar om dokter Harrison erbuiten te houden. Maar het is wel waar dat Pierce met betrekking tot Sturgis van gedachten was veranderd. Hij had de carrière van Sturgis gevolgd en zag in dat hij een goede rechercheur was. Hij had ook ontdekt dat Sturgis homoseksueel was en hij was tot de conclusie gekomen dat het echt heel moedig van hem was om bij de politie te blijven.'

'Wat heeft dokter Harrison u nog meer over de zaak verteld?'

'Alleen dat het feit dat hij de zaak had laten lopen als een soort tumor aan Pierces hersens vrat. Dat was de reden voor die nachtmerries.'

'Chronische nachtmerries?' vroeg ik.

'Chronisch genoeg. Soms kreeg Pierce ze drie of vier keer per week, maar er waren ook periodes dat hij nergens last van had. En boem, dan begon het weer van voren af aan. Het was onvoorspelbaar en dat maakte het nog erger, want ik wist nooit wat me te wachten stond als mijn hoofd het kussen raakte. Het werd zo erg dat ik bang werd om naar bed te gaan en 's nachts zelf ook wakker werd.' Ze schonk me een scheef lachje. 'Soms was het bijna grappig, want dan lag ik mezelf op te vreten en deed geen oog dicht, terwijl Pierce gewoon lag te snurken. Dan maakte ik mezelf wijs dat het eindelijk voorbij was. Maar de nacht daarna...'

'Zei Pierce weleens iets tijdens die nachtmerries?'

'Geen woord, hij bewoog alleen maar... hij sloeg om zich heen. Daardoor wist ik meteen dat hij weer een aanval kreeg: het bed begon te schudden, net als bij een aardbeving, doordat Pierce tegen het matras schopte. Hij lag op zijn rug te roffelen met zijn hakken... alsof hij liep te marcheren. Dan schoten zijn armen ineens omhoog.' Ze strekte haar armen naar het plafond. 'Alsof hij werd gearresteerd. Daarna schoten zijn handen weer omlaag en begonnen op het bed te trommelen en wild om zich heen te slaan. En al snel daarna begon hij te kreunen en echt keihard op het matras te beuken én te schoppen... zijn voeten lagen geen moment stil. Vervolgens trok hij zijn rug hol en verstijfde... alsof hij verlamd was, alsof hij kracht aan het verzamelen was om uit elkaar te spatten. En dan zag je hem tandenknarsen terwijl zijn ogen bijna uit zijn hoofd rolden. Maar ze keken nergens naar, hij was ergens anders, in een hel die hij alleen kon zien. Hij bleef ongeveer een seconde of tien in de verstijfde houding liggen, dan knapte er iets en begon hij zichzélf te slaan... op zijn borst, op zijn buik, in zijn gezicht. Soms zat hij de volgende ochtend onder de blauwe plekken. Ik probeerde altijd te voorkomen dat hij zich pijn zou doen, maar dat was onmogelijk, zijn armen leken op ijzeren staven en het enige dat ik kon doen was snel uit bed springen omdat ik anders ook klappen zou krijgen. Dus dan bleef ik maar naast het bed staan wachten tot het afgelopen was. Vlak voordat het voorbij was, slaakte hij een kreet... zo hard dat de paarden er wakker van werden. Die begonnen dan ook te jammeren en soms huilden zelfs de prairiewolven mee. Dat had u moeten horen... prairiewolven die op kilometers afstand zaten te janken. Kent u dat geluid? Als een hele roedel aan het janken slaat? Het lijkt niet op het blaffen van een hond, het klinkt alsof duizend beesten stapelgek zijn geworden. Dat wordt weeklagen genoemd. Eigenlijk doen ze dat alleen tijdens het doden van een prooi of als ze paren, maar als Pierce lag te krijsen begonnen ze ook.'

De zakdoek in haar hand was tot een blauwe prop samengeknepen. Nu keek ze strak naar haar hand terwijl haar vingers ontspanden. 'Die prairiewolven werden doodsbang van het geluid van Pierces angst.'

Ze vroeg of ik iets wilde drinken, maar toen ik het aanbod afsloeg, stond ze op en vulde een glas met water uit de kraan. Toen ze weer ging zitten, zei ik: 'Kon Pierce zich die nachtmerries herinneren?'
'Nee, hoor. Als de aanval voorbij was, viel hij gewoon weer in slaap en hij praatte er nooit over. De eerste keer dat het gebeurde, heb ik er niets van gezegd. De tweede keer was ik er een beetje overstuur van, maar ik hield nog steeds mijn mond. Na de derde keer ben ik naar dokter Harrison gegaan. Hij luisterde en zei niet veel, maar diezelfde avond kwam hij op bezoek bij Pierce... hij nam hem apart, in Pierces donkere kamer. Daarna ging Pierce weer regelmatig naar hem toe om behandeld te worden. En een week of zo later liet dokter H. me naar zijn huis komen en toen heeft hij me verteld dat Pierce niet kon leven met het idee dat hij gefaald had.'
'Dus u hebt nooit rechtstreeks met Pierce over de zaak gepraat?'
'Dat klopt.'
Ik zei niets.
'Ik weet dat u daar waarschijnlijk niets van begrijpt, maar zo waren we nu eenmaal. We waren ontzettend aan elkaar verknocht, maar we hadden allebei bepaalde dingen waar we niet verder op ingingen. Ik weet ook dat het heel erg in is om geen respect meer te hebben voor privacy. Maar dat is toch gewoon gezwets? Iedereen heeft geheime gedachten die je met niemand wilt delen. Pierce en ik waren gewoon zo eerlijk om dat toe te geven. En dokter Harrison zei dat we het zelf moesten weten als we het op die manier wilden doen.'
Dus Bert had een poging gedaan om man en vrouw te bewegen zich wat opener tegenover elkaar op te stellen, maar dat hadden ze geweigerd.
'Het was hetzelfde geval met de drugsverslaving van Pierce,' zei Marge Schwinn. 'Hij was te trots om dat aan mij te bekennen, daarom heeft hij dokter Harrison als tussenpersoon gebruikt. Wij waren daar tevreden mee. Op die manier bleef alles tussen ons plezierig en positief.'
'Hebt u dokter Harrison weleens bijzonderheden over die onopgeloste moord gevraagd?'
Heftig hoofdschudden. 'Dat wilde ik helemaal niet weten. Ik ging ervan uit dat het heel akelig moest zijn als Pierce er zo door gekweld werd.'
'Is er ooit een eind gekomen aan de nachtmerries?'

'Toen Pierce weer regelmatig naar dokter Harrison toe ging, werd het een stuk minder en had hij er nog maar twee of drie keer per maand last van. En ook zijn hobby scheen Pierce te helpen, want om te fotograferen moest hij het huis uit en dan kreeg hij tenminste wat frisse lucht.'

'Was dat een idee van dokter Harrison?'

Ze glimlachte. 'Ja, hij kocht dat fototoestel voor Pierce, hij stond er-op om dat te betalen. Dat is zijn gewoonte. Hij is heel goedgeefs. Vroeger woonde hier een vrouw in de stad, Marian Purveyance, de eigenares van het Celestial Café voordat Aimee Baker het overnam. Marian kreeg een spierziekte waardoor ze langzaam maar zeker af-takelde en dokter Harrison was haar voornaamste steun. Vlak voor haar dood ging ik vaak op bezoek bij Marian en ze vertelde me dat dokter Harrison vond dat ze een hond moest hebben om haar ge-zelschap te houden. Maar Marian was lichamelijk niet meer in staat om een hond te verzorgen, dus heeft dokter Harrison er een voor haar gevonden... een oude, half verlamde retriever uit het asiel, die hij zelf in huis nam. Hij voerde hem ook en deed hem af en toe in bad. Iedere dag bracht hij het dier een paar uur naar Marian toe. Die lieve oude hond lag altijd languit op Marians bed, zodat Ma-rian hem kon aaien. Toen het einde in zicht kwam, kon Marian haar vingers niet meer bewegen en dat scheen die hond te begrijpen, want hij ging vlak naast Marian liggen en legde zijn poot op Marians hand, zodat ze toch nog iets had om aan te raken. Toen Marian stierf, lag die oude hond naast haar en een paar weken later is het beest zelf ook overleden.'

Haar ogen schoten vuur. 'Begrijp je wat ik je aan je verstand probeer te brengen, jongeman? Dokter Harrison gééft mensen iets. Hij gaf Pierce dat fototoestel en hij gaf mij een beetje rust door me te vertel-len dat die nachtmerries niets met mij te maken hadden. Want dat vroeg ik me namelijk af, of het feit dat Pierce hier zat opgesloten met een oude vrijster misschien een slechte uitwerking op hem had nadat hij zolang alleen was geweest. En ik hoop dat Onze Lieve Heer het me vergeeft, maar als ik Pierce zo zag liggen woelen vroeg ik me on-willekeurig af of hij weer in zijn oude gewoonte was vervallen.'

'Of hij weer aan de drugs was.'

'Ik schaam me dat ik het moet bekennen, maar ja, dat is precies wat ik dacht. Hij was namelijk in het ziekenhuis beland omdat zijn drugs-verslaving hem toevallen bezorgde en in mijn onervaren ogen leken dit ook toevallen. Maar dat was niet zo, dat heeft dokter Harrison me verzekerd. Hij zei dat het gewoon akelige nachtmerries waren. Dat het alleen maar Pierces nare verleden was dat de kop opstak.

Dat ik Pierce niets dan goeds bracht en daar ook nooit aan mocht twijfelen. Dat was een enorme opluchting.'

'Dus de nachtmerries namen af en kwamen nog maar twee of drie keer per maand voor.'

'Daar kon ik wel mee leven. Als het gespartel begon, stapte ik gewoon uit bed, liep naar de keuken om een glas water te drinken en ging naar buiten om de paarden te kalmeren. Als ik dan weer terugkwam, lag Pierce gewoon te ronken. Dan pakte ik zijn hand en warmde die... hij kreeg altijd ijskoude handen van die nachtmerries. En als we zo naast elkaar lagen, hoorde ik zijn ademhaling rustiger worden tot ik hem tegen me aan mocht trekken om hem te warmen en zo ging de nacht voorbij.'

Opnieuw striemde de vlucht van een havik over de muur. 'Die vogels,' zei ze. 'Het is net alsof ze iets ruiken.'

'De nachtmerries werden zeldzamer,' zei ik, 'maar een paar dagen voordat Pierce de dood vond, kwamen ze weer terug.'

'Ja,' zei ze. Ze kon het woord nauwelijks uitbrengen. 'En toen begon ik weer ongerust te worden omdat Pierce er de volgende ochtend helemaal niet goed uitzag. Hij was doodmoe, een beetje onhandig en hij praatte sloom. Daarom verwijt ik mezelf dat ik het toch goed vond dat hij Akhbar meenam. Hij was niet in staat om te rijden, ik had hem nooit alleen weg mogen laten gaan. Misschien had hij die keer toch een of andere aanval gehad.'

'Waarom hebt u Akhbar op doping laten testen?'

'Dat was gewoon een stomme streek van me. Wat ik eigenlijk wilde, was dat Pierce getest zou worden. Want ondanks alles wat dokter Harrison had gezegd begon ik toch weer argwaan te koesteren toen die nachtmerries terugkwamen. Maar na zijn dood kon ik mezelf er niet toe brengen om openlijk voor mijn vermoedens uit te komen. Niet tegenover dokter Harrison, de lijkschouwer of iemand anders, dus in plaats daarvan gaf ik de schuld aan die arme Akhbar. Ik ging ervan uit dat als het onderwerp drugs maar eenmaal aan de orde was gekomen, iemand ook wel op het idee zou komen om Pierce te controleren en dan zou ik eindelijk zekerheid hebben.'

'Ze hebben Pierce getest,' zei ik. 'Dat gebeurt automatisch. Maar de uitslag was negatief.'

'Dat weet ik inmiddels ook. Dokter Harrison heeft me dat verteld. Het was een ongeluk, anders niets. Hoewel ik me af en toe toch nog onwillekeurig afvraag of Pierce wel alleen had mogen gaan rijden. Want hij zag er echt niet goed uit.'

'Hebt u enig idee waarom hij het die laatste week zo moeilijk had?'

'Nee... en ik wil het ook niet weten. Ik wil nu alles van me afzetten

en daarbij helpt dit niet echt. Kunnen we er alsjeblieft mee ophouden?'
Ik bedankte haar en stond op. 'Is de plek waar het ongeluk gebeurde hier ver vandaan?'
'Een eindje verderop langs de weg.'
'Ik zou daar graag een kijkje willen nemen.'
'Waarom?'
'Om een idee te krijgen hoe het is gebeurd.'
Ze keek me strak aan. 'Weet u soms iets dat u me niet hebt verteld?'
'Nee,' zei ik. 'Bedankt dat u de moeite hebt willen nemen.'
'U hoeft me niet te bedanken, het was niet van harte.' Ze sprong op en liep langs me heen naar de deur.
'Die plaats...' zei ik.
'Als u terug bent op de 33 moet u doorrijden in oostelijke richting en dan de tweede afslag links nemen. Dat is een zandpad dat tegen een heuvel op loopt en vervolgens steil omlaag naar een droge rivierbedding. Daar is het gebeurd. Pierce en Akhbar zijn van de rots gevallen die langs de bedding loopt en op de bodem terechtgekomen. Het is een plek waar Pierce en ik af en toe ook weleens reden. Maar dan nam ik altijd het voortouw.'
'Wat de fotografie van Pierce betreft...'
'Nee,' zei ze. 'Alstublieft. Geen vragen meer. De eerste keer dat u hier was heb ik u de donkere kamer van Pierce, zijn foto's en de rest al laten zien.'
'Ik wou alleen maar zeggen dat hij heel begaafd was, maar dat één ding me wel opviel. Er staan nooit mensen of dieren op zijn foto's.'
'Hebt u daar dan een of andere belangrijke psychologische conclusie voor?'
'Nee, ik vond het gewoon eigenaardig.'
'O ja? Nou, ik niet. Ik maakte me er helemaal niet druk om. Die foto's waren schitterend.' Ze reikte langs me heen en duwde de deur open. 'En toen ik Pierce vroeg waarom dat zo was, had hij een heel goede verklaring. Hij zei: "Margie, ik probeer een volmaakte wereld te fotograferen."'

36

Ze stond naast de Seville te wachten tot ik weg zou gaan.
Ik draaide het contactsleuteltje om en zei: 'Heeft dokter Harrison u verteld dat hij op vakantie ging?'

'Hij op vakantie? Hij gaat nooit weg. Hoezo?'

'Hij zei tegen mij dat hij misschien een tijdje op reis zou gaan.'

'Nou, hij heeft het volste recht om op reis te gaan als hij daar zin in heeft. Waarom vraagt u hem dat zelf niet? U gaat nu toch naar hem toe? Om te controleren of ik de waarheid heb gesproken.'

'Ik wil met hem over die onopgeloste zaak praten.'

'Het maakt toch niets uit,' zei ze. 'Ik vind het niet erg om gecontroleerd te worden, want ik heb niets te verbergen. Dat is het voordeel als je ervoor zorgt nooit bij hopeloze toestanden betrokken te raken. Dan hoef je je ook geen zorgen te maken. Daarom is het zo jammer dat mijn Pierce dat nooit heeft geleerd.'

De afslag die ze had beschreven kwam uit op een door eiken omzoomd pad dat nauwelijks breed genoeg was voor een golfkarretje. Takken schraapten aan weerszijden langs de Seville. Ik reed weer achteruit, liet de auto langs de weg staan en ging te voet verder.

De plaats waar Pierce Schwinn de dood had gevonden lag ongeveer zevenhonderdvijftig meter verderop, een droge rivierbedding die uit een granieten klif was gesleten, met op de achtergrond de berghelling. Een verdroogde doorgang die in het regenseizoen vol zou lopen en veranderde in een groene, bruisende stroom. Nu was de ondergrond verbleekt tot de kleur van oude botten en bezaaid met slijk, stenen en rotsblokken, leerachtige bladeren en kronkelende, door de wind afgerukte takken. De grootste rotsblokken waren behoorlijk oneffen met vlijmscherpe randen die glinsterden in de zon. Als je daar met je hoofd op terechtkwam, zou het niet best met je aflopen.

Ik liep naar de rand, keek omlaag in de geul en luisterde naar de stilte, terwijl ik me afvroeg waarom een goed afgericht paard hier was uitgegleden.

Ik stond zo diep na te denken en het was zo warm dat ik bijna verdoofd raakte. Toen schoot er plotseling achter me iets weg en mijn hart sloeg over. De punt van mijn schoen schoof over de rand en ik moest achteruitspringen om niet naar beneden te vallen.

Ik had mezelf net op tijd weer in bedwang om de zandkleurige hagedis te zien die in het struikgewas verdween. Terwijl ik achteruitweek van de rand, ordende ik mijn gedachten voordat ik me omdraaide en wegliep. Tegen de tijd dat ik bij de auto was, kon ik al bijna weer normaal ademhalen.

Ik keerde terug naar het centrum van Ojai, reed naar Signal Street, langs de met flagstones bedekte waterafvoer en zette de auto weer achter hetzelfde bosje eucalyptusbomen, waar ik tussen de blauwgroene harige bladeren door naar het huis van Bert Harrison gluurde. Ik piekerde over wat ik tegen Bert moest zeggen als ik hem thuis trof. En over de nachtmerries van Pierce Schwinn, de spookbeelden die hem in de dagen voor zijn dood weer hadden achtervolgd.

Bert wist waarom. Dat had Bert van het begin af aan geweten.

Er was geen beweging te zien in het huis van de oude man. De stationcar stond nog precies op dezelfde plaats. Na een kwartier besloot ik dat het tijd werd om naar de voordeur te lopen. Wat ik daarna zou doen, was afhankelijk van wat ik wel of niet zou aantreffen. Net op het moment dat ik uit de Seville stapte, ging de voordeur met een piepend geluid open en stapte Bert de veranda op, in zijn volle paarse glorie en met een grote bruine papieren boodschappentas in zijn arm. Ik pakte het portier van de Seville vast voordat het in het slot viel, dook snel weer achter de bomen weg en keek toe hoe de oude man de houten trap af liep.

Hij zette de papieren tas op de rechtervoorstoel van de stationcar, ging achter het stuur zitten en kreeg na een paar vergeefse pogingen de motor aan de praat. Hij reed in een slakkengangetje weg bij het huis en nam ruimschoots de tijd om een driekwart cirkel te draaien. De bocht kostte hem moeite... geen stuurbekrachtiging. Een kleine man met een vastberaden gezicht en de handen in de stand tien voor twee op het stuur, precies zoals je dat bij je eerste rijles leert. Hij zat zo laag dat zijn hoofd maar net boven het portier uit kwam.

Ik ging op mijn hurken zitten en wachtte tot hij voorbij was. De aftandse schokdempers van de Chevy waren niet op de nauwelijks verharde weg berekend en de auto piepte en kraakte toen hij langs me heen hobbelde. Bert keek recht voor zich uit, zonder mij of de Seville te zien. Ik wachtte tot hij uit het zicht was en sprong toen in mijn eigen wagen. Ik had het voordeel dat ik wel over stuurbekrachtiging beschikte, dus was ik net op tijd om te zien hoe de rammelkast in oostelijke richting de 33 op zwenkte.

Ik bleef bij het kruispunt staan terwijl de Chevy langzaam maar zeker veranderde in een stofwolkje aan de horizon. Vanwege de lege weg was het te riskant om erachteraan te rijden. Ik zat me nog steeds af te vragen wat ik moest doen toen een pick-up met zakken kunstmest achter me stopte. Twee Latijns-Amerikaanse mannen met cowboyhoeden... boerenarbeiders. Ik gebaarde dat ze voorbij konden, en nadat ze me gepasseerd waren, sloegen ze rechts af, waardoor ze tussen mij en Bert terechtkwamen.

Ik volgde in het kielzog van de truck, maar bleef er een flink eind achter hangen.

Een paar kilometer verder, bij de kruising van de 33 en de 150, reed de truck verder naar het zuiden en draaide moeizaam en overdreven voorzichtig de 150 op. Ik bleef achter hem aan rijden, maar liet me zover terugzakken dat ik de stationcar nauwelijks in zicht had.

Hij reed weer een paar kilometer verder, langs privékampeerterreinen en een trailerpark tot hij bij de borden kwam die de afslag naar Lake Casitas aankondigden. Het openbare waterreservoir dat tegelijkertijd dienst deed als recreatiegebied. Het was best mogelijk dat de papieren zak alleen maar oud brood bevatte en dat Bert van plan was om de eendjes te gaan voeren.

Maar lang voordat het meer in zicht was, ging hij al van de weg af. Bij een hoek met een benzinestation dat maar over één pomp beschikte en een winkeltje dat visgerei en kruideniersartikelen verkocht sloeg hij rechtsaf naar het noorden.

Weer zo'n landweg zonder naam, dit keer met ver uit elkaar gelegen, ongeschilderde blokhutten die op flinke afstand van de weg lagen. Op een handgeschilderd bord bij een van de eerste huisjes werden zelfgemaakt bessensap en openhaardhout aangeboden, maar dat was ook meteen het laatste bord. De struiken die hier groeiden, waren dicht en welig, beschermd door een bladerdak van oude eiken, *Pittosporum* en wilde vijgenbomen die zo kromgegroeid waren dat ze bijna kronkelden. Zonder zich van mijn aanwezigheid bewust te zijn hobbelde Bert nog vijf kilometer verder voordat hij afremde en links afsloeg.

Met mijn ogen vast op de plek waar hij was verdwenen stopte ik langs de kant van de weg en nadat ik nog twee minuten had gewacht reed ik achter hem aan.

Hij was een grindweg opgereden die nog zeshonderd meter doorliep, daarna scherp naar links boog en verdween achter een onverzorgde rij agaves, dezelfde scherpgepunte planten die voor zijn eigen huis stonden. Er was geen gebouw te bekennen. Ik zette de auto opnieuw langs de weg en ging te voet verder, in de hoop dat de bestemming van de stationcar een paar meter verder lag en niet een paar kilometer. Om de stilte te bewaren liep ik niet over het grind, maar over de groenstrook die ernaast lag.

Ik zag de Chevy een meter of dertig voor me staan, slordig geparkeerd op zand voor een groen houten huisje met een dak van golfplaten. Het was groter dan een blokhut en zou waarschijnlijk wel drie kamers hebben. De veranda aan de voorkant was scheef gezakt en een ijzeren pijp fungeerde als schoorsteen. Ik liep er voorzichtig naar toe en vond een plekje achter de onafgebroken rij agaves waar ik het huis goed in de gaten kon houden. Het huis stond midden in het bos, maar het was gebouwd op een zanderige open plek, waarschijnlijk een brandgang. Gefilterd zonlicht tekende een grillig patroon op het metalen dak. Vlak naast de voordeur stond een lelijk gevormde abrikozenboom, onaantrekkelijk en grillig, maar de takken waren zwaarbeladen met vruchten.

Ik moest bijna een halfuur wachten tot Bert weer te voorschijn kwam. Hij duwde een man in een rolstoel. Ik moest ineens denken aan de rolstoel in zijn woonkamer.

Die heb ik hier voor een vriend opgeslagen, had hij gezegd.

Dokter Harrison is heel goedgeefs.

Het was een zachte middag, maar er was toch een deken om de man geslagen en hij droeg een strohoed met een brede rand. Terwijl Bert hem langzaam voortduwde, kon hij zijn hoofd niet rechtop houden. Bert bleef staan en zei iets tegen hem. Als de man hem verstond, liet hij dat niet merken. Bert zette de stoel op de rem, liep naar de abrikozenboom en plukte twee abrikozen. Hij gaf er een aan de man, die de vrucht heel langzaam aanpakte. Ze aten het fruit allebei op. Bert hield zijn hand onder de mond van de man en de man spuugde de pit in zijn hand. Bert keek ernaar, stopte de pit in zijn zak en nam het laatste hapje van zijn eigen abrikoos. Die pit verdween eveneens in de zak.

Hij bleef nog even staan en keek naar de lucht. De man in de rolstoel verroerde zich niet.

Bert haalde de stoel van de rem, duwde hem nog een paar meter verder en draaide hem iets bij waardoor ik een glimp van het gezicht van de passagier kon opvangen.

Het bovenste stuk werd voor een groot gedeelte bedekt door een grote zonnebril met spiegelglazen. Het onderste stuk was een wollige grijze baard. De huid ertussenin had de kleur van een gegrilde aubergine.

Ik stapte onder de bomen uit zonder dat ik probeerde het geluid van mijn voetstappen op het grind te dempen.

Bert draaide zich met een ruk om en keek me strak aan. Hij knikte. Gelaten.

Ik liep naar hen toe.

'Wie is dat?' zei de man in de rolstoel met een lage, krassende stem.

'Die knaap over wie we het hebben gehad,' zei Bert.

37

Craig Bosc lag languit op de vloerbedekking in zijn woonkamer, alweer met een brede grijns. Zijn enkels waren samengebonden met plastic boeien uit Milo's werkkoffertje en met een tweede stel, bevestigd aan de metalen boeien om zijn polsen, was hij aan een van de stevige poten van de bank vastgelegd.

Milo had hem erop gewezen dat hij hem ook met de handen en de voeten aan elkaar had kunnen boeien, maar dat hij voorlopig genoegen nam met deze, redelijk onderdanige houding. Om de vent op die manier in te peperen dat elke vorm van verzet behoorlijk pijnlijke gevolgen kon hebben.

Bosc had geen commentaar gegeven. Hij had geen kik meer gegeven nadat hij Milo had verteld dat hij zich in de nesten had gewerkt.

Nu had hij zijn ogen gesloten en die grijns bleef op zijn gezicht vastgeplakt. Het kon toneelspel zijn, maar op zijn filmsterrengezicht was geen zweetdruppeltje te bekennen. Zou het zo'n psychopaat zijn die zich nergens druk om maakte? Milo had weliswaar de overhand, maar Bosc maakte zo'n zelfingenomen indruk dat Milo het zweet langs zijn eigen oksels voelde lopen.

Hij begon het huis te doorzoeken. Bosc deed zijn ogen open en lachte terwijl Milo door de keuken liep, allerlei kastjes en lades opentrok en de inhoud van de vrijgezellenkoelkast van Bosc inspecteerde: bier, wijn, pina colada-mix, drie potten *salsa* en een open blik chili-con-nog-wat. Toen Milo de vrieskast controleerde, begon Bosc weer te grinniken, maar toen Milo zich omdraaide en naar hem keek, had de vent zijn ogen stijf dicht en zijn lichaam lag er zo ontspannen bij dat het leek alsof hij een tukje deed.

Er was niets verstopt achter de houders met ijsblokjes. Milo liep naar de slaapkamer, vond een kast vol designerkleren waar veel te veel in hing. Alles hing stijf tegen elkaar op goedkope metalen hangertjes en er lagen zelfs een paar dingen verfomfaaid op de grond, tussen zo'n vijfentwintig paar schoenen. Op de bovenste plank lagen drie tennisrackets, een hockeystick, een oude, lekke basketbal en een pluizig stuk zwart uitgeslagen leer dat ooit een *football* was geweest. De sentimentele herinneringen van Kees de Kampioen.

In de hoek stond een stel Invanko-halters van twaalfeneenhalve kilo per stuk naast een tv-video-dvd-combinatie met een scherm van anderhalve meter. Een videokast van imitatiewalnoot stond vol met actiethrillers en een stel onopmerkelijke pornobanden in felgekleurde dozen: rondborstige dames die mondje-open-oogjes-dicht speelden.

De drie lades van Boscs toilettafel brachten verkreukeld ondergoed, sokken, T-shirts en sportbroekjes aan het licht. Pas toen Milo de onderste la opentrok, werd het interessant.

Weggestopt onder een stapel GAP-T-shirts lagen drie vuurwapens: een 9mm die identiek was aan Milo's officiële politiewapen, een slanke zwarte Glock compleet met de Duitse gebruiksaanwijzing en een zilveren derringer in een zwartleren koffertje. Alle drie geladen. Reservemunitie lag achter in de la.

Naast de pistolen was een geheim laatje dat de levensgeschiedenis van Bosc bevatte.

Een jaarboek van North Hollywood High, vijftien jaar oud, onthulde dat Craig Eiffel Bosc tight end had gespeeld voor het footballteam van de school, relief-pitcher was geweest van de honkbalploeg en bij het basketbalteam als point guard had gefungeerd. Drie eremedailles. Op de foto van de diploma-uitreiking zag Bosc er fris en bijzonder aantrekkelijk uit, met diezelfde brutale glimlach.

Het volgende wat te voorschijn kwam was een zwart plakboek met een kunstleren omslag, waar met plakletters SIR CRAIG op stond. Binnenin zaten met plastic beklede bladen die Milo meteen aan het moordboek deden denken.

Maar hier kwam geen bloed aan te pas. Op het eerste blad zat een certificaat van Valley College waaruit bleek dat Bosc een tweejarige cursus communicatieleer met goed gevolg had afgesloten. Van North Hollywood naar Valley. Beide waren vanuit het huis van Bosc op de fiets te bereiken. De Valley Boy was niet ver uitgezwermd.

Daarna kwam het eervol ontslag van Bosc uit de Coast Guard: zijn standplaats was Avalon, op Catalina Island, geweest. Waarschijnlijk had hij een mooi goudbruin tintje opgedaan terwijl hij zijn diensttijd doorbracht met snorkelen en duiken.

Achter in het album zaten vijf pagina's met polaroidfoto's waarop Bosc een aantal verschillende vrouwen neukte, allemaal jong, blond en rondborstig. De nadruk lag voornamelijk op close-ups van de penetratie en op het grijnzende gezicht van Bosc terwijl hij borsten kneedde, in tepels kneep en zijn metgezellinnen van achteren pakte. De meisjes zagen er allemaal slaperig uit. Ze schenen zich geen van allen bewust te zijn geweest van de camera.

Stiekeme opnamen van schatjes die zo stoned waren als een garnaal. Ze leken allemaal tussen de twintig en de vijfentwintig, met dik geblondeerd haar en ouderwetse kapsels die bij Milo de gedachte 'barjuffrouw uit een kleine stad' opriepen. Een paar lelijke, een of twee echte stukken, maar over het algemeen een vrij gewoontjes uitziend stel. Ze konden niet tippen aan het niveau van de lekkere wijven in de pornovideo's, maar ze waren wel van hetzelfde type. Nog een aanwijzing dat Bosc een beperkte fantasie had.

Milo zocht naar de verborgen camera en omdat hij ervan uitging dat de lens op het bed gericht was, had hij het toestel binnen de kortste keren gevonden. Een slim apparaatje, een staafcamera die verborgen zat in de kast van de video. Het was een geraffineerd stukje werk en zo in tegenspraak met de parvenuachtige inrichting van Boscs appartement dat het bij Milo vraagtekens opriep. In de kast waren ook een paar stijf gerolde joints en een stuk of zes ecstasypillen verstopt. Kus de meisjes en maak ze stoned. Foei, stoute jongen.

Hij pakte het plakboek weer op en sloeg het blad om. Wat hij vond, verraste hem nauwelijks, maar toch bracht de bevestiging van zijn vermoeden hem uit zijn evenwicht en het klamme zweet brak hem uit.

Het diploma dat Bosc had ontvangen nadat hij tien jaar geleden met succes eindexamen had gedaan aan de politieacademie van L.A. Gevolgd door een groepsfoto en een foto van Bosc alleen in zijn leerlinguniform. Een frisse smeris, rijp voor tv, met weer die walgelijke grijns.

In de papierwinkel die erna kwam, werd de loopbaan van Bosc bij het LAPD uit de doeken gedaan. Een paar jaar straatdienst in North Hollywood, gevolgd door een promotie tot rechercheur-I en een overplaatsing naar de afdeling autodiefstallen van Valley, waar hij drie jaar lang opsporingswerk had gedaan en het tot rechercheur-II had geschopt.

Auto's. Een snelle promotie tot kampioen autokraker. De klootzak had waarschijnlijk een hele verzameling moedersleutels van alle mogelijke merken en modellen op een geheim plekje liggen. Met dat soort vakkennis en gereedschap had rechercheur Bosc waarschijnlijk met zijn ogen dicht Ricks Porsche kunnen jatten om de auto vervolgens gezogen en vrij van vingerafdrukken terug te bezorgen.

Nadat hij een tijdje met auto's had mogen stoeien was de vent overgeplaatst naar het centrum, eerst naar de archiefafdeling op Parker Center en vervolgens naar de administratie.

Daarna volgde een jaar bij Interne Zaken.

En ten slotte de promotie tot rechercheur-III en zijn huidige functie. Bij de administratieve staf van het kantoor van hoofdcommissaris Broussard.

De klootzak was een adjudant van John G.

Milo verwijderde de staafcamera en nam het apparaat samen met de eigengemaakte pornofoto's en de dope mee naar de woonkamer. Bosc deed nog steeds zijn uiterste best om zijn kalmte te bewaren, maar bij het horen van Milo's voetstappen vlogen zijn ogen open en toen hij zag wat Milo hem liet zien, vertrok zijn gezicht.

Maar hij herstelde zich meteen weer en lachte. 'Goh, je bent vast rechercheur van politie.'

Milo duwde Bosc een XTC-pil onder zijn neus. 'Je bent een stoute jongen, Craig.'

'Moet ik nu bang worden?'

'Da's een lekker stel zware misdrijven, Adonis.'

'Doe maar duur.'

'Denk je soms dat John G. je zal beschermen? Ik heb zo'n flauw idee dat de commissaris niet op de hoogte is van je filmcarrière.'

De harde, kille blik die in de ogen van Bosc sloop, toonde een glimp van de gemeenheid die achter de façade van dat knappe-jongensgezicht schuilging.

Hij zei: 'Wat ik denk, is dat jij genaaid bent.' En lachend: 'In je kont. Maar bij nader inzien...'

Milo tilde de camera en de drugs op.

'Jij denkt dat je daar iets mee opschiet, maar dat is niet zo. Dat telt helemaal niet.' Hij schudde zijn hoofd en grinnikte. 'Goh, wat hebben ze jou te pakken.'

Milo lachte met hem mee en deed een stap naar voren. Hij zette zijn voet op een van Boscs scheenbenen en liet er zijn volle gewicht op rusten.

Bosc slaakte een kreet van pijn. De tranen sprongen hem in de ogen toen hij opzij probeerde te kronkelen.

Milo tilde zijn schoen op.

'Vuile poepstamper,' hijgde Bosc. 'Stomme kloteflikker.'

'Neem me niet kwalijk, Craigje.'

'Ga vooral door,' zei Bosc, terwijl hij diep ademhaalde. 'Je graaft toch alleen maar je eigen graf.'

Milo zei niets.

Bosc begon weer te lachen. 'Je snapt het echt niet, hè? Dit is L-klote-A. Het gaat niet om wat je doet. Het gaat om wie je kent.'

'Connecties,' zei Milo. 'Heb je al een agent?'

'Als jij hersens had, zou je een aap zijn,' zei Bosc. 'Het staat buiten kijf dat jij je toegang hebt verschaft tot mijn woning met behulp van een combinatie van inbraak en ontvoering en inmiddels kunnen we daar ook lichamelijk geweld bij optellen. Dan hebben we het over een zwaar misdrijf, waarvoor je tot in het volgende millennium in de bak zult moeten zitten. Dacht je soms dat die rotzooi die je daar in je hand hebt geldig bewijsmateriaal is? Ik zeg gewoon dat jij die troep hier hebt neergelegd om mij verdacht te maken.'

Milo maakte een waaier van de foto's. 'Hier staat mijn lul niet op.'
'Dat klopt,' zei Bosc. 'Die van jou zou maar half zo groot zijn en
vol stront zitten.'
Milo lachte.
'Je komt toch geen stap verder, man,' zei Bosc. 'Dat is altijd zo geweest en zo zal het altijd blijven. Ook al los je nog zoveel 187's op.
Wie goed doet, zal gestraft worden. Hoe langer je me hier vasthoudt,
hoe meer je genaaid zult worden. En dat geldt ook voor dat maatje
van je, die zielenknijper.'
'Wat heeft hij ermee te maken?'
Bosc glimlachte, deed zijn ogen weer dicht en heel even had Milo
het idee dat de vent verder zijn mond zou houden. Maar een paar
seconden later zei Bosc: 'Het is een spel. Jij en de psychiater zijn de
pionnen.'
'Wie speelt dat spel?'
'Koningen en hun lopers.'
'John G., Walter Obey en de gebroeders Cossack?'
Boscs ogen gingen weer open. Er stond weer een kille blik in. Nog
killer. 'Steek je kop maar in je reet, misschien vind je dan een aan-
knopingspunt. Maak me nu maar los, misschien dat ik dan bereid
ben om je te helpen.'
Milo wendde zich af, legde de smokkelwaar op een tafeltje en begon door de kamer te ijsberen, alsof hij erover piekerde om het voorstel aan te nemen.
Plotseling liep hij weer snel naar Bosc toe, knielde naast hem neer
en zette zijn vinger op zijn scheenbeen. Precies op de plek waar zijn
schoen had gestaan.
Het zweet brak Bosc uit.
'Een schaakterm,' zei Milo. 'Wat ben je toch een ontwikkeld man,
Bobby Fischer. Vertel me nu maar eens gauw waarom je mijn auto
hebt gejat, wat die vertoning bij dat hotdogrestaurant betekende,
waarom je een postbus hebt gehuurd op naam van Playa del Sol en
waarom je vandaag weer in de buurt van mijn huis rondhing.'
'Ik deed gewoon mijn werk,' zei Bosc.
'In opdracht van John G.?'
Bosc gaf geen antwoord.
Milo trok zijn pistool en drukte de loop tegen het zachte, gebruin-
de vlees onder Boscs kin.
'De bijzonderheden,' drong hij aan.
Bosc kneep zijn lippen op elkaar.
Milo trok het wapen terug. Toen Bosc begon te lachen, zei Milo:
'Weet je wat jouw probleem is, Craig? Jij denkt dat jouw rol die van

het paard is, maar in werkelijkheid ben je niets anders dan een kon-
tenlikkende pion.' Hij liet de kolf van het pistool zo hard op het
scheenbeen van Bosc neerkomen dat het hoorbaar kraakte.
Hij wachtte tot Bosc uitgehuild was en hief toen het pistool weer op.
De ogen van Bosc waren vol paniek op het wapen gericht voordat
hij ze onder luid gesnik weer dichtkneep.
'Craig, Craig,' zei Milo en liet het wapen langzaam zakken.
'Nee, alsjeblieft, nee!' schreeuwde Bosc. Hij begon te jammeren.
Binnen een paar minuten wist Milo alles wat hij wilde weten.
Een mooi voorbeeld van een pavlovreflex. Zou Alex trots op hem
zijn?

38

Bert Harrison legde zijn hand op de schouder van de man in de rolstoel. De man draaide met zijn hoofd en neuriede. Ik zag mezelf dubbel weerspiegeld in zijn zonnebril. Een stel grimmige vreemdelingen.
Ik zei: 'Mijn naam is Alex Delaware, meneer Burns.'
Willie Burns glimlachte en draaide opnieuw met zijn hoofd. Hij gebruikte mijn stem als richtpunt, zoals blinde mensen doen. De huid
tussen zijn grijze baard en de grote zonnebril lag strak over scherpe
botten, maar zat vol barsten en littekens. Hij had lange, magere handen, paarsachtig bruin, met door artritis vervormde knokkels en lange, gele en gespleten nagels. Over zijn benen lag een zachte, witte
deken. De omvang van het lichaam onder de stof was niet indruk-
wekkend.
'Aangenaam kennis te maken,' zei hij. En tegen Bert: 'Is dat wel zo?'
'Hij zal je geen kwaad doen, Bill. Hij wil alleen maar bepaalde dingen weten.'
'Dingen,' zei Burns. 'Er was eens.' Hij begon weer te neuriën. Een
hoge stem, vals maar toch prettig om te horen.
Ik zei: 'Bert, het spijt me dat ik je moest achtervolgen...'
'Je zegt het zelf al, dat moest je doen.'
'Het was...'
'Alex,' zei hij terwijl hij geruststellend de zachte palm van zijn hand
tegen mijn wang legde, 'toen ik erachter kwam dat jij erbij betrok-
ken was, vermoedde ik al dat dit zou kunnen gebeuren.'
'Erachter kwam? Maar jij hebt het moordboek naar mij gestuurd.'
Bert schudde zijn hoofd.

'Niet?' zei ik. 'Wie dan wel?'

'Dat weet ik niet, jongen. Pierce heeft het naar iemand toe gestuurd, maar hij heeft mij nooit verteld naar wie. Tot een week voor zijn dood heeft hij mij nooit iets over dat boek verteld. Toen bracht hij het op een dag mee naar mijn huis en liet me het zien. Ik had geen flauw idee dat hij zover was gegaan.'

'Met het verzamelen van aandenkens.'

'Met het verzamelen van nachtmerries,' zei Bert. 'Terwijl hij het doorbladerde zat hij te huilen.'

Willie Burns zat zonder iets te zien naar de toppen van de bomen te staren en te neuriën.

'Waar had Schwinn die foto's vandaan, Bert?'

'Een paar waren van zaken die hij zelf had behandeld, de rest heeft hij uit oude politiedossiers gestolen. Hij was al vrij lang een dief. Die kwalificatie is van hem, niet van mij. Hij pleegde regelmatig winkeldiefstallen, stal sieraden, geld en drugs van plaatsen waar een misdrijf was gepleegd en gooide het op een akkoordje met misdadigers en prostituees.'

'En dat heeft hij je allemaal verteld.'

'In de loop van een lange tijd.'

'Een biecht,' zei ik.

'Ik ben geen priester, maar hij zocht naar verlossing.'

'Heeft hij die gevonden?'

Bert haalde zijn schouders op. 'Bij mijn weten maken weesgegroetjes nog steeds geen deel uit van het repertoire van een psychiater. Ik heb gedaan wat ik kon.' Hij wierp een blik op Willie Burns. 'Hoe voel je je vandaag, Bill?'

'Ik voel me heel goed,' zei Burns. 'Gezien de omstandigheden.' Hij draaide zijn gezicht naar links. 'Er staat een lekker windje vanaf de heuvels, kun jij dat ook horen? Dat getokkel langs de bladeren, alsof er op zo'n leuke kleine mandoline wordt gespeeld. Net als op die boten in Venetië.'

Ik luisterde. Ik zag niets bewegen aan de bomen en ik hoorde geen enkel geluid.

'Ja, heel mooi,' zei Bert.

'Weet je,' zei Willie Burns, 'ik begin hier buiten een droge keel te krijgen. Zou je me alsjeblieft iets te drinken willen geven?'

'Natuurlijk,' zei Bert.

Ik duwde Burns terug naar het groene houten huis. In de voorkamer stonden nauwelijks meubels, alleen maar een bank onder het raam en twee knalgroene vouwstoelen. Twee staande schemerlampen in verschillende hoeken. Ingelijste foto's uit tijdschriften hingen schots en scheef aan de met gipsplaten bedekte wanden, schilderijen van tuinen in Giverny-kleuren. Tussen de twee stoelen was een brede doorgang opengelaten voor de rolstoel en de rubber banden hadden grijze sporen achtergelaten die naar een deur aan de achterkant leidden. Geen knop, alleen een schopplaat.

Een klapdeur. Rolstoelvriendelijk.

De keuken was een niet afgescheiden ruimte aan de rechterkant: grenen kasten, een stalen aanrecht, een tweepits kookplaat waar een pan met een koperen bodem op stond. Bert pakte een flesje suikervrije citroenlimonade uit een bolle, witte koelkast, stond even te worstelen voordat hij erin slaagde om de dop eraf te halen en gaf het flesje daarna aan Willie Burns. Burns pakte het met twee handen aan en dronk het halfleeg. Bij iedere slok ging zijn adamsappel op en neer. Daarna drukte hij het flesje tegen zijn gezicht, liet het heen en weer rollen over zijn huid en slaakte een diepe zucht.

'Dank je wel, dokter H.'

'Graag gedaan, Bill.' Bert keek me aan. 'Je kunt wel gaan zitten.'

Ik nam een van de vouwstoelen. Het huis rook naar gepelde noten en gegrilde knoflook. Boven de kookplaat hing een streng gedroogde teentjes, naast een sliert gedroogde Spaanse pepertjes. Ik zag nog andere lekkere dingen: glazen potten met gedroogde bonen, linzen en pasta. Een handbeschilderde broodtrommel. Gourmet-accenten in een vestzakkeuken.

'Dus je hebt geen idee hoe dat moordboek bij mij terecht is gekomen?' vroeg ik.

Bert schudde zijn hoofd. 'Ik wist helemaal niet dat jij er ook bij betrokken was tot ik van Marge hoorde dat jij samen met Milo bij haar op bezoek was geweest om over een onopgeloste moord te praten.' Hij maakte aanstalten om op de tweede vouwstoel te gaan zitten, maar ging toen weer staan. 'Laten we maar even wat frisse lucht gaan happen. Kun jij je een paar minuutjes redden, Bill?'

'Dat zal best gaan,' zei Burns.

'We blijven voor de deur staan.'

'Geniet maar van het uitzicht.'

We liepen naar de schaduw van de omringende bomen.

Bert zei: 'Er is iets wat je moet weten. Bill zal het niet lang meer maken. Schade aan het zenuwstelsel, ouderdomssuiker, ernstige vaatproblemen en hoge bloeddruk. Ik kan hem maar tot op zekere hoogte helpen en hij wil niet naar een ziekenhuis. In feite kan niemand hem helpen. Hij mankeert te veel.'

Hij wachtte even en streek een van z'n paarse revers glad. 'Hij is een oude man ook al is hij pas drieënveertig.'

'Hoe lang zorg je al voor hem?' vroeg ik.

'Al heel lang.'

'Rond de twintig jaar, schat ik.'

Hij zei niets. We gingen weer lopen, langzaam en in doelloze kringetjes. Er klonk geen enkel geluid vanuit het bos. Geen spoor van de muziek die Willie Burns had gehoord.

'Hoe heb je hem leren kennen?' vroeg ik.

'In een ziekenhuis in Oxnard.'

'Waar je Schwinn ook hebt ontmoet.'

Hij zette grote ogen op.

'Ik ben net bij Marge geweest,' zei ik.

'Aha.' Eenmaal psychiater…

'Maar goed, dat is waar,' zei hij. 'Hoewel Pierce daar niet toevallig was. Hij zat al een tijdje achter Bill aan. Zonder veel succes en ook niet erg hardnekkig omdat hij vanwege zijn amfetamineverslaving eigenlijk tot niets meer in staat was. Af en toe had hij nog weleens een helder moment waarin hij zichzelf wijsmaakte dat hij nog steeds een speurder was en dan pakte hij het onderzoek weer op tot zijn volgende uitspatting hem weer buitenspel zette. In de loop der jaren kwam hij er op de een of andere manier – via zijn criminele contacten – achter dat Bill een eindje verder aan de kust zat. Hij wist dat Bill medische verzorging nodig zou hebben en uiteindelijk kwam hij uit bij het ziekenhuis, ook al was Bill toen al een tijdje ontslagen. Maar hij bleef daar rondhangen en meldde zich regelmatig met diverse klachten. Ze beschouwden hem daar als een verslaafde hypochonder.'

'Maar hij probeerde het dossier van Burns in handen te krijgen.'

Bert knikte. 'Het ziekenhuispersoneel dacht dat hij gewoon de zoveelste junk was die aan de grond zat en medicijnen wilde jatten. Maar later bleek dat hij echt ziek was. Een dienstdoende neuroloog die hem niet kende, liet een paar onderzoeken doen en kwam erachter dat hij aan een lichte vorm van epilepsie leed, voornamelijk petit mal, plus wat tijdelijke symptomen die allemaal het gevolg waren van drugsverslaving. Ze schreven hem met wisselend resultaat spierontspannende middelen voor en hij werd een paar keer poliklinisch geholpen, maar dan had ik nooit dienst. Op een dag kreeg hij op de parkeerplaats een aanval van grand mal, hij werd naar de spoedeisende hulp gebracht en toen had ik wél dienst. En van het een kwam het ander.'

'Willie Burton had medische zorg nodig omdat hij bij een brand in een woonhuis gewond was geraakt.'

Ben zuchtte. 'Je bent nog steeds even geraffineerd, Alex.'

'Het was een huis in 156th Street in Watts. Een buurt waar een zwarte man gemakkelijk onder kan duiken. Waar een blanke juist opvalt. Een blanke rechercheur genaamd Lester Poulsenn had de opdracht gekregen om Burns en Caroline Cossack te bewaken tot hij op een avond werd doodgeschoten en het huis bij wijze van afleidingsmanoeuvre in brand werd gestoken. Het was een moord op een vrij hooggeplaatste politieman, maar het LAPD stopte de zaak in de doofpot. Interessant, vind je ook niet, Bert?'

Hij zei niets. 'Ik durf te wedden dat Poulsenn werd overvallen door de mensen die Caroline en Willie naar de andere wereld moesten helpen. Mensen die al eerder iemand hadden overvallen en vermoord, namelijk Boris Nemerov, een man die als tussenpersoon fungeerde bij het regelen van borgtocht. Dat deed hij ook voor Burns. Heeft hij je dat verteld?'

Een knikje. 'Dat kwam aan het licht tijdens de therapie. Bill voelde zich schuldig omdat hij de dood van Nemerov had veroorzaakt. Hij had zichzelf het liefst willen aangeven om precies te vertellen wat hij had gezien, maar dat zou levensgevaarlijk zijn geweest.'

'Wat is er dan bij die overval gebeurd?'

'Hij had Nemerov gebeld en hem om hulp gevraagd, omdat Nemerov hem altijd vriendelijk had behandeld. Ze spraken af om elkaar op een bepaalde plaats te ontmoeten, maar Nemerov werd gevolgd en vermoord en in de kofferbak van zijn auto gestopt. Bill hield zich ergens vlakbij verborgen en heeft het zien gebeuren. Hij wist meteen dat hij de schuld zou krijgen van de dood van Nemerov.'

'Wat was eigenlijk de reden dat Burns beschermd werd door een politieman?'

'Hij had contacten bij de politie. Hij had als tipgever gewerkt.'

'Maar nadat Poulsenn en Nemerov vermoord waren, heeft de politie hem laten stikken.'

'Contacten, Alex. Geen vrienden.'

'Het huis werd in brand gestoken, maar Burns en Caroline slaagden erin te ontsnappen. Waren ze ernstig gewond?'

'Zij was ongedeerd, maar hij had zware brandwonden. Hij verwaarloosde ze en zocht pas maanden later hulp. Zijn voeten waren door en door verbrand, alles was gaan ontsteken en tegen de tijd dat hij opgenomen werd had hij etterende, gangreneuze wonden en het vlees viel letterlijk van de botten af. Zijn beide voeten werden meteen geamputeerd, maar de ontstekingen waren tot in de botten doorgedrongen waardoor verdere amputatie noodzakelijk werd. Je kon het zelfs ruiken, Alex. Alsof je naast een barbecue stond, het beenmerg was gewoon gekookt. We hebben hier een stel fantastische chirurgen en die zijn erin geslaagd om de helft van zijn ene dijbeen en een derde van het andere te redden, mede met behulp van huidtransplantaties. Maar Bills longen waren ook verbrand, net als zijn luchtpijp en zijn slokdarm. Hij had inwendig littekenweefsel en het verwijderen van aangetast weefsel maakte nog een groot aantal operaties noodzakelijk. Hij heeft alles zonder morren ondergaan. Ik hield hem vaak gezelschap als hij in de whirlpool zat en dan zag je de huid er gewoon afvallen. En hij gaf geen kik. Ik zal nooit begrijpen hoe hij al die pijn heeft kunnen verdragen.'

'Heeft de brand hem ook blind gemaakt?'

'Nee, dat is het gevolg van diabetes. Daar leed hij al een hele tijd aan, maar de ziekte is pas laat ontdekt. En het feit dat hij, zoals de meeste verslaafden, dol was op zoetigheid, maakte het nog erger.'

'En de schade aan zijn zenuwstelsel? Heroïne?'

'Slechte heroïne. Die had hij op de dag van de brand gescoord. Hij ontsnapte aan de aandacht van Poulsenn en liep de straat uit voor een afspraak met zijn dealer. Zo hebben ze hem ook opgespoord... dat is ook iets wat hem schuldgevoelens heeft bezorgd.'

'Hoe is hij erin geslaagd om met die verbrande voeten te ontsnappen?'

'Ze hebben een auto gestolen. Het meisje reed. Ze slaagden erin om de stad uit te komen, kwamen op de PCH terecht en verstopten zich in een afgelegen canyon in de heuvels boven Malibu. 's Nachts sloop ze naar de buitenwijken en zocht in vuilnisbakken naar voedsel. Ze deed haar best om hem te verzorgen, maar zijn voeten werden steeds erger en bezorgden hem zoveel pijn dat hij zijn toevlucht zocht tot de heroïne die hij de dag van de brand had gescoord. Hij raakte buiten bewustzijn en bleef twee dagen onder zeil. Op de een of andere manier slaagde ze erin om voor hem te zorgen. Uiteindelijk probeerde ze zelfs hem met bladeren en gras in leven te houden. En ze liet hem water drinken uit een beekje in de buurt, waardoor hij ook nog eens een darmparasiet opliep. Toen ik hem voor het eerst in het brandwondencentrum zag, woog hij veertig kilo. Voeg daar nog eens bij dat hij cold turkey was afgekickt en het is een regelrecht wonder dat hij het heeft overleefd.'

'En daarna werd hij een patiënt van je,' zei ik. 'Net als Schwinn. Uiteindelijk hebben ze elkaar ontmoet. Was dat opzet?'

'Ik had eerst het verhaal van Bill gehoord en daarna dat van Pierce, waardoor het hele verhaal mij na verloop van tijd duidelijk werd. Natuurlijk heb ik hun nooit iets over elkaar verteld... Pierce beschouwde zichzelf nog steeds als rechercheur. Hij bleef op zoek naar Bill. Ten slotte – en dat heeft me heel wat moeite gekost – gaf Bill me toestemming om er met Pierce over te praten. Het viel niet mee, maar... na een tijdje drong het toch tot hen allebei door dat hun leven met elkaar verweven was.'

Hij had ze bij elkaar gebracht. Precies zoals hij met Schwinn en Marge had gedaan. De grote dokter. Die met gulle hand gaf.

'Je hebt gewacht tot duidelijk was geworden dat Burns niets van Schwinn te vrezen had,' zei ik. 'En dat hield in dat je alle bijzonderheden over de moord op Janie Ingalls te weten kwam. Maar jullie kwamen overeen om het erbij te laten zitten. Jij was er medeschuldig aan dat het misdrijf niet bestraft werd. Vandaar al die verontschuldigingen tegenover mij.'

'Alex,' zei hij. 'Sommige beslissingen zijn... Al die verwoeste levens. Ik zag geen andere oplossing...'

'Maar Schwinn bracht daar verandering in,' zei ik. 'Hij wilde de zaak niet meer geheimhouden. Heb je enig idee waarom hij in de weken voor zijn dood weer zo opgewonden raakte over die moord? Waarom hij het moordboek heeft verstuurd?'

'Dat heb ik mezelf ook al zo vaak afgevraagd en de enige reden die ik daarvoor kan vinden, is dat de arme man het gevoel had dat de dood nabij was en dat hij in vrede wilde sterven.'

'Was hij ziek?'

'Ik heb niets kunnen vinden, maar hij kwam naar me toe met klachten dat hij zich zo slap voelde. Hij trilde en hij kon niet scherp meer zien. Een maand voor zijn dood begon hij last te krijgen van hevige hoofdpijn. De voor de hand liggende conclusie was een hersentumor en ik heb hem naar de Sansum Clinic gestuurd voor een MRI. De uitslag was negatief, maar de behandelend neuroloog trof wel wat abnormale EEG-patronen aan. Maar je weet hoe dat is met EEG's... ze zijn zo moeilijk te interpreteren dat het een slag in de lucht blijft. En zijn bloedspiegel was normaal. Ik vroeg me af of het misschien verlate bijwerkingen van de amfetamine waren. Hij was al jaren van de drugs af, maar misschien had die verslaving toch kwalijke gevolgen gehad. En toen viel hij ineens flauw, een week voordat die nachtmerries weer begonnen.'

'Was Marge daar ook van op de hoogte?'

'Pierce wilde dat allemaal per se voor haar verborgen houden. Hij verstopte de medicijnen tegen zijn hoofdpijn zelfs in een afgesloten doos in zijn donkere kamer. Ik probeerde hem over te halen om openhartiger tegenover haar te zijn, maar hij bleef op zijn stuk staan. Zo was hun hele relatie, Alex. Ze praatten allebei met mij en ik fungeerde als tolk. In dat opzicht was ze de volmaakte vrouw voor hem: koppig, onafhankelijk en bijzonder in zichzelf gekeerd. Hij kon een

ongelooflijke stijfkop zijn. Dat was volgens mij ook een van de redenen dat hij zo'n goede detective was.'
'Denk je dat die nachtmerries een neurologische oorzaak hadden, of
het gevolg waren van die onopgeloste zaak die hem weer begon te
kwellen?'
'Misschien wel allebei,' zei hij. 'Bij zijn autopsie is niets ongewoons
aangetroffen, maar dat wil niets zeggen. Ik heb post-mortemhersen-
weefsel gezien dat op gatenkaas leek en toch bleek dat de patiënt
volkomen normaal had gefunctioneerd. En dan kom je bij mensen
die neurologisch gezien een wrak waren volmaakt gezonde cerebra-
le weefsels tegen. Als puntje bij paaltje komt, zijn mensen volslagen
onlogische schepsels. Zijn wij niet juist daarom allebei dokters geworden die zich om de ziel bekommeren?'
'Zijn wij dat dan?'
'Ja, jongen... Alex, het spijt me dat ik dingen voor je verborgen heb
gehouden. Op dat moment leek me dat de beste aanpak. Maar dat
meisje... en die moordenaars zijn nog steeds op vrije voeten.' De tranen sprongen hem in de ogen. 'Je probeert mensen te genezen en uiteindelijk word je medeplichtig aan moord.'
Ik legde mijn hand op zijn smalle, zachte schouder.
Hij glimlachte. 'Een therapeutische aanraking?'
'Pure vriendschap,' zei ik.
'Wij verkopen vriendschap,' zei hij. 'Althans volgens de cynici die
wat wij proberen te doen omlaaghalen. Soms vraag ik me weleens
af waarom mijn leven deze richting heeft genomen...'
We wandelden naar de met grind bestrooide oprit.
'Wat voor soort relatie is er tussen Schwinn en Burns ontstaan?' wil-
de ik weten.
'Toen ik er zeker van was dat we Pierce konden vertrouwen, heb ik
hem meegenomen naar dit huis. Ze raakten met elkaar in gesprek
en er ontstond een band. Ten slotte is Pierce Bill gaan helpen. Hij
kwam af en toe hierheen om het huis schoon te maken en een eind-
je met Bill te gaan wandelen.'
'En nu Pierce er niet meer is, is Burns de laatste getuige van de moord
op Janie Ingalls die nog in leven is.'
Bert staarde naar de grond en liep door.
'Jij noemt hem Bill,' zei ik. 'Hoe luidt zijn nieuwe achternaam?'
'Doet dat er toe?'
'Uiteindelijk komt alles toch aan het licht, Bert.'
'Denk je?' zei hij terwijl hij zijn handen op zijn rug ineenstrengelde.
Hij leidde me terug naar de open plek voor het huis. 'Ja, dat zal wel.
Alex, ik weet dat je met hem wilt praten, maar ik heb je al verteld

dat hij nog maar kort te leven heeft en zoals de meeste ex-verslaafden heeft hij een bijzonder lage dunk van zichzelf.'

'Daar zal ik rekening mee houden.'

'Dat weet ik ook wel.'

'De laatste keer dat we elkaar spraken,' zei ik, 'legde je nogal veel nadruk op het feit dat heroïneverslaafden meestal niet gewelddadig zijn. Je probeerde me zover te krijgen dat ik niet langer op zoek zou gaan naar Burns. En ook niet naar Caroline Cossack, door me erop te wijzen dat het heel onwaarschijnlijk was dat een vrouw bij een dergelijke seksuele moord betrokken was. Dat was allemaal volkomen juist, maar hoe kwam het dan dat ze getuige waren van de moord?'

'Bill arriveerde pas op de plaats van het misdrijf toen dat arme meisje al dood was en hij zag wat ze met haar hadden gedaan.'

'Was Caroline bij hem?'

Hij aarzelde. 'Ja. Ze waren samen op dat feest. Ze mocht alleen maar bij dat feest zijn omdat hij op haar lette.'

'Op haar lette?'

'Hij hield haar in de gaten. Daar werd hij door haar broers voor betaald.'

'Een drugsdealer als babysit voor het rare zusje?' vroeg ik.

Bert knikte.

'Dus ze liep samen met Burns achter haar broers en hun vrienden aan naar het landgoed naast hun huis en ze belandden op de plaats van de moord,' zei ik. 'De moordenaars zagen hen en waren waarschijnlijk bang dat ze hun mond voorbij zouden praten. Caroline was vanwege haar psychiatrische voorgeschiedenis onbetrouwbaar en voor Burns gold hetzelfde omdat hij een junk was. Maar in plaats van Caroline uit de weg te ruimen lieten ze haar opsluiten. Waarschijnlijk omdat de Cossacks weliswaar medeplichtig waren aan de moord, maar het toch niet konden opbrengen om hun zus te vermoorden. Burns zouden ze zonder meer om zeep hebben gebracht, maar hij dook onder in het getto, en omdat het rijke blanke knullen waren, zou het hun niet gemakkelijk vallen om hem daar op te sporen. Burns was bang en probeerde een grote hoeveelheid drugs te scoren, nam daarbij te veel risico, werd gearresteerd, wist dankzij zijn connecties bij het LAPD en de goede naam van Boris Nemerov op borgtocht vrij te komen en verdween opnieuw. Maar een paar maanden later kwam hij weer boven water en nam een baantje aan bij Achievement House om contact te krijgen met Caroline. Maar de jongens kwamen daarachter en besloten dat hij echt een kopje kleiner gemaakt moest worden. Voordat ze klaar waren met

hun voorbereidselen voor de moord was Burns echter alweer verdwenen. Hij slaagde er wel in contact te houden met Caroline. Uiteindelijk heeft hij haar weggehaald uit Achievement House, en ze zijn
samen ondergedoken in Watts. Klopt mijn redenering een beetje?'
'Tot in de puntjes, Alex. Zoals gewoonlijk.'
'Maar toch is er iets dat ik niet snap, Bert. Waarom zou Burns zich-
zelf in levensgevaar brengen door een baantje bij Achievement Hou-
se aan te nemen? Waarom nam hij dat risico?'
Bert glimlachte. 'Onlogisch, hè? Dat bedoelde ik toen ik zei dat je
mensen niet zomaar in hokjes kunt stoppen.'
'Waarom heeft hij dat gedaan, Bert?'
'Heel eenvoudig, Alex. Hij hield van haar. En dat is nog steeds zo.'
'Tegenwoordige tijd?' zei ik. 'Zijn ze nog bij elkaar? Waar is ze dan?'
'Ze zijn zeker nog bij elkaar. En je hebt haar zelf ontmoet.'

Hij nam me mee terug naar het huis. De voorkamer was leeg en de
klapdeur was nog steeds dicht. Bert deed hem open en ik stapte in
een korengele slaapkamer die nauwelijks groter was dan een kast.
Aan een kant was een piepklein badkamertje. In het slaapvertrek
stonden twee eenpersoonsbedden naast elkaar, allebei opgemaakt
met dunne, witte spreien. Op een lage toilettafel die ziekenhuis-groen
was geschilderd zat een pluchen beer. De rolstoel stond tegen het
voeteneind van het bed dat het dichtst bij de deur stond met de man
die zichzelf Bill noemde er nog steeds in. Hij had het bijna lege li-
monadeflesje in zijn ene hand en de andere werd vastgehouden door
de mollige, witte vingers van een zwaargebouwde vrouw in een over-
sized koningsblauw T-shirt en een grijze joggingbroek.
Haar neergeslagen ogen waren vast op het beddensprei gericht en
toen ik de kamer binnenkwam, keek ze niet op. Ze had een papperig gezicht vol acnelittekens – het leek op brooddeeg met luchtbel-
letjes – en haar platte neus raakte bijna haar bovenlip. Het verschoten
bruine haar vol grijze strepen was samengebonden in een kort paardenstaartje.
Aimee, de kokkin uit het Celestial Café. Ze had flensjes voor me gemaakt, me een dubbele portie gegeven zonder dat in rekening te brengen en had vrijwel geen woord gezegd.
En precies op het moment dat ik mijn eten op had, was Bert binnen
komen lopen. Het had een leuke samenloop van omstandigheden geleken, maar nu wist ik wel beter.
Marian Purveyance was de eigenares van het café geweest tot Aimee
Baker het over had genomen.
Hij geeft mensen van alles.

'Ik wist niet dat je ook al restauranthouder was, dokter Harrison,' zei ik.

Berts gezicht kreeg bijna dezelfde kleur als zijn pak. 'Ik heb mezelf wijsgemaakt dat ik een belegger was en wat onroerend goed in de stad opgekocht.'

'Met inbegrip van het land waar dit huis op staat,' zei ik. 'Je hebt zelfs een stel agaves overgeplant.'

Hij schopte met zijn ene voet tegen de andere. 'Dat is al jaren geleden. Je zou ervan staan te kijken als je de taxatierapporten zag.'

'Als je ooit iets zou verkopen.'

'Nou ja... het tijdstip moet wel geschikt zijn.'

'Ja, natuurlijk,' zei ik en kwam tot de ontdekking dat ik mijn armen om de oude man sloeg.

Aimee draaide zich om en zei: 'Ik vind je aardig.'

'Tegen wie van de twee heb je het, lieve meid?' zei Bill.

'Tegen allebei,' zei ze. 'Iedereen is aardig. De hele wereld is aardig.'

39

Rechercheur-III Craig Bosc jammerde het uit. Er zaten vlekken van braaksel op zijn mooi gevormde lippen.

'Ik ben zo weer terug,' zei Milo. 'Ik zou maar even blijven liggen als ik jou was, kerel.'

Bosc keek vol paniek toe hoe Milo de homevideo's en de drugs pakte en wegliep. Milo bracht zijn buit naar de gehuurde Polaris, legde de hele verzameling in de afgesloten kofferbak en zette de auto recht voor het huis van Bosc. Toen hij terugkwam, had de voormalige agent van de afdeling autodiefstal zich niet verroerd.

Hij maakte de boeien om zijn enkels los en trok Bosc overeind. Hij drukte Bosc zijn pistool tegen de rug en lette goed op dat hij zelf niet overmoedig werd van het feit dat hij zo duidelijk de overhand had. Bosc was een eikel en zijn zelfvertrouwen had een enorme deuk gehad, maar hij was ook jong, atletisch, sterk en wanhopig. Toen hij Bosc bij zijn arm pakte, kon hij de keiharde spieren voelen.

'Wat nu?' vroeg Bosc.

'Nu gaan we een ritje maken.'

Bosc verslapte en Milo moest zich inspannen om hem overeind te houden. Misschien was het een truc... nee, Bosc was echt bang. Hij had een wind gelaten en de hele kamer rook ernaar. Milo duwde hem weer op de bank en liet hem zitten. Hij hield zijn gezicht in de plooi, maar voelde de schaamte in zich opwellen. Hoe laag was hij gezonken?

'Toe nou,' smeekte Bosc. 'Ik heb je alles verteld. Laat het nou maar zitten.'

'Wat denk je wel dat ik ben, Craig?'

'Ik denk dat je slim bent. Er wordt gezegd dat je slim bent,' zei Bosc.

'Precies.'

'Je maakt een geintje, dit is echt te gek voor woorden.' De angst in de ogen van Bosc was niet gespeeld. Hij verwachtte het ergste omdat hij zelf geen greintje geweten had, en nu de bordjes waren verhangen...

De waarheid was dat Milo eigenlijk geen flauw idee had, wat hij met die eikel aan moest. Maar dat was geen reden om Bosc gerust te stellen. Op een enge, spijtige toon zei hij: 'Ik heb echt geen keus, Craig.'

'Jezus,' zei Bosc. 'We staan toch allebei aan dezelfde kant... luister nou, we zijn allebei... buitenbeentjes.'

'O ja?'

'Je weet best wat ik bedoel, man. Jij bent een buitenbeentje, omdat... je weet wel. En daarvoor zal ik je niet veroordelen, leven en laten leven. Ik heb je zelfs verdedigd als andere kerels je omlaaghaalden. Ik zei: kijk nou eens naar het percentage zaken dat die vent heeft opgelost, dan trek je je toch geen reet aan van wat hij doet als hij... ik heb er constant op gehamerd dat alleen het werk telt. En dat doe je goed, man. Daar heb ik echt respect voor. Er zit een promotie voor je in het vat, je hebt een mooie toekomst voor je, man, dus verknal het nou niet. Dit zullen ze je nooit vergeven. Waarom zou je je met dit soort gelazer inlaten?'

'Jij hebt me erbij betrokken,' zei Milo.

'Hou op, wat heb ik nou helemaal gedaan? Ik heb gedaan wat me is opgedragen en een beetje psychologische oorlogvoering toegepast. Oké, het klopte niet, het was stom gedaan, dat geef ik meteen toe en het spijt me, maar zo belangrijk was het nou ook weer niet. Het was alleen maar om... zelfs dat geklets over het feit dat je seropositief zou zijn, man. En dat was niet mijn idee. Ik was er zelfs op tegen. Maar het diende alleen maar om... je weet wel.'

'Om me met de neus op de feiten te drukken.'

'Prec...'

'Nou, ik weet nu precies wat me te doen staat, Craig. Sta op.' Milo zwaaide met de 9mm om zijn woorden kracht bij te zetten. Hij vroeg zich af wat hij moest doen als Bosc gehoorzaamde, want om die vent mee naar buiten te nemen, naar de huurauto, zou bij klaar-

lichte dag behoorlijk riskant zijn, ook al was het maar een paar meter. Zelfs in L.A. waar je doorgaans in een woonwijk evenveel mensen op straat aantrof als op een van de natuurfoto's van Schwinn.
'Alsjeblieft,' zei Bosc. 'Doe dit niet, we zijn allebei...'
'Buitenbeentjes, ja, ja. In welk opzicht geldt dat voor jou, Craig?'
'Ik ben artistiek. Ik ben in andere dingen geïnteresseerd dan de doorsneesukkel bij de politie.'
'Cinematografie?' vroeg Milo.
'Toneel... acteren. Een paar jaar geleden heb ik meegedaan in een popvideo. Van de Zombie Nannies. Ik speelde een verkeersagent. Daarvoor heb ik een tv-spotje gemaakt voor het gemeentevervoersbedrijf. En kunst... schilderijen. Ik hou van kunst, man. De stomme doorsneesmeris maakt zich alleen druk over Harleys, gewichtheffen en bier hijsen. Ik ga naar musea. Ik hou van klassieke muziek... een paar jaar geleden ben ik naar Oostenrijk geweest, naar het festival in Salzburg. Mozart, Beethoven, allemaal goeie muziek. Snap je wat ik je aan je verstand probeer te brengen? Juist omdat ik de wereld van de kunst ken, kan ik zoveel begrip voor jou opbrengen.'
'Dus ik ben een kunstenaar.'
'In zekere zin wel. Zonder de mensen in jouw omgeving zou de kunst ten dode opgeschreven zijn. En dan gaat de wereld naar de verdommenis, man... toe nou, je moet dit echt niet doen. Dit is gewoon stom, dat zijn we geen van beiden waard, we hebben nog zoveel om voor te leven.'
'O ja?'
'Ja, natuurlijk,' zei Bosc. Zijn stem klonk iets kalmer door de rustige manier waarop Milo reageerde. 'Denk maar eens goed na, we kunnen allebei nog zoveel leuke dingen doen.'
'Waarom krijg ik nu het idee dat jij een cursus onderhandelen met gijzelnemers hebt gevolgd?' vroeg Milo.
Bosc lachte onzeker. 'Je neemt me in de maling, maar ik meen het echt eerlijk met je. Prima, dat kan ik best volgen. Ik heb jou ook in de maling genomen en geprobeerd je op je zenuwen te werken, dus daar heb je het volste recht toe. Maar je moet goed begrijpen dat ik op dit moment eerlijker tegenover je ben dan wie ook.'
Milo ging naast de bank staan en greep Bosc bij zijn t-shirt. 'Sta op of ik schiet je een kogel in je knieschijf.'
De glimlach van Bosc gleed van zijn gezicht als een steen van een gletsjer. 'Als je me mee naar buiten neemt, ga ik schreeuwen...'
'Dan ga je schreeuwend de pijp uit.'
Hij gaf een ruk, Bosc stommelde overeind en Milo dreef hem in de richting van de deur.

'Ik moet eerlijk bekennen dat het verdomd handig van je was om steeds een nieuwe auto te huren,' zei Bosc. 'Ik dacht dat ik alle trucjes kende, maar jij was me te vlug af, dat geef ik eerlijk toe, je was me de baas. Alleen is er iets wat jij niet weet.'

'Er is een heleboel wat ik niet weet, Craig,' zei Milo. Hij ging ervan uit dat de vent tijd probeerde te rekken... ook zo'n onderhandelaarstrucje. Hij moest eens weten dat hij alleen maar energie verspilde. Want uiteindelijk zou hij toch vrijgelaten worden. Wat kon Milo anders doen? De vraag was waar en wanneer. En van Bosc zou hij stank voor dank krijgen, die vent zou hem ter plekke haten en bloeddorstig op wraak gaan zinnen. Gezien de positie die Bosc bij de politie innam, zou hij hem behoorlijk veel ellende kunnen bezorgen en Milo wist dat hij voor het blok zat.

Hij zat diep in de nesten, precies zoals Bosc hem triomfantelijk onder de neus had gewreven. Maar wat had hij anders kunnen doen? Als een levende marionet braaf blijven rondspartelen terwijl anderen aan de touwtjes trokken?

Hij duwde Bosc naar de deur. 'Nee, ik bedoel iets dat je nú moet weten,' zei Bosc. 'Op dit moment. Voor je eigen bestwil.'

'Wat dan?'

'Dan moet je me eerst vrijlaten.'

'O.'

'Ik meen het, man. Ik heb nu helemaal niets meer te verliezen, dus wat je ook met me doet, ik doe geen bek meer open. Waarom zou ik mijn laatste troef uitspelen? Kom op, je maakt het alleen maar steeds moeilijker voor ons allebei. Ik zal je alles vertellen, zodat je vriend geen gelazer krijgt en dan vergeten we gewoon wat er allemaal is gebeurd. Dan staan we quitte.'

'Mijn vriend,' zei Milo. En dacht: *Rick?* Jezus, Bosc was begonnen met *Rick* te volgen en het was *Ricks* auto die hij had gejat. Al die jaren was hij erin geslaagd om Rick overal buiten te houden en nu dit. Hij drukte het pistool met een fel gebaar tegen de achterkant van Boscs middel. Bosc snakte naar adem, maar slaagde erin zijn stem koel te houden. 'Je vriendje Delaware, de zieltjesknijper. Jij bent wel van auto verwisseld, maar hij niet. Hij rijdt nog steeds rond in die groene Caddy. Ik heb er al dagen geleden een satelliettracer op gezet, ik weet precies waar die vent uithangt. Dat apparaatje seint de gegevens rechtstreeks naar een computer en als ik die krijg, weet ik waar hij uithangt. En ik zal je eens iets vertellen, man, hij rijdt van hot naar her. Heeft hij je wel verteld dat hij op zijn eigen houtje aan het snuffelen is?'

'Waar is hij dan naar toe gegaan?'

Het bleef heel lang stil.

Milo priemde het pistool nog harder in zijn middel en greep Bosc met zijn andere hand in zijn nekvel.

'O nee, geen denken aan,' hijgde Bosc. 'Je kunt me goddomme een kogel in mijn ruggengraat schieten, je kunt me elke rotstreek leveren die je wilt, maar ik geef mijn troefkaart niet uit handen. En er is nog iets. Het belangrijkste van alles: ik ben niet de enige die weet waar die vent uithangt. Inmiddels weten anderen dat ook. Het geboefte. Dat was namelijk vanaf het begin onze bedoeling, om hen te waarschuwen middels een anoniem telefoontje. We hebben verdomme je maatje erin geluisd, man. We wilden hem niet noodzakelijk kwaad doen, we wilden hem alleen gebruiken om iedereen bij elkaar te krijgen. Op één punt, snap je? Het had precies getimed moeten worden, jij had er ook bij moeten zijn. Daarom was ik vandaag weer bij je huis. Ik wilde opnieuw een poging doen om een tracer op je auto te zetten, dan zou jij ook een telefoontje krijgen. Om je daarheen te krijgen. Maar je was niet thuis, dus ik dacht dat ik het later nog maar eens moest proberen.'

'Gelul,' zei Milo. 'Je had je helemaal ingesteld op een avondje vrij, het laatste waar je aan dacht, was werken.'

'Jij lult zelf uit je nek. Ik ben een nachtdier, een verdomde kruising tussen Batman en Dracula, ik kom pas tot leven als de zon ondergaat. Het plan zat perfect in elkaar, maar jij hebt het verpest door zo slim te zijn om constant van auto te verwisselen en nu staat Delaware er alleen voor, man, en als je hem wilt helpen, kun je maar één ding doen en snel ook.'

Milo draaide Bosc met een ruk om, greep hem bij de strot en richtte het pistool op zijn kruis.

'Ga je gang,' zei Bosc. 'Doe wat je niet laten kunt. Ik ben niet van plan mijn waardigheid op te geven.'

Met een uitdagende blik in zijn ogen.

Hij was oprecht.

Als dat woord tenminste van toepassing was op die klootzak.

40

'Ja, Aimee,' zei Bert, 'de hele wereld is aardig. Wat zou je ervan zeggen als jij en ik eens samen naar het café gingen om te zien of er nog iets te bakken is.'

Aimee glimlachte, drukte een kus op Bills voorhoofd en waggelde de kamer uit zonder mij een blik waardig te gunnen. 'We zijn over een poosje terug,' zei Bert. 'Ik zal een suikervrij koffiebroodje voor je meebrengen, Bill. Waar kan ik jou een plezier mee doen, Alex?'
'Ik hoef niets.'
'Ik breng wel iets mee. Straks heb je misschien wel honger.'

Ik ging tegenover de rolstoel op het bed zitten. 'Aangenaam kennis met u te maken, meneer...'
'We heten tegenwoordig Baker,' zei Bill. 'We konden elke naam kiezen die we wilden en hier moest Aimee om lachen. Want het enige dat ze altijd heel goed heeft gekund was koken en bakken.'
'Bill Baker.'
Hij grinnikte en wiegde met zijn hoofd. 'Klinkt als een of andere rijke blanke stinkerd, hè? Bill Baker, advocaat. Bill Baker, zakenman.'
'Het heeft wel iets,' zei ik.
'Ja, dat klopt.' Hij werd ernstig. 'Voordat we beginnen, moet u één ding goed begrijpen. Mijn Aimee is net een kind. Ze is altijd anders geweest dan de rest, ze is altijd met de nek aangekeken. Ook door mij, ik behandelde haar net als de anderen deden. Vroeger, toen ik nog dealde en haar broers hun spullen bij mij kochten. Ik vond het prettig om hen als klanten te hebben, want dat was weer iets heel anders voor een junkie uit South Central. Ik sprak altijd met hen af in de heuvels boven Bel Air en daar was het zo prachtig, heel anders dan de plaatsen waar ik gewoonlijk mijn spullen verkocht. Ik noemde het vroeger altijd een uitstapje. Lekker snel veel geld verdienen en dan een rondleiding langs de andere kant van het leven.'
Dezelfde heuvels waar Bowie Ingalls het leven had gelaten door met zijn auto op een boom te botsen. De jongens hadden een afspraak met hem gemaakt op een plek die ze goed kenden.
'Had je veel klanten in de Westside?' vroeg ik.
'Genoeg. Maar goed, zo heb ik Aimee leren kennen. Af en toe brachten de jongens haar mee. Als hun ouders in Europa of ergens anders zaten. En dat kwam nogal eens voor, die ouders waren constant op stap. Als ze haar bij zich hadden, lieten ze haar altijd in de auto zitten en zeiden de grofste dingen over haar. Ze schaamden zich om met haar gezien te worden. Voor het feit dat ze familie van hen was. Ik deed vrolijk mee. Destijds wist ik nog niet wat medelijden was, ik was hol, kil, ik zette de mensen naar mijn hand en ik dacht alleen maar aan mezelf, hoewel ik niet bepaald een hoge dunk van mezelf had. Want als ik echt goed over mezelf had nagedacht, zou ik nooit hebben gedaan wat ik nu wel deed.'

Hij tilde met moeite zijn armen op, legde ze om zijn gezicht en drukte zijn handpalmen naar elkaar toe.

'Ik was een slecht mens, meneer. Ik durf niet echt te beweren dat ik nu een goed mens ben en ik hoef mezelf ook niet op de borst te kloppen omdat ik zo veranderd ben, want het leven zelf heeft me veranderd.' Een lome glimlach brak door op zijn gezicht. 'Hoeveel zonden kan een blinde man zonder voeten nog begaan? Ik zou het liefst willen denken dat ik nu niet slecht meer zou zijn, ook al had ik nog steeds de beschikking over mijn ogen en mijn benen. Maar dat zal ik nooit zeker weten. Dat gevoel hier is niet echt overtuigend.' Hij liet zijn hand moeizaam zakken en klopte even op zijn buik.

Hij lachte. 'Oog om oog, been om been. Ik heb heel wat levens verwoest en dat wordt me nu betaald gezet. Ik heb zelfs bijna Aimees leven verwoest. Ik heb haar drugs gegeven... een fikse dosis acid, LSD, op vloeipapier. Het was een ideetje van haar broers, maar ze hoefden me echt niet over te halen. We dwongen haar om het in te nemen, wat een grap, ha ha ha. Ze schreeuwde het uit, ze kon niet stil blijven zitten en ze huilde. En ik lachte vrolijk met hen mee.'

Hij wreef met een hand over blinde ogen.

'Dat arme kleine ding heeft vier dagen achter elkaar gehallucineerd. Volgens mij heeft het haar zenuwstelsel aangetast. Ze is er nog trager van geworden en het heeft haar leven nog moeilijker gemaakt dan het al was, en geloof me, dat meisje had het al niet gemakkelijk. Ik zag haar pas weer toen ze al vier dagen stapelgek was. Garvey en Bobo wilden wat paddestoelen scoren en ik was de man bij wie ze al hun snoepgoed kochten, dus we maakten een afspraak in de heuvels zoals altijd en zij kwam ook mee. Ze zat achter in de auto, maar in plaats dat ze zoals gewoonlijk doodstil bleef zitten, wiegde ze heen en weer, kreunde en huilde haar ogen uit haar hoofd. Garvey en Bobo moesten er alleen maar om lachen en zeiden dat ze al zwaar aan het trippen was sinds we haar die acid hadden gegeven. Omdat ze haar hand in kokend water had willen steken en bijna uit een raam op de eerste verdieping was gesprongen, hadden ze haar ten slotte maar aan haar bed vastgebonden. Ze was niet in bad geweest en ze had niets te eten gehad. Ze moesten er wel om lachen, maar ze waren toch ook een beetje ongerust, want hun ouders zouden thuiskomen en hoewel die ook niets van haar moesten hebben, zouden ze dit vast niet goedkeuren. Vandaar dat ik met slaapmiddelen een eind aan die trip heb gemaakt.'

'Hielden haar ouders niet van haar?' vroeg ik.

'Helemaal niet. Ze was anders, zo zag ze er ook uit en ze gedroeg zich ernaar, en ze waren echt zo'n nouveau riche-stel, dat altijd erg hun best deed om indruk te maken. Op de Country club en zo. Die jongens deugden voor geen meter, maar ze hadden dure kleren aan, kamden hun haar en gebruikten de juiste aftershave, dus was iedereen tevreden. Aimee had geen benul van dat soort dingen en ze konden haar dat ook niet aanleren. Ze werd in dat gezin nog slechter behandeld dan een hond, meneer, en Garvey en Bobo maakten daar misbruik van. Ze haalden van alles uit en dan gaven ze haar de schuld.'

'Wat deden ze dan?' vroeg ik.

'Allerlei streken waarmee ze zich in de nesten hadden kunnen werken: ze stalen geld, ze verkochten hun drugs door aan andere rijke jongelui en ze staken voor de lol dingen in brand. Ze hebben zelfs een keer een hond vermoord. Dat heeft Bobo gedaan. De hond van de buren. Hij zei dat het beest te veel blafte en dat irriteerde hem, dus heeft hij een stuk vergiftigd vlees naar het beest gegooid. Nadat hij dood was, hebben Garvey en hij Aimee een paar keer langs dat hek van die hond laten lopen als ze wisten dat de buren het zagen. Zodat die hun conclusies zouden trekken. Dat soort dingen. Ze schepten erover op tegen mij, omdat ze het zo'n goeie grap vonden. Ze praatten over haar alsof ze een stuk vullis was. Ik weet niet waarom ik medelijden met haar kreeg, want ik was echt geen haar beter dan zij, maar dat gebeurde uiteindelijk wel. Ze had iets... Ik had gewoon medelijden met haar, waarom kan ik niet uitleggen.'

'Omdat u kennelijk toch uit ander hout gesneden was.'

'Aardig van u om dat te zeggen, maar ik weet heel goed wat ik was.' Hij zette de zonnebril met de spiegelglazen af en onthulde twee diepliggende zwarte schijfjes met in het midden twee spleetjes in de vorm van een komma. Hij krabde aan zijn neus en zette de bril weer op.

'U had medelijden met haar en daarom ging u op haar passen,' zei ik.

'Nee, dat deed ik omdat ik er geld voor kreeg,' zei hij. 'Ik zei tegen de jongens dat ik wel op haar wilde letten als hun ouders de stad uit waren, maar dan moesten ze me er wel voor betalen. Ze lachten en zeiden: "Dan kun je met haar doen wat je wilt, dus eigenlijk zou je ons moeten betalen, vriend." Ze dachten dat ik seksuele spelletjes met haar wilde spelen of haar misschien wel als hoer zou gebruiken. En dat vonden ze best. Daarna ging ik regelmatig in mijn oude Mercury Cougar naar hun huis toe en nam haar mee op stap.'

'Ging ze gewoon met u mee?'

'Ze was blij als ze de deur uit kon. En zo was ze nu eenmaal... heel gewillig.'

'Zat ze niet op school?'

'Ze heeft niet eens de lagere school afgemaakt. Ze had ernstige leerproblemen en ze had eigenlijk bijles moeten hebben, maar dat heeft ze nooit gehad. Ze kan nog steeds niet goed lezen of rekenen. Het enige dat ze kan is koken en bakken, maar man, dat kan ze dan ook fantastisch. Die gave is haar godsgeschenk.'

'Waar nam u haar mee naar toe?' vroeg ik.

'Overal heen. Naar de dierentuin, het strand, parken, ze was zelfs bij me als ik dealde. Soms reden we alleen maar rond en luisterden naar muziek. Dan was ik high, maar ik heb haar nooit meer iets gegeven... niet nadat ik de gevolgen had gezien van dat stukje vloeipapier met LSD. Ik praatte meestal honderduit en probeerde haar dingen te leren. Over de verkeersborden, het weer en dieren bijvoorbeeld. Over het leven. Ze wist helemaal niets, ik had nog nooit iemand ontmoet die zo weinig van de wereld wist. Ik was geen intellectueel, alleen maar een stomme verslaafde pusher, maar ik kon haar nog heel wat leren. Daaruit kunt u wel opmaken hoe zielig ze eraan toe was.'

Hij rekte zijn nek. 'Zou u nog een flesje limonade voor me willen pakken, meneer? Ik heb altijd dorst. Dat komt door die suikerziekte.'

Ik gaf hem weer een geopend flesje dat hij binnen een paar seconden leegdronk voordat hij het weer aan mij overhandigde. 'Dank u. Wat u wel moet weten, is dat ik nooit seksuele handelingen met haar heb gepleegd. Helemaal nooit. Maar dat is niet iets waarvoor ik mezelf op de borst mag slaan. Ik was een junk en u als dokter weet natuurlijk wel wat dat betekent voor je behoefte aan seks. Daarna kwam de suikerziekte erbij en werd het helemaal slappe hap, dus het is al lang geleden dat ik tot iets in staat was. Maar toch vind ik het een prettig idee dat het weinig zou hebben uitgemaakt. Want ik had respect voor haar, snapt u? Ik wilde geen misbruik van haar maken.'

'Ik heb het idee dat u haar vanaf het begin met respect hebt behandeld.'

'Ik hoop van wel. U praat net als dokter H. U probeert me te vertellen dat ik best goede kanten heb... maar goed, dat is het verhaal van mijn Aimee. Ik vind dat een mooie naam voor haar, ik heb hem zelf uitgekozen. Haar oude naam had ze van haar familie gekregen en die behandelde haar als vuil, dus ze verdiende een nieuw begin. Aimee klinkt net als vriend in het Frans en ik heb er altijd van gedroomd om een keer naar Frankrijk te gaan. En dat is ze ook voor mij geweest, mijn enige echte kameraad. Behalve dokter H. dan.'

Hij slaagde erin zijn handen op de wielen van de rolstoel te zetten, rolde een paar centimeter achteruit en glimlachte. Alsof de minste beweging hem voldoening schonk. 'Ik zal niet lang meer leven en het is fijn om te weten dat dokter Harrison dan voor mijn Aimee zal zorgen.'

'Dat zal hij zeker doen.'

De glimlacht verflauwde. 'Natuurlijk is hij al oud...'

'Heb je alles al met hem geregeld?'

'Daar zijn we nog niet aan toegekomen,' zei Bill. 'Hoewel we daar niet zo lang meer mee moeten wachten... Ik klets u de oren van het hoofd, maar u bent natuurlijk helemaal niet geïnteresseerd in mijn persoonlijke problemen. U bent hier om erachter te komen wat er precies met dat meisje van Ingalls is gebeurd.'

'Ja,' zei ik.

'Die arme Janie,' zei hij. 'Ik zie haar gezicht nog zo voor me.' Hij tikte op een van de spiegelglazen. 'Ik kende haar niet, maar ik had haar weleens eerder gezien, als ze op Sunset stond te liften. Samen met die vriendin met wie ze altijd optrok, zo'n knap blondje. Ik was tot de conclusie gekomen dat ze tippelden, omdat hoeren en meis- jes die van huis waren weggelopen eigenlijk de enigen waren die nog liftten. Maar ze bleken gewoon een stel onvoorzichtige meiden te zijn. De avond dat ik ze vond, was ik onderweg naar dat feestje om een flinke slag te slaan. Ik trof ze in de buurt van Sunset aan, hele- maal in de war. Niet op de Strip, maar in Bel Air, tegenover de straat naar de universiteit. Ze hadden naar dat feest kunnen lopen, maar dat was helemaal niet tot ze doorgedrongen. Dus ik heb ze een lift gegeven. Daar moet ik nog weleens aan denken. Als ik dat nou eens niet had gedaan?'

'Wat gebeurde er toen je met hen op dat feestje kwam?'

Hij glimlachte. 'Schiet nou maar op? Ja, ik nam ze mee en probeer- de ze high te maken. Janie rookte wat wiet en nam een paar pillen en een borrel, maar dat blondje dronk alleen maar. We bleven aanvan- kelijk bij elkaar in de buurt, want het was een krankzinnige toestand. Rijke jongelui en aanlopers, stuk voor stuk high en geil, en ze deden allemaal precies waar ze zin in hadden in dat grote, oude, lege huis. Toen dook Aimee ineens op en ze bleef zoals altijd achter me aan lo- pen. Ze mocht er alleen maar bij zijn omdat ik had beloofd om op haar te passen. De ouders zaten in India of zo. Ze hadden net een groter huis gekocht en de jongens vonden dat ze wel een afscheids- feestje hadden verdiend. Maar goed, Janie en haar vriendin – ik geloof dat ze Melissa heette, zoiets tenminste – stortten zich in het gewoel.'

'Melinda Waters,' zei ik.

Hij hield zijn hoofd schuin, als een attente waakhond. 'U weet dus al een heleboel.'

'Maar ik weet niet wat er precies is gebeurd.'

'Wat er is gebeurd, is dat iemand Janie in de gaten kreeg. Een van de maatjes van de broers, een gemeen joch. Weet u ook hoe hij heet?'

'Vance Coury,' zei ik.

'Dat is 'm,' zei hij. 'Een naar stuk vreten. Hij was net zo oud als de anderen, maar hij gedroeg zich als een doorgewinterde zware jongen. Hij ontdekte dat Janie er ook was en dat heeft ze met haar leven moeten betalen. Want hij had haar al eerder gepakt en hij wilde haar opnieuw.'

'Hoe was dat dan gebeurd?' vroeg ik.

'Hij pikte haar op toen ze stond te liften en nam haar mee naar zo'n hotel van zijn ouwe heer in de binnenstad, bond haar vast en heeft haar gepakt en zo. Daar sneed hij over op.'

'Tegenover jou?'

'Tegenover ons allemaal. De broers waren er ook bij, plus nog een stel van hun maatjes. Ze waren net naar mij toe gekomen om te scoren toen Coury Janie in de gaten kreeg. Ze stond in haar eentje te dansen, met haar topje op halfelf, al helemaal in dromenland. Toen Coury haar zag, begon hij te lachen, zo'n brede, valse grijns, en hij zei: 'Moet je haar zien, die slet.' En de andere jongens keken ook naar Janie en knikten. Ze wisten wie ze was, want ze hadden het verhaal al eerder gehoord, maar toch vertelde Coury nog een keer hoe gemakkelijk het was gegaan. Alsof hij op safari was geweest en groot wild had geschoten. Daarna vertelde hij mij dat niet alleen hij die slet had gepakt, maar zijn vader ook. En toen deden die andere jongens ook hun mond open en vertelden me dat hun vaders haar ook een beurt hadden gegeven. Kennelijk was Janies eigen vader een of andere asociale smeerlap die haar al sinds haar twaalfde had verkocht.'

Terwijl ik met moeite mijn walging onderdrukte, zei ik: 'De vaders van de andere jongens. Weet je nog wie dat waren?'

'In ieder geval de broers... dus de ouwe heer van Garvey en Bobo. En er was nog zo'n onderkruipsel, zo'n enge uilenbal die Brad nogwat heette. Die moest ook zo nodig vertellen dat zijn vader haar ook had gepakt. Hij lachte erom. Heel trots.'

'Brad Larner.'

'Ik heb zijn achternaam nooit geweten. Zo'n mager, bleek ventje. Met een valse mond.'

'Hadden ze nog meer vrienden bij zich, die avond?'

'Nog één, een grote lobbes, echt zo'n surferstype... Luke. Luke The Nuke noemde ik hem altijd, omdat hij er altijd uitzag alsof hij de hoogte had. Hij slikte alles wat ik hem verkocht.'

'Luke Chapman,' zei ik. 'Was zijn vader ook met Janie naar bed geweest?'

Hij dacht na. 'Ik kan me niet herinneren dat hij dat heeft gezegd... nee, ik geloof het niet, want toen de anderen het erover hadden, zag hij eruit alsof hij zich niet op zijn gemak voelde.'

Verkrachting die de generatiekloof overspande. De seksuele intimidatie van Michael Larner ten opzichte van Allison Gwynn was meer dan een bevlieging geweest. Garvey Cossack sr. had er een soortgelijke voorkeur op na gehouden en ik durfde te wedden dat Huisjesmelker Coury zijn partijtje ook had meegeblazen.

Zo vader, zo...

Bowie Ingalls had zijn enig kind eerst bij wijze van voorbereiding zelf misbruikt en had haar vervolgens als koopwaar gebruikt. Ik dacht aan Milo's beschrijving van Janies vrijwel lege kamer. Een plek die ze niet als thuis had beschouwd... niet als thuis had kunnen beschouwen.

Ingalls was een gemene en berekenende vent geweest, maar ook stom. Die dronken en vol zelfvertrouwen op weg was gegaan naar de afspraak met de mensen die hij van plan was te chanteren.

'Wat gebeurde er nadat ze zo hadden staan opscheppen?' vroeg ik.

'Coury maakte een of ander geintje over "eert uw vader" en liep naar Janie toe. Hij pakte haar gewoon op en gooide haar over zijn schouder. De anderen liepen achter hem aan.'

'Stribbelde ze tegen?'

'Niet echt. Ik zei al dat ze nauwelijks wist waar ze was. Ik nam Aimee mee en maakte dat ik wegkwam. Niet omdat ik zo'n brave jongen was. Maar al dat gepraat over een groepsverkrachting en in de suikerpot van hun pappies roeren gaf me een... onbehaaglijk gevoel. En bovendien moest Aimee naar de wc, ze had al een tijdje aan mijn arm staan trekken en geklaagd dat ze zo nodig moest. Maar het was niet zo gemakkelijk om in dat huis een wc te vinden, elke toiletruimte werd gebruikt om high te worden, te neuken, over te geven of naar de wc te gaan. Vandaar dat ik haar weer mee naar buiten nam en met haar door de achtertuin liep, helemaal tot aan het eind waar struiken en bomen stonden. Ik zei dat ze het daar maar moest doen, dan bleef ik wel op de uitkijk staan.'

Hij haalde zijn schouders op. Het gebaar deed hem pijn en hij vertrok zijn gezicht. 'Ik weet dat het nogal cru klinkt, maar dat hadden we wel vaker gedaan, Aimee en ik. Ik maakte vaak ritjes met haar ver buiten de stad... we gingen graag de bergen in, naar de San Gabriels of helemaal naar de West Valley in de buurt van Thousand Oaks, of naar Mulholland Highway of de Rambla Pacifica boven Malibu. Overal waar we de ruimte hadden en konden genieten van de stilte. En ik kon haar nog zo vaak vertellen dat ze naar de wc moest gaan vóórdat we op pad gingen, maar geloof het of niet, zodra we ergens zaten waar geen wc te bekennen was, moest ze nodig.'

Hij lachte breed. 'Ze was net een kind. Dus ik was eraan gewend om met haar de bosjes in te gaan en op de uitkijk te staan. En dat deed ik ook in de achtertuin. Toen we weer terugliepen naar het huis, hoorden we stemmen aan de andere kant van de muur... eerst de stem van haar broer Garvey, juichend en lachend. En daarna ook die van de anderen. Ze waren ook buiten en op weg naar het huis ernaast. Dat wist ik, omdat ik daar ook weleens met hen was geweest. Het was een heel groot huis, een landgoed met een enorme lap grond, van een of andere rijke Europeaan die er nooit was, het stond vrijwel altijd leeg. Ze bouwden daar vaak een feestje omdat niemand hen daar lastig viel. Ze hadden een manier gevonden om naar binnen te gaan, via een hek aan de zijkant, bijna achter in de tuin. Daarvan kon je de grendel loswrikken en zodra je door dat hek was, zat je zover bij het huis vandaan dat niemand je in de gaten had.'

'Een plek om een feestje te bouwen.'

'Dat heb ik daar ook wel met ze gedaan,' zei hij. 'Ik zorgde immers altijd voor het snoepgoed, dat heb ik u al verteld. Maar goed, zoals gewoonlijk wilde Aimee achter hen aan en ook meedoen... alles wat die jongens uitspookten, vond ze prachtig. Ik probeerde haar dat uit haar hoofd te praten en nam haar weer mee naar binnen waar ik ging zitten om eens lekker uit mijn dak te gaan op de muziek. Want terwijl Aimee in de bosjes zat, had ik gespoten en ik voelde me lekker loom. Maar toen ik mijn ogen weer opendeed, was ze verdwenen en ik wist meteen waar ze naar toe was. En omdat ik op haar moest letten, ging ik achter haar aan. Toen ik haar vond, stond ze achter een groepje bomen te gluren. Naar een open plek. Ze stond hevig te trillen, zo erg dat ze ervan klappertandde en toen ik zag waar ze naar stond te kijken snapte ik ook waarom.'

'Hoeveel tijd was er verstreken sinds Coury Janie had opgepakt?' vroeg ik.

'Dat zou ik niet precies weten. Het leek vrij lang, maar ik was af en toe van de wereld weg... nogal zweverig, snapt u? Hebt u weleens opiaten gebruikt?'

'Als klein jongetje ben ik een keer zo hard gevallen dat ik gehecht moest worden. Daarvoor hebben ze me toen Demerol gegeven.'

'Vond u het prettig?'

'Heel prettig,' zei ik. 'Alles leek veel langzamer te gaan en de pijn veranderde in een warm gevoel.'

'Dus u weet er alles van.' Hij draaide met zijn hoofd. 'Het lijkt op

de fijnste kus die er bestaat. Een zoete kus, afkomstig van Gods eigen lippen. Ik weet dat het mijn leven heeft verziekt, maar na al die
jaren moet ik er nog steeds aan denken... aan het *idee om het te
doen*. En lieve hemel nog aan toe, soms bid ik dat er, als ik inderdaad doodga en op een of andere miraculeuze manier toch daarboven terechtkom, een grote spuit op me ligt te wachten.'
'Waar stond Aimee naar te kijken?'
'Naar Janie.' Zijn stem brak toen hij haar naam uitsprak en hij wiegde heen en weer in de rolstoel. 'O god, wat was dat erg. Iemand
hield een zaklantaarn op haar gericht – Luke The Nuke – en de anderen stonden eromheen te staren. Ze hadden haar languit op de
grond gelegd, met gespreide benen. Haar hoofd zat helemaal onder
het bloed en ze had overal steek- en brandwonden. Overal op de
grond lagen bloedplassen en sigarettenpeuken.'
'Heb je ook wapens gezien?'
'Coury en Bobo Cossack hadden messen in hun hand. Grote ja-
gersmessen, zoals je die in dumpzaken kunt kopen. Garvey had het
pakje sigaretten in zijn hand... Kools. Die waren destijds heel erg
in.'
'En Brad Larner?'
'Die stond alleen maar te kijken. En die ander, die grote dom ogende knul stond achter hem, helemaal overstuur en doodsbang, dat
kon je duidelijk aan zijn gezicht zien. De anderen leken eerder... verstijfd. Alsof het nu pas tot hen door begon te dringen wat ze hadden gedaan. Daarna zei Coury: 'We moeten die teef hier weghalen',
en hij zei tegen Brad dat hij naar zijn auto moest gaan om de dekens te pakken die daarin lagen. Toen begon Aimee hardop te kokhalzen, waarop ze zich allemaal naar ons omdraaiden. En Garvey
zei: 'O shit, verdomde imbeciel!' en ik greep Aimee vast en probeerde
er als de donder vandoor te gaan. Maar Garvey had nog steeds haar
andere arm vast en hij wilde haar niet los laten. Ik wilde me alleen
maar zo gauw mogelijk uit de voeten maken, dus ik heb haar bij
hem achtergelaten en rende zo snel als ik kon naar mijn auto toe om
als een speer weg te rijden. Ik heb als een gek gereden, het is een
wonder dat ik niet aangehouden ben. Eerst naar de Marina toe, daarna linksaf Washington op, met een noodgang in oostelijke richting
naar La Brea en vervolgens naar het zuiden, tot ik in het getto was.'
Hij glimlachte. 'In de buurt met het hoge criminaliteitsgehalte. Watts.
Daar voelde ik me eindelijk veilig.'
'En toen?'
'Toen niets. Ik hield me gedeisd tot ik geen geld en smack meer had,
deed wat ik het beste kon en werd in mijn kladden gepakt.'

'Heb je nooit overwogen om de moord aan te geven?'

'Hè ja,' zei hij. 'Een stel rijke jongens uit Bel Air, en een zwarte junk met een strafblad komt de smerissen vertellen dat hij toevallig heeft gezien hoe ze een blank meisje in reepjes hebben gesneden? Als ik in mijn auto reed, werd ik zonder enige aanleiding door smerissen aangehouden omdat ik zwart was. Ze trokken mijn rijbewijs en mijn kentekenbewijs na, sleurden me de auto uit en dwongen me om in spreidstand te gaan staan. Zelfs in mijn oude Mercury Cougar, een echte rammelkast en heel toepasselijk voor een junk met een strafblad.'

'Die avond reed je in een mooiere auto,' zei ik. 'Een vrij nieuwe, witte Cadillac.'

'Dus dat weet u?' zei hij. 'Weet u alles al?' Zijn stem klonk anders... er was een dreigende ondertoon in te horen. Een spoor van de man die hij vroeger was geweest. 'Waarom laat u me dan alles nog eens vertellen?'

'Je bent de eerste ooggetuige die we hebben kunnen vinden. Ik weet dat je in een Caddy reed omdat we Melinda Waters hebben opgezocht en zij heeft ons dat verteld. Maar zij was al weggegaan van dat feest voordat de moord plaatsvond.'

Hij bewoog zijn hoofd langzaam en keerde zijn gezicht van me af. 'De Caddy was een leenauto. Ik was als een echte junk met de Merc omgesprongen en toen die eindelijk de geest gaf, heb ik hem verkocht om drugs te kunnen kopen. De volgende dag besefte ik dat ik zonder auto niets kon beginnen... planning is niet de sterkste kant van een junk. Ik was van plan om een auto te jatten, maar daar was nog niets van gekomen omdat ik te stoned was. Dus die avond heb ik de auto van een kennis geleend.'

'Zo'n mooie auto,' zei ik. 'Dat moet een goede kennis zijn geweest.'

'Ik had een paar goeie kennissen. Maar vraag me niet naar hun namen.'

'Was het dezelfde kennis met wiens hulp je uiteindelijk wist te ontsnappen?'

De spiegelbril draaide mijn kant weer op. 'Er zijn bepaalde dingen die ik niet kan vertellen.'

'Het komt toch allemaal aan het licht,' zei ik.

'Dat kan best,' zei hij. 'Als dat vanzelf gebeurt, valt mij niets te verwijten. Maar er zijn dingen die ik niet kan vertellen.' Hij draaide zijn hoofd met een ruk om naar de voorkant van het huis.

'Er is iets mis,' zei hij. 'Aimee komt eraan, maar ze loopt anders dan gewoonlijk.'

Ik hoorde niets. Daarna, heel in de verte, knarsende voetstappen op het grind. Voetstappen die onregelmatig klonken, alsof iemand struikelend dichterbij kwam. Als de paniek niet op zijn gezicht te lezen had gestaan, zou ik niets hebben gemerkt.

Ik liet hem zitten en liep naar de voorkamer waar ik de gordijnen voor een van de smerige raampjes iets uit elkaar schoof en keek naar buiten in het zachte, goudkleurige licht van de naderende schemering.

Op de oprit, ongeveer dertig meter van het huis, werden Aimee en Bert door twee mannen gedwongen in de richting van het huis te lopen. Ze hadden allebei hun handen in de lucht terwijl ze met tegenzin in mijn richting liepen. Bert zag er doodsbang uit. Op het papperige gezicht van Aimee stond niets te lezen. Ze bleef plotseling staan en de man die haar begeleidde, porde haar in haar rug waardoor ze haar gezicht vertrok en weer verder liep.

Geknars.

Een van de mannen was groot en vrij dik. De ander was een kop kleiner en pezig. Beiden waren van Latijns-Amerikaanse afkomst en uitgedost met een cowboyhoed. Ik had ze een halfuur geleden ook al gezien: in de pick-up met kunstmest die tussen Berts auto en de mijne had gereden en die bij de kruising van de 33 en de 150 een andere richting had gekozen.

Op dat moment had ik het als een gelukje beschouwd, want de truck had me dekking gegeven bij mijn achtervolging van Bert.

'Wat is er aan de hand?' riep Bill.

Ik liep haastig naar hem terug. 'Twee cowboys bedreigen hen met vuurwapens.'

'Onder het bed,' zei hij, terwijl hij hulpeloos met zijn armen zwaaide. 'Pak het op. Nu meteen.'

Het bevel werd me toegeblaft. Hij klonk bepaald niet als een junk.

41

Het computertje dat het spoor van Alex volgde, zat in de Saab van Craig Bosc. Het was vastgezet op het dashboard, een mooi apparaatje met een helderblauw scherm en een printer. Nadat Bosc op een paar toetsen had getikt, kwam het sputterend tot leven.

Echt een kerel van de jaren negentig, alles wat hij nodig had bij de hand.

Milo had geen uitdraaien in het huis van Bosc gevonden, dus dat betekende dat Bosc die op zijn kantoor had achtergelaten. Of op het kantoor van iemand anders.

Terwijl hij door bleef tikken, vulde het scherm zich met gegevens – rijtjes cijfers in een code die Bosc uitlegde zonder dat hij hem ertoe moest dwingen. Bosc sloeg weer een toets aan en de rijtjes maakten plaats voor een beeld dat op een blauwdruk leek. Routes en plaatsen, computerkaarten, alles verscheen in een zucht.

Bosc zat op de rechtervoorstoel van de Saab. Hij had zijn handen vrij om te kunnen werken, maar Milo had zijn enkels weer samengebonden en hield het pistool tegen Boscs nek gedrukt.

Hij had hem beloofd dat hij hem zou laten gaan als hij zijn goede daad had gedaan.

Bosc had hem bedankt alsof hij de kerstman was, met een zak vol cadeautjes. De vent scheet in zijn broek van angst, maar dat wist hij goed te verbergen achter die eeuwige grijns. Terwijl hij bezig was, bleef hij allerlei techneutenpraat uitslaan.

Om de tijd te doden en de gaatjes op te vullen, nog steeds volgens de juiste psychologische aanpak.

Zijn vingers kwamen tot rust. 'Dat is het, amigo. Zoek de hoofdletter X en je hebt hem gevonden.'

Milo bestudeerde de kaart. 'Is dat het beste wat je te bieden hebt?'

'Het is anders verdomd goed,' zei Bosc beledigd. 'Binnen een omtrek van dertig meter.'

'Print maar uit.'

Met zijn zak vol papier sleurde Milo Bosc uit de Saab en trok hem mee naar de achterkant van de auto.

'Oké, Milo, we vergeten gewoon wat er gebeurd is, hè?'

'Natuurlijk.'

'Zou je dan alsjeblieft mijn voeten los willen maken, Milo?'

Door de achteloze manier waarop hij hem met zijn voornaam bleef aanspreken voelde Milo zijn hoofd suizen van kwaadheid. Hij keek links en rechts de inmiddels schemerige straat af. In de tijd dat Bosc met de computer had zitten spelen, was er maar één auto langsgekomen. Een jonge vrouw in een gele Fiero, blond en met zo'n grote bos haar dat ze best een van Boscs vriendinnetjes had kunnen zijn die zonder het te weten als tegenspeelster had gefungeerd in een homevideo. Maar ze reed snel voorbij tot aan de tweede zijstraat, verdween en liet zich niet meer zien.

Nu was de straat weer leeg. God zij dank dat L.A. geen buurtleven kende.

Milo maakte de kofferbak van de Saab open en gaf Bosc snel een flinke trap in zijn knieholte. Natuurlijk klapte Bosc voorover en op hetzelfde moment duwde hij hem naar binnen en smeet het kofferdeksel dicht. Daarna liep hij weg, begeleid door het gedempte gebons en geschreeuw van Bosc.

Met al die herrie zou het niet lang duren voordat iemand hem vond.

Hij haastte zich naar de Polaris, wierp een blik op de benzinemeter, startte en reed met een noodgang naar snelweg 101. Voor de manier waarop zou de doorsnee Zuid-Californische gek zich niet hebben geschaamd: veel te hard en met één hand aan het stuur, terwijl de andere zijn mobiele telefoon vastklampte alsof het een reddingsboei was.

42

Voor de blokhut brulde een schorre stem: 'Iedereen naar buiten, met de handen omhoog.' En een seconde later: 'En geen gedonder anders knallen we die debiel en die ouwe vent neer.'
Ik liep gebukt naar het raam toe. 'We komen naar buiten, maar ik moet hem eerst in de rolstoel zetten.'
'Schiet op!'
Ik liep terug naar de slaapkamer en pakte de handvatten van Bills rolstoel vast. Ik had een stralend witte pet op zijn kale hoofd gezet en ondanks de hitte twee zachte dekens over hem heen gelegd.
Maar misschien was het helemaal niet zo warm. Ik was nat van het zweet, maar hij bleef ondanks zijn suikerziekte vreemd genoeg droog. Even daarvoor had hij geluidloos zitten te bidden, met trillende lippen en handen die de dekens vastklauwden.
'Sjongejonge,' zei hij, terwijl ik hem vooruitduwde. Toen we bij de deur waren, werd die door de voetsteunen van zijn stoel opengeduwd en we liepen de zachtpaarse schemering in.
Het stel cowboys dat Aimee en Bert in bedwang hield, stond een meter of zes verder op het grindpad, niet in het midden, maar iets meer naar de kant waar het pad aan het bos grensde. De lucht was leikleurig en de bladeren aan de bomen hadden een modderige, olijfgroene tint gekregen. Maar huidskleuren waren nog duidelijk te onderscheiden: ik kon de angst op het gezicht van Bert zien.
De grootste cowboy stond iets voor zijn metgezel. De chauffeur van de pick-up. Midden veertig, een meter zevenenzeventig, met een bier-

buik waar zijn ijsblauwe overhemd strak overheen gespannen zat, dikke dijen die als saucijsjes in zijn spijkerbroek waren gepropt, een gore, koperkleurige huid en een grijzende snor. Zijn breedgerande hoed was van bruin vilt.

Hij maakte een verveelde indruk, maar zelfs van deze afstand kon ik het nerveuze trekken rond zijn ogen zien. Hij torende boven Bert uit en hield de oude man in zijn nekvel vast.

Vlak achter hem, aan zijn rechterkant, stond de kleinere indringer die Aimee van achteren bij haar T-shirt had vastgepakt, waardoor de blauwe stof over de vetrollen en de bobbels van haar bovenlijf spande. Hij was jonger, een meter vijfenzestig, midden twintig en gekleed in een groot zwart T-shirt en een slobberige spijkerbroek die veel te stads aandeden in vergelijking met zijn strohoed. De hoed zag er goedkoop uit, alsof hij die haastig nog ergens op de kop had getikt. Hij had een rond gezicht dat uitliep in een sprieterig sikje. Doffe, afwezige ogen. Zijn armen zaten van boven tot onder vol tatoeages.

Nog een bekend gezicht: een van de plaatwerkers uit de garage van Vance Coury.

De zon was geen centimeter van haar plaats gekomen, maar het gezicht van Bert Harrison was nog grauwer geworden.

Aimee zei: 'Billy, wat is er aan de hand?' Ze wilde naar de stoel lopen, maar de kleine cowboy gaf haar een klap tegen haar achterhoofd. Ze zwaaide onhandig met haar armen. 'Hou je koest, debiel,' zei hij.

'Bill...'

'Alles is goed, lieverd,' zei Bill. 'We komen er wel uit.'

'Ja, vast,' zei de grote cowboy met de schorre stem die ons naar buiten had geroepen. In een van de zakken van zijn overhemd was de omtrek van een pakje sigaretten te zien. Een cowboyhemd, met witte biesjes en parelmoeren knoopjes. Het was zo nieuw dat de vouwen er nog in zaten. Passend gekleed voor de omstandigheden, net als zijn maatje. 'Maak als de donder dat je hier komt, Willie,' zei hij.

'Waar?' vroeg Bill.

'Hierheen, Stevie Wonder.' En met een blik op mij: 'Jij daar, klootzak... duw hem heel langzaam hierheen... En als je het waagt die klotestoel los te laten, knal ik je een kogel door je klotekop.'

'En dan?' vroeg Bill.

'Dan brengen we jullie allemaal ergens naar toe.'

'Waarheen?'

'Hou je bek, verdomme.' En tegen de kleinere man: 'We gooien ze in de achterbak bij die mest. Onder die dekzeilen die ik je heb aangewezen.'

'Waarom maken we ze niet hier koud?' vroeg Klein Duimpje met een nasale stem.

De borst van de grotere man zwol op. Hij haalde diep adem. 'Zo is het afgesproken, *mijo*.'

'Wat doen we met die rolstoel?'

De Reus lachte. 'Die mag jij hebben, oké? Geef maar aan dat kind van je, om mee te spelen.' En tegen mij: 'Duw hem hierheen.'

'Waar staat de truck?' vroeg ik.

'Hou je bek en duw hem hierheen.'

'Is er wel een truck?' vroeg ik. 'Of gaan we een eindje wandelen?' Ik probeerde tijd te rekken, want dat doe je in dat soort situaties altijd. Wat hadden we immers te verliezen?

De grote man gaf een ruk aan Berts haar en Berts gezicht vertrok van pijn.

'Ik maak deze oude *payaso* wel hier koud als jij blijft kletsen. Ik schiet hem z'n ogen uit z'n kop, dan kun jij je pik in de gaten douwen.'

Ik duwde de rolstoel naar voren. De banden beten zich in het grind en wierpen steentjes op die tegen de spaken tinkelden. Ik deed net alsof ik vastzat. Mijn handen bleven stijf om de handvatten geklemd. Reus bleef Bert vasthouden en hield mij scherp in de gaten. Het concentratievermogen van zijn metgezel was niet zo goed en ik zag hem een blik op het donker wordende bos werpen.

'Bill?' zei Aimee.

'*Bill?*' aapte Reus haar na. 'Heet je zo tegenwoordig, Willie?'

'Dit is Bill Baker,' zei ik. 'Wie denken jullie dan dat hij is?'

De ogen van Reus veranderden in spleetjes. 'Vroeg ik je iets, klootzak? Hou verdomme je bek en maak als de bliksem dat je hier komt.'

'Hé!' zei Bill vrolijk. 'Wat krijgen we nou? Ik dacht al dat ik die stem herkende. Ignacio Vargas. Da's lang geleden, Nacho. Hè, kerel?'

Het feit dat hij herkend was, scheen de grote man koud te laten. Hij lachte spottend. 'Lang niet gezien, nikker.'

'Heel lang, Nacho. Ik verkocht mijn handel vroeger altijd aan deze *vaquero*, dok. Hij was zo slim om er zelf nooit van te snoepen, hij deelde het alleen maar uit aan zijn homeboys. Hé, Nacho, jij ging toen toch net op vakantie... waarheen ook alweer? Lompoc? Of heb je zelfs Quentin gehaald?'

'Nikker,' zei Vargas, 'voordat ik wegging, heb ik nog geprobeerd om een feestje te bouwen met jou en die debiel in dat huis in Nikkerstad, maar jullie gingen ervandoor. En nu, na al die jaren, zijn we weer bij elkaar. Het lijkt wel zo'n... reünie. Wie zegt dat je nooit een tweede kans krijgt?'

Zijn mond ging open zodat twee rijen kapotte, bruine tanden voor de dag kwamen.

Twintig jaar in veiligheid en dankzij mij stond de vijand nu op de stoep.

'Je weet toch wat er altijd gezegd wordt, amigo,' zei Bill. 'Als het de eerste keer niet lukt... maar hé, laat die ouwe kerel gaan. Hij is alleen maar een dokter die mij behandelt en hij heeft het aan zijn hart. Hij zal het toch niet lang meer maken, dus waar maak je je druk over?'

Bert had naar het grind staan kijken. Nu tilde hij heel langzaam zijn hoofd op, tot zijn ogen op mij rustten. Met een gelaten blik.

'Laat haar ook gaan,' zei Bill. 'Ze kan toch niemand kwaad doen.'

Bert verplaatste zijn gewicht en Nacho Vargas greep hem weer in zijn kladden. 'Sta niet zo te wriemelen, opa. Ja, die had ik volgens mij ook al eens gehoord. Als het de eerste keer niet lukt, zorg dan dat je die eikel de tweede keer wel hartstikke dood schiet en dan kun je lekker uit eten gaan. Schiet op, Wittebrood, loop eens door en als ik tegen je zeg dat je stil moet blijven staan laat je het stuur los en steek je je handen héél langzaam op. Daarna ga je op de grond zitten met je handen in je nek en je smoel in het zand.'

Ik duwde de stoel voorzichtig weer een centimeter of dertig verder, voordat ik weer vast kwam te zitten. Ik maakte de wielen vrij.

Bill zei: 'Nacho was altijd intelligento; hij verkocht, maar gebruikte niet. Ik had van jou nog iets kunnen opsteken, Nacho.'

'Jij kon nooit niks opsteken. Veel te stom.'

Ik verkleinde de afstand tussen ons en Vargas tot negen meter.

'Ik zie geen truck,' zei ik.

'Die klotetruck staat er toch echt,' zei Klein Duimpje.

De boze blik van Vargas was voor zijn metgezel bedoeld, maar zijn ogen bleven vast op mij gericht. Hij begon ongeduldig met zijn laars te tikken. Glanzende zwarte laarzen met spitse punten die nog nooit een stijgbeugel hadden gezien. De spijkerbroek zag er ook nieuw uit. Hij had uitgebreid boodschappen gedaan.

Kleren voor één dag, want bloed kreeg je er nooit echt goed uit.

'Nacho, beste vent, wees nou eens verstandig,' zei Bill. 'Ik heb toch niets meer om naar uit te kijken, dus verlos mij maar uit mijn lijden, maar laat de oude man, Aimee en alle anderen met rust. Neem mij mee in die truck van jullie, dan kun je met me doen wat je...'

'Alsof ik daar verdomme jouw toestemming voor nodig heb,' zei Vargas.

Bill schudde met zijn hoofd. 'Nee, dat is zo, dat zegt ook niemand, maar waarom zou je nou niet verstandig zijn. Ik zei al dat hij een hartkwaal heeft...'

'Misschien moet ik hem dan maar in een kringetje rondjagen tot hij erbij neervalt. Dat spaart weer een paar kogels.' Vargas lachte terwijl hij de hand met het pistool achter Bert hield en hem met zijn andere hand moeiteloos omhoogtrok. De oude man raakte nog net met zijn tenen het grind. Hij was doodsbleek geworden. Een lappenpop.

'Goh,' zei Vargas. 'Het lijkt wel alsof ik met een marionet aan het spelen ben.' De hand met het pistool kwam ook omhoog. Niet meer dan een paar centimeter.

'Nacho, kerel...'

'Ja, natuurlijk, we laten gewoon iedereen lopen. Misschien laten we jou ook wel gaan. Goh, da's een goed idee... laten we gezellig met z'n allen een pilsje gaan pakken.' Hij snoof. 'Zij is kennelijk niet de enige debiel hier.' De laars begon sneller te tikken. 'Vooruit, schiet nou eens op.'

Ik verkleinde de afstand tot zes meter, liep nog anderhalve meter verder en drukte toen zo zwaar op de handvatten dat de stoel weer vastliep.

'Verrek wat nou weer... neem je me soms in de maling, Wittebrood?'

'Sorry,' zei ik met een bibberende stem. 'Je had tegen me gezegd dat ik mijn handen... momentje.'

Voordat Vargas antwoord kon geven verslapte Bert in zijn hand, slaakte een kreet van pijn en greep naar zijn borst. Vargas lachte, te slim om in zo'n voor de hand liggende truc te trappen, maar Bert bleef spartelen en schudde ineens heftig met zijn hoofd. Door die plotselinge beweging werd de arm van Vargas omlaag getrokken, en Bert worstelde om zich te bevrijden. Terwijl Vargas hem vast probeerde te houden, kwam zijn hand met het pistool omhoog en werd het wapen zichtbaar. Een glad, zwart automatisch pistool. Het wees naar de lucht. Achter hem stond Klein Duimpje te vloeken, met zijn ogen vast op de worsteling gericht. Aimee stond ook te staren, zonder zich te verzetten.

Op het moment dat Bert tekenen van pijn begon te vertonen, had ik de stoel sneller naar voren geduwd tot we op anderhalve meter van Vargas stonden. Daar bleef ik staan. Vargas volhardde in zijn pogingen Bert vast te houden. Ik gromde zacht.

Bill tastte onder de dubbelgevouwen bovenste deken en trok het jachtgeweer te voorschijn.

Een oude, maar schone Mossberg Mariner Eight-Shot Mini Combo met een pistoolgreep en automatische doorvoer. Het was zover afgezaagd dat er bijna geen loop meer over was. Ik had het wapen onder het bed weggehaald waar het volgens hem lag, verpakt in een zwarte linnen hoes vol plukjes stof. Naast twee geweren in soortgelijke hoezen en een stuk of zes dozen ammunitie.

'Neem de zwaarste kogels maar,' had hij gezegd. Ik had het wapen geladen.

En het vervolgens overhandigd aan een blinde man met stijve vingers.

Vargas kreeg Bert weer stevig te pakken, maar Bert zag het jachtgeweer, draaide zich om en zette zijn tanden stevig in de arm van Vargas. Toen Vargas het uitschreeuwde van de pijn en hem losliet, viel hij op de grond en rolde weg.

'Nu,' mompelde ik en Bill haalde de trekker over.

De knal dreunde in mijn oren en door de terugslag schoot de rolstoel achteruit tegen mijn kruis, terwijl Bills hoofd achteroverklapte en tegen mijn middenrif belandde.

Nacho Vargas werd weggeblazen alsof hij overvallen werd door een alleen op hem gerichte tornado. De onderste helft van zijn gezicht veranderde in berookt bloederig stof en op de plek waar zijn borst en zijn slokdarm hadden gezeten bloeide een enorme rozerode orchidee op. Terwijl hij viel, spatte er een rode brij met witte vlekken uit zijn rug en kwam terecht op Aimee en de kleine cowboy, die er verbijsterd uitzag. Ik wierp mezelf op hem en haalde met mijn ene vuist uit naar zijn neus. Met mijn andere hand greep ik hem in zijn kruis en draaide hard.

De hele toestand had nog geen vijf seconden in beslag genomen.

De kleine man viel languit op zijn rug en slaakte een kreet van pijn. Zijn zwarte T-shirt was besmeurd met iets wat op biefstuk tartaar leek, botsplinters en sponsachtige grijs-roze, hapklare brokken waarvan ik wist dat het longweefsel was. Hij had zijn pistool – glimmend en zilverkleurig – nog steeds in zijn vingers en ik trapte hard op zijn hand en schopte tegen het wapen. Het pistool rolde weg en ik dook erachteraan, maar ik gleed uit over de bloederige massa en kwam met mijn gezicht op het grind terecht. De klap deed mijn oren suizen, daarna voelde ik een verzengende pijn aan één kant van mijn gezicht en in mijn beide ellebogen en knieën.

Ik was boven op het wapen gevallen en voelde het tegen mijn borst drukken. Nu zou dat kreng afgaan en me een kogel dwars door mijn lijf schieten. Wat een waardig einde.

Ik rolde opzij, greep het pistool, sprong overeind en liep haastig terug naar de kleine man. Hij lag daar nog steeds zonder zich te verroeren en toen ik mijn vingers onder zijn met zand bedekte kaak duwde, voelde ik een langzame, regelmatige hartslag. De hand waarop ik had getrapt leek op een dode krab en toen ik zijn ooglid optilde, zag ik alleen wit.

Een paar meter verderop waren de overblijfselen van wat ooit Nacho Vargas was geweest rijp om als illustratie te dienen bij een of ander gerechtelijk medisch rapport.

'Voorzichtig,' zei Aimee. Ze had het tegen Bill, niet tegen mij. Ze stond inmiddels achter de rolstoel, had hem de witte pet afgezet en streelde zijn hoofd.

Bert stond te tollen op zijn benen en hield het wapen van Vargas met twee handen vast. Hij wierp er een blik vol walging op. Zijn gelaatskleur deed me twijfelen of de pijn in zijn borst wel gespeeld was geweest.

Ik hield het zilverkleurige pistool op de bewusteloze man gericht, terwijl mijn hart nog steeds overuren maakte en het bloed zo snel rondpompte dat mijn hoofd begon te suizen.

Van dichtbij leek hij nauwelijks twintig.

Geef maar aan dat kind van je, om mee te spelen.

Een jonge man met een kind, misschien net vader geworden. Zou hij Vargas echt hebben geholpen ons allemaal om zeep te brengen en dan gewoon naar huis zijn gegaan om met de kleine te spelen?

Hij kreunde en mijn vinger spande zich om de trekker. Opnieuw gekreun, maar hij bewoog niet. Ik hield het pistool op hem gericht en ik moest mezelf dwingen mijn vingers te ontspannen. Het kostte me ook moeite mijn ademhaling onder controle te krijgen en mijn gedachten te ordenen, zodat ik alles op een rijtje kon zetten.

Het licht op de open plek rondom het huis veranderde in een akelig stroperig grauw. Bill zat nog steeds in de rolstoel met het geweer dwars op zijn schoot. Aimee en Bert stonden zwijgend toe te kijken. De kleine man verroerde zich niet. Om ons heen viel een diepe stilte. Ergens vanuit het bos gluurde een vogel mee.

Een plan: ik zou de bewusteloze man vastbinden, hem samen met de rolstoel in de kofferbak van de Seville leggen en ons allemaal naar een veilige plek brengen... waarheen kon ik onderweg wel bedenken... nee, eerst zou ik Milo vanuit het huis opbellen... ik moest ze allemaal mee naar binnen nemen... voor het met bloed bedekte grind en het aan flarden geschoten lijk kon ik later wel zorgen.

'Heb je touw in huis?' vroeg ik aan Bill.

Hij had zijn spiegelbril afgezet en Aimee depte de grijze holtes met een punt van de bovenste deken. Ze trok zich niets aan van de gore brij op haar kleren en haar gezicht.

'Nee,' zei hij. 'Sorry.'

'Niets waarmee we hem vast kunnen binden?'

'Sorry... dus die ander leeft nog?'

'Hij is buiten westen, maar wel in leven. Ik dacht gezien dat arsenaal...'

'Dat arsenaal was mijn... hele hebben en houden... ik had nooit verwacht dat ik het nog eens nodig zou hebben...'
Het jachtgeweer was schoongemaakt en geolied.
Hij wist kennelijk wat ik dacht, want hij zei: 'Ik heb mijn Aimee geleerd hoe ze het moest onderhouden.'
'Maak de loop schoon, veeg hem af en doe er olie op,' citeerde Aimee.
'Maar er is geen touw,' zei Bill. 'Wat een giller. Misschien kunnen we wat kleren kapot scheuren.' Vermoeid. Een van zijn handen streelde het afgezaagde jachtgeweer.
Aimee mompelde iets.
'Wat zeg je, snoes?'
'Er is wel touw. Een soort touw.'
'O ja?' zei hij.
'Dun. Dat doe ik altijd om de rollade.'
'Maar dat is niet sterk genoeg, lieverd.'
'O,' zei ze. 'Maar het vlees blijft wel zitten.'
'Bert, kom eens hier en hou hem onder schot,' zei ik terwijl ik het zilverkleurige pistool in mijn zak stopte en de kleine man overeind trok. Hij woog hooguit zestig kilo, maar omdat hij niet meegaf en mijn adrenalinestoot begon weg te ebben, kostte het me de grootste moeite om hem mee te slepen naar het huis.
Toen ik bij de deur stond, keek ik om. Niemand was achter me aan gekomen. In de schemering zagen de anderen eruit als standbeelden.
'Kom naar binnen,' zei ik. 'Laat me dat touw maar eens zien.'

43

Bill had gelijk, het keukentouw was te dun, maar ik gebruikte het toch. Ik zette de kleine man in een stoel in de voorkamer en gebruikte beide bolletjes om hem te veranderen in een macramé mummie. Hij was nog steeds versuft en zou dat hopelijk nog wel een tijdje blijven ook. Mijn hart begon weer te bonzen.
Toen ik op zoek ging in het kleine keukentje vond ik ook nog een half verpletterde, bijna lege rol ducttape in het gootsteenkastje en daar zat nog net genoeg op om hem op twee plekken stevig aan de stoel vast zetten, met een band om zijn borst en om zijn middel. Met het restantje bond ik zijn enkels aan elkaar. Hij bood geen enkele weerstand... hoe oud zou dat kind zijn?

'Waar is de telefoon?' vroeg ik.

Bert schuifelde naar een hoek, bukte zich, pakte een oude telefoon met een draaischijf die achter de andere stoel stond en gaf me het toestel. Hij had nog geen woord gezegd sinds de schietpartij.

Ik pakte de hoorn op. Geen kiestoon. 'Hij doet het niet.'

Bert nam me de telefoon af, tikte op een van de knoppen waarop de hoorn rustte en draaide een o. Hij schudde zijn hoofd.

'Hebben jullie vaak problemen met de telefoon?'

'Nee, meneer,' zei Bill. 'Maar aangezien we er nauwelijks gebruik van maken, zou het ook kunnen...' Hij fronste. 'Die lucht ken ik.'

'Welke lucht?' vroeg ik.

Achter ons klonk een klap, ergens in de slaapkamer. Het geluid van iets dat tegen het hout sloeg, gevolgd door een luid zuigend *zoefff!* Meteen daarop hoorden we het getinkel van gebroken glas.

Bill draaide zijn hoofd in de richting van het geluid. Bert en ik keken elkaar met grote ogen aan. Alleen Aimee scheen onaangedaan. Plotseling werd het klaarlichte dag in de slaapkamer... een gemeen oranje daglicht, gevolgd door een vlaag hitte en het geknisper van vlammen.

Een sliert vuur schoot als een ritssluiting over de gordijnen, omhoog naar het plafond en omlaag naar de vloer.

Ik rende naar de slaapkamerdeur en smeet die dicht tegen de zich snel verbreidende vlammen. Eronderdoor sijpelde de rook de kamer binnen. Toen drong de stank tot me door: metalig, bijtend, de bittere, chemische geur van een onweersbui die een vervuilde hemel openspleet.

De rook die onder de deur doorkwam, veranderde van sliertjes eerst in kronkelende wormen en daarna in niet tegen te houden, vettige wolken: wit, grijs en ten slotte zwart. Binnen luttele seconden kon ik de andere mensen in het vertrek nauwelijks onderscheiden.

Het werd gloeiend heet in de kamer.

Toen volgde de tweede brandbom. Opnieuw van de achterkant. Daar zat iemand in het bos, op de plaats waar de telefoondraden liepen.

Ik greep Bills rolstoel en zwaaide zenuwachtig in de richting van de in rook gehulde silhouetten van Bert en Aimee.

'Naar buiten!' Ik wist best dat ze daar allesbehalve veilig zouden zijn, maar het alternatief was dat ze levend zouden verbranden.

Ze gaven geen antwoord en inmiddels kon ik ze helemaal niet meer zien. Ik duwde Bill naar de voordeur. Vanuit het achterhuis klonk een loeiend protest. De deur begaf het en de vlammen schoten de kamer in terwijl ik achter de rolstoel liep. Op de tast zocht ik naar

Bert en Aimee, terwijl ik snakkend naar adem riep: 'Er staat iemand buiten! Bukken als je...'

Ik begon te hoesten voordat ik mijn zin kon afmaken. Toen ik bij de deur aankwam en de knop vastpakte, brandde ik mijn hand. Het is een klapdeur, sukkel. Ik gaf er met mijn schouder een zet tegen, duwde Bills rolstoel vooruit en struikelde kokhalzend en kuchend met brandende ogen naar buiten.

Ik holde door het duister en duwde de rolstoel naar links op hetzelfde moment dat een kogel een van de ramen aan de voorkant raakte. Dikke rookwolken sloegen uit het huis. Een verstikkende deken die voor goede, maar giftige dekking zorgde. Ik draafde zover mogelijk weg van de oprit, naar het struikgewas dat aan de oostkant van het huis groeide. Met rolstoel en al, worstelend om het gevaarte over stenen, planten en takken te duwen, tot ik vastliep in de struiken. Het lukte me niet de stoel los te krijgen.

Muurvast. Ik tilde Bill uit de stoel, gooide hem over mijn schouder en rende verder terwijl de adrenaline weer door mijn aderen bruiste. Maar hij begon steeds zwaarder te worden, terwijl ik nauwelijks adem kon halen en na tien stappen zakte ik bijna in elkaar.

Mijn knieën knikten. Ik maakte mezelf wijs dat mijn benen ijzeren palen waren en kreeg ze weer in bedwang, maar toen kon ik helemaal geen lucht meer krijgen. Ik bleef staan, verschoof mijn last, hijgde en hoestte. Ik voelde de overblijfselen van Bills gehavende benen tegen mijn dijbenen bungelen en de droge huid van zijn hand in mijn nek, waar hij zich vasthield.

Hij zei iets – ik voelde het meer dan dat ik het hoorde – en ik liep verder met hem het bos in. Terwijl ik mijn passen letterlijk telde, slaagde ik erin weer tien stappen verder te komen... twintig... dertig... voordat ik weer bleef staan om naar adem te happen.

Ik keek om naar het huis. Van het vreugdevuur van een uitslaande brand was niets te zien, er was alleen rook, dikke walmen die zo donker waren dat ze al snel onzichtbaar werden tegen de nachtelijke hemel.

Plotseling veranderde de plek waar het kleine groene huis had gestaan in een vuurrode bal met een lichtgroen aureool.

De kerosinestank van een verlaten kampeerterrein sloeg me in het gezicht. Er was iets aangestoken... de kookplaat. Ik werd door de ontploffing omvergeblazen. Bill kwam boven op me terecht.

Geen spoor van Aimee en Bert.

Ik bleef naar het huis staren en vroeg me af of het vuur over zou slaan naar het bos. Dat zou misschien niet zo goed zijn voor het bos, maar wel voor ons, als de brand werd opgemerkt.

Rondom ons hing een diepe stilte. De brand breidde zich niet uit, de brandgang had zijn werk gedaan.

Ik duwde Bill van me af en richtte me op mijn ellebogen op. Zijn bril was van zijn neus gevallen. Zijn mond bewoog zonder dat er geluid uit kwam.

Ik zei: 'Alles in orde?'

'Ik... ja. Waar is...'

'Laten we maar gauw verder gaan.'

'Waar is ze?'

'Ze mankeert niets, Bill, kom maar.'

'Ik moet haar...'

Ik pakte zijn schouder vast.

'Laat me maar liggen,' zei hij. 'Laat los. Ik heb er genoeg van.'

Ik maakte aanstalten om hem op te tillen.

'Alsjeblieft,' zei hij.

Mijn verbrande hand begon pijn te doen. Alles deed pijn.

'Tot hier en niet verder, meneer Cadillac,' zei een schorre stem achter me.

44

Het zilverkleurige haar van Vance Coury glansde in het maanlicht. Het werd op z'n plaats gehouden door een leren haarband. De muskusachtige geur van zijn aftershave drong zelfs door de walm van brandlucht.

Hij scheen me met zijn zaklantaarn recht in mijn gezicht, richtte vervolgens de straal op Bill en liet de lantaarn vervolgens zakken zodat het licht op de grond viel. Toen de sterretjes die me voor de ogen dansten, waren verdwenen, kon ik zien dat hij iets rechthoekigs in zijn rechterhand had. Met een vierkante snuit. Een machinepistool.

Hij zei: 'Opstaan.' Zakelijk. Er moesten nog een paar dingen afgewikkeld worden.

Hij droeg een lichte overall met vetvlekken, de juiste kledij voor een smerig karweitje. Rond zijn nek schitterde iets. Waarschijnlijk de gouden ketting die ik in de garage had gezien.

Ik stond op. Mijn hoofd suisde nog van de ontploffing.

'Mars.' Hij maakte een gebaar naar rechts, in de richting van de open plek.

'En hij dan?' vroeg ik.

'O ja, hij.' Hij richtte het pistool omlaag en doorzeefde Bills lichaam met een salvo dat de blinde man bijna in tweeën hakte.

De stukken van Bills lijk bleven even schokken en fladderen voordat ze stillagen.

'Anders nog iets?' vroeg Coury.

Hij dreef me het bos uit. Een hoop sintels, kronkelende elektriciteitsleidingen, hier en daar een hoopje stenen en verwrongen metalen stoelen vormden de overblijfselen van het kleine groene huis. Plus de verwrongen en verbrande overblijfselen van iets dat met touw en *ducttape* aan een van de stoelen vast had gezeten.

'Spelen met lucifers,' zei ik. 'Dat vond je als kind ook vast leuk.'

'Loop door.'

Ik stapte op het grindpad en zorgde ervoor dat mijn hoofd stil bleef terwijl mijn ogen heen en weer dwaalden. Het lijk van Nacho Vargas lag nog op dezelfde plaats waar het was gevallen. Geen spoor van Aimee of Bert.

Een walm van muskus drong door tot mijn neusgaten, een misselijk zoete geur die aan gebakjes deed denken. Coury, die vlak achter me liep.

'Waar gaan we naar toe?'

'Lopen.'

'Waarheen?'

'Hou je bek.'

'Waar gaan we naar toe?'

Stilte.

Tien stappen later deed ik opnieuw een poging. 'Waar gaan we naar toe?'

'Je bent écht stom,' zei hij.

'Vind je?' zei ik terwijl ik mijn hand in mijn zak stak, het zilverkleurige pistool van de kleine man te voorschijn haalde en me snel omdraaide.

Hij reageerde zo traag dat hij nog een stap deed, zodat we bijna tegen elkaar op botsten. Meteen daarna probeerde hij achteruit te stappen en het machinepistool op te tillen, maar daar had hij niet genoeg ruimte voor. Hij struikelde.

Hij had niet de moeite genomen om me te fouilleren. Een rijke knul met een overdosis zelfvertrouwen die nooit volwassen was geworden. En die al jaren ongestraft zijn rotstreken had kunnen uithalen.

Het leek bijna alsof het kleine zilveren pistool uit eigen beweging naar voren schoot. Coury's sik zakte toen zijn mond van verbazing openviel.

Ik richtte op zijn amandelen en loste drie schoten die allemaal doel troffen.

Ik pakte zijn machinepistool, stopte het zilverkleurige pistool weer in mijn zak, rende het grindpad af en zocht dekking achter een hoge notenboom. En wachtte af.
Niets.
Over de groenstrook die mijn voetstappen dempte, schuifelde ik voetje voor voetje verder in de richting van de weg. Ik vroeg me af wie of wat daar op me stond te wachten.
Ik was zelf ook te nonchalant geweest door te denken dat de strijdtroepen alleen uit Vargas en de kleine man hadden bestaan. Dit was een veel te belangrijke klus geweest om over te laten aan een stel boeven.
Coury was een secuur man geweest, die zich had gespecialiseerd in het ontmantelen van dure auto's om er vervolgens kunstwerken van te maken.
Een goed planner.
Het B-team was op ons afgestuurd, terwijl het A-team afwachtte. Nadat het B-team was opgeofferd had het A-team ons in de rug aangevallen.
Weer een overval.
Coury was zelf gekomen om met Bill af te rekenen. Bill was een levende getuige en hem uitschakelen was het voornaamste doel geweest. Maar hetzelfde gold voor Aimee. Had hij eerst met haar – en met Bert – afgerekend? Ik had geen schoten gehoord terwijl ik Bill wegdroeg, maar de brandbommen en de kerosineontploffing hadden zoveel lawaai gemaakt dat mijn oren hadden gesuisd.
Ik nam steeds vijf stappen, bleef even staan en liep dan weer verder. Tot het begin van de oprit in zicht kwam.
Wat nu? Genoeg keuzemogelijkheden, maar geen van alle goed.

Ik vond niets.
Alleen de Seville, met vier kapotgesneden banden. De motorkap stond open en de verdeelkap was verdwenen. Uit bandensporen – twee stel, allebei diep en vol voetstappen – was op te maken dat de pick-up en een andere bedrijfswagen waren vertrokken.
Het dichtstbijzijnde huis stond vierhonderd meter verder aan de weg. Ik kon nog net de gele ramen onderscheiden.
Ik bloedde, zat onder de bloedvlekken, de ene kant van mijn gezicht vertoonde een rauwe schaafwond en mijn verbrande hand deed pijn als de pest. Eén blik op mij zou voor de bewoners waarschijnlijk ge-

noeg zijn om alle deuren te vergrendelen en de politie te bellen.
Maar dat kwam me prima uit.
Ik was er bijna toen ik het gedreun hoorde.
Een zware motor, die vanaf snelweg 150 mijn kant op kwam. Zo
luid en zo dichtbij dat ik het voertuig kon zien... maar geen kop-
lampen.
Ik schoot de struiken in, hurkte neer achter een groep varens en keek
toe hoe de zwarte Suburban voorbijstoof en zeker vijftien meter voor
de ingang naar het huis van Bill en Aimee begon af te remmen.
De auto stopte, rolde nog zes meter verder en bleef opnieuw staan.
Een man stapte uit. Groot. Heel groot.
Gevolgd door een tweede, iets kleiner, maar niet veel. Hij maakte
een of ander handgebaar, het stel trok hun wapens en liep haastig
naar de ingang.
Zou er iemand achter het stuur zitten? De getinte ramen van de Suburban waren zo zwart als de nacht, waardoor ik dat onmogelijk kon
zien. Inmiddels had ik al begrepen dat het gevaarlijk en onjuist zou
zijn om naar het buurhuis te vluchten: in gedachten hoorde ik nog
steeds het geluid van de schoten waarmee Coury een eind aan Bills
leven had gemaakt. Coury had de trekker overgehaald, maar ik had
als engel des doods gefungeerd en kon het me niet veroorloven om
nog meer onschuldige mensen bij de strijd te betrekken.
Ik bleef op mijn hurken zitten, wachtte en probeerde op mijn horloge te kijken. Maar het glas was kapot en de wijzers waren afgebroken.
Ik telde de seconden en toen ik bij tweeëndertighonderd was, kwamen de beide mannen terug.
'Shit,' zei de kleinste. 'Godverdomme.'
Ik stond op en zei: 'Niet schieten, Milo.'

45

Aimee en Bert zaten op de derde rij stoelen in de Suburban. Aimee
klampte zich vast aan Berts mouw. Bert keek verdwaasd voor zich
uit.
Ik ging naast Milo op de tweede rij zitten.
Achter het stuur zat Stevie de Samoaan, de premiejager die door Georgie Nemerov Yokozuna werd genoemd. Naast hem zat Red Yaakov,
die met zijn rode stekeltjeshaar bijna het dak van de auto raakte.

'Hoe wisten jullie waar wij waren?' vroeg ik.

'Er zat een tracer op de Seville en ik kreeg de vent die de auto in de gaten hield te pakken.'

'Een tracer?'

'Een apparaatje waarmee de auto via de satelliet gevolgd kon worden.'

'Was dat een slimmigheidje van Coury?'

Zijn hand op mijn schouder zei genoeg: *We praten straks wel.*

Stevie reed naar Highway 150 en stopte vlak voor de kruising met de 33, op een door bomen overschaduwde parkeerplaats waar nog drie andere auto's stonden. Achterop, half verborgen in het duister, stond de pick-up met de neus naar de weg, en nog steeds geladen met de zakken kunstmest. Een paar meter verder stond een donkere Lexus personenwagen. Nog een terreinwagen, een Chevy Tahoe, stond dwars voor de beide andere auto's.

Stevie dimde zijn koplampen en vanachter de Tahoe doken twee mannen op. Een gespierd Latijns-Amerikaans type met een kaalgeschoren hoofd in een strak zwart T-shirt en een slobberige werkbroek met een grote, leren holster dwars over zijn borst en Georgie Nemerov in een sportcolbert, een wit overhemd dat aan de hals openstond en een verkreukelde broek.

Op het T-shirt van de gespierde man stond in grote witte letters BORGTOCHT OPSPORINGSAMBTENAAR. Hij kwam samen met Nemerov naar de Suburban toe. Milo liet zijn raampje zakken en Nemerov tuurde naar binnen. Toen hij mij zag, trok hij zijn wenkbrauwen op.

'Waar is Coury?'

'In het hiernamaals,' zei Milo.

Nemerov duwde zijn tong tegen zijn wang. 'Kon je hem niet voor mij bewaren?'

'Het was allemaal al voorbij toen wij aankwamen, Georgie.'

Nemerovs wenkbrauwen schoten nog verder omhoog toen hij mij aankeek. 'Ik ben diep onder de indruk, dok. Mag ik u een baantje aanbieden? De werktijden zijn lang en het betaalt slecht.'

'Ja,' zei Yaakov. 'Maar de mensen met wie je in aanraking komt zijn niet te pruimen.'

Stevie lachte. Nemerov glimlachte met tegenzin. 'Nou ja, het enige dat telt, is het resultaat, nietwaar?'

'Waren er nog anderen bij?' vroeg ik. 'Behalve Coury dan.'

'Ja hoor,' zei Nemerov. 'Nog twee andere fuifnummers.'

'Brad Larner,' zei Milo. 'Die Lexus is van hem. Hij zat achter het stuur en Coury was bij hem. Hij had de auto in de buurt van het huis geparkeerd en stond achter de truck op Coury te wachten toen

wij hem in de gaten kregen. Dr. Harrison en Caroline lagen vastge-
bonden achter in de laadbak. Iemand anders zat achter het stuur.'
'Wie?'
'Een toonbeeld van deugd dat Emmet Cortez heette en voor wie ik
nog een paar keer borg heb gestaan voordat hij voor doodslag in de
bak belandde. Hij werkte in een garage.'
'Als spuiter van dure sportauto's,' zei ik.
'Hij verchroomde wielen.' De plotselinge grijns van Nemerov was
ijzig en verstoken van elke vorm van plezier. 'En nu is hij in die gro-
te garage daarboven.'
'Anorganisch gemaakt,' zei Stevie.
'Nee, hij is nog steeds organisch,' zei Yaakov. 'Zolang er nog iets
van hem over is, blijft hij organisch. Dat klopt toch, Georgie?'
'Je moet niet op alle slakken zout leggen,' zei Stevie.
'Laten we maar over iets anders praten,' zei Nemerov.

46

'Pannenkoeken,' zei Milo.
Het was de volgende dag en we zaten 's ochtends om tien uur in een
koffieshop op Wilshire in de buurt van Crescent Heights, een ont-
moetingsplaats voor oudere mensen en magere jongemannen die zich
voordeden als scenarioschrijvers. Een meter of achthonderd ten westen van het kantoor van de gebroeders Cossack, maar dat was niet
de reden waarom we daarnaar toe waren gegaan.
We waren allebei de hele nacht op geweest, om zes uur 's ochtends
in L.A. teruggekomen en naar mijn huis toe gegaan om te douchen
en ons te scheren.
'Ik wil Rick niet wakker maken,' had hij uitgelegd.
'Is Rick dan nog niet op?'
'Dat zal niet lang meer duren, maar waarom zou ik me moeilijkheden op de hals halen?'
Toen hij opdook uit de badkamer bij de logeerkamer liep hij met samengeknepen ogen zijn haar droog te wrijven. Hij had nog dezelfde kleren aan als de avond ervoor, maar hij zag er angstaanjagend
vief uit. 'We gaan ontbijten,' verkondigde hij. 'Ik weet precies waar,
een tentje waar ze van die enorme reuzenpannenkoeken maken, met
pindakaas met brokjes en stukjes chocola.'
'Dat is voer voor kinderen,' zei ik.

'Volwassenheid wordt schromelijk overschat. Ik ging daar vroeger altijd naar toe. Geloof me nou maar, Alex, dit is precies wat je nodig hebt.'

'Hoezo vroeger?'

'In de tijd dat ik nog niet op mijn gewicht lette. Onze hele hormonenhuishouding ligt overhoop, dus we hebben behoefte aan suiker... mijn opa van moederskant at iedere dag pannenkoeken die hij wegspoelde met koffie die nog zoeter was dan cola en hij is achtennegentig geworden. Hij had het misschien nog wel een paar jaar langer uitgehouden als hij niet van een trap was gedonderd toen hij een vrouw nakeek.' Hij streek een dikke lok zwart haar uit zijn gezicht. 'Zo zal ik wel niet aan mijn eind komen, maar ik kan me wel wat variaties voorstellen.'

'Je klinkt ongewoon optimistisch,' zei ik.

'Pannenkoeken,' zei hij. 'Kom op, laten we maar gaan.'

Terwijl ik schone kleren aantrok, moest ik aan Aimee en Bert denken en aan alle onbeantwoorde vragen.

En aan Robin. Ze had gisteravond vanuit Denver opgebeld en om elf uur 's avonds mijn antwoordapparaat nog ingesproken. Ik had om halfzeven vanochtend teruggebeld met de bedoeling een boodschap bij haar hotel achter te laten, maar de tournee was al op weg naar Albuquerque.

Nu zaten we hier achter twee stapels pindakaaspannenkoeken ter grootte van een koekenpan. Een ontbijt dat gek genoeg naar Thais eten rook. Ik schroeide mijn luchtpijp met hete koffie terwijl ik toekeek hoe hij stroop over zijn stapel goot en er vervolgens het mes in zette. Daarna pakte ik de stroopkan op met mijn gezonde hand. De dokter op de afdeling spoedeisende hulp van het ziekenhuis in Oxnard had verklaard dat mijn brandwond 'eerstegraads was. Nog iets dieper en het was een tweedegraads verbranding geweest.' Alsof ik een recordpoging had ondernomen. Hij had er zalf op gedaan, mijn hand verbonden en vervolgens mijn gezicht schoongemaakt met een desinfecterend middel. Ik kreeg een receptje voor antibiotica mee, plus de waarschuwing dat alles schoon moest blijven.

Iedereen in het ziekenhuis kende Bert Harrison. Hij had samen met Aimee een privékamer gekregen vlak bij de balie van de spoedeisende hulp. Ze waren twee uur binnen gebleven, terwijl Milo en ik zaten te wachten. Uiteindelijk was Bert naar buiten gekomen en had gezegd: 'We blijven hier nog wel een tijdje. Ga maar naar huis.'

'Weet je het zeker?' vroeg ik.

'Heel zeker.' Hij pakte mijn hand tussen de zijne, drukte hem even stevig en liep toen weer terug naar de kamer.

Georgie Nemerov en zijn ploeg gaven ons een lift naar de plek vlak voor Ojai waar Milo zijn gehuurde Dodge had achtergelaten en verdwenen.

Milo had de hulp van de premiejagers ingeroepen en samen met hen een plan de campagne gemaakt.

Ik had nog zoveel vragen...

Ik hield het kannetje schuin, keek naar de stroop die eruit droop tot er een plasje op de pannenkoek lag dat zich langzaam maar zeker uitbreidde en pakte mijn vork op. Milo's mobiele telefoon begon te piepen. Hij drukte de knop in en zei: 'Ja?' Nadat hij een tijdje had geluisterd verbrak hij de verbinding en stopte een dikke prop pannenkoek in zijn mond. De gesmolten chocola bleef aan zijn lippen kleven.

'Wie was dat?' vroeg ik.

'Georgie.'

'Wat is er aan de hand?'

Hij sneed nog een driehoekje pannenkoek af, kauwde, slikte en nam een slok koffie. 'Er schijnt gisteravond een ongeluk te zijn gebeurd. In Eighty-third Street, vlak bij Sepulveda, is een gehuurde Buick met grote snelheid tegen een lantaarnpaal gereden. De chauffeur en de passagier zijn anorganisch gemaakt.'

'De chauffeur en de passagier.'

'Allebei dood,' zei hij. 'Je weet zelf wel wat er na zo'n botsing bij hoge snelheid van een mens overblijft.'

'Garvey en Bobo?' vroeg ik.

'Daar gaan we voorlopig wel van uit. Tot de gebitsgegevens gecontroleerd zijn.'

'Eighty-third bij Sepulveda. Op weg naar het vliegveld?'

'Grappig dat je daarover begint. Ze hebben inderdaad een stel tickets in het wrak gevonden. Eersteklas naar Zürich, plus hotelreserveringen in een tent die het Bal du Lac heet. Klinkt aantrekkelijk, hè?'

'Verrukkelijk,' zei ik. 'Misschien wilden ze gaan skiën.'

'Dat zou best kunnen... er ligt daar nu toch sneeuw?'

'Ik zou het niet weten,' zei ik. 'Maar in Parijs regent het waarschijnlijk.'

Hij gebaarde dat hij nog meer koffie wilde, kreeg een nieuwe pot, schonk zijn kop vol en nam rustig een teugje.

'Waren ze maar met z'n tweeën?' vroeg ik.

'Kennelijk wel.'

'Raar eigenlijk, vind je ook niet? Dat ze op hun eigen houtje naar het vliegveld gingen terwijl ze fulltime een chauffeur in dienst hebben? Bovendien hebben ze een hele vloot wagens en dan gebruiken ze een huurauto.'

Hij haalde zijn schouders op.

'En trouwens,' ging ik verder, 'wat hadden ze te zoeken in een zijstraat in Inglewood? Als je zover in zuid zit en op weg bent naar het vliegveld, blijf je op Sepulveda rijden.'

Hij gaapte, rekte zich uit en dronk zijn koffie op. 'Heb je nog ergens trek in?'

'Was het al op het nieuws?'

'Nee.'

'Maar Georgie wist het toch.'

Geen antwoord.

'Georgie zit vlak bij het vuur,' zei ik. 'Vanwege zijn werkzaamheden als bemiddelaar voor borgtocht en zo.'

'Dat zal het zijn,' zei hij. Hij klopte een paar kruimeltjes van zijn overhemd.

'Er zit stroop op je kin,' zei ik.

'Dank je wel, ma.' Hij legde wat geld op tafel en stond op. 'Wat zou je ervan zeggen als we eens een wandelingetje gingen maken voor de spijsvertering?'

'Over Wilshire in oostelijke richting,' zei ik. 'Richting Museum Row.'

'Je slaat de spijker op de kop, professor. Je moet je geluk eens in Vegas gaan beproeven.'

We liepen naar het roze granieten gebouw waar de gebroeders Cossack de directeur uit hadden gehangen. Milo bleef een hele tijd naar de gevel staren, liep toen de lobby in waar hij de bewaker net zo lang aanstaarde tot die zijn ogen afwendde en kwam weer naar buiten waar ik op het bordes stond te wachten en net deed alsof ik me beschaafd gedroeg.

'Tevreden?' vroeg ik terwijl we terugliepen naar de koffieshop.

'Dolgelukkig.'

Toen we bij de koffieshop waren aangekomen stapten we in Milo's nieuwste huurauto – een zwarte Mustang cabrio – en reden via de Miracle Mile en de kruising met La Brea naar het schone, open stuk van Wilshire dat de noordgrens vormde van Hancock Park.

Milo stuurde met één vinger. Hij was al twee dagen achter elkaar in touw, maar volledig bij zijn positieven. Ik moest vechten om mijn ogen open te houden. De Seville was naar een garage in Carpenteria gesleept. Later die dag zou ik opbellen om te horen hoe het ermee stond. Ondertussen kon ik in Robins truck rijden. Als ik het tenminste uithield in die cabine die helemaal doortrokken was van haar zoete geur.

Hij draaide Rossmore op, reed in zuidelijke richting naar Fifth Street, ging via Irving weer een stukje terug en stopte zes huizen ten noorden van Sixth langs het trottoir. Aan de overkant lag het herenhuis waarin commissaris Broussard op kosten van de stad woonde. Op de oprit stond een smetteloze, witte Cadillac. Er stond maar één politieman in burger op wacht, die zich stierlijk leek te vervelen.

Milo keek naar het huis met dezelfde vijandigheid die in zijn blik had gestaan toen hij de bewaker in de receptie van de Cossacks met de grond gelijk had gemaakt. Voordat ik kon vragen wat er aan de hand was, maakte hij een U-bocht terug naar het zuiden. Daarna reed hij Muirfield op en tufte met een gezapig vaartje de weg af tot we bij een landgoed kwamen dat verborgen lag achter hoge stenen muren.

'Het huis van Walt Obey,' zei hij voordat ik iets kon vragen.

Stenen muren. Net als bij het landgoed van Loetz naast het huis waar het feest was gegeven. De plaats van de moord. Laat maar een stel muren neerzetten en je kunt je heel wat veroorloven.

Janie Ingalls, misbruikt door twee generaties mannen. Op een van de posten naast het hek draaide een beveiligingscamera rond.

'Lach maar naar het vogeltje,' zei Milo. Hij woof. Daarna smeet hij de Mustang in de versnelling en reed met een noodgang weg.

Hij zette me thuis af waar ik tot vijf uur 's middags lag te slapen en net op tijd wakker werd voor het nieuws. De dood van de gebroeders Cossack had het nieuws van de landelijke netwerken niet gehaald, maar een uur later werd er wel melding van gemaakt tijdens de nieuwsuitzending van de regionale zender.

De feiten klopten precies met wat we van Georgie Nemerov te horen hadden gekregen: een verkeersongeluk waarbij slechts één auto was betrokken, vermoedelijk als gevolg van een veel te hoge snelheid. In een levensbeschrijving van dertig seconden werden Garvey en Bobo afgeschilderd als 'rijke projectontwikkelaars uit de Westside' die een aantal 'controversiële projecten' hadden gebouwd. Geen foto's. Geen suggesties in de richting van een misdrijf.

De nacht erna vond er nog een sterfgeval plaats, maar dat haalde het nieuws in L.A. niet omdat het honderdvijfendertig kilometer verder naar het noorden plaatsvond.

Een stuk uit de *Santa Barbara News-Press*, dat me zonder bijgaand bericht per email werd toegestuurd. De afzender: sloppysleuth@sturgis.com

De feiten lieten geen ruimte voor twijfel: het lichaam van een achtenzestigjarige zakenman in onroerend goed, een zekere Michael Larner, was twee uur geleden in elkaar gezakt aangetroffen achter het stuur van zijn BMW. De auto stond in een bosje even ten noorden van de Cabrillo-afslag van de 101, aan de stadsgrens van Santa Barbara. Op Larners schoot lag een recentelijk afgevuurd pistool. Hij had de dood gevonden 'als gevolg van een vermoedelijk zelf toegebrachte verwonding aan het hoofd'.

Larner was naar Santa Barbara gekomen om het lichaam van zijn zoon te identificeren. De tweeënveertigjarige Bradley Larner was kort daarvoor – o, ironie – eveneens in een auto aan een hartaanval overleden. Bradleys wagen, een Lexus, was een paar kilometer verderop gevonden, in een rustige straat aan de noordkant van Montecito. De treurende vader was even na twaalf uur 's middags uit het morturium vertrokken en de rechercheurs die het sterfgeval onderzochten, waren er niet achter gekomen waar hij de drie uur voor zijn zelfmoord had doorgebracht.

Een dakloze man had het lichaam gevonden.

'Ik was daarnaar toe gegaan om een tukje te gaan doen,' meldde de zwerver, een zekere Langdon Bottinger, tweeënvijftig jaar. 'Ik wist meteen dat er iets mis was. Zo'n mooie auto die helemaal tegen een boom aan staat. Ik heb naar binnen gekeken en op de raampjes geklopt. Maar hij was dood. Ik ben in Vietnam geweest, ik zie meteen of iemand dood is.'

47

Nadat hij Alex had thuisgebracht, zette Milo de radio in de Mustang aan en zocht KLOS op, de klassieke rockzender. Van Halen met 'Jump'.

Lekker karretje, die Mustang. Er zat echt pit in.

'Hij is vroeger van de tuinman van Tom Cruise geweest,' had het aan alle kanten gepiercte meisje van het alternatieve verhuurbedrijf hem verteld. Een nachtvlinder, ze werkte altijd van middernacht tot zes uur 's ochtends.

'Geweldig,' zei Milo terwijl hij de sleutels in zijn zak stopte. 'Misschien heb ik er iets aan bij audities.'

Het meisje knikte begrijpend. 'Ga je voornamelijk af op karakterrollen?'

'Nee, hoor,' zei Milo terwijl hij naar de auto liep. 'Daar heb ik niet genoeg karakter voor.'

Hij reed terug naar het optrekje van John G. Broussard op Irving en bleef het huis urenlang in de gaten houden. Om drie minuten over één in de middag dook de vrouw van de commissaris op. Ze liep naar de oprit in het gezelschap van een vrouwelijke smeris die het linkervoorportier van de witte Caddy voor haar openhield. Mevrouw B. reed naar Wilshire en verdween uit het zicht.

Zou dat betekenen dat John G. alleen in het huis was achtergebleven? Milo was er vrij zeker van dat Broussard niet op kantoor was, want hij had het hoofdkwartier van de commissaris opgebeld onder het mom dat hij een of andere hoge pief was van het kantoor van Walt Obey. Hij had heel beleefd te verstaan gekregen dat de commissaris vandaag niet aanwezig zou zijn.

Daar keek hij niet van op. Er had die ochtend alweer een anti-Broussard-stuk in de *Times* gestaan. De Politiebond had gezeurd over het gebrek aan moraal binnen de politiegelederen en met een beschuldigende vinger naar Broussard gewezen. Het artikel ging vergezeld van het commentaar van een of andere professor in de rechten die een psychoanalyse van Broussard had gemaakt. Daaruit kwam duidelijk naar voren dat het temperament van de commissaris volkomen ongeschikt was voor een hedendaagse aanpak van politiewerkzaamheden. Wat dat in vredesnaam mocht betekenen.

Als je dat optelde bij de gebeurtenissen van de afgelopen nacht – en alles wat Craig Bosc aan de commissaris had gemeld – dan moest Broussard wel weten dat hij vrijwel geen kant meer op kon.

John G. was altijd een uiterst behoedzaam man geweest. Wat zou hij dan nu doen? Stond hij boven in zijn slaapkamer voor de kast om een chic pak te kiezen uit de tientallen die aan het rek hingen? Het was net alsof hij zich nergens iets van aantrok.

Misschien was dat ook zo.

Met de ogen strak op het Tudor-huis gericht strekte Milo zijn benen en maakte zich op voor een lange zit. Maar vijf minuten later kwam een donkergroene personenwagen – een Ford zonder opschrift, met zwarte banden, typisch LAPD – achteruit de oprit afrijden.

Er zat maar één persoon in. Een lange man die kaarsrecht achter het stuur zat. Het onmiskenbare silhouet van het nobele profiel van de hoofdcommissaris.

Broussard reed net als zijn vrouw in noordelijke richting. Hij stopte bij Wilshire en bleef daar met een knipperende linkerrichtingaanwijzer heel lang wachten – wat een goed voorbeeld – tot het verkeer hem voldoende ruimte bood om met een soepele zwaai de boulevard op te rijden.

In oostelijke richting. Misschien ging hij toch wel aan het werk. Om te laten zien dat hij zich niet door die klootzakken liet kisten.

Er was maar één manier om daarachter te komen.

Broussard hield zich keurig aan de maximumsnelheid terwijl hij kalm in de middelste baan reed en gaf ruim binnen de voorschriften van de verkeersinstanties aan dat hij van plan was om rechtsaf La Brea op te draaien. Hij vervolgde zijn weg in zuidelijke richting, langs Washington Boulevard, pakte de oprit naar de 10 en voegde zich op voorbeeldige wijze tussen de stroom auto's.

Het verkeer op de snelweg was vrij druk, maar vloeide soepel door, een ideale situatie om iemand te achtervolgen en het kostte Milo geen enkele moeite om de Ford in het oog te houden terwijl de auto de ongelijkvloerse kruising bij het centrum passeerde en de 10 bleef volgen tot de afrit bij Soto, in East L.A.

Op weg naar het kantoor van de lijkschouwer?

Broussard reed inderdaad naar het schone, crèmekleurige gebouw van het lijkenhuis aan de westkant van het complex van het County Hospital, maar in plaats van de parkeerplaats op te draaien en zijn wagen tussen alle busjes en auto's van de politie te parkeren reed hij nog zeker zes kilometer door. Hij stopte keurig bij een nauwe straat die San Elias heette, sloeg rechtsaf en sukkelde met een vaartje van dertig kilometer per uur door een woonwijk met kleine bungalows die door een afrastering van elkaar waren gescheiden.

Na de derde kruising liep San Elias dood en de groene Ford stopte. De straat eindigde bij drie meter hoge ijzeren hekken, rijk versierd en voorzien van gotische bogen. Boven het hoogste punt was het ijzer verbogen tot letters, maar Milo die nog voor de laatste kruising stond, kon niet lezen wat er stond.

John G. Broussard parkeerde de Ford, stapte uit, sloot het portier af en trok zijn colbert recht.

Aan zijn kleding te zien was hij niet van plan om te gaan werken... op Parker Center was de hoofdcommissaris altijd in uniform. Keurig geborsteld, met messcherpe vouwen in zijn broek en een borst vol lintjes. Bij officiële gelegenheden droeg hij bovendien een pet.

Hij scheen verdomme te denken dat hij een generaal was of zo, hoonden de spotters.

Vandaag droeg Broussard een donkerblauw pak dat perfect op maat was voor zijn slanke gestalte, een helderblauw overhemd en een glimmend gouden das die zelfs van de andere kant van het kruispunt op een glanzend sieraad leek. De lengte van de hoofdcommissaris werd nog eens benadrukt door zijn perfecte houding toen hij met vastberaden pas op de grote ijzeren hekken af stevende. Alsof hij een of andere officiële handeling moest verrichten wachtte Broussard heel even voordat hij het hek opentrok en naar binnen liep.

Milo wachtte nog vijf minuten voordat hij uitstapte. Terwijl hij de straat uitliep, keek hij een paar keer om. Ondanks alles voelde hij zich niet op zijn gemak. De manier waarop Broussard zich had gedragen...

Toen hij halverwege de hekken was, kon hij de naam erboven onderscheiden.

SACRED PEACE MEMORIAL PARK

Dwars over de begraafplaats liep een recht voetpad van verbrokkeld graniet dat rossig beige afstak tegen de bonte buxusheggen waarmee het omzoomd was. Aan drie kanten vormden hoge jeneverbessen groene muren die onder de onsmakelijk grauwe hemel veel te fel van kleur leken. Er was geen sinaasappelboom te zien, maar toch kon Milo zweren dat hij oranjebloesem rook.

Zes meter binnen de hekken stuitte hij eerst op een standbeeld van Jezus dat hem vriendelijk toelachte en vervolgens op een klein gebouw van kalksteen met het opschrift KANTOOR en perken vol veelkleurige viooltjes. Een kruiwagen nam de helft van het pad in beslag en een oude Mexicaanse man in kaki werkkleding stond gebogen over de bloemen. Hij droeg een tropenhelm. Toen Milo langsliep, draaide hij zich even om, tikte tegen de rand van zijn helm en ging weer verder met wieden.

Milo liep om de kruiwagen heen, zag de eerste rij graven en liep door.

Ouderwetse grafstenen, rechtopstaand en uit steen gebeiteld. Een paar waren al een tikje verzakt en hier en daar lagen bosjes verdroogde bloemen op de graven. Het was een heel andere omgeving dan waar Milo's ouders waren begraven. Dat was een enorme begraafplaats even buiten Indianapolis, een voorstad van doden omgeven door industrieterreinen en winkelcentra. Quasi-koloniale gebouwen die niet misstaan zouden hebben in Disneyland, eindeloze golvende gazons waar zonder problemen een golfkampioenschap afgewerkt had kunnen worden. De graven op de begraafplaats van zijn ouders waren bronzen plaquettes die plat in het gras lagen en die je pas zag als je er vlak voor stond. Zelfs in de dood wensten Bernard en Martha Sturgis geen aanstoot te geven... Maar deze begraafplaats was vlak en klein en de enige bomen waren de jeneverbessen die eromheen stonden. Een hectare kale grond, als het niet minder was. Maar wel vol grafstenen... een oud kerkhof. Zonder een plek om je te verschuilen en hij had Broussard dan ook zo gevonden.

De commissaris stond in een hoek, links aan de voorkant van de begraafplaats. De tweede rij van achteren, een knus, schaduwrijk plekje. Hij stond met zijn rug naar Milo toe naar een grafsteen te kijken, met zijn grote, donkere handen in elkaar gestrengeld op zijn kaarsrechte rug.

Milo liep naar hem toe zonder een poging te doen het geluid van zijn voetstappen te maskeren. Broussard keek niet om.

Toen Milo bij het graf aankwam, zei de commissaris: 'Waar bleef je toch?'

De steen waar Broussard naar had staan kijken was van donkergrijs graniet afgezet met zalmroze en schitterend bewerkt met een rand margrietjes.

JANE MARIE INGALLS
DAT DE EEUWIGHEID HAAR VREDE BRENGE

Uit de geboorte- en sterfdata was op te maken dat ze zestien jaar en tien maanden was geworden. Boven Janies naam was een glimlachend teddybeertje gebeiteld.

Een grijsblauw jeneverbesje was op de schuine rand blijven liggen die het linkerkraaloogje van het beertje vormde. John G. Broussard bukte zich, pakte het weg en stopte het in een van de zakken van zijn colbert. Zijn pak was voorzien van een dubbele rij knopen, donkerblauw met een kastanjebruin krijtstreepje. Een rechtgesneden jasje met hoge zijsplitten en echte knoopsgaten in de mouwen. *Kijk maar goed, ik ben met de hand gemaakt.* Milo kon zich nog goed herinneren hoe fantastisch de kleren en de smetteloze huid van Broussard er twintig jaar geleden tijdens de ondervraging uit hadden gezien.

Het was op z'n minst de duizendste keer dat hij aan die dag terug moest denken.

Van dichtbij bleek de hoofdcommissaris nauwelijks veranderd. Zijn haar was wat grijzer en er lagen wat vouwen om zijn mond, maar zijn huid glansde van gezondheid en zijn grote handen leken sterk genoeg om walnoten te kraken.

'Komt u hier vaak?' vroeg Milo.

'Als ik ergens geld in steek, houd ik graag een oogje in het zeil.'
'Geld in steek?'
'Ik heb die steen gekocht, rechercheur. Haar vader maakte zich er niet druk over. Ze was voorbestemd voor een plekje tussen de armen.'
'Schuldplichtigheid,' zei Milo.
Broussard was even stil. Daarna zei hij: 'Rechercheur Sturgis, ik wil controleren of u geluidsapparatuur bij u hebt, dus blijf even stil staan.'
'Mij best,' zei Milo die nog net het 'Ja, meneer' dat op het puntje van zijn tong had gelegen kon inslikken. Hij kon doen wat hij wilde, maar Broussard bezorgde hem toch een nederig gevoel. Hij richtte zichzelf op toen de commissaris zich omdraaide, hem aankeek en hem vakkundig fouilleerde.
Dat was logisch. Een ex-iz-man wist natuurlijk alles af van geluidsapparatuur.
Toen hij klaar was, liet Broussard zijn handen zakken en bleef hem aankijken. 'Wat hebt u me precies te vertellen?'
'Ik hoopte eigenlijk dat u mij iets te vertellen zou hebben.'
Broussards lippen bewogen niet, maar er verscheen een licht geamuseerde blik in zijn ogen. 'Wilt u een soort biecht horen?'
'Als uw gedachten in die richting gaan,' zei Milo.
'In welke richting gaan uw gedachten, rechercheur?'
'Ik weet alles van Willie Burns.'
'O ja?'
'Volgens de gegevens van het kadaster was het huis in 156th Street waar hij zich verborgen hield – en waar uw partner Poulsenn het voor zijn kiezen kreeg – eigendom van de moeder van uw vrouw. De avond dat Willie Janie Ingalls meenam naar dat feest reed hij in een geleende auto. Een gloednieuwe witte Cadillac, schitterend onderhouden. Uw vrouw houdt van die auto's, ze heeft in de afgelopen twintig jaar zes Caddies gehad, allemaal wit. De auto waarin ze momenteel rijdt inbegrepen.'
Broussard bukte zich en veegde wat rommel van Janie Ingalls' grafsteen.
'Burns was familie van u,' zei Milo.
'Was?' vroeg Broussard.
'Absoluut wás. Het is gisteravond gebeurd. Precies zoals u dat hebt geprogrammeerd.'
Broussard richtte zich op. 'Er zijn grenzen aan bescherming. Zelfs als het om familieleden gaat.'
'Wat was hij? Een neef?'

'Ja,' zei de commissaris. 'Een zoon van de oudste broer van mijn vrouw. Hij had alleen maar keurige kinderen. Iedereen in dat gezin heeft gestudeerd of een vak geleerd. Willie was de jongste. En met hem ging het mis.'

'Dat gebeurt wel vaker,' zei Milo.

'Nu klinkt u net als uw vriend de psychiater.'

'Dat soort dingen neem je vanzelf over.'

'O ja?' zei Broussard.

'Ja. Omgang met de juiste mensen is goed voor de ziel. Maar het omgekeerde is ook het geval. Het moet een hele belasting zijn geweest dat Willie gewoon vrolijk zijn gang bleef gaan met het gebruiken en dealen van drugs terwijl u zich strikt aan de regels hield, al die racistische ellende moest slikken en uzelf ondertussen hogerop werkte. Legio mogelijkheden voor slechte publiciteit. Maar toch hielp u hem zo goed en zo kwaad als het ging. Daarom heeft hij ook maar zo weinig in de bak gezeten. U hebt hem in contact gebracht met Boris Nemerov en fungeerde waarschijnlijk ook als zijn borg. En aanvankelijk deed hij ook precies wat Nemerov zei, waardoor u niets te verwijten viel.'

Broussard reageerde niet.

'Het moet u zwaar zijn gevallen,' zei Milo, 'dat directe contact met een erkend misdadiger.'

'Ik heb de wet nooit overtreden.'

Dit keer was het Milo die zijn mond hield.

'Er zijn altijd verschillende manieren om de wet toe te passen, rechercheur,' zei Broussard. 'Ja, ik heb hem geholpen. Mijn vrouw was dol op hem... ze vond hem altijd zo'n schattig knulletje. Zo dacht de hele familie nog steeds over hem. Ik was de enige die scheen te beseffen dat hij veranderd was in een onverbeterlijke junk. Misschien had ik dat eerder moeten inzien. Of hem eerder voor de consequenties moeten laten opdraaien.'

De houding van de commissaris ontspande iets. De klootzak zakte zelfs iets in elkaar.

'Daarna haalde Willie zich heel andere problemen op de hals,' zei Milo. 'Hij was getuige van een bijzonder onsmakelijke 187, voelde zich belaagd en zei tegen u dat ze hem er vast voor zouden laten opdraaien.'

'Dat was geen kwestie van paranoia,' zei Broussard. 'Het was een redelijke veronderstelling.' Hij glimlachte kil. 'Een zwarte junk met een strafblad versus rijke blanke knullen? Het was echt niet hun bedoeling om Willie voor de moord terecht te laten staan. Het plan was om praatjes rond te strooien, te sjoemelen met bewijsmateriaal,

Willie ergens een overdosis toe te dienen, telefonisch een anonieme tip te geven en de zaak af te sluiten.'

'Dus Willie liet Boris stikken, maar u hebt Boris betaald. Daarna hebt u ervoor gezorgd dat de zaak aan Poulsenn werd overgedragen die het geval in de doofpot moest stoppen terwijl hij ondertussen Willie en zijn vriendinnetje kon bewaken.'

'Dat was een tijdelijke oplossing. We moesten eerst alles op een rijtje zetten en mogelijke oplossingen tegen elkaar afwegen.'

'Maar het oppakken van de werkelijke moordenaars werd niet in overweging genomen,' zei Milo, verbaasd door de woede die in zijn stem doorklonk. 'Misschien hadden Schwinn en ik de zaak nooit opgelost. Daar staat tegenover dat we het misschien wél klaargespeeld hadden. Maar dat zullen we nooit weten, hè? Want u moest zo nodig tussenbeide komen en de hele zaak saboteren. En vertel me nou niet dat u dat alleen vanwege Willie hebt gedaan. Iemand heeft ervoor gezorgd dat die rijke knullen buiten schot zouden blijven. Iemand naar wie u wel moest luisteren.'

Broussard draaide zich met een ruk om en keek hem aan. 'U weet kennelijk precies hoe het gegaan is.'

'Nee, dat weet ik niet. Daarom ben ik hier. Wie was die regelneef? Walt Obey? Dat stuk vullis dat zich haar vader noemde, hing de pooier uit en liet Janie misbruiken door twee generaties rijke klootzakken en wie is er rijker dan die ouwe Walt? Was dat de reden waarom het onderzoek wel op niets moest uitlopen, John? Was die brave, kerkse oom Walt bang dat zijn slechte gewoontes aan het licht zouden komen?'

Broussards ebbenhouten gezicht bleef onbewogen. Hij keek Milo niet aan. Een laag, grommend lachje ontsnapte aan zijn keel.

'Fijn dat je je zo amuseert, John,' zei Milo. Zijn handen trilden en hij balde ze tot vuisten.

'Rechercheur, laat me u eens iets vertellen over zaken waar u niets van begrijpt. Ik heb heel wat tijd doorgebracht in het gezelschap van rijke mensen en wat er altijd over hen gezegd wordt, klopt ook inderdaad. Rijke mensen zijn echt anders. De kleine oneffenheden die het leven opwerpt, worden voor hen uit de weg geruimd, en niemand heeft het lef om hun iets te ontzeggen. Het gebeurt maar al te vaak dat hun kinderen monsters worden. Ze eisen het recht op kwaadaardigheid. Maar er zijn uitzonderingen op de regel en meneer Obey is een van die mensen. Hij is precies wat hij beweert te zijn: godvruchtig, oprecht, ethisch, een goede vader en een trouwe echtgenoot. Meneer Obey is rijk geworden door een combinatie van hard werken, inzicht en geluk... zelf zal hij meteen de nadruk leggen op de factor geluk, want hij is ook een bescheiden man. Dus begrijp me goed: hij had niets te maken met het feit dat de zaak in de doofpot werd gestopt. Als je de naam Janie Ingalls tegenover hem zou laten vallen, zou hij je alleen maar wezenloos aankijken.'

'Misschien neem ik de proef op de som,' zei Milo.

Broussards kaken spanden zich. 'Laat die man met rust.'

'Is dat een officieel bevel, commissaris?'

'Het is een goede raad, rechercheur.'

'Maar wie was het dan?' vroeg Milo. 'Wie heeft die zaak getorpedeerd?'

Broussard stak zijn vinger tussen zijn boord en wreef over zijn hals. In de volle zon parelde het zweet op zijn voorhoofd en zijn huid glinsterde als een snelweg door de woestijn.

'Zo is het helemaal niet gegaan,' zei hij uiteindelijk. 'Niemand heeft regelrecht opdracht gegeven om het onderzoek in de zaak-Ingalls stop te zetten. De richtlijn – een officiële richtlijn, rechtstreeks afkomstig van de top, de allerhoogste top – was om een halt toe te roepen aan het misdadige gedrag dat Pierce Schwinn al jaren tentoonspreidde. Want Schwinn was bijna niet meer te houden, hij was zwaar verslaafd aan amfetamine en nam ongelooflijke risico's. Hij was een tikkende tijdbom en de politie besloot dat hij onschadelijk gemaakt moest worden. Jij had gewoon de verkeerde partner getroffen en het had voor jou veel slechter kunnen aflopen. Je bent alleen ontzien omdat je nog een groentje was en voor zover bekend had je nooit deelgenomen aan de overtredingen van Schwinn. Er was maar één uitzondering en dat was de keer dat werd gezien hoe je een bekende prostituee oppikte in je dienstauto en haar samen met Schwinn rondreed. Maar ik verkoos dat door de vingers te zien, rechercheur. Je kreeg geen oneervol ontslag, maar ik gaf er de voorkeur aan om je over te laten plaatsen naar een plezieriger omgeving.'

'Is dit het dramatische moment waarop ik verondersteld word je te bedanken?' Milo zette een hand achter zijn oor. 'Waar blijft dat verdomde tromgeroffel dan?'

Broussards mondhoeken krulden minachtend omlaag. 'Als je je per se stompzinnig wilt gedragen, moet je het zelf maar weten.'

'Ik had jouw grootmoedigheid helemaal niet nodig, John. Toen ik die hoer oppikte, had ik geen flauw idee wat er zou gebeuren. Ik dacht dat ze een tipgeefster was.'

Broussard glimlachte. 'Ik geloof je, rechercheur. Ik had al zo'n flauw vermoeden dat jij geen gymnastische toeren met een vrouw zou uithalen op de achterbank van een auto.'

De vlammen sloegen Milo uit.

'Je hoeft niet zo verontwaardigd te doen,' zei Broussard. 'Ik wil niet beweren dat ik precies begrijp wat je beweegt, maar ik maak me er niet druk over. Het leven is te kort voor intolerantie. Ik weet wat het is om een buitenbeentje te zijn en het idee dat we ooit in staat zullen zijn om de mensen van gedachten te doen veranderen heb ik allang laten varen. Wat mij betreft mogen de rechtse rakkers zeggen wat ze willen, zolang ze zich maar niet misdragen.'

'Wat een toonbeeld van tolerantie.'

'Het is geen tolerantie, het is positieve apathie. Het laat me koud hoe jij aan je gerief komt. Jij laat me koud, punt uit... zolang je je werk maar doet.'

'Als dat werk jouw belangen maar niet schaadt,' zei Milo.

Broussard gaf geen antwoord.

'Dus jij bent een buitenbeentje, hè?' zei Milo. 'Maar voor een buitenbeentje ben je wel verdraaid snel opgeklommen.'

'Hard werken en volharding,' zei Broussard op een toon alsof hij dat al duizend keer had gezegd. 'En geluk. Plus een hoop ja-meneer-nee-meneer en een fikse dosis stroopsmeren.' Hij knoopte zijn colbert open en trok zijn das los. Alsof hij wat nonchalanter wilde overkomen, echt een jongen van de gestampte pot. Maar zijn gedrag sprak dat tegen. 'Toen ik nog straatdienst had, plakte ik altijd foto's in mijn kastje. Foto's van mannen die ik bewonderde. Zoals Frederick Douglas, George Washington Carver en Ralph Bunche. Toen ik op een dag mijn kastje opendeed, waren alle foto's aan stukken gescheurd, en de wanden waren versierd met: "Val dood, nikker!" en andere vriendelijke mededelingen. Ik heb die foto's stuk voor stuk weer aan elkaar geplakt, en als je vandaag mijn kantoor zou binnenlopen, kun je ze achter mijn bureau zien hangen.'

'Ik zal je op je woord moeten geloven,' zei Milo, 'want ik verwacht niet dat ik binnenkort word uitgenodigd om een bezoekje aan je kantoor te brengen. In tegenstelling tot die andere respectabele kracht, Craig Bosc. Ik ben teleurgesteld in je, John. Dat je zo'n stuk verdriet hebt uitgekozen om als loopjongen voor je te fungeren.'

Broussard krulde zijn lippen. 'Craig heeft z'n goede kanten. Maar dit keer is hij te ver gegaan.'

'Wat was eigenlijk de opdracht van die idioot? Moest hij me de stuipen op het lijf jagen, zodat ik me juist als een soort omgekeerde psychologische reactie in de zaak-Ingalls zou vastbijten? Voor het geval ik niet zou reageren op het moordboek dat aan Delaware was toegestuurd?'

'De richtlijn van die idioot,' zei Broussard, 'was om ervoor te zorgen dat jij de zaak zou oppakken en je erop zou blijven concentreren. Ik dacht wel dat je geïnteresseerd zou zijn, maar aanvankelijk leek er weinig schot in te zitten. Het was per slot van rekening toch twintig jaar geleden.'

'Dus daarom laat je de auto van mijn partner stelen en geruchten rondstrooien dat ik seropositief ben. Je stuurt Bosc op me af om me via een postbusadres op het spoor van de Larners te zetten, vervolgens laat je dokter Delaware achtervolgen en je zet Coury op zijn spoor. Hij had gisteravond wel dood kunnen gaan, smerige bemoeial.'

'Maar dat is niet gebeurd,' zei Broussard. 'En veronderstellingen interesseren me niet. Ik heb al gezegd dat Craig een beetje al te enthousiast werd. Einde verhaal.'

Milo begon te vloeken, hield zich in en liet zijn hand over de bovenkant van Janies grafsteen glijden. Broussard spande zijn schouders, alsof hij het gebaar als beledigend ervoer.

'Je koopt een grafsteen en je denkt dat je er daarmee af bent, John. Deze arme kleine meid heeft hier twintig jaar liggen rotten en ondertussen ben jij een en al rechtschapenheid geworden. Jij hebt dat boek van Schwinn gekregen en mij bij die kettingbrief betrokken door het naar dokter Delaware te sturen. Waarom? Het was zeker geen poging om het recht te laten zegevieren.'

Het gezicht van de hoofdcommissaris stond weer onbewogen. In gedachten zag Milo hoe hij zijn vingerafdrukken van het moordboek veegde, de 'diverse mogelijkheden' overwoog en ten slotte besloot de lijkfoto's naar iemand te sturen die ze vast en zeker door zou geven. Hij had Alex gebruikt om hem zenuwachtig te maken en hem op een dwaalspoor te brengen, zodat hij moeite zou moeten doen om zich te oriënteren en ervan overtuigd zou raken dat het een nobele missie was.

En als Milo niet had toegehapt, zou Broussard wel een andere manier hebben verzonnen. Hij had eigenlijk geen keus gehad.

'Je hebt de reputatie dat je een dwarsligger bent,' zei Broussard. 'Het leek me verstandig om daar gebruik van te maken.' Hij haalde zijn schouders op en bij dat luchtige gebaar voelde Milo zijn bloed koken. Hij haakte zijn handen in elkaar en moest zich beheersen om Broussard geen knal te verkopen. 'Waarom wilde je dat de zaak nu wel opgelost werd?' bracht hij ten slotte met moeite uit.

'De tijden veranderen.'

'Er is niets veranderd, behalve jouw persoonlijke omstandigheden.' Milo priemde met zijn vinger naar de grafsteen. 'Je hebt nooit een ruk gegeven om Janie of om de waarheid. Dat Coury en de anderen in hun kladden werden gegrepen was alleen maar belangrijk omdat het nu in jouw voordeel zou werken en dat is je verdraaid goed gelukt ook. Een stel dooien in Ojai, nog een paar in Santa B., de Cossacks krijgen het voor hun kiezen in Inglewood en er is geen enkele reden om verband te leggen tussen al die gevallen. Nu staat het je vrij om gezellig samen met Walt Obey een spelletje steden bouwen te gaan spelen. Want daar gaat het allemaal om, hè John? Het geld van die ouwe vent. Dat verrekte Esperanza.'

Broussard verstijfde.

'Esperanza, wat een kul,' zei Milo. 'Dat betekent "hoop" en jij hoopt dat je er stinkend rijk van zult worden, want je weet dat je als hoofdcommissaris op de schopstoel zit en oom Walt heeft je net een aanbieding gedaan waarbij je pensioen hooguit een zakcentje lijkt. Waar gaat het precies om, John? Hoofd veiligheidsdienst voor de hele stad met als extraatje misschien nog een baantje als vice-president van een of ander lulbedrijf? Verrek, Obey zal er nog wel een stapeltje preferente aandelen van het project bij hebben gedaan, waardoor je in een belastingklasse terecht zult komen waarvan je alleen maar hebt kunnen dromen. En dan tel ik nog niet eens mee wat je vrouw en je dochter al van hem hebben gekregen. Een kleurling als mede-eigenaar van een hele stad... wat is die ouwe Walt toch ruimdenkend. En alles leek rozengeur en maneschijn tot er een paar vervelende concurrenten opdoken. Want Obeys grootse plannen hielden ook uitgebreide mogelijkheden tot recreatie in, of met andere woorden: het streven om eindelijk weer een grote professionele footballclub van NFL-formaat terug te halen naar L.A. Als de oude man dat voor elkaar zou krijgen, schieten de grondprijzen van Esperanza met een noodgang omhoog en dan zou jij lid kunnen worden van de Country Club en jezelf kunnen wijsmaken dat die stijve harken daar je echt een aardige vent vinden. Maar de Cossacks hielden er andere ideeën op na. Die wilden het Coliseum of een andere tent in het centrum weer nieuw leven inblazen. Ze konden rekenen op de medewerking van Germ Bacilla en Diamond Jim Horne en regelden met die twee clowns een etentje in dat stomme restaurant van hen, waar ze zelfs een privékamertje reserveerden om oom Walt te onthalen. De bedoeling daarvan was dat oom Walt overgehaald zou worden om hun plannetje te steunen. Vroeger had oom Walt dat soort gelul waarschijnlijk meteen de grond in gestampt, maar misschien was hij dit keer wel bereid om te luisteren. Uit het feit dat hij kwam opdagen bij de Sangre de Leon zonder jou mee te nemen, valt op te maken dat hij openstond voor hun plannen, en dat moet voor jou een spookbeeld zijn geweest, John. Want ook al hadden de Cossacks nog nooit een dergelijk groot project van de grond gekregen, dit keer hadden ze de financiering helemaal voor elkaar, en de gemeenteraad stond achter hen. En het allerbelangrijkste is dat Obey eigenlijk geen puf meer heeft. Hij wordt al een jaartje ouder en zijn vrouw is ziek... ernstig ziek. Wat een giller, hè John? Nu ben je al zover en dan dreigt alles toch nog in elkaar te lazeren.'

Broussards ogen leken op spleetjes in het asfalt. Zijn onderkaak schoot naar voren en Milo wist dat de commissaris moeite had om hém geen dreun te verkopen.

'U weet niet waar u het over heeft, rechercheur.'

'John,' zei hij. 'Ik heb zelf het busje met het draagbare dialyseapparaat vanmorgen vroeg bij het huis op Muirfield zien stoppen. Het gaat bepaald niet goed met mevrouw O. Onze Barbara heeft een machine nodig om in leven te blijven en manlief kan gewoon het enthousiasme niet meer opbrengen.'

Broussards hand vloog naar de knoop in zijn das. Hij trok hem nog verder naar beneden en staarde zonder iets te zien voor zich uit.

'Obey heeft dat land al jaren in zijn bezit,' zei Milo, 'dus zelfs als er hypotheken op rusten kan hij het nog met dikke winst verkopen. Waarschijnlijk zou hij jou bij wijze van troost wel iets toestoppen, maar in principe zou je dan niets anders zijn dan een controversiële ex-hoofdcommissaris die gedwongen ontslag heeft moeten nemen en die op zoek is naar een ander baantje. Misschien zou een of andere winkelketen wel bereid zijn om je als hoofd beveiliging in dienst te nemen.'

Broussard gaf geen antwoord.

'Al die jaren kontlikken,' zei Milo. 'Altijd dat rechtschapen gedrag.'

'Wat,' zei Broussard heel zacht, 'wil je eigenlijk?'

Milo deed net alsof hij de vraag niet had gehoord. 'Je maakt je ervan af door net te doen alsof die richtlijn van twintig jaar geleden om Schwinn in zijn kladden te pakken de reden was waarom de zaak op een zijspoor is gezet, maar dat is kul. Het was gewoon een truc om Lester Poulsenn op het geval Janie te zetten. Poulsenn was net als jij zo'n gluiperd van iz, wat wist die nou af van seksmoorden?'

'Lester heeft bij moordzaken gewerkt. In het district Wilshire.'

'Hoe lang dan wel?'

'Twee jaar.'

Milo klapte geluidloos in zijn handen. 'Nadat hij vierentwintig maanden lang achter elkaar uitmoordende straatbendes aan heeft gelopen is hij plotseling het eenpersoonskorps dat op zo'n smerige 187 als die van Janie wordt gezet. Zijn voornaamste taak was het bewaken van Willie en Caroline in Watts omdat jouw familie zo dol was op Willie.'

'Ik heb echt op eieren gelopen met die... met Willie,' zei Broussard. 'De familie hield hem altijd de hand boven het hoofd. Ik kocht een gloednieuwe Sedan de Ville voor haar en dan leent zij die aan hem uit. De auto van een IZ-man op de plaats van een moord.'

De stem van de commissaris had iets dreinerigs gekregen. De verdedigende houding van een verdachte. Maar het feit dat de klootzak duidelijk niet op zijn gemak was, bezorgde Milo een opwelling van blijdschap. 'Wat heb je eigenlijk tegen de familie gezegd toen Willie verdween?' vroeg hij.

'Dat hij bij die brand was omgekomen. Ik wilde er een eind aan maken.' Broussard knikte met zijn hoofd naar een graf twee rijen verder. 'Voor zover zij weten, ligt hij daar. We hebben hem in stilte begraven, alleen de familie was aanwezig.'

'Wie ligt er dan in die doodskist?'

'Ik heb een stapel papier in mijn kantoor verbrand en de as ervan in een urn gestopt. Die hebben we begraven.'

'Ik geloof je,' zei Milo. 'Volgens mij ben je daartoe in staat.'

'Ik wist niet beter of Willie was dood. Lester kwam wel bij die brand om, de Rus vond de dood door een overval en ik wist dat beide gevallen direct verband hielden met Willie, dus waarom zou Willie niet dood zijn? Maar een week later belde hij me op. Hij klonk alsof hij halfdood was en hij zei dat hij zware brandwonden had, dat hij ziek was en dat ik hem geld moest sturen. Ik heb de telefoon op de haak gegooid. Ik had er genoeg van. Ik ging ervan uit dat hij het hooguit... nou, zeg maar een maand of wat zou uithouden. Hij was zwaar verslaafd.'

'Dus je hebt hem doodverklaard.'

'Dat had hij zelf gedaan.'

'Nee, John. Daar heeft Vance Coury gisteravond voor gezorgd. Hij heeft hem min of meer in tweeën geknald met een MAC-10. Ik heb hem met mijn eigen handen begraven... hé, als je wilt, kan ik je zijn overblijfselen wel bezorgen, dan kun je die urn opgraven en de hele zaak netjes rond maken.'

Broussard schudde langzaam met zijn hoofd. 'Ik dacht dat je een intelligente vent was, maar je bent een sukkel.'

'Dan vormen we een fijn stel, John, jij en ik,' zei Milo. 'Met ons tweetjes krijgen we alles wel voor elkaar. Maar wie heeft Schwinn nou eigenlijk van dat paard gegooid? Heb je dat zelf gedaan of heb je iemand anders gestuurd, die ouwe Craig bijvoorbeeld? Ik gok op een van je loopjongens, want in Ojai zou een zwart gezicht meteen opvallen.'

'Niemand heeft hem van zijn paard gegooid. Hij kreeg een toeval en viel in een ravijn. Hij sleurde het paard mee.'

'Was je er dan bij?'

'Craig was erbij.'

'Aha,' zei Milo. En dacht: nou zou Alex vast in de lach schieten. Als hij tenminste ooit weer zover zou komen dat hij kon lachen.

'Je mag geloven wat je wilt,' zei Broussard. 'Maar zo is het wel gebeurd.'

'Wat ik geloof, is dat jij het in je broek deed van angst toen Schwinn je dat moordboek toestuurde. Je hebt jarenlang gedacht dat die vent niets anders was dan een uitgebluste speedfreak en ineens blijkt dat er niets aan zijn geheugen mankeert. En dat hij over foto's beschikt.'

Broussard glimlachte neerbuigend. 'Je moet wel logisch nadenken. Net precies kwam je nog aandragen met een ingewikkelde theorie over mijn wens om de concurrentie uit te schakelen. Als dat waar is, waarom zou ik me dan druk maken over het feit dat Schwinn de Ingalls-moord weer wilde oprakelen? Integendeel, als de Cossacks erbij betrokken...'

'Behalve dan dat Schwinn wist dat jij degene was die hem in de eerste plaats buitenspel hebt gezet. Als hij maar eenmaal uit de weg was, kon je wel een manier bedenken om alles naar je hand te zetten. Jij zit nooit voor één gat gevangen, John.'

Broussard zuchtte. 'Je bent wel hardnekkig. Ik heb je allang verteld dat die richtlijn alleen te maken had met Schwinns...'

'Nou en, John? Als Walt Obey maar half zo rechtschapen is als jij beweert, dan mag hij je alleen omdat je hem ervan hebt kunnen overtuigen dat je een onschuldig bloedje bent. Als Schwinn ineens was komen opdagen met allerlei wilde verhalen die korte metten maakten met jouw reputatie, dan had jij je natte dromen over een hoge zakelijke functie wel kunnen vergeten. Daarom moest hij er ook aan geloven. Het lijkt wel een beetje op bowlen, hè? Maar dan met mensen. Je zet ze alleen overeind om ze weer omver te kegelen.'

'Nee,' zei Broussard. 'Ik heb Craig naar Schwinn gestuurd om met hem te praten en erachter te komen wat hij precies wist. Waarom zou ik hem vermoorden? Hij had van groot nut voor me kunnen zijn. Toen hij er niet meer was, moest ik me wel tot jou richten.'

'Een toeval.'

Broussard knikte. 'Craig kwam net bij die ranch van Schwinn aan toen hij hem weg zag rijden op zijn paard en hij is hem gevolgd. Er was... Craig heeft hem aangesproken en zich voorgesteld, maar Schwinn reageerde vijandig. Hij wilde dat ik persoonlijk contact met hem zou zoeken in plaats van iemand anders te sturen. Craig heeft zijn best gedaan hem om te praten, zodat hij hem precies zou vertellen hoe de vork in de steel zat. Maar Schwinn ontkende dat hij iets met het boek te maken had en begon toen allerlei wartaal uit te slaan over DNA... dat er spermamonsters moesten zijn waarmee alles binnen de kortste keren opgelost zou zijn.'

'Alleen waren er helemaal geen monsters,' zei Milo. 'Alles was al vernietigd. Schwinn zal wel heel blij zijn geweest toen hij dat te horen kreeg.'

'Er viel niet met hem te praten, hij probeerde zelfs om Craig omver te rijden, maar hij kreeg zijn paard niet zover. Craig heeft zijn best gedaan om Schwinn tot bedaren te brengen, maar Schwinn maakte aanstalten om van zijn paard te springen en toen begon hij ineens met zijn ogen te draaien en te kwijlen en hij kreeg stuiptrekkingen. Daar is het paard kennelijk zo van geschrokken dat het een misstap maakte en in het ravijn viel. Schwinn bleef met een van zijn voeten in de stijgbeugel haken, werd meegesleurd en kwam met zijn hoofd op een steen terecht. Craig is naar hem toegerend om hem te helpen, maar het was al te laat.'

'En toen is Craig gewoon weggegaan.'

Broussard gaf geen antwoord.

'Het is een prachtig verhaal,' zei Milo. 'Ik zou dat steden bouwen maar vergeten als ik jou was, John. Ga maar een filmscenario schrijven.'

'Misschien doe ik dat wel,' zei Broussard. 'Later, als alles niet meer zo gevoelig ligt.'

'Waar heb je het over?'

'Over het verdriet. Dit is me allemaal niet gemakkelijk gevallen.'

Er trok een spiertje in Broussards linkerwang. Hij zuchtte. Een nobel mens, op zijn ziel getrapt.

Milo verkocht hem een oplawaai.

48

De klap landde midden op de neus van de hoofdcommissaris die plat op zijn billen terechtkwam.

Broussard zat in het zand voor Janies graf terwijl het bloed uit zijn neus liep en strepen vormde op zijn Italiaanse overhemd en de prachtige gouden das. Waar het op de donkerblauwe krijtstreep van zijn pak terecht was gekomen, waren de vlekken roestkleurig.

'Het is maar goed dat ik al een brede neus had,' zei hij.

Hij lachte en pakte zijn pochet om het bloed weg te vegen.

Hij deed geen poging om op te staan.

'Wat onvolwassen, rechercheur. Maar dat probleem heb je waarschijnlijk altijd gehad. Je bent net een kind, voor jou is alles zwartwit. Misschien houdt het verband met dat andere probleem van je. Je bent in alle opzichten blijven steken in je ontwikkeling.'

'Volwassen zijn wordt schromelijk overschat,' zei Milo. 'Volwassen mensen gedragen zich zoals jij doet.'

'Ik weet me in leven te houden,' zei Broussard. 'Mijn grootvader heeft nooit leren lezen. Mijn vader heeft op college gezeten en vervolgens op het conservatorium, waar hij tot klassiek trombonist is opgeleid. Maar hij heeft nooit werk kunnen vinden, zodat hij zijn leven lang portier in het Ambassador Hotel is geweest. Jouw probleem kan verborgen worden. Jij had bij je geboorte legio mogelijkheden, dus kom me niet aan met gezemel over zedelijke beginselen. En haal het niet in je hoofd om me nog een keer te slaan. Als je je hand tegen me opheft, schiet ik je neer en dan verzin ik wel een of andere logische verklaring.'

Hij klopte op zijn linkerheup en liet de flauwe bobbel onder de krijtstreep zien. Hooguit een paar centimeter, dankzij het grote vakmanschap waarmee het pak was gemaakt.

'Je kunt me elk moment neerschieten,' zei Milo. 'Als ik er even niet op verdacht ben.'

'Inderdaad, maar dat zal ik niet doen,' zei Broussard. 'Tenzij je me geen andere keus laat.' Hij drukte de zijden stof tegen zijn neus. Er stroomde nog steeds bloed uit. 'Maar als je je netjes gedraagt, zal ik je niet eens de rekening van de stomerij sturen.'

'Wat bedoel je?'

'Ik bedoel dat je het nu van je af kunt zetten en dat je zover bent dat je onder andere omstandigheden weer aan het werk kunt.'

'Welke omstandigheden?'

'Als we dit gewoon vergeten, word je gepromoveerd tot inspecteur. En je mag zelf het district kiezen waar je gestationeerd wordt.'

'Waarom zou ik achter een bureau gaan zitten?' vroeg Milo.

'Er zal geen bureau aan te pas komen, je wordt inspecteur van de recherche,' zei Broussard. 'Dan kun je gewoon zaken blijven behandelen... zaken die je aanspreken, maar dan wel tegen het salaris van een inspecteur, met het bijbehorende prestige.'

'Zo werkt het niet bij de politie.'

'Ik ben nog steeds hoofdcommissaris.' Broussard stond op, waarbij zogenaamd per ongeluk zijn colbertje zover openviel dat de 9mm in een handgemaakte leren holster met de kleur van dure cognac duidelijk zichtbaar werd.

'Met andere woorden, jij werpt me een kluif toe en ik hou me koest,' zei Milo.

'Waarom niet?' zei Broussard. 'Alles wat er moest gebeuren, is gedaan. Jij hebt de zaak opgelost en de daders hebben hun verdiende loon gekregen, dus nu kunnen we de draad gewoon weer oppakken. Wat is het alternatief, dat we allebei ons leven naar de maan helpen? Want hoe zwaarder je mij aanpakt, des te meer ellende je over jezelf afroept. Je mag dan vinden dat je volkomen in je recht staat, maar zo zit de wereld nu eenmaal in elkaar. Denk maar aan Nixon en Clinton en al die andere toonbeelden van deugdzaamheid. Zij kregen hun eigen bibliotheek terwijl iedereen om hen heen hard op de bek ging.'

Broussard deed een stapje naar hem toe. Milo rook de citrusgeur van zijn aftershave, zijn zweet en de koperachtige lucht van het bloed dat eindelijk boven zijn mond begon te stollen.

'Ik heb alles op papier gezet,' zei Milo. 'En dat hele verslag is verstopt op een plek waar jij het nooit zult kunnen vinden. Als mij iets overkomt...'

'O, hou op, wie had het nou net over filmscenario's?' vroeg Broussard. 'Begin je soms met dreigementen te smijten? Denk liever aan dokter Silverman. En aan dokter Delaware en dokter Harrison.' Broussard lachte. 'Het lijkt wel een medisch symposium. Je schijnt geen flauw idee te hebben hoe ontzettend kwetsbaar je bent. En wat zou je ermee opschieten? Wat heeft het voor zin?'

Een glimlach flitste over zijn gezicht. Een triomfantelijk lachje. Milo werd bekropen door het kille, klamme gevoel dat alles voor niets was geweest. Hij was helemaal leeg, het bloed dat uit Broussards neus was gevloeid had hem meer aangepakt dan de man die de klap in ontvangst had genomen.

Winnaars en verliezers, het was een rollenspel dat waarschijnlijk al op de kleuterschool vast werd gelegd.

'Hoe zit het met Bosc?' vroeg hij.

'Craig heeft zijn ontslag ingediend. Met ingang van vorige week en tegen een ruime financiële vergoeding. Hij zal heus wel bij je uit de buurt blijven, dat garandeer ik je.'

'Dat is hem geraden ook, want anders draai ik hem zijn nek om.'

'Dat weet hij heel goed. Hij verhuist naar een andere stad, in een andere staat.' Broussard veegde het bloed weg, keek of er nog een schoon puntje aan zijn pochet zat en zorgde ervoor dat dat aan de bovenkant zat toen hij het zijden doekje weer in zijn borstzakje stopte. Nadat hij zijn overhemd had dichtgeknoopt en zijn das weer omhoog had geschoven kwam hij nog dichter bij Milo staan.

Zijn ademhaling was rustig en regelmatig. De klootzak had een frisse adem, die naar pepermunt rook. Er was geen zweetdruppeltje meer te bekennen op het ebbenhouten gezicht. Zijn neus begon wat dikker te worden en leek een tikje scheef te staan, maar dat zou niet eens meer opvallen als hij zich gewassen had.

'Goed,' zei hij.

'Inspecteur,' zei Milo.

'Zodra u hebt besloten bij welk district u geplaatst wilt worden, zult u onmiddellijk bevorderd worden, rechercheur Sturgis. U kunt eerst een tijdje vakantie nemen of onmiddellijk aan het werk gaan. Beschouw het maar als een voor alle partijen bevredigende constructie.'

Milo keek strak in de nietszeggende, zwarte ogen. Hij haatte en bewonderde Broussard tegelijkertijd. *O grote goeroe van zelfbedrog, leer me te leven zoals u...*

'Je kunt de kelere krijgen met je promotie. Ik zal de zaak laten rusten, maar ik hoef geen cadeautjes van jou.'

'Wat nobel,' zei Broussard. 'Alsof je een andere keus had.'

Hij draaide zich om en liep weg.

Milo bleef bij het graf staan en liet zijn blik over Janies grafsteen dwalen. Die verdomde teddybeer.

Hij wist dat hij geen kant op kon. Als hij bij de politie wilde blijven, zou hij het aanbod aan moeten nemen. Verrek, waarom ook niet? Iedereen die er iets mee te maken had, was dood en hij was moe, ontzettend moe. Was er trouwens wel een alternatief?

Hij moest een keuze maken, terwijl hij niet zeker wist wat de gevolgen zouden zijn... voor hem en voor zijn ziel.

Iemand anders had zichzelf misschien wijs kunnen maken dat dit een kwestie van moed was.

Maar die zou dit gevoel niet hebben.

49

Bert Harrison belde me 's morgens om negen uur op. Ik lag nog te slapen en deed mijn best om niet vermoeid te klinken, maar Bert wist meteen dat hij me wakker had gemaakt.

'Sorry, Alex. Ik bel straks wel terug...'

'Nee,' zei ik. 'Hoe gaat het met je?'

'Met mij gaat het best,' zei hij. 'Aimee is... het zal wel even duren, maar ze zal haar verlies wel leren dragen. We hielden ons er al mee bezig, want Bill had niet lang meer te leven en ik probeerde haar erop voor te bereiden. Maar desondanks is het natuurlijk een heel traumatische ervaring geweest. Om het wat gemakkelijker voor haar te maken, heb ik er de nadruk op gelegd dat alles heel snel is gegaan. Dat hij geen pijn heeft gehad.'

'Dat kan ik bevestigen. Hij was op slag dood.'

'Jij bent erbij geweest... je zult wel...'

'Met mij is alles in orde, Bert.'

'Alex, ik had meteen eerlijk tegen je moeten zijn. Daar had je recht op.'

'Jij had je eigen verplichtingen,' zei ik. 'Het beroepsgeheim van een arts...'

'Nee, ik...'

'Het maakt niet uit, Bert.'

Hij schoot in de lach. 'Moet je ons horen, Alex. Alphonse, Gaston, Alphonse, Gaston... voel je je echt wel goed, jongen?'

'Echt waar.'

'Want jij hebt de klappen geïncasseerd terwijl ik erbij stond te kijken alsof ik...'

'Het is voorbij,' zei ik vastberaden.

'Ja,' zei hij. Het bleef even stil. 'Ik moet je toch nog iets vertellen, Alex. Je bent zo'n intens goeie jongeman. Ik noem je af en toe onwillekeurig "jongen", omdat ik... Ach, wat een onzin allemaal. Ik belde je alleen maar om te horen hoe het met je gaat en om je te vertellen dat wij het ook wel zullen rooien. De menselijke geest enzovoort.'

'Niet kapot te krijgen,' zei ik.

'Er is toch geen alternatief?'

Milo was de avond ervoor langsgekomen en we hadden tot het aanbreken van de ochtend zitten praten. Ik had veel nagedacht over allerlei alternatieven. 'Bedankt voor je telefoontje, Bert. We moeten elkaar maar gauw weer eens opzoeken. Als de eerste opwinding voorbij is.'

'Ja. Dat moeten we zeker doen.'

Hij klonk oud en zwak en omdat ik hem wilde helpen, zei ik: 'Binnen de kortste keren ben je weer druk bezig met je instrumenten.'

'Met wat... o ja, zeker weten. In feite ben ik vanmorgen vroeg alweer achter de computer gekropen. Ik kwam op eBay een oude Portugese *gitarra* tegen die heel interessant zou kunnen zijn als het instrument gerestaureerd kan worden. Als ik het tegen een redelijke prijs op de kop kan tikken laat ik je dat wel weten. Dan kun je hierheen komen om samen met mij muziek te maken.'

'Dat lijkt me een goed plan,' zei ik. Ik was blij dat ik iets had om naar uit te kijken.

50

De volgende paar dagen waren een aaneenschakeling van eenzaamheid en gemiste kansen. Het duurde lang voordat ik de energie kon opbrengen om Robin te bellen, maar ze was er nooit.

Ik probeerde om Janie Ingalls en de anderen uit mijn hoofd te zetten en sloot mezelf min of meer af voor de buitenwereld. Ik was er min of meer van overtuigd dat Allison Gwynn het artikel over de dood van Michael Larner in de *Santa Barbara News-Press* niet onder ogen had gehad en ik wist dat ik haar eigenlijk op de hoogte zou moeten brengen. Maar daar kon ik evenmin de energie voor opbrengen.

Ik bedolf mezelf onder huishoudelijk werk en karweitjes in de tuin, liep werktuiglijk mijn rondjes, hing wezenloos voor de tv, at smakeloze maaltijden zonder er iets van te proeven en keek plichtmatig de krant door... waarin met geen woord melding werd gemaakt over de bloedige gebeurtenissen in Ojai, de Larners of de Cossacks. Alleen het onophoudelijke gekift op John G. Broussard door politici en persmuskieten was een verwijzing naar wat voor mij sinds de ontvangst van het moordboek de werkelijkheid was geweest.

Op een onverwacht zachte dinsdagmiddag ging ik een stukje hardlopen en bij mijn thuiskomst zag ik tot mijn verbazing Robin in de woonkamer zitten.

Ze droeg een zwart T-shirt, een zwarte leren broek en de slangenleren laarzen die ik haar twee jaar geleden voor haar verjaardag had gegeven. Haar lange haar hing los, ze was zorgvuldig opgemaakt en ze zag eruit als een knappe vreemde.

Toen ik me bukte om haar een kus te geven, hield ik mijn gezicht zo dat ze de gehavende kant niet te zien kreeg. Ze bood me haar lippen, maar ze deed haar mond niet open en de hand die even in mijn nek rustte, werd snel teruggetrokken.

Ik ging naast haar zitten. 'Is de tournee voortijdig afgebroken?'

'Ik heb een dagje vrij genomen,' zei ze. 'Ik kom uit Omaha vliegen.'

'Gaat alles goed?'

Ze gaf geen antwoord. Ik pakte haar hand. Haar vingers waren koel en slap toen ik ze tegen mijn verbrande palm drukte.

'Voordat we verder gaan,' zei ze, 'wil ik je een paar dingen over Sheridan vertellen. Hij bracht die kluif voor Spike alleen maar mee omdat hij hem eerder had gezien en zelf ook honden heeft.'

'Robin, ik heb...'

'Alsjeblieft, Alex. Laat me uitpraten.'

Ik liet haar hand los en leunde achterover.

'Sheridan is iemand om wie je niet heen kunt,' zei ze, 'en door zijn werk heeft hij veel contact met me, dus ik kan die argwaan van jou wel een beetje begrijpen. Maar voor alle zekerheid wil ik je eerst even vertellen dat hij niet alleen een herboren christen is, maar ook getrouwd en hij heeft vier kinderen onder de zes. Als hij op tournee gaat, brengt hij altijd zijn hele gezin mee en daar maakt de rest van de crew altijd grapjes over. Zijn vrouw heet Bonnie. Voordat zij en Sheridan het licht zagen, werkte ze als achtergrondzangeres. Ze gedragen zich allebei precies zoals je van nieuwe bekeerlingen zou verwachten: overdreven vrolijk, ijverig en rechtschapen en met bijbelcitaten strooiend. Dat is wel vervelend, maar iedereen slikt het omdat Sheridan zo'n aardige vent is en zo'n beetje de beste tourcoördinator die er rondloopt. Als hij zich al een beetje opdringerig gedraagt, dan is dat omdat hij me bestookt met niet al te subtiele suggesties dat het verstandiger zou zijn als ik in de Here was en niet met gore praatjes om me uit mijn broek te krijgen. En natuurlijk weet ik best dat streng religieuze mensen zich ook best kunnen misdragen, maar deze knaap meent het echt. Hij heeft zelfs nog nooit een suggestieve opmerking gemaakt. Als hij bij mij op de kamer komt, is Bonnie er vrijwel altijd bij.'

'Het spijt me,' zei ik.

'Je hoeft je niet te verontschuldigen, Alex. Maar ik wilde je dit gewoon zelf vertellen, onder vier ogen. Zodat je daar niet verder over in zou zitten.'

'Bedankt.'

'Wat is er met je hand en met je gezicht gebeurd?'

'Dat is een lang verhaal.'

'Het oude verhaal,' zei ze.

'Ja, dat zal wel.'

'Daarom ben ik ook hiernaar toe gekomen. Vanwege de toestand tussen ons. Het is allemaal niet zo gemakkelijk, hè?'

'Ik heb je gemist,' zei ik.

'Ik jou ook. Nog steeds, trouwens. Maar...'

'Er is altijd een "maar".'

'Word nou niet boos.'

'Ik ben niet boos. Alleen verdrietig.'

'Ik ook. Als ik niet zoveel om je gaf, zou ik me deze moeite bespaard hebben. Maar goed, ik ben niet van plan om te blijven, Alex. Ik word zo meteen opgepikt door een auto die me naar het vliegveld brengt, zodat ik me weer bij de tournee kan voegen en die kan afmaken. En het kan nog weleens langer gaan duren. Het loopt als een trein en we halen heel veel geld op voor het goede doel. Er wordt nu over gepraat om ook naar Europa te gaan.'

'Naar Parijs?' vroeg ik.

Ze begon te huilen.

Ik had het liefst meegedaan, maar ik had geen tranen over.

We bleven nog een uur lang hand in hand op de bank zitten. Ik stond alleen even op om een papieren zakdoekje te pakken waarmee ze haar tranen kon drogen.

Toen de taxi arriveerde, zei ze: 'Het is nog niet voorbij. Laten we maar kijken hoe de zaken lopen.'

'Prima.'

Ik liep met haar mee naar de deur, bleef op het terras staan en zwaaide haar na.

Drie dagen later belde ik Allison Gwynn op kantoor en vertelde haar dat Larner dood was.

'O jee,' zei ze, 'het zal wel even duren voordat ik dit helemaal verwerkt heb... ik ben blij dat je me dit hebt verteld. Dat is heel aardig van je.'

'Ik vond het gewoon mijn plicht.'

'Gaat het wel goed met jou?'

'Best.'

'Als je ooit iemand nodig hebt om mee te praten...'

'Daar zal ik aan denken.'

'Doe dat,' zei ze. 'Ik meen het echt.'